郭南燕 編著
Guo Nanyan

キリシタンが拓いた日本語文学

多言語多文化交流の淵源

明石書店

人間文化研究機構
基幹研究プロジェクト
NIHU TRANSDISCIPLINARY PROJECTS

本論文集は、人間文化研究機構基幹研究プロジェクトの成果であり、同機構の出版助成による。

キリシタンが拓いた日本語文学

多言語多文化交流の淵源

目次

序論　キリスト教宣教に始まる多言語多文化的交流　郭　南燕　11

第一部　キリシタン時代の日本文化理解《イエズス会の適応主義》

1　聖フランシスコ・ザビエルの日本語学習の決意　郭　南燕　26
一、アジア諸言語との接触　28
二、ザビエルの日本語学習　31
三、ザビエルの日本語力　37
結び　41

2　イエズス会巡察師ヴァリニャーノの「順応」方針の動機と実践　川村　信三　45
一、宣教師アレッサンドロ・ヴァリニャーノ　46
二、ヴァリニャーノの出身地キエーティ　49
三、ヴァリニャーノの受けた教育――パドヴァ大学、ローマ学院　53
四、ヴァリニャーノの「順応」（accommodation）方針　57
五、ポルトガルの東進およびスペインの西進による植民地拡大　60
六、日本における順応方針の確立　65
七、順応方針のその後　71
八、順応方針の負の遺産　74
九、現地人聖職者の養成　76

結び　77

3　イエズス会の教育とヴァリニャーノの思想　李　梁　81
一、イエズス会の理念　82
二、ロヨラを継承したヴァリニャーノ　88

4　イエズス会の霊性と「九相歌」　カルラ・トロヌ／田中　零　訳　95
一、先行研究について　96
二、日本イエズス会の教育制度における「九相歌」　100
三、「九相歌」と仏教の伝統　104
四、「九相歌」とイエズス会　106
結び　114

5　『日葡辞書』に見える「茶の湯」の文化　アルド・トリーニ　120
一、日本文化における「茶の湯」　120
二、『日葡辞書』における茶の文化の語彙　122
三、茶の湯と茶の文化にかかわる語彙　126
結び　131

6　マニラから津軽へ――「キリシタン時代」末期における日本宣教再開の試み　阿久根　晋　134
一、航海の背景と史料　136
二、航海と再布教計画　140
三、航海の結末と「キリシタン時代」の終焉　145

結び　148
［コラム1］先祖の話：キリシタンへの改宗　浦道 陽子　155

第二部　日本宣教と日本語による著述《近代のプロテスタントとカトリック》

1　辞書は伝道への架け橋である——メドハーストの辞書編纂をめぐって　陳 力衛　160
一、英和・和英語彙（一八三〇）　163
二、福建方言字典（一八三二）　166
三、朝鮮偉国字彙（一八三五）　169
四、台湾虎尾壟語辞典（一八四〇）　175
五、華英字典（一八四二—四三）　178
六、英華字典（一八四七—四八）　180
結び　183

2　来日プロテスタント宣教師と「言語」——明治初期津軽の事例から　北原 かな子　191
一、弘前とキリスト教——イング着任前　192
二、イングとキリスト教布教——来日前と来日後　193
三、イングの宣教と「言葉」　195
四、弘前初の洗礼式と「言葉」　196
五、津軽地方初の留学生派遣へ　198

六、津軽初の留学生たちとアメリカ　200
結び　202

3　仏人宣教師リギョールと『教育と宗教の衝突』論争　将基面 貴巳　205

一、『教育と宗教の衝突』論争　206
二、リギョールの観点　208
三、井上哲次郎の立場　211
四、キリスト教陣営の主張　214

4　カンドウ神父の日本文化への貢献　ケビン・ドーク　218

一、カンドウ神父の経歴と来日　219
二、戦後日本の近代主義への反対　221
三、カンドウの文学的影響　224
四、優れたエクリヴァン　228
結び　229

[コラム2] マレガ神父の日本文化研究　シルヴィオ・ヴィータ　232

5　日本語の書き手としてのホイヴェルス——「最上のわざ」を中心に　谷口 幸代　239

一、「最上のわざ」の詩人　239
二、〈ホイ語〉の詩　243
三、「年をとるすべ」の中の「最上のわざ」　247

6　ホイヴェルス脚本『細川ガラシア夫人』——世界文学へのこころざし　郭 南燕　253
一、ホイヴェルス神父の日本語文学　253
二、細川ガラシャへの敬服　255
三、ホイヴェルス以前の細川ガラシャ像　259
四、ホイヴェルス脚本の特色　261
五、世界文学の精神とホイヴェルス　265

第三部　聖なるイメージの伝播《キリスト教の多文化的受容》

1　複製技術時代における宗教画——世界の「サルス・ポプリ・ロマーニ聖母像」をめぐって　望月 みや／田中 零 訳　274
一、バロック期の機械　274
二、反復ではない複製　277
三、画像改革　282
四、新素材媒体の出現　288
結び　291

2　多様性の中の統一性：愛の性格——カクレキリシタンにおける「神の啓示」の意味　松岡 史孝／木村 健 訳　298
一、常に改められる教会——カクレの共同体：生きている歴史遺物か、それとも常に改革する共同体か　299

二、「知ることは知られることである」――生きられた歴史と観られた歴史　302
三、「心に伝わる響き」――サン・ジワン枯松神社における神的な啓示の意味　307

3　贈り物の聖なる交換
――カトリック麹町 聖イグナチオ教会　E・C・フェルナンデス、S・M・ピッツ／田中 零 訳　315
一、生きた石たちの祈りの空間　317
二、キリシタン時代の交流の場としての教会　319
三、現代日本における交流の場としての教会　324
結び：過去から未来へ　331

4　『沈黙』にひそむ『瘋癲老人日記』の影――遠藤周作と谷崎潤一郎をむすぶ糸　井上 章一　336
前口上／踏絵と仏足石／日記と書簡／マルキ・ド・サドにみちびかれ

［コラム3］「聖骸布」に関するコンプリ神父の日本語著書　郭 南燕　346

第四部　朝鮮半島宣教とハングルによる著述《日本との比較》

1　ハングルによるカトリックの書物
――一八世紀から一九四五年までの概観　フランクリン・ラウシュ／木村 健 訳　354
一、朝鮮半島におけるキリスト教伝播の初期（一七八四―一八三一年）　355

二、パリ外国宣教会の宣教師到来と迫害の継続（一八三一―七六年） 358
三、過渡期のハングルによる書物（一八七六―八六年） 361
四、宗教的寛容と朝鮮王朝の終局（一八八六―一九一〇年） 363
五、植民地時代の宣教師とハングルによる書物（一九一〇―四五年） 364
結び 365

2 外国人宣教師の半島伝道と著述活動 李《イ》 容相《ヨンサン》 370
一、朝鮮半島におけるプロテスタントの宣教 370
二、日本人宣教師の伝道とクリスチャンネットワーク 373
三、宣教師の著述物 377
結び 380

3 外国人女性宣教師の文化的影響 崔《チェ》 英修《ヨンス》 384
一、来韓する女性宣教師の伝道 385
二、朝鮮の時代的背景 387
三、女性宣教師たちの活躍 389
結び 398

編著者あとがき 402
人名索引 410

序論　キリスト教宣教に始まる多言語多文化的交流

郭 南燕

キリスト教は異言語と不思議な関係がある。

まず聖書の話から始めよう。「創世記」（一一章）によれば、昔、世界中の人は、同じ言葉を使っていた。しかし、新しい技術をもって巨大な塔のある町を作り、みんなが天にまで昇り、そこで一緒に生活しようという野望をもった。それを不快に思った神は、人々の言葉を混乱させ、相互理解を不可能にし、人間を全地に散らせて、町の建設を中断させた。いつの間にか、この話は「バベルの塔」とも名付けられた。

死から復活した神の子イエス・キリストが、弟子たちに「世界をめぐりて、すべての民に福音を宣《の》べ伝えよ」という使命を与えた時、異言語の習得を前提とし、そして信じる者は「新しい言葉を語る」（マルコによる福音書一六）というしるしが表われることを弟子たちに約束する。キリストが昇天してから一〇日後、「聖霊降臨」という出来事があり、強い風の音とともに天から炎のような舌が現れ、使徒たちにそれぞれ触れる。すると、使徒たちは一斉に異なる言葉を話し出した。それぞれの言語は、傍観者たち（世界各地から集まったユダヤ人）の生まれ故郷の言葉であった（使徒言行録二）という。

聖書にあるこれらの話は、キリスト教と異言語との興味深い関係を示してくれる。つまり、異言語は神からの処罰であり、異言語の運用力は信者へのご褒美として与えられるものであり、聖霊をうけとったことの証明でもある。おもしろいことに、異言語克服の最大の成果は、聖書の翻訳である。紀元前三世紀にヘブライ語の旧約聖書がギリシア語に訳され、紀元四世紀にギリシア語の新約聖書と旧約がラテン語に訳されて、ローマ帝国のキリスト教普及を促進した。二〇一七年現在、世界において聖書を全訳した言語は六百余あり、部分訳した言語は一四〇〇あるという統計がある。[1] このように異言語の障害を乗り超えて、『聖書』は世界で最も読まれる書物となっている。

世界宣教をめざして、イグナチオ・ロヨラ、フランシスコ・ザビエルらが一五三四年に結成したイエズス会は、地球規模の言語文化の交流を始めた。ザビエル自身は、一五四二年にインド南端のコモリン岬で宣教を始めたころ、最初に接した「キリスト信者」たちが教義を知らなかったことを知って心を痛めた。[2] 現地語習得の重要性を痛感した彼は、一生懸命に現地語タミル語を学び、独自に教理を教え、聴罪をすることができた。このように宣教地で現地語・現地文化を習得することは、ザビエルが先駆者だったといえよう。一五四九年に来日してからも、日本語習得の必要性を繰り返し強調して、日本語学習に打ち込んで、日本の言語と文化に順応する手本を示してくれた。

当時の宣教師は日本語をどう見ていたのだろうか。三回（一五七九―八二、九〇―九二、九八―一六〇三年）日本を視察したことのあるイエズス会巡察使ヴァリニャーノが、ローマのイエズス会総長に提出する目的で、一五八三年に執筆した『日本管区及びその統轄に属する諸事の要録』は、彼の「日本語観」を次のように表現している。

これは知られている諸言語の中で最も優秀で、最も優雅、かつ豊富なものである。その理由は、我等のラテン語よりも（語彙が）豊富で、思想をよく表現する（言語だ）からである。（中略）対応する相手の人物や事物の階級に応じて、高尚、低俗、軽蔑、尊敬の言葉を使いわけなければならない。口語と文語は異なるし、男女は非常に異なった言葉を話す。書く言葉の中にもまた少なからぬ差違があって、書状と書物とでは、用語が異なる。つまり、これほど種類が多く優雅であるので、それを習得するには長期間を必要とする。

そして「我等はいかに学んでも、言語に関しては彼等に比べると子供のようであり、書くことを知り、著述はおろか書物をよく理解することにさえ到達できない」▼3という悲観的な見通しを示している。

しかし、一五七九年にヴァリニャーノの主催する第一回日本キリスト教協議会の決定によって、神学者を育成するイエズス会最高の教育機関コレジオが一五八一年に豊後府内（今日の大分）で設立された（のち、天草などへ移転）。日本語習得への高い要求のため、宣教師たちは日本語を習熟するようになっていった。大英博物館蔵の「日本耶蘇会目録」（一五九二年）にイエズス会日本副管区内の司祭と修道士一五四名（欧人と日本人）の名簿があり、宣教師の日本語力に関する具体的な言及があり、興味深い。八八人の欧州聖職者（うち、インドとマラッカ生まれが五人）の中で、初級から上級までの日本語力をもつ人は六六人であり、初級以上の五七人の日本語力は次のように細かく分類されている。

「日本語を普通に解す」（七名）、
「日本語の懺悔を聴く」（一七名）、
「日本語の懺悔を聴き日本語を普通に解す」（一名）、
「日本語をよく解す」（八名）、
「日本語の懺悔を聴き日本語をよく解す」（三名、例えばオルガンティノ）、
「日本語の懺悔を聴き日本語にて説教す」（一名）、
「日本語をよく解し日本語にて説教す」（三名、例えばアントニオ・ロペス）、

「日本語を甚くよく解す」（八名、例えばルイス・フロイス、フランシスコ・パシオ）、
「日本語を甚くよく解し日本語にて説教す」（四名）、
「日本語を甚くよく解しそれにて説教し又書くに足る」（三名、ペロ・パウロ、ジョアン・ロドリゲス、マテウス・デ・コウロス）、
「日本語を甚だよく解し日本語にて講義す」（一名）、
「日本語を解しそれにて説教し日本文を綴ること甚だ巧みなり」（一名、ペロ・ラモン）[4]

宣教師たちがいかに日本語をうまく身につけたのかが解る。しかもそのうちの四人は日本語で文章を書いていたのである。

右記のジョアン・ロドリゲス（ポルトガル人、**João Rodriguez**, 一五六二?―一六三三）は、日本語に精通し、「通辞」（**Tçuzu**）と俗称され、豊臣秀吉と徳川家康に重宝がられ、日本語学習用の『日本大文典』と『日本小文典』を書いて、「おそらく外国人としては最高の語学力に達していた」と言わしめている。[5]

また右記のペロ・パウロ（イタリア人、**Pietro Paolo Navarro**, 一五六〇―一六二二）は、一五八八年の来日から殉教まで三四年間日本で生活し、日本語が非常に達者で、日本語の書物をも書いた。彼は殉教の年、島原の領主松倉豊後守重政に謁見し、自分の執筆した護教の「雑誌」を差し上げた。領主は「その雑誌を近侍の一人に朗読せしめ益す感服し」たことを、パウロ・ナバルロは長崎管区長宛の書簡に書いてある。[6] 領主にキリスト教に深い関心を抱かせたこの「雑誌」は、読む者の心に訴える文学的修辞を伴っていただろうと推測できる。残念なことにこれは現存しない。

それから、スペイン人でドミニコ会宣教師ディエゴ・コリャード（**Diego Collado**, 一五八九?―一六三八）は、約八年間のマニラ滞在と一六一九年七月からの三年半の日本滞在を合わせて一一年間の日本語学習歴があり、[7] 日本から離れて一〇年後の一六三二年、ローマで『日本語文典』『懺悔録』『羅西日辞典』を刊行する。『懺悔録』

の緒言において、「何ら頼りとするものがなくとも、日本文典や、幾千もの語彙を載せた辞書ばかりか、告解文、さらには信仰宣言文をすら書きあげることができた。それほどまでに私はこの言語を保持している」[8]と書いている。この『懺悔録』は日本語学習用の書物で、「抑揚の多い教義宣言文と多彩で具象的な懺悔文とをたくみに創り出」して、「きりしたん文学中異色ある労作」[9]と評価されている。

以上から見られるように、日本語の学習は容易ではなくても、習得が不可能というわけではなかった。それどころか、日本語を客観的に観察し、ラテン語文法を応用して体系的に日本語を分析することは、宣教師だからこそ可能だったのである。キリシタンの世紀（一五四九年から完全禁教までの約百年）の宣教師の日本語研究の最高レベルを示すのは『羅葡日対訳辞典』（天草刊、一五九五年）、『落葉集』（長崎刊、一五九八年）、『日葡辞書』（長崎刊、一六〇三年）、ロドリゲス編著『日本大文典』（長崎刊、一六〇四―〇八年）と『日本小文典』（マカオ刊、一六二〇年）である。[10]日本語に対する深い理解と洞察を示す『日本大文典』は、日本古典文学の語句を数多く引用して、典雅な日本語を宣教に必須なものとし、[11]しかも中世日本語の様相を克明に記したものとして、現代日本人にとっても至宝の書である。[12]その時代の辞書類を含めて、西洋人と日本人の共同作業による教理、祈り、典礼、観想の関連書籍（『どちりいなきりしたん』『サルバトルムンヂ』『サカラメンタ提要』『こんてむつすむんぢ』『ぎゃどぺかどる』など）、聖書の翻訳、西洋古典の翻訳と日本古典の翻案（『平家物語』『伊曽保物語』『金句集』など）は、「キリシタン文学」と名付けられ、ローマ字本と漢字仮名交じりの国字本がある。[13]これについての考察は、言語、宗教、歴史、思想、文学、印刷出版、教育などの角度から行われてきて、日本においては一五〇年の研究史がある。

ここ二〇年来、外国人が日本語で執筆した文学創作が脚光を浴びてきている。それらの作品のもつ多言語多文化の要素は、「日本語文学」として研究されている。[14]しかし、いわゆる「日本語文学」は二〇世紀の後半に始まったものではなく、「キリシタン文学」にまで淵源を求めることができるのではないかと思う。なぜならば、外国人聖職者と日本人信者との相互助力によって成り立ち、当時の日本の言語と文化を記録し、宗教文学的価値を持ち合わせる「キリシタン文学」と同じように、近現代の「日本語文学」も、外国人による客観的な日本理解、母語の影響を受けた独特な日本語運用、日本社会との多様な交流を文学化したものであり、いずれも異言語異文化の交流の結実である。

このように考えると、「キリシタン文学」の伝統を受け継ぎ、「日本語文学」の最も活発な書き手である、近代宣教師の日本語著述に関する研究はまだほとんど開拓されていないのではないかと思う。一八七三年、明治政府がキリスト教を解禁してから、多くの宣教師が来日した。そのうち、約三百人が日本語で著述し、約三千冊に上る日本語書籍を刊行している。日本在住外国人のうち、宣教師のように使命感に駆り立てられて、矢継ぎ早に日本語を用いて著述する「職業」はほかにないだろう。宣教師のもつ日本語日本文化への至近距離は、キリシタン時代の「適応（順応）」方針を受け継いだものと見てもよいだろう。▼[15]

約三千冊の書籍の内容から見れば、『聖書』の翻訳、教理、祈り、典礼、観想・修徳、殉教（聖人伝）、辞書、随筆、書簡、詩歌、対話、演説、戯曲、日記、楽譜、絵本、雑文、紀行、研究書などがある。傍線部以外は、「キリシタン文学」のジャンルと重なる。中国の漢字書記、あるいは韓国（朝鮮）のハングル書記よりも、はるかに複雑な書記体系をもつ日本語と格闘しながら、繁忙極まりない宣教・福祉・教育活動の合間にこれら大量の著作を生み出し続けてきたことは、宣教師たちが東アジアでやり遂げた「文化的偉業」ともいえよう。

この「文化的偉業」を解明するために、大学共同利用機関法人・人間文化研究機構の「機構内連携共同研究プロジェクト異分野融合による〈総合書物学〉」の助成金をもって、「キリシタン文学の継承：宣教師の日本語文学」という研究課題を二〇一六年四月に立ち上げて、国内外研究者二九名を招き、本研究課題に歴史、宗教、言語、文学、美術、建築などの側面から取り組んできた。この共同研究の成果をまとめたのが本書『キリシタンが拓いた日本語文学――多言語多文化交流の淵源』である。本書は歴史的背景、近代における展開、視覚的イメージ、ハングル著述との比較、という四つの角度から、「宣教師の日本語文学」を検討する。ちなみに「キリシタン」はポルトガル語 Cristão で、カトリック系のキリスト教信者を意味する。本書においてはキリシタン時代の聖職者、彼らの日本語学習を手伝った日本人信徒、そして日本語の習得と運用の伝統を受け継いだ明治期から今日までのキリスト教の宣教師をも含める。

第一部「キリシタン時代の日本文化理解――イエズス会の適応主義」は、論文六編とコラム一編から成る。郭南燕「聖フランシスコ・ザビエルの日本語学習の決意」は、日本でキリスト教の種を初めて蒔いたザビエルがいかに日本語学習を決意し、イエズス会士たちに日本語習得の重要性を強調したのかを整理したうえ、彼自身のもつ日本語力の可能性を推定し、彼は日本語がほとんどできなかったという定説を覆すことを試みて、ザビエルの思想と実践をヴァリニャーノの「順応（適応）」方針の前奏曲として位置づける。

川村信三「イエズス会巡察師ヴァリニャーノの『順応』方針の動機と実践」は、宣教対象国の固有文化への順応を主張するヴァリニャーノの出身地キエーティの多文化的構成を紹介し、スペイン系の修道会が中南米でとった宣教方法と、ポルトガル系のイエズス会がインド、マレー半島、日本、中国というすでに複数の文化が共存した地域でとった宣教方法との違いを詳述する。さらに現地の言語と文化に順応しながら、キリスト教の教義を改変しないという、多文化的な共存性と多様性を解説する。最後に、「順応」策の最大な成功例は現地聖職者司祭の養成と見る。李梁「イエズス会の教育とヴァリニャーノの思想」は、イエズス会の教育の伝統と規定を紹介し、それらの活動の立案と運営に腐心したヴァリニャーノの生い立ち、教育思想、近世東アジア、特に日本における実践活動を記述し、日本人、中国人、ポルトガル人が集まって学習する最適場所をマカオに選んだヴァリニャーノの多文化共存に対する寛容心に触れる。

カルラ・トロヌ「イエズス会の霊性と『九相歌』」は、イエズス会が一六〇〇年に刊行した、死骸の腐敗から白骨化・土灰化までの過程を詠んだ一八首をまとめた和歌集「九相歌」掲載の仏教の画像を利用したキリスト教の道徳の教え方を分析する。アルド・トリーニ「『日葡辞書』に見える『茶の湯』の文化」は、『日葡辞書』に取り入れられた茶の湯関連の語彙を精査し、茶の湯を日本文化のきわめて重要な一環としながら、当時の理解が不十分だったため、誤解があったことを論証する。このような誤解は、異文化理解において必然的に生じるものと考えてよいだろう。

一六四三年は記憶すべき年である。その年、「転び伴天連《ばてれん》」クリストヴァン・フェレイラ（沢野忠庵）を信仰に立ち返らせるために、イエズス会司祭アントニオ・ルビノをリーダーとする数人のパードレ（司祭）が二つのグループに分かれて日本へ潜入する。その第二グループはペドロ・マルケス、アロンソ・デ・アロヨ、ジュゼッペ・キアラ、フランチェスコ・カッソラの四名と日本人イルマン（修道士）一人、従者五人である。キアラは捕獲され、宗門奉行井上筑後守政重と沢野らに尋問されてとうとう棄教した。この棄教を文学化したのが、遠藤周作の名作『沈黙』である。阿久根晋「マニラから津軽へ――『キリシタン時代』末期における日本宣教再開の試み」はこのマルケス宣教団による日本渡航を、イエズス会が事実上、最後に実施した日本宣教の試みとして、未刊行ポルトガル語文書を手がかりにその詳細を解明し、「キリシタン時代」の終焉を確認している。しかし、約六五年後、殉教を覚悟の上で日本潜入を果たしたカトリック司祭がいた。イタリア人ジョヴァンニ・シドッティである。まもなく拘束された彼は、尋問した新井白石との対話を通して、キリスト教の精神と西洋の地理学と科学の知識を提供した。その内容は、白石の『西洋紀聞』と『采覧異言』に記録され、キリシタン文化の伏流となっている。

凄惨な禁教策のため、棄教を装いながら、信仰を二五〇年保ち続けた潜伏キリシタンたちは、一八六五年三月一七日にパリ外国宣教会が長崎で建立した「大浦天主堂」に再び現れ出て、世界を驚かせた。浦道陽子のコラム1「先祖の話：キリシタンへの改宗」は、江戸末期にキリシタンを迫害する側にいた先祖の一人が、その手で斬首したキリシタンの眼が自分をじっと見つめたことをきっかけに、キリシタンの信仰に興味を覚え、ついにキリスト教へ改宗し、信仰を代々伝えた事例を紹介してくれる。

第二部「日本宣教と日本語による著述――近代のプロテスタントとカトリック」は論文六編とコラム一編から成る。陳力衛「辞書は伝道への架け橋――メドハーストの辞書編纂をめぐって」は、一九世紀初期のプロテスタントの宣教師による中国語と日本語の学習と、辞書作りへの挑戦を紹介し、ロンドン伝道会のメドハーストの英華辞書が日本の英和辞書の作成に与えた影響と、東アジア地域の辞書編纂のプロセスを論述する。

北原かな子「来日プロテスタント宣教師と『言語』――明治初期津軽の事例から」は、東奥義塾を主導するメソジスト派宣教師ジョン・イングが、協力者本田庸一の日本語翻訳に頼り、学生に英語を教えて、自分の英語宣教を理解してもらう方法をとっていたことを紹介する。これは、現地語を学ぶ手間を省き、現地の司牧者を多く育成する方法であり、もう一つの「順応」方針といえよう。

将基面貴巳「仏人宣教師リギョールと『教育と宗教の衝突』論争」は、パリ外国宣教会の司祭リギョールの日本語著書『宗教と国家　前編』が、井上哲次郎の『教育と宗教の衝突』を「唯物論」として反対しつつ、当時のヨーロッパの知的コンテクストを顕在化させてくれたことを紹介する。リギョールの日本語著作は、日本人聖職者の協力を得たものであり、日本社会への深い理解を示したものといえる。

ケビン・ドーク「カンドウ神父の日本文化への貢献」は、一九二〇年代から五〇年代まで類い稀な日本語力による数々の講演と著作を通して、日本社会を洞察し、キリスト教を宣教し、日本人を魅了してやまなかったパリ外国宣教会のカンドウ神父を取り上げ、彼が日本の知識人に与えた影響を詳述する。シルヴィオ・ヴィータのコラム2「マレガ神父の日本文化研究」は、サレジオ会宣教師マレガ神父の豊後キリシタン史の調査、日本古典文学の伊訳、イタリアへの日本文化の輸入を紹介する。

谷口幸代「日本語の書き手としてのヘルマン・ホイヴェルス――『最上のわざ』を中心に」は、東京・麹町教会主任司祭や上智大学学長等を歴任しながら、日本語での創作活動に従事したイエズス会宣教師ヘルマン・ホイヴェルスの平易で深い含蓄のある日本語表現を紹介し、その日本語詩「最上のわざ」の持つ文学的、精神的な香りを析出する。郭南燕「ホイヴェルスの脚本『細川ガラシア夫人』――世界文学へのこころざし」は、ゲーテの愛読者でもあるホイヴェルス神父が、先行作品と違う細川忠興夫人の玉の全生涯を脚本化し、ガラシャを「世界文学」に登場させようとした創作意図を論じる。この二論文によって、ホイヴェルスの日本語文学としての価値が初めて研究されたといえよう。

第三部「聖なるイメージの伝播――キリスト教の多文化的受容」は論文四編とコラム一編によって構成される。キリスト教のイメージの世界伝播において、現地の文化と融合することは広く知られている。望月みや「複製技術時代における宗教画――世界の『サルス・ポプリ・ロマーニの聖母像』をめぐって」(田中零訳)は、イエズス会の印刷機により、「聖母像」が多くのバリエーションを生み出し、現地文化に溶け込み、信仰者を増やす一方、新奇な材料とモチーフを用いて目を奪う効果が聖画本来の価値を低下させることにもつながる、という「順応」方針のはらむ重要な課題を論述する。松岡史孝「多様性の中の統一性：愛の性格――カクレキリシタンにおける『神の啓示』の意味」(木村健訳)は禁教のため、キリシタンたちが神道や仏教の形を借りて、キリスト教の儀礼を変容させながら、信仰を保ち、教会の多様性にある統一性を持続させたのは、キリスト教の根幹である神の愛だと論じる。

エドゥアルド・フェルナンデスとスティーブン・ピッツの「贈り物の聖なる交換――カトリック麹町の聖イグナチオ教会」(田中零訳)は、上智大学のキャンパスに隣接する、日本最多信徒数を誇る聖イグナチオ教会の新聖堂に現れたキリスト教と禅仏教の様式を論じて、この教会が試みる人種や文化、習慣の違いを超えた相互理解を、キリスト教の真髄として論じる。また、キリスト教を日本文化に適応させることに成功した現代芸術家は、作家遠藤周作、作曲家髙田三郎、そして聖イグナチオ教会の建築設計事務所だ、というイエズス会士レオ池長潤大司教の見解を紹介してくれる。

井上章一「『沈黙』にひそむ『瘋癲老人日記』の影――遠藤周作と谷崎潤一郎をむすぶ糸」は、両作品の似通った構造、踏み絵と仏足石に共通する役割、『沈黙』の迫害者のサディズムと『瘋癲老人日記』の主人公のマゾヒズムとの比較を通して、『沈黙』は『瘋癲老人日記』のパロディーではないかを論じる。遠藤は意図的に谷崎の嗜虐と被虐の小説を真似たかどうかは実証しにくいだろうが、「崇高」な宗教的苦悩を、「卑近」な性的嗜好にまで結びつけた本論は、ロドリゴの「棄教」を勝ち取ったサディズムの存在をクローズアップしている。

歴史上、潜伏キリシタンがキリスト教の信仰を保ち続けることができたのは、表面上の「棄教」なしには考えられない。そして、「棄教」を咎めず、信仰への帰依をいつでも歓迎するイエス・キリストの寛容心も必須条件といえよう。『沈黙』においてたびたび言及されたイエスの容貌はいったいどのようなものだろうか。イエスの顔を確実に映したものがあるようである。それはイエスの遺体を包み、その復活を「目撃」し、大火事から難を逃れて、奇跡的にイタリアのトリノ市に現存する「聖骸布」である。郭南燕のコラム3「『聖骸布』に関するコンプリ神父の日本語著書」は、サレジオ会宣教師コンプリ神父が日本語で執筆した『これこそ聖骸布』（二〇一五年）が韓国語と中国語に翻訳・刊行され、聖骸布の超自然な神秘を東アジアに波及させたことを紹介する。

最後の第四部「朝鮮半島宣教とハングルによる著述――日本との比較」は、日本における宣教との比較を目的に、宣教師がいかに朝鮮（韓国）の言語と文化に親炙し、キリスト教を導入したのかを、論文三編を通して概説する。朝鮮半島においては、宣教師の到来より前にすでに朝鮮の知識人によってキリスト教の知識が導入されていた。例えば、一六〇三年にマテオ・リッチの世界地図『坤輿万国全図』が朝鮮に持ち込まれたし、使節として朝鮮王朝と明朝を往復した李晬光《イスグァン》が著書『芝峰類説』(一六一四年)の中で、天主教について述べ、リッチの『天主実義』(一六〇三年)を紹介している。また、一六三一年に陳奏(皇帝への上奏)使として北京に到着した鄭斗源《チョンドウォン》は、そこで前記の「通辞」ジョアン・ロドリゲスと会い、漢訳西学書を贈られたことも有名である。つまり、一七八四年に北京で受洗した初の朝鮮人李承薫《イスンフン》が朝鮮に戻り、知人に洗礼を授けたときには、キリスト教の基礎知識が朝鮮の知識人たちにすでに広く知られていた。そのため、朝鮮のキリスト教の初期伝播は、漢訳書籍によるもので、外国人宣教師の働きではなかった。しかも、平信徒の自主的、自律的な宣教のため、ローマからの認可を得ずに、多くのカトリック信徒が誕生した。[16] 一七九五年に初めて半島に到着した外国人宣教師は中国人の周文謨神父であり、その時からローマ・カトリック教会の指導を初めて与えるようになったのである。

一八—一九世紀の朝鮮半島では、漢文は知識人に広く理解されたが、ハングルは軽視されていた。しかし、一八三〇年代に朝鮮に到着したパリ外国宣教会の宣教師たちは懸命に朝鮮語を学び、ハングルによる出版を試みた。[17] フランクリン・ラウシュ「ハングルによるカトリックの書物——一八世紀から一九四五年までの概観」は、朝鮮半島のカトリック宣教史を概説し、宣教師と現地知識人との協力で書かれたハングルの書物が有効だったことを示す。また、ヨーロッパ宣教師の漢文書籍が、現地の知識人によってハングルに翻訳され、わかりやすく説かれたことは、欧語—漢文—ハングルという、多言語多文化的展開として注目すべきである。中国や日本における宣教師の出版事業とちがって、在朝外国人宣教師たちはハングルによる書籍を大量に著述し、刊行することはなかったようである。マリー・ダヴリュイ神父はハングルで書籍を書いた数少ない一人である。ハングルと朝鮮文化への適応を表したのはむしろ宣教師の編集したハングルと欧語の対訳辞書であろう。

李容相《イヨンサン》「外国人宣教師の半島伝道と著述活動」は、一九世紀から二〇世紀初期までの期間を中心に、日本人宣教師乗松雅休《のりまつまさやす》の聖書のハングル訳と、日本人クリスチャン官僚のネットワークを紹介し、聖書の翻訳、韓国語文法書と辞典編纂に携わった宣教師の活動を分析し、とくにプロテスタントの宣教師ゲイル、マックレー、アンダーウッド、アペンゼラー、ハルバートがハングルで著述した書籍の及ぼした社会的影響に言及する。
崔英修《チェヨンス》「外国人女性宣教師の文化的影響」は、一九世紀の韓国（朝鮮）教会の発展は、西洋から到来した男性宣教師だけではなく、彼らの夫人および独身の女性宣教師の活動に負うところが極めて大きいことを論証する。実際、来韓した宣教師の半分以上が女性宣教師で、儒教伝統のため、男性を受け入れない場所においては、女性宣教師が活躍し、伝道、教育、医療、慈善、翻訳など多様な活動を行った。彼女たちはハングルで著述し、韓国社会に深く入り込み、現地文化をよく理解したため、彼女たちの伝えた福音も現地の人々の心に届いている、と結論する。

本書は「宣教師の日本語文学」を多方面から総合的に考察する論文集である。一五四九年から二一世紀の現在にいたるまで、キリスト教宣教は、常に現地の言語文化との密接な交流において展開されてきた。異言語異文化を抱え込まない宣教は不可能であった。キリシタン時代こそが今日のグローバル化の先駆けであり、キリシタンの拓いた日本語文学は、その多言語多文化的交流の結実といえよう。

註

▼1　聖書の翻訳に関する情報は Wycliffe 社ＨＰによる。https://www.wycliffe.org/about/why

▼2　一五四四年一月一五日コーチンよりローマのイエズス会員宛て書簡、河野純徳訳『聖フランシスコ・ザビエル全書簡』1、平凡社、一九九四年、一七八―一七九頁。

▼3　ヴァリニャーノ著、松田毅一他訳『日本巡察記』平凡社、一九七三年初版第一刷、八五年第八刷、二六、八五頁。

▼4　土井忠生「文禄元年の日本耶蘇会目録」『史学』一九巻三号、一九四〇年一二月、一四一―一六八頁。再録は土井忠生『吉利支丹文献考』三省堂、一九六三年初版、六九年再版。

▼5　熊沢精次「日本語学習書としての『ロドリゲス日本大文典』の価値」『日本語と日本語教育』一一号、一九八三年、二四頁。
▼6　ビリヨン閲、加古義一編「福者ポーロナバロ及び連の祭礼」『日本聖人鮮血遺書』村上勘兵衛等出版、一八八七年、三一四―三一五頁；姉崎正治「ゼスス会の人物・日本文の達者ナバルロとその従者数人」同『切利支丹迫害史中の人物事蹟』同文館、一九三〇年、五四―五五頁。
▼7　小島幸枝「コリヤードのアクセント――西日辞書の自筆稿本をめぐって」『国語国文』四一巻一一号、一九七二年、四四頁。
▼8　日埜博編著『コリヤード　懺悔録』八木書店、二〇一六年、六九、七九、一〇五頁。
▼9　入江湑「コリヤード刊　懺悔録雑考（下）」『国語国文』三二巻三号、一九六三年、五七頁。
▼10　杉本つとむ「第二章　吉利支丹と日本語研究」『杉本つとむ著作選集：西洋人の日本語研究』八坂書房、一九九八年、五〇―五一頁。
▼11　ジョアン・ロドリゲス原著、土井忠生訳注『日本大文典』三省堂、一九九五年、四頁。
▼12　金井清光「キリシタン宣教師の日本語研究」『國學院雑誌』九二巻六号、一九九一年六月；豊島正之編『キリシタンと出版』八木書店、二〇一三年、三―五頁。
▼13　海老沢有道『キリシタン南蛮文学入門』教文館、一九九一年初版、九二年再版、二八―二九頁。尾原悟「キリシタン時代のイエズス会教育――ザビエルの宿願『都に大学を』」『神学』二〇一三年夏、一一四号、一二一―一二三頁
▼14　例えば、郭南燕編著『バイリンガルな日本語文学――多言語多文化のあいだ』三元社、二〇一三年。
▼15　プロテスタント宣教師の日本語学習に関する研究は例えば、今井美登里「外国人宣教師の日本における伝道と日本語学習：九人の宣教師へのインタビューから」『日本語教育論集』一六号、二〇〇〇年；竹本英代「宣教師の日本語教育：一八九〇年までのアメリカン・ボード宣教師を中心に」同志社大学人文科学研究所編『アメリカン・ボード宣教師――神戸・大阪・京都ステーションを中心に、一八六九～一八九〇年』教文館、二〇〇四年。
▼16　澤正彦『未完朝鮮キリスト教史』日本基督教団出版局、一九九一年、四七―五八頁。朝鮮に伝わった漢文西学の書籍については、李梁「韓国所蔵漢訳西学書に関する書誌的考察――『韓国所蔵中国漢籍総目』を手がかりに」『人文社会論叢　人文科学篇』一九号、二〇号、二〇〇八年。
▼17　Charles Dallet, *Histoire de L'église de Corée*, two volumes, Paris: Victor Palmé, 1874. 金容権訳『朝鮮事情』平凡社、一九七九年、一四三―一四四頁。

第一部

キリシタン時代の日本文化理解

《イエズス会の適応主義》

キリシタン時代はザビエルに始まる。
平戸ザビエル記念聖堂（郭南燕撮影）

1　聖フランシスコ・ザビエルの日本語学習の決意

郭　南燕

聖フランシスコ・ザビエル（一五〇六―五二、出身地バスク地方の発音では「シャビエル」）は、イグナチオ・デ・ロヨラとともにイエズス会創立者の一人で、「東洋の使徒」と称される。ゴア、漁夫海岸、コーチン、マラッカ、モルッカ諸島、日本などで一五四二年五月から五二年一二月死去するまで一〇年間宣教してから、中国宣教をめざす途中、五二年一二月三日に広東付近の上川島で病気のため帰天した。

ザビエルが日本宣教を決めたきっかけの一つは、一五四七年一二月にマラッカで鹿児島出身のアンジロウと出会ったことであった。アンジロウの向学心、聡明さ、勤勉さ、信心深さから日本人の性質を垣間見たザビエルは、「もしも日本人すべてがアンジロウのように知識欲が旺盛であるなら、新しく発見された諸地域の中で、日本人は最も知識欲の旺盛な民族である」[1]と思い、日本宣教を決意した。

四三歳のザビエルは、入信したパウロ・アンジロウ、スペイン人の修道士ファン・フェルナンデス（二二歳）、司祭コスメ・デ・トレス（三八歳）、他に日本人二名、中国人マヌエル、インドのマラバル人アマドルを伴い、一五四九年四月一五日からゴアを出帆し、四か月の艱難困苦の航海を経て、八月一五日（聖母被昇天の日）に鹿児島へ上陸した。その後、鹿児島、平戸、府内、山口で二年三か月宣教を行い、キリスト教の種を日本に撒いた。

本論文集の中心テーマは、宣教師の日本語習得と日本文化への理解である。日本宣教の先駆者ザビエルの日本語習得については、その日本語力が非常に限られたものと判断したシュールハンマー師の研究により[2]、管見では後人による論述はほとんどなく、師の衣鉢が今日まで受け継がれている。

本論は、ザビエルがいかに日本語学習を重視していたかを紹介し、ザビエルの日本語力の可能性を推測し、日本語学習の模範を示したザビエルの功績を確認しておきたい。

聖フランシスコ・ザビエル像、*Neuvaines en l'honneur des saints de la Compagnie de Jésus,*（Chez Lecharlier, libraire, 1795, 国際日本文化研究センター図書館所蔵）

一、アジア諸言語との接触

イエズス会員がアジア領に到着する前に、そこに滞在していた教区司祭が現地語を学ばず、司牧活動に不熱心で、三年間の任期をビジネスチャンスと考え、商取引に励んで金を蓄えることに熱心だったと言われている。[3] したがって、ザビエルの現地語学習は、現地文化への深い関心とキリスト教宣教への大いなる熱意の現れとして、画期的な意義がある。

ザビエルはインド最南端のコモリン岬の漁夫海岸に一五四二年一〇月から滞在し、タミル語（マラバル語）を学びながら宣教した期間が約一一か月ある。その後、一五四五年九月からマラッカに到着し、マレー語を学び、マラッカだけではなく、モルッカ諸島でも宣教したことがある。バスク語を母語とし、ラテン語、フランス語、スペイン語、ポルトガル語、イタリア語に堪能なザビエルではあるが、タミル語とマレー語は決して学びやすいものではなかったようである。具体的に見てみよう。

漁夫海岸における宣教に際してザビエルがまず直面したのは言葉の問題であった。彼の手紙の中で、現地の人々は「私たちの言葉を理解し」ないし、「私もまた、自身の母語がバスク語であるために、この国の言葉であるマラバル語を理解でき」ないため、ある効果的な方法を工夫したことを報告している。すなわち、現地の「より賢い人たちを集め、その中で私たちの言葉を理解するとともに、彼ら自身の言葉をよく知っている人を探し」て、「その人たちといっしょに幾日もかけ苦労を重ねて、十字を切る方法から、三位にまします唯一の神に信仰を告白し奉る言葉、その後で信徒信経、神の十戒、主禱文、天使祝詞、元后あわれみ深き御母、告白の祈りをラテン語からマラバル語に訳して、祈禱文をつくり」、「その祈りを暗記し」て、「子供たちすべて、大人もできるだけ大勢集め」て、「一カ月のあいだ順序に従って祈りを教え」た。その結果、「キリストの信仰に帰依する人たちは数多く、洗礼を授ける手が疲れ」てしまい、さらに「こちらの言葉で信者とは何か、天国とは何か、地獄とは何かを説明し、どのような人が天国へ行き、どのような人が地獄へ行くのか」を話し、「口がきけなくなっ」たほど疲れていた[4]、とある。

つまり、ザビエルはタミル語訳の祈りを丸暗記しただけではなく、キリスト教の本義をタミル語で詳細に説明できたほどのレベルに達していたのである。しかし、タミル語習得が困難だったことは、ロヨラ宛て書簡に「人々と交際し、覚えにくいこの地方の言葉を［話す］ためには、精神的にも身体的にも驚くほど大きな苦労をしなければなりません[5]」と書いている。ザビエルは現地人の通訳に頼らず、自分で苦労して現地語を習得しようとしたことは明らかである。

ザビエルは他のイエズス会員のタミル語学習をも激励した。一五四六年にゴアに到着してからタミル語の学習に取り組まなかったエンリケ・エンリケス（Anrique Anriquez、一五二〇—一六〇〇）は、ザビエルと一五四八年二月に出会ってから、五か月の猛勉強でタミル語を習得した[6]。ザビエルはロヨラ宛て書簡にエンリケスを褒めて、「ポルトガ

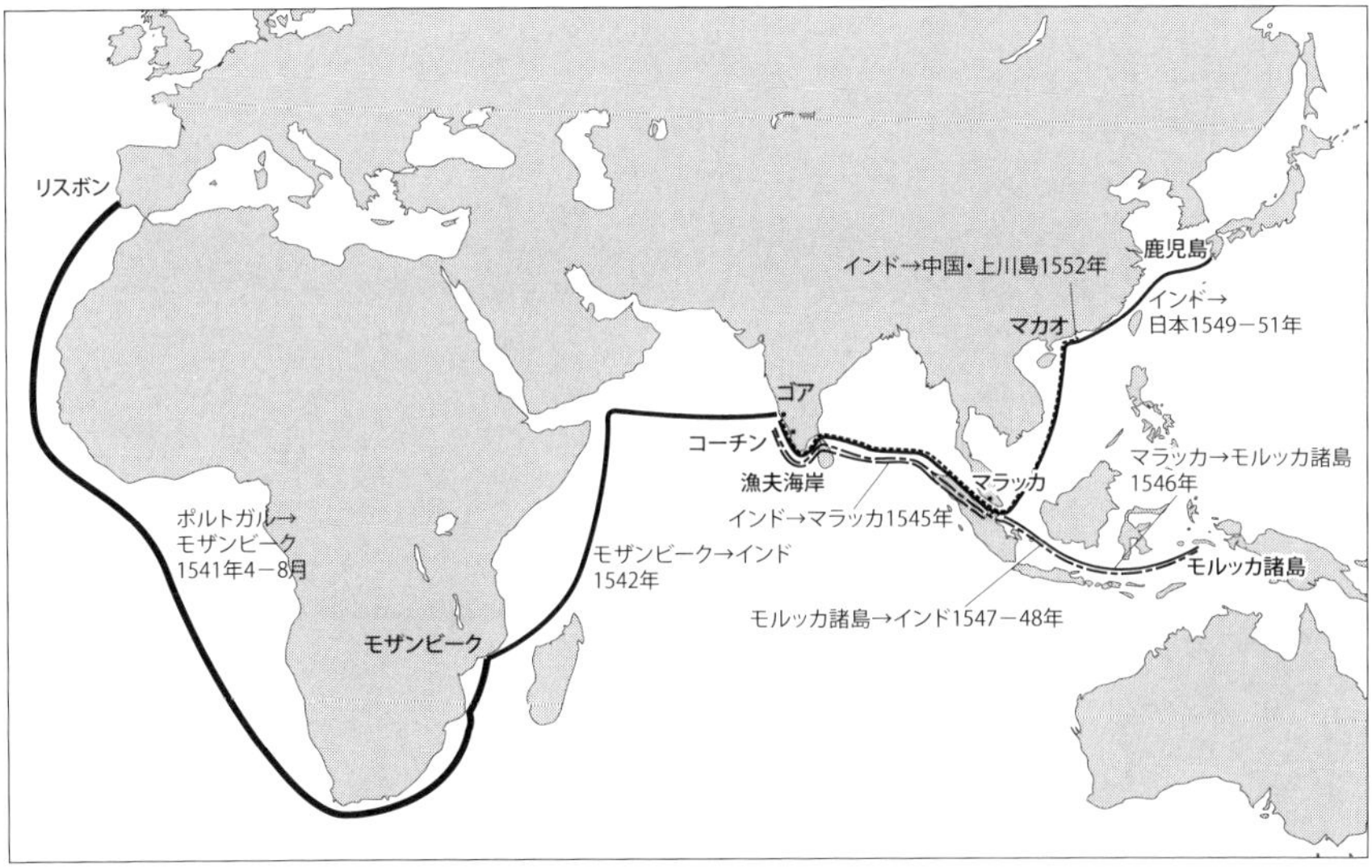

宣教師の渡来ルート（ザビエルのたどった航路）

ルから来て、現在コモリン岬にいるイエズス会員エンリケ・エンリケス神父は、高徳の人で、人々によい模範を示しています。彼はマラバル地方語［タミル語］を話し書くことができますので、二人分以上の働きをしています。言葉を知っているために、その地の信者から驚くほど愛されています。彼らの言葉で説教したり、話し合ったりしますので、信者は彼をたいへん信頼しています」[7]と書いている。現地の人々との交流において現地語を話すことと、通訳を通して話すこととの大きな違いを身にしみて知っているザビエルだからこその褒め言葉である。

ザビエルはエンリケスにタミル語学習用文法書の作成をも依頼していた。その依頼について、エンリケスは「パードレ・メストレ・フランシスコから依頼されたことは、パードレたちがこの言葉を容易に学ぶために、この言葉に関する一種の文法 **una manera de arte** 即ち、動詞の活用、格変化、使用すべき法を付したものを作成するようにということでした。というのは通訳を通して話すか、その言葉自体で話すか、大いに違いがあるからです」[8]と書いている。岸野久氏は、ザビエルには現地宗教の理解、教理の飜訳・通訳に関して、現地人通訳には一定の限界があることは、現地の言語を習得したヨーロッパ人宣教師によって解決されるべきと分かっていたと的確に指摘している[9]。

ザビエル自身はタミル語学習の困難に懲りず、一五四五年九月末にマラッカに到着してから、マレー語を学び、現地通訳の協力を得て種々の祈りをラテン語からマレー語に翻訳した。「言葉が分からないことはたいへん苦しい」[10]と感じて懸命に努力して身につけたマレー語をもって、「マラッカ滞在中は、日曜日や祝日には説教したり、私が泊まっている病院の患者や健康な人たちの告解を聞いたので、霊的な仕事がたくさんありました。この期間ずっと子供や新しく信者になった人たちに信仰の教理を教えました」[11]と書いたように、マレー語も宣教と聴罪に使えたほどのレベルとなっている。一五四六年二月にマレー語を共通語とするモルッカ諸島に到着してからも、「私が話す時に彼らが理解できるよう」にマレー語訳の祈りを現地の人々に渡している[12]。話し言葉で「公教要理を教え終わる」と、「子供やその地の信者に、信仰箇条ごとに誰でも理解できるような言葉で書いた使徒信経の説明書を教えました」[13]と説明したように、話し言葉と書き言葉を交互に使用していた。

タミル語とマレー語を身につけたザビエルは、現地語の学習が宣教の成功を決める鍵であったことをよく把握しており、そのため、来日する前にアンジロウに日本語を教わっていたようである。

二、ザビエルの日本語学習

ザビエルは、日本へ向かう前に日本語の文字の書き方についてアンジロウに教わっている。ロヨラ宛て書簡に「日本語のアルファベットをあなたに送ります。私たちのものとはたいへんに違って、上から始まって下へ書きおろします。私がパウロになぜ私たちと同じように書かないのかと尋ねますと、彼はあなたがたはなぜ私たちと同じように書かないのかと問い返します。なぜなら、人間は頭が上にあり、足が下にあるので、書く時も上から下へ書かねばならないと言うのです。（中略）パウロが言うには、日本の書物は理解しにくいとのことで、私たちがラテン文を理解するのが難しいのと同様であると思われます。しかしその内容は、日本へ到着しましたら、あなたに報告いたします」[14]と書いている。日本到着後の日本語習得に対するザビエルの「自信」がこの書き方から表れているようである。その「自信」はタミル語とマレー語の習得から来たものだけではなく、「やればできる」という日本語学習の堅い決意から来たのであろう。ちなみに、アンジロウの日本文の縦書きに関する説明は当意即妙で、彼の知性とユーモア感覚を見事に表している。

日本上陸から三か月足らずの一一月五日に鹿児島からゴアのイエズス会に出した書簡にザビエルは自分の日本語学習を披露している。

日本は、聖なる信仰を大きく広めるにきわめてよく整えられた国です。そしてもし私たちが日本語を話すことができれば、多くの人びとが信者になることは疑いありません。主なる神は私たちが短い期間に「日本語を」覚えるならば、きっとお喜びくださるでしょう。私たちはすでに日本語が好きになりはじめ、四〇日間で神の十戒を説明できるくらいは覚えました。[15]

とある。「十戒」とは、唯一の神を信じ、偶像を作らず、神の名をみだりに唱えず、安息日に仕事をせず、父母を敬い、人を殺さず、姦淫せず、盗まず、偽証せず、隣人の家と妻などを欲しない、という内容である。そのような抽象的な概念を説明できるくらいに、ザビエル、フェルナンデス、トレスが「四〇日間」で、発音、文法、語彙などにおいて飛躍的に上達していたことが想像できよう。謙虚を最高の徳とするザビエルは、決して自分の言語力を誇張する人ではないことを念頭におけば、彼らの日本語力は目覚ましいものがあったといえよう。

一方、「もしも、私たちが話すことができたならば、すでに大きな成果を挙げていたに違いありません」というもどかしさを滲ませながら、サビエルは自分たちの日本語力について目に浮かぶように描写している。

現在、私たちは日本人のなかに、彫像のようにつっ立っているだけです。彼らは私たちについていろいろなことを語り、話し合っているのに、私たちは言葉が分からないために、おし黙っているだけです。

今、私たちは言葉を習うために幼児のようにならなければなりません。神が嘉し給うならば、素直さと心の純潔とを幼児に倣わしめ給いますように。［日本語を］習うために、無邪気な幼児の単純さに倣わねばなりませんが、そのためにも、童心にかえるためにも、あらゆる手段を選ぶ心構えをしなければなりません。[16]

とあるように、十戒を説明できても、会話の能力が明らかに欠けていたので、「無邪気な幼児の単純さ」を真似て、価値判断をせず、理屈を言わず、子供が無条件に大人の言葉を真似するように、自分たちの頭を白紙にするという、ザビエルの日本語習得の意欲を示している。

ザビエルたちの日本語学習はアンジロウの助力に負うところが大きいことはいうまでもない。書き言葉においては、ひたすらアンジロウの和訳に頼っていた。例えば、領主島津貴久の母親寛庭《かんてい》が聖母像をみて感激し、「キリスト教信者が信じていることを書いて送ってくれるように」と頼んだら、アンジロウは早速「幾日もかかって聖なる信仰についていろいろのことを日本語で書いて、領主の母堂にお送りし」たことがあり[17]、ザビエルは彼をほめて、「私たちの親愛なる兄弟パウロが、日本人の霊魂の救いのために必要なすべてのことを忠実に日本語に訳すでしょう」と期待していた[18]。実際、アンジロウは訳本を痛恨の七つの詩篇、連禱、その他の祈り、洗礼の説明書、祝日表などを含めて、市来城《いちく》の信者たちに残している、という記録がある[19]。

ザビエルは自分の日本語力については明言していない。しかし、ルイス・フロイスの『日本史』から垣間見ることができる。フロイスは、フェルナンデスとともに度島に一年間滞在したことがあり、ザビエルと同伴していたフェルナンデスからいろいろと聞いていただろう[20]。例えば、鹿児島に到着してからまもない時、ザビエルたちは「日中の大部分は近所の人たちとの交際に忙しく、夜は祈ったり、非常な熱心さで初歩の（日本）語を学ぶために遅くまで眠らずにいた。ほんの少しばかり判るようになっていたメストレ・フランシスコ師とジョアン・フェルナンデス修道士が、こもごも異教徒たちが提出する質問に答えたり、彼らの質疑を解くことに一日中を費やして過した[21]」と、フロイスは記録している。つまり、抽象的なことを「議論」するだけの日本語力がザビエルとフェルナンデスの二人にあったことがわかる。

山口へ到着したザビエルについては、フェルナンデスから得た情報をフロイスは次のように書き留めている。「彼は自らの乏しい（日本）語の知識を傾けて仏僧たちと語った際、彼らに向かい、至聖なる三位一体の原義やデウスとペルソナの関係、また至聖なる三位一体の第二のペルソナが肉体を持ち、人となり、人類を救済するために十字架上で死に給うこと」を説明している[22]。この内容を見れば、ザビエルの日本語力は「乏しい」とはいえ、かなりの抽象的な内容を言えるようになっている。

これと同時にフロイスはザビエルが「大日」（大日如来の略）という言葉でキリスト教の「デウス」を呼ぶ危険に気づいたため、「大日」をやめて、「デウス」という原語を使用するようになったことにも触れている[23]。岸野久氏の研究によれば、来日前のザビエルは「日本の宗教を安易にキリスト教的に解釈したり、キリスト教のものと対比することに批判的であり、慎重であった」ので、「大日」の採用は、意図的にキリスト教と仏教との対話の架け橋としたことであり、アンジロウの「無知」によるものではないという結論を出している。[24] 首肯できる観点である。

日本滞在二年二か月後、インドに戻ったザビエルは、イエズス会員宛て書簡において日本語について詳しく触れ、彼の日本語習熟度を反映している。すなわち「全国にわたって一つの言葉しかありませんから、日本語を習うのはあまり難しいことではありません」とある。[25] これは実際、ザビエル自身が日本語をさほど難しく感じなかったことを意味し、また新たに日本へ派遣されてくる宣教師のためにも、日本語学習の困難ではなく、学習の可能性を強調しているのだろう。同じ書簡で鹿児島滞在時の日本語学習と宣教を次のように振り返っている。

信者たちに教理を教え、日本語を習い、教理の中からたくさんのことを抜粋して日本語で書くことなどで多忙を極めました。（中略）日本人がまったく知らない万物のただひとりの創造主のこと、その他の必要なことから、キリストのご託身に至り、キリストのご生涯のすべての奥義をご昇天まで取り扱い、また最後の審判の日についても説明しました。たいへんに苦労してこの書を日本語に翻訳し、その日本文をローマ字に書き改めました。そして自分の魂を救うために、神やイエズス・キリストを礼拝しなければならないことを、キリスト信者になる人たちが理解できるように読んで聞かせました。[26]（傍線は引用者、以下も同様）

このようにアンジロウの助力を借りて、教理書と聖書の和訳と抜粋で苦心したこと、朗読しやすいように日本文をローマ字に書き直したことなど、いかに宣教用の日本語を工夫して身につけようとしたのかがわかる。

鹿児島に一年滞在してから翌一五五〇年八月にザビエルは、トレス、フェルナンデスらと平戸に向かった。その時に「私たちの一人がもう日本語を話せましたので、日本語に訳した本を読み、また説教して、大勢の人を信者にしました」[27] と書いたように、フェルナンデスの日本語上達は鮮やかであり、確実な宣教効果があったようである。と同時に、自分はまだフェルナンデスほど上達していないことを認めるニュアンスがある。

数か月後の一一月に山口に行き、「そこで私は幾日間にもわたって街道に立ち、毎日二度、持って来た本を朗読し、読んだ本に合わせながら、いくらか話をすることにしました。大勢の人が説教を聞きに集まって来ました」[28]とあるように、「私」（ザビエル）がまず和訳されたローマ字書きの本を朗読してから、その内容を自分の言葉で説明するというやり方は、前記の漁夫海岸での宣教方法と似ている。ただ、山口では説教だけではなく、質問にも答えなければならなかった。「私たちが説教していた教えについて質問するために高い身分の武士の家に呼ばれて、彼らが信じている教えよりも優れているなら、帰依したいと言われました」[29]という文中の「私たち」は当然、フェルナンデスをも含めている。

ザビエルが率先した日本語学習に影響されて、トレスは在日イエズス会員たちに、相互の間も平素日本語で話すように勧めたことがあり、フェルナンデスはこの規定を最も厳格に守り、インドから日本に着いたばかりの司祭や修道士とは日本語以外の言葉を使おうとしなかったといわれる。[30]フェルナンデスの上達にはこのような自己規律の苦行が伴われたことがわかる。

ザビエルは日本語習得の必要性を繰り返している。ロヨラ宛て書簡で、コインブラから派遣されるイエズス会員は、「まず日本語を学び、また日本の諸宗派の研究に力を入れ、将来神父が日本へ行った時に、彼らが述べるすべてのことを正確に伝える通訳になる」ように[31]と書き、日本語と日本文化への理解に対するザビエルの高い要求がわかる。さらにフェルナンデスを褒め、「ファン・フェルナンデスは修道士で、日本語が非常に上手です。コスメ・デ・トレス神父が彼に言うことをすべて日本語で話します」と書き、[32]将来は、「毎年イエズス会の神父たちが日本へ行くことになるでしょう。そして山口にイエズス会の修院を建て、日本語を学び、各宗派の教理を研究することになるでしょう。それで、これら大学へ行って［宣教する］ために、大いに信頼される人物が日本へ渡る場合、山口には日本語をよく話し、各宗派の誤謬をよく知っているイエズス会の神父や修道者がいること になり、日本へ行くべくヨーロッパで選ばれる神父たちにとっては、大きな助けとなるでしょう」と明るい展望をもつようになっている。[33]

ザビエルは、漢字の便利さにも触れている。「中国人と日本人とでは話し言葉が非常に違うので、会話はお互いに通じ」ないが、「書く時には文字だけによって理解しあ」うので、[34]漢字書物による中国宣教も可能だと考えた。「私たちは天地創造とキリストのご生涯のすべての奥義について日本語で書きました。そののち、私たちは同じ本を漢字で書きました。それは中国へ行く時に中国語が話せるようになるまで、私たちの［信仰箇条を］理解してもらうため[35]」というふうに、まず漢字書籍をもって中国で宣教を始め、それから学習した中国語の話し言葉で教理を説明する、と想定する方法も、漁夫海岸での宣教方式と似ている。ここで注目すべきことは、ザビエルが日本語学習を、中国宣教の基礎づくりとしていることである。

同じ書簡において、「インド地方で発見されたすべての国のなかで、日本人だけがきわめて困難な状況のもとでも、信仰を長く持続してゆくことができる国民だ[36]」と表した考えは、先見の明がある。実際、度重なる凄惨な迫害により、キリシタンが地下に入り、二百年余の潜伏期間を経て一八六五年三月一七日、長崎の大浦天主堂に再び現れている。これは奇跡と世界中で思われたが、三百年前にすでにザビエルによって見事に予言されている。ザビエルは、日本語学習と日本諸宗派への理解に打ち込んだからこそ、日本人に対する的確な観察がなされ、予言も的中したのである。

だが、ザビエルの日本語力については、シュールハンマー師は数々の根拠をあげて、非常に限られたものとしている。前記の「日本語を習うのはあまり難しいことではありません」というザビエルの言葉は、ザビエル自身の日本語習得を指すのではなく、フェルナンデスを指すものだとしている。[37]シュールハンマー師は多くの史料を十分渉猟したうえで、ザビエルの日本語力を判断しているので、その説を覆すことのできる新しい資料は当面はまだ見当たらないが、その説とは異なる可能性を以下で示したい。

三、ザビエルの日本語力

ザビエルは、バスク語、スペイン語、ポルトガル語、イタリア語、フランス語、ラテン語に堪能であり、さらにタミル語、マレー語を身につけた人であり、日本語もある程度身につけたとしても決して不思議ではないだろう。その「ある程度」を測るための文字資料は、前節で触れたもの以外はない。しかし、それを推測するための可能性がほかにいくつかあるので挙げておきたい。

まず、ザビエルが生まれ育ったバスク地方のナバラ王国のバスク語は、スペイン語と全く違う言語で、ヨーロッパのどの言語とも「親近関係」がなく、系統不明とされている。[38] しかし、バスク出身の宣教師は来日してから、すぐバスク語と日本語との類似性に着目し、日本語は学びやすい言語だと感じたことがある。例えば、パリ外国宣教会の宣教師カンドウ神父（Sauveur Candau、一八九七―一九五五）は、獅子文六との対談で、「わたしはバスク地方の生まれですから、ほかのフランス人より遥かにラクに日本語をおぼえることができるんです。バスク語は日本語に類似することが多い」と言い、日本語の「ナニナニだ」という動詞は、バスク語でも「ダ」であり、「バスク語は日本語と同じ順序ですから、ちっとも驚かないですね。その点は助かります」と言ったことがある[39]（カンドウ神父については第二部4章参照）。

カンドウはアジアの他の言語を聞いても特に親近感がないが、日本語だけが故郷の言葉と似ていると感じている。雑誌『声』への投稿で彼は次のように書いている。

東京の第二代目の大司教ムガブル閣下は私と同じくバスク人でありましたが、今より五十年ほど前、閣下が始めて《ママ》日本に到着し、横浜に上陸せられた時、お迎へに往つた日本人が荷物を運び去らうとして『是ればかりだ』と云ふのを聞いて非常に驚かされたさうです。それは此日本語は発音も意味も全くバスク語と同じであるからで（中略）日本に来る途中私は四ケ月許マレー半島、印度及び支那を漫遊して、タムル語、マレー語、安南語、支那語などを耳にした時、其発音が毫も聞き取れないので大に失望し、日本語も之と同様なものであるならば何うしようと心配しました。

然るに横浜に上陸して日本人の語を聞くと驚きました。何となく聞き慣れた母国語を聞くやうで、どうしても全くの外国語とは思はれませんでした。（中略）今では殆ど母国語と同じやうに解ります。又是迄日本語を学んで、そんなに難しいと思つたことは一度もありません。[40]

と書き、同じバスク出身のリサラグ神父についても「私と同じく始めて日本語を聞いた時、前に聞いたやうな気がした」との証言をカンドウ神父は持ち出し、日本語とバスク語との発音の近い単語が「無数」にあるとして、次頁のような対照リストまで作っている。

さらに、日本語の「狐の嫁入」という表現はバスク語にもあり、日本人が「言霊《ことだま》の幸《さき》はふ国」と思うのと同じように、バスク人はバスク語が「世界無比の立派な語」とみて、「アダムとエワとは楽園にてバスク語を話したと信じて」いると紹介する。[41]

言語学者ではないカンドウ神父は、直感的に両言語の相似性を感じ取っているだけではなく、言語学の基礎的知識をもって、文法的には「バスク語では日本語と全く同じ順序、同じ構造」で、「日本語の『絶えず』『考へず』『止むことなき』『飲むこと』の如き構造及び『持て来る』『持て行く』『置いて参りました』『見て来ました』の如き構造は英語や仏語には見られないが、バスク語には之と全く同じ構造があ」ると言い、「バスク語は日本語と同じく言語学上の所謂接合（膠着）語に属し、語根に接頭語や接尾語を付加へたり、語尾を変化したりして色々の意味を表し」、「日本語が対話者の身分に従つて『さうだ』『さうです』『さうであります』『さうでございます』などゝ語尾を変化して普通の語、親密の語、丁寧な語、尊敬の語を造るやうにバスク語でも矢張対話者の身分に従つて動詞の語尾を変化する」とし、「バスク語と日本語との発音は非常に似てゐます。日本語の音は残らずバスク語にもあります。母音の長短も両国語において同様に大切」だとみている。[42]

このように列挙してきた相似性がカンドウ神父の日本語学習をかなり容易にしたようである。実際、カンドウ神父の日本語は多くの人に絶賛されている。「自在な日本語を駆使し、西欧の本格的な哲学的な信念からほとばしるものだけに、常に新らたな感動を与え」るその「たぐい稀な日本語と日本文」を辰野隆は高く評価している。[43]

バスク人ではないが、一九五〇年代に来日したフランス人宣教師で、遠藤周作の小説『おバカさん』のモデルとなったネラン神父（Georges Neyran, 一九二〇―二〇一一）も、日本語と「同じ構造を持つ言語はバスク語しかない。だから、バスク人にとって、日本語は覚えやすいはず」だと断定している。[44] ちなみに『バスク語辞典（バスク語・英語・日本語）』の著者戸部実之は、「バスクの文の構造は、却って日本語に近く、バスク語の研究は、日本人の方が適している」と考えている。[45]

一方、バスク語の研究者下宮忠雄は、日本語とバスク語との相似について、「言語学をすこしでもかじったことのある読者なら、このような偶然の一致は世界のいたるところにあることに気づくだろう」と一蹴している。[46] カンドウ神父が実感した日本語とバスク語との相似は、言語学的に理論化されたものではないが、直感的に覚えた親近感こそが、異言語の学習にとって、言語学の専門知識と理論よりも大切な役割を果たす。

ただし、バスク出身ならだれでもたちまち日本語が身についたわけではない。フランス南部バスク

日本語（左）とバスク語の比較

アキタ（飽きた）	アキツア
アニ（兄）	アニア
ばかり（許り）	バカリック
ボロケル（襤褸ける）	ボロケツ
ダ（過去を示す『である』の略）	ダ
ヘヤ（室）	ヘヤ
メ（牝）	エメ
ヲス（牡）	オサ
チチ（乳）	チチ
シオレタ（萎れた）	シヲレツァ
ウチ（宅）	エッチ
ウツワ（器）	ウンツワ
ヌシ（主）	ナウシ
トリ（鳥）	シヨリ
ウム（産む）	ウミ
ソソウ（粗糙）	ソソウ
カレ（彼）	ハレック
コレ（此）	ホレ
サカリ（盛り）	サカリ
ムスコ（息子）	ムチコ
アマ（母）	アマ

出身の神父ローラン・ラバルト（Laurent Labarthe, 一九二四―二〇〇一）は、一九五四年に来日してから日本語学習の困難さを感じていた。「横浜港に着いた私は、そこらの日本人よりずっと達者な日本語を操る日本史通でした、というのはまったくの冗談。実際には西も東も分からぬまま、心細さをロザリオの祈りで紛らわしながら、東京にある管区本部へと駆け込」み、「二年間の日本語の特訓をようやく終え、川越教会助任司祭として司牧生活を始めた」と言い、晩年の空想は「神様にもう一度この世の生を与えられるとしたら、やはり司祭の道を選ぶでしょうね、（中略）こんどはもう少しましな日本語をしゃべることができるようになっているでしょう」と、自伝『宣教師の自画像』において語っている。[47] この本を読めば、ラバルト神父のユーモア溢れる語り口からその日本語力の高さを感じることができる。

もちろん、一九三〇年代のカンドウ神父の感じたバスク語と日本語の相似性は、そのまま一六世紀後半のバスク語と日本語にあてはまるとはかぎらない。ただ、当時のザビエルは、辞書も教科書もない時代において、母語との相似性を最大限に利用していたことは想像に難くない。今日の外国語学習者なら、直感的に母語の発音、文法、表現と似ている外国語なら、いち早く覚えてしまうことは、誰でも経験したことがあるだろう。したがって、ザビエルが「日本語を習うのはあまり難しいことではありません」と書いたことは、バスク語を母語とする彼自身の率直な感想として受け止めることは可能だと思う。

もう一つ見過ごしてはいけないのは、ザビエルはインド・ヨーロッパ語族に属しないタミル語とマレー語を苦労して学んだ経験があり、苦労して学んだ日本語は決して両語より難しいものではないことである。前記した、タミル語習得のために、「精神的にも身体的にも驚くほど大きな苦労しなければなりません」という実感とは違い、「日本語を習うのはあまり難しいことではありません」と書いたことは額面通りに受け取ることができる。タミル語の基礎をもつザビエルにとっては、日本語は途方もなく巨大な困難を伴う言語ではなかったはずである。ちなみにタミル語も文法的に「日本語と平行した現象が多く見られ」ると研究されている。[48]

結び

ザビエルは日本語を学び、自分の言葉で日本人に向かって宣教していたことは、彼自身の書簡からもフロイスがフェルナンデスから得た情報からも見ることができた。今日の「日本語能力試験」の基準をもってザビエルの日本語力を測ろうとすれば、レベル2の「日常的な場面で使われる日本語の理解に加えて、より幅広い場面で使われる日本語をある程度理解することができる」[49]というものになるのではないかと思う。

ザビエルの日本語力を客観的に判断する資料は限られている。本論があえてこのような推測をしたのは、アジアにおいて現地語を懸命に習得し、現地の人々との交流を盛んに行い、宣教の成果を大きくあげたザビエルの実践こそが、ヴァリニャーノの提出した「順応」政策（詳細は第2章の川村論文と第3章の李論文）の基礎を作りあげたことを確認したかったからである。

ザビエルがどれほど日本語に上達したかということより、イエズス会の初期宣教活動において手本となる人物がいかに真剣に努力したのかを確かめることのほうがもっと大切だろうと思う。ザビエルの努力はまさに「順応」政策の模範である。

註

▼1　一五四八年一月二〇日、ローマのイエズス会宛て書簡、河野純徳訳『聖フランシスコ・ザビエル全書簡』2、平凡社、一九九四年、一〇六頁。

▼2　Georg Schurhammer, *Das kirchliche Sprachproblem in der japanischen Jesuitenmission des 16. und 17. Jahrhunderts:*

ein Stück Ritenfrage in Japan, –Deutsche Gesellschaft für Natur-u. Völkerkunde Ostasiens, 1928 (Mitteilungen der Deutschen Gesellschaft für Natur- und Völkerkunde Ostasiens, Bd. 23). 本書の内容は、土井忠生「『十六・七世紀における日本イエズス会布教上の教会用語の問題』」『キリシタン研究』第一五輯(一九七四年一一月)に詳細に紹介されている。土井論文の再収は、土井『吉利支丹論攷』三省堂、一九八二年、一九―二二頁。

▼3 岸野久『ザビエルと東アジア――パイオニアとしての任務と軌跡』吉川弘文館、二〇一五年、一三二頁。Stephen Neill, *A History of Christianity in India: The Beginnings to AD 1707*, Cambridge, 1984, pp. 126-127.

▼4 一五四四年一月一五日、コーチンよりローマのイエズス会員宛て書簡、河野純徳訳『聖フランシスコ・ザビエル全書簡』1、平凡社、一九九四年、一七九、一八六―一八七頁。

▼5 一五四九年一月一二日、コーチンよりローマのロヨラ宛て書簡、河野訳『聖フランシスコ・ザビエル全書簡』2、平凡社、一九九四年、一九七頁。

▼6 一五四八年一〇月二一日、エンリケスからロヨラ他宛て書簡、引用は岸野久「第三章 イエズス会士エンリケ・エンリケスとタミル語」岸野久『ザビエルと日本』吉川弘文館、一九九八年、四八頁。

▼7 一五四九年一月一二日、コーチンよりローマのロヨラ宛て書簡、河野訳『聖フランシスコ・ザビエル全書簡』2、平凡社、一九九四年、二〇七頁。

▼8 一五四八年一〇月三一日、エンリケスからロヨラ他宛て書簡、引用は岸野久「第三章 イエズス会士エンリケ・エンリケスとタミル語」前掲岸野『ザビエルと日本』四八頁。

▼9 岸野久「第一〇章 ザビエルの通訳アンジローとフェルナンデスの働き――インドでのエンリケ・エンリケスとの比較において」前掲『ザビエルと日本』一九二頁。

▼10 一五四五年一一月一〇日、マラッカよりヨーロッパのイエズス会員宛て書簡、河野訳『聖フランシスコ・ザビエル全書簡』2、平凡社、一九九四年、二七頁。

▼11 一五四六年五月一〇日、アンボンよりヨーロッパのイエズス会員宛て書簡、河野訳『聖フランシスコ・ザビエル全書簡』2、平凡社、一九九四年、四四頁。

▼12 同右、五四頁。

▼13 一五四八年一月二〇日、コーチンよりローマのイエズス会員宛て書簡、河野訳『聖フランシスコ・ザビエル全書簡』2、

平凡社、一九九四年、一〇三頁。
▼14　一五四九年一月一四日、コーチンよりロヨラ宛て書簡、河野訳『聖フランシスコ・ザビエル全書簡』2、平凡社、一九九四年、二三三頁。
▼15　一五四九年一一月五日、ゴアのイエズス会員宛て書簡、河野訳『聖フランシスコ・ザビエル全書簡』3、平凡社、一九九四年、一〇二頁。
▼16　同右、一一七―一一八頁。
▼17　同右、一一七頁。
▼18　同右、一三一―一三二頁。
▼19　同右、一四二頁、注四六。
▼20　ルイス・フロイス著、松田毅一訳『日本史』9（西九州篇1）、中央公論社、一九七九年初版、一九八一年普及版、二九九頁。
▼21　同『日本史』6（豊後篇1）、中央公論社、一九七八年初版、一九八一年普及版、四二頁。
▼22　同右、六二頁。
▼23　同右、六二―六三頁。
▼24　「第十章、フランシスコ・ザビエルの「大日」使用について」岸野久『西欧人の日本発見――ザビエル来日前　日本情報の研究』吉川弘文館、一九八九年、二〇一―二〇五頁。岸野久「フランシスコ・ザビエルと『大日』」坂東省次・川成洋編『スペインと日本――ザビエルから日西交流の新時代へ』行路社、二〇〇〇年、八一―八五頁。
▼25　一五五二年一月二九日、コーチンからヨーロッパのイエズス会員宛て書簡、河野訳『聖フランシスコ・ザビエル全書簡』3、平凡社、一六九頁。
▼26　同右、一七六―一七七頁。
▼27　同右、一七八頁。
▼28　同右、一七八頁。
▼29　同右、一七八―一七九頁。
▼30　ルイス・フロイス著、松田毅一訳『日本史』9（西九州篇1）、中央公論社、一九七九年初版、一九八二年普及版、

二九八—二九九頁。

▼31 一五五二年一月二九日、コーチンよりローマのロヨラ宛て書簡、河野訳『聖フランシスコ・ザビエル全書簡』3、平凡社、二一七頁。

▼32 同右、二一七—二一八頁。

▼33 一五五二年一月二九日、コーチンからヨーロッパのイエズス会員宛て書簡、河野訳『聖フランシスコ・ザビエル全書簡』3、平凡社、一九九—二〇〇頁。

▼34 同右、二一九—二二〇頁。

▼35 同右、二二〇頁。

▼36 同右、二一八頁。

▼37 註2参照。土井論文の再収は、土井『切支丹論攷』三省堂、一九八二年、三〇—三三頁。

▼38 吉田弘美「バスク語」石井米雄編『世界のことば・辞書の辞典：ヨーロッパ編』三省堂、二〇〇八年。

▼39 「日本あれこれ《獅子文六氏との対談》」(初出『週刊朝日』一九五一年一月二一日号)S・カンドゥ著、宮本さえ子編『思索のよろこび——カンドゥ神父の永遠のことば』春秋社、一九七一年、一四六—一四七頁。

▼40 カンドウ「日本人とバスク人」『声』六二一号、一九二七年一月、三〇—三一頁。

▼41 同右、三一—三三頁。

▼42 同右、三三頁。

▼43 辰野隆「バスクの星——序にかえて」S・カンドウ『バスクの星』東峰書房、一九五六年、二頁。

▼44 G・ネラン「日本語、地獄」『おバカさんの自叙伝半分 聖書片手に日本36年間』講談社、一九八八年、二〇二—二〇三頁。

▼45 戸部実之「序」『バスク語辞典(バスク語・英語・日本語)』泰流社、一九九六年、四頁。

▼46 下宮忠雄『バスク語入門：言語・民族・文化』大修館書店、一九七九年、三〇頁。

▼47 ローラン・ラバルト著、ラバルト神父金祝実行委員会編著『宣教師の自画像』フリープレス、一九九八年、三八—三九頁。

▼48 家本太郎「タミル語」柴田武編『世界のことば小事典』大修館書店、一九九三年初版、一九九四年三版、二七一頁。

▼49 日本語能力試験HPの「N1~N5：認定の目安」http://www.jlpt.jp/about/levelsummary.html

2 イエズス会巡察師ヴァリニャーノの「順応」方針の動機と実践

川村 信三

二〇一六年の暮れ、全米の映画館で巨匠マーティン・スコセッシ監督の『沈黙』が封切られ、舞台となった日本でも翌年早々に公開された。これは、五〇年前に書かれた遠藤周作の『沈黙』（一九六六）を映画化したものである。キリスト教の真髄を知りたければこの作品を読むようにとニューヨークの教会関係者から手渡されたのが英訳版『沈黙（*Silence*）』であり、以後二八年の歳月をかけて完成公開にこぎ着けたと監督自身が語っている。遠藤周作独特の解釈とストーリーの展開から、原作には当初から賛否両論があったが、誰しもが認める共通点は、この作品がきわめて深い「信仰」と「政治」、そして「人間」の考察題材を提供しているということである。

この国には古来、神仏が存在し、もはや新しい教えを必要としていない。しかも、新しい教え（キリスト教）を運んでくる人びとが純粋に宣教目的だけではなく、大航海時代のスペイン（イスパニア）・ポルトガルの国力を背景にもっていたことは、キリスト教にとって、ある意味で、非常に困難で不幸な状況をもたらしたといえる。

「日本」という「沼地」にはキリスト教という苗は植えられてもすぐ根が腐り、根づかない。遠藤の小説に語られるその状況がまさに、日本のキリシタン時代であった。その苗を何とか生きながらえさせようと宣教師たちが努力奮闘した一方、ただ単にヨーロッパ文化とキリスト教信仰を区分せず押しつけようとした、すなわち「征服」という発想でキリスト教をもちこもうとしたヨーロッパ人という解釈も吟味の必要があるだろう。

本論で扱うのは今、世界が関心をよせる、一六世紀末から一七世紀の日本キリスト教（イエズス会宣教）を牽引したアレッサンドロ・ヴァリニャーノ（Alessandro Valignano, 一五三九―一六〇六）という人物である。遠藤の小説では、ヴァリニャーノは一六四〇年に日本に渡航する二人の宣教師を送り出したという設定だが、歴史上の当人は一六〇六年に逝去している。現実のヴァリニャーノは、フランシスコ・ザビエルとはちがって、聖人肌の人物ではなく、むしろ管理者、統率者、立案者としての性格を有し、業績を残している。そのヴァリニャーノが「キリスト教は根づかない」とされた日本の土壌で、どれほどそのプランナーぶりを発揮したかを、本論では概観していきたい。

一、宣教師アレッサンドロ・ヴァリニャーノ

アレッサンドロ・ヴァリニャーノは、一五三九年にイタリア半島のキエーティに当地の貴族家に生まれ、一六〇六年マカオでイエズス会の巡察師として生涯を閉じた（享年六七）イエズス会員である。イエズス会に入会したのは一五六六年であり、その後、同会が新たに進出したインド以東の「宣教地」を総長の名の下に視察する巡察師として、合計三回来日を果たしている。一五七九年の初来日から日本宣教地の意識・機構改革に取り組み、離日する八二年には九州のキリシタン諸大名、大友宗麟、有馬晴信、大村純忠の名代としての遣欧使節を組織した。伊東マンショ、千々石《ちぢわ》ミゲル、中浦ジュリアン、原マルチノの四人の少年名とともに世に知られた天

正遣欧使節の発案者はヴァリニャーノその人である。彼自身は使節をともなってローマまで赴く意向であったが、インドのゴアに到着したとき、自らが東インド管区の長に任命されたことを知り、同地に留まることとなった。かくして、使節がヨーロッパからの帰路ゴアに立ち寄る一五八七年までの五年間をそこで過ごし、その地から宣教地に数多くの書簡を送り続けていた。一五九〇年、使節一行が帰国した際、インド総督（副王）の名代の地位で外交使節として来日した時は、すでに豊臣秀吉の「伴天連《ばてれん》追放令」が発布されていて宣教師の再入国が不可能となっていた。

ヴァリニャーノが最初に来日した頃、すなわち一五八〇年初頭の日本キリスト教はいかなる状況であったか。

アレッサンドロ・ヴァリニャーノ（マイケル・クーパー『通辞ロドリゲス』松本たま訳、原書房、1991年より）

それは日本キリスト教界にとって「限りなく希望に満ちた繁栄の始まり」とでもいうべき時期であった。一五四九年のザビエルの来日以後、一六四〇年のポルトガル船の渡航禁止にいたる約百年を、チャールズ・ボクサーの命名した「キリシタンの世紀」とよぶことが欧米の研究者の間ではおこなわれているが、その「世紀」のなかでも、一五八〇年から八七年にいたる時期は、ヴァリニャーノの思惑どおりキリスト教信徒の輪が急速に成長を達成して、いわゆる「全盛期」をつくりだしている。一五七八年には豊後《ぶんご》の大友宗麟がフランシスコの名で受洗し、また、八二年にも有馬晴信がキリシタン大名となり、すでに自領をキリシタン化していた大村純忠とともに、九州のキリシタン発展を促進していた。さらにこの大村純忠は七〇年代初頭から規模を拡大し続けた長崎港を一五八〇年、イエズス会に寄進し、「教会領」長崎を誕生させていた。

京都周辺の五畿内（摂津、河内地域）でも、高山右近を筆頭とするキリシタン大名が織田信長の膝下でキリシタンの平和を享受した時期である。キリシタンに好意的であった織田信長が明智光秀の謀反によりあえなく討ち果たされた後、秀吉政権への移行期にもキリシタンはなお安泰であり、高山右近の周辺には黒田官兵衛や蒲生《がもう》氏郷《うじさと》らのキリシタン大名が誕生した。集団的な改宗も促進され、一五八二年に一五万人だったキリシタン人口は、一五九二年までに二二万にまで増加曲線をたどった。キリシタンの成長が秀吉の全国統一政策にとって障害と見なされるのにさほど時間は必要でなかったが、秀吉が一五八七年の伴天連追放令をもってキリシタン勢力の切り崩しを開始するまで、少なくとも、キリシタンは自由を享受したと考えてまちがいない。こうした、束の間の「繁栄期」にヴァリニャーノはその原動力となったイエズス会宣教師らを巡察し指導する立場となっていたのである。

ヴァリニャーノ研究の第一人者で、長くローマのイエズス会研究所にいて、日本宣教史料の整理にあたったヨゼフ・フランツ・シュッテ神父は、ヴァリニャーノを高く評価し、その政策の中心にあった「順応」（accommodation／「適応」という訳語もあてられるが、ここでは「順応」とする）という発想を広く世に知らしめた。その際、シュッテ神父の手法は、ヴァリニャーノのカウンターパートとしてのフランシスコ・カブラル（Francisco Cabral）の方針を対比させることであった。すなわち、宣教現地の文化、風習を尊重しつつ現地人の指導者をも養成しようとしたヴァリニャーノの方針は、世界的にも希有な事例であり、それは、日本宣教の長（布教長）であったカブラルの方針を一八〇度転換させたゆえの功績だとする。最近の研究では、こうしたヴァリニャーノ寄りの一方的な見方の是正がすすめられ、カブラルにも評価されるべき点が数多あることが確認されるようになっている。筆者は、カブラルの活動した一五七〇年代と、ヴァリニャーノの一五八〇年代の日本宣教地の成熟度の問題が大いに影響していると考えるのだが、その結論はまだでていない。本論では、シュッテ神父が高く評価する「順応」方針について、ヴァリニャーノの人となり（出身地、教育）を通じて培われた要素をとりだして考えてみたい。

これまで、シュッテ神父の著書[1]をはじめいくつかのヴァリニャーノ研究が世にだされている。日本では松田毅一氏がシュッテ本に準拠しながらヴァリニャーノの概要を伝えた。しかし、ヴァリニャーノに関する邦語のまとまった単行本はまだ存在していない。ただし欧米研究者の間では論じられているヴァリニャーノの特記事項である「順応」政策についていうと、ヴァリニャーノが宣教地において創始したと考えてまちがいない。このヨーロッパ宣教師の考え方、その成立の背景を、ヴァリニャーノという人物を紐解くことによって考えてみたい。その際、重要な考察は、（1）ヴァリニャーノの出身地キエーティの環境、（2）彼がうけた教育の役割についてである。

二、ヴァリニャーノの出身地キエーティ

ヴァリニャーノの宣教地文化に対する「順応」の考え方を育んだのは彼の出生地の環境によるところが大きい。その地で、彼はイタリアという狭い範囲を越えた、真に「国際人」としての素質を涵養したといえる。

ヴァリニャーノが生誕したイタリアの中堅都市キエーティ（北緯四二度、東経一四度）はイタリア半島の中央部アドリア海側のアブルッツォ州にある中心都市である。海港として発展したペスカーラとともに、この丘陵の頂き（標高三三〇メートル）に位置する旧市街が発展した。ローマからの距離は一四九キロと近距離であるものの、

その間にはアペニン山脈が立ちはだかり、冬期には、二〇〇〇メートル級のコルノ・グランデ（二九一二メートル）やコルノ・ピッコロ（二六五五メートル）などのグランサッソの連峰が白銀に染まる。山間部の往来、都市ローマとの交通は難儀を極めたことであろう。地図を見ればあきらかなとおり、キエーティの文化圏は古代・中世のローマを中心とした同心円にはなく、ボローニャやアドリア海沿岸の北部地域、とくにヴェネチア共和国などと密接に結びついた地域であることに留意したい。さらに、南部にはナポリ王国の領域があり、中部といっても南部的色彩と北部都市の色彩の多様な文化が交錯した地となっている。

アレッサンドロ・ヴァリニャーノは当地の最有力貴族の一つヴァリニャーニ家（I Valignani）に生まれた。一五世紀の司教コラントニオ・ヴァリニャーニ（Colantonio Valignani）や、一八世紀には文人フェデリコ・ヴァリニャーニ（Fedelico Valignani）などの有力者を輩出する名家に数えられる。[2]キエーティ旧市街の目抜き通りであるコルソ・マルッチーノ（Corso Marrucino）にある現在も銀行として利用されている建物の壁面には、一八世紀に銀行家として成功したガブリエリ・ヴァリニャーニ（Gabriele Valignani）のレリーフが飾られ、その足下には一族の宣教師で世界を股にかけたアレッサンドロの偉業を讃える世界地図の石像が置かれている。[3]キエーティは、イタリア半島に位置するといってもその歴史はかなり複雑であり、時代により多彩な諸民族の文化が花開いた地として豊かな伝統に育まれてきた町といえる。[4]

ヴァリニャーノがイタリア半島という枠を越えた国際的視点をもつにいたった背景はキエーティという町がもつ歴史が雄弁に語ってくれる。一〇世紀から一一世紀にかけてフランク王国からノルマン人の支配する時期、すなわち後期中世（一〇四二～一四九二年）を、ヴァリニャーノについて考察する基点とすることができるだろう。

フランク帝国の三分割およびその後の崩壊によってヨーロッパは文字通り「暗黒時代」とよばれる荒廃した一時期を迎えた後、北からノルマン人が、そして東と南からイスラム教徒が地中海の各地を席巻した。ノルマン人がイタリア半島南部の諸都市を攻略したことは世界史の有名事項の一つである。すなわち、キエーティはナポリ同様、北欧ノルマン人の系統を引く地域となり、そこで発展の足がかりをつかんだ。一〇九四年、ノルマン人ロベルト・イル・ジュイスカルド（Roberto il Guiscardo）によりキエーティはアブルッツォ州の州都となり、ノルマン人による司教任命が開始され、司教と伯爵らの聖俗両権の支配が始まった。

また、キエーティは一〇九七年教皇ウルバヌス二世による十字軍派遣宣言がなされたところとしても知られている。その百年後のシュヴァーベン人（ホーエンシュタウフェン朝）の支配で繁栄を軌道にのせ、他の周辺地域を圧倒的に凌駕することとなった。一二二七年、フリードリヒ二世は司教バルトロメオにさまざまな寄進特権を確約している。一二六六年以後のアンジュー家の支配時代、キエーティは防衛要塞としての機能をもつよう作り替えられたという。

そして、キエーティにとって最も重要な、イベリア半島に本拠をもつアラゴン家の時代が始まる。ここに、イタリア半島にあって、スペイン人の支配を受けるという南部イタリア固有の文化が誕生した。一四四二年アラゴン王国によるシチリアおよびナポリ王国の征服と同時に、キエーティもその傘下にくみいれられ、貨幣鋳造の特権が与えられた。ナポリ王フェルディナンド一世の支配下、その勅令のなかにはじめて「キエーティ」の名が登場したといわれる。一四五九年、フランス王シャルル八世に一時支配されたナポリ王国ではあるが、その際もキエーティの貨幣鋳造権は失われなかった。一五一六年以後はスペインのハプスブルク家の支配となる。

一六世紀になり、キエーティが特に依存したのは、ヴェネチア共和国であった。この時期、東方との文化および貿易の交流によって繁栄の頂点にあったヴェネチア共和国は、一五五五年以後、領事館の一つをキエーティに開設した。この時期を前後してヴェネチアとキエーティの連携は、アドリア海および陸路を経由して次第に強まっていく。キエーティとヴェネチア共和国との緊密な協力関係は、一六世紀を通じて築かれることとなった。文化交流、通商の文書が盛んに交換され、先の領事館設営をはじめ、二五〇年にもおよぶアブルッツォ州とヴェネチアの間の商業活動促進地区でありつづけたのはキエーティ地域であった。ロンバルディアやヴェネトの多くの貴族、市民らが通商のためにこの町を頻繁に訪れるようになった。

以上の歴史概観で明白なことは、「キエーティ出身」ヴァリニャーノという表現の裏には、多彩な国際的感覚を醸成する根拠があるということである。ノルマン人、ナポリ王国、フランス王国、そしてヴェネチア共和国という、他のイタリア半島諸都市では類例を見ない、国際的文化の混交状態がこの都市の性格形成に大きな影響を与えた。それはもちろん住民についても同様である。個人的な感想になるが、この地の人びとは他のイタリア諸都市にくらべ、外国人に寛大である印象を受けた。私たちは簡単にイタリア人と括り、この半島出身者を把握しようとするが、国家の意味でのイタリアが出現するのは一九世紀の話である。もちろんヴァリニャーノやオルガンティノの書簡にも「italiani」という表現が稀ではあるが使用されている。しかし、彼らは、それぞれの出身都市の名をもって語られるべきなのである。すなわち、ローマの人、フィレンツェの人、そしてキエーティの人という具合に、それぞれの個性を尊重すべきだろう。

なかでも、ヴァリニャーノが生まれ育ったキエーティはイタリアでも最も複雑な発展を遂げた町といえる。先に述べたように、アブルッツォ州はナポリを首都とするカンパニア州との交流がより盛んな地理的要件をもっていた。ヴァリニャーノは生涯にわたって、スペイン語を母語としていた。もちろんイタリア語も自由に用いることができた。そして、何より、一つの国家（ポルトガルやスペイン）に帰属意識をもたない、イタリア半島出身者特有の性格をもったといえる。ここに、ポルトガル宣教師やスペイン宣教師にはない、ヴァリニャーノ特有の要素が指摘できる。それが、彼の「超国家的な視野の広い心」（internationally minded person）を形づくったものといえる。その結果、彼の思索のなかから生じたのは、文化的寛容とでもよぶべき心境だったのではないだろうか。同じく、ロレト出身のオルガンティノ、マチェラータ出身のマテオ・リッチにも共有される心境であったことは、イタリア半島出身者が後に宣教地で実施する「順応」政策を見れば明らかである。この心境は、植民地拡大をめざし、ヨーロッパの自らの領域を拡大しようとしたスペインやポルトガルといった「王国」の出身者と大きく異なる点であったと思われる。

三、ヴァリニャーノの受けた教育――パドヴァ大学、ローマ学院

ヴァリニャーノを理解する第二の鍵は、彼の受けた教育環境にある。ヴァリニャーノは一五六四年、パドヴァ大学（Universita di Padva）で法学の学位をとり、六六年にはイエズス会に入会した直後、ローマに新設されていたローマ学院で学んでいる。この二つの体験において、ヴァリニャーノの他者への理解と寛容に基づく「順応」方針という考えを推進した原動力が読みとれるように思う。

若きヴァリニャーノはなぜ北部のパドヴァ大学で学んだのだろうかという疑問がまずうかぶ。イタリアの諸大学には多くの名門が存在するが、多くの優秀な子弟は法学のボローニャ、医学のサレルノなどの伝統ある名門大学に籍を置いた。そのなかでパドヴァ大学とはどのような位置づけだったのだろうか。一二二二年創設のこの大学は、後に北部イタリアの文芸復興（ルネッサンス）の拠点の地位を得るようになるが、開設当初は、小規模な教育機関であり、法学のボローニャ大学に完全に依拠ないしは従属した形となっていた。ポーランドや英国をはじめヨーロッパ各地からこの大学にやって来た若者は多く、国際的な大学となっていたことは、大学の大講堂（Aula Magna）の入口に描かれた数十名の外国出身の高名な学者像、および豪華絢爛な講堂内の壁面に所狭しと掲げられた各国貴族の紋章から明らかである。この大学がボローニャ大学と肩を並べる最高学府へと成長したのは、かのガリレオ・ガリレイ（Galileo Galilei）が教壇に立って以後（一五九二～一六一〇年）のことであった[5]。大講堂の入口にはガリレオが使用した講義壇が、工事中の足場かと思わせる素朴な板組みの階段の姿で残されている。世界初の円形重層構造のよく知られた解剖学教室（Teatro anatomica）は講堂近くの別棟にある。

ガリレオの登壇までの時代で特記されるのは一四〇五年から一五六五年の発展期であり、ヴァリニャーノはそ

の最後のよき時代を学生として過ごした。パドヴァ大学の学位取得者（卒業者）リストにヴァリニャーノの名前を確認することができる。一五六四年四月一七日。受験者アレッサンドロ・ヴァリニャーノ、ナポリ出身とあり、法学の学位が授与されたことがわかる。現在は刊行された *Acta Graduum Academicorum Gymnasti Patavin*▼6で見ることができる。▼7

重要なことは、パドヴァ大学がヴェネチア共和国内の最高学府であったという事実である。ヴェネチアの大学という言い方も妥当であり、その支配的影響力は一五世紀から共和国の没落する一七九七年まで続いた。パドヴァがヴェネチア共和国の支配下に入ったのち、大学も外的にも内的にもヴェネチアの支配を受けざるを得なくなった。実質上のヴェネチアの介入はヴェネチア共和国が派遣する学長（rectors）らによってもたらされた。つまり、キエーティという多文化混在の町で育ったヴァリニャーノ青年の「国際的感覚」「多文化への寛容」は、ヴェネチア共和国の持ち込む雰囲気とともに、ルネッサンス学芸の中心地の一つ、パドヴァでさらに磨きをかけられたといえるのである。

一五六六年、ローマにおいてイエズス会に入ったヴァリニャーノは、クィリナーレ丘のサン・アンドレア教会に隣接する修練院（Scuola di S. Andrea）でイエズス会の初期訓練を開始した。同時に、一五五一年に創設されたローマ学院（Collegio Romano、現教皇庁立グレゴリアナ大学）に通ったようである。当時、一千名以上の会員を抱えていたイエズス会は、東インドの果ての日本や南米のブラジルにも宣教師を送り込む大きな修道会に成長していたが、なかでも、「学院」の経営にあたっては大いに力を注いだ。イエズス会は宣教（原則として移動を主とする）を第一とする会であり、現に会員のなかでも機動力を発揮する一部を特別に組織した（盛式誓願会員：教皇の命令をうけたら世界のいずこにも派遣されるという誓願をもつ会員）。発足当初、教育や小教区活動など、一定の場所に居住し定期的な収入を確保する事業をほとんど重視していなかった。

しかし、時の要請はすぐさま、この新しい会に「青少年教育」という事業を課すこととなった。一五四七年発足したシチリア島メッシーナの学院（中等学校）は、当地の市長ドン・ファン・デ・ベガの招請により始められた。イエズス会の総長であったイグナチオ・デ・ロヨラは一五四八年三月までに陣容を整え、派遣する会員を選抜した。ここに後に教育修道会的な性格をもつイエズス会の一般生徒を相手とする中等学校が誕生した。イエズス会員のなかには専門研究にすぐれたものが多く、教員としての人材に事欠くことはなかった。そして、その卒業生にいたっては各界を代表するような名士を少なからず輩出した。例えば、スペインにおいては一六世紀スペイン霊性史の主役となる十字架のヨハネ、『ドン・キホーテ』の作者セルバンテス、劇作家ロペ・デ・ヴェガ、フランシスコ・デ・ケヴェードなどである。また、フランスにおいては学院（コレージュ）がエリート教育の頂点に位置し、アンリ四世の下で一八の学院が誕生し、クレルモン学院（一五六二年）、デカルトを生んだラ・フレーシュ学院などが続いた。統計によると、一七四九年のイエズス会員総数二万三千人のうち一万五千人が、八百の機関で教育に従事し、すでに卒業生は二〇万人を超えていたとされている。

なかでも、ローマに設けられたローマ学院は特別な地位を占めた。ここでは会員の養成（神学校としての機能）とともに一般学院と同様の教育も施された。会員のなかでも選りすぐりの人材がヨーロッパ各地から集められた。その筆頭に名前があがるのは、現行グレゴリオ暦の算出に尽力した数学者クリストファー・クラヴィウス（Christopher Clavius, 一五三八―一六一二）である。イエズス会のみならずヨーロッパの学術界で広く名を知られた一流の科学者であり、ローマ学院では数学と天文学を講じた。彼の名は月のクレーターにも残る。地動説を唱えたガリレオ・ガリレイのよき友であり、嫌疑をうけ一時失職していたガリレオをピサの大学に紹介したのもクラヴィウスであったといわれている。そうしたクラヴィウスをガリレオは「このイエズス会員は近代的精神をもったウマニスタ（人文主義者）であり、かつ科学と発見の友である」と讃えたという。

地動説をめぐる議論において、科学と宗教は対立するという図式が喧伝されるが、イエズス会員、とくにローマ学院の科学教授たちにとってこの葛藤はほとんど問題となっていなかったようである。事実、一五三四年コペルニクスが地動説を発表したといっても、これはあくまで仮説にすぎず、それが証明されたのは一六一二年のガリレオのコペルニクス支持と、一六二七年ヨハネス・ケプラーが惑星観測の結果を導き出した数式によるものである。つまり、一六世紀末、クラヴィウス周辺の天文学者たちは、どちらかというとガリレオを支持し、かつ地動説の可能性を認めていたのである。ガリレオが審問されたとき、すでにクラヴィウスはこの世におらず、彼を積極的に支持するイエズス会員がいなかったのと、審問は主にドミニコ会員にまかされてはいたが、その裁定をくだしたのがイエズス会出身の枢機卿ロベルト・ベラルミーノだったために、イエズス会が科学思想を弾圧したような印象がもたれる原因をつくったといえよう。「地動説は可能性としてありえるが、証明されたわけではない」という立場が、ガリレオ時代の教会権威の見解として示されていた。

要するに、ヴァリニャーノがうけた教育として、このローマ学院の科学重視の姿勢は重要である。クラヴィウスの著書『ユークリッド幾何学註解』(Commentary on Euclid, 一五七四)は当代最高の数学教科書とされた。また、中国皇帝がイエズス会員を信頼したのは、中国天文学者の数学、天文学(暦学)を凌駕する正確な知識と計算力があったからである。後に中国宣教の嚆矢となるマテオ・リッチは、ローマ学院でクラヴィウスの教えをうけており、ヴァリニャーノからも後に見る「順応」方針を受け継ぐ。リッチは中国宣教活動が軌道にのったとき、ローマ学院のクラヴィウスにその著書『アストロラビウム』と題された天文学書の送付を懇願したという。その書は李之藻によって中国語に翻訳され、リッチによって『渾蓋通憲図説』と題され、中国人の間で珍重された。ヴァリニャーノがこうした科学精神豊かな環境でイエズス会員としての学びを享受したことは重要である。

また、当時のイエズス会教育の柱は、カトリック世界に中世以来培われた「スコラ学」的方法と、イタリア・ルネッサンスの「ウマニスタ」たちがはじめた「人文主義」的要素を統合するものであった。とくに、後者は、ギリシャ・ローマ時代の「雄弁家」の「レトリカ」の伝統を重視し、「事問い上手の善い人間」(Vir bonus dicendi peritus, クインティリアヌスの言葉)の人格教育的配慮(真理の探究と、真理を語る人の人格の重視)を謳う教育に影響をうけていた。また、テキストの文献批評学的方法論（philological method）は、聖書をはじめ多くの原文テキストへのこだわりを示し、大きな成果をあげていた。そこに、伝統的に権威（出典）に依拠するスコラ学の方法が組み合わされ、イエズス会が誇る独自の教育理念が培われた。少数のグループで教育を施す方法、とくに討論や反復練習（ドリル）を重視し、年長者が年少者を教える制度、試験による特進制度など、現代の学校教育において当然のごとく実施されている数々のシステムをイエズス会は一六世紀半ばに実施している。その後、一五九九年に『イエズス会の学事規程』としてまとめられる、中等学校の教育要綱にいたるまで、各地の学院で育まれたのは、ひとえに「真理を探究する人格者」の涵養であった。ヴァリニャーノが、後に東インドの宣教地、とくに日本において開設しようとした「コレジオ」の教育方針は、ヴァリニャーノ自身がパドヴァとローマで体験した教育方針そのものの再現であったことがわかる。こうしたイエズス会独自の教育方針は一六世紀の末、『学事規程』としてまとめられている。▼8

四、ヴァリニャーノの「順応」（accommodation）方針

一六世紀および一七世紀のキリスト教宣教地に「順応」という概念を持ち込んだのは、ほぼ異論の余地がなく、アレッサンドロ・ヴァリニャーノである。そこで、「順応」という考え方がどのように定義されるのか、そしてヴァリニャーノはそれをどのように実践使用していたのかを見ていきたい。

まず、定義からはじめよう。ある文化の要素が、これまでまったく交流をもたなかった文化圏に入るとき、化学反応のような状況が生まれる。そのなかには、さまざまなカテゴリーが存在するが、ヴァリニャーノが日本と中国で実施しようとしていたものはどのような性質のものであろうか。

第一に、「同化」assimilationという概念が思い浮かぶ。この概念は、「同じものになる」過程とでもよぶべき

であって、これは日本の宣教地に実施されたものとは違う。なぜなら、ヨーロッパの一六世紀文化およびキリスト教は、徹頭徹尾、日本文化との同化を拒絶したからである。つまり、キリスト教と日本文化あるいは宗教の「混交」や本地《ほんじ》垂迹《すいじゃく》的一致は許容されなかった。ヨーロッパの文化が日本という土壌に入って完全に一致していくという現象はみられないからである。したがって、「同化」という言葉は一六世紀の文脈では使われない。

第二に、「適合」adaptationもよく似た概念であるが、これも一六世紀にめざされたイエズス会日本宣教の方針とは言いがたい。つまり、「合わせる」「適合」するという感覚は、例えば、神仏混交の状態のように、ヨーロッパ文化およびキリスト教が何らかの形で既存の宗教文化に、変容とまではいわないが、合わせていくことだからである。こうした歴史的事実は存在しなかったのである。ここでは、ヨーロッパ文化およびキリスト教という曖昧な表現をもちいているが、要するに、日本にそれまでなかったヨーロッパ文明の総称である。ここでヨーロッパ文化 イコール キリスト教という意味ではないことをお断りしておきたい。実際、これが最も重要な問題提起であり、キリスト教は純粋にヨーロッパの世俗文化、ここでいう大航海時代のスペイン・ポルトガルの文化と切り離せるかどうかという問題に結びつく。これはいずれ議論の対象とする。

第三は「文化内変化」enculturationという社会学で広く一般にもちいられる考え方である。「自身をある文化の枠内で変容結実させる」といっていいかもしれない。例えば、中国の遊牧民族が盛んにもちいた胡弓が西漸しヨーロッパにその楽器の原理がヴァイオリンに変容することなどは「文化内変化」といえるだろう。つまり、あるAという文化要素がBという文化要素と出合い、ハイブリッド的な結合を通じてより洗練されたものを生み出すという過程である。これは、カトリック教会の用語として成立している「文化内開花」inculturationにも繋がる発想である。例えば、まだ実証されたわけではないが、茶の湯とカトリックのミサの類似性が「文化内開花」といわれることもある。しかし、ここで重要なのは「変容」という反応である。キリスト教はヨーロッパ文化のバックボーンを失わず、教義的にもいかなる変化もなしえなかった。多くの場合、非キリスト教的なものは

「偶像」（idolatry）として斥けられる対象となった。ヴァリニャーノの場合はヨーロッパおよびキリスト教の文化に「変容」をみとめていない。それはそのままで、新しい日本文化と対峙するための方法であった。

それでは、「順応」とはなんであろうか。この言葉は、三つの音節にわけることができる。すなわちac-com-modoである。ラテン語の「ac」は、「ad」すなわち英語のtoward、「に向かう」である。また、comはラテン語のcum、すなわち英語でいうto fit、「合わせる」の意味である。そしてmodoはラテン語のmodus、すなわち英語のmeasure、「基準・尺度」ないし「定規」である。とすれば、accommodationの意味が理解される。すなわち「ある基準・尺度（定規）に合わせていく」という意味となる。したがって、ヴァリニャーノの意味したaccommodationとは、妥協や中庸などを通して、あるグループないしは個人との緊張関係を排除するためにその基準に合わせる過程となり、別の言い方をすれば、適切で友好な関係を築く（争いや葛藤をなくす）過程ということになる。すなわち、Aという文化がBという文化と衝突することなく、喧嘩することもなく、争いを回避しながらそれぞれの独自性を維持しつつ、その緊張関係を和らげていく努力、と考えればよいだろう。

ヨーロッパ文化において日本文化とは互いに決して一方と「同化」あるいは「変化」することはない。ならば互いに対立する要素は避け、できるだけホスト国の文化に寄り添いながら、自己（ヨーロッパ文化）の主張も忘れずにしていくという意味であり、そこに、どちらかが一方に合わせて「変容」するのではなく、その両者の良い点をみとめつつ自己主張をする過程が「順応」ということだと理解できる。とにかく、二つの文化が衝突するのではなく、平和裡に共存できることがめざされたと考えてよい。この「順応」がヴァリニャーノのものといわれるのは、その生まれた環境、およびイエズス会が日本にたどり着くまでに体験した諸民族の諸文化の要素を重要視したことがあげられる。

「順応」を日本におけるポルトガル系のイエズス会宣教師の基本的な考え方として受け入れるよう、ヴァリニャーノはなかば命令のように会員に伝えた。もちろん、その創始はイタリア半島出身のヴァリニャーノではあるが、東インドおよび日本にまで足を運んだイエズス会員にとって「順応」という方針は困難続きで、決して良好な状態にあるとはいえなかった一五七〇年代後半の日本宣教にとって、一服の解毒剤になる可能性を秘めていた。それとは逆に、スペイン系のフランシスコ会やドミニコ会で、一五九〇年代から後に日本にやって来た宣教師たちには、「順応」という考え方を創始することも理解することもできない要因があった。それは、両グループが地球のどちら向きに進路をとって日本にたどりついたかという問題であった。

五、ポルトガルの東進およびスペインの西進による植民地拡大

一六世紀の大航海時代（ヨーロッパでは「大発見時代」と位置づける）のキリスト教宣教をとりあげると、必ずといっていいほど、ヨーロッパ植民地主義と不可分に伸張した教会への批判が巻き起こる。ラス・カサスが報告した、中南米を征服したのちキリスト教改宗をおこなったスペインの方法は常に「キリスト教宣教イコール悪」の図式の根拠としてもちいられる。江戸初期、幕府のキリシタン禁制の一つの理由に、「日本征服を目論むカトリック国」とその先兵的宣教師たちがとりあげられている（一六一四年『排キリシタン文』）。これは、後に新井白石によって否定されているが、当時の日本にとっては外交関係とともに、キリシタンの処遇についての逡巡がみてとれる。

大航海時代のポルトガル、スペインの植民地拡大の事実は否めない。たとえキリスト教がそうした国家政策とどのように関わったのか、あるいは関わらなかったのかを問わず、宣教地側からすれば、両者は一体である。ポルトガル語の「パドロアード」padroado、スペイン語の「パトロナート・レアル」（patronato real）はともに「布教保護権」と訳され、国家と教会が二人三脚で植民地経営を遂行したことの動かぬ証拠となっている。

スペインとポルトガルの植民地経営を主導したのは国家であった。そして、このイベリア半島の二つの国が、

一五世紀に「再征服」reconquista を達成したという事実は、植民地経営の面でも大きな影響を残している。そして、例外は多い（たしかにキリスト教と国家を分けて、信仰本来の事実を伝えようとする宣教師がいたことは否定できない）[9]が、おおむねイベリア半島のキリスト教徒はこうした「レコンキスタ」のメンタリティーを、一四九二年以後も持っていたのではないか。そして大航海時代、世界を植民地化しようとする動機として、このメンタリティーが引き続き発動していたと見なすことができるのではないだろうか。[10]

「再征服《レコンキスタ》」は、七一一年にイベリア半島に侵入し、数十年の間フランスの中央部にまで勢力を伸ばしたイスラム教徒（ムスリム）からキリスト教文明を奪い返す、プライドと威信をかけたキリスト教・ヨーロッパ文明の戦いであった。一四九二年イサベル（一世）とフェルナンド（二世）両王のもとに統一されたスペイン、およびそれに先だって再征服を完了させたポルトガルは、キリスト教国の威信のゆえに、イスラム教やユダヤ教に対する迫害を実施した。すなわち、キリスト教以外に対する徹底的な「不寛容」の姿勢をみせたのである。中世を通じてアラビア経由で多くの学問が移入され、マイモニデスをはじめとする、ユダヤ人やムスリムのイベリア半島における精神的業績は頗る偉大である。しかし、「再征服」のメンタリティーはこうした過去を帳消しにするかのような態度としてあらわれた。多くのイスラム教のメスキータ（モスク）は破壊され、ユダヤ人たちは追放の身となる。キリスト教に改宗したとされるユダヤ人やムスリムたちはつねに「異端審問所」の監視の下におかれ、キリスト教徒と同等の扱いをうけるまでには一五〇〇年を要したとされている。

大航海時代においては、こうしたメンタリティーをひきずった多くのスペイン人、ポルトガル人がそれを受け継いでいたことは否定できないであろう。ここで、どれほどのイベリア半島人が「寛容」で、一部が「不寛容」であったというような数的比較の議論をしてもはじまらない。イベリア半島の人間にとっては、「再征服」運動は、国家経営の柱であり、さらにキリスト教を絶対視する精神性のあらわれであったと理解することは可能であろう。それはヨーロッパ中心主義、キリスト教中心主義というような単なる標語の問題としてではなく、両国に生きる人びとの存在そのもののような性格のものであった。

こうしたなか、大航海時代を牽引する航海技術がイベリア両国で発展する。聖地エルサレムへの地中海および一部東方の海路の交通権をイスラム教徒に完全に掌握されていたキリスト教国のポルトガル、スペインが大西洋にこぎ出したことは必然であった。ここにも、国家政策と宗教の問題が重層構造をなしている。

こうした両国が競って海外に進出していく現実を重くみて教皇アレクサンデル六世は、一四九三年に、両国の利害が行く先々で紛争の種とならぬよう、大航海時代以後発展した海図のうえに境界線を引くことを提案した。これが「教皇分界線」として知られる最初のもので、大西洋上のアゾレス諸島とヴェルデ諸島の間の境界線である。ただし、この境界線は教皇が、両国王のあずかり知らぬところで決定したとあって、両国王は、翌年(一四九四)、新たな「分界線」をトルデシリャスで締結する。大西洋上の子午線西経四六度三七分を境界線と決定し、以後、スペインは西進、ポルトガルは東進することとして、植民地先での紛争を回避しようとした。ちなみに、当時はすでに大地が球形であることは知られており、後に東インドに達したヨーロッパ人にとっては、地球の裏側、すなわち「東経」も問題となった。そこで締結された新たな条約が一五二九年のサラゴサ条約である。

サラゴサの分界線は、東経一四四度三〇分の子午線となる。ここにも当時のスペインとポルトガルの利権争いの跡があり、ポルトガルは香料の産地として重視していたモルッカ諸島の権益をスペインから獲得し、そのかわりにルソン島をスペイン圏へ組み込むことに決定している。ちなみに、日本において東経一四四度三〇分の子午線が通過する地は、北海道の網走以東である。ただし、サラゴサ条約はザビエル来日の二〇年前のことであり、ヨーロッパ人にとって日本はまだ認識(発見)されていない未知の地であった。

教皇分界線のことを少し詳しく述べたのは、この境界線を境とした、スペインとポルトガルの植民地政策および現地人への考え方が、こうした文化圏を分断することによって、はっきりと区別されるそれぞれ独自の性格をふまえることになったからである。つまり、スペインとポルトガルでは、一口に「植民地政策」といっても大きな違いがあり、その事実を無視しては、アジアや日本の大航海時代を語れないと考えるからである。それは、両国が新たに遭遇した「民族」および「文化」の在り方の違いによる。

スペイン人がむかった西半球には、新大陸としての南北アメリカ大陸がある。カリブ海周辺の土地は、ラス・カサスの報告に詳しい。中南米にはマヤ、アステカ、インカなど、古代からの文明が現存し、ヨーロッパ人はそうした文明内にある諸部族の紛争を利用することによって軍事「征服」を目論んだ。中南米の文明圏は南北にひろがり、集約的にどこかが巨大化することなく、圧倒的な軍事力による征服が困難でなかったことは、悪名高きピサロ将軍がわずか一八〇名の軍隊と三七の騎馬によってアステカ文明最後の王アタワルパを幽閉し処刑したのちクスコに無血入城を果たしてこの文明を滅ぼしたエピソード一つで十分説明がつく。すなわち、ヨーロッパ人が征服した後、その領民を集団改宗によってキリスト教世界とする方法が必然的にとられた。こうして国家政策と宗教が密接に結びついたことは、いかに弁解しようとしても植民地主義の暗黒面であり、キリスト教の負の歴史を示すものである。

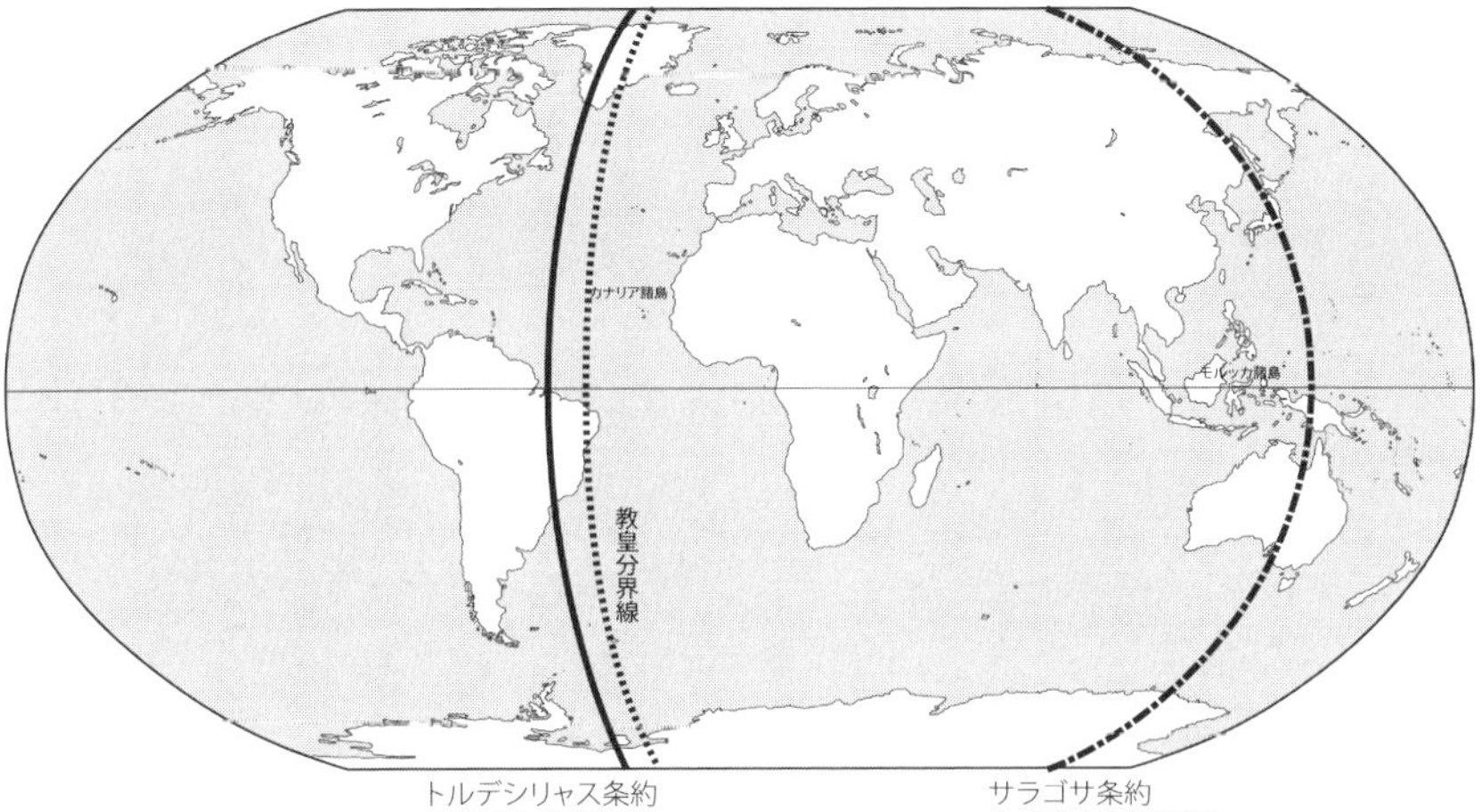

トルデシリャス条約とサラゴサ条約の境界線

一方、東に進路をとったポルトガル人（あるいはポルトガル艦隊の庇護をうけたヨーロッパ各地の宣教師たち）は、それぞれの地でどのような人びとに遭遇したであろうか。まずは、インド洋周辺のイスラム教徒たちを相手にする地域が存在した。そして、ヨーロッパ文明を歴史の長さでは凌駕するインド文明（ヒンドゥー教等）と接触する。そして、当時マラッカを中心とした東南アジアには多くの中国大陸出身者がいた。マラッカはこの時、国際都市としての繁栄を謳歌した時期で、百か国語に近い言語が飛び交う活況を呈していたといわれている。

このとき明国は「海禁」政策を実施しており、外国人を寄せ付けない強さを誇っていた。そして、日本はといえば、一六世紀の中頃には、石見銀山の発見にともない、スペイン人たちには「銀の島」と名付けられるほどになっていたが、ザビエルが書簡でも示すとおり、けっして武力行使で屈するような人びとではなく、中国などから多くの文化・文明要素をとりいれていると認識されていた。つまり、武力で一刀両断というわけにはいかない地域をポルトガル勢力は通過していかなければならなかったという事実がある。そうした人びとを相手にする際、さまざまな困難や葛藤が体験されたものと思われ、ヴァリニャーノが結論づけた「順応」の必要性も、そうした文明圏に対する処方箋の意味があったと考えられる。

「Aという文化はBという文化と衝突することなく、喧嘩することもなく、争いを回避しながらそれぞれの独自性を維持しつつ、その緊張関係を和らげていく努力」をする必要性を、ヴァリニャーノは認めざるを得なかったのであろう。そして、ヴァリニャーノにそうした決断をさせたのは、彼が生まれ育ったイタリア半島キエーティの環境、ルネッサンス文化を体現するパドヴァ大学の教育、そして、世界に目をひらかせてくれたローマ学院の教育であった。ヴァリニャーノには宣教地でいかにキリスト教を根づかせることができるかという真摯な望みがあり、そこに、世界各地で行われている方法ではなく、独自のキリスト教宣教の方針を立てる必要性を日本に到着以来洞察したのであろう。

六、日本における順応方針の確立

一五七九年、ヴァリニャーノは口之津で初来日を果たした。生涯、巡察師としての任務のかたわら、三回来日を果たしている（一五七九―八二、一五九〇―九二、一五九八―一六〇二年）。巡察師として、日本宣教のプランナーとして最も緊張かつ充実したのは第一回の巡察期間であった。

地球を東進してきたポルトガル系イエズス会のヨーロッパ人にとって、日本文化が与えたインパクトはきわめて大きなものであった。ヴァリニャーノ研究の第一人者シュッテ神父は、来日した宣教師たちの態度に大きな違いを見た。すなわち、ヴァリニャーノのように、各地の文化に遭遇した体験から「順応」方針へといたる道をさぐろうとする人びとと、ヨーロッパおよび世界の植民地で実施された方法に固執する人びとである。

後者の典型的人物としてシュッテ神父は、ポルトガル人で布教長の職にもついたフランシスコ・カブラルをヴァリニャーノの対立軸として描いた。つまり、カブラルはヨーロッパ式の「上からの宣教」を実施し、あまり日本文化の多くを学ぼうとせず、そのことがヨーロッパ出身の宣教師と日本人のイエズス会員の間に軋轢を生じさせたというのである。カブラルが来日したのは、ヴァリニャーノに先立つ九年前の一五七〇年であり、七〇年代はカブラルの宣教時代であり、八〇年代のヴァリニャーノの時代と比較対照されたのである。シュッテ神父にとって、ヴァリニャーノの政策はほぼ善であり、カブラルのものは負の遺産として残ったという説明は、今なお多くの研究者の支持を得ている。しかし、七〇年代の宣教時代がいかに過酷であり、波瀾に満ちていたかを考慮するならば、この二つの時代を単純に比較対照してその優劣をつけても仕方がない。七〇年代の苦悩があったからこそ、八〇年代の繁栄があり、七〇年代の試行錯誤があったがゆえに、八〇年代に「順応」政策が軌道にのったとも解釈できる。シュッテ神父はあまりにもカブラルに厳しすぎるのではないかという見解が最近主張されるようになった。

来日直後、ヴァリニャーノは、多くの同僚イエズス会員から情報を集めた。それは、来日前に、インドのゴアで受けた手紙の内容とは大きく異なる内容であった。宣教師たちは書簡において多くの成功事例を書きつのるが、実際、現地ではいくつかの緊急を要する課題が待ち構えていた。それは、ヨーロッパ人の日本文化に対する態度の問題であった。来日後、二年でヴァリニャーノは「順応」方針がいかなるものであるかを会員に示すべく、一つの書物を書き上げた。『イエズス会礼法指針』とよばれるものである。[11] 大まかにいえば、ヨーロッパ出身のイエズス会員は日本（文化）の中で、いかなる態度、振る舞いをとるべきかのマニュアルである。来日したヨーロッパ人が、野蛮人とみなされることなく、礼節を重んじ、威厳と慈愛に満ちた態度をとり、いかに尊敬をうけるべきかを説くものである。ここに、ヴァリニャーノの「順応」方針の真髄が語られている。

『イエズス会礼法指針』はいかなる動機によって書かれたものであろうか。当然、東に進み、数多くの文化・文明と接触した結果、ヨーロッパ文化の優位性を示しつつも、その一辺倒で事を推し進めても何もうまくいかないことは洞察されていた。しかし、そのことを日本において認識させたのは、イエズス会宣教師と親しくなったキリシタン大名大友宗麟（義鎮《よししげ》）の助言であったといわれている。

「豊後のフランシスコ王（大友宗麟）は、（中略）自分も往々に侮辱を感じたばかりでなく、もう二度と我らの家の中に入るまいと思ったほど、たびたび嫌になって帰った、と私にうちあけた。（中略）キリシタンたちの冷淡な態度は、我らが日本人を理解していないからだ、とのことであった」[12] とヴァリニャーノは述べている。

要するに、もし何人かの外人が、日本の領主と武士に自分の習慣と礼儀をやめて彼らに順応してもらいたいのにもかかわらず、彼ら自身は日本において自分らの国の習慣、しかも日本人にとって下品で野蛮に見えるそれを続けようと思うならば、全くの狂気の沙汰である。

来日当初、巡察師の目に、日本のイエズス会活動は理想的に運営されているとは映らなかった。既存の久しく伝統を保持している他文化内で活動するとき「軋轢」は禁物である、とヴァリニャーノは予想してはいたものの、日本の状況がヨーロッパや東インドの各地とはあまりにも違うことに愕然としたことであろう。とくに、克服すべき最大の課題は、ヨーロッパ人宣教師たちが日本の社会、文化知識人に受け入れられるための尊敬を勝ち取ることができていないという事実であった。しかし、この点で、カブラルたちは決して成功したとはいえない。イタリア半島出身のオルガンティノが都地区において、信長や高山右近らによって厚く遇されていることを九州にいたヴァリニャーノは知らなかった。オルガンティノは「現地文化重視」をヴァリニャーノが方針として打ち出す以前から自然とおこなっており、日本人からも慕われる存在となっていた。しかし、大方のところ、ヨーロッパ人宣教師たちは日本においても自国と同様の態度を変えることはなかったようである。ここに掲げた大友宗麟の宣教師らへの苦言の裏には、宣教師たちが乗り越えねばならない現実が洞察されていた。家屋、街、あらゆることがまったく異質である世界が日本宣教師の前には横たわっていた。先にも述べたとおり、七〇年代はそうした驚愕の現実の前での試行錯誤の時期であった。ヴァリニャーノに忠言した大友宗麟の指摘は、実にタイムリーなものであった。ここに、「順応」方針を温めていたヴァリニャーノは、まだ経験の浅い日本の宣教地で、その正しさに強烈に気づかされたのである。それは日本人（大友宗麟）の忠告であったことが何よりも大きい。ヨーロッパ人はこのままでは、文化・文明を久しく享受してきたとの矜持をもつ日本人、とくに上層の有力者・知識人から「野蛮人」扱いされてしまう。たとえ、それがヨーロッパの慣例であったとしても、日本人にとっては異様な光景となっていたのである。例えば、日本家屋に土足で入る、台所を動物の血で汚す、日本流の礼節を弁えない、日本の慣習に則った生活のさまざまなルールを無視する、こうした弊害があったものと思われる。ヴァリニャーノの解決すべき問題は山積していた。

『日本イエズス会礼法指針』は七つの章から構成されている小冊子である。第一章において、日本人と付き合う際に権威を獲得する方法が示され、第二章ではキリシタンと心を通わせるためにとるべき方法が語られる。それに続いて、具体的にどのように振る舞うか、外部者との挨拶をどう交わすか（第三章）、人を招く食事のときどのようにすべきか、特に酒宴での態度に注意を喚起している（第四章）。また、人をイエズス会員の住む家に招待する際どのような接触が好ましいか（第五章）、宴会や贈り物に注意を払うこと（第六章）、そして、ここが重要なポイントと思われるが、日本におけるイエズス会員の住居を日本風に建設すること（第七章）が定められている。こうした細かな配慮は、イエズス会員が日本社会でいかに尊敬をうけるべきか、そしていかに威厳を保ちつつしかも親愛の情を示せるかという目的に収斂している。

ヴァリニャーノは威厳を保ち尊敬をうける方策として、日本において尊敬されている僧侶たちの地位をアナロジーとして用い、カトリック教会の位階を日本人に理解させようと考えていた。例えば、イエズス会の布教長は日本の僧侶の階級でいえばどのあたりの人であり、どの程度の尊敬を払われるべきかを具体的に示したかったのである。そのため、京都の大徳寺の僧侶位階制度を用いた。すなわち、イエズス会の地区長は大徳寺の「東堂」あるいは「長老」（僧侶中の首席）の位置にあった人物である。「管長」（五山南禅寺で用いられる）はイエズス会の上長あるいは各家の院長にあたる。大徳寺の一人の僧侶をよびならわす「首座」は、イエズス会の修道士（イルマン）にあたるとした。見習い修練者は「蔵主」、イエズス会宅に起居を共にしながら宣教師たちと行動する従者を「同宿」とよぶが、それは仏教の「侍者」にあたるとしたのである。

そして、ヴァリニャーノが指摘する最も特徴的な「順応」方針が、生活空間をできるかぎり日本風にするということである。日本家屋に住むことばかりでなく、ヴァリニャーノは次のように、「茶の湯」の心を日本人特有の文化現象と洞察し、それをイエズス会員に強く薦める。

> カザ（宣教師宅）には玄関、茶の湯および座敷を持つように努めなければならない。（中略）これらの座敷は……日本式に調えられる必要がある。[13]
>
> カザには、清潔で、しかもよく整頓された茶の湯を設け、またカザにいつも住んでいて、しかも茶の湯に

ついてなにがしかの心得のある同宿または他の誰かを置かなくてはならない。[14]

茶の湯とキリスト教の関係は、特に畿内の要人たちの間で強く結びつくものであった。高山右近を中心とするキリシタンのサークル（蒲生氏郷、牧村政治など）は、ある意味で「茶の湯」のサークルであったとも考えられる。室町時代の日本文化がうみだした質素さのなかに永遠の美をこめようとした茶室は、外国宣教師たちの目にも価値あるものと映ったようである。後にジョアン・ロドリゲス（通辞）は、『日本教会史』のなかで、茶の湯がいかに日本文化の真髄を示すものか、高山右近らがそれに夢中になった理由などを一つの章を用いて詳細に語る。ある意味でヨーロッパ文化と対極にあるその異質の文化を理解することが、ひいては日本人を理解することであり、「順応」を完成させるための目標点であると洞察したヴァリニャーノの卓見がしのばれる。

彼ら（日本人）は万事について非常に謙虚で静寂にふるまう。従って、この饗応と礼法の仕方は、普通一般の儀礼とは違っていて、むしろそれとは反対の別の形式による交際や話し合いのものである。それは、華美壮麗なところがなく、隠遁的で孤独的で世俗的儀礼的交際から遠ざかって茅屋の中に閉じこもり、自然の事象の観照に耽る僻地の隠者を真似た孤独の様式である。（中略）日本人はその憂愁な気質、彼らの物の考え方、およびかような物を探し求めた目的からして、ほかならぬかかる神秘さを正にそれらの中に見いだしたのである。[15]

このロドリゲスの洞察は、ヴァリニャーノのものとほぼ同じと考えてまちがいない。

ヴァリニャーノは「客のもてなし方規則」において「客に必要な道具目録」「茶の湯の規則」という文章を残している。[16]そこでは、イエズス会宅に設置される茶室のための道具がリストとして掲げられる。「かねぶろ」（銅風呂）、「みずさし」（水差し）、「みずこぼし」（水零し）、「ふたおき」（蓋置き）、「たんす」（箪笥）、「ちゃわん」（茶碗）、「ちゃせん」（茶筅）、「なつめ」（棗）、「ひしゃく」（柄杓）、「ちゃしゃく」（茶杓）、「ちゃきん」（茶巾）、「ふくさもの」（袱紗もの）、「すみとり」（炭取り）、「ひばし」などを取りそろえることとある。[17]これは現代にも通じる本格的な茶席の準備であり、「茶室」を設置して日本人をもてなすようにとのヴァリニャーノの指令の本気度をうかがわせるものである。つまり、中途半端な模倣ではなく、本物の茶室を準備し、しかも外国人宣教師が見様見真似で行う「それらしい」茶席ではない。心得のある日本人を特に待機させるようにという指示には、彼の並々ならぬ熱意が伝わる。

ヴァリニャーノが茶の湯（茶室）をきわめて重要な場所（それは聖堂にも匹敵する）と考えていたことは、茶の湯の規則のなかにしめされた「禁制」（quinsey）からも明らかである。

禁制

・なにびとも、茶の湯（茶室）の構造に変化を加えたり、許可なく道具をもち込んではならない。
・なにびとも茶の湯の席での用途以外の水、茶の湯の用途以外の火をそこにもちこんではならない。
・なにびとも茶の湯に属している道具をよその場所にもちだしてはならない。
・なにびとも茶の湯に仕事をなしてはならないし、茶の湯に用いない道具をもちこんでもならない。
・なにびとも接客係のイルマンの許可なく茶室で寝泊まりしてはならない。同宿は茶室で休息してはならず、また使用人が座敷にあがってはならない。
・ここで囲碁、将棋をしたり、大声で話をしてもならない。
・女性は、なにか用件を伝える以上に長居させてはならないし、ここでおしゃべりのために長時間過ごさせてもならない。[18]

食事が日本式であり、座敷ならびにその他のものがすべて清潔に保たれていることが必要である。というのは、南蛮人のようなこれと違ったやり方は、彼ら（日本人）に我慢できることではないからである。[19]

そして、ここに強調されていることは、日本文化にある「清潔」という概念である。これは日本思想、仏教思想、さまざまな要素が織りなす一つの絵巻のような複雑で鮮明な概念である。「清潔」さを何よりも好むという特徴をヴァリニャーノはアジア各地を経巡った結果、日本人特有のものと見なしたことに気づく。この点をわずかでもおろそかにするような態度は、日本人から軽蔑を招くという洞察である。

七、順応方針のその後

一五八二年二月二〇日（天正一〇年一月二八日）、ヴァリニャーノおよびディオゴ・メスキータとロレンソ・メシアらのイエズス会員率いる天正遣欧使節一行が長崎港を出帆した。このとき、日本のキリスト教界は大きな希望に満ちていた。織田信長によって天下統一の方向が見えはじめ、その膝元のキリシタン大名たちはキリシタン領国の繁栄をほぼ約束されていたからである。畿内の高山右近は茶の湯の仲間とともにキリシタンのサークルも広げつつあった。九州では長崎教会領が繁栄し、大友宗麟、大村純忠、有馬晴信らが連携して多くのキリシタンの命運を握っていた。しかし、信長が明智光秀の謀反に斃れ、山崎合戦（八二年）、賤ヶ岳合戦（八三年）を制した秀吉が大坂を中心とした天下経営をはじめて間もない頃からキリシタンの命運に暗雲が立ちこめる。一五八七年、秀吉は突如、キリスト教宣教師の追放令を発し、高山右近を追放、その周辺にいた黒田官兵衛（孝高《よしたか》）、小西行長らは苦渋の選択をせまられる。ヴァリニャーノが夢見たキリシタンの繁栄はここに頓挫する。秀吉の追放令についてはここでは割愛するが、要するに、秀吉の構想した「天下」とキリシタンのさかえる国が、両立しないことがはっきりと示されたのである。全国を一人の天下人の「公儀」によって支配するため、各地の連携や交流を極力排除しようとした秀吉は、キリシタンが領国を越えて結びつく（古くは浄土真宗本願寺派の寺内町が全国ネットワークを形成し信長の切り崩しに遭う）、その連携を許容することができなかったのが第一の理由であると、八七年の伴天連追放令から読み解くことができる。

したがって、ヴァリニャーノが再来日する一五九〇年、キリシタンを取り巻く状況は一変しており、ヴァリニャーノ自身、秀吉の追放令のことを知ったマカオで、今後の日本宣教の方針転換を余儀なくされていた。そして、時を同じくして、マテオ・リッチ（Matteo Ricci）やミケーレ・ルジェリ（Michele Ruggeri）による中国本土へのキリスト教宣教がはじまろうとしていた。ヴァリニャーノはこのあらたな中国宣教においても責任者であった。そこで、ヴァリニャーノは日本での経験を踏まえ、新たに開始された中国宣教でも「順応」方針を実践するよう、中国に向かう宣教師に訓令した。

ある意味で、三〇年の後れをもって開始された中国への宣教は、日本宣教における光と影、成功と失敗の体験をひきずっているといえる。ヴァリニャーノの確信は、日本宣教は政治要因によって一時頓挫しているが、順応方針がまちがっていたわけではないということであったと思う。そして、ヴァリニャーノはマテオ・リッチと一五八二年の八月から九月にかけてと、九二年一一月にマカオの会宅で起居を共にした。その際、徹底した「順応」方針が受け継がれたのであろう。

中国宣教の嚆矢、ミケーレ・ルジェリとマテオ・リッチはともにヴァリニャーノと同じくイタリア半島出身者である。ミケーレ・ルジェリ（漢字名は羅明堅、一五四三―一六〇七）は、一五七八年司祭の叙階を受けるとすぐにインドに赴いた。同僚には後にインドのムガール宮殿で活躍するルドルフォ・アクアヴィーヴァ（Rudolfo Acquaviva）やマテオ・リッチがいた。彼らはインドのゴアに滞在していたとき、巡察師として当地に滞在していたヴァリニャーノから中国宣教の開拓者として白羽の矢をたてられた。

ルジェリは、一五七九年以後、マカオに移り中国語の習得にとりくみ、一五八二年には、マテオ・リッチとともに肇慶に滞在し、そこから北京宮廷をめざす活動をはじめた。中国語最初のキリスト教出版物であるカテキズム『天主聖教實録』を一五八四年に完成させた。それは、一五八一年にルジェリの持っていたラテン語本を翻訳したものである。そこにはキリスト教を全く知らない中国人向けに「十戒」からはじめ、「主の祈り」「アヴェ・マリア」「クレド」などの基本的な祈りの解説がほどこされていたが、それが『天主聖教實録』にも採用されている。

『天主聖教實録』の目次は、「真有一天主章之一」「天主事情章之二」「解釈世人冒認天主章之三」「天主制作天地人物章之四」「天神亜當章之五」「論人魂不滅大異禽獣章之六」「天主聖性章之七」「解釈魂帰五所章之八」「自今及今天主止有降其規誡三端章之九」「解釈第三次與人規誡事情章之十」「解釈人當誠信天主事実章之十一」「天主十誡章之十二」「解釈第一面碑文章之十三」「解釈第二面碑文章之十四」「解釈天主勧諭三規章之十五」「解釈聖水除罪章之十六」とある。この本は、後に成立するマテオ・リッチのカテキズムに大きな影響を与えたと言われ、ヴァリニャーノの認可も受けている。一五八六年一一月八日にルジェリが肇慶からローマの総長に宛てた書簡には、その地でカテキズムを通して少しずつ洗礼者が出はじめたことが報告されているが、その行間には華々しい宣教活動とはちがった困難と苦悩の状況が読み取れる。粗末な聖堂で、洗礼を受けるものは年寄りと子供の数人であるという報告となっている[20]。

もう一人の中国宣教のパイオニアとして高名なマテオ・リッチ（漢字名は利《り》瑪《ま》竇《とう》）は、一五八二年八月から翌年九月までマカオに滞在し、そこでヴァリニャーノから中国宣教の心得を直接授けられている。インドのゴアからマカオに着いたとき、同じグループにはフランシスコ・パシオなど、後に日本で活動する宣教師たちもふくまれていた。マカオ滞在中、リッチは中国語習得に集中していたが、その天性の語学力と、彼が独自に編み出した「記憶法」（mnemotecnico）により、長足の進歩を遂げたとある[21]。一五九三年頃から構想していた新しいカテキズムは、ルジェリのものにヒントを得つつ補足したものであり、一五九五年に『天主實義』として出版された。その間、リッチは、ヴァリニャーノの「順応」方針を強く意識し、ヨーロッパ流のカテキズムを、中国人向けに再編成しなおす努力を重ねた。とくに、この頃、リッチは中国古典を徹底して学び、『四書』などのテキストのラテン語翻訳などに携わっている。そして、最初からヴァリニャーノに示唆されていた北京宮廷への旅をはじめるため、南昌（九八年まで）から南京（一六〇〇年まで）へ移った。北京に到着したのは一六〇一年六月二四日であり、当地で亡くなるまでの一〇年近くを過ごした。この頃のリッチは、すでに順応方針の体現者となり、中国語の習得（読み・書き）はもとより、中国古典に精通し、中国祖先崇拝の形式を取り入れた典礼などを編み出し、さらには、ヨーロッパの天文学、数学の知識を活用した暦学、地図学などの分野でも第一人者とみとめられ、北京の宮廷に席を占めるようになった。そして、問題となったのが、「天主」という中国語を用いたキリスト教の神概念の説明であった。この問題は、その起源に「順応」方針があり、その結果として「典礼問題」という結末が待っていた。

八、順応方針の負の遺産

「順応」方針から「典礼問題」、および「日本宣教」から「中国宣教」という流れを描写するには、一冊の書物でも足りないほどであるが、ここでは、ポルトガルの研究者イザベル・ピーニャの論文[22]をたよりに、手短にその経緯のみを示す。

問題の発端は、一六一六年、日本宣教にも豊富な体験をもつジョアン・ロドリゲスが、マテオ・リッチがカテキズムで用いた中国語がキリスト教の神概念を示しておらず誤訳であると難癖をつけたことにはじまる。Deusに「Tianzhu」（天主）があてられ、soul に「linghun」（霊魂）、angel に「tianshen」（天神）があてられるのはすべて迷信を基礎としており誤訳である、と。つまり、リッチが採用した「順応」方針の結論からみちびきだされた「天主」「魂」「天使」などは、中国における儒教用語を借りてきているものであり、キリスト教の真意をあらわすものではない、というのである。日本で採用されていたとおり、これらの言葉は「翻訳語」を使うのではなく、その読み通りの発音で示すべきだというのがロドリゲスの主張であった。これは、見方をかえれば、リッチの「順応」方針への批判とも受け取れる。そこには、あまりに儒教化しすぎた（孔子崇拝、先祖崇拝の儀礼などを借用する）典礼行為への批判も当然ふくまれていたと思われる。日本宣教に従事したロドリゲスは当然ヴァリニャーノの「順応」の考え方を知っていたものの、その行き過ぎを警戒し、日本に滞在していた頃より、すでに日本にもたらされた『天主實義』の訳語に批判的であったとされている。

ロドリゲスの主張の根底には、フランシスコ・ザビエルの「原語主義」の考え方がある。すなわち、ザビエルは来日当初、「神」を意味する日本語を探し、原語 Deus と発音が近似した「大日」Dainichi を採用した。しかし、この選択が大きな誤解と混乱をもたらした経験から、以後、日本宣教師はキリスト教用語、とくに哲学と神学用語、そして典礼用語については原語の日本語発音をもちいることとなった。ロドリゲスの主張は、神を「天主」とするなら儒教者は喜ぶであろうが、それは聖書の神ではないものを指し示すことになるということである。人びとはキリスト教の教理を聴きにやってくる。そして巧みに儒教化された用語で誤解しながらも洗礼に導かれる。なにより知識人や宮廷人、皇帝までもが容易にキリスト教に理解を示すのは、そうした中国文化のアナロジーを許しながらキリスト教を説く安易な方法によるのであり、真の洞察、理解をもたらした結果ではないとするのがロドリゲスたち「リッチ本」反対派の主張であった。それは、「順応」の根本問題に触れている。すなわち、どの程度まで、相手文化を受け入れ、表現できるのか。その境界線はどこに引くべきなのかということである。

一六二一年、マカオにあつまったリッチの支持者たちは、「天主」や「天」という用語の支持を表明した。この決議をうけたイエズス会総長のヴィテレスキも、「リッチ本」の修正を禁じた。しかし、リッチの反対派であるロンゴバルド（北京の長上の役にいた）などはこの決議に強く異をとなえ、「天主」「天」などは聖書の「神」と一致せず、人びとの間に混乱をもたらすだけであるとし、中国人を正しい神に導き、神の本質とキリスト教の理解の妨げにならないよう警告した。ロドリゲス自身は、「リッチ本」のなかに、同様に混乱を招く誤訳が四〇以上も存在すると主張した。一六二七年になって、中国宣教師たちが一堂に会し、この件について激論を戦わせた。結局、会議は決裂したとされている。

九、現地人聖職者の養成

「順応」方針として、リッチがヴァリニャーノの示唆をうけて実現しようとしたもう一つのことは、現地人聖職者の養成である。この点について、ヴァリニャーノは一五八二年の段階で日本における聖職者養成機関として「セミナリヨ」「コレジオ」の設立を実現させていた。現地人をヨーロッパ人同様に聖職者（司祭）として養成する例は、それまでの世界にごく稀なことであった。ポルトガル人の東進ルート上にあるアフリカ（モザンビーク）やインドのゴアにおいても現地人を採用することは考えられていなかった。南米の状況はよりはっきりとヨーロッパ人中心であった。そのため、日本と中国における宣教にとって、現地人が養成されるということは、ある意味、「順応」政策の最も顕著な特徴として指摘できるものである。

マテオ・リッチは一六〇八年八月二三日付、北京からローマの友人（Fabio de Fabii）に宛てた書簡で次のように述べている。

今年、我々は両親とも中国人という修練者（彼らはポルトガル人と古くからキリスト教徒であった人びとの間で育ったのではあるが）を四名受け入れた。そして、私たちの活動にとってひじょうに好ましいことに、彼らはとても良き働き手であり、あたかもイエズス会にいる修道士たちのように手伝っている。その一人は、マカオで哲学の課程を聴講していたこともある。四人とも現在、南昌の修練院にいる。▼23

現地人をキリスト教の指導者とするという発想をヨーロッパ人は日本および中国で初めてもち、そして実践した。それは、「順応」方針の一つの成果であったともいえる。さきの、文化間の誤解、矛盾に導かれる「順応」

方針が負の面を象徴しているとすれば、現地人聖職者の養成はその正の遺産の象徴といえよう。

結び

中国宣教に先立つこと三〇年、しかも、為政者による迫害によって頓挫した日本のキリスト教宣教においては、「順応」方針が文化間の具体的な問題に抵触することはなく、その根本問題の議論はもたれなかった。それが、続く、中国という土壌で典礼問題などとなって明らかとなっていく。ヴァリニャーノが、そしてイエズス会が示す「境界線上の霊性」（Borderline Spirituality）がここでクローズアップされたといえよう。常に、自分たちとは異質の他者を、世界の行く先々で相手としたイエズス会宣教師は、常に境界線上にいて、境界の両方の領域それぞれにコミットしていた。インドではヒンドゥー文化のなかで、日本では神道や仏教、茶の湯などの古来の宗教や習慣との間で、そして中国では儒教文化としての孔子崇拝や先祖崇拝に直面しながら、理解の突破口を開こうと努力していたのである。それはある意味でリスクを抱えた行動となる。ヴァリニャーノがいう「順応」とは、異文化間で衝突や紛争の機会とすることなく、相手を理解し、相互に折り合いをつけていくという方策であったが、時として、文化の根源的な場で葛藤を余儀なくされた。それにイエズス会宣教師はどう対応したのか。その答えは一つではない。つまり、両サイドからの攻撃と排斥、批判をうける危険性をイエズス会宣教師は常に身に帯びていたのである。「順応」政策は、その意味で、もろ刃の剣ということができる。伝統的なキリスト教徒にとって受け入れられないことを、新しく接する土着文化との間でアコモダチオ（順応）として実践するというおおきなリスクである。この点については、さらに日本宣教問題とともに、中国における宣教問題、とくに「典礼問題」などを中心に、別途考察すべき難問が横たわっている。

註

▼1 Josef Franz Schütte, *Valignano's Mission Principles for Japan, Volume I: from His Appointment as Visitor until His First Departure from Japan (1573-1582) Part I: The Problem (1573-1580), Part II: The Solution (1580-1582)*, St. Louis: The Institute of Jesuit Sources, 1980.

▼2 Raffaele Bigi, *Chieti: Passato, presente e ...futuro*. Lanciano: Rocco Carabba, 2012, p. 261.

▼3 碑には東インド地域の地図とともにヴァリニャーノの功績が記されている：「P. Alexander Valignanus Societatis Iesus generalis India P. Um Visitator altera Xaverio Orientis Apostulus Anno domini M.D.C.」

▼4 Tamburello, Adolfo et al ed., *Alessandro Valignano S.I.: Uomo del Rinascimento: Ponte tra Oriente e Occidente*.(Bibliotheca Instituti Historici Societatis Iesu, Vol. 65）, Roma: Institutum Historicum Societatis Iesu, 2008.

▼5 Piero Del Negro, ed. *The University of Padua: Eight Centuries of History*. Padva: Signumpad Padova, 2001-2003.

▼6 A cura di Elisabetta della Francesca e Emilia Veronese, *Acta Graduum Academicorum Gymnasti Patavin ab anno 1551 ad annum 1565*. Roma-Padva: Antenore, MMI, 2001.

▼7 1564 apr. 17. Examen d. Alexandri Valignani Neapolitani. -Leg. Scol . d Alexander Valignanus Neapoitanus- fuit examinatus et approbatus in u.i. nem. Pen. disc. fueruntque sibi privatim per u.i.(ius) doct (doctor).

▼8 ローマ学院がイエズス会学院の模範である理由は、この地において、後に集大成される『イエズス会学事規定』の原型が形づくられたからである。一五九九年に最終版として成立した『イエズス会学事規定』（以下、『学事規定』）は、イエズス会の経営する学院に適応されるべき三〇章からなる教育指針である。

『学事規定』に要約されたイエズス会教育理念は、ローマ学院の哲学教授ベニト・ペレイラ（Benito Pereira）が一五六四年に書いた「学ぶための規則」（Ratio studendi）に、すでにその原型を表している。ペレイラは、イエズス会教育の目的として、「真理についての知識」をあげ、「真理の友となることが最も重要であり」「人間精神の完成」であることが青少年教育の最大の課題であるとしていた。その意味は、「ときに、他人と意見をたがえることもあるが、それだけではなく、もしも、真理が要求するなら、自分の意見を変えたり、とりさげたりもできるものだ」という、寛容な教養人、知識人、人格者の育成がめざされた。ペレイラは続けていう。「学校の目的とは、個々人の知的能力を開発することであり、完徳の高みにつれていくことである。(中略)成熟した人間にとって、最も必要となり、価値あるものとは、よき判断力である。教育はこの能力の涵養に集中すべきである」。学事規定の元となるペレイラの文書には、傾聴すべき点が数多くある。とくに、教育は技術をこえて、知的能力の開発と同時に、若者を完全な徳の高みにつれていくことである。以上の記述はJohn W. O' Malley, *The First Jesuits*. Cambridge MA: Harvard University Press, 1993, pp. 214-215を参照。

▼9　遠藤周作の『銃と十字架』(一九七九年)に描かれたペトロ・カスイ岐部はそういう人物の一人として記憶されている。しかも、日本人としての信仰問題をテーマ化している点で、多くの洞察を示しているように思う。

▼10　この点については、拙編『超領域交流史の試み――ザビエルに続くパイオニアたち』上智大学出版、二〇〇九年を参照。

▼11　スペイン語本 Advertiventos e Avisos acerc dos Costumes e Catangues de Jappão. イタリア語本 Il Ceremoniale per I Missioni del Giappone. 矢沢俊彦・筒井砂訳『日本イエズス会礼法指針』(キリシタン文化研究シリーズ5)キリシタン文化研究会、一九七〇年。

▼12　アクアヴィーヴァ総長宛ヴァリニャーノ書簡、一五九五年一一月二三日付。

▼13　『日本イエズス会礼法指針』五九頁。

▼14　『日本イエズス会礼法指針』六八頁。

▼15　ジョアン・ロドリーゲス『日本教会史』上(大航海時代叢書IX)岩波書店、一九六七年、五九〇頁。

▼16　ARSI, Jap. Sin. 2, 103v-108.

▼17　ARSI, Jap. Sin.2, 106.

▼18　Quinsey

・Ninguem poraa maõ no *chanoyu*, nem nos *dōgus* sem licença do official.
・Ninquem tirara agua quente para outro seruiço de fora sem licença nem tomaraa fogo pora asender en outra parte.
・Ninguem leuaraa a outra parte os *dōgus* que pertencem ao *chanoyu* sem licença.
・Ninguem fara *saicu* na casa do *chanoyu*, nem pora ahi *dōgus* que naõ pertençao ao *chanoyu*.
・Naõ dormiraõ no *chanoyu*, sem licença do Irmão hospedejro. Os *Dojucus* naõ terão ahi seu repouso, nenhum *conono* subirá ao *zaxiqui*.

・Naõ averá jogos de *go*, nen *xógui*, nen falarão *zótan* de cousas impertinentes.

・Neuhuma molher estaraa ahi mais tempo que de seu recado, nem estaraa falando ahi muito tempo.

ARSI, Jap.Sin.2' 107.

▼19 『日本イエズス会礼法指針』七二頁。この点につき最新刊の貴重な研究書として、スムットニー祐美『茶の湯とイエズス会宣教師——中世の異文化交流』思文閣出版、二〇一六年がある。

▼20 ARSI, Jap.Sin. Jap.Sin. 10-II 182-184v

▼21 Jonathan D. Spence, *The Memory Palace of Matteo Ricci*. New York: Penguin Books, 1985.

▼22 Isabel Pina, "João Rodorigues Tçuzu and the Controversy over Christian Terminology in China: the Perspective of a Jesuit from the Japanese Mission." *Bulletin of Portuguese Japanese Studies* (2003) 6, pp.47-71.

▼23 Francesco D'Arelli, ed. *Matteo Ricci, Lettere:1580-1609*, Macerata: Quodlibet, 2001, pp. 501-502.

3　イエズス会の教育とヴァリニャーノの思想

李　梁

二〇一五年三月一七日は、世界宗教史上の奇跡といわれた「信徒の発見」一五〇周年にあたる節目の日である。数日後の二一日、筆者は長崎県南島原市の口之津を訪ねた。この小さな港町は、イエズス会東インド巡察師アレッサンドロ・ヴァリニャーノ（Alessandro Valignano, 漢字名は范礼安、一五三九—一六〇六）が一五七九年七月二五日に上陸し、はじめて日本の土を踏んだ地である。この来日を記念するため、口之津漁港公園の一角に、ヴァリニャーノの生家であるイタリアのキエーティ市から二〇一一年に寄贈された銅像が建てられた。強い意志力と深い愛情を湛えたその痩せこけた顔を仰ぎ視ながら、深い感動を覚えた。

フランシスコ・ザビエルが鹿児島に上陸した一五四九年から一八世紀後半まで、イエズス会を主とするカトリック宣教は、東アジア諸国にキリスト教信仰と思想を伝え、大きな衝撃を与える一方、同時にもたらしたルネサンス期の科学知識は、近世東アジア固有の知識体系を動揺させ、新しい知識体系の構築を誘発している。「近世東アジア」とは、狭義的には「中国では宋、元、明、清朝、朝鮮では朝鮮王朝、日本では江戸時代」を指す。[1] その知的空間はおしなべて儒学的経学、つまり朱子学によって紡がれた政治と学問思想の世界と言ってもよいだろう。

中国における朱子学の本格的な解体は、一九世紀後半以後、新たに伝来した西学、とくに「西洋の政治体制」の圧倒的な勢いに押された清末民国初期においてである。ただその端緒は、早くも一六世紀末から一七世紀前半にかけての明末清初に現れている。すなわち、明末王学左派の矯激さへの反動として興った復古主義の清代経学は、考証という方法論を掲げ、伝統的な「義理の学」としての経学と大いに趣を異にしたため、学問思想（経学）の重心は、従来の「義理の考証」（義理の格致ともいう）から「物理の考証」（物理の格致）へとパラダイムシフトされた。[2] それを代表するのは当時の知識人黄宗羲（一六一〇—九五）、梅文鼎（一六三三—一七二一）、王錫闡（一六二六—八二）、戴震（一七二四—七七）らの天文暦算学を中心とする学問である。[3] こういった思想史上の革命的転換は、清代学者自身の正統化、明学への反動、清学の内在的発展、イエズス会宣教からの影響という違う角度から解釈されてきている。

漢訳西学書を媒介に、イエズス会が東アジアに伝えた「西学」の伝播と影響を理解するには、イエズス会の教育理念、教育実践（各種学校の設立、運営、教学内容）に対する史的考察が重要である。本論は、イエズス会の東アジアにおける教育活動の立案と運営に腐心したヴァリニャーノの教育思想と実践活動を通して、「西学」伝播の歴史の一端を読み解くことを試みる。

一、イエズス会の理念

一五三四年八月一五日、パリ郊外のモンマルトルの丘で、イグナチオ・デ・ロヨラ（一四九一——一五五六）

は、ザビエルなど五人の同志を率いて、「清貧、貞潔、エルサレム巡礼」という三つの誓願を立てて、カトリックの改革をめざすイエズス会を結成した。六年後の一五四〇年に教皇パウロ三世の回勅によって正式に認可された。ロヨラは、イエズス会成立直後から、教育重視の姿勢を鮮明に打ち出した。それは、『霊操』（*Exercices Spirituels*, 一五四八年）、『イエズス会会憲』（*Constitutiones Societatis Iesu*, 一五五八年）、とりわけ『イエズス会学事規程』（*Ratio atque institutio studiorum Societatis Iesu*, 一五九九年、通常 *Ratio studiorum* と略称）などの文献や各種の学校設立と運営から窺い知ることができる。

イタリア・カリキエーティ基金から南島原市へ寄贈されたヴァリニャーノの銅像（口之津の港にて郭南燕撮影）

　具体的にいえば、ロヨラの『霊操』は、自身の二度にわたる霊的体験の産物であり、むしろ、中世ヨーロッパのカトリック諸修道会の霊的生活の伝統を受け継いで、さらに発展させ体系化したものである。「より大いなる神の栄光のために」という究極の目的を達成するための心構えや行動規範を示す最高の精神的指導綱要でもある。それによればイエズス会の入会希望者は、四週間修練のプログラム、すなわち「第一週は罪の認知と痛悔、第二週はキリストの救済活動の観想、第三週はキリストの受難の観想、第四週はキリストの復活の観想」を必ず実践しなければならない[4]。

　『イエズス会会憲』は、ロヨラが存命中、最大のエネルギーを注いで作ったものである。ロヨラは一五三九年頃よりその草案となる『基本精神綱要』と『イエズス会会則第一草案綱要』を起草し、度重なる増補改訂、修正をへて、逝去（一五五六年七月三一日）直前にようやく完成をみたのである。イエズス会の教育理念は、『イエズス会会憲』第四部の序文において明確に成文化されている。

本会が直接めざす目的は、会員と隣人の霊魂がその創造された究極目的に到達できるように、霊魂を助けることである。そのために、生活の模範のほか、学識とそれを伝える方法が必要となる。したがって、会員に必要な土台、すなわち自己を否定し、善徳へと進歩するために必要な土台が据えられたと思われるならば、わが創造主なる神をよりよく知り仕えるために、学識の建物を築き、それを用いる方法を身に着けるように努めなければならない。[5]

第四部は、一七章からなり、学院、大学の設立、学生の生活から学習内容、大学の科目と講義、解説書、課程、学院組織を細かく規定しており、後の『イエズス会学事規程』を垣間見るような内容となっている。とくに際立つのは、古典文学と言語教育に関する部分である。古典文学は、文法、修辞学、詩、歴史を意味する。注目すべきなのはキリスト教を学習し宣教するための言語教育である。すなわちラテン語、ギリシア語、ヘブライ語、さらに必要に応じてカルデア語（アラム語）、アラビア語、インディアス（スペインの征服地）の言語を学習する。「学院と大学において、ムーア人やトルコ人のもとに行く人物を準備する計画がある場合、アラビア語あるいはカルデア語が適当であろう。しかし、インディアスの人々のもとに送るならば、インディアスの言語であろう。同じ理由で、他の地域には他の言語がより有益となるであろう」（第一二章449B）[6]とあり、宣教において言語の習得を重んじる後のヴァリニャーノの「順応政策」の思想的源流をここに見出すことができる。

『イエズス会学事規程』は、長い年月をかけて練り上げられ、一五九九年に正式に公表されたもので、ヨーロッパの近代教育に深遠なる影響をも及ぼしたものである。イエズス会の教育理念を実現するために、さまざまな面において詳細を極める規則を設け、とりわけ神学、法学、人文学、医学を中心とする「パリ方式」を採用した点が際立つ。神学の基礎にラテン語文法、修辞学、ギリシア・ローマ古典学を据え、ルネサンス期の人文主義の精神をも取り入れている。[7]

イエズス会の初等教育は、基本的にすべての人々に対して開放されていた。学習内容の複雑化にともない、生徒の資質、イエズス会にふさわしい徳性の有無、学習継続の必要を考えながら、昇級を選抜していく。「天分の面ではそれほど注目に値しないとしても、指導力または説教の能力の面、および、『会憲』が要求する、かの完全な神学的知識「の不足」を補うであろうと思われるほど傑出した徳という面で、注目すべき者がいる場合、そして、もし彼が神学の課程を全うするならばイエズス会の利益になるであろうと判断される場合、当然この者に対して、あらかじめ顧問らと本件を協議したうえで、神学「の学習」の第四年目を認めることもできる[8]」という厳格な取捨選択である。

聖イグナチオ・ロヨラ像、*Neuvaines en l'honneur des saints de la Compagnie de Jésus*（Chez Lecharlier, libraire, 1795. 国際日本文化研究センター図書館所蔵）

イエズス会の教育の特質は、スコラ哲学、神学のほかに、科学知識、とくに数学と天文学を重視することであった。哲学「課程」の第二年目に「数学教師は、自然学学生に対し、学級で約四分の三時間、エウクレイデスの『「幾何学」原論』を説明しなければならない。さらに、学生たちがそれに二か月ほど従事した後では、地誌や天球など、彼らが喜んで聞くのが常である事どもに関する原論を加えるものとし、それをエウクレイデスとともに、同じ日か、あるいは一日おきに教えるものとする」という規定がある。[9] 学生の智力の発展に従う各段階の教科内容を決めている。その周到な課目の用意は次の引用に見られる。

第九条　一、第一年目には、教師は『論理学（Logica）』を説明するものとする。

最初のおよそ二か月ほどの間は、口述筆記によるよりはむしろ、トレドあるいはフォンセカ［の著した提要］から比較的必要と思われるものを説明することによって、論理学の概論を教えるものとする。

第九条　五、［哲学課程の］第二年目は自然学に関する事柄にそっくり充てられることになるので、第一年目の終わりのほうでは、この学問についての十全な議論が企てられるものとする。

第一〇条　一、第二年目には、『自然学』の八つの巻、『天体論（de Caelo）』の諸巻および『生成・消滅論（de Generatione［et corruptione］）』の第一巻を説明するものとする。『自然学』八巻中、第七巻と第八巻の本文については提要を用いて教え、第一巻のなかの、古代人たちの諸説について述べた部分も同様とする。第八巻においては、エイドス［形相］的数、自由、および第一動者の無限性については何も論じず、これらは［第三年目に扱う］『形而上学』のなかで、しかもただアリストテレスの意見にのみ基づいて議論することとする。

第一一条　一、第三年目には、『生成・消滅論』の第二巻、『霊魂論（de Anima）』および『形而上学（Metaphysica）』の諸巻を説明するものとする。『霊魂論』の第一巻中、古代の哲学者たちの諸説については概略的にひととおり触れるにとどめる。第二巻では、感覚器官について説明する際、解剖学その他、医者の領分であることの方へ逸れていかないようにする。[10]

以上から、イエズス会教育における知識の蓄積過程の合理性を知ることができるだろう。なお、学習の成績判定も特徴的である。「成績表の中で、教師は生徒たちの程度をできるだけ数多く区別しなければならない。すなわち、優・良・可・疑・原級留置および退学処分の区別である。なお、これらは一、二、三、四、五、六の数字によって示してもよい」とある。[11] 学習成績以外、性格的または能力的に雄弁さを好む一方、新奇さや出しゃばりすぎるのはよくないと決められている。ローマのイエズス会文書館に当時の生徒の成績カードが所蔵され、数段階の評価が記録されており、興味深い。

一六、一七世紀の交代期に、イエズス会はすでに二四五校に上る各種学校を世界において運営している。ヴァリニャーノのローマ学院時代の親友でもある第五代総長クラウディオ・アクアヴィーヴァ（一五八一―一六一五）が亡くなる時、三七二校に達している。[12] ヨーロッパ以外、ブラジルに一七、インド（ゴアとマラバー管区）に三〇、東アジア（日本、マカオ、中国）に一〇あった。特にザビエルが設立したゴアの聖パウロ学院、ヴァリニャーノが一五九三年に設立したマカオの聖パウロ学院は、ヨーロッパ以外で最も重要な教育機関とみなされている。[13] イエズス会は世界規模の知（教育）のネットワークを構築し、後の東西文化の遭遇と衝突の先駆けともなったと言えよう。

イエズス会の教育理念と実践において、とりわけ象徴的な存在は一五五一年創設のローマ学院（Collegio Romano）である。ロヨラの特別な計らいもあって、イエズス会の最も重要な教育機関となった。クリストファー・クラヴィウス（Christopher Clavius, 漢字名は丁先生、一五三八―一六一二）をはじめ、クリストフ・グリーンベルガー（Christoph Grienberger, 一五六一―一六三六）、クリストフ・シャイナー（Chrisotoph Scheiner, 一五七五―一六五〇）、アタナシウス・キルヒャー（Athanasius Kircher, 一六〇二―八〇）といった当時ヨーロッパで屈指の教授陣を擁していたことから見てもわかる。そして、ガリレオ・ガリレイ（Galileo Galilei, 一五六四―一六四二）も一時客員教授を務めたことがあるほど、世界最高のアカデミー機関と言っても過言ではない。ヴァリニャーノのほかに、後に東アジアの宣教活動の中で名高いマテオ・リッチ、ジュリオ・アレーニ（Giulio Aleni, 漢字名は艾儒略、一五八二―一六四九）、アダム・シャール（Johann Adam Schall, 漢字名は湯若望、一五九二―一六六六）、マルティーニ（Martino Martini, 漢字名は衛匡国、一六一四―六一）、カルロ・スピノラ（Carlo Spinola, 一五六四―

一六二二）は、正規生あるいは短期研修生として勉学に励んでいた。[14] ほかに、「近代西洋哲学の祖」とみなされたデカルトや、同時代のヨーロッパで輩出した高名な面々がイエズス会系学校の卒業生だったことも、イエズス会の教育上の成功と近代教育への貢献として語り継がれている。[15]

二、ロヨラを継承したヴァリニャーノ

イエズス会の創始者ロヨラは、「順応政策」を案出した巡察師ヴァリニャーノと類似する点が多い。例えば、ともに貴族の出身だが、神への回心に至るまでの血気盛んな若かりし頃、むしろ名誉欲と虚栄心に満ちていた、と言われる。[16] スペイン・バスク生まれのロヨラは、神秘的体験（霊的修行）と知的生活（知の探究）を経て、パリ大学で人文主義、神学、哲学の教育を受け、「超自然の合理主義」（神の神秘的霊性と最高の知識の追求）という境地に徐々に到達した。前述したように一五五六年までにロヨラが構想したイエズス会の教育課程は、古典文学と言語教育のほかに、倫理学、自然学、数学、神学（スコラ神学、弁証神学）、法学、医学を含み、[17] 人文主義と近代の合理主義を重んじる姿勢が鮮明である。

一方、ヴァリニャーノは、イタリア・アブルッツォ州の都市キエーティ生まれで、北欧《ノルマン》系の貴族というその家系に枢機卿や大司教がいた。史料不足のため、大学までの足跡はほとんど不明だが、恵まれた環境の中で良好な教育を受けて、エリートの道を順当に進んだとみてよかろう。一五六四年にパドヴァ大学から「法学士」（Laurea dottore in diritto）の学位を取得している。当時のイタリアの大学の法学部では、学生たちは主として『ローマ法大全』（ユスティニアヌス法典）の研究に努めていた。[18]

ルネサンス文化の中心地ヴェネツィアの近くにあるパドヴァ大学（一二二二年創立）は「あらゆる完全な知識の揺籃」[19] と言われ、地動説を唱えたコペルニクス（Nicolaus Copernicus, 一四七三―一五四三）が学び、ダンテ

（Dante Alighieri, 一二六五―一三二一）やガリレオ・ガリレイも教鞭をとったことのある、イタリア二番目に古い名門校である。

当時のある報告書に、パドヴァ大学の学生は「若く、気まぐれで、大胆、かつ自由であり、熱しやすく、金遣いが荒いが分別があり、悪魔的だ[20]」と記されている。ヴァリニャーノも例外ではなかった。一五六一または六二年、ヴァリニャーノはパドヴァに戻り、学業を続けることにしたが、六二年一一月末、ある不愉快な諍いで逮捕監禁の憂き目に遭った。このことは、彼のイエズス会加入（六六年）の要因の一つとなったようである。

イエズス会入会後、翌六七年五月一八日、ヴァリニャーノは早速ローマ学院に入学し、クリストファー・クラヴィウスに師事し、哲学、物理学、数学を学び、さらに七〇年からローマのクイリナーレの丘にある聖アンドレ教会の助修士をするかたわら、引き続き神学の研鑽を続けた。パドヴァ大学で教会法を中心とする訓練を受けたヴァリニャーノは、ローマ学院で人文主義と科学知識を修得する。明晰な判断力、強靱な意志力、柔軟性のある思考力の持ち主となった彼は、後にイエズス会東インド巡察師として、数々の難題の解決、「順応主義」の貫徹のため、学校創設に才知を発揮した。

一五四九年のザビエルの来日から、一六四〇年の徳川幕府によるポルトガル船の渡航禁止までの約百年の「キリシタンの世紀」において、日本でのカトリック宣教運動を担ったのは主としてイエズス会であった。宣教初期の試行錯誤（例えば、言語習得の困難さや、Deus の誤訳問題など）があったものの、一貫して最も専心したのは教育事業である。その展開を三つの時期に区分することができる。第一は、ザビエル来日の一五四九年からヴァリニャーノが宣教方針を定めた七九年頃まで、第二は、キリシタン学校制度の確立が図られたその頃から、制度の変更がなされた一六〇一年頃まで、第三は、それ以降宣教厳禁の四〇年初めまで、という三つの時期である[21]。拙論では主として第二の時期のヴァリニャーノの教育思想を探ってみたい。

イエズス会巡察師としてのヴァリニャーノの初訪日は一五七九年七月二五日から八二年二月二〇日までの二年

半、後の二回は九〇年七月二一日から九二年一〇月九日までの二年二か月、九八年八月五日から一六〇三年一月一五日までの四年半の、[22]あしかけ九年二か月である。『日本巡察記』（松田毅一ほか訳、平凡社、一九七三年）、『東インド巡察記』（高橋裕史訳、平凡社、二〇〇六年）、『日本イエズス会士礼法指針』（矢沢利彦ほか訳、キリシタン文化研究シリーズ五、一九七〇年）が示したように、ヴァリニャーノはインド、東アジア、とくに日本の事情を熟知していた。初来日後、いち早く日本宣教の問題点を浚いだし、日本人司祭の養成のために翌八〇年一〇月に臼杵で会議を開き、同地にノビシャド（修練院）を、有馬と安土にセミナリヨを設立し、豊後府内の教会を高等教育機関のコレジヨ（学林）に昇格させることを決議した。

セミナリヨは六年課程で三段階のカリキュラムからなり、ラテン語、自然科学、日本文学、音楽、絵画、印刷術を教える。コレジヨは司祭養成のための神学と哲学を教授し、のち準管区長ペドロ・ゴメス（Pedro Gómes, 一五三二―一六〇〇）編纂の『講義要綱』（*Compendium*）を講義する。これは、天球論、アリストテレスのアニマ論、カトリック信仰体系をまとめ、ルネサンス期の科学思想を直に日本に紹介する画期的な著書である。とくに天球論は、小林謙貞によって『二儀略説』として鎖国以降も長崎を中心に流布され、天文学の発達を大いに促したことは特筆すべきである。[23]イエズス会の学校で勉学した人々は、有名な天正遣欧使節の四人の少年のほか、のち日本と中国で大活躍したポルトガル人ジョアン・ロドリゲス（João Rodrigues, 漢字名は陸若漢、一五六一？―一六三三）もその一人である。

一五六一年から八三年までの二二年間、イエズス会は日本で二百余りの教会附属の学校を設け、ヴァリニャーノが好む表現で言えば、「ミルクで教理を育んで」、キリスト教の教育を助けたのである。従来、日本のコレジヨでは、ヨーロッパのイエズス会学校のように古典諸学科の学習が課せられた。しかし、ヴァリニャーノ来日後、彼の教育方針によって、布教を目的とする「小コレジヨ」制を重視し、子どもたちに日本語とラテン語の読み書き、唱歌、礼儀作法、一般教育（ミルク）を受けさせると同時に、聖職者になる素質のある少年が初等セミナリオへ進学するための準備が加わる。ヴァリニャーノはセミナリオの校則を起草し、自らも講義を行った。
また一五八〇年、府内（豊後）のコレジヨに対しても教則と教科を規定した。つまり必要性と時勢に応じて、ラテン語文法、日本語学、民族学、宗教学、哲学、神学を教え、学年により、哲学と神学の授業を行う。言い換えれば、原理原則を踏まえながらも、現実に合わせる臨機応変で柔軟な現場主義が特徴である。戦国末期、イエズス会を取り囲む環境が激しく変化する中、短い期間とはいえ、イエズス会の教育事業を見事に軌道に乗せて制度化し、多大な成果を上げることができたことは、ヴァリニャーノの「順応主義」に負うところが大きいと思われる。

　ヴァリニャーノの教育思想を考える場合、イエズス会の東アジアにおける最も重要な教育拠点ともいうべきマカオの聖パウロ学院を抜きにしては語れないであろう。ヴァリニャーノが心血を注いで創設したこの学院については、近年、日本内外の学界によって良質の研究が行われ、多くの史実も解明されている（註13参照）。その中で、一次史料の発掘と史実の再構築において最も優れているのは高瀬弘一郎の『キリシタン時代の文化と諸相』であろう。氏はヴァリニャーノの学院設立の意図を読み解いている。すなわちマカオ聖パウロ学院は日本人司祭の養成を最大の目標としていた。すでに日本国内に多くのイエズス会系学校が存在するのに、なぜマカオで新しい学院を作る必要があったのだろうか。建前上の理由はマカオの独特な地理的優位性と、日本の政情不安であったが、もっと重要なのはヴァリニャーノの「順応主義」の一環である「文化融合思想」を実現するのにふさわしい教育を行うことが可能と思ったからであろう。「日本人は彼ら固有の文化に固執する。したがってその中に生活していたのでは、ヨーロッパ人・日本人共にキリスト教の学問を修め、徳操を身に付けるのに支障となる。彼らを別の場所に一時移して、それに専念させることが必要である」[▼24]と高瀬が指摘している通りだっただろうと思われる。つまり、言語、慣習、行動様式がそれぞれ違う日本人、中国人、ポルトガル人は、自己の伝統的文化を基盤としない、いわば中立的な空間に集まれば、そこで相互の文化理解と意思疎通を図ることができる、という一見して素朴だが、実は時代を先駆ける深い思考の末に生まれた計画であった。ヴァリニャーノの教育思想の先進性、柔軟さの一斑を看取することができよう。

イエズス会経由の西学が、近世期の東アジアの朱子学を中心とする伝統的学知の体系の一端を突き崩したとするのは、学界における一致した見解である。西学の新しい知的体系を構築した理論上の旗手はヴァリニャーノである。東西文化の接触を通して、キリスト教の精神を東アジアに持ち込んだその「順応政策」は、彼の数々の教育思想と実践に現れている。

本論はヴァリニャーノの思想と実践の一部分を分析することによって、その「順応政策」の具体像に近づくことを期待している。

註

▼1 土田健次郎編「はじめに」『近世儒学研究の方法と課題』汲古書院、二〇〇六年、i頁。

▼2 房徳隣「西学東漸与経学的終結」朱誠如、王天有主編『明清論叢』第二輯、紫禁城出版社、二〇〇一年。

▼3 代表的研究は内藤湖南「先哲の學問」『内藤湖南全集』第九巻、筑摩書房、一九六九年；王萍『西方暦算学之輸入』中央研究院近代史研究所専刊（一七）、一九七一年修訂版；朱維錚「十八世紀的漢学与西学」『走出中世紀』復旦大学出版社、二〇〇七年；「導言」朱維錚主編『利瑪竇中文著譯集』復旦大学出版社、二〇〇七年；湛暁白、黄興涛「清代初中期西学影響経学問題研究述評」黄愛平、黄興涛主編『西学与清代文化』中華書局、二〇〇八年；ベンヤミン・エルマン（B. A. Elman、艾爾曼）「道学之末流―従宋明道学至清代考証学的転変」「十八世紀的西学与考証学」『経学・科学・文化史　艾

爾曼自選集』中華書局、二〇一〇年；B. A. Elman, *On Their Own Term, Science in China, 1550-1900*, Cambridge: Harvard University Press, 2005 の第三章；川原秀城編『西学東漸と東アジア』東京大学出版会、二〇一五年；川原秀城「哲学 Philosophia を中心とした西学の東漸がなければ、明学から清学への思想変革はない」（同氏最終講義レジュメ、二〇一五年二月二一日、於東京大学文学部）。

▼4　高橋裕史『イエズス会の世界戦略』講談社、二〇〇六年。五五―五八頁。

▼5　イエズス会日本管区編訳『イエズス会会憲』南窓社、二〇一一年、一三一頁。

▼6　同右、一六五頁。

▼7　『イエズス会学事規程』の成立および「パリ方式」については、Ladislaus Lukacs, Guiseppe Cosentino, translated and edited by Frederick A Homann, *Church, Culture and Curriculum: Theology and Mathematics in the Jesuit RATIO STUDIORUM*, Philadelphia: Saint Joseph's University Press,1999 ; Gabriel Codina Mir, S.I. *Aux sources de la Pedagogie des Jesuites le《MODUS PARISIENSIS》*, Roma : Institutum Historicum S.I. 1968.

▼8　坂本雅彦訳『イエズス会学事規程』（1599年版の和訳）長崎純心大学比較文化研究所、二〇〇五年。

▼9　同右。

▼10　同右、第九、一〇、一一条。

▼11　同右、第三八条。

▼12　ウイリアム・バンガート著、岡安喜代・村井則夫訳『イエズス会の歴史』原書房、二〇〇四年、一二六―一二八頁。

▼13　J. Witek ed., *Religion and Culture: an International Symposium Commemorating the Fourth Centenary of the University College of St. Paul*, Macao: Instituto Cultural de Macau, 1999; 高瀬弘一郎『キリシタン時代の文化と諸相』八木書店、二〇〇一年；李向玉『漢学家的揺籃　澳門聖保禄学院研究』中華書局、二〇〇六年；戚印平『澳門聖保禄学院研究』社会科学文献出版社、二〇一三年；魏若望著、郭頤頓訳『范礼安：一位耶蘇会士肖像』澳門利氏学社、二〇一四年；湯開健「澳門的西方教育」『天朝異化之角：一六―一九世紀西洋文明在澳門』下巻、曁南大学出版社、二〇一六年。

▼14　前掲『イエズス会の歴史』一二九―一三〇頁、Gianni Criveller（柯毅霖）, *Preaching Christ in Late Ming China*, Taipei: Ricci Institute, 1997, 中国語訳は、王志成ほか訳『晩明基督論』四川人民出版社、一九九九年、一二一―一四頁参照。

▼15 久保田静香「デカルトとイエズス会学校人文主義教育――よく書くために」早稲田大学大学院文学研究科フランス文学専攻研究誌『フランス文学語学研究』第二六号、二〇〇七年。

▼16 イグナチオ・デ・ロヨラ『ある巡礼者の物語――イグナチオ・デ・ロヨラ自叙伝』門脇佳吉訳・解説、岩波書店、二〇〇〇年；ロヨラ『霊操』門脇佳吉訳・解説、岩波書店、一九九五年；A. Tamburello, M. Antoni. J. Üçerler, M. D. Russo, eds., *Alessandro Valignano S. J. Uomo del Rinascimento: Ponte tra Oriente e Occidente*. Rome: Institutum Historicum Societatis Iesu, 2008; M. Antoni, J. Üçerler, "Alessandro Valignano: man missionary, and writer," *Renaissance Studies: Journal of the Society for Renaissance Studies*, Vol.17, No. 3, 2003.

▼17 アンセルモ・マタイス、小林紀由『神に栄光　人に正義――聖イグナチオ・デ・ロヨラとイエズス会の教育』イエズス会日本管区、一九九三年、六八―六九頁より。

▼18 児玉義仁『イタリアの中世大学――その成立と変容』名古屋大学出版会、二〇〇七年、P. D. Negro, ed., *The University of Padua: Eight Centuries of History*, Signumpadova, 2003.

▼19 「アレシャンドゥロ・ヴァリニャーノの生涯」「解題Ⅰ」『日本巡察記』平凡社、一九七三年、一二八頁。

▼20 註18に同じ。

▼21 梶村光郎「日本における耶蘇会の学校制度」解説『日本巡察記』平凡社、一九七三年、三頁。

▼22 Marisa Di Russo "Cronologia Valignanea," A. Tamburello, M. Antoni. J. Üçerler, M. D. Russo, eds., *Alessandro Valignano S. J. Uomo del Rinascimento: Ponte tra Oriente e Occidente*. Rome: Institutum Historicum Societatis Iesu, 2008, pp.369~383.
同年表は Centro Internazionale Alessandro Valignano の website: http://www.valignano.org/it/ にも掲載。

▼23 尾原悟『イエズス会の日本コレジヨの講義要綱』Ⅰ、Ⅱ、Ⅲ、教文館、一九九八年；尾原悟「キリシタン時代の科学思想」『キリシタン研究』第一〇輯、一九六五年；平岡隆二『南蛮系宇宙論の原典的研究』花書院、二〇一三年。

▼24 前掲高瀬『キリシタン時代の文化と諸相』二一六頁。

4　イエズス会の霊性と「九相歌」

カルラ・トロヌ／田中　零　訳

一六世紀後半、日本に初めてキリスト教を伝えたイエズス会宣教師たちの関心事は、日本語によるキリスト教書や語学教材の出版であったが、それは彼らのキリスト教宣教という文脈で理解されなければならないだろう。文化適応主義と呼ばれる彼らの方策の起源は、日本宣教の草創期、特に創始者であるフランシスコ・ザビエル（一五〇六―五二）と、その後の改革者アレッサンドロ・ヴァリニャーノ（一五三九―一六〇六）にまで遡ることができる。その革新性と現地文化に対する敬意に満ちた方策は、大航海時代に大多数の宣教師たちが世界各地で土着文化の価値を軽視し、時には否定する方策をとっていたことを考えると、際立っていたと言えよう。しかし同時に、イエズス会士たちが日本語と日本文化を学ぶために努力を払ったのは、日本人を理解し、日本人社会に溶け込むためだけではなく、主として、より効果的に、より説得力を持った宣教を行うためであったという点も念頭におかなければいけない。

イエズス会は、当時、日本に伝播していたすべての宗教を異端と見なしており、仏教が政治に強い影響力を持ち、人びとの救済に尽力し、死後の世界にも関与し、キリスト教の教理とは相反していることを認識していた。イエズス会の布教に関する当時の書簡や報告書を見ると、仏僧を政治的、社会的、そして宗教的観点から敵視していたことがうかがえる。実際に、イエズス会士と仏僧たちとの間の抗争、仏教の教理に反駁する内容が記された現存の文献、仏教用語を用いてキリスト教の概念を伝える際に生じた諸問題などは、激しい敵意の存在を示している。この文脈において、イエズス会日本管区が一六〇〇年に、仏教の教義と不浄観の修行に関連し、女性の死骸が腐敗して白骨・土灰化するまでの過程を詠んだ一八首をまとめた歌集「九相歌」を刊行したことは奇異に思える。▼1

なぜ、イエズス会は仏教の教えと深く結びつく歌集を出版したのだろう。彼らは仏教の瞑想修行や教義、また和歌の背景にある文芸、絵画の長い伝統を認識していたのだろうか。果たしてイエズス会刊行「九相歌」の特徴とは何か。また、それは、イエズス会の仏教に対するどのような見解を伝えているのか。こうした疑問点について考察し、従来、主に語学的な目的から考えられてきた本歌集刊行の動機について、新たな知見を提供したい。手順としてはまず先行研究を概観する。そのうえで「九相歌」を、イエズス会が日本での布教活動の一環として導入した教育システムおよび仏教の伝統という文脈から検証する。さらに、仏僧にとっては欲望（色欲）を払うためである「九相観」瞑想修行と「九相歌」との関係性を論じる。そして、当時のカトリック聖職者のための道徳教育の書物を参照し、イエズス会にとって魅力的に映ったであろう「九相歌」の道徳観について掘り下げたい。

一、先行研究について

イエズス会刊行「九相歌」は、一六〇〇年のキリシタン版『朗詠雑筆』の一節にあり、現存する唯一とされる版本が、マドリードのエル・エスコリアル王立修道院図書館に所蔵されている。それは一九二八年、ポール・ペリオによる中国語文献調査の際に発見され、ヨーロッパ圏の研究者たちに初めて知られるところとなった。[2]ペリオは、日本の刊行物に関する主要な図書目録[3]にはそれまで掲載されていなかったこの歌集の表題と丁数、ならびにその概要を発表した。同時期、ヨーロッパの公文書館でアレクサンドル・デュマに関する調査研究を行っていた日本人作家、木村毅《き》もまた、現在エル・エスコリアル王立修道院図書館所蔵のその書を偶然に発見する。一九三〇年に帰国した木村は、歌集の存在を日本文学および言語学の研究者らに報告した。[4]その後、ヨーロッパでは、この歌集に関する本格的な研究調査はなされなかったが、日本ではいくつかの研究論文が発表されている。

一九三一年、土井忠生は本歌集に関する言語学的アプローチによる研究論文を発表し、[5]戦後の六四年には、その論文を改訂・増補し、写本全文と総説を加えた単著を出版した。[6]土井は、歌集がイエズス会の学校で日本語の発音や書き方を教えるための教科書として使用されていたことを、イエズス会の年次報告書の中に確認したと述べている。「九相歌」に関しては、イエズス会刊行の版本と、現存する最古として知られる江戸時代の版本を比較したうえで、朽ちてゆく女性の死骸のモチーフが描かれた他の日本の文学作品を同定した。土井は、イエズス会版本のこれまでに見られなかったユニークな特徴のひとつとして、生前の段階を詠んだ最初の一首が含まれている点を指摘している。[7]

一九六六年、川口久雄は『朗詠雑筆』に含まれている「九相歌」と「無常歌」に焦点を当てた文学研究論文を発表した。その中で彼は、それらが後続の国文学に与えた影響を力説し、日本の古典文学、中世文学、そして古代の漢詩にまでその起源をたどった。美女が白骨化してゆくという主題は、語り物をはじめ、曲舞《くせまい》、謡曲、蓮如の『御文《おふみ》』や輓歌《ばんか》といった多数の文芸作品に現れるが、その起源は中国唐王朝の哀歌体の詩にあると論じる。[8]川口は『朗詠雑筆』を、教科書的性格と民間実用的・幼学的性格を併せ持った書物と考えた。[9]彼の主な功績は、版本掲載の歌を一首ごとに、蘇東坡作とされる『九相詩並序』等に掲載された挿絵と比較したことにある。彼は、イエズス会刊行「九相歌」の和歌は一般にぎこちなく、粗く、誤植があることから、書写によるものではなく、口述筆記された可能性が高いと結論づけた。[10] 生前の場面を詠んだ最初の和歌が含まれていることについては、中国敦煌の莫高窟で発見された漢詩に前例が見出せることを明らかにした。敦煌本の『九相観詩』では、死後の九段階の前に生前の六段階があり、『百年曲』では女性の生と死が一〇段階に分けられている。[11] 川口は、イエズス会が「九相歌」と「無常歌」を日本語学習の上級者向けの教材として使っていたという説に賛同する一方、人類すべてが共有する無常観の普遍性について初めて言及した研究者であった。[12]

二〇世紀末から二一世紀初頭にかけて、西洋の研究者たちは「九相図」と「九相詩」に注目し始める。[13] 一九八八年、ジェームズ・サンドフォードは、一六〇五年に刊行された伝蘇東坡作『九相詩並序』の初の英訳版を出版した。序文には、西洋世界での死に対する感性が中世期に変化を遂げていること、仏教における九相の解釈、九相詩と九相図の関係などが述べられている。[14] 一九九八年にはゲイル・チンが英語論文の中で、女性の腐乱死体をモチーフに描かれた日本画五点、日本に所蔵されている中世期の作例二点、さらに、北米とカナダの博物館が所蔵する一八～一九世紀の作例三点について分析した。[15] 彼女の調査研究は、現時点でジェンダーの視点から明快に本テーマに取り組んだ唯一のものであり、日本国外に所蔵されている絵画作品を分析した点でも価値がある。チンは、九相図のモチーフの起源を中国やインドの仏典にまでたどったが、その図像の伝統が、宗教的役割を保持しながら現在に至るまで続いているのは、日本においてのみであると強調する。[16] また、仏教思想の女性に対する考えは単なる女性蔑視ではなく、かといってあがめるものでもなかった。そして女性は、その肉体的、精神的脆弱さゆえに不浄であると見なされていた一方で、仏教思想の中核をなす概念である「はかなさ」を体現する存在でもあったと、チンは論じている。[17]

ところで、本テーマに関する研究の中で、最も綿密かつ包括的なものは、フランス語で書かれたフランソワ・ラショーの著書であろう。[18] 彼は九相詩と九相歌のモチーフをインド、中国、そして日本の教典類のほか、古代から現代の日本文学にまで求め、日本の絵画的伝統についても考察している。また、日本で最も知られている二点の九相詩、伝空海筆『九相詩』と、伝蘇東坡著『九相詩並序』の中国語と日本語の翻刻と初の注釈付き仏語訳を掲載している。西洋の研究者は、日本の宗教や文学、絵画の伝統における朽ちゆく女性の身体モチーフが東アジアに由来する点に注目するが、イエズス会版本「九相歌」については言及していない。

日本の研究者たちは過去数十年間、「九相図」「九相詩」「九相歌」の写本を発見し、研究してきた。二〇〇七年には、慶應義塾大学で開催された九相詩絵巻についてのシンポジウムで発表された論文数点をまとめた学術誌『説話文学研究』の特集号が出版されている。そこには美術史の観点からいくつかの価値ある研究が見出される。例えば、西山美香の論文では、いずれもそれまで知られていなかった、現存するものとしては最古の江戸時代以前の六巻の絵巻（写本）と、江戸時代の版本一冊が紹介されている。[19]

また、本論のテーマと最も関連する研究として、イエズス会版を含む「九相歌」の写本や版本五点について詳細な比較分析を行った渡部泰明の論文が挙げられる。[20] 彼は二つの点で重要な功績を残している。一点目は「九相歌」中の特定の和歌と、それ以前の時宗の仏典や絵巻に見られる和歌との密接な関係について初めて指摘したことである。[21] もうひとつは、読者が自身の肉体のはかなさと結びつけると同時に、距離をおいて白骨化した自らの姿を想像できるように、「九相歌」には亡くなった女性の死骸の視点から書かれたものと、第三者の視点から書かれたものがある、と主張した点である。[22] 渡部は、この二点をさらに発展させ、「九相歌」の和歌と絵図の関係性についての研究成果を共同編集し、二〇一四年に和歌に関する放送大学教材として刊行している。[23]

美術史家と文学研究者双方にとって有益な学術書は、二〇〇九年に山本聡美と西山美香が編集した一次資料と学術論文を含めた資料集成であろう。[24] なかでも重要な功績は、図像と本文の高画質な複製の実現、写本の掲載、図像と本文の比較一覧表、作品ごとの詳細な概説、ならびに、美術史の観点から考察した九相図の起源と形成に関する調査論文である。なお、山本は二〇一五年に一般読者向けの九相図に関する単著も出版している。[25]

文学や言語学研究に関しては、二〇一〇年に菊野雅之が、『朗詠雑筆』にある書簡を中心にして、『朗詠雑筆』を往来物《おうらいもの》、すなわち書簡形式による読み書き教材の一種として、古典教育史の観点から研究した成果を発表した。九相歌については詳述しないが、中国の無常観の例として『朗詠雑筆』に含まれたとしている。[26] 二〇一四年に今西が、その様式から「奈良絵九想詩」と呼ばれる、挿絵入り九相詩の古写本発見について論文を発表している。[27] その写本が冒頭に文章も何もなく、美しい盛りの若い女性の図のみで始まっている点を指摘した。冒頭に本文がなく、「生前の女性」の姿を描いた図像のみが置かれている別の「九相詩絵巻」二点も参照し、一六〇五年に修正される以前の日本の「九相詩」には生前の場面を描いた図が含まれていたと結論づけた。[28] 同二〇一四年、キリシタン語学研究会において、岸本恵実は今西の発見を紹介したうえで、『朗詠雑筆』中の「九相歌」と「奈良絵九想詩」、ならびに『天竺物語』の巻末にある絵図なしの「九相歌」を一語一語比較した結果、すべての写本に生前相が見られ、イエズス会版だけの特徴ではないことをあきらかにした。[29]

つまり、これまでに発表された研究は主に九相歌を、日本と中国の宗教的、教育的、芸術的、文学的な視点から考察するものであった。日本人研究者、とりわけキリシタン言語学専門の研究者は、イエズス会刊行「九相歌」を日本での布教におけるイエズス会の教育制度と関連づけた。しかし、これらの和歌の主題がイエズス会の霊性とどのように合致したのかを検証した研究者はいまだいない。それゆえ、本論では、イエズス会の霊性と、「無常」や「肉体の不浄」といった仏教概念との類似点について考察し、「九相歌」が教材として採用されたのは、単なる言語指導の用途以上に、その道徳的、霊性的効用が理由であったことを論じたい。

二、日本イエズス会の教育制度における「九相歌」

イエズス会刊行「九相歌」は、イエズス会日本管区により刊行された種々雑多な日本語文選集の一部である。

同書は、ラテン語と日本語が併記されている表紙を除き、すべて日本語の文字のみで印刷されている。ローマ字のROYEI ZAFIT（朗詠雑筆）というタイトルが表紙の上部に横書きで記され、下部には刊行元と刊年がラテン語のIN COLLEGIO JAPONICO SOCIETATIS JESU CUM FACULTATE ORDINARII & SUPERIORUM ANNO 1600（日本イエズス会神学校　司教と管区長の許可のもとで一六〇〇年）とある。また、表紙の中央には「和漢朗詠集巻之上」と、漢字の活字で別の題名が書かれており、刊年も日本語で「慶長五年」とある[30]（図1参照）。漢字による題名は第一節にのみ付され、ローマ字表記の題名が、第一節と三節の題目を組み合わせて短く、ROYEIと記されている。ROYEI（朗詠）は「和漢朗詠集」を、ZAFIT（雑筆）は「雑筆抄」を表したもので、日本の選集では一般的な題名の付け方である。

図1『朗詠雑筆』1600年（扉1ォ丁）エル・エスコリアル王立修道院図書館蔵

『朗詠雑筆』は、二八枚の和紙（二六×一九・五センチ）から成る和装袋綴じ本である。すなわち、一枚につき二面刷りで、裁断せずに二つ折りにし、右側で綴じた体裁となっている。節の見出しや頁番号が本紙中央の柱に印刷され、折り目の端や周囲の余白から見やすい幾何学的な装丁が、本文の内容をわかりやすく伝えている。本文は縦書きに右から左へと流れ、折り線に印刷された短縮形の見出しは、各部のしおりの役目も果たしている。他のイエズス会の刊行物と比べると、紙は極めて薄く、ほとんどの丁の折り端が破れている。この点について土井忠生は、紙質の悪さと、使用頻度の高さによるものと考えている。商業目的のために作られたものではなく、むしろ、イエズス会の教育機関で使用するための安価で簡便な手引書、あるいは教科書であったと指摘する。[31]

また、『朗詠雑筆』には目次はないものの、五節に区分されており、すべての節が改丁され、最終節を除いて、それぞれ冒頭に見出し、文末に奥付が付いている。[32] そして外側の余白の「柱」に付された本来の丁付けは、節ごとに改められている。

[第一節]「和漢朗詠集巻之上」一―一七頁(一―一七丁)
[第二節]「歌」一―二頁(一八―一九丁)
「九相歌並序」(和歌一八首)
「無常歌」(和歌三七首)
[第三節]「雑筆抄」一―四頁(二〇―二四丁)
[第四節]「実語教」一頁(二五丁)
[第五節][無題]一―三頁(二六―二八丁)
日本の歴代藩主らによる書簡三例
中国の皇帝や貴族が書いたとされる学習の効用を述べた七つの短文

『朗詠雑筆』の編纂者、編者、発行地に関する情報は一切ないが、一六〇〇年当時、イエズス会の印刷機は長崎の神学校コレジオに置かれていた。[33] 正確に言えば、一六〇〇年、イエズス会は、日本語版の印刷を現地の日本人印刷業者に委託する。しかし、『朗詠雑筆』に関しては、日本語の上級者を対象に音読と書法の教科書としてイエズス会の教育機関で使用されるものであったため、イエズス会がその制作に携わり、印刷機はその後、日本人印刷業者に譲渡されたものと思われる。[34] 同書には、編纂の目的や使用法について解説した序文はないものの、イエズス会の学校で使われていた教材や教科目に関するイエズス会年次報告書の記述から、いくぶん想像は可能である。人文科学とカトリック教義の学習を終えた日本人の生徒は、日本文学や書簡文体の読み書きのほか、仏僧たちとの論争に備えるために仏教も学んでいた。[35] 実際には『朗詠雑筆』からは、アレッサンドロ・ヴァリニャーノ著 *Catechismus*（公教要理）に書かれているような日本の仏教宗派に関する基礎知識や仏教の教えを論駁する方法などを得ることはできない。[36]

だが、日本語上級者に対し、詩や書簡文体、散文の読み方を教えるために日本語文献が編纂されていたのは確かである。イエズス会では、日本語上級者の指導を日本人会員に一任していた。例えば、野間アンドレや、豊後出身のシメオンは、有馬セミナリオで日本文学の講師として、イエズス会名簿に登録されている。[37] おそらく、そのような教育を受けた日本人会員たちも、教科書の編纂に活発に参加していたと思われる。その監督者には、日本語や日本文学に造詣が深く、日本語学習法を開発した「通辞」ジョアン・ロドリゲスをはじめとするヨーロッパ出身のイエズス会の幹部が当たっていた。ロドリゲスが考案した日本語教育制度は、『朗詠雑筆』の雑多性を説明する鍵にもなる。

ロドリゲスは、著書『日本語小文典』の「この言語を学び、教える方法について」と題された一節において、日本語を用いて会話をするために、さまざまな日本文化のうちでも和歌と漢詩を学ぶことの重要性を強調している。さらに彼は、日本の書物をジャンル別に一覧にし、それらを学生は難易度に応じて徐々に学んでいくべきだと提案しているのである。[38] その中で、『朗詠雑筆』に編纂された文献は、ロドリゲスが述べるところの、上級者のみが学ぶべき最も難度の高い日本語教材にまさに当てはまる。このことからは『朗詠雑筆』が非常に限定的な読者層を対象にしていたことがうかがえる。

したがって、『朗詠雑筆』を刊行し、「和歌朗詠集巻之上」（季節ごとの和歌）や「九相歌」「無常歌」を教材とした目的は、単なる「実用」であり、日本語を学び、将来の日本人イエズス会士と日本語教育を受けた外国人イエズス会士との話題の幅を広げるためであったと推測される。しかし、イエズス会が、それ以上に有名な勅撰和歌集などではなく、仏教思想と関わる「九相歌」をあえて選んだのは、本文の内容自体に関わる別の理由があるようにも思われる。実は、研究者の間では、勅撰和歌集の「釈教歌《しゃっきょうか》」の部に「無常歌」や「九相歌」が含まれていないという理由から、それらを仏教関連の和歌と捉えるべきか否かについては定説がない。[39] しかしながら、これらの和歌が、無常や不浄観という仏教思想と結び付いていることは否定できないと考える。

三、「九相歌」と仏教の伝統

「九相歌」とは、漢詩のみ、あるいは、漢詩と絵図によって構成された「九相詩」を日本語の注解として作られたものである。したがって九相歌は、基本的に九相詩の一部である。より完全な形式においては、絵図一点と漢詩一句、和歌二首が、九段階のそれぞれに添えられ、「九相歌」が単独の歌集として成立することは極めて稀である。九相詩の起源については前述の先行研究で概観した通りであり、ここでは、それらの元となった不浄観に関する主要な仏典と仏道修行について考察してみたい。[40]

九段階もしくは一〇段階で表された、朽ちゆく死後のあり様と、女性の死骸の不浄観という題材は、初期の仏典にすでに存在する。[41] 小乗仏教（上座部仏教）の伝統においては、瞑想修行の基礎として最も研究されているパーリ仏典のひとつである『念処経《ねんじょきょう》』にも見られる。五世紀に仏教学者ブッダゴーサ（仏音）が執筆した、上座部大寺派の教理に関する百科事典的な解説書『清浄道論《しょうじょうどうろん》』では、死後の一〇段階を列挙し、色欲を戒めるために、それぞれの場面を心に描き出すように指示している。[42] そこに描かれた人体の朽ちゆく過程は、法医学や生物学的観点による正確さとは程遠く、男性僧侶に無常を悟らせ、色欲を断ち切るようにさせるための寓意的な戦略に満ちたものであった。[43]『清浄道論』によると、「不浄観」という概念は、自らの身体と同時に、墓地に眠る死骸を想像して初めて理解できるという。[44]ただし、仏典の漢訳や中国語の注釈では、後者の死骸のほうが強調されているように思われるので、これは日本の場合の解釈であろう。[45]

中国の仏僧にとって最も重要な論著のひとつである『摩訶止観』は、天台宗総本山延暦寺で修行を積み、得度する者にとっては必須の主要な経典となった。[46]その中で、九相（九想）に基づく瞑想修行の教えは、適切な思考に精神を集中させ、煩悩を払うことを目的とした五種類の精神修養「五停心観《ごじょうしんかん》」のひとつ、「不浄観」の一部に見出せる。「九想について」と題された一節では、瞑想方法とその目的、そして実践の大切さを説き、死体が朽ちゆく過程のグロテスクで細かい描写と、そのような不快な光景が精神にもたらす効用についても触れている。すなわち、死骸が時の経過とともに朽ちゆく様子を観想する時、心は静けさと、言葉では説明できないような平穏な喜びに充たされる。したがって、その光景を思い描けない者はいまだに欲望（特に色欲）への強い執着を捨て切れていないということになる。だが、ひとたび、不浄を観想できれば、色欲は去りゆく。[47]『摩訶止観』の本文は一連の類例を含み、非常にわいせつで挑発的な隠喩や言葉遣いとともに、物事の不浄な側面を見せることで、それに対するいかなる欲望も消し去ることができるという考えを際立たせている。前述した九相に関する瞑想についての一節は、朽ちゆく死骸の不浄さを観想することが、過去に学んだどの瞑想よりも効力が強く、その実践により、色欲が払われるだけでなく、煩悩の流出により、穢れのない境地に達し、ついには大乗仏教の完成へと至る、と締めくくられている。[48]

経典と絵図双方に死骸の朽ちゆく過程をグロテスクで不快に描いた目的は、読者に強い印象を与え、不浄一般、とりわけ女性の肉体に対する嫌悪感を抱かせるためであり、それはまた、誘惑の源である女性の体を嫌悪して情欲に打ち勝つように教えを受けていた、貞潔を貫くイエズス会士たちの心にも響くものであったにちがいない。

四、「九相歌」とイエズス会

本論の主な目的は、「九相歌」の新たな写本を紹介し、文学的分析を行うことではなく、(a)「九相歌」に見える肉体の不浄概念と、同時代のキリスト教の霊性修養書との類似性を示すこと、(b)「九相歌」を、仏教用語を使用したイエズス会の方針に照らして考察すること、そして(c)「九相歌」が、日本の詩的イメージの源泉のひとつとして、イエズス会が刊行したキリシタン文学の日本語版で使われていた可能性があること、を示すところにある。イエズス会刊行「九相歌」の一八首の和歌は、翻刻本に見られるため、ここでは省略する。[49]

(a)「九相歌」とカトリックの霊性における「肉体の不浄観」について

イエズス会刊行「九相歌」には絵図も漢詩もなく、序文と和歌一八首のみで比較的簡素にまとめられている。九相の各名称を示す小見出しもなく、和歌はいずれも一行ずつ書かれていて、通常の歌集に見られるような、句切れに添って五行に分けたり、上の句と下の句の二行に分けたりなどはされていない（図2）。日本絵巻版本の「九相歌」の特徴である九相の各場面と和歌との結びつきや各場面の名称の見出しなどが、イエズス会刊行版本には皆無である（図3、4）。しかし、イエズス会士たちは、「九相歌」だけではなく、「九相詩」とも接触していたことは間違いない。それは、一六〇八年版のジョアン・ロドリゲスによる日本語についての言語学的な書である『日本大文典』の第二巻「日本の詩歌に就て」の中で、漢詩の一例として、九相詩の最初の詩句を引用しているという事実からもうかがえる[50]（図5）。したがって、イエズス会が、漢詩と絵を抜いて、美学的には面白みのない形式により和歌だけを刊行したことで、むしろ内容が重要であったと推察できる。散文形式の序文には、「聖者と賢者」のための道徳的指針としての役割を明確にするための修正が若干加えられており、「九相歌」によ

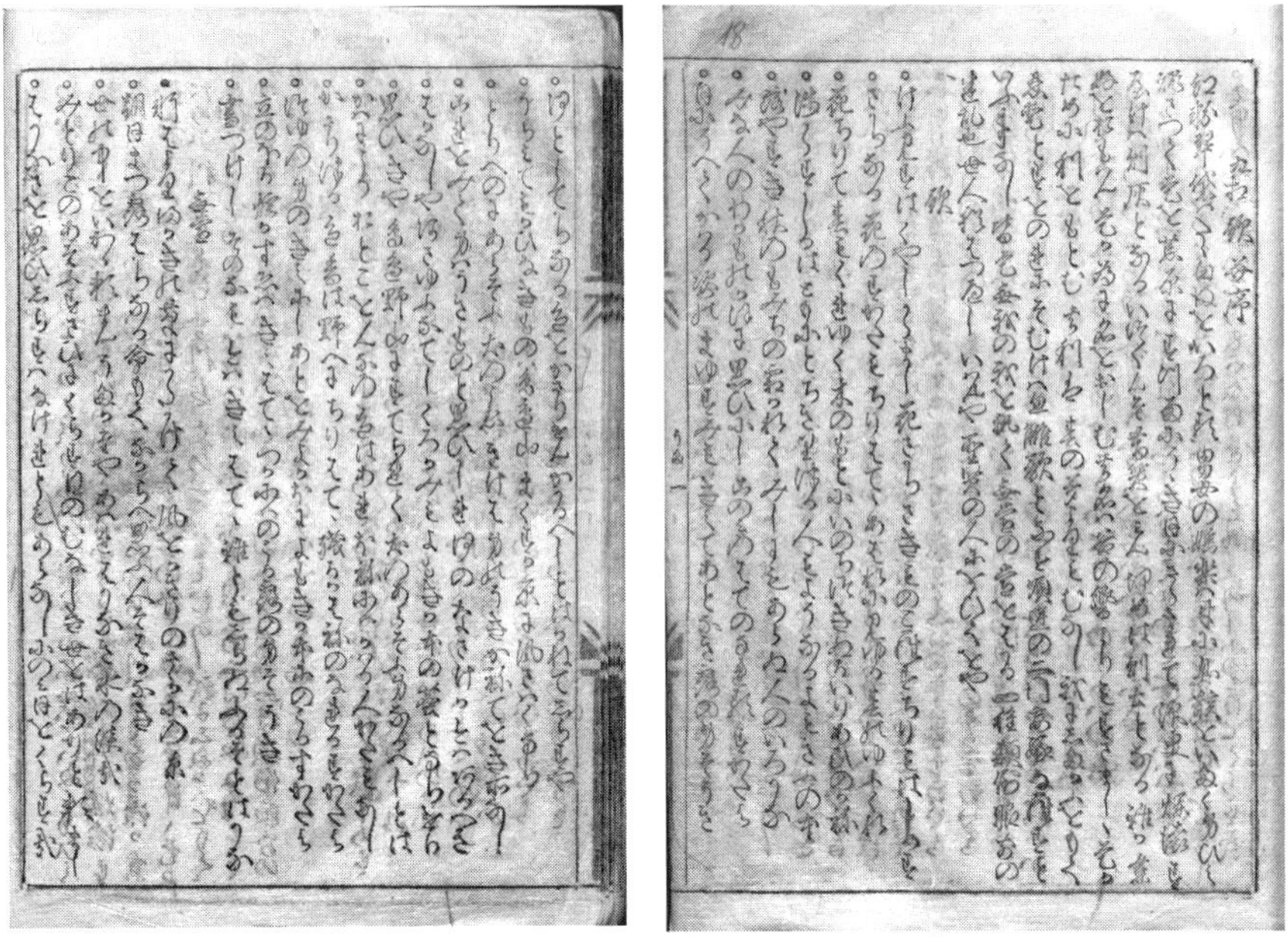

図２　イエズス会版「九相歌並序」、「歌」一頁（18ォ・18ゥ丁）
エル・エスコリアル王立修道院図書館蔵

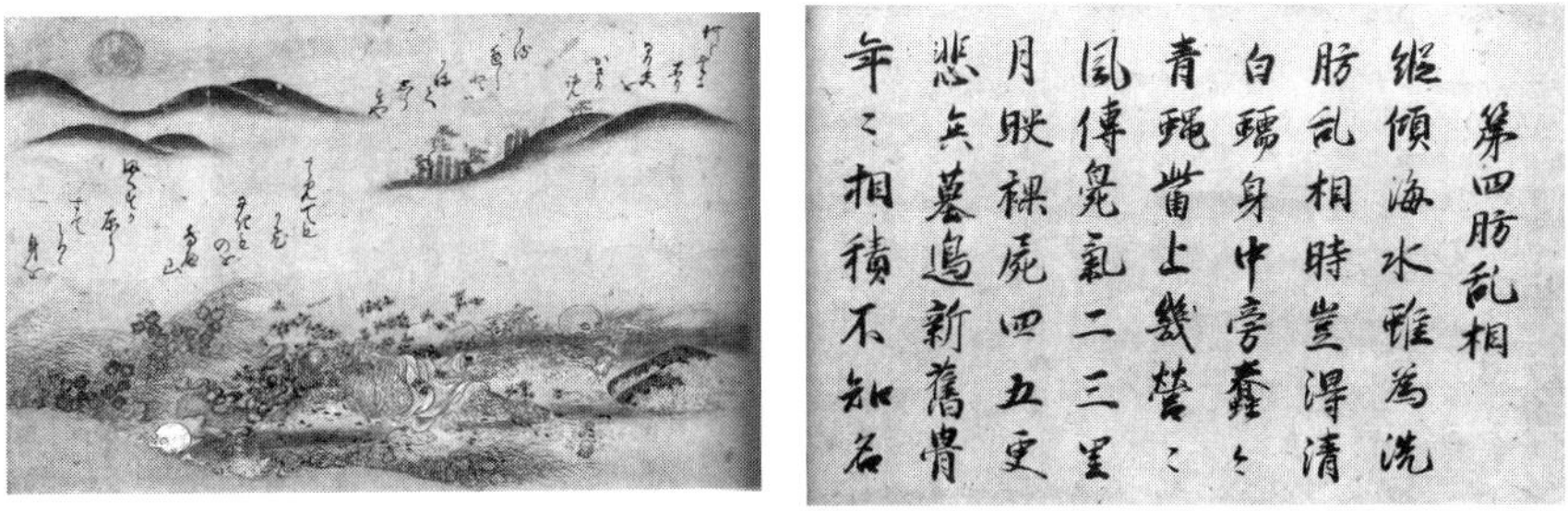

第四肪乱相
縦傾海水雖為洗
肪乱相時豈淨清
白膓身中膏蠢々
青蠅當上幾營々
風傳臭氣二三里
月耿裸屍四五更
悲矣墓邊新舊骨
年々相積不知名

図３『九相詩絵巻』1501 年、第四肪乱相（絵・詩）、九州国立博物館蔵／山本聡美・西山美香『九相図資料集成――死体の美術と文学』岩田書院、2009 年、24―25 頁

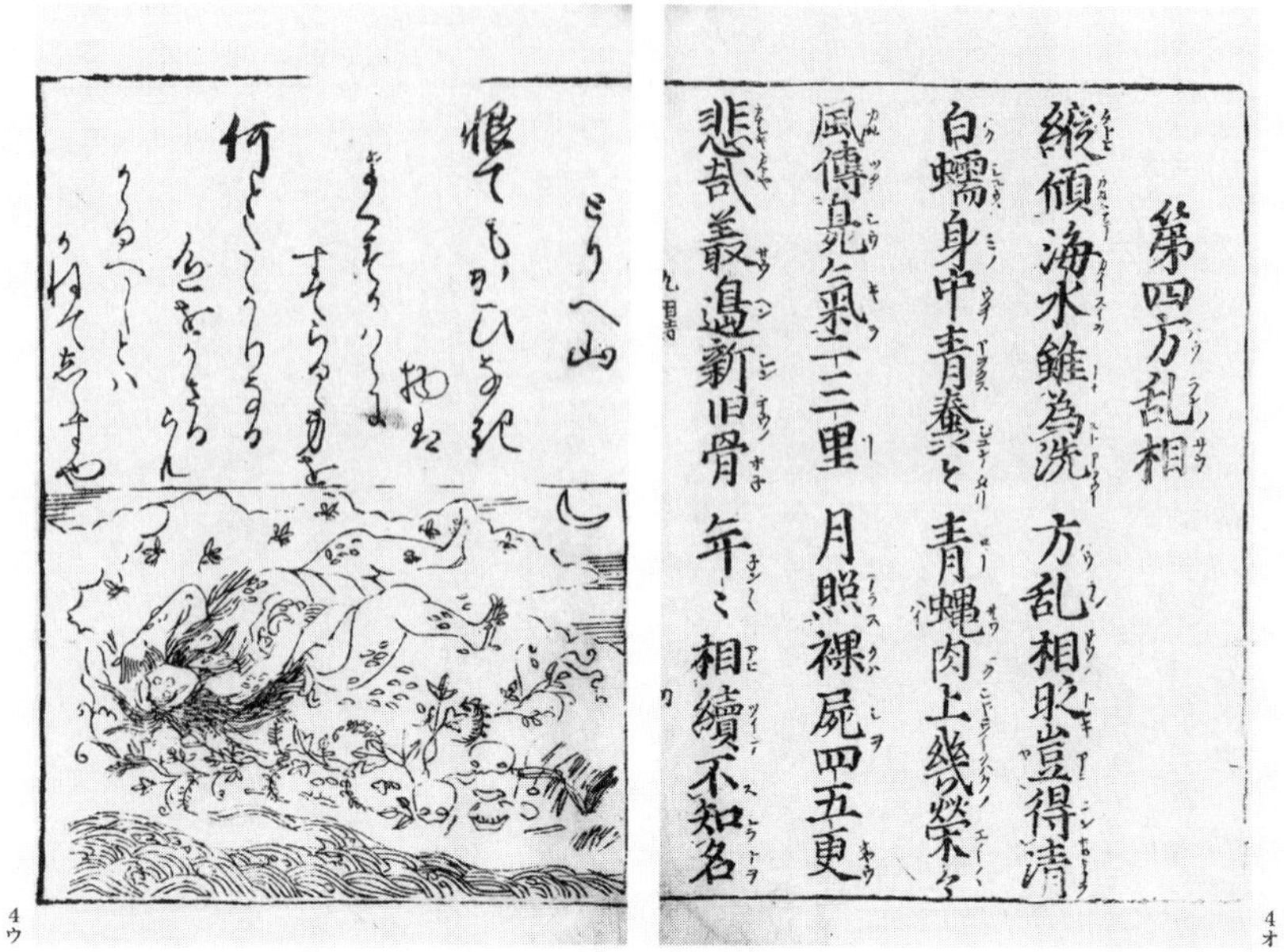

図４　『九相詩』江戸初期、第四肪乱相、早稲田大学図書館蔵／山本聡美・西山美香『九相図資料集成――死体の美術と文学』68 頁

って日本人イエズス会士を養成する目的が、語学の習得だけではなく、道徳教育にもあったことがわかる。

　この序文の追加には、聖職者を志す生徒たちに「九相歌」の意義を学ばせるねらいがあったと思われる。そこには特定の和歌の解釈が明記されている。すなわち、人間の体は腐りやすく、男女間の肉体的な結びつきは刹那的で不浄であるという、精神的・道徳的メッセージの強調である。歌集の読者の対象を、「九相詩」では「仏に仕える者」としているのに対し、イエズス会版では「聖賢」としていることが文末に記されている。[51]この表現は、孔子や儒者を指す「古き時代の聖なる賢人」という言葉に似通っており、イエズス会が中国で刊行した人文学書の著者である古代ギリシャやローマ人に対しても使われた。[52]いずれにせよ、「聖賢」という表現は、聖職者を志す若者たちにふさわしい模範的なイメージ像だったのであろう。そのような「九相歌」の道徳的解釈は、肉体の不浄や、自

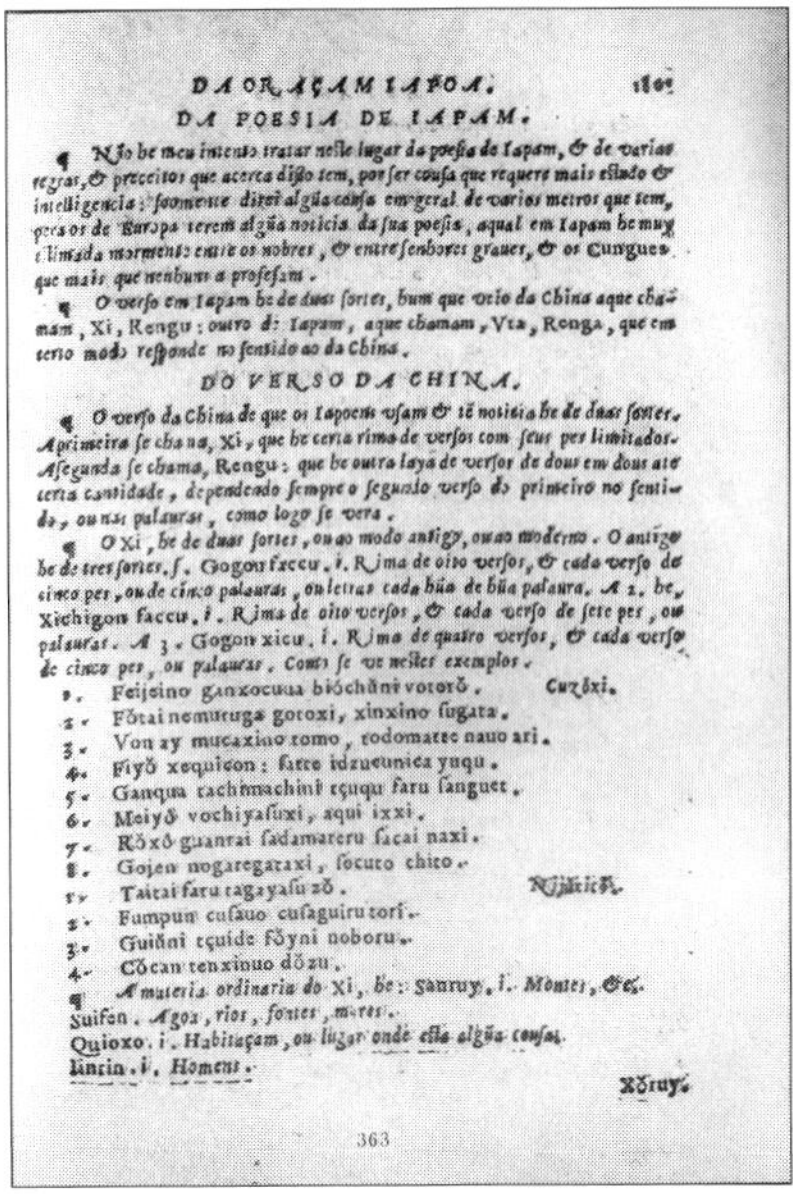
DA ORAÇAM IAPOA. 180

DA POESIA DE IAPAM.

¶ Nǎo he meu intento tratar neste lugar da poesia de Iapam, & de varias regras, & preceitos que acerca disso tem, por ser cousa que requere mais estudo & intelligencia: soomente direi algũa cousa em geral de varios metros que tem, pera os de Europa terem algũa noticia da sua poesia, aqual em Iapam he muy estimada mormente entre os nobres, & entre senhores graues, & os Cungues que mais que nenhum a professam.

¶ O verso em Iapam he de duas sortes, hum que veio da China aque chamam, Xi, Rengu: outro de Iapam, aque chamam, Vta, Ronga, que em certo modo responde no sentido ao da China.

DO VERSO DA CHINA.

¶ O verso da China de que os Iapoens vsam & tẽ noticia he de duas sortes. A primeira se chama, Xi, que he certa rima de versos com seus pes limitados. A segunda se chama, Rengu: que he outra laya de versos de dous em dous ate certa contidade, dependendo sempre o segundo verso do primeiro no sentido, ou nas palauras, como logo se vera.

¶ O Xi, he de duas sortes, ou ao modo antigo, ou ao moderno. O antigo he de tres sortes, s. Gogon facc u. i. Rima de oito versos, & cada verso de cinco pes, ou de cinco palauras, ou letras cada hũa de hũa palaura. A 2. he, Xichigon faccu. i. Rima de oito versos, & cada verso de sete pes, ou palauras. A 3. Gogon xicu. i. Rima de quatro versos, & cada verso de cinco pes, ou palauras. Como se ve nestes exemplos.

1. Feijeino ganxocuua biŏchǔni vororŏ. Cuzŏxi.
2. Fŏtai nemuruga goroxi, xinxino sugata.
3. Von ay mucaxino tomo, todomatte nauo ari.
4. Fiyŏ xequicon: fatte idzueunica yuqu.
5. Ganqua tachimachini tçuqu faru sanguet.
6. Meiyŏ vochiyasuxi, aqui ixxi.
7. Rŏxŏ guanrai sadamareru sacai naxi.
8. Gojen nogaregataxi, socuto chito.
1. Taitai faru tagayasu zŏ. Nijŭxicu.
2. Fumpun cusauo cusaguiru tori.
3. Guiŭni tçuide fŏyni noboru.
4. Cŏcan tenxinuo dŏzu.

¶ A materia ordinaria do Xi, he: Sanruy. i. Montes, &c.
Suisen. Agoa, rios, fontes, mares.
Quioxo. i. Habitaçam, ou lugar onde esta algũa cousa.
Iinrin. i. Homens.

Xŏruy.

363

ARTE DA LINGOA DE IAPAM COMPOSTA PELLO Padre Ioão Rodriguez, Portugues da Cõpanhia de IESV diuidida em tres LIVROS.

IHS

COM LICENÇA DO ORDINARIO, E SVPERIORES EM Nangasaqui no Collegio de Iapão da Companhia de IESV Anno. 1604.

5

図5　ジョアン・ロドリゲス著『日本大文典』1604—08年（扉1ォ丁・180ォ丁）、オックスフォード大学ボードレイアン図書館蔵／土井忠生訳『日本大文典』三省堂、1976年、5、363頁

らの死を意識することの重要性といったキリスト教の価値観や、イエズス会士を含むカトリック修道士の三つの誓いのひとつでもある貞潔さと共鳴したのである。

自己の死に対する意識や生のはかなさ、肉体への嫌悪といった「九相歌」の土台となる鍵概念は、当時のカトリック信仰にとっても重要な概念であった。例えば、イエズス会の創設者であるイグナチオ・デ・ロヨラが一五二二年に著した瞑想修行書『霊操』（*Exercitia Spiritualia*）にも、この思想の断片が見出せる。[53] ラテン語による初版は一五四八年に刊行され、またたく間に、イエズス会の基盤を確立する決定的な書となり、他のカトリック修道会や平信徒たちにも広く知られることとなった。延べ四週間の修行のうち、一週目では、自己の肉体への執着を断つための瞑想が最初に行うべき修行として勧められ、補足として六番目に行う修行では、自己の死と最後の審判を意識することの大切さが強調されている。[54] 肉欲を断つため

の修行法は特に記されていないものの、自己の罪についての瞑想もまた一週目の修行にとって不可欠であり、色欲はカトリックの教義における七つの大罪のひとつである。[55] しかしながら、九想観に関する仏教の教えとは異なり、ロヨラは、犯罪を未然に防ぐこと以上に、罪を意識し、悔い改めることに重きを置く。罪を未然に防ぐ方法として自己の死を意識することは、死について幅広く執筆し、「死体と埋葬と墓の醜さ」についても述べたルイス・デ・グラナダの著名な二つの著作、*Libro de la Oración y Meditación*（祈りと黙想書、一五六六年）と *Guia de Pecadores*（罪人の導き、一五六七年、日本語訳はイエズス会版『ぎや・ど・ぺかどる』一五九九年）においても言及されている。[56]

当時のイエズス会士に向けて貞潔の守り方を説いた道徳教育の書としては、一六〇六年にスペイン語による初版が刊行されたアルフォンソ・ロドリゲスの著作 *Ejercicio de perfección y virtudes cristianas*（『脩徳指南』）がある。[57] そこには貞潔を守るための一連のルールが記されているが、それは能動的修行というよりは主に禁忌事項であり、九相に関する仏典の記述と比較すると、全体にとても間接的な表現となっている。ロドリゲスは、次のように提言する。肉体が魂に反逆を企てる恐れのあるものすべてに目を向けないこと、聖職者として、心を乱すような言葉を口にしたり、書物を読んだりしないこと、不純な考えを断つこと、人の手や顔に触れず、また誰にも自分の手や顔に触れさせないこと、自分自身にも触れないこと、何事にも愛着を抱かず、自分に特定の感情を抱く人からの贈り物は受け取らず、そのような人たちと交友関係を持たないこと、である。[58]

以上の観点から、イエズス会士たちは「九相歌」とその序文に、女性に対する色欲や、世俗的な男女間の情欲に警鐘を鳴らす、明快で直接的な言葉を見出したのだろう。それゆえに「九相歌」は、欲望を断つための また別な方法を提供し、キリスト教典を補足し、あるいは隙間を埋める役割を担ったのである。

(b)「九相歌」とイエズス会の仏教用語

イエズス会刊行「九相歌」は、イエズス会の仏教用語に対する方針に必ずしも一貫性があったわけではないことを示す好例でもある。実際、「和漢朗詠集巻之上」には、節の見出しが見られるが、「九相歌」には、九相の名称を示す見出しが付いていない。もちろん「九相歌」におけるこの省略は、仏教に関連する明らかな引用を除外するというイエズス会の方針の一環とも解釈できよう。しかし、序文を見ると、仏教用語に対する彼らの方針が全面的な排除ではなかったことがわかる。例えば、釈迦の名前の差し替えは仏教用語に対する検閲の一例となるはずだが、イエズス会は釈迦の弟子を意味する「釈氏」という表現を「デウスの弟子」といった当時のキリスト教の神を表す言葉に差し替えてはおらず、「聖賢」とした。このことから、彼らのねらいがキリスト教化や文言を都合よく変えることにあったわけでないことは明らかである。

さらに言えば、仏教概念のいくつかはそのまま残されている。例を挙げると、非一元論的な仏教思想を明確に表す一節「をのれにそむけは怨讎敵となす順逆の二門妄畿ならすといふ事なし皆是無我の我を執て無常の常をはかる」は、己に打ち勝つためのひとつの心得である。「業（ごう）」に対しては、それを手放すのではなく、「流れに身をゆだねること」と「抵抗」の間でもがくこと、それはまさに仏教の主題である。「四種顚倒」もまた仏教概念であり、常・安楽・我・浄を、無常・苦・無我・不浄と誤解するといった四つの誤りについて説く。[59]

同様に、『朗詠雑筆』にまとめられている作品全体を概観すると、仏教用語に関する別々の「方針」が見出せる。第一節「倭漢朗詠集」では、償いと浄めの仏教儀式に関連するいくつかの和歌と、「無常」に関する節が丸ごと削除されているが、少なくとも三首の仏教関連の和歌は残っている。[60] 実は、「無常」の節全体は削除されたわけではなく、「歌」と題する第二節に移されているのである。[61] このように、これは和歌を世俗的な事柄を詠んだものと、死や無常を詠んだものに分類する方法だったと考えることができる。おそらく、『朗詠雑筆』の編纂者は、「九相歌」とともに無常と不浄に関連する節が入った仏教の注訳書などを参考にしたのだろう。例を挙げると、一六九四年に京都で刷られた『九相詩』には、「九相歌」と中国の古語で書かれた長文の注釈が含まれており、続く第二巻には、仏典に基づく無常観と不浄観についての解説と説話が付いている。[62]どちらの巻末にも多様な作者による数首の和歌が含まれており、類似する版本あるいは写本がそれ以前から流布していた可能性が高い。

第三節「雑筆抄」では、仏教的な表現は全く削除されず、日本の歴史人物による書簡を収録した第四節では、日本の神仏を表す言葉は削除され、キリスト教の神を表す日本語の表現に代えられている。[63]こうした仏教用語に対する取捨選択は、キリスト教的概念を翻訳する際の仏教用語の使用にも適用されたと思われる。これは何も驚くような話ではなく、キリスト教の教理書や信心書の日本語版におけるイエズス会の仏教用語の使用については、数々の研究が裏付ける通り、そこに統一された基準はなく、写本や版本ごとに仏教用語の扱いは若干異なっている。[64]シュテファン・カイザーは、翻訳の方針が統一されていないことや、ひとつの語句に対して異なる複数の翻訳があることを指摘し、禁教令が出される一六一四年に至っても、イエズス会士たちの間では、キリスト教用語に対応する個々の日本語訳がまだ確立されていなかったと結論づけている。[65]イエズス会日本管区は、多種多様な出版物を刊行してきた。同じビジョンを共有しながらも、経歴や翻訳方法を異にするさまざまな個人が関与していたため、基準や様式に多様なバリエーションと違いが生じたのである。

(c)「九相歌」と、キリシタン文学に見える隠喩

最後に、イエズス会によるキリシタン文学の日本語訳に見られる表現の実態について取り上げたい。そこには、死や無常に対する仏教とイエズス会共通の見方が確認されると同時に、いくつかの隠喩や詩的表現が『朗詠雑筆』の「九相歌」や「無常歌」から引用された可能性がうかがえる。イエズス会士たちは、日本文

化における無常概念の重要性を認識しており、改宗の可能性のある日本人の情緒や感性に訴えるためにそれを利用したのであった。例えば、ウィリアム・ファージによると、イエズス会版『こんてむつす・むん地』（*Contemptus Mundi*, 漢字交じり平仮名版一五九六年、漢字交じり平仮名版一六一〇年）や『ぎや・ど・ぺかどる』（*Guia do Pecador*, 漢字交じり平仮名版一五九九年、ローマ字版一五九九年）といったキリスト教の信心書などでは、翻訳者が、西洋語の原書にはない日本語の詩的表現をいくつか付け加えている。具体的に述べると、『こんてむつす・むん地』の原書で死に直接言及している箇所の日本語訳は、はかない世界に対する日本仏教の見方を反映して、「浮世」や「無常」といった詩的な隠喩によって柔らかく表現されている。[66]

イエズス会版『日葡辞書』では、これらの言葉は仏教用語として分類されていないが、「浮世（憂世）」は「みじめで苦労の多いこの世」と定義されている。また「無常」については、「現世の物事の些細で取るに足りないこと、または、短くてはかないこと」「死ぬこと」「世の中の物事がたやすく尽きたり、変わったりする習い」という三つの定義が記されている。[67] このことは、イエズス会が、死や無常観という概念に対し「無常」という言葉を使用した事実を裏付けるものである。

日本での布教にあたっては、原マルティーノなど日本イエズス会で最も称賛された数名の翻訳者たちが、[68] 実際に『朗詠雑筆』を教科書として学んだ。したがって、彼ら翻訳者は、イエズス会が出版したキリシタン文学の日本語版に使われている詩的表現の源泉とも考えられる「九相歌」や「無常歌」の言葉やイメージに日常的に晒されていたと考えられよう。過去のさまざまな研究によって「九相歌」からの影響が認められてきた数々の文芸作品の一覧リストに、近世イエズス会版キリシタン文学も加えることができるのではないだろうか。

結び

『朗詠雑筆』は「九相歌」を含み、『日本大文典』は「九相詩」の最初の詩句を引用しているという事実から、イエズス会士が当時日本に流布していた漢詩と和歌の両方を含む（おそらく絵図入り）『九相詩』と接触していたことがうかがえる。現存する最古の日本版「九相詩」の刊行が一六〇五年であることから、一六〇〇年イエズス会刊行「九相歌」は現存する最古の版本として際立った存在である。さらに、イエズス会版のもうひとつの特徴は、漢詩と絵図のない唯一の版本という点である。

果たして、イエズス会が九相観に関する仏典を手にすることができたのか否かは定かでないが、彼らはおそらく、不浄や肉体のはかなさ、肉欲を断つことで得られる道徳的効用といった九相歌の根底にある仏教概念の重要性を把握していたと思われる。筆者は、当時のイエズス会日本管区が、その教育施設で学ぶ日本語上級者用の教材のひとつとして「九相歌」の完全版を刊行したのは、ジョアン・ロドリゲスが強調するような会員たちの話題の幅を広げるという目的だけでなく、そこに書かれた詩句がイエズス会の霊性の基盤となる鍵概念と共鳴したためでもあったと考える。身体への執着を断つこと、そして、やがて訪れる自己の死を意識すること（メメント・モリ）などの思想は、当時のカトリックの信心書や、イエズス会の主要な瞑想修行書『霊操』にも見られる。

さらに言えば、そこには若い修道士が信仰生活を送るうえでの実用的な役割もあったのではないだろうか。仏教における九相に関する瞑想修行の最終目的は、修行僧に色欲等の欲望を克服させ、死や人生の無常を省みることにより、強い意志を持って信仰に身を捧げるように導くことである。和歌においてこの目的はかなり美化されているが、序文で述べられているとおり、それが主要な目的であることには違いない。色欲を断ち、貞潔を守ることは、カトリックの修道士にとっても必要不可欠な修行の一部であり、「九相歌」は、イエズス会士を志す若者たちの修行にとって最も適したものであったと考えられる。

　仏教用語に関してイエズス会士たちは、「九相歌」の序文から釈迦の名を削除する一方、いくつかの仏教概念をそのまま残している。こうした取捨選択から、『朗詠雑筆』に編纂された他の文献や、他のイエズス会による写本や版本に見られる仏教用語に対する彼らの統一性を欠いた方針が説明できる。実際にイエズス会では、日本人の霊性を理解するには、はかなさや無常といった仏教概念を不可欠なものと考え、日本人にとってより分かりやすく死や死後についてのキリスト教の教えを説くために、イエズス会版『こんてむつす・むん地』や『ぎや・ど・ぺかどる』等のキリスト教信心書の日本語版にこうした仏教用語を使ったのである。死後についての解釈は、仏教とキリスト教とでは相当異なり、その相違こそが両者間の論争や敵対の主な原因となったのだが、自己の死を意識することの大切さや、人生や肉体のはかなさを強調する点は、「九相歌」とキリスト教文献の日本語版双方に共通して見出せるのである。

註

▼1　『倭漢朗詠集巻之上』一六〇〇年。

▼2　Paul Pelliot, "Notes sur quelques livres ou documents conservés en Espagne," *T'oung Pao, Second Series* 26: 1, 1928, p. 50.

▼3　Léon Pagès, *Bibliographie japonaise: ou, Catalogue des ouvrages relatifs au Japon qui ont été publiés depuis le XVe siècle jusqu'à nos jours*. Paris: B. Duprat, 1859; Ernest Satow, "The Jesuit Mission Press in Japan 1591-1610," *Transactions of the Asiatic Society of Japan* 27, 1900, pp. 1-58; Henri Cordier, *Bibliotheca Japonica: dictionnaire bibliographique des ouvrages relatifs à l'Empire Japonais*. Paris: Imprimerie Nationale, 1912.

▼4 川口久雄「慶長五年日本耶蘇会版倭漢朗詠集附載九相歌並に無常歌について」『金沢大学国語国文』一号、一九六六年、一頁 ; Johannes Laures, "The Press in Japan," Laures Rare Book Database Project & Virtual Library, 2004-2012, http://laures.cc.sophia.ac.jp/laures/start/sel=6-1/

▼5 土井忠生「倭漢朗詠集　巻之上」『吉利支丹文献考』三省堂、一九六九年、一九―六〇頁。

▼6 土井忠生「解題」京都大学文学部国語学国文学研究室編『倭漢朗詠集慶長五年耶蘇会版』京都大学国文学会、一九六四年、一―七一頁。

▼7 同右、二八―二九頁。

▼8 前掲、川口、一頁。

▼9 同右。

▼10 同右、五頁。

▼11 同右、一、四頁。

▼12 同右、八頁。

▼13 Gail Chin, "The Gender of Buddhist Truth: The Female Corpse in a Group of Japanese Paintings," *Japanese Journal of Religious Studies* 25: 3-4, 1998, pp. 277–317; François Lachaud, *La jeune fille et la mort*. Paris: Collège de France, 2006.

▼14 James Sanford, "The Nine Faces of Death: Su Tung-po's Kuzō-shi," *Eastern Buddhist* 21: 2, 1998, pp. 54-77.

▼15 前掲 Chin、pp. 280–283.

▼16 同右 , pp. 282–283.

▼17 同右 , pp. 296, 303–304, 310–311.

▼18 前掲 Lachaud.

▼19 西山美香「九相詩の〈物語〉古い作例を中心として」『説話文学研究』第四二号、二〇〇七年、一一四―一一八頁。

▼20 渡部泰明「九相詩の和歌をめぐって」『説話文学研究』第四二号、二〇〇七年、一一九―一二四頁。

▼21 同右、一二一―一二二頁。

▼22 同右、一二二―一二四頁。

▼23 渡部泰明「九相図の和歌」島内裕子・渡部泰明編『和歌文学の世界』放送大学教育振興会、二〇一四年初版、二〇一五年

第二刷、一二〇―一三六頁。

▼24　山本聡美・西山美香『九相図資料集成―死体の美術と文学』岩田書院、二〇〇九年。

▼25　山本聡美『九相図をよむ――朽ちてゆく死体の美術史』角川学芸出版、二〇一五年。

▼26　菊野雅之「教材『平家物語』のはじまり――キリシタン版『和漢朗詠集』と『古状揃』」『早稲田大学教育学部学術研究 国語・国文学編』五九号、二〇一〇年、四三―五四頁。

▼27　今西祐一郎「版本『九相詩』前夜」『書物学』一、勉誠出版、二〇一四年、一六―二二頁。

▼28　同右、二二頁。

▼29　岸本恵実「『朗詠雑筆』九相歌について」京都府立大学での「キリシタン語学研究会」二〇一四年九月九日にて（口頭発表）。

▼30　*Royei Zafit* 倭漢朗詠集巻之上、一六〇〇年、［Nagasaki］：Collegio Japonico Societatis Jesus. 翻刻本：京都大学文学部国語学国文学研究室編『倭漢朗詠集：慶長五年耶蘇会板』京都大学国文学会、一九六四年。

▼31　前掲、土井「解題」『倭漢朗詠集慶長五年耶蘇会版』一九六四年、三頁。

▼32　前掲 *Royei Zafit*, 二六―二八丁。

▼33　前掲 Laures Rare Book Database Project & Virtual Library.

▼34　前掲、土井「倭漢朗詠集　巻之上」『吉利支丹文献考』五〇―五一頁。

▼35　Luis Frois, *Carta Anua de 1596*. Archivum Romanum Societatis Iesu, Col. Japonica Sinica 46, f.284; Matheus de Couros, *Carta Anua de 1603*. Biblioteca da Ajuda. Lisboa: Col. Jesuitas na Asia 49-IV-59, f.130v.

▼36　Alessandro Valignano, *Catechismus Christianae Fidei, in quo veritas nostrae religionis ostenditur, & sectae Japonenses confutantur*. Lisbon: Antonius Riberius, 1586. 影印本『*Catechismus Christianae Fidei*』天理図書館、一九七二年。和訳：家入敏光訳編『日本のカテキズモ』天理図書館、一九六九年。

▼37　H・チースリク『キリシタン時代の邦人司祭』キリシタン文化研究会、一九八一年、三一、五七―五八頁。

▼38　João Rodrigues, *Arte Breve da Lingoa Iapona*. Macao: Collegio Societatis Iesu, 1620, 2v–6r; 影印本：福島邦道編『J・ロドリゲス著日本小文典：ロンドン大学オリエント・アフリカ研究所蔵』笠間書院、一九八九年；影印本：日埜博司編訳『ジョアン・ロドリゲス著日本小文典』新人物往来社、一九九三年。和訳は池上岑夫訳『日本語小文典』岩波書店、

一九九三年。

▼39 山田昭全『釈教歌の展開』おうふう、二〇一二年。

▼40 前掲川口、六―七頁；前掲 Sanford, pp. 57–58; 前掲 Lachaud.

▼41 前掲 Lachaud, pp. 29–84.

▼42 前掲 Sanford, pp. 57–58; 前掲 Lachaud, pp. 45–46.

▼43 前掲 Sanford, pp. 57–58.

▼44 前掲 Lachaud, pp. 85–86.

▼45 同右 , p. 86.

▼46 Paul Groner, *Saichō: The Establishment of the Japanese Tendai School*. Honolulu: University of Hawaii Press, 2000, p.35.

▼47 池田魯參『詳解摩訶止観 人巻：現代語訳篇』大蔵出版、一九九五年、六〇四―六〇七頁。

▼48 同右。

▼49 前掲、土井「解題」京都大学文学部国語学国文学研究室編『倭漢朗詠集慶長五年耶蘇会版』；前掲川口；前掲、今西「版本『九相詩』前夜」。この英訳（本論筆者による）も出版予定。

▼50 João Rodrigues, *Arte da Lingoa de Iapam*. Nangasaqui: Collegio de Iapão da Companhia de Iesu, 1608, 180r. 影印本：土井忠生訳『日本大文典』三省堂、一九七六年；邦訳、土井忠生訳『ロドリゲス日本大文典』三省堂、一九五五年、六四七頁。

▼51 前掲 Royei Zafit、一八丁以降。

▼52 前掲 Standaert, p. 604.

▼53 Ignatius Loyola, *Exercitia Spiritualia*. Roma: Antonio Bladio, 1548. 邦訳：門脇佳吉訳『霊操』岩波書店、一九九五年；英訳：Anthony Mottola, trans. *The Spiritual Exercises of St Ignatius*. New York: Doubleday, 1989, p. 54.

▼54 同右、p. 61.

▼55 同右、pp. 54–56.

▼56 Antonio Trancho, *Obra Selecta de Fay Luis de Granada*. Madrid: Biblioteca de Autores Cristianos, 1970, pp.1046–1064.

▼57 Alfonso Rodríguez, *Ejercicio de perfección y virtudes cristianas, dividido en tres partes*. Sevilla: n.p.

翻刻本：Alfonso Rodriguez, *Ejercicio de perfección y virtudes cristianas, dividido en tres partes*. Barcelona: Libreria Religiosa, 1861. 邦訳：片岡謙輔訳『脩徳指南』長崎：私立羅典神学黌、一九〇七年。

▼58 同右、翻刻本 Rodriguez, pp. 175-199.

▼59 中村元『広説佛教語大辞典』東京書籍、二〇〇一年。

▼60 Gonzalo San Emeterio, "Presencia y papel de un clásico de la poesía, el Wakanrōeishū, entre las misiones jesuitas del Japón del s. XVII. Conversión y poesía," *Revista Iberoamericana de Estudios de Asia Oriental* 3, 2010, pp. 108–109.

▼61 前掲 Royei Zafit、一九―二〇丁。

▼62 前掲、山本・西山『九相図資料集成―死体の美術と文学』一〇四―一三八頁。

▼63 前掲、土井「解題」『倭漢朗詠集慶長五年耶蘇会版』五頁。

▼64 白井純「キリシタン語学全般」豊島正之編『キリシタンと出版』八木書店、二〇一三年、二〇二―二〇三頁；狭間芳樹「キリシタン時代におけるイエズス会の仏教理解」天理きりしたんワークショップ、天理大学、二〇一四年一〇月一一―一二日。狭間芳樹「A・ヴァリニャーノによる仏教語使用の企図――『日本史』（一六〇一）を手がかりに」『アジア・キリスト教・多元性 現代キリスト教思想研究会』第一三号、二〇一五年三月、三五―五二頁。

▼65 Stefan Kaiser, "Translations of Christian Terminology into Japanese 16-19th Centuries: Problems and Solutions," John Breen & Mark Williams（eds.）Japan and Christianity, Impacts and Responses. London: Macmillan Press, 1996, p. 15.

▼66 William J. Farge, *The Japanese Translations of the Jesuit Mission Press: De Imitatione Christi and Guía de Pecadores*. Lewiston, ME: The Edwin Mellen Press, 2002, pp. 58-61.

▼67 *Vocabulario da Lingoa de Iapam*. n.a. Nagasaki: Collegio Societatis Iesu, 1604, 170r, 380r; 影印本：月本雅幸編『オックスフォード大学ボードレイアン図書館所蔵・キリシタン版・日葡辞書――カラー影印版』勉誠出版、二〇一三年；和訳：土井忠生ほか編訳『邦訳日葡辞書』岩波書店、一九八〇年初版、九五年、七三〇右、四三一左頁。

▼68 Diego Pacheco, "Diogo de Mesquita, S. J. and the Jesuit Mission Press," *Monumenta Nipponica*, 26: 3-4, 1971, pp. 440–441.

5 『日葡辞書』に見える「茶の湯」の文化

アルド・トリーニ

一、日本文化における「茶の湯」

室町、江戸初期の日本文化において、「茶の文化」がきわめて大事な役割を果たしたことはよく知られている。平安末期から鎌倉初期の栄西禅師（一一四一―一二一五）が大陸へ仏教を学びに赴き、帰りに中国禅寺にある、特に坐禅修行の際にお茶をよく飲む習慣を日本に導入した。その時から、日本でも茶を栽培し、茶を飲むようになった。最初は限られた人々によって薬として飲まれたが、少しずつ茶を飲む習慣が広まり、寺から一般社会にも普及した。

室町時代に入ってから、お茶の飲み方は寺の「茶礼」に倣い、文化的、儀礼的な性格をもつようになり、徐々に今日知られている「茶の湯」の形をとり、村田珠光（一四二三―一五〇二）、武野紹鷗（一五〇二―五五）、それから特に千利休（一五二二―九一）によって、質素で繊細な「侘茶」に作り上げられ、今日まで伝わってきた。「茶の文化」は、「茶の湯」の文化とほぼ一致し、「茶の湯」は「侘茶」とほぼ一致すると言ってもよい。室町、江戸初期の茶の文化は、その時代の文化と精神を象徴し、ほかの芸術に著しい影響を及ぼしている。

茶の文化の最盛時は、日本人が西洋人と出会う、いわゆるキリシタン時代と重なる時代であった。本論はどの程度、西洋人のキリスト教宣教師が「茶道」または「茶の湯」の文化を理解したのか、また当時の日本社会における茶の文化の重要性を把握できたのか、それをいかにヨーロッパ人に伝えたのかを部分的に解明することを目的とする。そのために、宣教師が書いた文字資料、いわゆるキリシタン版を調べる方法がいちばん信頼できると思う。

VOCABVLARIO
DA LINGOA DE IAPAM
com adeclaração em Portugues, feito por
ALGVNS PADRES, E IR-
MAÕS DA COMPANHIA
DE IESV.

COM LICENÇA DO ORDINARIO,
& Superiores em Nangasaqui no Collegio de Ia-
PAM DA COMPANHIA DE IESVS.
ANNO M.D.CIII.

1603-04 年刊行の『日葡辞書』（キリシタン版『日葡辞書：カラー影印版』勉誠出版、2013 年による）

キリシタン版の中には、茶の文化についての言及が少なくなく、珍しそうに描写している場合もある。宣教師の茶の文化に関するさまざまな描写の中で、興味深いのはこの珍しそうな描写である。茶の文化を、ヨーロッパ文化にない、ありえない、創造できない文化と決めていることは、東西の見方、考え方の違いを象徴するものであり、異文化への理解にも大きく貢献する。

宣教師の中で、茶の湯の美的かつ文化的な価値を理解し、高く評価して、詳細に紹介、描写したのはポルトガル人ジョアン・ロドリゲス（João Rodrigues, 一五六二？—一六三三）だけである。ロドリゲスは若くして来日し、日本社会を深く理解し、日本文化を称賛した。彼は『日本教会史』を記し、その中に日本の習慣についてもヨーロッパ人に説明する。同国人によく誤解される茶の湯の文化について、第一二章第九節「客人に茶を飲ませる家で、数寄と呼ばれるものについて」という節で丁寧に論述している。

二、『日葡辞書』における茶の文化の語彙

ここでは、宣教師と日本の茶の文化との関係を検討してみたい。一六〇三—〇四年に、宣教師が編纂した日本語・ポルトガル語の辞書、つまり有名な『日葡辞書』（Vocabvlario da Lingoa de Iapam）をみてみよう。この辞書から茶の湯や茶の文化に関連する語彙を選び出して、いちばん有意義な語彙を通して、宣教師の茶の文化に対する理解を探ってみる。

これは、まったく新しい試みではなく、二〇世紀半ば、J. L. Alvarez-Taladriz がすでに茶の文化に関する語彙リストを作って、一五六語を取り上げている。[1] しかし、氏のリストは、私の調べと一致しない語彙が少なくなく、再調査する余地が十分あると思うからである。[2]

私の調査は、影印版の大塚光信・前田成雄（編）『エボラ本日葡辞書』（清文堂出版、一九九八年）に基づく。語彙の選択は、ポルトガル語の説明に cha（茶）または chano yu（茶の湯）と書いてある語彙と、vabi（侘び）などのような、「茶」と書いていなくても、茶の文化と関係している語彙をも対象にした。

私の作ったリストには合計一七六の語があり、その語彙目録を、分析しやすくするために、つぎの七種類に分けた。

（1）茶の種類（二五語）

Amacha 甘茶、*Asagia* 朝茶、*Auocha* 青茶、*Bancha* 番茶、*Bechigui* 別儀、*Cha* 茶、*Cocha* 古茶、*Ficuzzu* 簸屑、*Fiqicha* 碾茶、*Gocujǒ* 極上、*Gocujǒzosori* *[3] 極上そそり、*Maccha* 抹茶、*Mujǒ* * 無常、*Nasubizane* 茄子実、*Qicha* 黄茶、*Sancha* 山茶、*Socha* 粗茶（*Varui cha*）、*Sosori* 揃り、*Suicha** 吸茶、*Suricha* 擂り茶、*Tçumegia* 詰茶、*Vnqiacu* 雲脚、*axij cha* 悪しい茶、*Vsugia**§[4] 薄茶、*Xincha* 新茶、*ataraxij cha* 新しい茶、*Zancha* 残茶、*nocoru cha* 残る茶

（2）茶と、茶の湯の道具（八四項目）

Aburico 焙り籠、*Barin* 馬藺、*Bunrin** 文琳、*Cacuita* 角板、*Cacurega* 隠れ処、*Cama* 釜、*Camado* § 釜戸、*Cameno futa* 亀の蓋、*Catanugui** 肩脱ぎ、*Catatçuqi* 肩衝き、*Chabentǒ** 茶弁当、*Chabixacu* 茶柄杓、*Chabon* 茶盆、*Chabucuro* 茶袋、*Chaburui* 茶篩、*Chaire* 茶入、*Chaqin* 茶巾、*Chatçubo* 茶壺、*Chauan* 茶碗、*Chauanbachi* 茶碗鉢、*Chauanzara* 茶碗皿、*Chauan* 茶碗、*Chauoqe* 茶桶、*Chausu* 茶臼、*Chaxen* 茶筅、*Chigaidana* 違い棚、*Conasubi* 小茄子、*Couaricatabira* 小張帷子、*Daicai* 大海、*Daisu* 台子、*Dora* 銅鑼、*Fabǒqi* 羽箒、*Fagitçubo** 萩壺、*Fanaire* 花入れ、*Fanamatçubo** 花真壺、*Fanatate* 花立、*Fandô* 飯銅、*Fixacu* ∞ 柄杓、*Fixacutate* 柄杓立て、*Foiro** 焙炉、*Foirogami** 焙炉紙、*Fucusaguinu* 袱紗絹、*Fucusamono* 袱紗物、*Fùro* 風炉、*Futauoqi* 蓋置、*Gotocu,canaua* 五徳、金輪、*Goxi* 合子、*Guesui* 下水、*Guidarin, chausu* ギダリン（祇陀林）、茶臼、*Matçubo** 真壺、*Meiuan, chano chauan* 名碗、*Mizzubixacu* 水柄杓、*Mizzucoboxi* 水翻、*Mizzusaxi* 水差し、*Mizzuxino tana* 水指の棚、*Nacatçugui* 中継、*Nasubi* 茄子、*Natçume* 棗、*Qenzan, temmocuno taguy* 建盞、天目の類、*Quansu* 鑵子、*Rengeuǒ, fachisuno fanano uǒ** 蓮華、*Ruiza* 擂茶、*Safiô*

茶瓢、*Sarameqi* サラメキ、*Satçu** 茶桶、*Saxacu* 茶杓、*Tanqei* § 短檠、*Tansu* 箪笥、*Tçubo* § 壺、*Tçuribune* 釣り船、*Tçurimono* 釣物、*Tçurutçuqi* 弦付、*Tedori* 手取り、*Tegame* 手瓶、*Tenmocu* 天目、*Vataxi** 渡り、*Vôbucu* 大服、*Xaxacu* 茶杓、*Xeicô, xeiqiô* 清香、*Xigaraqi* 信楽、*Yaqi** 薬器、*Yarô nacatçugui* 薬籠、中継ぎ、*Yuteqi* 油滴、*Zzunguiri* 頭切り

（3）茶室と露地（七項目）

Catte 勝手、*Chôzzu. Teno mizzu* 手水、*Guenquan* 玄関、*Irori* 囲炉裏、*Quaixeqi* 懐石、*Rogi* 露地、*Sôan*、*Cusano iuori* ∞ 草庵、草の庵[5]。

（4）茶の文化（四〇項目）

Cabuqi, u, uita 傾き、*Camisabi* *§ 神寂び、*Caqeji* 掛け字、*Chacô* 茶講、*Chajo* 茶所、*Chanoyu* 茶の湯、*Chanoyujo* 茶の湯所、*Chanoyuno ma* 茶の湯の間、*Chanoyuxa* 茶の湯者、*Chanoyu*** 茶の湯[6]、*Chatate, chatate bôzu* 茶立て、茶立て坊主、*Chatô* 茶湯、*Chayu* 茶湯、*Chaya***, *Chano iye* 茶屋、*Cozaxiqi* 小座敷、*Cuchiqiri* 口切、*Fidarigamaye* 左構え、*Fitofucuro** 一袋、*Forijdaxi, su, aita* 掘り出し、*Fuqeri, ru, etta* 耽り、*Meibut, sugureta mono* 名物、優れたもの、*Motenaxi, u, aita* § もてなし、*Quai* 会、*Sabi, uru, ita* § 寂び、*Sabivatari, ru, atta* *§ 寂びわたり、*Sadô* 茶堂、*Sarei, chano rei* 茶礼、*Suqi* § 数寄、*Suqi, u, uita* 好き、*Suqiconomi, u, ôda* § 数寄好み、*Suqixa* 数寄者、*Suqiya, cozaxiqi** 数寄屋、*Toco* § 床、*Vabi, uru, ita* § 侘び、*Vabibito* § 侘び人、*Vabixij* § 侘しい、*Vabizuqi* 侘び好き（侘び数寄）、*Voqiauaxe, ru, eta* 置き合わせ、*Xettai* 接待、*Yau. Yoruno ame* 夜雨、夜の雨

（5）茶と食べ物（三項目）

Asagianoco 朝茶の子、*Chafan* 茶飯、*Chanoco* 茶の子

（6）茶の加工（一項目）

Aburifaxiyagaxi, su, aita 焙り燥がし

（7）その他（一六項目）

Amazzura 甘葛、*Banri côzan* 万里江山、*Caracha* 枯茶、*Chano iqi* 茶の息、*Chauri* 茶売、*Chaxengami** 茶筅髪、*Chayen, chano sono* 茶園、*Chazome* 茶染、*Cobucu* 小服、*Fanaga* 花香、*Ippucu** 一服、*Gô* 合、*Ittai** 一袋、*Raccha* § 蝋茶、*Sosori, soru, sotta* そそり、*Teixu* § 亭主[7]

以上の七種類の語彙リストのそれぞれを詳細に分析するのではなく、小論のテーマにいちばん有意義な第四種類「茶の文化」についてだけ検討する。

その前に、第二種類「茶と茶の湯の道具」に少し触れたい。リストの中で道具の語彙数が最も著しく、八四語までのぼり、全体の四七%以上、ようするにほとんど半分ぐらいを占めている。このことを考えれば、その当時の茶の文化の意識において、茶の道具が特別に位置を占めていることが分かる。『日葡辞書』は西洋人が作った辞書だから、これは日本社会そのものを反映しているのか、それとも西洋人が特に意識して語彙を集めたのかにわかに判断しにくい。しかし、『日葡辞書』が宣教師の言語学習に便利な道具であることを考えれば、それは当時の日本社会でよく使われる語彙を集めたものだろうと考えられる。

今の常識から見れば、語彙リストのアンバランス（例えば、道具の語彙が異常に多く、茶の文化の語彙が少ない）が目立つが、たぶん当時の言語状況を反映しているのだろう。したがって、私たち現代人の茶の文化の見方と当時の見方とは「ずれ」がある。いうまでもなく、言語の辞書はただ語彙を並べているだけだが、ある程度社会の鏡でもあることは否定できない。例えば、「茶道」という言葉が載っていなくても、同じ発音の「茶堂」があるのは私たちにとっては、珍しく感じられるが、実は「茶道」という言葉は江戸時代まではまれにしか使われなかったことは確かである。「茶堂」、つまり「茶の湯を行う場所」のほうが一五世紀半ばごろから使われていて、宣教師の時代に存在していた言葉であった。

「茶と茶の湯の道具」に戻れば、その八四語の中に **boyão, boyãzinho, vazo, boceta** とポルトガル語で説明されている茶の葉か粉末の茶（抹茶）の入れ物（茶入れ）が三〇語にまでのぼる。この数字をみれば、その時代の日本では、茶入れは種類が多く、非常に大切にされていたことがわかる。

「茶の文化」がどのように宣教師に受け止められたかを理解するために、第四種の「茶の文化」にある四〇の項目を考えてみよう。ちなみにこれらの言葉の選択は、私個人の判断によるものであり、適切かどうかを再検討する余地があると思う。

三、茶の湯と茶の文化にかかわる語彙

まず、注目したい語彙を二つのグループに分ける。

（A）茶の湯に関する：*Chacǒ, Chanoyu, Chanoyuxa, Chatate*（*Chatate bǒzu*）, *Chatǒ*（*chayu*）, *Quai, Sarei*（*Chano rei*）, *Xetai.*

（B）茶の文化の美学とその感性に関する：*Camisabi, Sabi, uru, ita, Sabiuatari, Ru, atta, Suqi, Suqi, u, uita, Suqiconomi, u, ôda, Vabi, uru, ita, Vabibito, Vabixij, Vabizuqi.*

（A）については、まず*Chanoyu*という語彙は『日葡辞書』に二回出てくる。一回目は、「茶をたてるための湯を沸かして、それを飲む支度をする所[8]」、茶の湯を行う「場所」を指し、「茶の湯所」*chanoyujo*と同じ意味である。これは明らかに間違いであり、SVPPLEMENTO（辞書の補遺）にもう一度出てくるが、今回は「本来は茶を飲むのに使う湯の意[9]」、文字どおり「茶の温かい水」（*Agoa quente com que se bebe o Cha*）としている。茶会としての「茶の湯」、つまり茶をたてて楽しむ会に言及しないのは興味深い。しかし、別の項目に、「茶の湯の芸」（*arte do Chano yu*）という表現があって、「茶の湯」は「茶の温かい水」だけではなく、**arte**（芸）としても扱われている。

Chatŏ（*chayu* 茶湯）はただの飲み物ではなく、仏前、霊前に供える儀式の意味としても出ている。「茶湯。ある場所、すなわち死者の名前をしるした小さな板（位牌）の前に供えて、その人に捧げる茶と湯。*Chatŏuo aguru*、上のようにして茶を供える[10]」。やはり室町時代の語彙として、「故人の霊前に供える。お茶とお湯[11]」という意味があった。

それから儀式として、*Sarei*（*Chano rei* 茶礼）という語もあるが、お茶を飲む前に*cortesias ou comprimentos*「作法または儀礼」の意味で取られている。しかし、「禅寺において、僧たちが集まって、決まった時に決まった作法で茶を飲むこと[12]」という意味のみである。茶を仏像などに奉ることや、寺で行われる儀式を意味しない。

茶会にかかわる語彙は*Chacŏ*, *Quai*と*Xetai*が載っている。*Chacŏ*（茶講）は*ajuntamento dos que se* *ajuntão a beber cha*「茶を飲みに集まる人の集会」[13]、*Quai*（会）は「茶の湯への招待。例、*Meŏchô quaiuo mŏsŏzu*（明朝会を申さうず）明日早朝にあなたを茶の湯に招待しよう。また、大勢の人々の集会、遊び」[14]、「人の集まり」の一般的な言葉でも、第一の説明は茶の湯の会として出てくる。*Xettai*（接待）の定義がかなり面白い。「客をもてなすこと」の意味ではなく、本来は「路上に湯茶を用意して、往来の人にふるまうこと」[15]という定義で、「往来の人」は「巡礼者」と「貧乏人」が接待の対象者になる。「巡礼や貧者などを招いて、茶のもてなしをすること。*Xettaiuo tatçuru*（接待を立つる）それらの巡礼の茶を飲む場所、あるいは、家をしつらえる」とある。[16]むしろ供養に近い。

（B）は茶の文化に関連するので、文化史上に特別に興味深いが、三つの言葉に限る。すなわち「寂び」「数寄」「侘び」という中世時代の美学のキーワード。

(a)「寂び」は：1. Camisabi、2. Sabi, uru, ita、3. Sabivatari, ru, atta

(b)「数寄」は：1. Suqi、2. Suqi, u, uita、3. Suqiconomi, u, ôda

(c)「侘び」は：1. Vabi, ur, ita、2. Vabibito、3. Vabixij、4. Vabizuqi.

ⓐ SABI（寂び）

Sabi、*uru, ita, Sabivatari, ru, atta, Suqi, u, uita, Suqiconomi, u, ôda, Vabi, uru, ita* は動詞で、その他は名詞である。

Sabi（さび）は名詞として「錆」の意味でしか載っていないが、動詞は *estar algũa cousa solitaria ou desacompanhada*、「孤独であって、人里離れた状態である」という意味である。*Camisabi* は補遺に出て、*solidão, ou quietação de lugar solitario*「孤独、または人気のない場所の静けさ」と解釈され、*Camisabita sumai* は、*Morada*、*ou abitação solitaria & quieta*「孤独で、人気のない住まい、または家」という意味である。「神さび

（かむさび、かみさび）」の現代語は「神としてこうごうしくふるまうこと[17]」という意味であるが、室町時代は「その場のたたずまいが、人気がなく閑寂な趣が感じられる状態であること[18]」とあるので、『日葡辞書』の定義に近い。

Sabiuatari, ru, atta は補遺に出て、*estar tudo solitario, & mui saudoso*「全く孤独で、とても物寂しい」という定義が見えて、『日葡辞書』では、「寂び」の同意語であるが、現代日本語では、稀に使う珍しい言葉である。古代では「かむさびわたる」という語が万葉集に出て[19]、「神（かむ）さびわたる」（＝神々しさ）、つまり「神秘的で尊い」という意味があった。しかし、室町時代になると、「寂び渡る」は「あたり一面に、ものさびしい雰囲気がみなぎる[20]」という意味となり、『日葡辞書』の定義とは違わない。

こうみると、西洋人の「寂び」の理解は *solitario*（孤独）、*desacompanhada*（人里離れた）、*quieto*（静か）、*saudoso*（憂い、物寂しい）という意味に集中している。つまり、「閑寂なおもむき」という意味があるが、「古びて趣のあること[21]」という意味は掲載されていない。

(b) SUQI（数寄）

Suqi は、*Inclinação. Arte & exercicio do Chano yu. Suqiuo suru, Darse à arte do Chano yu*、「好み。また、茶の湯とその修業。*Suqiuo suru*、茶の湯を行う」と定義されている。つまり、「数寄」という言葉は必ず茶の湯とつながっている。動詞の場合（*Suqi, u, uita*）、*Ser inclinado a algũa cousa.* Icusa、Chanoyu nado ni suqi, *Ser inclinado a guerra, Chanoyu, etc.*「何か物事を好む。例、Icusa, chanoyu, nadoni suqu、戦、茶の湯、などを好む」とあり、名詞と同じ意味になっている。最後、*Suqiconomi, u, ôda* の動詞は、*Ser inclinado, ou amigo de algũa cousa*、「ある物を好む、あるいは、そのものと親しい状態」とあって、これも「数寄」の基本の意味とは違わない。

(c) VABI（侘び）

Vabi は四語がある。*Vabi, uru, ita, Vabibito, Vabixij, Vabizuqi, Vabi* という名詞が載っておらず、動詞として載っている。*Vabi, uru, ita* の定義は、① *Pedir misericordia, ou rogar.* ② *Entristerce.* ③（*iūto a raiz de outros verbos*）*Facer com difficultade o que significa o verbo a que se ajunta. Fitouo tazzune vaburu, Buscar alguem cõ trabalho.Machivaburu, Esperar com difficultade, ou pena. Vabita teide gozaru, Mostras, & maneira de hum estar pobre*。つまり、「①憐みを乞う、あるいは、懇願する。②また、悲しみを愁える。またほかの動詞の語根について、その連接する動詞の意味する動作をしかねる・するのに苦労する、という意味を示す。Fitouo tazzune vaburu、ある人を苦労して捜し求める。Machivaburu、待ちかねる、あるいは、待ち悩む。Vabita teide gozaru（侘びた体でござる）人が哀れにしている様子や姿[22]」の意味である。Entristerce（「悲しみを愁える」）が「①気落ちした様子を外に示す[23]」と一致する。①の意味は、（詫びる）「過失の許しを求める」と一致する。最後の例も Vabita teide gozaru, *Mostras, & maneira de hum estar pobre, pobre*（貧乏、貧しい[24]）とあって、これも侘茶の意味に近いが、『時代別国語大辞典』にある、第一の意すなわち「茶道などで閑寂な趣[25]」という定義は、『日葡辞書』になく、茶の湯に関連した説明も載っていない。

それから、Vabizuqi（侘び数寄・侘び好き）について、『日葡辞書』には *Inclinado a Chanoyu de poucos petrechos, & cobitos, ou pobres paredes, & c.* とあり、土井忠正の邦訳は、「少しばかり媚びた（cobitos）道具を使ったり、または質素な仕切りの中でしたりする茶の湯（Chanoyu）を愛好すること[26]」とあり、室町時代の辞典に載っている定義「茶の湯で、簡素な趣向をことさらに指向し、楽しむこと[27]」とほぼ変わらない。

結び

本論では『日葡辞書』の見出し語から「茶の湯」の文化に関係する一七六語を抽出し分析した。分野別に分類した結果、「茶と茶の湯の道具」（八四項目）、および「茶の文化」（四〇項目）にかかわる言葉が多いことは興味深い。『日葡辞書』には三万余の見出し語があるが、これらの語彙の占める割合は約〇・六％であり、けっして低いとは言えない。辞書が時代の反映であることを考えれば、茶の湯の文化はその当時の社会においては大事なものであったことがわかる。それは、茶の湯は室町時代の社会、文化に大きな影響を与え、点前《てまえ》に使う道具が美の象徴であったからだと考えられる。

ところで、いくつかのキーワードの定義を調べてみて、意味があいまいなところや正確ではない場合が多々あることがわかった。特に、「侘び」や「寂び」という大事なキーワードは、定義は基本的に正しいが、十分な説

十字架の付いた茶入れ　（澤田美喜記念館所蔵）

十字架の付いた茶の湯の茶碗（澤田美喜記念館所蔵

十字架の付いた茶の湯の風炉（澤田美喜記念館所蔵）

明がなされていない。辞書の編集者である宣教師は日本文化の深いところをまだ十分に理解せず、表面にとどまっている印象を与える。宣教師の著述を見れば、ジョアン・ロドリゲスの『日本教会史』以外は、茶の文化に対しては表面的な評価しか見られない。一例を挙げると、「茶の湯」という語を「茶の湯所」を指し、またその間違いを訂正した辞書の補遺には、文字どおりの「茶の温かい水」と説明されている。

『日葡辞書』は、宣教師の高い言語能力を示しているが、日本の茶の文化をまだ深く理解できていないことをも物語っているようである。その真髄までわかった人はジョアン・ロドリゲス神父のようなごく限られた宣教師ではないだろうか。

註

▼1 J. L. Alvarez-Taladriz, ed., Juan Rodriguez Tsuzu, *Arte del Cha*, Tokyo: Sophia University, 1954（Monumenta Nipponica monographs, No.14）, Apéndice II "Voces sobre chanoyu en el "Vocabulario da lingoa de Japam", Nagasaki 1603-4," pp. 96-106.

▼2 私の拾い出した語彙数が多いのは、前掲 Alvarez-Taladriz のリストに茶の文化にかかわる語彙、*sabi*（寂び）、*suqi*（数寄）、*vabi*（侘び）、などの語彙が載っていないからである。

▼3 *印は、SVPPLEMENTO（辞書の補遺）に出る語。

▼4 §印は、前掲 Alvarez-Taladriz の語彙リストに出てこない語彙。

▼5 この語彙リストに「亭主」があるが、「茶人」が載っていないことは、興味深い。

▼6 **印は、本文とSVPPLEMENTO（辞書の補遺）に二回出てくる語彙。

▼7 この語彙リストに「亭主」があるが、「茶人」が載っていないことは、興味深い。

▼8 土井忠生他編『邦訳日葡辞書』岩波書店、一九八〇年、一一七頁。

▼9 同右。
▼10 同右、一一八頁。
▼11 土井忠生編『時代別国語大辞典 室町時代編 第三』三省堂、一九九四年、一一七七―一一七八頁。
▼12 同右、一七二頁。
▼13 前掲、土井他編『邦訳日葡辞書』一一七頁。
▼14 同右、五一六頁。
▼15 新村出編『広辞苑』第五版、岩波書店、一九九八年、一五〇〇頁。
▼16 前掲、土井他編『邦訳日葡辞書』七五六頁。
▼17 前掲、新村編『広辞苑』五五七頁。
▼18 土井忠生編『時代別国語大辞典、室町時代編、第二』三省堂、一九八九年、三四四頁。
▼19 万葉集の第一五巻、三六二一歌に「可武佐備和多流」として出てくる。
▼20 前掲、土井編『時代別国語大辞典 室町時代編 第三』一四三頁。
▼21 前掲、土井他編『邦訳日葡辞書』一〇八五頁。
▼22 同右、六七四頁。
▼23 前掲、新村編『広辞苑』二八七八頁。
▼24 土井他編『邦訳日葡辞書』には、「人が哀れ」とあって、文字どおりの翻訳ではない。
▼25 土井忠生編『時代別国語大辞典、室町時代編、第五』三省堂、二〇〇一年、八一二頁。
▼26 前掲、土井他編『邦訳日葡辞書』六七四頁。ポルトガル語の原文にある「cobitos」は、日本語の「媚びた」の借用語である。
▼27 前掲、土井編『時代別国語大辞典、室町時代編、第五』八一三頁。

6 マニラから津軽へ
――「キリシタン時代」末期における日本宣教再開の試み

阿久根 晋

〔司祭ジョアン・モンテイロは〕杭州に帰る途上、ある難破者に関する書翰を受け取った。彼らは一隻の船――〔この船で〕日本管区長司祭ペドロ・マルケスは他の司祭たちと日本に渡航した――に乗ってマニラを出帆、司祭たちを平戸諸島に送り出し、再びマニラに向かった。そして逆風に遭い、杭州沿岸に漂着した。航海士と船員二名が溺死、三二名が生き残った。……これらの人々は、日本〔管区〕と中国〔準管区〕の巡察師司祭アントニオ・ルビノと他の同志たちの光輝ある殉教に関する朗報をもたらした。[1]

――アントニオ・デ・ゴヴェア「一六四三年度イエズス会中国準管区南部年報」

右記の「年報」で言及されているポルトガル人イエズス会士ペドロ・マルケス（Pedro Marques, 一五七六頃―一六五七）は、イタリア人会士アントニオ・ルビノ（Antonio Rubino, 一五七八―一六四三）が編成した第二の日本宣教団の長として、一六四三年六月、宣教師四名と従者五名を率いてマニラから日本をめざした。前年に渡航した巡察師ルビノの宣教団は長崎において「光輝ある殉教」を遂げたが、日本管区長マルケスとその一行はこれと対照的な運命を辿ることになる。すなわち姉崎正治の言う「未曾有の背教」である。[2]

レオン・パジェスによる『日本キリスト教史』[3]の刊行以降、ルビノとマルケスの日本渡航は、元日本管区長代理クリストヴァン・フェレイラ（Christovão Ferreira, 一五八〇頃―一六五〇）の「立ち帰り」を期待して実施されたと見られてきた。[4]この見方を再検証したのが清水有子の研究である。清水はルビノ個人書翰の分析を通してルビノによる日本渡航決断の背景（マカオ使節処刑事件、フェレイラの棄教問題、日本宣教をめぐるイエズス会・托鉢修道会間の対抗意識など）を解明し、ルビノが殉教の覚悟とともに日本宣教再開の意欲を有していたことを指摘した。[5]

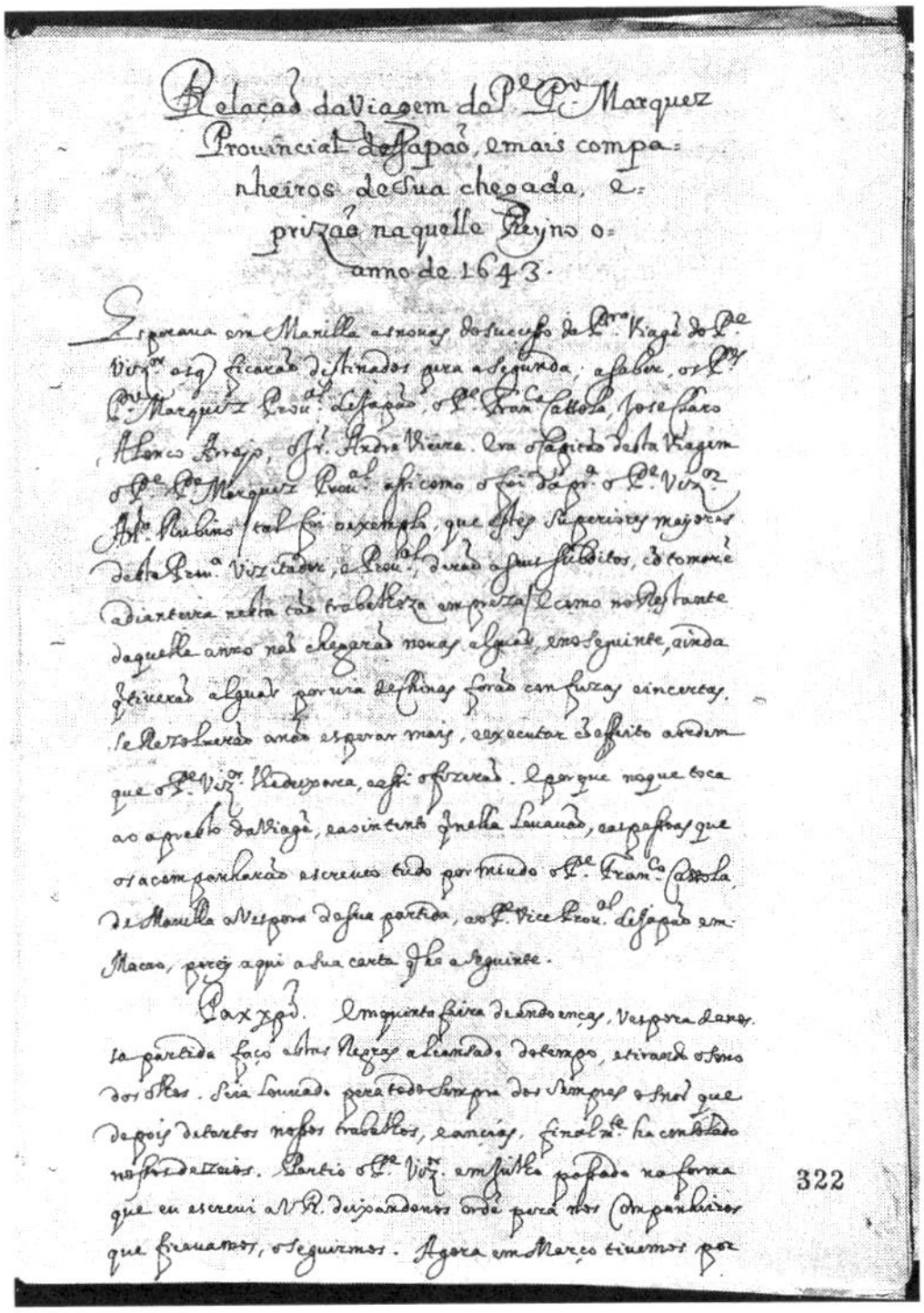
Relaçaõ da Viagem do P.e Pr. Marquez Provincial de Japaõ, e mais companheiros de sua chegada, e prizaõ naquelle Reyno o anno de 1643.

322

「日本管区長司祭ペドロ・マルケスの渡航報告」第一葉
（ローマ・イエズス会文書館所蔵）

「ルビノ第二隊」と称されてきたマルケス宣教団に関しては、オランダ側・日本側双方の史料を用いたレイニアー・H・ヘスリンクの研究によって、宣教団の筑前大島における捕縛から棄教に至る過程が明らかにされている。[6]また木村可奈子が紹介した「南蛮伴天連ぢょぜい白状」から、宣教団成員のジュゼッペ・キアラ（Giuseppe Chiara, 一六〇二―八五）が「あるせひすほ」（大司教を意味するポルトガル語

'arcebispo') のゴア到着と日本渡航の予定などについて日本で自白していたことも新たに判ってきた。[7]

かかる研究状況にもかかわらず、いまだ充分に解明されていない基本的かつ重要な問題がある。すなわち、マルケス宣教団の渡航の実態と、彼らは果たして具体的な再布教の方針を持して日本をめざしたのかという問題である。前者に関しては、筑前大島における宣教団逮捕時の状況が判明している以外は、[8]宣教団が筑前大島到達前に対馬と平戸を経由していたことがヨゼフ・F・シュッテとファン・G・ルイス・デ・メディナの研究で簡潔に指摘されているにすぎず、[9]不明な点が多い。後者の問題も未解明であり、キリシタン史研究の課題として残されている。

本論の目的は、以上の二点の問題を追究し、研究史の空白を埋めることにある。最初にマルケス宣教団の渡航に至る背景と、渡航に関する未刊行ポルトガル語史料「日本管区長司祭ペドロ・マルケスの渡航報告」(ローマ・イエズス会文書館所蔵、以下「渡航報告」と略記[10]) の成立と構成について概述する。次いでこの史料を基に宣教団の意図や航海の状況を跡づけ、「キリシタン時代」最後の日本宣教再開の試みに関する新知見を提示する。併せてこの試みの結末をイエズス会日本管区が理解する過程にも言及することで、「キリシタン時代」の終焉状況の確認としたい。

一、航海の背景と史料

(1)「キリシタン時代」最後の日本宣教団

一六一三年に徳川幕府が全国に向けて禁教令を発布し、翌年に宣教師を国外に追放した後、マカオに本部を置くイエズス会日本管区は、①日本における潜伏活動、②マカオ・マニラ・インドシナ半島からの日本潜入と再布教の試み、③インドシナ半島における新たな布教事業――以上三つの活動を同時並行で推進していく。[11]
一六四二、四三年のルビノおよびマルケス両宣教団の日本渡航は、一六一五年以降続けられた右記②の試みの最終段階に位置付けられるものである。この試みでは、巡察師と管区長という管区中枢の宣教師を含む宣教団が二隊に分かれて禁教・迫害下の日本をめざした。それぞれの航海には四千スクードもの経費（日本管区による東南アジア布教の経費と同額）が投入されており、[12]二度にわたる日本再布教の試みは文字通り「事業（empresa）」というべきものであった。以下、その試みが実施されるまでの背景を確認しておこう。[13]

ルビノが巡察師としてマカオに着任した一六三九年、日本におけるイエズス会の布教体制は限りなく消滅に近い状況にあった。成果が見込まれないことや宣教師が捕縛される可能性が極めて高いことなどを理由に、当初ルビノは宣教師の日本渡航を認めなかった。その後、朝鮮→日本ルートによる宣教師派遣を構想する一方、[14]限られた人員を中国やトンキン（ベトナム北部）といった成果が期待される布教地に充てるべきであるとも考えていた。

ルビノに日本渡航を決断させる契機となったのは、一六四〇年八月の「マカオ使節処刑事件」（通商再開要求のため来日したポルトガル人使節四名とその随伴者五七名が「寛永一六年令」の違反を理由に長崎で処刑された事件）である。この事件に衝撃を受けたルビノは、処刑された一行を「殉教者」と理解、さらに日本渡航は宣教師の使命であると認識するに至る。一六四一年にマニラ総督と交渉して船舶・船員の提供を約束されると、ルビノは日本渡航の志願者を集めて宣教団を組織、自らもその先頭に立って日本宣教再開の道を拓く決断をする。一六四二年七月一日付のマニラ発信書翰によると、その決断の背景にはフェレイラの棄教により生じた会の不名誉を払拭する目的や、日本宣教をめぐる托鉢修道会への抗争意識などもあった。また前記書翰には「我々が何らかの成果を引き起こすことができるようにするため、半分が一艘に、もう半分が一艘に乗船し、異なる場所に上陸すれば、もし一隊が倒れても、もう一隊が生き残ると思った」[15]とあり、宣教団が二隊編成とされた理由も示されている。

一六四二年七月九日、宣教団の第一隊がマニラを出航した。ルビノに随伴したのは、宣教師四名（アルベルト・

メチンスキ、アントニオ・カペッチェ、ディオゴ・デ・モラーレス、ポルトガル系日本人会士フランシスコ・マルケス）と各地域出身の従者四名である。一行は八月六日に薩摩の甑島《こしきしま》で捕縛されて長崎に送られ、コーチシナ（ベトナム中南部）出身の従者を除く全員が一六四三年三月二〇日から二五日の間に殉教を遂げた。[16]

マルケス宣教団が航海の準備を進めていたマニラでは、ルビノらの薩摩における捕縛と長崎における拘禁の事実が中国人の情報を介して判明しつつあった。[17]かかる状況下、マルケス一行は日本に向けて渡海する。一六四三年六月八日のことである。

（2）「渡航報告」の成立と構成

次節で詳しく見る「渡航報告」は、その存在こそシュッテの史料解題と尾原悟の史料目録を通じて紹介済みであるが、[18]従来の研究史において内容が検討されることはなかった。全七フォリオから成るこのポルトガル語文書は、一六四四年一〇月七日、マカオのイエズス会コレジオにおいて成立した。文書の末尾にPero Marquezと署名されているが、これは当然ながら日本管区長のペドロ・マルケスではなく、長崎で誕生したポルトガル系日本人イエズス会士の年少ペドロ・マルケス（一六一二―七〇）を指す。[19]この年少マルケスが同時期に執筆した「巡察師アントニオ・ルビノの殉教報告」[20]と異なり、「渡航報告」には章目が明記されていない。そこでシュッテの解題を参考に、本報告書の構成を以下に掲げる。[21]

【表】「渡航報告」の構成

No.	範囲	著者による記述／書翰の引用
①	fol. 322r	著者による序文
②	fols. 322r-324r	1643 年 4 月 10 日付、マリバレス・テラ発信、フランチェスコ・カッソラの日本管区長代理（ガスパール・ド・アマラル）宛て書翰
③	fols. 324r-326r	フランシスコ・デ・アギーレの航海日記
④	fols. 326r-327r	カッソラからアギーレに手渡された書翰
⑤	fol. 327r	著者による記述
⑥	fols. 327r-328r	ジャカタラ（バタフィア）経由でマカオに伝えられたオランダ人の書翰
⑦	fols. 328r-328v	著者による⑥の補訂、結語

出典：ARSI, JS 29, fols. 322r-328v.

本報告書の中核を成すのは、宣教団成員の個人書翰、世俗のスペイン人の航海日記、オランダ人の書翰である。以下に示すように、マニラ→マカオ、平戸海域→寧波→マカオ、長崎→バタフィア→マカオの情報伝達によって本報告書は成立した。

「渡航報告」の序文は【表】②の書翰について、宣教団成員のフランチェスコ・カッソラ（Francesco Cassola, 一六〇八年頃―一六四四）が日本渡航前にマニラからマカオに発送したものであると説明している。[22] カッソラ自身は書翰の作成地を「マリバレス・テラ（Maribales terra）」と記しているが、おそらくこの地はマニラ湾に面するバターン半島のマリベレスを指すと思われる。[23]

【表】③の航海日記の著者フランシスコ・デ・アギーレ（Francisco de Aguirre）は、マニラから平戸海域まで宣教団に随伴したスペイン人の船員である。【表】⑤の記述によれば、宣教団がアギーレの船から下船した後、アギーレらはマニラへの帰航路で暴風に遭い、寧波に漂着した。[24] この海難では三名が溺死、生存者はアギーレを含む三二名であったという（本論冒頭に掲げた「一六四三年度イエズス会中国準管区南部年報」にも同様の記載がある）。浙江で活動していた中国準管区所属のイエズス会士ジョアン・モンテイロ（João Monteiro, 一六〇二―一六四八）が彼らの救助に赴き、このときアギーレは自らが作成した日記とカッソラから預かった書翰【表】④（カッソラが下船前に作成したもの）をモンテイロに手渡した。その後モンテイロ自身がこれらの記録をマカオのコレジオに届けたことから、宣教団の航海状況の詳細が日本管区本部に明らかになった。

「渡航報告」は【表】⑥の書翰を引用するに際して「ジャカタラ経由により、そこから送られてきた信頼すべきある人物の書翰を介して、当コレジオに情報が届いた」[25] と説明し、書翰の引用後に「以上、オランダ人の書翰」[26] と記す。当該書翰の記載内容は、オランダ東インド会社「長崎商館日記」の一六四三年七月一日条および七月四日条と部分的に対応している。[27] すでにポルトガル商人によるマカオ・長崎貿易が途絶し、イエズス会の従来の日本情報入手経路が失われていたなか、新たにオランダ側の日本情報がバタフィア経由でマカオに伝えられたことにより、日本管区本部はマルケス一行が日本到達後に筑前大島で逮捕された事実を把握することができたのである。[28]

二、航海と再布教計画

(1) 宣教団の構成

日本管区長ペドロ・マルケスの宣教団は、宣教師五名(マルケス自身、ジュゼッペ・キアラ、フランチェスコ・カッソラ、アロンソ・デ・アロヨ、日本人修道士アンドレ・ヴィエイラ)と従者五名(都出身の日本人ジャシント、大坂出身の日本人ジュリオ、長崎出身の中国人ロウレンソ・ピント、コーチシナ人、広東出身の中国人)、以上の一〇名から構成されていた。[29] ルビノ宣教団と構成人数それ自体はほぼ同規模であるが、大きく異なるのは、修道士一名と従者二名の計三名の日本人がマルケス宣教団に含まれていた点である。

「渡航報告」所載のカッソラによる日本管区長代理宛て書翰(【表】②)には、従者の日本人二名が宣教団の成員として認められた背景を窺わせる一節がある。[30] これによると、上記二名はいずれも俗世の迷いから目覚め、大坂出身のジュリオはすでにキリシタンになる決心を固めていたという。都出身の日本人については、「高貴な言語(lingua alta)」を理解し、かつ名家との関係を有しており、「日本を改宗する(converter a Japão)」適性があるとカッソラは見ていた。また別のカッソラ書翰(【表】④)にも、彼らについて「有力者を親戚に持つ著名な都出身の日本人二名(dous Japões naturaes do Meaco muy aparentados e conheçidos)」との説明がある。[31]

彼らを率いたマルケスの経歴にも留意しておきたい。マルケスは一六〇九年の来日以降一四年の宣教師追放令まで口ノ津レジデンシアの長を務め、その後はカンボジア、トンキン、海南島の布教を開き、日本管区の推進する南方事業に貢献した。[32] 後にゴアで成立した日本管区の編年史『イエズス会の闘い』も、日本語を理解していたマルケスが日本人住民の教化のためにトンキンに派遣された事実に言及している。[33] またマルケスは一六三九年四月八日付マカオ発信の総長宛て書翰において、日本渡航の機会を得るべくマニラ転任の許可を要請していたことや、マカオでは日本からの追放者二百名以上に対する司牧に従事している状況などを綴っていた。[34] ルビノ宣教団には日本出身者が一名（ポルトガル系日本人のフランシスコ・マルケス）しか含まれていなかったが、後発部隊には日本人三名が含まれ、彼らを統率したのは日本布教経験と日本再入国の意志を有するマルケスであった。マルケス宣教団は日本布教の再開に適した人員構成であったといえよう。

（2）航海の目的地

カッソラは管区長代理宛て書翰で宣教団の成員について記した後、航海の目的地を次のように明らかにする。この同志を伴って、我々は津軽（Tçungaru）に向けて乗船する。〔津軽は〕日本のほぼ終端にあって迫害から遠く、他の諸国に比して人口が極めて少ない。そして放逐されたキリシタンの武士（christaõs fidalgos desterrados）の地である。[35]

この記述に続けてカッソラは、「虐殺の地（matadeiro）」（迫害が行われている地域の比喩であろう）に向かうことは宣教団の意図ではなく、また津軽地方のキリシタンに対しては宣教の実りがほぼ確実であると述べる。[36] さらに、

仮に希望する成果が得られない場合は、古来より存在する国の蝦夷国（Reyno de Yezu）に渡ることができ、そこにおいて我々の主に対する幾許かの奉仕をする。蝦夷の人々（os de Yezu）とともに日本への宣教（missões a Japão）を実行することができ、我々は商人として彼らに随伴する。[37]

と記し、宣教団が蝦夷方面も日本再布教の候補地として想定していたことを表明している。後述するとおり、最

終的にマルケス一行は対馬藩側の追跡に対する懸念から平戸海域付近で新たな上陸地点に向かう方針に転じるが、その際にカッソラが作成した書翰（【表】④）にも「天候、船員の恐れ、そしてその船も、マニラから津軽の島（ilha de Tsungaro）に行く計画の実現を可能にしなかった」[38]とあり、宣教団の当初の目的地が津軽であったことが示されている。以上のカッソラの記述から、マニラ出航前にマルケス宣教団が津軽から蝦夷にかけての地域を航海の目的地と再布教の候補地として設定していたこと、当初この方針に沿って航海を進めていたことが判明した。

長崎・京都・江戸などの各地でキリシタン弾圧が進められるなか、東北地方が宣教師の新たな布教地となったことは周知のとおりである。津軽では、禁教令後に京坂および北国（金沢）地方から配流されてきたキリシタン（彼らは「津軽の聖い被追放者[santos desterrados de Tçugaru]」[39]などと称された）を主な対象とする布教活動が一六三〇年頃まで行われていた[40]。さらに津軽を含む東北巡回布教の過程で、キリシタンが渡航していた蝦夷地にもイエズス会は進出した[41]。そこには地理および布教地としての可能性を探る意図があった。一六一八年から二二年にかけてはジローラモ・デ・アンジェリス（Girolamo de Angelis, 一五六八―一六二三）とディオゴ・カルヴァーリョ（Diogo Carvalho, 一五七八頃―一六二四）が松前に渡り、潜伏活動を試みている。日本の北端地域において布教を再開するというマルケス宣教団の計画も、かかる背景を踏まえて打ち出されたのではないだろうか。

（3）航海の経過

以下ではスペイン人フランシスコ・デ・アギーレの航海日記（【表】③）に基づき、マルケス宣教団のマニラ出航後の航跡を辿る[42]。

一六四三年六月八日にマニラを出帆した宣教団は順調に航海を続け、一七日に陸地を発見した。これを長崎港と認め、一行は「聖なる殉教者（santos martires）」に敬意を示した。カッソラは頭髪を剃って日本人に変装、日本名「サイトウ・サクエモン（Sayto Sacoyemon）」を名乗る。アギーレの記すところによれば、この時点まで神と聖母、そして聖ザビエルとマルチェロの加護が存在していた。その後、宣教団は平戸方面に針路を取り、夜に嵐に見舞われることになる。

一八日正午頃に陸地を視認して接近し、自然景観の特徴からその地が日本であると判断した。嵐を避けるべく入江に進み、浜に集落を見つけ、住民が白布で一行に合図する様子を確認した。しかし彼らを信用することなく、水深のある広めの湾内に投錨した。依然として荒天が続いたため、船員の疲労を軽減するべく午後に入港を決定する。このときマルケスは「上級航海士（piloto major）」の資格を持つ世俗のスペイン人を装い、アロヨは「甲板長（contramestre）」となり、キアラはアルファレスと名乗ってスペイン人に変装したという。

一九日から二〇日にかけての状況は次のとおりであった。漂着地点の探査のため、船員が小船で陸地に派遣された。二度にわたる住民との接触を経て、船員は「この地が対馬（Tcuxima）と称され、その殿（Tono）は都（Meaco）から少し前に到着し、そこから二日の距離にいる」と告げられ、対馬に漂着したことを理解する。一行は給水を受ける目的で寄港を決定したが、その後陸地から二艘の船（duas funes）が接近、一行の船（navio）は日本人の臨検を受けることになる。日本人に出航地域を問われると、一行側は「カンボジアを出帆してシナ海を経由し、嵐のために見知らぬ地域に流された」と回答、日本人はその地域が「対馬の島（ilha de Tçuxima）」であると説明して船の入港を勧めた。しかしマルケスは「すでに天候は回復して嵐も止み、航路を失いたくない」と伝え、日本人の勧告を拒否。そこで日本人は「一行を港内に導く命令があり、そこで保護するであろう」と述べ、二艘の船でマルケス一行の船に綱を掛けて曳航し、マルケスを日本人の船に乗せようと企てた。日本人の意図はマルケス一行を「殿の屋敷（caza do Tono）」まで護送することにあった。さらに別の日本人から「船内にキリスト教徒は居るか、船員はキリスト教国の出身か」と問われると、一行側は「船で奉仕する若干名の中国人異教徒を除き、ほとんど全員がキリスト教徒である」と回答する。日本人がマルケス一行の船の曳航を試みるなか、各船員は抜錨して帆を張り、武器を取って速やかに出航準備を進めたため、日本人はマルケスの船から離れ、対馬の船二艘は陸地に引き返した。その後マルケス一行は、多数の船が警告のために島から追跡してくる様子を確認した。

二一日に一行はこの危機から脱し、対馬海域から退避することに成功した。このときカッソラが船内で挙げたミサでは、中国人の船員が受洗している。二二日には平戸島前方の北緯三三度と想定される海域に到達、警備船の追跡に対する懸念から航海の継続を断念し、宣教団は上陸のため下船の準備に入った。

以上がフランシスコ・デ・アギーレによる航海日記の概要である。マルケス宣教団のマニラ出帆（一六四三年六月八日）から筑前大島における捕縛（六月二七日、寛永二〇年五月一二日）[43]に至る状況に関しては、オランダ側・日本側双方の史料に詳しい記載がなく、これまで不明な点が多かったが、アギーレの記録からその状況がかなり明瞭になった。六月一八日から二〇日にかけてマルケス一行は漂着先の対馬に留まり、マルケスはスペイン人航海士という偽装した身分で対馬藩士の臨検を受けていた。そして彼らの勧告に従うことなく、対馬から平戸海域に到達するまで航海を続行した。臨検時にマルケス一行が宣教師としての身分を明かさず、捕縛される事態の回避に努めたのは、日本宣教の再開を最優先課題としていたためであろう。

（４）日本到達後の計画

平戸海域到達後、マルケス宣教団はアギーレらと別れ、小船に移乗して新たな上陸地点を求めることになる。カッソラがアギーレに手渡した書翰（【表】④）によれば、船員の恐怖心もあって宣教団は津軽行きの航海を諦め、「長崎から可能な限り離れた地（terra quanto pudessemos longe de Nangasaque）に上陸する方針に転じた[44]。続けてカッソラは、①陸地に到達した後、日没時に下船する、②司祭らが山間部で潜伏する間、船一艘を購入するために世俗の日本人一名とイエズス会の日本人修道士一名を派遣する、③その船で「都の対岸[45]（contracosta de

Meaco)」を航行して無人島をめざす、④さらにその島から「有力者を親戚に持つ著名な都出身の日本人二名」を派遣して宣教団を保護するキリシタンを見つけさせる、といった再布教に向けた準備活動の計画と、日本人に与えられていた役割を明かしている。[46]

当然ながら宣教団は、上記の計画が首尾よく進まず、最終的に自分たちが牢に繋がれる事態も覚悟していた。[47]また前記書翰によると、船の購入時に日本人の身分が露見した場合、彼らはキリシタンであることを表明し、直ちに人々の改宗に着手することが課せられていたという。[48]

以上の内容を記したカッソラの書翰がアギーレに手渡され、さらにアギーレからイエズス会士ジョアン・モンテイロによってマカオのコレジオに伝えられたことは先述したとおりである。以後の宣教団の航海とその結末は、「南蛮貿易」終了後にイエズス会日本管区の新たな日本情報源となったオランダ人や東南アジア在住の日本人などを介して徐々に判明していく。

三、航海の結末と「キリシタン時代」の終焉

(1) 筑前大島における捕縛

「渡航報告」に収録されたバタフィア経由のオランダ側情報（【表】⑥）は、「我々の平戸商館（nossa Fejtoria de Firando）において」と始まる七月一日の条でイエズス会士五名を含むキリスト教徒一〇名の大島到着を伝え、次いで七月四日の条で宣教団の長崎への連行、宣教団成員の名前・年齢・出身、出航地と日本海域到達後の航海、逮捕時の状況を記す。[49]島伝いの航海を続けていた宣教団は都ないし江戸まで行くことを希望しており、上陸先の大島から下関に向けて出航した直後、番卒に捕らえられたという。[50]

以上の情報に彼らが津軽・蝦夷方面での宣教活動を意図していたことや、捕縛される以前に対馬を経由したことに関する言及が見られないことから、オランダ人も宣教団の当初の日本再布教計画や航海の実態を正確に把握することはできていなかったようである。

（2）江戸におけるマルケス宣教団

マルケス一行が長崎から江戸に送致され、幕府による詮議の後に棄教を余儀なくされたことはよく知られている。以下、その事実をイエズス会日本管区が把握していく過程を概述し、「キリシタン時代」の終焉状況の確認としたい。[51]

一六四五年の時点において、イエズス会日本管区は江戸における宣教団の消息を正確には摑めていなかったようである。この年の一一月にマカオで作成された「一六四四年度日本管区年報」は、宣教団の近況に関する複数の情報を書き留めている。[52] 例えばトンキンに来航したオランダ人の情報によれば、江戸に連行された諸司祭は「日本の宗旨（seitas de Japão）」に従ったという。[53] またコーチシナで活動していたアレクサンドル・ド・ロード（Alexandre de Rhodes, 一五九一頃―一六六〇）が同地在住の日本人から入手した情報は、マルケスとアロヨは刑死、カッソラとキアラは獄中死、日本人修道士ヴィエイラの消息は不詳というものであった。[54]

マルケスらの棄教が明確になったのは一六四七年のことである。この年トンキンに上陸したジョアン・カブラル（João Cabral, 一五九九―一六六九）は、江戸を訪問した経験を持つオランダ人との接触を経て、宣教師三名が棄教後に受けた拷問で牢死したこと、残りの二名は「かつてキリシタンであったチコ殿（Chicodono, que avia sido Christão）」（すなわち宗門改役の井上筑後守政重）の屋敷に幽閉された後、女性たちの家で身柄を拘束されたことなどを知った。[55] 同時期にトンキンを訪問していたジョヴァンニ・フィリッポ・デ・マリーニ（Giovanni Filippo de Marini, 一六〇八―八二）も、オランダ人から得られた情報をイエズス会総長に報告していた。これによると、キアラ、アロヨ、ヴィエイラが死亡し、マルケスとカッソラは幽閉先の井上政重の屋敷において存命中であり、将軍の命令によって女性二名が司祭に奉仕しているとのことであった。[56] 実際に獄中で死亡したのはアロヨとカッソラの二名であり、キアラ、ヴィエイラ、マルケスの三名は棄教したまま生き長らえるため、カブラルとマリーニの得た情報には不正確な点も含まれていた。

イエズス会日本管区本部がマルケスとキアラの棄教を確定する根拠となったのは、ポルトガル国王使節のガレオン船が長崎からリスボンへの帰路、マカオに寄港した際にもたらした情報である。巡察師マヌエル・デ・アゼヴェド（Manuel de Azevedo, 一五八一―一六五〇）は一六四七年一一月二〇日付の総長宛て書翰において、オランダ人や異教徒、そして「棄教したキリスト教徒[57]（Christãos retrocedidos）」によって伝えられたマルケスとキアラの釈放と棄教に関する情報が絶対的に正しいものではないとの認識を示しつつ、「日本の皇帝から使節に与えられた書面による回答（reposta per escrito dada pello Emperador de Jappão ao Embaixador, 正保四年七月一三日付の老中奉書）に見られる棄教したヨーロッパ人司祭に関する記載を根拠に、マルケスらの棄教を認めざるを得なかった事情を伝えている。[58]

ルビノとマルケスの宣教団による日本再布教の試みが失敗に終わって以降、イエズス会日本管区は宣教師の送り込みこそ実施しなかったが、その後も日本に対する関心を保ち、アジア海域の交易網と情報網を通じて得られたさまざまな日本情報や風説をヨーロッパに伝えていた。[59] 一六五六年五月二四日付のマカッサル発信、メテロ・サッカーノ（Metello Saccano, 一六一二―一六六二）による総長宛て書翰には、フェレイラの「栄光ある最期（morte gloriosa）」に関する情報伝達経緯に付随して、江戸におけるマルケスらの生存、徳川家綱による統治の開始、日本人商人の幕府に対する海外貿易許可の嘆願に関する情報が簡潔に記されている。[60]

結び

イエズス会日本管区長ペドロ・マルケスの宣教団に関しては、筑前大島における捕縛以後の状況が中心に検討され、日本渡航それ自体に光が当てられることはなかった。本論において「渡航報告」を分析した結果、マルケス宣教団による渡航と日本宣教再開の試みに関して、①津軽・蝦夷方面における再布教計画、②日本到達後の活動計画と日本人修道士・従者の役割、③渡航状況の詳細と対馬における日本人との接触――以上の諸点が新たに明らかになった。宣教団が最初に日本の北端地域を目的地として定めていたこと、身分を偽装したまま対馬藩士の臨検を受け、彼らの勧告を拒否して航海を継続したこと、さらに「渡航報告」がフェレイラの名に一切触れていないことから判断するならば、マルケスらはフェレイラ棄教によって生じた会の不名誉の償いよりも、日本宣教の再開をより重要な使命として認識していたとも考えられよう。

上記の再布教計画がマルケス宣教団による独自のものであったのか、あるいは事前にルビノがマルケスらに指示していたものか、今後この点を関連のイエズス会文書によって追究する必要がある。併せて、一六四三年六月二〇日頃の対馬藩とマルケス宣教団との接触を示す日本側史料の所在確認も今後の課題としたい。

また本論の後半では、イエズス会日本管区の宣教師が東南アジア・日本間を往来するオランダ人を通じて江戸におけるマルケス宣教団の消息を入手していた事実を確認した。日本情報源の中心がマカオのポルトガル商人からオランダ人に移行したこともまた、「キリシタン時代」の終焉を象徴する事例といえるだろう。

註

▼1 António de Gouvea, Horácio P. Araújo, ed., *Cartas Ânuas da China: (1636, 1643 a 1649)*. Macau: Instituto Português do Oriente, 1998, p. 148.〈筆者による訳〉〔 〕内の語句は筆者が補った（以下、訳文では同様）。中砂明徳「イエズス会士フランチェスコ・サンビアシの旅」『アジア史学論集』三、二〇一〇年、五三頁の注八七も参照。

▼2 姉崎正治『切支丹伝道の興廃』同文館、一九三〇年、七二六頁。

▼3 Léon Pagès, *Histoire de la Religion Chrétienne au Japon depuis 1598 jusqu'à 1651*. Paris: C. Douniol, 1869.（レオン・パジェス『日本切支丹宗門史』上中下、吉田小五郎訳、岩波書店、一九九一年、初版は三八—四〇年）

▼4 George Elison, *Deus Destroyed: The Image of Christianity in Early Modern Japan*. Cambridge: Harvard University Press, 1973; フーベルト・チースリク「クリストヴァン・フェレイラの研究」『キリシタン研究』二六、吉川弘文館、一九八六年；レイニアー・H・ヘスリンク『オランダ人捕縛から探る近世史』山田町教育委員会、一九九八年など。

▼5 清水有子「イエズス会巡察師アントニオ・ルビノ一行の日本密入国事件」『近世日本とルソン——「鎖国」形成史再考』東京堂出版、二〇一二年、二六七—三〇二頁。

▼6 ヘスリンク前掲書、第三章—第五章。

▼7 木村可奈子「日本のキリスト教禁制による不審船転送要請と朝鮮の対清・対日関係——イエズス会宣教師日本潜入事件とその余波」『史学雑誌』一二四巻一号、二〇一五年、一一—一三頁および三三頁の注二六。

▼8 東京大学史料編纂所編『日本関係海外史料オランダ商館長日記　訳文編之七』東京大学出版会、一九九一年、四六—四九頁；ヘスリンク前掲書、八七—八八頁など。

▼9 **Josef Franz Schütte**, *Introductio ad Historiam Societatis Jesu in Japonia, 1549-1650*. Romae: Institutum Historicum Societatis Iesu, 1968, p. 269; Juan Garcia Ruiz de Medina, *El Martirologio del Japón, 1558-1873*. Romae: Institutum Historicum Societatis Iesu, 1999, p. 256.

▼10 「日本管区長司祭ペドロ・マルケスおよび他の同志たちの渡航と彼らの到達、かの国における捕縛に関する報告書、一六四三年（*Relação da viagem do Padre Pedro Marquez Provincial de Japão, e mais companheiros de sua chegada, e prizaõ naquelle Reyno o anno de 1643*)」Archivum Romanum Societatis Iesu（以下 ARSI と略称), Japonica Sinica（以下 JS と略称）29, fols. 322r-328v. 史料中の省略表記は当時の綴りに戻して翻刻した（以下、同様）。

▼11　②については五野井隆史『日本キリスト教史』吉川弘文館、一九九〇年、二一三―二一四頁、および清水前掲論文、一〇一―一〇二頁を参照。③については下記の研究に詳しい。五野井隆史『徳川初期キリシタン史研究』吉川弘文館、一九九二年、第二章；Liam Matthew Brockey, *The Visitor: André Palmeiro and the Jesuits in Asia*. Cambridge, Mass: Belknap Press of Harvard University Press, 2014, Chapter 9; 拙稿「ポルトガル人イエズス会士アントニオ・カルディンの修史活動――『栄光の日本管区におけるイエズス会の闘い』の成立・構成・内容をめぐって」『歴史文化社会論講座紀要』一二号、二〇一五年、八五―九四頁。

▼12　Josef Franz Schütte, *Monumenta Historica Japoniae. Textus Catalogorum Japoniae. Aliaeque de Personis Domibusque S.J. in Japonia Informationes et Relationes, 1549-1654*. Romae: Apud Monumenta Historica Societatis Iesu, 1975, pp. 1028-1029; 木﨑孝嘉「「殉教録」とともにヨーロッパに帰国した修道士――イエズス会管区代表プロクラドールの活動」『歴史学研究』九四一号、二〇一六年、二八頁。

▼13　特にことわらない限り、以下のルビノの日本渡航に至る経緯については清水前掲論文、二七二―二八七頁に依拠して記述した。

▼14　この点に関する史料は木村前掲論文三六頁の注七〇を参照。

▼15　清水前掲論文、二八六頁。

▼16　宣教団の殉教日については、ARSI, JS 29, fols. 302v-303r および前掲『日本関係海外史料オランダ商館長日記　訳文編之七』三〇―三一頁を参照。

▼17　ARSI, JS 29, fol. 322v.

▼18　前掲 Schütte, *Introductio ad Historiam Societatis Jesu*, pp. 269-270, 372; 尾原悟『キリシタン文庫　イエズス会日本関係文書』南窓社、一九八一年、一六五―一六六頁。

▼19　父はポルトガル人、母は日本人（大友宗麟の孫）。兄のフランシスコ・マルケスはルビノ宣教団に加わり、長崎で殉教を遂げた。詳細はイエズス会公式歴史辞典を参照。Charles E. O'Neill, Joaquín María Domínguez, eds., *Diccionario Histórico de la Compañía de Jesús: Biográfico Temático*, vol. 3. Roma: Institutum Historicum Societatis Iesu, 2001, p.

2513.

▼20　「一六四三年三月にイエズス会の司祭、日本・中国管区の巡察師アントニオ・ルビノが同会の司祭四名と俗人四名とともに日本の都市長崎において経験した光輝ある殉教に関する簡潔な報告書（*Relaçaõ breve do martirio, que o Padre Antonio Rubino da Companhia de IESV, Vizitador da Prouincia de Japaõ, e China, padeceo en Nangasaqui Cidade do Reyno de Japaõ com mais coatro Padres da mesma Companhia, e coatro pessoas seculares em Março de 1643*）」ARSI, JS 29, fols. 296r-321v.

▼21　前掲 Schütte, *Introductio ad Historiam Societatis Jesu*, pp. 269-70, 372. シュッテは「渡航報告」の第二便を主に参照し、本論では第三便を利用した。

▼22　以下に記した「渡航報告」の成立については、前掲 Schütte, *Introductio ad Historiam Societatis Jesu*, pp. 269-70, 372 も参照。

▼23　中砂明徳氏のご教示による。

▼24　ARSI, JS 29, fol. 327r.

▼25　同右。

▼26　ARSI, JS 29, fol. 328r.

▼27　前掲『日本関係海外史料オランダ商館長日記　訳文編之七』四六―四九頁。しかし、宣教団の出航地域、一部の随行者の出身、番卒による捕縛の経緯に関する記述に両者明らかな相違がある。また「日記」原文には、宣教団が水夫六〇名と出航し、渡航前に三〇七タエルのスホイト銀と一〇タエルの金を布施として受領した旨が書かれているが、マカオのコレジオが入手した「オランダ人の書翰」に当該記述は見られない。

▼28　巡察師ルビノと一行の長崎護送を伝える「長崎商館日記」一六四二年八月二一日、二二日条もイエズス会が入手するところとなり、そのポルトガル語訳がローマ・イエズス会文書館に所蔵されている。ARSI, JS 29, fols. 257r-257v; 東京大学史料編纂所編『日本関係海外史料オランダ商館長日記　訳文編之六』東京大学出版会、一九八七年、一二五頁の注。

▼29　ARSI, JS 29, fols. 322v, 326v; 前掲『日本関係海外史料オランダ商館長日記　訳文編之七』、四六―四八頁。

▼30　以下の大坂と都出身の日本人に関する記述は ARSI, JS 29, fols. 322v-323r に依拠している。また Elsa Penalva, "Women in Macao 1633-1644," Luís Filipe Barreto, ed., *Macau during the Ming Dynasty*. Lisbon: Centro Científico e Cultural de

Macau, 2009, p. 203, n. 89 も参照（この研究は都出身の日本人をフランシスコ・マルケスとしているが、誤りである）。

▼31 ARSI, JS 29, fol. 326r.

▼32 前掲 O'Neill, *Diccionario Histórico de la Compañía de Jesús*, vol. 3, p. 2512; 前掲拙稿八八、九〇—九一頁。

▼33 António Francisco Cardim, Luciano Cordeiro, ed., *Batalhas da Companhia de Jesus na sua gloriosa Província do Japão pelo Padre Antonio Francisco Cardim da mesma Companhia de Jesus natural de Vianna do Alentejo*. Lisboa: Imprensa Nacional, 1894, p. 73.

▼34 ARSI, JS 35, fols. 251r, 252v.

▼35 ARSI, JS 29, fol. 323r.

▼36 同右。

▼37 同右。

▼38 ARSI, JS 29, fol. 326r.

▼39 フーベルト・チースリク『北方探検記　元和年間に於ける外国人の蝦夷報告書』岡本良知（訳）、吉川弘文館、一九六二年、第二部、七二頁（原表記は第三部、二〇頁）。この被追放者には宇喜多休閑の子息や柴山権兵衛といった武士階級のキリシタンも含まれていた（第二部、七五頁）。

▼40 津軽布教の詳細は浦川和三郎『東北キリシタン史』日本学術振興会、一九五七年、三二六—三七八頁を参照。

▼41 蝦夷調査の記録と布教の試みについては以下を参照。チースリク前掲書、第一部および第二部；村井早苗『キリシタン禁制の地域的展開』岩田書院、二〇〇七年、一八九—一九二頁。

▼42 以下は ARSI, JS 29, fols. 324r-326r の概要である。

▼43 清水前掲論文、二八七頁。

▼44 ARSI, JS 29, fol. 326r.

▼45 日本海側か瀬戸内海側のいずれかの沿岸が考えられるが、特定できない。

▼46 ARSI, JS 29, fol. 326r.

▼47 同右。

▼48 ARSI, JS 29, fol. 326v. 宣教師と従者は以下のような日本名を用意していた。カッソラ書翰に記されている順に挙げ

ておく。「キンポウ（Kimpo）」（ペドロ・マルケス）、「チョウベエ（Chobe）」（アロンソ・デ・アロヨ）、「ジュウベエ（Zuiubioi）」（ジュゼッペ・キアラ）、「ジロベエ（Jerube）」（アンドレ・ヴィエイラ）、「マタベエ・ジャシント殿（Matabe Jacinto Dono）」（都出身の日本人）、「シロベエ・ジュリオ殿（Xirɔbe Julio Dono）」（大坂出身の日本人）、「ジンキチ（Ginqichy）」（長崎出身の中国人ロウレンソ・ピント）、「ヨサク・ドナト（Yosacu Donato）」（コーチシナ人）、「キハチ（Quipachy）」（マカオ出身の中国人）、「サクエモン（Sacuyemon）」（フランチェスコ・カッソラ）。前掲『日本関係海外史料オランダ商館長日記　訳文編之七』、四六―四八頁の注も参照。

▼49　ARSI, JS 29, fols. 327r-327v. 註8も参照。

▼50　ARSI, JS 29, fol. 328r.

▼51　以下で取り上げる史料のほか、マルケス宣教団の日本到達後の消息を記した書翰として、一六四四年四月九日付のマカッサル発信、フランシスコ・ランジェルの総長宛て書翰（ARSI, JS 29, fols. 364r-364v）、一六四四年一二月二五日付のゴア発信、巡察師マヌエル・デ・アゼヴェドの日本管区代表アントニオ・フランシスコ・カルディン宛て書翰（ARSI, JS 29, fols. 360r-360v）も存在する。例えばアゼヴェド書翰はマルケスの宣教団について、長崎で「執政官（Governadori）」の取調べを受けているが拷問は加えられておらず、監視下に置かれつつも良い待遇を受けていると記している（ARSI, JS 29, fol. 360v）。しかしオランダ側の「長崎商館日記」一六四三年七月二七日条によれば、宣教団の一人は長崎で水責めの拷問を受けていた（前掲『日本関係海外史料オランダ商館長日記　訳文編之七』五〇頁）。

▼52　ARSI, JS 64, fols. 225v-227v.

▼53　ARSI, JS 64, fols. 226r-226a.

▼54　ARSI, JS 64, fol. 227v.

▼55　ARSI, JS 80, fols. 67r-67v. カブラルは長崎からトンキンに入った漳州商人、さらにトンキン在住日本人商人のパウロ・ロドリゲス（和田理左衛門）と接触して情報を集め、オランダ人の情報の裏付けを得ていた。

▼56　ARSI, JS 80, fols. 67v-68r.

▼57　長崎においてポルトガル国王ジョアン四世の使節に対応していた元キリシタンの通詞に関しては、以下を参照。Charles R. Boxer, *The Embassy of Captain Gonçalo de Siqueira de Souza to Japan in 1644-7*, Macau: Oficinas Graficas da Tipografia Mercantil, 1938, pp. 129, 141; チャールズ・R・ボクサー「十六・七世紀における宗教上貿易上の中継港としての

マカオ」『東方学』四六号、一九七三年、一二頁。

▼58 ARSI, JS 161-II, fol. 337r; 前掲 Schütte, *Introductio ad Historiam Societatis Jesu*, pp. 275-276, 373.「回答（reposta）」に見られる棄教宣教師に関する記載とは、老中奉書における「宗門に事寄、以邪術於異國を例取有之、對日本ても其志深候よし、ころひ候南蠻伴天連於此地白状付而」と、イエズス会が入手したポルトガル語訳「この偽りの信仰をもって〔司祭たちが〕諸外国を奪ってきた明証が存在する。〔司祭らは〕日本も奪おうと強く望んでおり、このことは当地で棄教したヨーロッパ出身の司祭が認めたとおりである」を指していよう。それぞれ以下を参照。『通航一覧』五、国書刊行会、一九一三年、八三頁；ARSI, JS 80, fols. 68v-69r.

▼59 これらの日本情報については下記の研究に詳しい。前掲 Ruiz de Medina, *El Martirologio del Japón, 1558-1873*, pp. 258-270; Madalena Ribeiro, "The Japanese Diaspora in the Seventeenth Century. According to Jesuit Sources," *Bulletin of Portuguese Japanese Studies* 3, 2001, pp. 69-70, 76-77.

▼60 ARSI, JS 18-II, fols. 304r-304v. この書翰に記されたフェレイラの最期および関連の史料については以下を参照。Josef Franz Schütte, "Ist Christovao Ferreira als Martyrer Gestorben?: Nach dem Bericht eines Japanischen „Mandarinen" in Tongking," Gustav Voss, Hubert Cieslik, eds. *Kirishito-ki und Sayō-yoroku; Japanische Dokumente zur Missionsgeschichte des 17. Jahrhunderts*. Tōkyō, Sophia University, 1940, pp. 202-208.

【付記】本論は平成二八年度の日本科学協会笹川科学研究助成による研究成果の一部である。また本論への一次史料画像の掲載に際しては、イエズス会歴史研究所のマウロ・ブルネッロ氏を介してイエズス会文書館より許可をいただいた。記してお礼申し上げる。

［コラム1］ 先祖の話：キリシタンへの改宗

浦道　陽子

私の初代先祖　永《ながい》要蔵《ようぞう》についてお話しさせていただきます。要蔵は、かつてはキリシタン迫害に手を貸し、信徒の首を刎《は》ねた者です。そのような一人の人間がキリシタンになり、信仰の遺産を残した話です。

一八六五年、長崎・浦上にて信徒発見があり、潜伏していたキリシタンが次々と名乗りを上げていきます。しかし、一八六八年（明治元年）要蔵四〇歳の時に五島崩れが久賀《ひさか》から始まりました。

要蔵は武家に生まれ、自《おの》ずと五島藩主に仕える役人の一人になっていました。当時、「首斬り」の公務に任命されました。要蔵は人を斬るのが嫌でした。それで、同役の者が数人いたので自分は度胸のない弱虫を装い、その役割を同僚に廻したりもしました。禁教の時代も終盤で、斬る人数で位も高くなる時代だったそうです。しかし、逃げてばかりもいきません。

そして三人目に斬ったのがキリシタン信徒でした。その人を斬った時のことを、こう言い伝えています。その人の首はスパッと地に落ち、目は開いたままで、じっと要蔵を見ているようで、いつになっても忘れられなかったと。

この時、犠牲になったキリシタンがどのような信仰の持ち主だったかは分かりません。でも死をも恐れない確固たる信念を持ち、その生き様、死に様が要蔵という一人の人生を変えたのは事実です。信仰とは、知識のみで得られるものではなく、生き方を通して証するものだと教えてくれます。

要蔵は何故、罪の無い人を斬らなければならないのかと苦悩し、人としての自分の生き方を自問したと言います。キリシタン迫害も五島で最も厳しい時代であり、公務とはいえ、宗教の違いだけで罪のない人たちの首切りの務めは受け入れ難いものだったようです。

要蔵がキリシタンになった第一の理由は、最後に斬った人の宗教だったからだそうです。そして罪のないキリシタンを斬った償いも兼ね、久賀島《ひさかじま》に移り住み、改宗し、福音の教えを実践しながら潜伏キリシタンのような生活を送りました。役職柄、久賀のどの地域に行けばよいかも調べることができたので、自分で移住地を決めて行きました。その地が永里《えり》です。身元を隠すため名前も変えました。でも本来の名前にも拘りがあったのでしょうね。永井（ながい）を永（ながい）にしただけです。本来は、永遠の「永」に井戸の「井」で永井ですが、井を削って永のみで「永《ながい》」と名乗りました。

私は戸籍も取り寄せて調査しましたが、要蔵以前のこと、その誕生日さえも不明です。自分の償いとして沢山の人助けもしたようですが、その分、周囲の方々からも良くしてもらったようです。すべての財産を捨てて行ったのですから、何も無く、土地を借り、家を建て、農民のような生活をしました。田畑を耕し、海で漁などをし、生活は苦しくなりましたが、心穏やかに暮らしたそうです。

一八七三年キリスト禁教制の高札撤去となり、信仰の自由な時代に入ります。隠れキリシタンのままの生活を選んだ人々と、信仰を表明した人々がいます。隠れキリシタンのまま、寺の檀家として残った理由の一つは、多くの人がキリシタンだと名乗りを上げると寺を支える収入がなくなります。自分たちの信仰を守る為に助けて貰った事への恩義を感じて残ったとか、自由な時代が来たと言うのは罠だと思い込み、信じられなかったとも言われています。私の先祖は信仰を表明しキリスト信者として、私たち子孫にも信仰を伝えてくださいました。

そうして要蔵は一八八三年二月一〇日、帰天しました。一八二八年生まれですから享年五五でした。これは墓石により分かったことです。妻タクは長生きで、一八二七年二月六日生まれ、一九一九年五月一〇日帰天で、享年九二という大往生でした。

先祖は代々にわたり、居住地を永里、内上《うちかみ》の平《ひら》、通瀬《すぎお》へと移りました。以前、久賀には五つの教会がありました。牢屋の窄《さこ》がある大開《おおびらき》、細石流《ざざれ》、永里、五輪、浜脇（外輪）です。通瀬には隠れ岩があり、そこでミサが行われていたそうです。

久賀湾側の「そとかみ」はキリシタン信徒の集落、田ノ浦は「うちかみ」と呼ばれ外教者の集落で、外教者はキリシタンを「ゲド」と呼んでいたそうです。「ゲド」とは「外道」のことのようです。仏教の信者からみて仏教以外の教えであり、またそれを信じる人のことです。外教者とはキリシタンからみてそれ以外の宗派の人のことです。

この話は三代目のチエが、五代目のチト子に語り継ぎ、時を経て私に話してくれました。私は六代目になるというわけです。

実は近年まで場所が不明だった先祖の墓地が見つかり、初代夫婦と二代目夫婦のお骨も二〇一三年夏に一箇所に集結しました。この時、初代の墓を掘り起こした際、しっかりとした骨の一部が出てきたことは皆に驚きと感動を与えてくれました。現在、若くして亡くなった六代目となる従兄まで同じお墓で安らかに眠っています。

ここで少し三代目チエと私の母であるチト子の巡礼の話をさせてください。チト子は幼い頃、原因不明の病になり、しばしば高熱と全身の痛みに苦しみ、起き上がることもできなかったそうです。

当時、久賀から玉之浦への巡礼として、乗り合い船が就航していたそうです。そこでチエはチト子を巡礼に連れて行きました。井持浦《いもちうら》の教会に隣接して宿泊施設があり、何人もの人が相部屋で宿泊していたそうです。一週間か一〇日ほどだったそうですが、その間は岩から流れるルルドの水で自炊し、その湧き水を汲み運び、お風呂を準備して入ったそうです。

この巡礼により、母は健康を取り戻し帰路に着きました。多くの信徒が、まるでフランスのルルドを模倣するかのような信心を行っていたようです。

私の母は、このようにカトリック信者の家に生まれたのですが、私の父が他宗教でしたので、私は幼児洗礼ではなく、幼児期の記憶の中には家に仏壇があり、お供え物もしていました。母のみが秘かに教会へ通い、信仰を

永家の墓碑、長崎県五島市福江カトリック教会桐ヶ丘墓地、2017年6月6日、浦道陽子撮影

守り続けていました。

私は友人を通して教会に近づき、小学校一年生の時に洗礼を受けました。その後、弟妹、父も洗礼を受け、信者となってからは、しばしば祖父母の家に集まり、祖父が竹細工で作った祭壇の前で、みんな揃ってロザリオと夕べの祈りを唱えていました。

祈り、善行を積むことが功徳となり、天に宝を積み、救いの道に繋がるという素朴な信仰のようですが、習慣を伴う信仰は長崎の宝ともいえると思います。救いの道はさまざまであっても神様の慈しみを感じられるのであれば、それが信仰の喜びになるのではないでしょうか？

古いカトリックの要理の中で「宗教とは何ですか？」との問いに対し、「宗教とは人の生きる道です」との答えがあります。私はこの年になって、その深い意味をしみじみと感じています。どの宗教も生き方について諭しています。人生の中で縁のように出会った教えを、誰もが素晴らしいと思うから信じるのではないでしょうか？

私はカトリックに導かれ、この信仰の恵に授《あず》かっていることに感謝し、日々精進してまいりたいと思います。

第二部

日本宣教と日本語による著述

《近代のプロテスタントとカトリック》

潜伏キリシタン発見の舞台となった創建時の大浦天主堂（長崎の教会群インフォメーションセンター『大浦天主堂物語』より）

1 辞書は伝道への架け橋である

——メドハーストの辞書編纂をめぐって

陳 力衛

W・H・メドハースト（Walter Henry Medhurst, 一七九六―一八五七、漢字名は麦都思）はイギリス人宣教師で、少年時代から印刷技術を身につけていた。プロテスタントのロンドン伝道会（London Missionary Society）の一員として、宣教師モリソン（Robert Morrison、一七八二―一八三四、馬礼遜）、ミルン（William Milne, 一七八五―一八二二、米憐）に続いて、中国への伝教を志して、一八一七年七月一二日にマラッカに渡り、ミルンの助手として、中国語雑誌『察世俗毎月統記伝』の発行を手伝いながら、キリスト教文書などの出版を行う印刷所をも運営していた。

当時のマラッカは中国布教の前線基地であり、彼はそこで中国語学習に励むが、官話（公用語）のほかに福建語の学習をするようにと先輩宣教師ミルンに勧められた。一年ほど経つと彼の福建語は布教に使えるほど上手になっていた。[▼1] 一八一九年四月二七日に宣教師として任命されてから、マラッカでの布教のほか、その後ペナンへ、さらに一八二二年一月七日にバタヴィア（ジャカルタ）へと移り、そこで二一年にわたる長き宣教活動に従事した。一八二二年にミルンが没してから事実上、彼のいるバタヴィアがロンドン伝道会の印刷拠点となった。

一八三五年にメドハーストは初めて中国に入り、香港、広東、福建を回って翌三六年四月にイギリスに戻った。その間、著書『中国――現状と将来』（*China: Its State and Prospects*）を一八三八年にロンドンで刊行し、それまでの宣教活動をもまとめていた。同書の挿絵（図1）は中国人朱徳郎と交流している様子を描いている。[2] 三八年七月末、二人は一緒にロンドンを離れ、一一月五日にバタヴィアに着いた。

アヘン戦争後の一八四三年にメドハーストは新しく対外開放された港町の上海に移って、バタヴィアに建てた印刷所を、「墨海書館（The London Missionary Society Press）」と改名して開設した。王韜ら中国人の協力を得ながら宣教用の書物のほかに、『六合叢談』『談天』『地理全志』『大英国志』『重学』『植物学』『西医略論』など西洋の地理、歴史、科学の書物を中国語に翻訳して出版した。一八五二年に改訂した『新約全書』を、五三年に『旧約全書』を出版し、「文理訳」と呼ばれ広く一般に利用されていた。一八五六年に休養のため上海を離れて帰国の途につき、翌年一月二二日にロンドンに帰り着いたが、その二日後に死亡した。

図1　メドハーストと中国人 Choo Tih Lang（朱徳郎）とマレーの少年

彼は早くから言語習得の才能に恵まれた人として評価され、[3] 中国語の官話のほか、福建語、広東語、上海語はそれぞれの行く先で必要に応じて習得し、また布教上の必要からマレー語もマスターし、オランダ語も早く身につけている。さらに独学で日本語や朝鮮語などを研究し、台湾原住民の言語にも関心を寄せていた。ワイリー

（Alexander Wylie, 一八一五—一八八七、漢字名は偉烈亜力）の『一八六七年以前來華基督教傳教士列傳及著作目錄』（一八六七）[4]の紹介によれば、彼の手による著述類は中国語五九種、マレー語六種、英文二七種にのぼっていたことがわかる。そのうち、彼は後続の宣教師のために左記の対訳辞書を六冊編纂した。（2）を除いて彼自身の手による印刷がほとんどであった。

（1）英和・和英語彙、バタヴィア、一八三〇年[5]
（2）福建方言字典、マカオ、一八三二年[6]
（3）朝鮮偉国字彙、バタヴィア、一八三五年[7]
（4）台湾虎尾壟語辞典、バタヴィア、一八四〇年[8]
（5）華英字典、バタヴィア、一八四二—四三年[9]
（6）英華字典、上海、一八四七—四八年[10]

最初に刊行された（1）の『英和・和英語彙』は日本布教を見据えて作ったものであり、外国人による最初の英和和英辞書として注目されているが、前述した経歴からもわかるように、マラッカで最初に福建語の学習に取りかかったのは、本来中国への布教が主要なる目的だったので、どうして日本語の方を真っ先に出版したかは訝しがられるところであった。後述するように、二番目に発行された『福建方言字典』の編集が先だったのが事実であり、当時の出版事情により遅れた結果、（1）が先に出版されたのであろう。（3）の『朝鮮偉国字彙』は朝鮮語を視野に入れ、宣教師の語学の学習に資するものとして刊行されたものである。（4）の『台湾虎尾壟語辞典』はオランダによる台湾統治時の原住民語との対訳辞書を英訳したものであり、台湾への伝道を心がけたものであろう。（5）の『華英字典』と（6）の『英華字典』はもちろん最終目的の中国布教を達成させるためのものである。プロテスタントによる中国布教の最初の開拓者モリソンが早くも琉球諸島における布教の可能性に思いをはせたことから考えると、[11] メドハーストは遠く南洋の地でマレー語による布教に専念する一方、北へ向かって台湾、琉球、日本、朝鮮をも神のご加護のもとに置こうとする決意がそれらの辞書編纂から見受けられる。

一、英和・和英語彙（一八三〇）

イギリスの日本への関心は、古くは一七世紀初頭の平戸商館の設立に遡れるが、キリシタン弾圧に伴って、英商館が撤退させられてから長い空白期を経て、一九世紀の初頭になってから交易目的のためにわずか何回かの船の寄港が試みられただけで、実質的な交流は少なかった。そのような時期に最初の二人であるロンドン伝道会の宣教師モリソンとミルンは、早くも日本を視野に入れて日本布教の必要性から以下のような決議を記していた。

次のことを是非とも念頭に置きたい。つまり、日本列島は非常に重要であり、それに関するすべての可能な情報を収集し、可能であれば、将来にその国へ私たちの何人かが渡航するために、その国の言語を学習し、漢訳聖書の部分的改変で十分かどうか、新しい訳書が必要かどうかを、まず把握する必要がある。[12]

メドハーストはむろんこの志を心に抱いている。一〇年後の一八二七年に、日本からバタヴィアに来たオランダ商館長[13]から和書を手に入れ、さっそく勉学に励み、一八三〇年にはこの『英和和英語彙』（図2）を編集し、自らの手で刊行に漕ぎつけた。

メドハーストが亡くなった二か月後に、上海で発行された『六合叢談』一巻四号（咸丰丁巳〔一八五七年〕四月朔日）はワイリーによる「麦都思行略」という略伝を掲載して、次のようにこの辞書編集を取り上げて紹介した。

メドハーストは遥か東洋にある日本が中国との交流が頻繁にありながら、キリストの教えが久しく伝わらず、よってその民を感化せんと志す。一八二七年に日本の書物を手に入れ、その文字を習い、一八三〇年ころにその言語の大概をほぼ知り、『英和和英語彙』を作り、第一部は英和、第二部は和英となっている。[14]

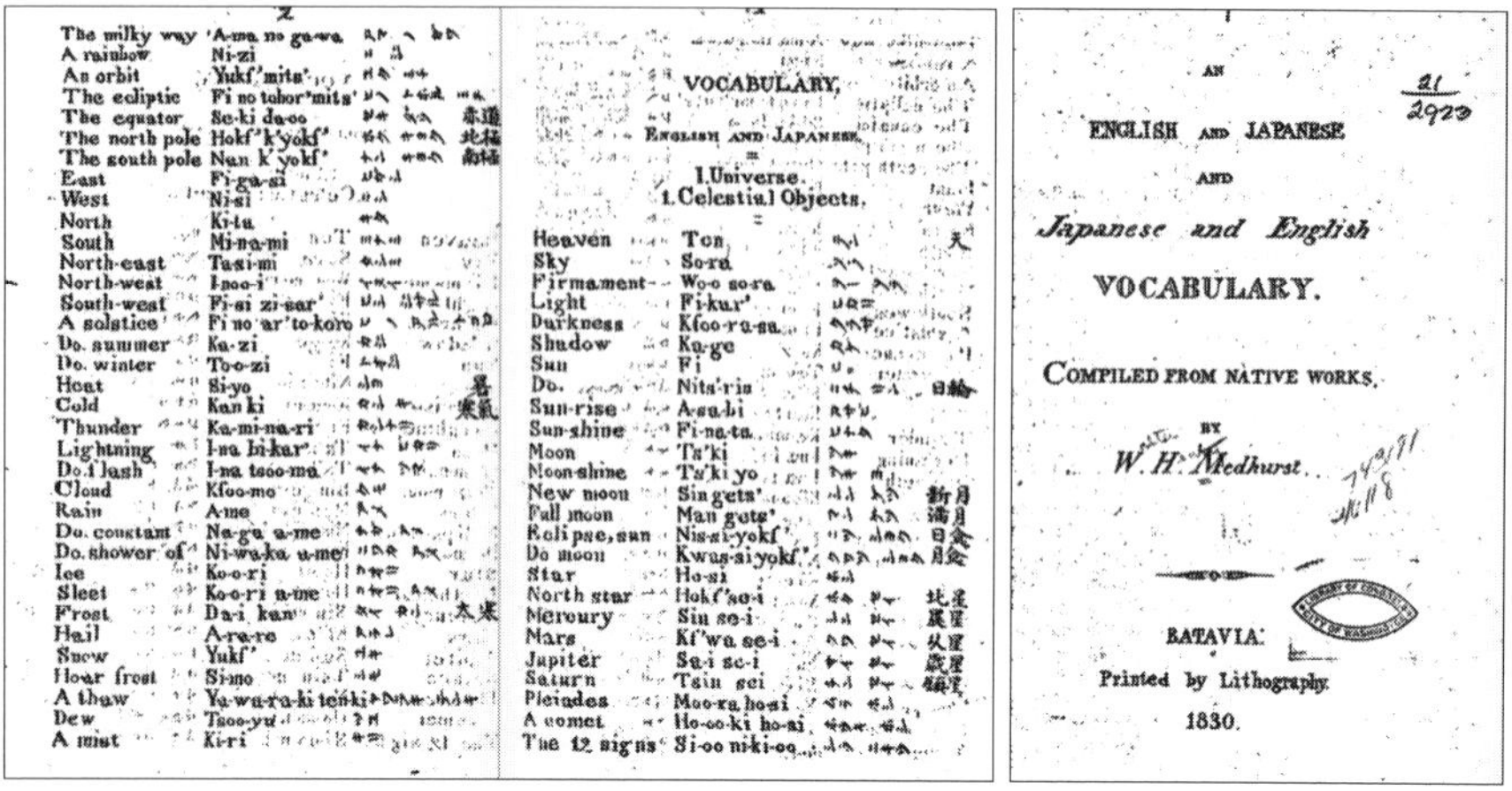

図2（右から）『英和和英語彙』の表紙・英和の部

この語彙集の構成は献辞、序文、目次に続き、英和の部は一五六頁、和英の部は一八八頁からなるもので、英和の部を伝統的な「天文・地理・人倫」などの意味別によって、一四の部門に分けており、英語・ローマ字表記の日本語・片仮名（漢字を附す場合も）といった順に並べ、合計四九四八語を収録している。それに対して、和英の部はイロハ順によって並べられ、見出し語の片仮名（漢字を付す場合も）・そのローマ字表記・英語訳の順で約七千語を収録している。[15]

『英和和英語彙』の序文によると、「編者は日本にかつて滞在したこともないし、日本人と語る機会にも恵まれなかった……。しかし、日本からの数人の紳士のご厚意により、何冊かの日本の書物――とりわけ日中両文字を併用した書物――を披見し得たので、編者は中国語の知識を用いて以下の単語表を編纂することができた」とある。そして、「編者は日本人の手になる、入手しうる最上の著作物に厳密に従った」とあるように、[16]日本で流布している確かな書物を底本に選んでいることが窺える。

既刊拙稿では、その編集過程に注目し、和英の部について、いままで杉本つとむによって明らかにされた出典の一つである和蘭辞書の『蘭語訳撰』（*Nieuw Verzameld Japans en Hollandsch Woordenboek*, 1810）のほかに、英和の部の参考書として同じ

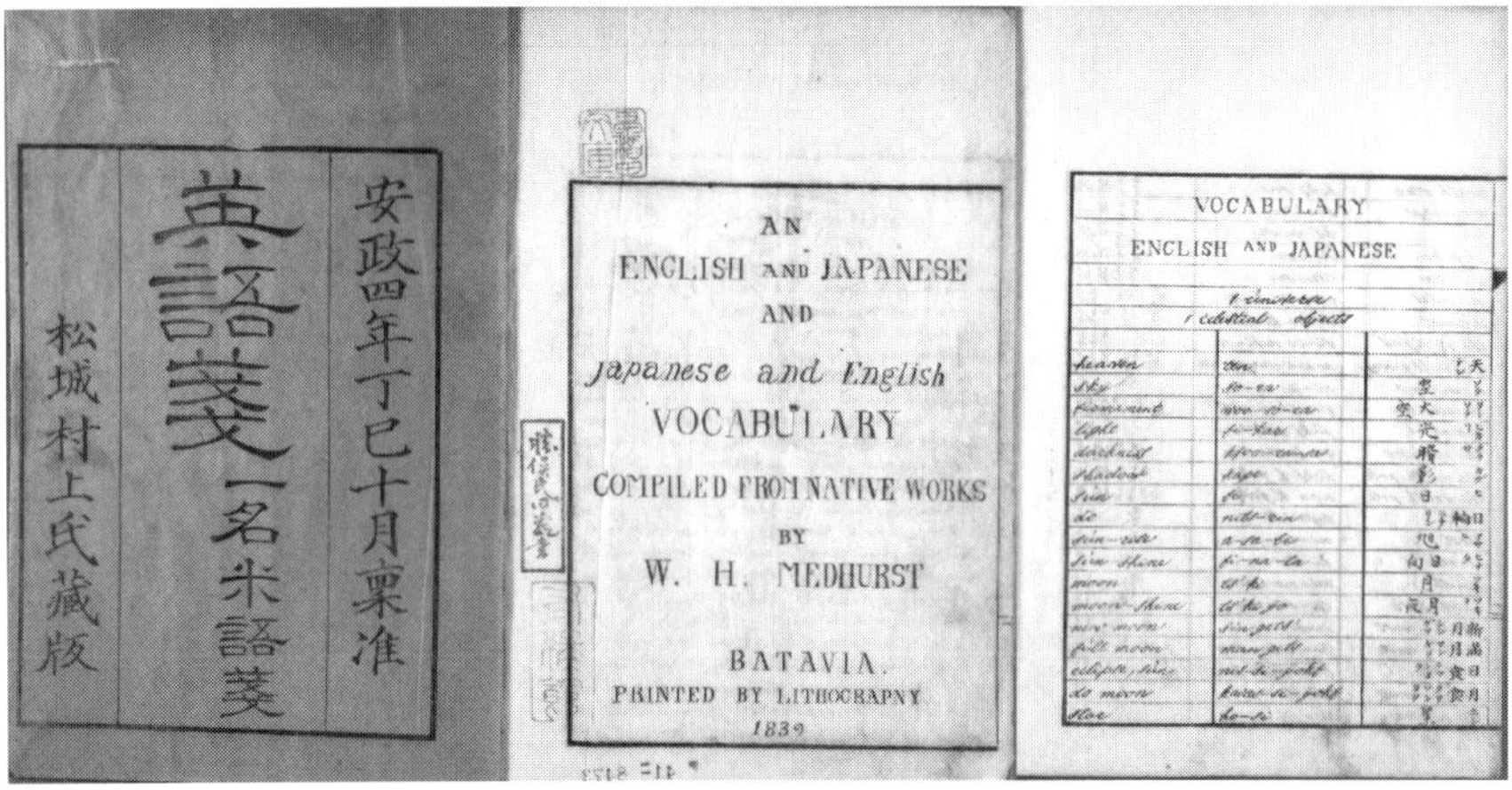

図3『英語箋　一名米語箋』

中津藩主奥平昌高によって江戸で刊行されたその姉妹編とされる蘭和辞書の『バスタード辞書』(*Nieuwe-gedruct Bastaardt Woorden-boek*, 1812)が使われたことを突き止めた。[17]

そして、最新の研究では、例えば、蘇精の大著『鑄以代刻・傳教士與中文印刷變局』によれば、メドハーストがバタヴィアで一八二九年にフィッセル(**Fisscher, Johan Frederik van Overmeer,** 一八〇〇―四八)を通して長崎で編集された蘭和辞典の『ドゥーフ・ハルマ』(一八一一―一六)を入手したことが分かった。[18] いままで杉本によって、「(それは)十五冊本という大部のもので、海外に持ち出された可能性はうすい[19]」と、参考書として否定されたものだけに、この辞書の利用経緯を明らかにすることが急務となり、詳細は筆者が準備中の別稿に譲りたい。

この小型の石版印刷の語彙集は出版後、まず日本に関心をもつ外国人に利用されていた。そして二〇年あまりを経て、漢学、蘭学に通じたフランス語学者村上英俊によって、『洋学捷径仏英訓弁』(安政二年、一八五五)の英語の部でこの語彙集の和英の部の一部分が紹介された。安政四年(一八五七)には英和の部が『英語箋　一名米語箋』、文久三年(一八六三)には和英の部が『英語箋後篇』として翻刻され、近代日本の、蘭学から英学への転換期において大いに寄与した(図3)。ワイリーもこのことを強調していた。[20] ヘボンの『和英語林集成』(一八六七)の英和・和英の二部立ては明らかにその影響を受けており、訳語にも反映されるところが多いと見られる。[21]

前記拙稿ではこの辞書の編集を「中国語の力を頼りに編集」したと評したが、[22] その中国語の力はむろん次の辞書にも反映されている。しかもこの英和・和英の二部立ての編集法も、実はメドハーストの胸中で早くから育まれ、ようやくこの辞書をもって実現できたものである。

二、福建方言字典(一八三二)

冒頭で述べたように、メドハーストは一八一七年からマラッカに滞在してから官話(北京語)のほかに福建語の学習に励み、一八一九年にはすでに福建語による布教が可能になった。『福建方言字典』(図4)の編集は実は彼の最初の仕事であり、その出版の経緯について蘇精の研究[23]によって次のように明らかにされている。

メドハーストは一八二〇年六月二六日に、George Burder に宛てた書簡の中で『福建方言字彙』なる小冊子を編集し、すでに印刷しはじめたことを知らせている。しかし、その印刷が終わらないうちに、マラッカ在住の宣教師同士間の内紛により、三か月後に彼は原稿を携えて印刷所のないペナンへ移り、最終的には翌年一月にバタヴィアに移った。そこでこの『字彙』を拡充させ、一八二三年五月三〇日のロンドン伝道会宛て書簡では、『福建方言字典』をほぼ完成させ、すでにマラッカへ送ったが、印刷に回されていない旨を伝えている。それは、この個人の著書で、しかも六百頁にのぼる量の印刷は必然的に、他の印刷物より後回しにされる可能性があり、ロンドン伝道会の許可を得る必要があるからである。折しもモリソンは、ミルン没後の事務処理のため、マラッカに半年滞在中、この方言辞書を評価し、印刷に協力すると約束し、まずはシンガポールでの印刷を提案した。その提案は通ったものの、諸事情により結局、上梓されなかった。

三度目の正直で、モリソンは自分の『広東省土話字彙』[24]が一八二八年にマカオで印刷出版された後、同じく方言に対応する『福建方言字典』を東インド会社出版社に推薦した。モリソン父子による校正などの仕事を引き受けることを条件に、ようやく無料印刷が了承された。一八三一年五月三一日のモリソンの報告書によれば、すでに東インド会社出版社によって辞書の印刷が始まったという。だが、好事魔多し。その印刷が遅々として進まず、三二〇頁で中断し、一八三四年八月二三日に印刷所が閉鎖され、『福建方言字典』の活字などとともに、広州で保存されるようになった。

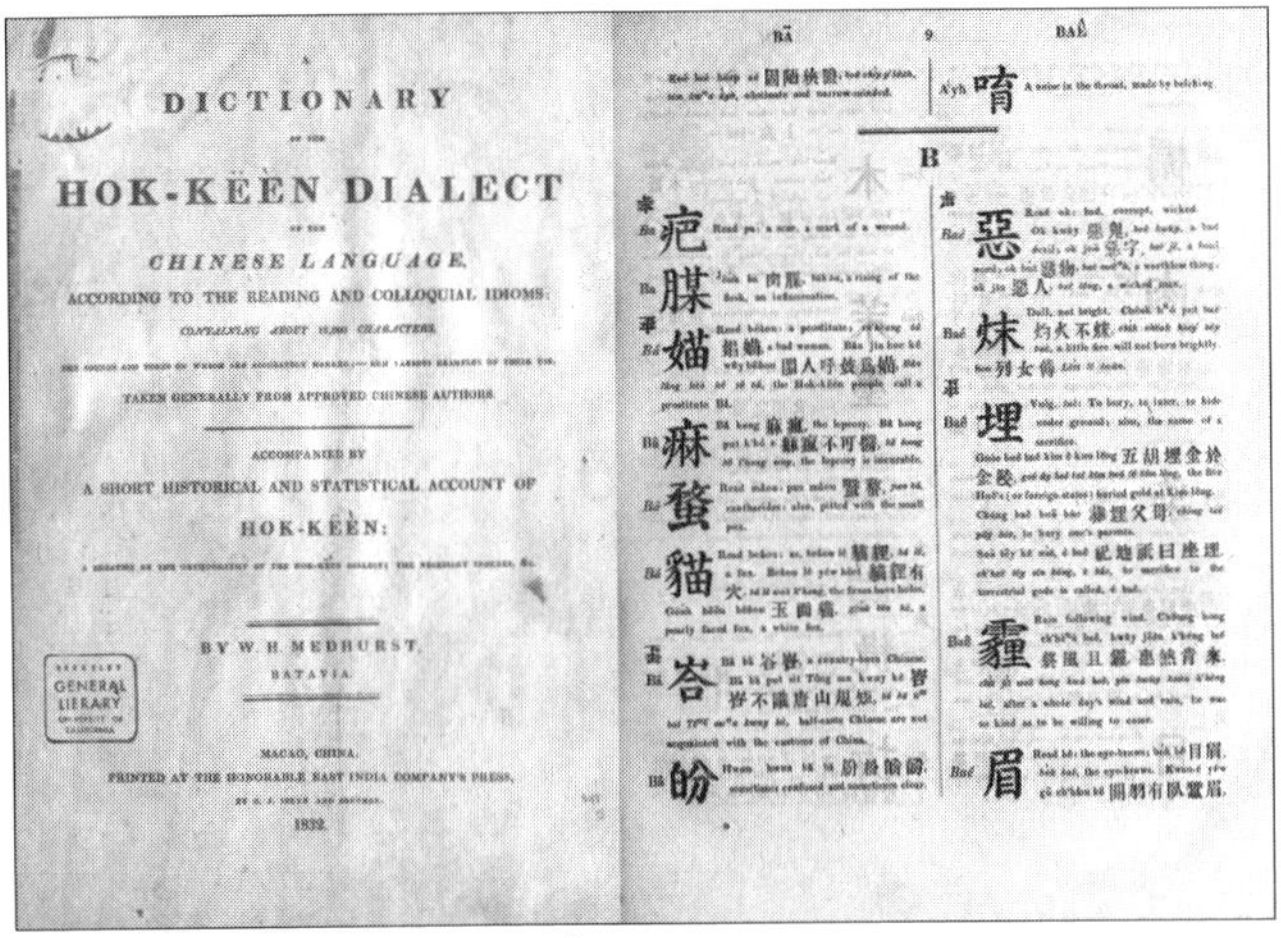

図4『福建方言字典』1832年

それから一年余り経って、一八三五年六月にメドハーストははじめて中国の地に足を踏み入れ、半年あまり、ジョン・ロバート・モリソン（ロバートの子息）、カール・ギュツラフ、イライジャ・コールマン・ブリッジマンとともに、前年逝去したロバート・モリソンの中国語訳聖書の改訂を行った。そこで彼は『福建方言字典』の予約を百人から得て、同じく印刷関係を担当しているアメリカ人宣教師のウィリアムズ（Samuel Wells Williams, 一八一二—八四、漢字名は衛三畏[25]）に印刷を頼んだ。さまざまな困難を乗り越えてようやく完全に印刷できたのは一八三七年六月一日だった。したがって、メドハーストの謝辞と序文は一八三二年、表紙の印刷は三二年、謝辞と序文の間に挟まれたウィリアムズの公告（Advertisement）は三七年、という三つの日付が、この辞書の紆余曲折の出版史を物語っている。

この福建語の対訳辞書は扉、謝辞、公告、序文、福建省の歴史と統計、福建語の発音表記、本文（七五八頁）、部首一覧表、部首別索引からなる計八六〇頁、一万二千余字を収録している大著である。見出し字に福建語の漳州の発音を記し、その音に基づいて英語のアルファベットで配列されている。

他方、先輩宣教師モリソンによって編集された『華英・英華字典』（一八一五―二三）[26]がすでに利用可能で、事実、一八一八年にもモリソン辞書（一八一五年にマカオで刊行された第一部『字典』の第一巻、『康熙字典』に従って作られた華英字典）はすでにマラッカにあることが知られている。[27]一八一九年に第二部のアルファベット順に漢字を並べた『五車韻府』も出版されていたから、同じ『康熙字典』に従って作られたこの『福建方言字典』の語釈にどれほど影響が及ばされたかが関心事の一つであり、宮田和子は「側、侵、依、儀、偽、倭」をもって両者を対照し、幾分の類似性が認められるものと見ているが、[28]本論では例えば、図4に出ている「疤、麻、猫、埋、霾、眉」に両辞書を照らし合わせてみたら、モリソンとの一致があまり見られないようである。

宮田と蘇精はそれぞれ、メドハーストがこの辞書の「英華」の部分を準備していることに触れており、[29]事実、メドハースト自身も序文でそれを言っているが、結局、実現しなかったようである。この華英・英華の両方を備えた辞書の形を実現させたのは後に別々に刊行した（5）の『華英字典』と（6）の『英華字典』であったが、一冊の形で両方を備えたのは結局、前述した（1）の『英和・和英語彙』であった。そういう意味で、『福建方言字典』の英華の部の編集がどのように『英和・和英語彙』の英和の部に影響を及ぼしたかが気になるが、蘇精の論文によれば、メドハーストの一八三二年一一月の報告では、英華の部をcまで進めたとき、「よこしまな奴ら（some wicked fellows）に半数の原稿を盗まれた」という。[30]もし、この記述が確かであれば、まさしく英語のアルファベット順に並べられたこの英華の部は、『英和・和英語彙』の英和の部の意味別（「天文・地理・人倫」など一四部）とは異なっているのである。

三、朝鮮偉国字彙（一八三五）

三冊目のこの辞書は早くも朝鮮半島に熱い視線を注いでいる。日本の雄松堂書店によって復刻されたこの辞書の解題「朝鮮偉国字彙について」（一九七九）で、藤本幸夫は同書の書誌を詳しく記している。その概略を述べると、まず図5の左側のように、表紙表面の英文タイトルに、

Translation of a Comparative Vocabulary of the Chinese, Corean, and Japanese Languages: to which is Added the Thousand Character Classic, in Chinese and Corean; the Whole Accompanied by Copious Indexes, of All the Chinese and English Words Occurring in the Work. By Philo Sinensis. Batavia / Printed at the Parapattan Press, 1835

とあり、その裏面に英語による序文があり、次にハングル転写表、COREAN ALPHABET を三頁分の長さで折り込んでいる。その次に a b c 順の「英・朝比較語彙集」があり、各語彙には、それが現れる「倭語類解」および「千字文」の頁数と行数をつけ、索引をも兼ねている。そして図5の右側のように裏表紙を右に開くと、扉の後に「朝鮮偉国字彙」とある。そのすぐ後に「倭語類解上」「倭語類解下」「千字文」「全本漢字依部目録」が収録されており、ここで「英・朝比較語彙集」と左右合致している。

この辞書の印刷はメドハーストの本領発揮といったところだが、蘇精によれば、英文タイトルから「英・朝比較語彙集」までは洋紙を使っての金属活字印刷で、「朝鮮偉国字彙」から「全本漢字依部目録」までが中国紙で石版印刷をしていて、そして両方を合丁して一冊になるという。[31] 藤本の解題によれば、英文タイトルおよび序文、「英・朝比較語彙集」の部分は金属活字であり、漢字で成る「倭語類解」「千字文」「全本漢字依部目録」はすべて木版である。しかもハングル転写表は、英語は金属活字、ハングルは木活字であるとされている。

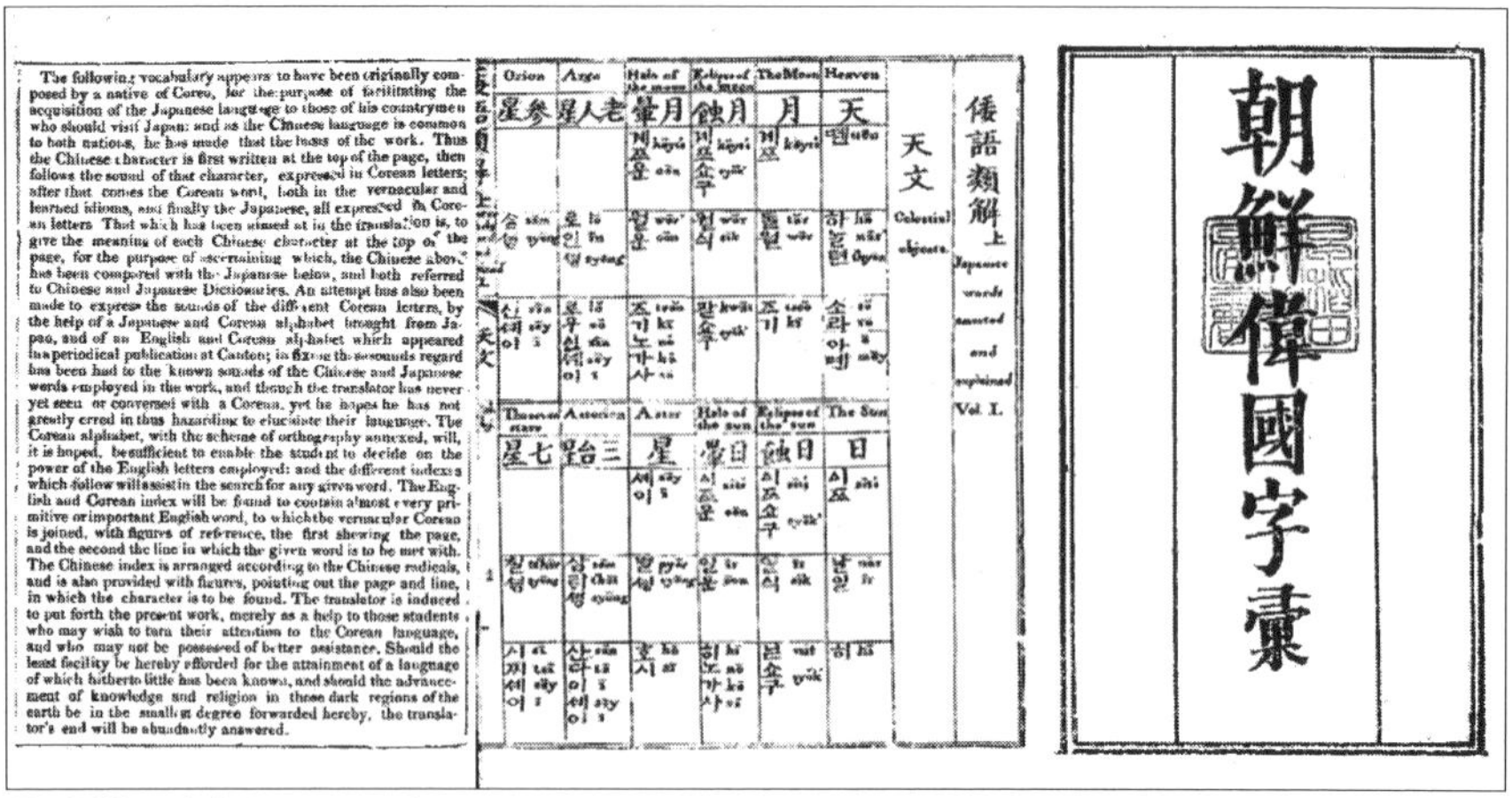

The following vocabulary appears to have been originally composed by a native of Corea, for the purpose of facilitating the acquisition of the Japanese language to those of his countrymen who should visit Japan: and as the Chinese language is common to both nations, he has made that the basis of the work. Thus the Chinese character is first written at the top of the page, then follows the sound of that character, expressed in Corean letters; after that comes the Corean word, both in the vernacular and learned idioms, and finally the Japanese, all expressed in Corean letters. That which has been aimed at in the translation is, to give the meaning of each Chinese character at the top of the page, for the purpose of ascertaining which, the Chinese above has been compared with the Japanese below, and both referred to Chinese and Japanese Dictionaries. An attempt has also been made to express the sounds of the different Corean letters, by the help of a Japanese and Corean alphabet brought from Japan, and of an English and Corean alphabet which appeared in a periodical publication at Canton; in fixing the sounds regard has been had to the known sounds of the Chinese and Japanese words employed in the work, and though the translator has never yet seen or conversed with a Corean, yet he hopes he has not greatly erred in thus hazarding to elucidate their language. The Corean alphabet, with the scheme of orthography annexed, will, it is hoped, be sufficient to enable the student to decide on the power of the English letters employed: and the different indexes which follow will assist in the search for any given word. The English and Corean index will be found to contain almost every primitive or important English word, to which the vernacular Corean is joined, with figures of reference, the first shewing the page, and the second the line in which the given word is to be met with. The Chinese index is arranged according to the Chinese radicals, and is also provided with figures, pointing out the page and line, in which the character is to be found. The translator is induced to put forth the present work, merely as a help to those students who may wish to turn their attention to the Corean language, and who may not be possessed of better assistance. Should the least facility be hereby afforded for the attainment of a language of which hitherto little has been known, and should the advancement of knowledge and religion in these dark regions of the earth be in the smallest degree forwarded hereby, the translator's end will be abundantly answered.

『朝鮮偉国字彙』1835年

この語彙集の序文では朝鮮語学習のために編纂されたといい、英文タイトルのように中国語、朝鮮語、日本語三か国語の対照語彙表のように見受けられるが、実際には中国語、日本語は入っていない。中国語はおそらく漢字語と見立てられ、日本語はハングルで書かれたものをさらにローマ字による転写で示している。

したがって、底本の洪舜明『倭語類解』はもともと一八世紀初頭に編集された朝鮮人向けの日本語学習語彙集であり、図6のように見出しの漢字語は朝鮮語にしても日本語にしても共通であるという認識の上に立っている。漢字語の下にハングル双行があるが、右側は朝鮮語の訓と音、左側は日本漢字音。○記号の下に同じくハングルをもって日本語を訓読みで示している。

メドハーストの『朝鮮偉国字彙』の場合は一語に五欄を設け、第一欄に英語訳、第二欄に漢字語彙、第三欄に日本漢字音、第四欄に朝鮮語の訓と音、第五欄に日本語を配し、第一欄を除けば、記載内容は朝鮮版と同じである、と藤本は解題で説明している。

そうすると、「英・朝比較語彙集」を索引として利用することによって朝鮮語だけでなく、「英和辞書」あるいは「英中辞書」「中日辞書」の機能も備えるようになる。既修外国語の一つさえできれば、他の三つの言語にアプローチできる優れものとなるわけであるが、底本の『倭語類解』という既成の朝鮮語・日本語の

図5

対訳語彙集（三四〇九語）[32]と基本漢字習得用の『千字文』を底本にしたところから、すでに地域的、時代的な制限から語彙の範囲が限定されたといってよかろう。

そもそも『倭語類解』という書物が世にいわゆる稀覯本の一つである。オースタカンプ・スエンによれば、ボーフム大学所蔵のシーボルトの手稿（整理番号1.145.001）に、「日本で二本しか存在しない」『倭語類解』を、「私は一本を手に入れる見込みである」（5オ）とあるし[33]、従来『倭語類解』の伝本として知られていたのは駒沢大学濯足文庫蔵本と韓国の国立中央図書館蔵本の二冊のみだったが、二〇一〇年にマンチェスター大学附属ジョン・ライランズ図書館の漢籍コレクションにシーボルトのもつ『倭語類解』が今でも現存することが発見されたという。そしてメドハーストのこの辞書の附録につけられた『千字文』も当時の書の大家であった韓濩《かんこ》（号は石峰）の字による『石峰千字文』（一五八三年刊）である。その『石峰千字文』は日本に入ってから和刻本が作られたが[34]、本来両方ともメドハーストが手に入れることのできるものではなかったはずだ。

ここに来て、もう一人のキーマンの登場が必要になってくる。国法に触れたとして国外追放された、かのシーボルト（一七九六―一八六六）である。シーボルトが帰国の途中、一八三〇年一月二八日から三月一五日の四七日間バタヴィアに滞在し、そこでメドハーストと会ったことを、八耳俊文がシーボルト宛メドハーストの書簡の調査であきらかにしている[35]。シーボルトの持っている和蘭、蘭

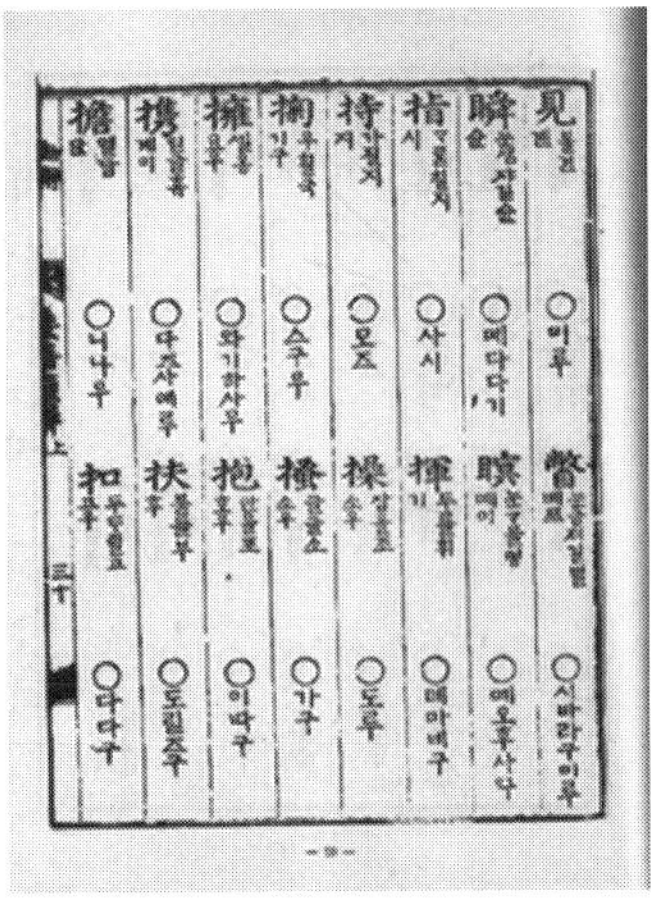
図6『倭語類解』

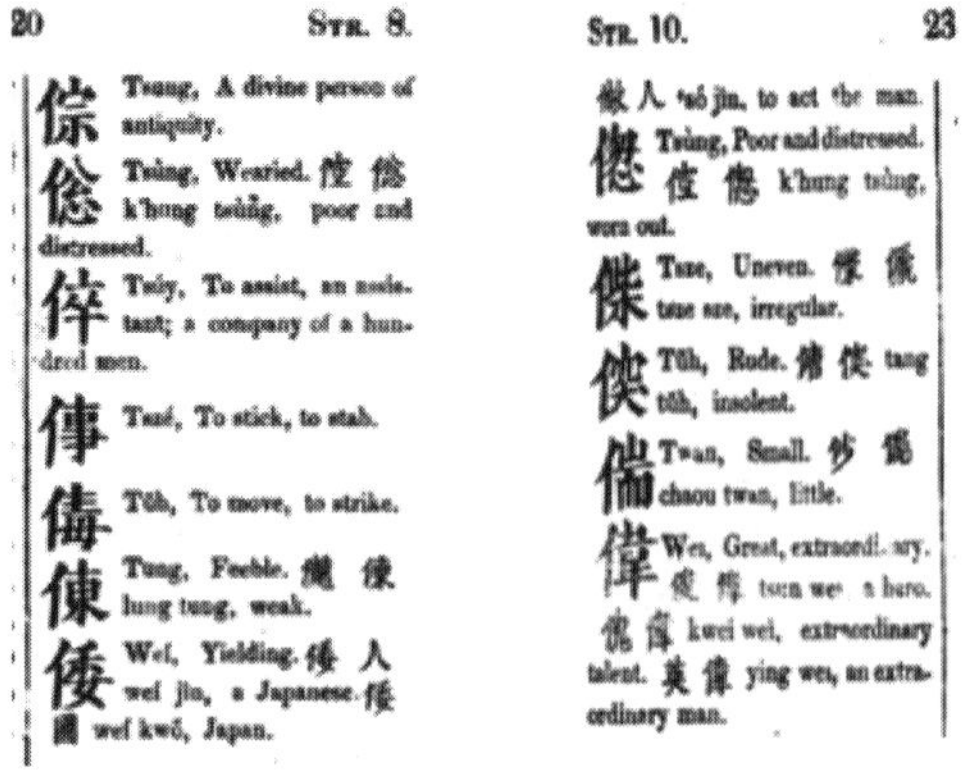
20 STR. 8.
Tsung, A divine person of antiquity.
Tsing, Wearied. k'hung tsing, poor and distressed.
Tsúy, To assist, an assistant; a company of a hundred men.
Tsaé, To stick, to stab.
Tŭh, To move, to strike.
Tung, Feeble. lung tung, weak.
Wei, Yielding. wei jin, a Japanese. wei kwŏ, Japan.
STR. 10. 23
tsó jin, to act the man.
Tsing, Poor and distressed. k'hung tsing, worn out.
Tsze, Uneven. tsze sze, irregular.
Tŭh, Rude. tang tŭh, insolent.
Twan, Small. chaou twan, little.
Wei, Great, extraordinary. kwei wei, extraordinary talent. ying wei, an extraordinary man.

図8『華英字典』1842年

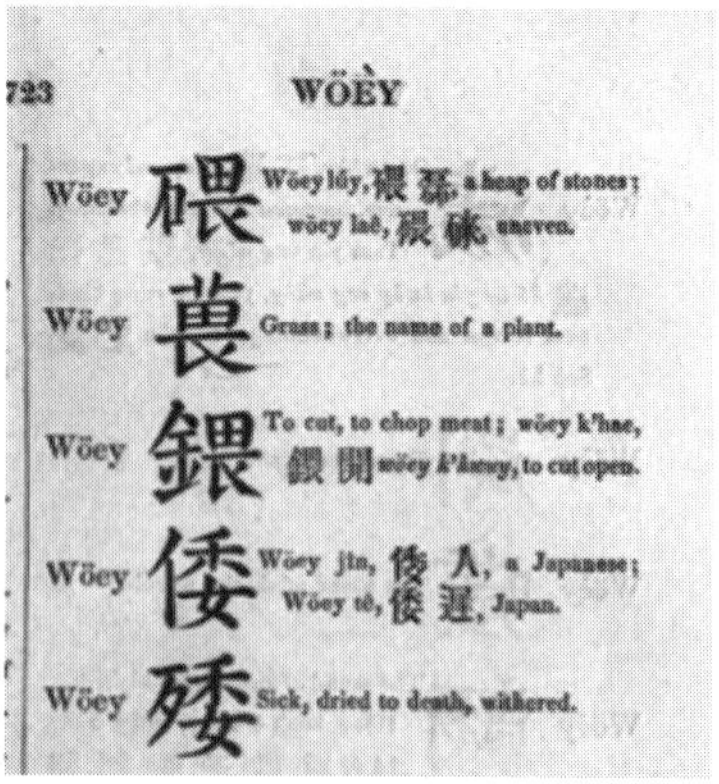
723 WŎEY
Wŏey Wŏey lŭy, a heap of stones; wŏey laé, uneven.
Wŏey Grass; the name of a plant.
Wŏey To cut, to chop meat; wŏey k'hae, wŏey k'haey, to cut open.
Wŏey Wŏey jin, a Japanese; Wŏey tŏ, Japan.
Wŏey Sick, dried to death, withered.

図7『福建方言字典』1832年

和、漢和辞書など豊富な日本関係資料に、メドハーストは無関心ではいられず、自身の作った（1）の『英和・和英語彙』（三月二四日付の献辞）にはもしかしたら間に合わなかったかもしれないが、オースタカンプ・スエンはこの『朝鮮偉国字彙』の編輯に使った『倭語類解』はシーボルトの蔵書から写したものであろうとの浜田敦の推論[36]に賛同している。[37] 事実、『倭語類解』を入手したシーボルトはそれを『日本叢書』の一部として一八三三年に出版している。

『朝鮮偉国字彙』の「偉国」について二説あり、日本側の研究では従来「倭」の書き間違いと考えられていたが、中国浙江大学の陳輝はメドハーストが意図的に「倭」の別音の読みに従って「偉」を選んだと主張している。[38] たしかに、モリソンの『五車韻府』（一八一九）に「Wei」（六〇四頁）と「Wo」（六一〇頁）の二か所に「倭」の字を収録していて、どちらも下記のように同じ解釈をしている。

Read Wei and Wo. Read Wo, it denotes the Japanese; as 倭人 Wo jin, a Japanese. 倭國 ,Wo kwŏ, Japan. Read Wei, yielding appearance. A man's name. 倭遲 Wei ch'e, appearance of returning from a distance

このWei、Woの正しい読み分けをメドハーストの理解で時代順に検証すると、実は上図のように『福建方言字典』でも『華英字典』でも全部Weiの読みとしか認識せず（前者は方言音を示していてWo

JAPAN, the country of, 日本 jih pùn, 委國 wei kwŏ; japan ware, 漆器 tseth k'hé.
JAPANESE, 倭人 wei jin.

図9『英華字典』1848 年

5

Japan	Nip-pon	ニツポン	日本
Nagasaki	Na-ga-sa-ki	ナガサキ	
Jedo	Ye-do	エド	
Sagalien	Sa-ga-ri-in	サガリイン	
Corea	Ka-oo ra-i	カウ ライ	高麗
Do	Ts'ya-oo sen	チヤウ セン	朝鮮
China	Ka-ra, Tsi-na	カラ チナ	
Do.	Mo-ro-ko-si	モロコシ	
The great wall	Ts'ya-oo s'ya-oo	チヤウ シヤウ	長城
Lew-kew	Li-oo ki-oo	リウ、キウ	琉球
Formosa	Ta-i wan	タイ ワン	臺彎
Jezo	Ye-zo	エゾ	

ヤマバチ	Ya-ma ba-tsi	A wasp
ヤマト	Ya-ma-to	Japan, harmonious
ヤマドリ	Ya-ma do-ri	A jungle fowl
ヤマトコトバ	Ya-ma-to ko-to-ba	An amicable discourse

図 10 『英和・和英語彙』（上）英和の部、5 頁／（下）和英の部、271 頁

の読みにはこの字がない)、モリソンの辞書を参照しながらも、前者は人名の「倭遲」をJapanと間違って理解しているし、後者はその点を正したが、[39]中国語の読みはあくまでWeiに止まっていて、ゆえに「倭人、倭国」ともに「Wei」で読んでいる(図7、8参照)。

この読みの間違いはずっと引きずられ、『英華字典』(一八四八)になっても、図9のようにthe country of Japanを「日本、委國」と訳し、後者をwei kwŏと標音し、そしてつぎの「Japanese 倭人」も同じくwei jinと標音しているところから見れば、この「倭」を最初から最後まで「wei」と呼んでいて、「偉」との同音意識が強いことがうかがえよう。

事実、メドハーストの誤読が中国に行ったことのないシーボルトにも伝わっているようで、彼の一八四一年の書簡において『倭語類解』を「Wei ju lui kiai」と読んでいるようである。[40]

一方、最初に出版された『英和・和英語彙』(一八三〇)では、図10のように英和の部では「Japan 日本」を使っていて、和英の部では「ヤマト」を使っているが、漢字「和」の意味に重きを置き、もう一つの形容詞的な意味として解釈しているところがある。とくに「ヤマトコトバ」の解釈はAn amicable discourseで、まさに「和」の字面に基づく誤解であろう。逆に言えば、「和」を日本と意識していないようだ。

つまり、もし陳輝の主張するように、タイトルの「偉国」がメドハーストの意図的用字であれば、たしかに以上の誤読のままの「倭」と「偉」とは図8のように音声的に通じるが、しかし、反対にそれも誤写の直接的な原因ともなりやすいわけである。また、同氏の主張している「倭」の持つマイナスのイメージ(倭寇など)を前提とするならば、上記の辞書記述からメドハーストがそれを意識しているところが見当たらないし、ましてや同氏の挙げた頼山陽の「倭」字への嫌悪感を知る由もないから、たとえ宣教対象国を持ち上げようとしても、すでに知られている「日本」という正式の国名を使えばいいという選択肢もある。

この辞書の署名はMedhurstではなくて、バタヴィアで出会ったドイツ人カール・ギュツラフ(Karl Gützlaff,

一八〇三―五一）がよく使うペンネーム Philo-Sinensis（「愛漢者」の意）である。ギュツラフが一八二七年にオランダの宣教師としてバタヴィアに到着した時、メドハーストはその接待に奔走した。翌二八年六月に彼はシンガポールに向かったが、二人は後に一八三五年に香港で『聖書』翻訳を含め、いろいろな接触があった。ギュツラフは日本人漂流民の世話をしながら日本語を習い、さらに一八三七年に世界初の日本語訳『約翰福音之傳』（ヨハネによる福音書）をシンガポールで出版した。[41]

メドハーストはいつ朝鮮語の学習に取り掛かったのかは知られていないが、上記書物の入手から五年後（「千字文」入手から八年後）に本書の出版にこぎつけたことは、ひとえに彼の語学的才能の高さと伝道への熱意ゆえであろう。

四、台湾虎尾壟語辞典（一八四〇）

メドハーストはこの『台湾虎尾壟語辞典』の編集でさらなる一歩を踏み出そうとしている。冒頭の短い Introduction において、彼はこの辞書編纂の経緯について簡単に述べている。まずバタヴィアにいるオランダ人牧師 W. R. van Hoëvel が、教会委員会文書館（Archives of the Church Council at Batavia）で Favorlang Woord boek（1650）なるタイトルの手稿を発見した。メドハーストは、これを調べてみて、この手稿の著者 Gilbertus Happart は一六四九年から五二年まで台湾で宣教活動に従事したオランダ人宣教師で、指示を受けて台湾の Sakam 語か Favorlang 語の辞典を作ったということがわかったという。メドハーストは早速その原稿の英訳に取り組み、出版した理由は、それは台湾の言語に関する現存する唯一の情報源（perhaps as the only means now existing to gain knowledge of the Formosan language）だろうし、宣教師の学習に資する（that it would soon have to be acquired by Missionaries）ためであった。

すでに『福建方言字典』をはじめ、前記三冊の辞書を刊行しているメドハーストは、地元のオランダ統治者側とも良好な関係を保っており、図11のように、一八四〇年に *Dictionary of Favorlang Dialect of the Formosa Language* という書名でこの辞書を刊行した[42]。その後、一八四二年に W. R. van Hoëvel はそれをオランダ語のままに『バタヴィア芸術科学学会報』(Batavian Society of Arts and Sciences) 第一八巻に掲載した[43](図12)。このことについてウィリアムズ(衛三畏)も一〇年後の一八五一年に『中国叢報』において報告している[44]。その報告に影響されたのかどうかは不明だが、一八九六年、台湾で宣教活動をしているウィリアム・キャンベル(William Campbell, 一八四一—一九二一、漢字名は甘為霖[45])は、再度それを英訳版に基づいて編集出版し、今日広く流布するテキストとなっている[46](図13)。メドハーストの出版したこの辞書は現在オランダのライデン図書館に所蔵されている[47]。

フォルモサ語(Formosa Language)は、台湾の言語をさしているようだ。彼自身の最初の(1)『英和・和英語彙』(一八三〇)英和の部に「**Formosa** **Ta-i wan** タイワン 台湾(臺灣)」とある(図10、五頁)。むろん、その前のモリソンの『五車韻府』(一八一九)の「臺」の字の熟語としてすでに「台湾 **Formosa**」の対訳が見られる。

一方、ファボルラング(＝バブザ語)方言(**Favorlang dialect**)がどの言葉を指しているかはずっと議論の的であり、一般に台湾の北西部および中西部で話された平埔族諸語の一つであり、アタヤル語群に属する可能性があるとされている。ただし現在では使用者はいないようである。

このファボルラング語の辞書の編集は、本論で扱っている他の五種と異なり、メドハーストにとっていわばオランダ語と台湾方言の辞書の手稿の意外な発見によるもので、いつか台湾へと伝道の夢を膨らませて、その手稿の英訳と出版に取りかかっていたのかもしれない。彼自身の福建語の知識と、オランダ語の能力でそうさせたようにも見えるが、結局、先人の努力を顕彰しただけでなく、その言語資料の保存に多大な貢献をなしたことは間違いない事実である。もし、一九世紀の半ばころの彼が、この言語の使用者が今日ゼロになったことを知れば、

DICTIONARY
OF THE
FAVORLANG DIALECT
OF THE
FORMOSAN LANGUAGE,
BY
GILBERTUS HAPPART:
WRITTEN IN 1650.

TRANSLATED FROM THE TRANSACTIONS OF THE
BATAVIAN LITERARY SOCIETY:
BY W. H. MEDHURST.

BATAVIA:
PRINTED AT PARAPATTAN.
1840.

DICTIONARY
OF THE
FAVORLANG DIALECT
OF THE
FORMOSAN LANGUAGE.

A, and; as *chaû a to*, fire and water: *boesûm a ta*, heaven and earth.
A-á, a twig, a branch; as *a ôok*, a twig of a bamboo: *a-o barón*, a branch of a tree.
A-dach, a peg, as that on which arms are hung; *a dach o balasaû*, a hanger; from *ûmmadag*.
A-apách-a, a step; from *ûmmapag*.
A-enig̃, a word or speech uttered quietly, as if one were ashamed or abashed; from *ûmmenig*.
Arrow, a roll, any thing rolled up; *arrow a bido*, a roll of writing; *arrow a badsige*, a sheet of paper rolled up; from *ûmmarrow*.

6

A-árras, a step, a pace; from *ûmmarras*.
A-ilijt, the stalk or stem of coarse grass.
A-omo, a lady's fillet for the hair.
Abak, a small boat, or sampan.
Abás, the sea.
Abi, pinang: or betel nut.
Abissás, travelling apparatus: from *Mabissas*, to make ready.
Abo, ashes, or cinders.
Ach, rust; *ach o dippa*, the rust of iron; *ach a barrieg*, the rust of copper; *ach*, and *inach*, *ina-ach-en*, injured by rust.
Achâchab, five and five, by fives.
Achâû-an, a fire place.
Achiéb, the body.
Achó, not yet; as *acho aban ja ina. rummies mamaba*, I do not yet know it, by and bye I shall know it; written also *achai*, and *achipa*.
Achoá, enough.
Adum, a certain small bird, less than a sparrow; variegated with a long tail; from whose cry future good or bad fortune may be presumed: if it cries out twice, or four times, it betokens misfortune; but if once, or thrice, or five times, then good success; if any thing above this, it intimates a still

図 11　*Dictionary of Favorlang Dialect of the Formosa Language,* 1840.

HAPPART'S FAVORLANG VOCABULARY

a, and; as *chau a to*, fire and water; *boesum a ta*, heaven and earth.
a-a, a twig, a branch; as *a ook*, a twig of a bamboo; *a-o baron*, a branch of a tree.
a-apach-an, a step; fr. *ummapag*; syn. *tataisan*.
a-arras, a step, a pace; fr. *ummarras*.
a-arrit, the tress of a woman's hair.
a-auton, a measure or instrument to measure with, as salt; fr. *moet*.
abak, a small boat or sampan.
abas, the sea.
a-bauch, a bowl.
abi, pinang or betel-nut.
abissas, things ready for travelling; to make ready.
abo, ashes or cinders; lime.
ach, rust; *ach o dippa*, the rust of iron; *ach o barrieg*, the rust of copper; *ach*, and *inach*, *ino-ach-en*, injured by rust.
achachab, five and five, by fives.
achau-an, a fireplace; the hearth.
achi, semen.
achieb, or *bog*, the body.
acho, not yet; *acho man o micham*, I have not yet eaten or drunken; *acho aban ja ina*, *rummies mamaba*, I do not yet know it, by and by I shall know it; also written *achai* and *achipa*.

broad leaf; *tummaabbi-alallabach*, as it has two leaflets on the side, and one on the top, a resemblance being supposed to the *lallabach*, a green leek; *madorka ja adda*, as it is now, one and a half or two spans high; *gummasor tummabaron summatis*, when it has attained its full length; *tummedinnis*, when the ear begins to form; *paikan ja adda*, when the ear is perfect, and hangs bent down; *tummaberook ja adda*, when the ear is half ripe; *machiech ja adda*, when it is quite ripe, and nearly scorched.
addabon, a calabash; *chachied*, ditto; *tabo*, a large calabash, wherewith to scoop up water.
addad, a piece, an end; *addad o ariem*, a piece of a lemon; fr. *paddat*, to cut or break; syn. words, *kattach*, *bitil*, *borbor*.
addas, and *addas o rima*, the palm of the hand.
a-een, a stink.
A-enig, a word or speech uttered quietly, as if one were ashamed or abashed; fr. *ummenig*.
aga, or *alam*, all kinds of missile weapons, as spears, javelins, etc.; fr. *magga*, to cast.
aggan, a crab.
agganak, seems to mean, it is done; when any end is reached.
ai, he, that, here, there; but nothing remote; syn. words, *ai-i*, *ai-ies*, *ai-inies*, *ailo*, *ailo-ies*, and *ailemons*.

図 13　英語版、1896 年

DER FAVORLANGSCHE TAAL.

EERSTE DEEL.

Waarin het Favorlangs voor, het Duits achter gestelt is.

A, schijnt, ende te beteikenen; *chaû a to*, vier en water: *boesûm a ta*, hemel en aarde. *Maibas so-o* gelijkzijn.
A-á, een tack, als: *a bok*, een tack van een bamboes: *a-o barón*, een tack van een boom; wort gebruijkt van telgen en tacken, t'sij groot of klein.
A-dach, een hangsel, als daar men geweer aanhangt; *adach o balasaû*, een houwer; van *ûmmadag*.
A-apách-a, als *tatta isan*, een trap; van *ûmmapag*.
A-enig̃, een woord of reden, die stillekens, als met schroom en bedeestheid uitgebracht

図 12　オランダ語版、1842 年

どう思うだろうか。

五、華英字典（一八四二―四三）

メドハーストは、五冊目の辞書の編纂にいたり、ついに初心に戻って、二十余年の宣教生活からどうしても中国語辞書の必要性を感じないではいられなかった。『華英字典』（*Chinese and English Dictionary: Containing All the Words in the Chinese Imperial Dictionary, Arranged according to the Radicals.* 第一巻は一八四二年、第二巻は四三年）が自分の手で編纂した、バタヴィアでの最後の印刷物だった。

メドハーストが一八四一年にロンドン伝道会宛ての書簡で説明したように、この辞書編纂の動機は、モリソンの辞書が高価だったからである。そして、バタヴィアでの伝道先の学校には二〇〇人あまりの学生がいて、語学の学習には華英辞書の需要があったが、かれらには金銭的な余裕がないので、高価なモリソン辞書の大型版は、学生の手の出るものではなかった。それで彼は、「簡明にして廉価」な辞書を作ろうと、モリソンの辞書にある「役に立つフレーズのすべて」を取り入れて最終的にはその値段の八分の一くらいで出版することができた。[48]

メドハーストは序文において、『康熙字典』をベースにして中国語の見出し語に英訳語を添え、漢字の部首順に配列した辞書であると書いている。彼は、最初に華英辞書を作成してから、その後、「全体を逆にするのは比

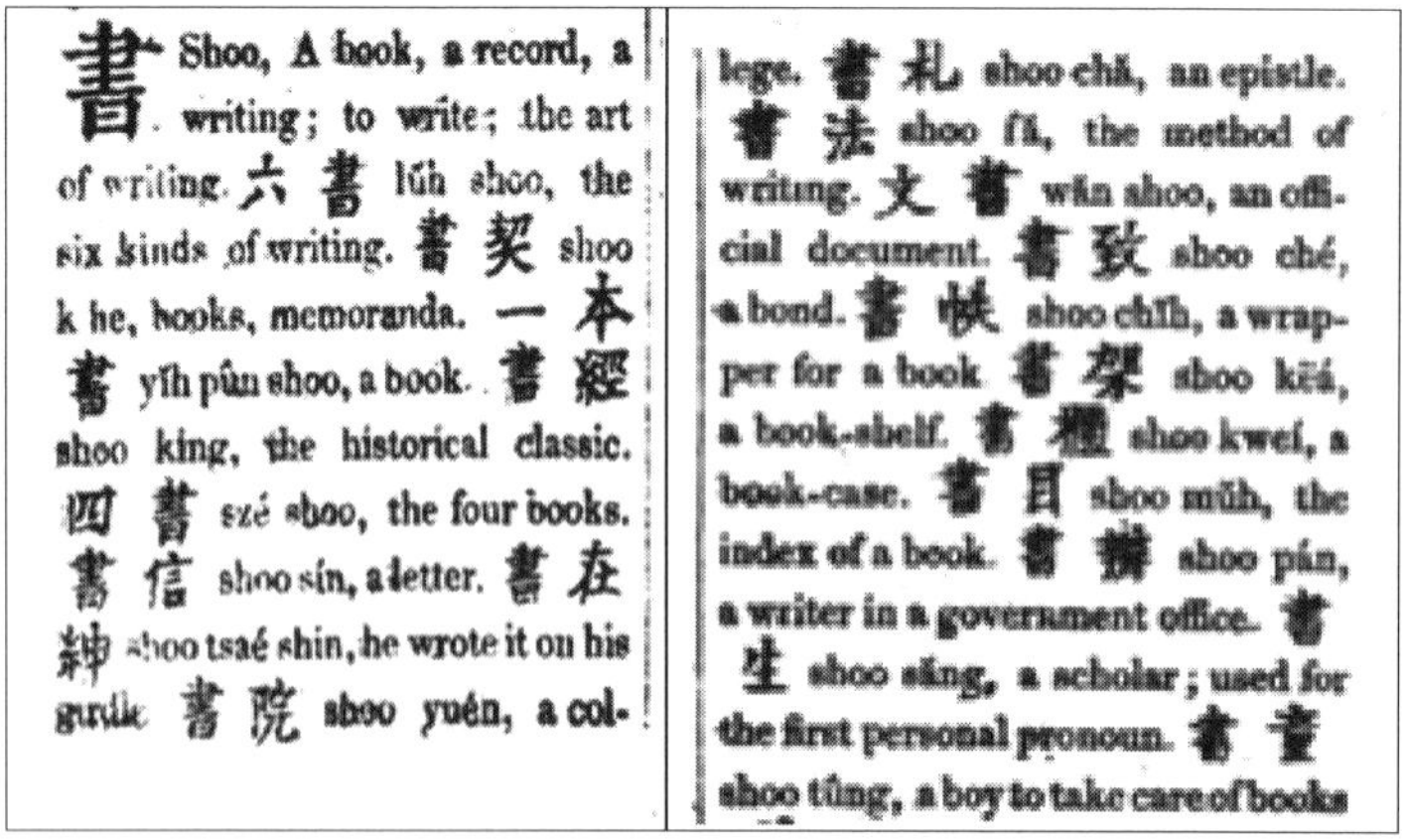
書 Shoo, A book, a record, a writing; to write; the art of writing. 六書 lŭh shoo, the six kinds of writing. 書契 shoo k'he, books, memoranda. 一本書 yĭh pŭn shoo, a book. 書經 shoo king, the historical classic. 四書 szé shoo, the four books. 書信 shoo sín, a letter. 書在紳 shoo tsaé shin, he wrote it on his girdle. 書院 shoo yuén, a college. 書札 shoo chă, an epistle. 書法 shoo fă, the method of writing. 文書 wăn shoo, an official document. 書致 shoo ché, a bond. 書帙 shoo chĭh, a wrapper for a book. 書架 shoo kēă, a book-shelf. 書櫃 shoo kweí, a book-case. 書目 shoo mŭh, the index of a book. 書辦 shoo pán, a writer in a government office. 書生 shoo săng, a scholar; used for the first personal pronoun. 書童 shoo tŭng, a boy to take care of books

図14 『華英字典』、356頁

較的簡単な」ため、続いて英華辞書を作ろうと考えていた。事実、メドハーストはモリソンの華英辞書と他の所からフレーズをとり、しかも声調記号も、モリソンの使っている正しい綴りをも採用していることを認めている。

例えば、図14のように、「書」のすぐ後にまず中国語の読みShooを記し、それから英訳にA book, a record, a writing; to write; the art of writingと並べ、名詞、動詞、そして芸術作品としての書の意味を記している。熟語として一九語も挙げてある。これは、『康熙字典』からの「六書、書契」を除いて、他はすべて他のところ

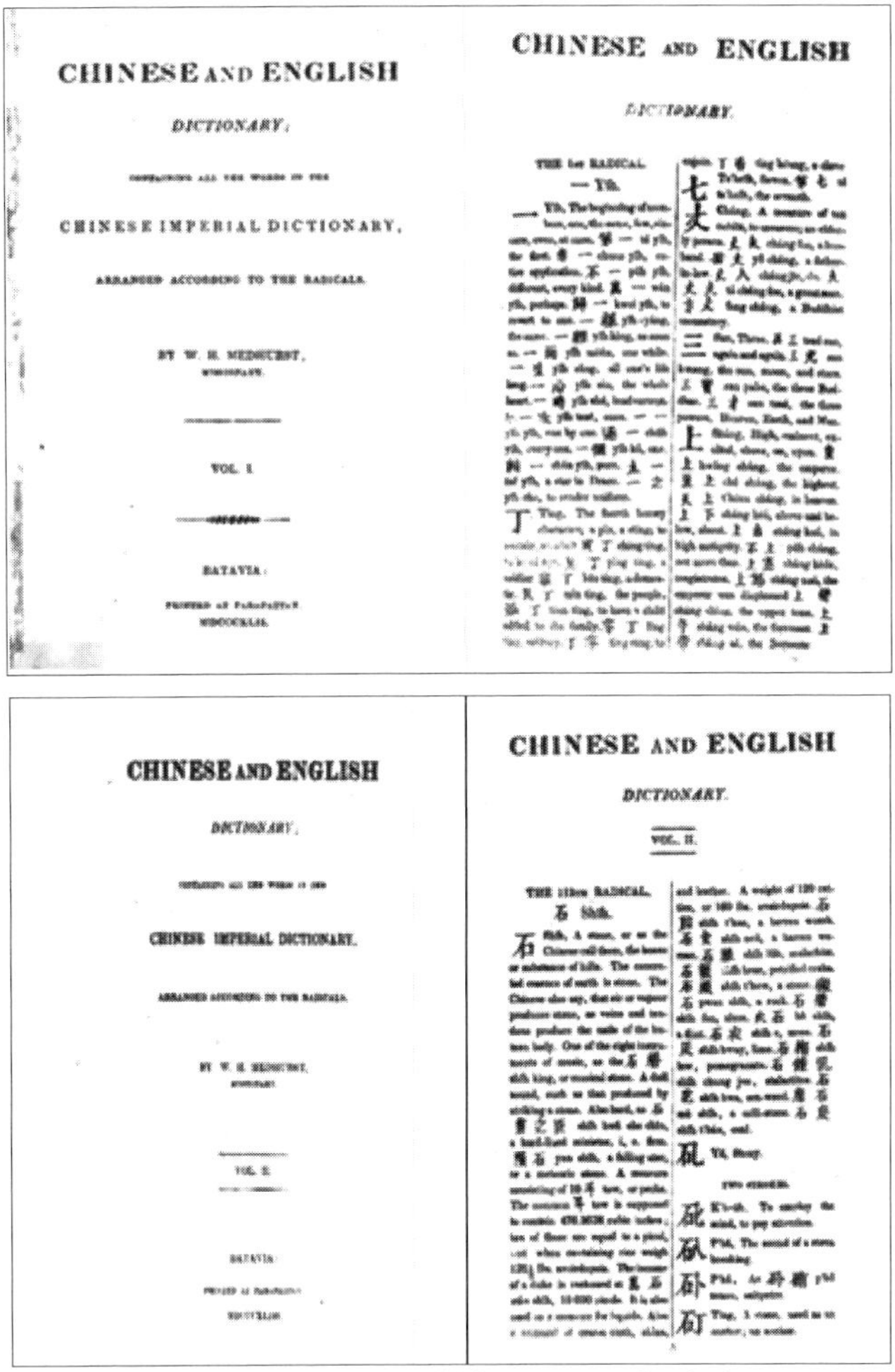

図15　『華英字典』、1842年（上）と1843年（下）

からとってきた熟語であった。

六四八頁を数える第一巻は一八四二年一〇月までに完成し、八三八頁もある第二巻は四三年五月に終わった。両方とも部数六百部であった。この規模の辞書の印刷はメドハーストの腕の見せどころで、まず活字で英語の部分を印刷し、漢字のところの空白をとっておいて、それから石版印刷でその漢字を補った。その安価な印刷代のため、この大辞書は安く販売することができた[49]。

この辞書を上海での印刷とする杉本つとむの見方[50]は正確ではない。メドハーストはこの第二巻をバタヴィアで印刷し終えてからすぐに中国へ向かった。

六、英華字典（一八四七—四八）

最後の辞書編纂は、二巻からなる英華字典である（下図）。プロテスタントの宣教師として一八〇七年、最初に中国に渡ったモリソンが編纂した華英・英華字典をもとに、メドハーストは新たな訳語などを追加して独自にこの英華字典を編纂したのである。序文によると、英華字典を作るには、華英字典を作るよりも、中国語に関するより高度な知識が必要なので、まず華英字典を作り、それを裏返すような形で英華字典の編纂を行ったものである。
原書名は *English and Chinese Dictionary, in Two Volumes* であり、第一巻は一八四七年、第二巻は翌四八年に上海の墨海書館で印刷された（ほぼ現行のA5判に近く、横幅が一・五センチほど狭い判型）。

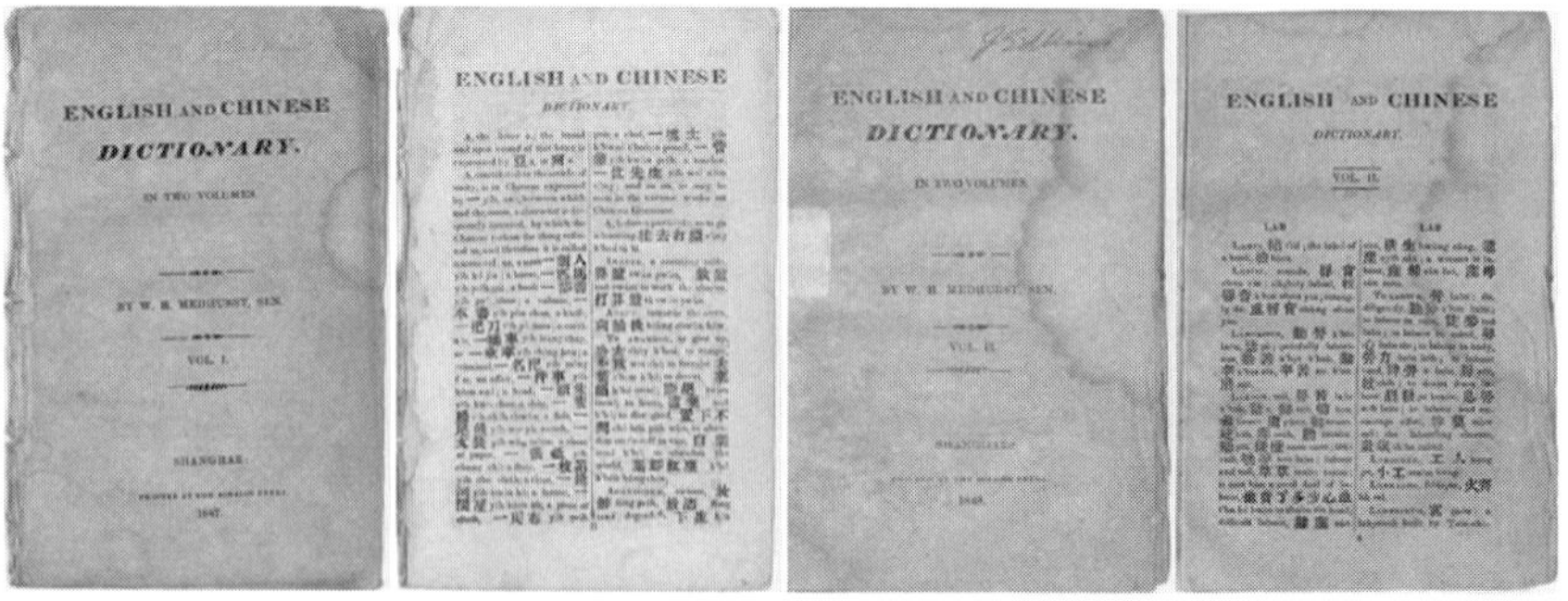

図16 『英華字典』、1847—48年

序文に続いて中国語の発音が概説されている。一頁が横二段組三六行で、第一巻はAからKまで、第二巻はLからZまでが収められている。英語の見出し語に続いて中国語の訳語、その発音、中国語の類義の訳語が並ぶ。例えば、図17のように、bookには書、冊、籍、書本、書冊、典籍、書巻、書籍、書契、簡策、文籍…などの訳語が発音を添えて並べられている。さらにbookのあとに、books made of bamboo（竿牘）、a book basket（書簏）、a book chest（書笥）、a book press（書厨、書櫃）、a bookshelf（書架）……contained in books（篇什所載）、there is a benefit in reading books（開巻有益）のようなbookをふくむ句や短文の見出しが掲げられている。

この辞書の第一巻は、六頁の序文、正字法の慣例に関する二頁の概要、七六六頁の本文ページ、という構成をもつ。第二巻は、六六九頁から成る。それぞれ六百部（延べ一四三六頁）を出版することは、当時導入した手動印刷機の最大な仕事であった。著者自身の序文ではいままでにない凸版印刷を使って、一〇万個の活字を鋳造したため、費用と時間の面でいろいろとかかったが、印刷紙面は以前より断然にきれいになったという。

この辞書は日本においてさまざまな形で応用されていた。事実、一九世紀の最大規模の英華字

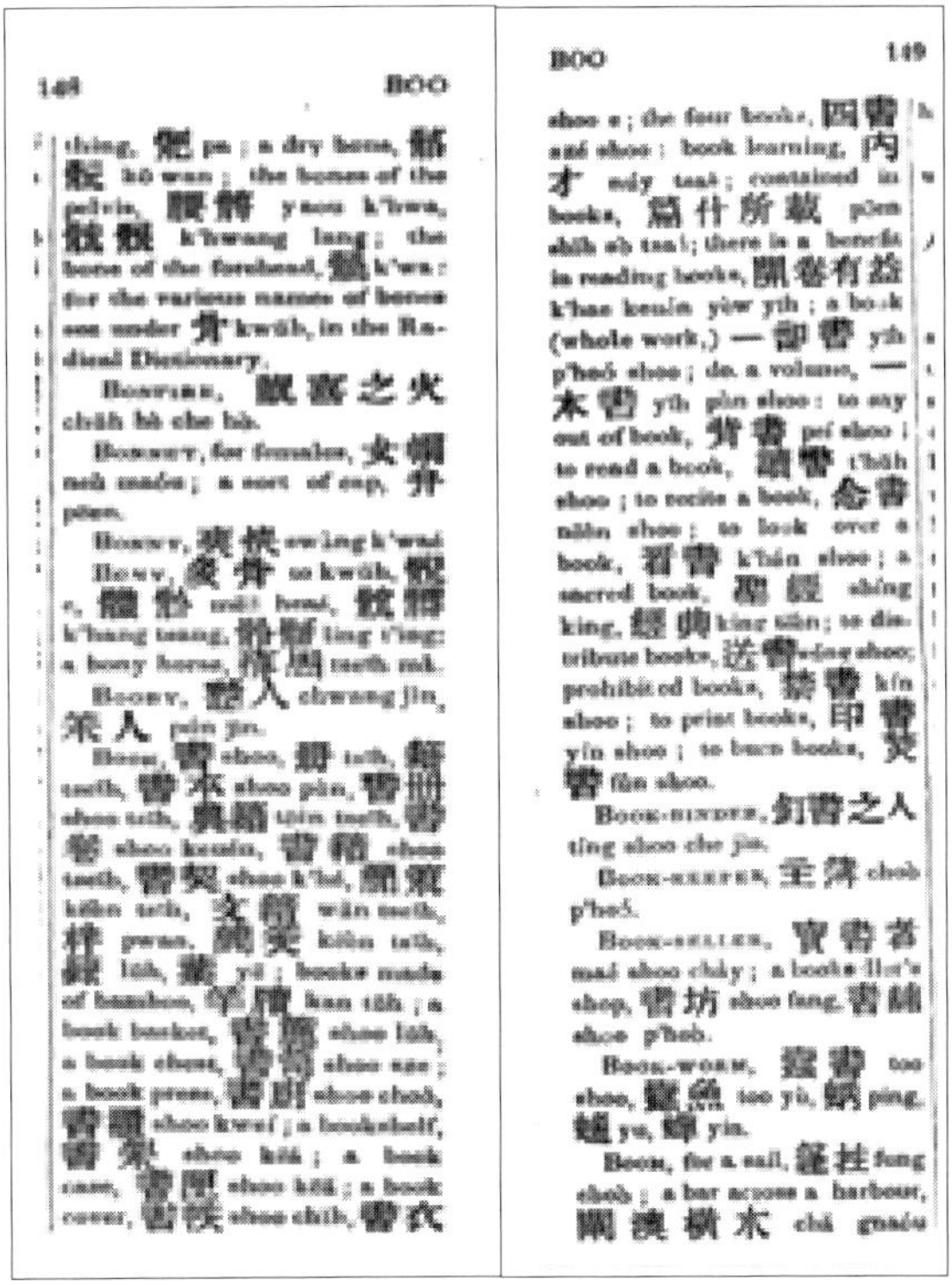

図17　『英華字典』、148―149頁

典（一八六六―六九）の編者ロプシャイトが自分の辞書を完成する前に、一八五五年に日米和親条約の英訳校正のため第三回日本遠征艦隊に伴って日本を訪れ、その際に堀達之助にメドハーストのこの二種類の辞書『英華』と『華英』を贈ったという。[51] 日本初の本格的な英和辞典『英和対訳袖珍辞書』（一八六二）は堀達之助によって編集されたことを考えると、その利用の度合いもおのずと課題の一つとなる。[52] 遠藤智夫の抽象語訳語の比較調査によれば、『英和対訳袖珍辞書』は、ウィリアムズの『英華韻府歴階』との一致が二・〇%、モリソン『華英・英華字典』（英華の部）との一致が三・五%であるのに対して、メドハーストの『英漢字典』との一致が九・八%であり、メドハーストの英華字典を参照したことの顕著な証拠として、具体例「意思、解明、謹慎、極微、事故、事情、信任、崇拝、必要、比喩」などが挙げられ、両者は比較的高い一致率があるという結果を出している。[53]

　メドハーストのこの辞書はほぼ全面的にモリソンの辞書の上に立って発展したものと言えよう。例えば、モリソンの辞書（英華の部）では**orangutan**を「猩猩」と訳され、後のメドハーストの辞書にも受け継がれ、堀達之助の『英和対訳袖珍辞書』にも反映されている。

　日本での翻刻はされていないものの、後続の英華字典に反映される形で、その訳語が日本語の中に受け入れられている。中国人の手になる初の英華辞典である鄺其照（Kwong Ki Chiu）編『字典集成』（一八六八）

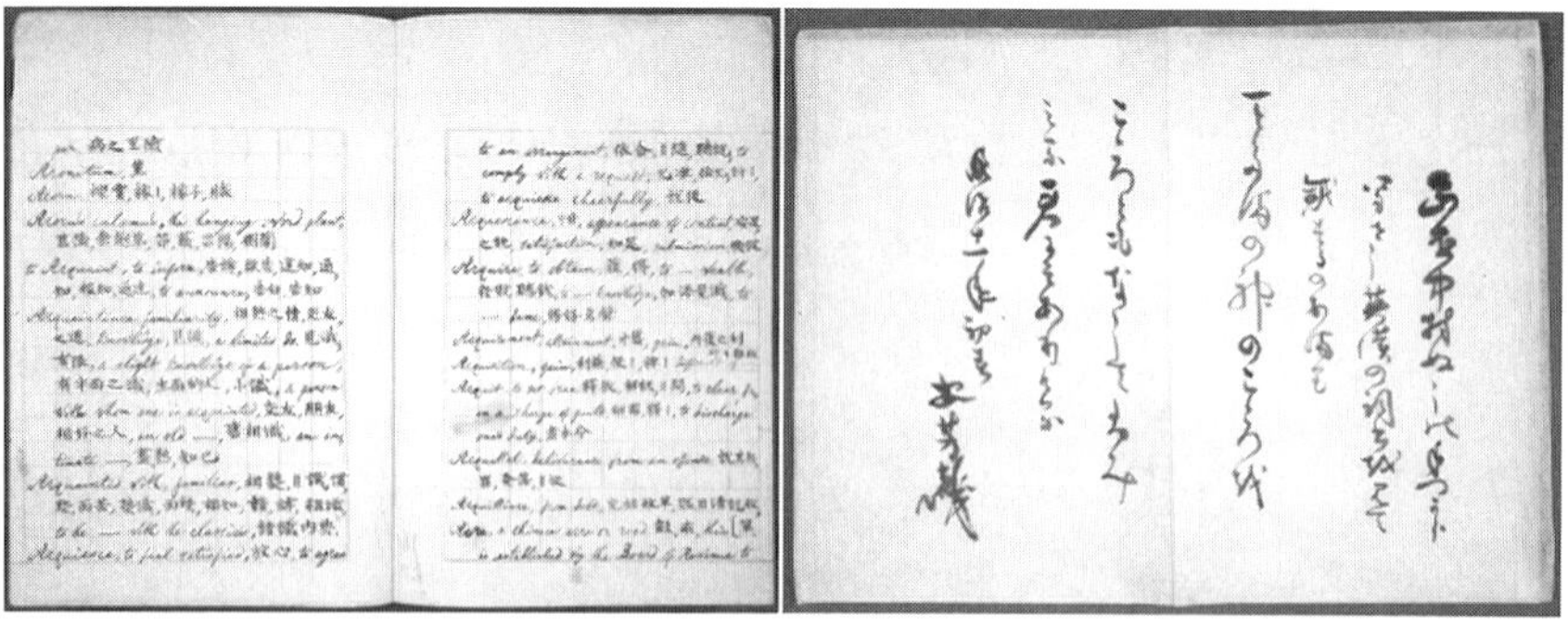

図 18　中村正直写本『英華字典』

は、メドハーストの辞書から影響を受けたことが明らかである。一八七五年に再版され、一八八〇年以降にも版を重ねてきた。一八八一年に永峰秀樹訓訳の『華英字典』は、その再版（一八七五）の点石斎本によって翻刻されている。

そして中村正直は勝海舟からこの英華字典を借り、わずか三か月で筆写したことがよく知られていて、その写本一〇冊は現在、早稲田大学に収蔵されている[54]（図18）。中村は一八七二年にミル（John Stuart Mill、一八〇六―七三）の本 *On Liberty* を『自由之理』と訳した。その「自由之理」という字面は、メドハーストの辞書の liberty の項に出ていないが、franchise と privilege の訳語として出ている。三語には意味的に相通じるところがあった[55]。

結び

以上みてきたように、メドハーストの辞書編集は基本的に最初に習得した中国語の力を頼りに行われてきた。そして、どの辞書も既成の底本があって、英訳からスタートしていくものであった。

（1）の『英和・和英語彙』に使われた『蘭語訳撰』はまさにその両方の要素を兼ねていた。和蘭辞書として、その蘭語を英訳することで和英辞書に作り上げることが可能である。ましてやその和の日本語の部分に漢字語の唐話に日本語ルビを振っているから、彼自身がそれを『蘭中日辞典』と称するように、日本語の部分の理解と意味確認にも不自由ではなかった。

（3）の『朝鮮偉国字彙』も同じくその二点を利用していた。『倭語類解』と『千字文』はともに漢字語を見出し語とする既成の辞書であって、彼の中国語力なら、それらを英訳することが可能だったし、英和・和英の辞書作りの経験を生かすことも有利に働いただろう。この辞書編集を通して、中国語（漢字語）を使えば東アジアに通じるという認識を、彼はいっそう強めたものと考えられる。それはむろん冒頭にあげたモリソンが琉球の使者たちと出会ったとき、漢字（中国語）をもってどこまで通ずるかという見方と通底しているところがある。

（2）の『福建方言字典』は画期的なものであり、先輩のモリソンの『広東省土話字彙』はむしろここから刺激を受けて編集されたものと考えられる。出版には随分長い時間と苦労を要したが、幸いにも先に出版されたモリソンの辞書がモデルとなりえた。一八二〇年代からすでに華英と英華のペアを用意するやり方は、後の『英和和英語彙』において一冊のうちに実現しただけでなく、具体的にさらに（5）の『華英字典』と（6）の『英華字典』に反映させ、いっそう体系性を持つものとなっているのであろう。上述したとおり、（2）（5）（6）の辞書の底本を同じく『康熙字典』に求めることは、先輩宣教師モリソンの辞書と音声的、意味的な照合ができるというメリットがあるだけでなく、一種の権威性をもたらすことにも意義がある。たとえ百年前の辞書であっても字形と字義が変わらない利点を生かし、発音だけを当地または当時のものにすれば、即活用可能なものとなるわけである。むろん、三節でみた「倭」の字のように、いったん間違って習得した読みを、最後まで引きずっていく危険性をも孕んでいることもあろう。

（4）の『台湾虎尾壟語辞典』だけはやや特殊である。既成の辞書（*Favorlang Woord boek*）に基づく英訳からスタートした編集方法は、前記辞書の編纂と共通しているが、オランダ語から英訳したのはあくまで語釈の部分で、台湾の原住民の言葉を前にして、自分の中国語の能力（例えば福建語の知識）を最大限に発揮させて言葉の理解と辞書編集に取り組んでいたように見受けられる。しかし、その労力は並大抵のものではなかったと考えられる。いままでの日本語や朝鮮語の辞書とも違って、たとえ行ったことも話したこともなくても、少なくとも漢字語という共通項があった。その意味で（4）の辞書は逆にそれさえなかったので、中国語の力がどれほど働いていたかは不明である。また、生きた言葉としてほぼ同時代語のつもりで扱っていた日本語、朝鮮語、中国語と異なって、このおよそ二百年前の辞書原稿の出版で、どれほど実際の布教に役立ったかはあまり検証されていない。とくに現在では完全に消えてしまった台湾虎尾壟語は一九世紀半ばころまでどういう状況にあったのかはいまだによく解明されていない。彼の頭の中では生きた言語としてとらえたのかもしれないが、布教の熱意からくるこの辞書の編集と出版は、大きな成功と評価できるものの、当時の人々にいかに利用されたのかはまだよくわからないのが残念である。今日的にみると、メドハーストの辞書が、歴史資料の伝承と保存の一翼を担っていたことは称賛に値しよう。

辞書編集は宣教師にとっては宣教事業の必要不可欠な第一歩であり、開拓者たるものの使命でもある。東アジアにおける漢字語の広がりは、ヨーロッパのラテン語の役割を彷彿させるところもあろうが、「中国語（漢文）は両民族（朝鮮・日本）には通用している（Chinese Language is common to both nations）」という（3）の『朝鮮偉国字彙』におけるこの認識に立って、メドハーストが突き進んで六種の辞書を作ってきた功績はいくら褒めたたえてもすぎることはない。一方、どれほどの問題点が潜んでいるかは検証すべき課題として避けて通れないだろう。例えば、蘭学の養分を十分に吸収したうえで出来た（1）の『英和・和英語彙』にはすでに日本独特な漢字語の使用があったり、同じ漢字語であってもすでに当時の中国語とは意味的ずれがあったりする。それらは、後に編集された（6）の『英華字典』にどのように反映され、どれほどの語が日本語の漢字理解で取り入れられたかを見る必要もあろう。つまり日本の蘭学の訳語がこの語彙集を通して中国語へ入っていく可能性をも検討すべきではないかと考えている。

註

▼1　蘇精「麦都思『福建方言字典』出版的曲折歴程」『中国出版史研究』二〇一六年三期、一〇頁。

▼2 Alexander Wylie, *Memorials of Protestant Missionaries to the Chinese: Giving a List of their Publications and Obituary Notices of the Deceased*（Shanghae: American Presbyterian Mission Press, 1867; 中国語訳：倪文君訳『一八六七年以前来華基督教伝教士列伝及著作目録』（広西師範大学出版社、二〇一一）。メドハーストの項の最後に、朱徳郎に関する簡単な紹介が付してある。広東省の出身で、バタヴィアでメドハーストの中国語助手を務め、一八三六年四月にメドハーストとともにイギリスに渡り、『聖書』翻訳などの手伝いをした。滞在中、英語を勉強し、キリストへの理解を深め、三八年七月二〇日メドハーストから洗礼を受けた。同年七月三一日にメドハーストと一緒にロンドンを離れ、一一月五日にバタヴィアに着いた。そしてすぐに翌三九年一月に広州へロンドン伝道協会の助手として任命されたが、中英間の戦争によって故郷へ帰って、ロンドン伝道協会から脱会したという。

▼3 前掲、蘇論文、九頁。

▼4 前掲、Wylie 書とその中国語訳。

▼5 W. H. Medhurst, *An English and Japanese, and Japanese and English Vocabulary*（Batavia: Lithography, 1830）.

▼6 W. H. Medhurst, *A Dictionary of the Hok-këèn Dialect of the Chinese Language*（Macao: East India Company's Press, 1832）.

▼7 W. H. Medhurst, *Translation of a Comparative Vocabulary of the Chinese, Corean, and Japanese Languages*（Batavia: Parapattan Press, 1835）.

▼8 Gilbertus Happart, *Dictionary of the Favorlang Dialect of the Formosan Language*, written in 1650, translated by W. H. Medhurst（Batavia: Parapattan Press, 1840）.

▼9 W. H. Medhurst, *Chinese and English Dictionary*（Batavia: Parapattan Press, 1842-43）（two volumes）.

▼10 W. H. Medhurst, *English and Chinese Dictionary*（Shanghai: the Mission Press, 1847-48）（two volumes）.

▼11 Eilza Morrison, *Memoirs of the Life and Labours of Robert Morrison*（London: Longman, Orme, Brown, Green, and Longmans, 1839）, p. 310. によれば、一八一一年一月七日にモリソンはロンドン伝道会宛て書簡において、琉球からの使者と出会い、自分の漢訳した『耶蘇救世使徒行伝真本』を彼らに送ろうとしたことを記していた。復刻版は『馬礼遜回憶録』で、『馬礼遜文集』（大象出版社、二〇〇八）所収。

▼12 William Milne, *A Retrospect of the First Ten Years of the Protestant Mission to China*（Malacca: the Anglo-Chinese

Press, 1820）, p. 201 によれば、モリソンとミルンの二人のミッションを The provisional Committee of the Ultra-Ganges Missions と称し、一八一七年一一月二日に二人の連名で決議文の最後の一五番目で次のことを宣言した。原文は、XV …We consider it as highly desirable to keep in view the important islands of Japan, to collect all possible information respecting them. And if possible, to prepare, by gradual steps, the way for a voyage, by some of us, to that country at a future time; in order to attain some knowledge of the language, and to ascertain what alterations and modifications, the Chinese version of the Scriptures must undergo, before it can be useful in that country, or whether an entirely new version may not be necessary. 復刻版は『新教在華伝教前十年回顧』で、前掲『馬礼遜文集』所収。

▼13 蘇精『鑄以代刻——傳教士與中文印刷變局』（臺大出版中心、二〇一四年）九九頁によれば、メドハーストの書簡に、一八二七年二月、長崎商館長 Colonel De Sturler が書物を持ってきたことが記してあるが、おそらくシーボルトを連れて江戸まで参府したヨハン・ウィレム・デ・スチューレル（Johan Willem de Sturler、商館長任期は一八二三年一一月—二六年八月）であろう。杉本つとむ『西洋人の日本語発見』（創拓社、一九八九）一〇七頁は、彼の書籍について次のように触れている。「ホフマンの場合、クルチウス『日本文法試論』の「緒言」で一八二四—二六年に商館長として滞在したJ・W・デ・スチュルレル Sturler が、「非常に有益な日本の書籍を数多く収集し、これを日本語研究のために、子息のW・L・デ・スチュルレル氏が贈呈してくれた」とも書いている。したがって、これらの書籍は最終的にホフマンにも利用されていることがわかる。

▼14 中国語原文は以下の通りである。「麦君又以日本僻在東洋、密邇中土、而耶稣之道、久未播及、思有以化其众。丁亥（1827）、得日本書、乃勤習其字、至庚寅（1830）、悉其梗概、作日本字彙、第一編以英文為主、而以日本字譯之、第二編以日本字為主、而以英文譯之。」

▼15 加藤知己・倉島節尚編著『幕末の日本語研究：W・H・メドハースト英和・和英語彙——複製と研究・索引』（三省堂、二〇〇〇）三六一頁

▼16 タイトルページにある「compiled from native works」にもその点が強調されている。

▼17 陳力衛「メドハースト『英和和英語彙集』（一八三〇）の底本について」中山緑朗編『日本語史の研究と資料』（明治書院、二〇一五）。

▼18 前掲、蘇書、九九頁。

▼19 杉本つとむ『日本英語文化史の研究』（八坂書房、一九八五）二〇六頁。

▼20 前掲 Wylie 書とその中国語訳。

▼21 明治学院大学図書館に所蔵されているメドハーストのこの辞書にはヘボンのサインと鉛筆での書き込みがあるし、最近の研究（飛田良文監修・多田洋子編著『英語箋　前編　村上英俊閲　研究・索引・影印』港の人、二〇一五）もそれを裏づけている。

▼22 前掲、陳論文。

▼23 前掲、蘇論文。

▼24 Robert Morrison, *Vocabulary of the Canton Dialect*（Macao: East India Company' s Press, 1828）（two volumes）.

▼25 ウィリアムズは一八三三年に中国に渡り印刷関係を担当するかたわら、中国語と日本語を研究し、一八四四年マカオの香山書院より *An English and Chinese Vocabulary in the court dialect*（中国語書名『英華韻府歴階』）を刊行。さらに一八四八年に『中国総論』を刊行。一八五三、五四年にペリー艦隊来航時の通訳として来日したことがある。一八五六年教会の職を辞し、米国駐華公使館の外交官として働き、『漢英韻府』（一八七四）も著した。一八七七年帰国後、イェール大学の中国学教授に任じられる。

▼26 本辞書の完成には一三年の年月を費やしたと著者は前書きに書いている。Robert Morrison, *A Dictionary of the Chinese Language in Three Parts*, Part I: Vol. I（Macao: East India Company's Press, 1815）；Vol. 2（London: Kingsbury, Parbury, and Allen, 1822）；Vol.3（London: Kingsbury, Parbury, and Allen, 1823）；Part II : Vol. 1（Macao: East India Company's Press, 1819）；Vol.2（Macao: East India Company's Press,1820）；PART III（London: Black, Parbury, and Allen, 1822）. 近代華英・英華字典の嚆矢としてこの辞書は後世に与えた影響が大きい。ウィリアムズは自分の辞書の序言と参考書目でこのモリソンの辞書に言及しているし、後述したようにメドハーストの English and Chinese Dictionary もほぼ全面的にこの辞書の上に立って発展させたものである。陳力衛「馬礼遜『華英・英華辞典』在日本的傳播和利用」『馬礼遜文集・馬礼遜研究文献索引』（大象出版社、二〇〇八）；邦訳「日本におけるモリソンの『華英・英華字典』の利用と影響」『日本近代語研究5』（ひつじ書房、二〇〇九）を参照。

▼27 前掲 , Milne, p. 214.

▼28 宮田和子『英華辞典の総合的研究』（白帝社、二〇一〇）六三―六四頁。

▼29　同右、六四頁；前掲、蘇論文、一二―一六頁。
▼30　前掲、蘇論文、一六頁。
▼31　前掲、蘇書、一〇〇頁。
▼32　木村晟・片山晴賢「解題・倭語類解」『近世方言辞書・第五輯 倭語類解』（港の人、二〇〇〇）。
▼33　オースタカンプ・スエン「シーボルトの朝鮮研究――朝鮮語関係の資料と著作に注目して」『国際シンポジウム報告書「シーボルトが紹介したかった日本」』（国立歴史民俗博物館、二〇一五）四四頁。
▼34　同右、四九頁（注5）によれば、メドハーストの使っていたのは註13で触れたスチューレルの書である。となると、メドハーストは、一八二七年にすでにそれを入手したことになる。
▼35　八耳俊文「入華プロテスタント宣教師と日本の書物・西洋の書物」『或問』九号（白帝社、二〇〇五）二九―三〇頁。
▼36　浜田敦「近隣諸国に関する情報：朝鮮」岩生成一ほか編『シーボルト「日本」の研究と解説』（講談社、一九七七）一九八―二〇七頁。
▼37　註33参照。
▼38　陳輝「麦都思『朝鮮偉国字彙』鈎沈」『文献』第一期（二〇〇六年一月）。
▼39　前掲、宮田論文、六四頁。
▼40　前掲、オースタカンプ論文、四四頁。その中で引用したシーボルトの言葉“Maxime dolemus, praecipuum librum Coraianum, cui Sinensis titulus, “*Wei ju lui kiai*” scriptus est, sero a nobis esse cognitum, qua re impediti sumus, quominus hujus quoque exemplum exscriptum in Bibliotheca nostra Japonica traderemus.”（Philipp Franz von Siebold, *Isagoge in Bibliothecam Japonicam et studium literarum japonicarum.* Ludguni-Batavorum: apud auctorem, 1841, p. 8）.「支那の表題が「倭語類解」“Wei ju lui kiai”と書かれてある特別な朝鮮の書籍が晩く我々に認識されたのを大に悲しむのであって、其が為に書写された一本をも我が日本文庫に入れられるのを妨げられた」（吉町義雄「施福多「日本文庫及日本文学研究提要」（前）」『文学研究』三〇号、一九四一；吉町『北狄和語考』笠間書院、一九七七、一五五―一八二頁に再収）
▼41　高谷道男「カール・ギュツラフの略伝と日本語訳聖書」『善徳纂　約翰福音之傳』（長崎書店、一九四二）。
▼42　前掲、蘇書、八六頁。

▼43 呉國聖（2011）によれば、Happart, Gilbertus. 1842 [1650 ori.]. "*Woord-boek der Favorlangsche taal, waarin het Favorlangs voor, het Duits achter gestelt is*."[Dictionary of the Favorlang language in which Favorlang precedes Dutch]. Verhandelingen van het Bataviaasch Genootschap van Kunsten en Wetenschappen 18, pp.33-381. という。

▼44 S. W. Williams, "List of Missionaries to the Chinese, with the Present Position of Those Now among Them," *The Chinese Repository*, vol. 20, no. 8-12（Aug to Dec. 1851）, p. 545.

▼45 キャンベルはスコットランドのグラスゴー生まれ、一八七一年に宣教師として台湾に来て、清朝末期から日本統治時代にかけて主に台南で布教活動に従事した。布教のための言語研究に取り組んだり、とりわけ盲人教育に尽力したことで知られるが、台湾史の研究においても無視できない業績を残している。

▼46 William Campbell, *The Articles of Christian Instruction in Favolang-Fomosan, Dutch and English from Vertrecht's Manuscript of 1650 with Psalmanazar's Dialogue Between a Japanese and a Formosan and Happart's Favolang Vocabulary*（London: Kegan Paul, Trench, Trübner & Co. Ltd, 1896）, p. 121.; 呉國聖「17世紀臺灣 Forvorlang 語字典（Woord-boek der Favorlangsche taal）：編纂過程初探」（國立政治大學民族學系、二〇一一年）を参照。

▼47 同右、呉論文。

▼48 前掲、蘇書、一〇〇—一〇一頁。

▼49 同右、一〇一頁。

▼50 前掲、杉本書、二〇九頁。

▼51 那須雅之「W. Lobscheid 小伝——〈英華字典〉無序本とは何か」『文学論叢』一〇九号（一九九五年七月）。

▼52 呉美恵「『英和対訳袖珍辞書』の訳語に関する一考察——メドハーストの『華英字典』との関係」『国語学 研究と資料12』（一九八八）。

▼53 遠藤智夫「『英和対訳袖珍辞書』とメドハースト『英漢字典』：——抽象語の訳語比較——A～H」『英学史研究』二九号（一九九六）四七—五九頁。

▼54 早稲田大学蔵　http://www.wul.waseda.ac.jp/kotenseki/html/bunko08/bunko08_c1021/index.html

▼55 陳力衛「従英華字典看漢語中的〝日語借詞〟」『原學』第三輯（広播電視出版社、一九九五年八月）三二三頁。

2 来日プロテスタント宣教師と「言語」
――明治初期津軽の事例から

北原 かな子

津軽地方の弘前には、明治初期から旧弘前藩士族層を中心にプロテスタント・メソジスト派が広がった。一八七五年一〇月三日に設立された弘前教会は伝道に携わる者を輩出し、また弘前教会設立の主導を担った本多庸一は、日本のメソジスト三派合同の際に初代監督をつとめるなど、日本でのメソジスト派布教に大きな影響力をもった。こうしたことから、当時の人口三万人という地方小都市に在りながら、同教会はメソジスト派内で「日本メソジストの母」と称されている。▼1

本論は、メソジスト派宣教に関する新資料を活用して、明治初期津軽のキリスト教宣教と言語の状況を明らかにし、プロテスタントの来日宣教師による日本語や英語への対応について考察をこころみるものである。

一、弘前とキリスト教——イング着任前

弘前にキリスト教が知られるようになったのは一八七〇年頃のようである。一八七二年に横浜のバラ（James Hamilton Ballagh, 一八三二—一九二〇）のところで学んでいた成田五十穂が弘前に戻り、キリスト教のことを宣伝しはじめたという。[2] 同年一一月二三日、弘前に旧藩校の後身として私立学校東奥義塾が開校した。この学校は「洋学」をその教育の中心としており、外国人教師を弘前まで招聘して旧弘前藩士族の若者たちの教育を行った。草創期にあたる一八七三年一月から八〇年七月までの時期、東奥義塾には五人の外国人教師が在職したが、全員がキリスト教宣教師、あるいはキリスト教関係者であり、学校方針としてキリスト教に極めて高い関心を持っていたことが窺える。[3]

最初に東奥義塾に着任したのは、オランダ改革派宣教師のウォルフ（Charles H. H. Wolff, 一八四〇—一九一九）だった。ウォルフは安息日に有志を対象とした聖書講読の会を開き、また週日にも学校関係者に自宅で聖書を教えていた。ウォルフが任期を終えて一八七三年末に弘前を離れた後に着任したのは、アーサー・C・マックレー（Arthur C. Maclay, 一八五三—一九三〇）である。マックレーは当時二一歳の大学生だったが、父のロバート・S・マックレー（Robert S. Maclay, 一八二四—一九〇七）は日本でのメソジスト派布教の中心となった人物だった。マックレーも安息日に聖書を読んだが、この時点までキリスト教に注意を払うものは少なかったという。その原因となったのは言葉の問題だった。ウォルフ、マックレーは共に英語で教えたため、理解できる人が少なかったのである。[4] ウォルフは弘前にいた当時、東奥義塾の初代幹事（学校長）である兼松成言から日本語を習ったと伝えられるが、キリスト教をその言葉で伝えるところまではいかなかったのかもしれない。したがって、一八七四年末までは、宣教師が弘前に滞在したとはいえ、キリスト教は広がる状況ではなかった。事態が変わっ

たのは、同年一二月にメソジスト派宣教師ジョン・イング（John Ing, 一八四〇―一九二〇）が東奥義塾に着任してからである。

二、イングとキリスト教布教――来日前と来日後

ジョン・イングは、東奥義塾三代目の外国人教師として弘前に三年半ほど滞在したプロテスタント・メソジスト派の宣教師である。イングは一八四〇年に同じメソジスト派の牧師スタンフォード・イングの子息としてイリノイ州に生まれた。南北戦争に北軍大尉として参戦し、戦争終結後はメソジスト派がインディアナ州に設立したインディアナ・アズベリー大学[5]で学んだ。きわめて優秀な成績で同大学を卒業し、一八七〇年に同大学が東洋伝道に乗り出した時、派遣された三人の中の一人として中国に渡った。直前にルーシー・ハウレーと結婚し、夫妻での伝道開始だった。彼らを派遣したのはセントルイスのメソジスト教会である。イング夫妻は一八七〇年から七三年まで中国の九江、呉城で宣教に取り組んだ。しかし、四年間の伝道生活の中で洗礼を授けたのはわずか四人だった[6]。異国における厳しい宣教生活の中で夫人が体調を崩したことから夫妻は帰国を決意し、中国人の少年である黄藩之を連れて母国アメリカに帰国途中、日本に立ち寄った。横浜に滞在している時に、教師を探していた弘前の東奥義塾関係者がイングと出会い、そしてイング夫妻はその要請を受け入れる決意をした。前出の本多庸一とともに弘前に到着したのは、一八七四年一二月のことだった。

イングと本多は、弘前においてキリスト教の布教活動を始めた。そしてイングが初めて弘前において洗礼を授けたのは翌七五年六月六日のことだった。それから一八七八年三月に弘前を去るまで、イングは少なくとも三五名の日本人に自ら洗礼を授けた。イング自身が四年間宣教に専念した中国滞在時代とは違い、日本では半年後にはすでに受洗者を出していたことになる。また冒頭で述べたように一八七五年一〇月には弘前教会が組織された。

イング一家（東奥義塾高等学校図書館所蔵）

最初は宗派を問わない公会形式だったが、イングは私学ゆえの慢性的財政難に悩まされる東奥義塾関係者に、公会形式の弘前教会をメソジスト派所属にかえるようにとアドバイスした。それによって少なくとも東奥義塾から受け取っている自分の給与一六七円の一部をメソジスト派から受け取れるようになるという理由である。東奥義塾関係者たちはこれを受け入れ、弘前教会は翌七六年一二月からメソジスト派に加入することになった。そしてイングは七七年八月以降、メソジスト・ミッションから給与百円を受け取っている。イングのこの行動は、自ら俸給を減じ、学校資金の備蓄に協力したとして、東奥義塾の歴史の中では後々まで讃えられることになったが、実はそれ以上にイングの宣教成果に直結していたことは見逃せない事実である。

このように中国ではほとんど宣教成果がなかったジョン・イングは、日本において布教開始後まもない時期から受洗者を出し、弘前に教会を設立し、さらにその教会がメソジスト派に加入するなど、大きな宣教成果をあげた。またその後、弘前教会からは伝道活動に向かう人物が多数育ち、同教会は日本のキリスト教受容史の中でも一目置かれる存在となった。同じメソジスト派のスペンサーは、イングの業績に関連し、単一の教会でこれだけの成果をあげられたところは、日本のみならず他の地域に目を向けても例がないのではと評価した。[7]

三、イングの宣教と「言葉」

ここで目覚ましい成果をあげたイングと「言葉」の問題を考えてみたい。イングの前任者だったウォルフとマックレーは日本語を使いこなせなかったので、前述の通り聖書を読むときも東奥義塾生たちに語りかけるときも言語は英語だった。逆に東奥義塾生たちにとっては、ウォルフやマックレーのような外国人教師に直接英語を学ぶことができるということが、同校で学ぶ強い動機になった。例えば、のちにエドワード・S・モース（Edward S. Morse）に学び、生物学者となった岩川友太郎は、ウォルフに学んだ当時のことを振り返り、郷土を出て学びたかったが、西洋人がきたのでその熱が多少緩和されたと回顧した。[8]また東奥義塾出身で医師として活躍した伊東重も、マックレーの散歩に毎日付き合った理由として、語学習得のためであり、ここで会話力を鍛えたことが、自分の英語力向上に役に立ったと述べている。[9]すなわちイング着任前も、東奥義塾に学ぶ生徒たちにとって、外国人教師が英語で教えるということ自体が学校の魅力になっていたのであって、もともと教師が日本語を身につけなければならない必然性はそれほど高くなかったかもしれない。ただし、すべての人たちに言葉がスムーズに伝わったわけではないので、キリスト教に関心を持つ人間は少ないという結果に終わっていた。

では、イングの場合は、どうだっただろうか。中国にいた頃のイング夫妻は、中国語を習得し、流暢に話していたとされている。[10]ただ、日本語については少なくとも流暢に話すレベルではなかったようだ。イングの宣教と言葉については、イング夫妻が書き残した資料がいくつか残っているので、これらから彼らの宣教の場面と言葉の部分を書き出す形で追ってみたい。

イング夫妻が青森に到着したのは、夫人の記録によると一八七四年一二月一七日のことだった。そして二月一六日付の書簡にはすでに東奥義塾の建物の中で安息日学校（Sabbath school）が開かれており、そのうちの礼拝の一つは、日本語で本多庸一が仕切っていると記されている。イング夫人の目には、本多は東奥義塾生たちに良い仕事をしていると映っていた。同年五月頃になると、イング夫妻の自宅で日曜学校が開かれるようになる。出席者も多く、夫妻もこれをとても楽しみにするようになった。このイング邸での日曜学校は英語で行われていた。一方、安息日の説教は学校で行われており、こちらは日本語だった。学校での会合には東奥義塾の生徒や先生たちばかりではなく、学校とは直接関係のない人たちも参加するようになった。イング夫人は説教者の熱意溢れる言葉を理解できなかったが、しかしそれは彼女にとって非常に興味深い光景だった。「日本人説教者（本多庸一のこと――引用者）はここでとてもよくやっています」とイング夫人は書いた。こうした日本人説教者による伝道の効果を目の当たりにしたイング夫人は、若者を彼ら自身の母国（日本でも中国でも）で働くように訓練することの重要性を考えるようになる。

四、弘前初の洗礼式と「言葉」

イング夫妻が到着してから半年ほど経った一八七五年六月六日、弘前初となる洗礼のための儀式が行われ、短い礼拝のあと、イングは一四人の若者に洗礼を授けた。この時のメンバーは、一人を除いて一三人が東奥義塾の生徒たちだった。また、一二人がイングの英語クラスの生徒だった。洗礼を受けた一四人の若者たちは、洗礼式に先立つ数か月前から、英語と日本語の両方で宗教上の指導を受けていた。イングの英語クラスに入っていない二人は彼らの母国語である日本語で指導されていた。その方が良いことは明らかであり、だからこそ、日本人説教者はどうしても必要なのだとイングは考えていた。そして本多のサポートについては、イングも次のように書き残している。

日本人伝道者である本多氏は、私たちとともに半年前にここにきて以来、学校の管理職兼教師でもあるのですが、横浜公会の一員でもあり、説教を行うとともにこれらの若者やさらに他の人たちにも教えています。つい最近まで彼は学校で、希望者を対象に行われる午後三時の礼拝で説教をしており、また午前中に私たちの家で行われる英語による礼拝にも関心を寄せていました。そこには私が教えている五〇人ほどの生徒の中の多くが参加しています。

本多が東奥義塾生だけではなく、学校外の津軽地方の人たちにもキリスト教を広め、人も集まってきていたことがわかる。

弘前で初めて洗礼を受けようとする希望者は洗礼を受ける前日の土曜日午後三時にイングの自宅に集まった。そして賛美歌を歌い、祈りを捧げたのち、いくつかの真摯な質問を受けた。これは生徒の一人である「Mr. Shinda」（おそらくイングの教え子珍田捨己《ちんだすてみ》）によって日本語で復唱された。そして当日、朝一〇時から始まった洗礼式において、用いられたのは英語と日本語の両方だった。こうしてイングは弘前において洗礼を授け、冒頭で述べたように弘前教会も秋に発足した。ただし、ここでもイング自身は日本語をなかなか使いこなせなかったようである。一八七六年四月一五日付手紙には、その二週間ほど前に二人の若者に洗礼を授けた時のことが出てくる。

このとき、私たちは礼拝と、洗礼式直後に続いて行われた聖餐式を日本語で行いました。これは私にとってはとても難しいことでした。というのは、私はこれを「ならう」のにわずか三日しかなく、そしてその結果どうなったかというと、私は私たちの先生と同様に読むことはできたのですが、ただそれを会衆の前で読むのはできませんでした。次回はもっとうまくやりたいと思います。

イング自身の日本語での礼拝を行いたいという意欲、しかし実際にそれがきわめて難しかったという現実が伝わる記述であろう。自宅での礼拝と学校での礼拝において英語と日本語を使い分ける形で、イングの宣教は進められた。それは、言うまでもないことながら、英語習得を目的としてアメリカ人教師イングの元に集まってくる若者たちや、すでに洗礼を受け優れた「preacher」である本多庸一がいた中で可能になったことだったのである。

五、津軽地方初の留学生派遣へ

本多とともにキリスト教布教に取り組んだイングは、若者をアメリカに送り出し、宣教師になる勉強をさせることで、英語力も身につけ、かつ宣教ができる人材を育てようと考えるようになった。もともと津軽地方の人たちにとって、アメリカ留学は悲願とも言えることだった。国外への渡航や留学が行われるようになる幕末期、弘前藩でも何らかの形で若い藩士を留学させようとする試みが何度か行われ、本多庸一もその候補

東奥義塾の生徒たち（1876年撮影、東奥義塾高等学校図書館所蔵）

の一人だったが、実現に至らないままに廃藩置県を迎えていた。

イングがこうした津軽の人々の願いに応える形で、アメリカ留学への扉を開いたのは一八七七年夏のことだった。イングは母校の恩師に手紙を送り、日本人の若者を受け入れてくれるように要請するとともに、大学入学に向けた学力準備や渡米後の生活の算段まで細かく打ち合わせ、万全の態勢を整えた。この時のイングの手紙には、彼の真意やこの留学が実現した背景にあった事情が浮かび上がる。次に引用するのは、同大学の機関紙の一つであるアズベリー・レビュー紙に掲載されたイングの手紙の紹介文である。

［インディアナ・アズベリー］大学で、ネイティブの教師によって日本語と中国語を教えることについてのやり取りが、ウィリー教授と、六八年度卒業生で現在、日本のトーゴーカレッジ英語科の首席指導者であるジョン・イング師との間で、交わされています。以下の興味深い手紙は届いたばかりです。ここで言及されている若者たちの来校は、我々の学校にとって栄光になるとともに、ミッションの仕事にとっても新天地を開くことにもなるでしょう。学校、学生たち、後援者たちは喜んで彼らを迎え、書籍を準備し、さまざまなことで援助するということを表明します。

この留学の目的が、東奥義塾生たちの学業というよりはインディアナ・アズベリー大学側にとって、日本語と中国語の宣教師確保の側面が強かったことがわかる。それはイング自身の次の言葉からも明白である。

この若者たちを送りだすのは、彼らを先生や先生のすばらしい同僚の方たちに勝るとも劣らないくらいの教育者にしたいということと、とりわけ、徹底的に訓練された宣教師にしたいということのためです。日本人たちは弘前の教会から派遣されます。そして、彼らが頭上に祝福を受け、学位を手にして中国や日本の異教徒の地で働いたとき、外国人とは比べ物にならないくらい効果的であろうということは言うまでもないことと思います。

この学校は、できるだけ早く、英語と母語の両方でよく教育された人材がどうしても必要なのです。前者の方は現在のこの国では実現できません。ここと中国の教会は、私たちの言葉、習慣、しきたり、信仰において徹底的に教育された人たちが必要で、でなければ私たちのささやかなすべての努力の結果は失敗となり、この未開の地を救うこととはほど遠い結果となります。

「徹底的に訓練された宣教師」がイングの真意だった。教え子を「私たちの言葉、習慣、しきたり、信仰において徹底的に教育された人たち」にすることで、「外国人とは比べ物にならないくらい効果的」な宣教効果を狙ったのである。その背景に言葉の問題が存在したことは疑いのないことと思われる。なお、ここに「中国」が出てくるのは、当初イングが中国から連れてきていた黄藩之も東奥義塾生とともに渡米の予定だったことによる。詳細は不明だが何らかの事情により黄藩之の渡米は実現しなかった。ただイングは自分の書簡の中で、日本人学生たちも中国語の読み書きができると書いている。

こうしたイングの真意や背景事情はともかくとして、彼のサポートにより、同年七月二日に珍田捨己、佐藤愛麿、川村敬三、那須泉の四人の若者が弘前を出発した。四人はサンフランシスコ上陸からアメリカ各地のメソジスト派信徒たちの協力を得て、何の心配もなくイングの母校インディアナ・アズベリー大学があるインディアナ州グリーンキャッスルに到着した。[11]

六、津軽初の留学生たちとアメリカ

四人は渡米後まもない九月一一、一二日に行われたインディアナ・アズベリー大学の入試を難なく通過し、速やかに留学生活に入った。四人のうち珍田、川村、佐藤の三人は大学一年の課程に入り、年少だった那須は予備課程に入学した。在学中の東奥義塾生たちは、学内に居室を与えられ、学内の用務員の仕事をしながら授業を受けた。リベラルアーツの古典コースを履修した彼らは、そのかたわらバイブルクラスでも学んでいる。宣教師への道を歩んでいたということだろう。学業成績は全員極めて優秀で、一八八一年卒業の三人は卒業式で成績優秀者としてのスピーチをしている。また那須も体調を崩して卒業直前に帰国を余儀なくされたものの、その学業優秀さは地元の新聞に掲載されたインディアナ・アズベリー大学生の動向から知ることができる。

学業だけではなく、学内のさまざまな活動でも彼らは大活躍した。全員、学内の弁論サークル的存在であるリテラリィ・ソサエティに所属したが、一八八一年に学内で初めて開かれた弁論大会で優勝を飾ったのは佐藤愛麿だった。彼の優れた弁論力は有名で、聴衆は足を踏みならして熱狂したという。

卒業後の四人の進路は明暗をわけた感があった。牧師志願だった川村敬三はインディアナ・アズベリー大学卒業後、ドリュー神学学校に進学したが、過度の勉学で体調を崩して、八二年の帰国直後に亡くなった。また那須も帰国後は現在の筑波大学の前身にあたる東京師範学校で英語教師となり、きわめて優れた先生として人気があったが、体調が快復せず、八六年一一月八日に亡くなった。[12]

それに対して珍田と佐藤は、活躍した二人として知られている。前述のように有能な弁論者として知られていた佐藤は、帰国直前のスピーチで、自分は日本で宣教と教育にあたると明言し、実際に帰国後は美会学校で教師となったものの、一か月で辞職、外務省入りして外交官としての道を歩んだ。珍田は留学費用を学校から援助されていたことから帰国後弘前で四年間、東奥義塾教師として働き、また弘前教会で牧師の仕事に携わった。ここまではイングの希望通りだったが、四年の任期を終えた後は東奥義塾を辞職して上京し、やはり外務省入りして外交官として活躍した。特に珍田は最後に宮内庁入りして侍従長になったことから、現在のデポー大学（インディアナ・アズベリー大学の後身）の学校史には From Janitor to Royal Court として日本人留学生たちのことが掲載されている。[13]

津軽地方の歴史の中では佐藤と珍田の活躍はよく知られており、この留学は二人の成功者を生み出したということになっている。また東奥義塾からアメリカに行けるという現実は津軽地方の若者たちに夢を与え、その後も津軽からのアメリカ留学は続いた。イングは文字通り、津軽からの留学のドアを開いたのである。ただし本来はイングが宣教師を育てようとして実現へと導いた留学であったことを思い起こした時、結果がイングの意図とずれていたことを忘れてはならないと思われる。珍田と佐藤の華やかな結果に成功イメージがつきまとうが、母国語と英語を使いこなす宣教師を育てるという意味では必ずしも成功した留学ではなかったのである。

結び

弘前でのキリスト教布教と言葉をめぐる問題について、これまで述べてきたことをもとに、最後にいくつか考えてみたい。第一に考えられるのは、主としてアメリカから来たプロテスタントの宣教師が日本語を習得しなければならない必然性は、それほど高くなかっただろうということである。ウォルフ、マックレー共に日本語を使いこなしたわけではないが、東奥義塾生自身が彼らから英語を学べること自体が学校の魅力になっていたことから、教師が日本語を使えなくてもそれが大きな支障になる状況ではなかったと察せられる。むしろ教師が話す英語自体が有為の若い人材を集めるための宣教の武器になったとみることもできよう。

第二にあげられるのは、弘前でのメソジスト派の広がり方を見る時、やはりイングとともに活動した本多の存在が実に大きかったということである。それはすなわち、外国人宣教師のそばに優れた「preacher」がいることの重要性を示す。本論で述べた通り、イング夫妻自身が中国語を使いこなすだけ習得していたことが事実であれば、同じく四年ほど滞在した日本でも日本語での布教があっても不思議ではない。しかし今残されている資料からわかるのは、どちらかというとイング夫妻が日本語に習熟して布教を志すというよりは、本多が説教をする様子をみて、ネイティブによるキリスト教布教の効果を確信したということである。藩校稽古館きっての秀才で人望厚かった本多の言葉は、他の日本人よりもより受け入れやすかったのかもしれないが、その布教効果は大きく、それはイング夫妻による津軽地方初のアメリカ留学実現につながった。この留学は、活躍する外交官を育てたという点においては成功しているが、宣教師が育たなかったという点から見たら、イング本来の希望をかなえたことにはならないのである。

総じて英語使用が主流であった明治期プロテスタント宣教の場合は、言語の扱いが他言語を用いる宗教とは異なった可能性が高いとおもわれる。それがプロテスタント宣教師自身による日本語文学が少ないことの要因と見ることができるのではないだろうか。

註

▼1 Methodist Episcopal Church, *Annual Report of the Missionary Society of the Methodist Episcopal Church for the Year 1894*, p. 209.

▼2 「弘前教会来歴」『七一雑報』一八七八年一二月一四日、復刻版第三巻、三九六頁。

▼3 北原かな子「明治初期津軽地方のキリスト教文化受容」北原かな子・郭南燕編『津軽の歴史と文化を知る』岩田書院、二〇〇四、二七―四三頁、参照。

▼4 前掲「弘前教会来歴」。

▼5 Indiana Asbury University、現在はデポー大学（DePauw University）になっている。

▼6 *55th Annual Report of the Missionary Society of the Methodist Episcopal Church for the Year 1873*, New York: MEC, 1874, p. 61.

▼7 Spencer, D. S. "Hirosaki Fruits," *Tidings from Japan*, MEC, Sept. 1902 pp.104-5.

▼8 岩川友太郎『二村居士の過去六十年追想録及官歴』岩川信夫発行、一九三五、二五―二六頁。

▼9 「月下の二人男」（四）『弘前新聞』明治四二年一〇月七日

▼10 訃報記事によれば、「Mrs. Ing, as well as her husband studied the Chinese language, could speak it fluently, and were happy and successful in their god work.」"Obituary," *Greencastle Banner*, 21 April, 1881.

▼11 この時の津軽からの留学生の活躍や動向については、拙著『洋学受容と地方の近代』岩田書院、二〇〇二、第四章に述べてあるので、詳しくはそちらを参照されたい。

▼12 W. J. Maxwell, *General Catalogue of Delta Kappa Epsilon 1918*, New York: R. L. Polk Company, 1918, p. 493.（デポー大学所蔵資料）

▼13 Philips J. Clifton, John Baughman, *DePauw A Pictorial History*, Greencastle, IN: DePauw University, 1987.

【付記】本論は人間文化研究機構の「総合書物学」のユニット「キリシタン文学の継承：宣教師の日本語文学」の研究成果の一部であり、日本学術振興会科学研究費補助金基盤研究（B）「近代移行期における『音』と『音楽』――グローバル化する地域文化の連続と変容」（課題番号15H03232、2015.4-2018.3）の助成を受けた研究成果でもある。

3 仏人宣教師リギョールと『教育と宗教の衝突』論争

将基面 貴巳

一八九二年一一月、帝国大学の初代哲学教授だった井上哲次郎の談話記事が雑誌『教育時論』に掲載された[1]。記事のねらいは、教育と宗教、特にキリスト教、との関係について井上の見解を紹介することだった。井上の発言の主旨は、煎じつめていえば、キリスト教は教育勅語の精神と矛盾しうるという点にあった。

井上の見解は、直ちにキリスト関係者からの応答を見ることとなった。横井時雄や植村正久をはじめとする当時のプロテスタント系指導者たちは、キリスト教を弁明する立場から反論の矢を放ったのである。そうした批判に応じて、井上は翌一八九三年四月に、『教育と宗教の衝突』と題する小冊子を刊行した[2]。その作品の中で、井上は、当時マスコミを騒がせていたキリスト教徒によるいわゆる不敬事件のいくつかに言及している。

そのひとつは、一八九三年四月当時から見て二年以上前の内村鑑三不敬事件である。すなわち、一八九一年一月、第一高等学校において教育勅語に対する内村の拝礼が不適切であったことを一部の教職員や学生によって咎

井上哲次郎『教育ト宗教ノ衝突』（1893 年、敬業社）表紙

められ、結果として、内村が辞職に追い込まれた事件である。井上にとって、内村の不敬事件は氷山の一角にすぎなかった。このほかにも多くの不敬事件を事例として挙げることにより、井上は、キリスト教徒の皇室に対する態度を疑問視したのである。

　井上によるキリスト教攻撃は、さらなるキリスト教陣営からの反論を招き、その結果、おびただしい数の書籍や論文が刊行された。この論争に関わる論文に発表の機会を提供した雑誌は多岐にわたり、教育関係（『教育時論』）やキリスト教関係（『六合雑誌』）はもちろんのこと、『国民之友』や『日本評論』のような一般時事を扱うものや、『女学雑誌』や『仏教』のように対象読者を絞った雑誌も、井上の論考をめぐる論争の舞台となった。

一、『教育と宗教の衝突』論争

　この『教育と宗教の衝突』論争は、明治期日本において最も有名な論争のひとつであるが、その論争に参加した人々に外国人も含まれていたことは意外と知られていない。その外国人とは、フランスからの宣教師アルフレッド・リギョール（一八四七―一九二二）である。リギョールは、パリ外国宣教会から派遣されて一八八〇年に来日し、晩年に香港に移住するまでのおよそ三〇年間、日本で活動した。その間、五〇冊に及ぶ書籍を日本語で公刊したが、その多くは日本人司祭 前田長太（一八六七―一九三九）の協力を得ている。数多くの著作の内容は当然のことながらカトリック・キリスト教の布教を目的とするものであるが、取り扱う素材は神学的なものに限らず、時事論的なものも少なからず含んでいる。[3]

リギョールによる『教育と宗教の衝突』への応答は、『宗教と国家 前編』と題された著作である。[4] 公刊されたのは論争の末期にあたる一八九三年九月である。この作品は、明らかに続編を予定していたが、前編が刊行後まもなく発禁となったために、続編が陽の目を見ることはなかった。唯一刊行された『宗教と国家 前編』は、井上の著作につき、ページを追ってその論点を一つひとつ論破する形式で執筆されている。全巻が刊行されていたならば、徹底的かつ包括的な批判的論考となっていたものと想像される。発禁になったとはいえ、リギョールはこの論争で取り扱われた論点について口を閉ざしたわけではなく、『愛国の真理』と題する一八九六年の著作で再考察を試みている。[5]

M. ALFRED LIGNEUL

de la Société des Missions-Étrangères de Paris
ancien Professeur au Petit Séminaire de Chartres
Supérieur du Séminaire de Tokio depuis 1880.

リギョール神父、自著 *L'Évangile au Japon au XXe siècle*（Librairie Vve Ch. Poussielgue, 1904）所収

これまで多くの論者によって繰り返し指摘されてきているように、『教育と宗教の衝突』論争の基本的争点とは、キリスト教信仰が教育勅語の精神に反しうるかどうか、ということであった。確かに、当時のキリスト教指導者たちによる反論の多くは、キリスト教信仰と教育勅語の精神が合致することを論証するものであった。日本にとってのキリスト教の潜在的危険性については、教育勅語の公布に先立つ一八八〇年代においても多くの論

者が著作を発表していたが、それらと比べて井上の論考が画期的だったのは、ひとつには、キリスト教が日本という国家にとってどのような脅威であるかという一般論ではなく、特に、教育勅語に示された道徳と教育の根本規範に矛盾しうるものであることに論点を絞ることで、キリスト教脅威論の議論の枠組みを組み替えた点にあった。こうして、キリスト教の聖書と日本国家の教育勅語という二つのカノンの対立として問題が整理されたことになり、実際、キリスト教指導者たちはこの問題に直接的に応答することとなったわけである。その意味で、教育勅語の公布こそは『教育と宗教の衝突』論争にとって最重要のコンテクストであるといっても過言ではない。この点についてはこれまで多くの研究業績が存在しており、ここではこれ以上立ちいった言及は不要であろう。

むしろ、この小論のねらいとして特に注目したいのは、『教育と宗教の衝突』論争は、キリスト教と教育勅語の精神の潜在的対立だけを争点とするものではなく、かなり多面的で複雑だったということである。この多面性及び複雑性はリギョールの論考を通じて論争を検討するとき、より鮮明になるものと思われる。ここで指摘したいのは次の二つの問題である。第一に、「衝突」論争は日本の愛国心をめぐる問題でもあったということ、第二に、その論争の知的コンテクストは日本国内のそれで完結していたわけではなく、むしろ欧米の新思潮が大きな役割を演じていた、ということである。

二、リギョールの観点

いうまでもなく、リギョールもキリスト教と教育勅語の潜在的矛盾という問題をしっかりと見据えていたが、彼にとっては、愛国心のあり方もまた中心的争点のひとつだったのである。そうであればこそ、発禁処分のため執筆を中絶せざるをなかった『宗教と国家』に代わって、その作品で扱った諸問題に立ち返るにあたって、『愛国の真理』と題する著作にまとめたことも理解できよう。

他方、『教育と宗教の衝突』論争の知的コンテクストに関連していえば、リギョールが日本人ではなくフランス人であったという事実こそが、リギョール独自の視点、すなわち、井上の「唯物論」的観点を批判する立場がいったい何に由来するのか、を理解するうえで重要であろう。論争に参加した多くの日本人には、井上の見解に「唯物論」的視点を見出すことは皆無ではないにせよ、極めて稀だった。リギョールのそうした特異な視点は、翻って、『教育と宗教の衝突』が、まだ日本の知識人にとって比較的馴染みの薄い欧米の最新思潮に基づいて執筆されたという事情を明らかにするのではないか。これら二つの論点について以下において敷衍しよう。

まず、愛国心の問題である。井上によればキリスト教は愛国心を掘り崩すものであるとされるが、これに対して、リギョールは、むしろ逆に、キリスト教こそが愛国心を強化すると主張した。リギョールも含め、井上の主張に対してこのように真っ向から反対論を唱えた論者に関して、生松敬三は批判的にコメントしている。すなわち、「キリスト教は非国家主義ではなくて忠孝と愛国心を一そう強めるものであることをひたすら弁明するといった風のものであった」というのである。[6] こうした多数派の意見に対するのとは対照的に、生松は、植村正久や柏木義円のように、井上が称揚した類型の愛国心を批判した論者に肯定的な評価を下している。確かに、植村や柏木が愛国心の区分・類型に焦点を変えることによって、井上によるキリスト教攻撃の矛先をかわしたことは、論争上の技巧面で優れていることを認めるにしても、植村や柏木の応答を検討するだけでは、リギョールを含める多数の論者が真正面から応じた井上のキリスト教攻撃がそもそもどのような立脚点に基づくものか、その理解の一助にはならないことも事実であろう。

キリスト教と愛国心が相矛盾する存在だと井上が主張する根拠は、多くの場合、ヨーロッパの知的権威に基づいており、その中にはウィリアム・エドワード・レッキー（一八三八―一九〇三）が含まれる。現在ではあまり顧みられない思想家であるが、一九世紀後半のアイルランドを代表する歴史家・政治思想家で、のちに政治家となった人物であり、最も有名な著作に『一八世紀イングランド史』がある。その著作のひとつである『ヨーロッパ的道徳の歴史』の中で、レッキーは、愛国心がキリスト教会によって「通例忌避されてきた道徳的義務」であると繰り返し論じている。レッキーによれば、「愛国心自体、ひとつの義務としては、キリスト教倫理の中にいかなる場所を見出すこともなかったし、強力な神学的感情は愛国心の発達に真っ向から敵対するのが常であった」という。[7] さらに、テルチュリアヌスやキプリアヌス、アウグスティヌスらのキリスト教古代教父たちは、現世における国家についてさして意味ある思想を発展させることはなく、もっぱら来世の空想上の王国にばかり思いを馳せたとレッキーは主張する。まさにこの論点こそは、井上がレッキーの名前とともに言及した点である。[8] レッキーは井上が論及した唯一の思想家ではないが、キリスト教が愛国心の涵養を阻害したとする歴史的主張を展開するうえで、井上が特に重視した思想家であることは注目されてよいだろう。

このように、キリスト教が愛国心にとって阻害要因となると井上が主張するうえで、歴史家レッキーによる歴史的観察に依拠したことを踏まえるならば、リギョールが、キリスト教こそが愛国心を涵養したという歴史的事実を指摘することで反論を試みたのは、しごく当然のことであった。ただし、リギョールは井上同様、歴史家ではなかったために、別の歴史家の叙述に頼ることとなった。リギョールはフランソワ・ルネ・シャトーブリアン（一七六八―一八四八）の著作によりつつ、普仏戦争でロワニーの戦いを勇敢に戦った将校ルイ・ガストン・ド・ソニがキリスト教信仰の篤い愛国者だったことを描いている。[9] この例のように、リギョールが愛国心を論じる際、植村や柏木が概念的区分を用いて厳密に論じようとするのとは対照的に、軍事的文脈における自己犠牲の精神として捉える傾向が濃厚である。そこにリギョールの愛国心理解の平板さを見出すことは可能だとしても、彼の言わんとしたことはむしろ、キリスト教信仰と愛国心が行動において一体たりうることを比較的最近のフランスの歴史的事例をもってしめすことにあった。そうすることで、井上のように自身を愛国者として喧伝する人々が発する単なる言葉は、行動によって示される真正な愛国心とは程遠いものであることを主張したのである。

このように、リギョールの観察するところでは、愛国心が論争の一大争点であったが、キリスト教と愛国心の関係という問題は、彼にとって、キリスト教と道徳の関係という、より大きな問題の一部としてみなされていたようである。前出の将校ルイ・ガストン・ド・ソニに関する論述に続いて、リギョールは次のように記している。「若し日本が支那若しくは他の強国と戦端を開くの止むを得ざる場合に立ち至るとありせば、忠勇義烈の将士を出して、邦家の為に奮戦健闘せしむるものは、決して井上博士の唱導する唯物的主義にあらざると、彰々乎として明かなればなり」[10]。このように、リギョールは『宗教と国家』の中でしばしば「唯物論」が井上の哲学的基礎にあることを指摘し批判している。

『宗教と国家』の中では、リギョールは彼のいう「唯物論」について詳細な説明を加えていない。ただ、少なくとも明らかなのは、彼にとって、唯物論は魂の存在を否定し、個人の物質的福利を尊重する。「霊魂なき愛国心」から帰結するのは「社会の財産を平均して、天下の人をして平同一様に楽ましむる」ことであって、「国家の為に身を犠牲に供活るにあらずして、自身の為に国家を犠牲に」することである[11]。すなわち、唯物論が影響力を持つということは愛国心の後退を意味する。

管見の限り、キリスト教関係者による井上への反論には、井上の「唯物論」を問題視するケースは皆無ではないが稀である。繰り返し井上の「唯物論」を批判するのはおそらくリギョールだけであるといってよい。なぜリギョールだけが「唯物論」にこだわったのか。この問いに答えるには、再び、井上自身の議論に立ち返ってみる必要があろう。

三、井上哲次郎の立場

前川理子が指摘するように、井上はキリスト教倫理を丸ごと拒絶したわけではない。少なくとも私的倫理としてキリスト教が有用であることは井上も承認していた[12]。しかし、その一方で重要なのは、井上の議論がキリスト教と倫理を切断する試みとしての側面を有していたということである。井上が繰り返し強調したのは、キリスト教が欧米の知識人たちの信仰の対象ではもはやなくなっているという論点であり、それはおそらく井上自身の六年間に及ぶドイツ留学を通じて得た認識に基づいていた。欧米世界でキリスト教が退潮しつつあると主張するために、井上はジャン＝ジャック・ルソーやアルトゥール・ショーペンハウアー、エルネスト・ルナン、そしてハーバート・スペンサーなどの著名な思想家を引き合いに出している。

しかし、これまで往々にして看過されてきていることであるが、井上は、当時の欧米でその名を知られたが今日顧みられることの少ない思想家たちにも少なからず依拠していた。中でも井上が繰り返しその名に言及しているのは、ベルリン大学哲学教授だったゲオルク・フォン・ギズツキー（Georg von Gizycki, 一八五一―九五）である。[13] ギズツキーはドイツにおける倫理文化運動の指導者の一人であり、一八九二年一〇月のドイツ倫理文化協会（*Deutsche Gesellschaft für ethische Kultur*）の設立に尽力した人物である。[14] 元来、フィーリックス・アドラーによって創始された倫理文化運動が目的としたのは、倫理学をいかなる宗教（とりわけキリスト教）的基礎づけからも解放することであった。この運動は第一次世界大戦前に国際的な運動として広がりを見せ、英語圏では、アメリカのウィリアム・マッキンタイア・ソールター（一八五三―一九三一）とイギリスのスタントン・コイト（一八五七―一九四四）が指導権をにぎった。[15] 倫理文化運動は、しかし、一枚岩的ではなく多様な展開を見せたのであり、例えば、ドイツ倫理文化協会の思想家の一人だったルートヴィッヒ・ビューヒナー（一八二四―九九）は、さらにドイツ自由思想同盟（*Deutscher Freidenkerbund*）を創設し、科学的倫理学の発展を促進した。[16] こうしたドイツの倫理文化運動や自由思想運動に合流した思想家には、著名な動物学者で、のちにドイツ一元論者同盟（*Deutschen Monistenbund*）を創設したエルンスト・ヘッケル（一八三四―一九一九）もいる。[17] こうした多様な知的運動は、相互にさまざまな形で結びついており、立場は微妙に異なっているとはいえ、道徳を宗教、とりわけキリスト教から独立させようという思想的課題を担っており、しかもその思想的指導者たちには、ヘッケルやビユーヒナーに典型的に見られるように、唯物論的立場を標榜する者も少なからず含まれていたのである。

ちなみに補足すれば、前出のレッキーは、J・M・ロバートソンによれば、一九世紀自由思想運動の一角を占める存在として位置づけられる。[18]こうしてみれば、井上がレッキーに依拠した事実は、井上が倫理文化運動の思想に親和的だった事実と論理的に整合的であるということができよう。すなわち、レッキーがキリスト教を愛国心と矛盾するとして相互の関係を引き離そうとしたのは、倫理文化運動が倫理をキリスト教的基礎から切断しようと試みたのと相似関係にあるとみてよいのではないだろうか。

これまでほとんど研究者の関心を惹くことがなかったが、キリスト教が欧米の知識人の間で衰退傾向にあるという井上の主張は、ギズツキーやビューヒナー、コイトやソールター、そしてヘッケルなどの主張に依拠しつつ述べられている。[19]おまけに、井上はギズツキーを「余の親交の友なり」とまで述べて、親密な友人関係にあることまで披露している。このように、倫理文化運動をはじめとする当時の新しい知的運動に井上は親近感を抱いていたようであるが、井上が特に共鳴したのは、主としてそれらの反キリスト教的側面であったとみてよい。

このように、倫理文化運動や自由思想運動などの思想的立場に依拠しつつ、井上は、倫理をキリスト教的基礎から独立させる試みを日本に紹介・輸入したのであり、そうすることで、キリスト教への新しい攻撃を開始したのである。すなわち、一八八〇年代にもキリスト教が日本にとって脅威であるという主張はなされてきたが、その多くは、キリスト教布教が列強の植民地主義の一環であり、しかも、キリスト教文化が暴力的であるとして、日本の独立と秩序を脅かすものであるというものであった。井上が導入した考え方は、日本の立場から見たキリスト教脅威論ではなく、他ならぬ西洋においてキリスト教が人類の進歩という観点からしてもはや非合理的、迷信的であるとみなされているという視点である。帝国大学教授としての井上の課題は、西洋の最新の思想を日本に導入することであり、その文脈においてキリスト教を攻撃した点に、それまでのキリスト教脅威論と袂を分かつ新鮮味があったのである。

しかし、井上の主張にみられるこうした新しい側面は、当時、井上に同調していた論客によって注目、再説されることが意外と少なかった。例外は、のちにライプツィヒで哲学と経済学を学び、帰国後実業家として成功を収めた岡崎遠光（一八六九―一九一三）である。一八九三年八月、論争も末期に至って、岡崎は『耶蘇教の危機』を上梓した。[20]その中で、岡崎は一九世紀を通じてキリスト教がヨーロッパで衰退の一途をたどっていることを素描し、ヘッケルやジョン・ティンダル（一八二〇―九三）、ロバート・インガソル（一八三三―九九）によるキリスト教攻撃が井上のそれよりもいっそう激しいと論じている。[21]

四、キリスト教陣営の主張

こと西洋の最新思想動向に裏付けられたキリスト教攻撃という側面に関する限り、日本のキリスト教陣営の反応はどちらかといえば鈍かったといわざるを得ない。例えば、正教会の石川喜三郎は、欧米の思想家たちがキリスト教信仰を持たなくなっているからといって、その事実から、我々が信仰を持つべきでないという結論を導き出すことはできない、と手短にコメントするにとどまっている。[22]

また、キリスト教系の英学者だった高橋五郎（一八五六―一九三五）は、「偽哲学者の大弁論」という論説のタイトルに看取できるように、激烈な言葉遣いが目立ったために、井上に対し個人攻撃を行う卑劣な論客として汚名を着せられたことでその名を広く知られる。しかし、その高橋は、井上が西洋の最新学説で武装していることをしっかり把握していた。だが、高橋による井上への応答は、井上が依拠した欧米の学者よりも優れた学者の存在を指摘することで、井上が参照した知識人の知的権威を相対化したり、井上自身の最新学説の理解度に疑念をはさんだりするにとどまった。[23]

おそらく、井上の主張の核心に最も迫ったのは内村鑑三ではないだろうか。内村は井上が「基督教に勝る大害物を我が国に輸入せられしあり、即ち無神論不可思議論是れなり」[24]と述べており、そこに、井上によるキリスト教攻撃の本質を見抜いていたことを垣間見ることができる。実際、井上がキリスト教に批判的な同時代のヨーロッパ知識人に言及するとき、そのなかには、エミール・デュ・ボア・レーモンやトマス・ハクスレーなどの無神論者や不可知論者が含まれている。[25]しかし、内村は井上に対する「公開状」で手短に自説を開陳するにとどまったので、彼が『教育と宗教の衝突』論争に対してどのような理解を持っていたのか、十分な理解を得ることは必ずしも容易ではない。

こうしてみると、リギョールによる井上の「唯物論」批判は、井上がキリスト教を道徳から切断することでキリスト教のいわば後進性を論じようとしたのに対する、ひとつのアプローチとして読み取ることができるように思われる。リギョールが井上の「唯物論」を指摘するに際して言及するヨーロッパの思想家たちはルソーや、スペンサー、ルナンなどであり、リギョールが果たして、井上が依拠した欧米の倫理文化運動などの指導者たちによる著作にどの程度親しんでいたかは不明である。

しかし、井上の議論の基礎にあるものを「唯物論」であると指摘し、繰り返し批判した点に、井上が共鳴した欧米の最新思潮にある程度通底するものを嗅ぎ分けているとみてとることができないだろうか。「唯物論」というレッテルは、内村の「無神論」や「不可知論」と同様、井上が依拠した思想的立場を包括的に表現するものではない。だが、同時代のヨーロッパにおける新思潮に基づいて、井上がキリスト教攻撃を仕掛けたという事実をしっかりと見据えたうえで、これに応答することを試みたキリスト教陣営の論客は決して多くはなかった。リギョールによる井上の「唯物論」批判は、『教育と宗教の衝突』という作品が、欧米の知的コンテクストのなかで執筆されたという事実を前景化するうえで、有効な手がかりのひとつなのである。

註

▼1 関皐作編『井上博士と基督教徒』全三巻（正、続、収結編）、哲学書院、一八九三年、正、一―九頁。

▼2 井上哲次郎「教育と宗教の衝突」前掲、関編『井上博士と基督教徒』所収、正、四八―一一五頁。関編の論集に収められたのは、『天則』をはじめとするさまざまな雑誌に掲載された論文であり、それを若干補充したものが同一タイトルの小冊子として哲学書院から刊行された。小冊子のテキストは『近代日本キリスト教名著選集』（第四期・キリスト教と社会・国家編、第二五巻）日本図書センター、二〇〇四年に収録。以下の引用は関編の論集による。

▼3 リギョールの多岐にわたる論述活動とその影響についての概観としては、山梨淳「近代日本におけるリギョール神父の出版活動とその反響」『カトリック研究』七九号、二〇一〇年、三九―七三頁を参照。

▼4 博聞社や丸善などから刊行された『宗教と国家　前編』は、『近代日本キリスト教名著選集』（第四期　キリスト教と社会・国家篇　第二巻）日本図書センター、二〇〇四年所収。

▼5 リギョール『愛国の真理』文海堂、一八九六年。

▼6 生松敬三「『教育と宗教の衝突』論争」宮川透・中村雄二郎・古田光編『近代日本思想論争：民選議員論争から大衆社会論争まで』青木書店、一九六三年、二三四―二六一頁、特に二五七頁。

▼7 W. E. H. Lecky, *The History of European Morals*, 2 volumes, 7th revised edition. New York: D. Appleton, 1921, vol. 2, p. 44.

▼8 前掲、井上「教育と宗教の衝突」七五頁。

▼9 リギョール『宗教と国家　前編』一三五―一四二頁。

▼10 同右、一四三頁。

▼11 同右、一〇三頁。

▼12 前川理子『近代日本の宗教論と国家』東京大学出版会、二〇一五年、三四―三五頁。

▼13 ギズツキーについては以下を参照。Roger Chickering, *Imperial Germany and a World Without War: The Peace Movement and German Society, 1892-1914*. Princeton: Princeton University Press 1975, pp. 124, 126; Jean H. Quataert,

Reluctant Feminists in German Social Democracy, 1885-1917. Princeton: Princeton University Press, 1979, p. 78; Tracie Matysik, *Reforming the Moral Subject: Ethics and Sexuality in Central Europe, 1890-1930*, Ithaca: Cornell University Press, 2008; Todd Weir, *Secularism and Religion in Nineteenth-Century Germany: The Rise of the Fourth Confession*, Cambridge: Cambridge University Press, 2014, p. 243.

▼14　ドイツ倫理文化協会については、右掲 Matysik, Reforming the Moral Subject を参照。

▼15　英米の倫理文化協会については G. Spiller, *The Ethical Movement in Great Britain: A Documentary History*. London: Farleigh Press, 1934 を参照。

▼16　前掲、*Chickering, Imperial Germany and a World Without War*, p. 124.

▼17　ヘッケルについては、佐藤恵子『ヘッケルと進化の夢　一元論・エコロジー・系統樹』工作舎、二〇一五年を参照。

▼18　J. M. Robertson, *A History of Freethought in the Nineteenth Century*. Bristol: Thoemmes Press, 2001 [originally published by London: Watts & Co. in 1929]）, 2 volumes, vol. 1, pp. 263-65.

▼19　前掲、井上「教育と宗教の衝突」八七頁。

▼20　卜里老猿（岡崎遠光）『耶蘇教の危機』哲学書館、一八九三年。

▼21　同右、二〇頁。

▼22　石川喜三郎「井上哲次郎氏の教育と宗教の衝突を読む」関編『井上博士と基督教徒』正、２３８頁。

▼23　例えば、高橋五郎『排偽哲学論』民友社、一八九三年所収の「悔悟の哲学者」において、井上がルナンを「盲信」したり、レッキーを「誤解」したりしていると論難している（二一頁）。

▼24　内村鑑三「文学博士井上哲次郎君に呈する公開状」『内村鑑三全集』第二巻、岩波書店、一九八〇年、一三一頁。

▼25　前掲、井上「教育と宗教の衝突」八二頁。

4 カンドウ神父の日本文化への貢献

ケビン・ドーク

フランス人ソーヴール・カンドウ（Sauveur Antoine Candau, 一八九七―一九五五）神父は、知識人として一九五〇年代の日本に名を馳せた人だったが、六〇年代に入ってから、日本の一般社会だけでなく、彼の所属するカトリック教会からも忘れられてしまった。その理由はさまざまあるだろうが、そのうち一番重要なのは、彼が永遠の哲学であり絶対的理念とした「自然法」という思想が、六〇年代の激しく変化する社会と文化の革命によって、「時代遅れ」というレッテルを貼られたことではないかと思われる。

ここで、過去の歴史に埋没しているカンドウ神父を掘り起こすことは、古代日本の思想や文化が近代社会にまだ有意義だということを主張するためばかりではなく、カンドウ神父の思想から、日本の古典を現在の国際社会に応用できるという価値を見出すことができるからである。

一、カンドウ神父の経歴と来日

カンドウ神父は、一八九七年五月二九日、南フランスのバスク地方サン・ジャン・ピエ・ド・ポール（Saint-Jean-Pied-de-Port）という町で、敬虔なカトリック家族の一一人兄弟の七番目の子として生れた。父フェリックスは布地商を営んでいた。母テレーズは献身的な専業主婦であった。彼の叔父の家に富士山の絵が壁にかかっていたことと、カンドウの旧家に初めて日本宣教をする聖フランシスコ・シャビエル（ザビエル）が滞在したことがあるという伝説が、幼いソーヴールの心に日本への憧れを植え付けたそうである。一一歳の時、三五キロ離れたラレソール（Larressore）という町の小神学校に入学して、一九一四年にさらに一五キロ離れたバイヨンヌ Bayonne 市の大神学校に入学した。

村越金造一家とカンドウ神父、1925 年（池田敏雄編『カンドウ全集』別巻一、中央出版社、1970 年より。以下も）

しかし、第一次世界大戦がはじまったため、下士官より士官の生活の方がいいと思い、一九一六年に名門のサン・シール士官学校 École Spéciale Militaire de Saint-Cyr に転校した。数か月後、陸軍少尉としてヴェルダンの激戦に参加した。大戦終焉の翌一九一九年にパリ外国宣教会に入ってから、ローマにあるイエズス会の設立によるグレゴリアン大学に留学し、神学博士と哲学博士の学位を取得した。一九二三年に司祭に叙階され、二年後の二五年一月に横浜に上陸し、日本宣教という長年の宿望が叶う。二八歳であった。

最初は東京の関口教会に赴任したが、しばらくしてから静岡市の追手町教会に転任し、その町の漢学者村越金造の家に寄宿し、村越に日本語と中国古典の四書五経の素読を教わる。宮本敏行によれば、神父は「半年で完全に日本語を操」り、東京でアッシジの聖フランシスコ記念講演会で、「カンドウ神父は一時間にわたって講演した。苦心の原稿を丸暗記したものだったが、聴衆は流暢な日本語に度胆をぬかれた」[1]という。これは来日一年足らずの初講演であった。

三年後、カンドウ神父はまた日本語による演説をした。それは、一九二八年一〇月二二日に浦和高等学校カトリック研究会創立記念講演会で行ったものである。当日の基調講演はカンドウ神父の親友で東京帝国大学法学部教授田中耕太郎の「現代の知識階級問題」であり、その前にカンドウの講演「価値あるもの」があったのである。

その時、カンドウ神父の日本滞在はまだ四年未満だったが、当時の聴衆の一人によれば、カンドウは「其の明快闊達な雄弁で、先づ聴衆に日本語の雄弁術を語られたのには、彼等も唖然たるものがあ」ったと書いている。[2]それから東京大神学校校長に就任した一九二九年から、第二次世界大戦への応召の一九三九年までの一〇年間、カンドウは東京都内を中心に、カトリックの知識と文化を紹介する著述活動を活発に行った。

ヨーロッパの戦場で重傷を負って戦線に戻れなくなったカンドウ神父は、一九四三年にバチカンの日本公使館顧問としてローマに赴任してから、そこで終戦を迎えた。日本の敗戦を聞いたカンドウは、日本の将来についてこう述べる。「(日本は)またたぶん世界の人々を驚かすことだろう。なぜなら、日本には他の国よりずっと人間の堕落が少なく、多くの自然徳、偉大な精神力があるからです」と。[3]

「自然徳」という言葉は、たぶん村越から教わった古典の中の教訓で、それをヨーロッパ人に伝えようとしたのだろう。戦後の一九四八年、教皇ピオ一二世の許可を得て、神父はアメリカ経由で再び日本に戻ることができた。

二、戦後日本の近代主義への反対

カンドウ神父が日本言論界で活躍する最後の期間は、一九四九年から五五年の帰天までの六年であった。日本に戻ると、間もなく田中耕太郎の推薦で、一九四八年創刊の月刊文芸誌『心』の同人になって、文章を頻繁に掲載しながら、NHKラジオの教養番組でも大活躍した。その上、ほとんど毎日、日仏学院で講義し、さらに聖心女子大学で「近代思想批判」という講座を毎週担当した。一九五二年から毎月一回、政治家、実業家ら二十数名がカンドウ神父をかこんで話をきく会も始められた。夜七時に集まる中年以上の人たちの会なので、カンドウ神父は『老子』四一章から「大器晩成」の熟語をとって「晩成会」と名付けた。

カンドウ神父

「晩成会」はもちろん、顰蹙を買うかもしれないカトリック宣教の機会としては使用されなかった。宮本敏行によると、「神父は、例によって、押しつけがましい説教はせず、むしろ哲学・文学・芸術の話題を取り上げた。会は神父の死去の直前まで続けられ、中から数名の受洗者を出した」そうである。[4] 受洗者が出た事実から推測ができるのは、カンドウ神父が漢学や哲学などの一見非キリスト教の話を、キリスト教の宣伝に効果的に利用したのではないかということである。ただし、親日家のカンドウ神父は東洋思想に詳しいからといって、カトリック教会における司祭の本務をおろそかにしたのではないかと考えたら間違いである。いうまでもなく彼は、近代の進歩思想をもつ知識人が好む多宗教精神もしくは宗教無関心主義のようなものをもたない。事実上のカトリック宣教師だからである。

カンドウ神父は、帰天前の数か月に開催された斯文会の孔子祭（一九五五年四月二四日）において講演した。幸いにその講演の速記録が「思想の永続性――私の漢学修業時代」というタイトルで同年八月の『心』誌に掲載された。内容は彼の終始一貫してもつ近代思想に対する批判である。恩師漢学の村越先生がその三年前に亡くなったため、村越先生の懐かしい話もある。ある意味で、この講演は先生への恩返しと考えてもいいだろう。しかし、その内容は個人的な逸話ばかりではない。むしろ広く「現代において忌むべきいろいろな思潮」に対する批判である。神父は三つの例を挙げて、それらはすべて「漢学の精神」と相反するものであり、「孔子のわれわれに教える原理とぜんぜん矛盾するもの」だと説明している。

第一の批判対象は「すべては相対的」なものであり、「真理は、相対的」で、「絶対的なものはありはしない」という考えである。カンドウ神父は、それを誤りとして、人間の本質は時代によって変わるものではない、と考えている。神父は四書の『大学』からこの普遍的教訓を引用してくれる。すなわち、「古えの明徳を天下に明かにせんと欲する者は、先ず其の国を治む、その国を治めんと欲する者は先ず其の家を齊《ととの》う、その家を齊えんと欲する者は先ずその身を修む、其の身を修めんと欲する者は先ず其の心を正しくす、其の心を正しくせんと欲する者は先ず其の意を誠にす、其の意を誠にせんと欲する者は先ず其の知を致す、知を致すは物に格《いた》るにあり[5]」という孔子の主張する、人間の心こそが天下統治の基本、という意味をもって、社会の歴史的変化が人間を変化させるという近代の考え方を批判して、実はむしろ「社会改革の問題」はまず「人間改革の問題」から始まると指摘している。これはすなわち、カンドウ神父のもつ「永続性を帯びる思想」である。

二つ目の批判対象は、「すべては許される」という近代の「忌むべき思潮」である。その発想は古くからあったのではなく、一九世紀末のニーチェの思想が近代社会に蔓延して、絶対者はいない（神は死んだ）という考えを作り出している。しかし、古い時代の人間はそういう考えをもたなかった。むしろ、人間の目指す究極的な目的はかならず絶対的な制限を受ける、という信念が普通であった。カンドウ神父は、孔子の「和なる者は天下の達道」の言葉をも引用して、人間は自分のもつ目的に相応しく振る舞うべきだという古来の思想が正しいと主張している。[6] 目的達成のために道徳性が高く要求されるはずで、目的のためなら手段を選ばない、という非道徳的な考えを許してはいけない、という観点でもある。

三つ目の批判対象は近代思潮の特徴である「すべては可能」という思い上がりである。これは科学の進歩によって生じた現代人の傲慢だ、と神父は指摘している。神父にとっては、物質的世界の可能性を多く知ることができても、未知の精神世界においてはまだ分からないことが多くあるので、「謙遜にならなければならぬ」という、「キリスト教においても、儒教においても、重要な役割を演ずる一つの原則」[7] は、依然として有効であり、もち続けるべきものだ、と考えている。

神父は、儒教を伝統的陋習として葬り、キリスト教だけが近代に適う宗教だという立場を取らず、むしろ、古今東西の真理は普遍であり不変なものとして、常に相対性と変化性をもとめる近代主義に反対している。神父のこの観点は特筆に値する。例えば、孔子の語った基本的教訓は、永続する価値のある思想であり、言い換えれば「思想の永続性」を備えるものである。その永続性は「旧教」といわれるカトリック教会の実践によっても表現されている。カンドウ神父が古典から学んだのは、儒教とカトリックとが共有する基本的な原則ではないかと考えられる。

この「思想の永続性」という文章が『心』に掲載される前の八月に、神父は急性十二指腸潰瘍のため帰天した。享年五八であった。現在、カトリック府中墓地に埋葬されている。

三、カンドウの文学的影響

カンドウ神父は日本滞在の長い間、日本の知識人と広く接触し、深い印象を残し、大きい影響を与えてきている。カンドウ神父についての著述も少なくない。例えば、小説家長田幹彦（一八八七―一九六四）は、カンドウ神父の来日二、三年後に、面識を得て、小説『緑衣の聖母』（改造社、一九三一年）において、カンドウを「ロザリオ神父」という名前で登場させ、「日本人よりも明晰な日本語」を話し、「慈父のやうな温顔にしきりに笑ひを溢《たた》へ」る人物として、「日本人は、自分では意識しなくても、よく神を知つてゐます。私、もう長い間、日本にゐますので日本の人の性質よく分ります」と言わせている。[8]

音楽学者でキリスト教信者の野村良雄（一九〇八―九四）は、一九三四年にカンドウ神父から洗礼を受けており、自伝的小説『若い日の出会い』に、「デユバラ神父」と名付けたカンドウ神父への敬慕を描写している。[9] 第二次世界大戦後、神父が東京日仏学院や、アテネ・フランセで講義を行っていた時期に、小説家加賀乙彦（一九二九―）、作家・評論家なだいなだ（一九二九―二〇一三）、比較文学者平川祐弘なども聴講していた。[10] 加賀は、カンドウ神父からの影響がなければ、カトリック小説家にならなかったかも知れない。なぜなら、一九五三年のバー「メッカ」殺人事件の犯人正田昭と知り合ったのが出発だからである。

正田は獄中でカンドウ神父に導かれて、一九五五年七月にカトリック信仰に帰依し、カンドウ神父に洗礼を授けられた。[11] 神父が逝去後、正田は手紙に「夕陽を見るたびに私は、夕陽のようにすばらしかったカンドウ神父さまを思い出して悲しみにみたされる」と書いている。[12] 彼は第六回群像新人文学賞最終候補となる小説『サハラ砂漠』を書いたことがある。拘置所の医務技官として正田と頻繁に接触したことは、のちに加賀が小説家とカトリック信者になったきっかけとなっている。

加賀は正田をモデルとする小説『宣告』を書いている。自分は「正田昭からキリスト教を学んだ」と言っている。「不思議なことでした。死刑囚からキリスト教を教わり、そして信者にな」り、その死刑囚が「まさに私の恩人の一人」と発言している。[13] つまり、カンドウ神父が正田昭をキリスト教へ導かなかったなら、加賀も一医師に止まっただろう。もちろん、正田の改心に重要な役割を果たしたカンドウ神父の日本語の熟練も忘れてはいけない。その日本語は文学者たちによって描写されている。

小説家上林暁（一九〇二―八〇）は、上記の聖心女子大学で行われたカンドウ神父の講座「近代思想批判」に感銘を受け、「サンドー神父」という名前で小説「説教聴聞」（一九五四年）に彼を登場させ、その講演の内容を詳しく紹介している。神父の日本語については、「その抑揚から察して、日本の古歌――古今調の和歌のやうであつた。それは驚くべき流暢さだつた。（中略）サンドー神父の説教は、文明論であり、芸術論であり、人間論であり、芸術味に溢れた文学的叙述であつた。宗教臭さはどこにもなく、キリスト教のキの字も出て来なかつた。その点さつぱりしてゐて、私などのやうな無信仰者には気持がよかつたが、説教としては型破りではないかと思はれた」と書いてから、神父が講演の最後にキリスト教を敵視することで有名な哲学者ヴォルテールの「美しい詩」を和訳しながら次のように説明する。「『若し神様といふものがあるとするなら、神様、どうか私に幸福を与へて下さい』といふ意味になります。皆様も夜中に目がさめて眠れない時には、どうぞこのヴォルテールの詩を口ずさんで下さい」と語ってから、「会衆はいつまでも恍惚として、動くすべを知らなかつた」と伝えている。[14]

小説家の獅子文六（一八九三―一九六九）は、カンドウ神父と親しく接したことがあり、自伝的小説『娘と私』（一九五五―五六年）で、「アンドゥー神父」と名づけた人物が、長女麻理の教会での結婚式を担当し、「参列者に向って、喜びの挨拶を、述べてくれた。それは型通りの文句ではなく、二人を個人的に愛してる教師として、温かい気持が溢れていたが、私の心は、靄のようなものに包まれ、夢うつつに聞く気持ちになった」と描写している。[15]

神父は第二次大戦後には西洋思想の紹介者としても活動し、「精神の気高さとまれな聡明さ」をもつシモーヌ・ヴェイユやマックス・ピカートなどを早い時期に日本の知識人に紹介したのはカンドウだとされている。[16] 神父は多くの文人や知識人と接触した。その中で法学者田中耕太郎（一八九〇―一九七四）は神父を自分の「最良の教師」としている。[17] キリスト教文学者の武田友寿は「戦後の日本で最もよく知られたカトリック者といえば田中耕太郎氏とS・カンドウ神父ではないかと思う」と書いている。[18]

しかし、一九六三年頃になるともうカンドウの名前はカトリック教会内でも忘れられるようになった。転換点は一九六八年の池田敏雄編『カンドウ全集』の刊行であり、それによって、再び思い出されるようになった。[19]

ここでカンドウ神父が日本文化に与えた影響に関する二冊の本を紹介したいと思う。一つは室谷幸吉著『日本人の心の友――カンドウ神父』（一九七九年）である。この本は、池田敏雄編『昭和日本の恩人―― S・カンドウ神父』に負うところが大きい。一〇年前のカンドウ神父について抱いた興味の延長と言ってもいい。しかしただの延長ではない。まず、この本の読者は、小学校から高校までの学生が中心と思われる。著者は師範学校の学生だった時、「神への奉仕にひたむきな神父」の姿を新聞で知り、感銘を受けたことがあった。児童文学の作家としてこの本を書いたのである。

この本は「日本図書館協会選定」に選ばれ、青少年の教育に供され、読者に親切で、振仮名と絵がふんだんに使われている。室谷の描いた神父像は、ほとんど池田本に出てきた本来のイメージに従うが、室谷独特のカンドウ神父像の特徴が二つある。一つは、神父を若い日本人の友達として表していること。例えば、神父は自殺願望の日本人大学生と友情を結び、自殺を思いとどまらせた場面がある。[20] もう一つは、アッシジの聖フランシスコに倣う動物好きの平和主義者というイメージである。[21] この二つのイメージを併せもつ室谷のカンドウ神父は、若い日本人に国際的文化（特にカトリック信仰）へと向かわせる道しるべとなりうる。

カンドウ神父に関するもう一つの重要な書物は司馬遼太郎の『街道をゆく 南蛮のみち 1』である。[22] この本は、カンドウ神父に関する詳細な研究を記す山梨淳氏の論文に取り上げられている。しかし、山梨氏はこの司馬の旅行記が一九八四年に出版されて、「新しい読者をカンドウの著作に誘っているが、この呼びかけは、依然十分に応えられないまま、その機会を待ち続けていると言える」[23]という結論を出している。確かに、カンドウ神父の戦後日本文化界に与えた影響は、直接的にも間接的にも大きかったが、山梨氏が言うように一般の日本人に忘れられていることも否定できない。ただ、以下の点を顧慮する必要がある。

司馬遼太郎の『街道をゆく南蛮のみち　1』は、単行本として一九八四年に刊行されて以来、版を重ねている。一九八八年に「朝日文庫」に入れられ、二〇〇六年に朝日新聞社からワイド版で再版され、〇九年に「朝日文庫」の新装版が出版されている。つまり、室谷の本が主に小、中、高の学生たちに読まれたのであれば、司馬のは二〇代以降の大人を読者と想定していると言えよう。司馬は人気小説家なので、カンドウ神父を伝えた作品の影響力はかなり大きいはずである。

面白いことに、wikipediaの日本語版に「ソーヴール・カンドウ」という項目があるが、その英語版やフランス語版にはCandauという記事がない。やはりカンドウ神父がどの国よりも日本で一番よく知られているといえよう。むろん、カンドウ神父を日本に派遣したパリ外国宣教会の電子アーカイブにフランス語による詳しい紹介がある。[24]少なくともカンドウ神父を、忘却された思想家として判断することはまだできない。

左よりカンドウ神父、プラトマルティ神父、カンドウ神父の姪エメ、田中峰子夫人、田中耕太郎、浅野ミチ

四、優れたエクリヴァン

カンドウ神父の親友田中耕太郎は、神父が日本でカトリック普及の活動を始めた頃の一九二六年に、自らもカトリック出版活動を開始している。神父が一九三九年三月に第二次世界大戦のため帰国した二か月後、田中も外国に出かけている。この二人のカトリック知識人の日本国内での活動期間がかなり重なっている。しかも、東京の大学や高等学校のカトリック研究会のために一緒に働いたこともよくあった。田中ほどカンドウ神父を詳しく知っている人はほかにいないだろうと思う。よく知られたことだが、田中はカンドウ神父の日本語の会話の才能ばかりではなく、日本の文化、特に日本古典文学への深い理解を褒めたたえている。神父が帰天した後、最高裁判所長官となった田中は、神父の日本語を以下のように評価している。「唯一のカトリック的文筆者（エクリヴァン）で……漢語、格言、歌舞伎の台詞（セリフ）などをたくみにまぜ」た文章を書き、「戦後公刊された論文や随筆を集録した数々の著書がいずれも出版界から異常な歓迎を受けたのは、それらがスタイルの点においても、教養ある人々の嗜好に適合するからである[25]」と見ている。

これは非常に面白い評価だと思う。カンドウ神父は日本語、特に古典文学を読む能力は高かったと思われる。村越先生からくずし字の読解訓練を五年間も受けていた[26]。日本語の著作を何冊も出版したことは確かである。生前に『思想の旅』と『世界のうらおもて』の二冊が、一九五五年没後、『永遠の傑作』と『バスクの星』が刊行されている。一九四九年から五三年にかけて、四冊の邦訳書をも上梓している。

神父の日本語能力は「日本人以上」と評されることが多く、田中だけではなく、日本人の文学者からもよく称賛されている。しかも日本人の漢字の書き間違いを訂正していたほどである[27]。神父の執筆方法は、まず自身がローマ字で書いたものを、日本人協力者に漢字と仮名に換えてもらう、というものである。そして執筆よりも、談話や講演に重きを置いたようである。戦後、カンドウ神父は、東京の日仏学院やアテネ・フランセでフランス語を教えながら西洋の哲学や思想を紹介した。その講義に出た平川祐弘は、カンドウ神父の日本語を評価して、「書かれた文章はあの講義の魅力には到底及ばない」と書いている。平川氏は、「外国人日本研究者でカンドウ神父のように日本語のできる人を見たことがない」といい、また、神父が第二次世界大戦に出征したとき、日本語を忘れないために、日本語で日記をつけていたことをも伝えてくれている。[28]

結び

カンドウ神父は生涯、ローマ字で日本語の文章を書いていたようである。神学校の教務の責任があり、戦後、ラジオ放送や演説などに忙しかったからである。しかし、カンドウ神父の講義やローマ字で書かれた文章からは、古典文学を深く理解していることがうかがえる。しかも講演などで、その理解をうまく伝えている。

現代において、古典を再現する方法は書物以外に複数ある。例えば、演劇、漫画、テレビドラマ、アニメなど。したがって、古典文学の魅力を幅広く分かりやすく伝えたカンドウ神父の独特的な伝達法（講演、ローマ字書記）は先駆的であり、今日的な意義をもつものだと思われる。

註

▼1　宮本敏行「日本と世界的友情の使徒――S・カンドウ神父小伝」『S・カンドウ一巻選集』春秋社、一九六八年、二七五頁。

▼2 宮下生「浦和高等学校カトリック研究会創立」『声』一一号、一九二八年、四二頁。
▼3 カンドウ神父の日記の引用、前掲宮本「日本と世界的友情の使徒」二七八頁。
▼4 前掲宮本「日本と世界的友情の使徒」二八〇頁。
▼5 カンドウ「思想の永続性——私の漢学修業時代」『心』八巻一二号、一九五五年、七七—七八頁。『大学』の原文「古之欲明明徳於天下者先治其国、欲治其国者先斉其家、欲斉其家者先修其身、欲修其身者先正其心、欲先正其心先誠其意、欲誠其意者先致其知、致知在格物」
▼6 前掲カンドウ「思想の永続性——私の漢学修業時代」七八頁。
▼7 同右、七九頁。
▼8 長田幹彦『緑色の聖母』非凡閣、一九三七年、『長田幹彦全集』第一一巻、日本図書センター、一九九八年復刻版、四八五—四八六、四九三頁、
▼9 野村良雄『若い日の出会い』新時代社、一九七一年、一二九—一三三頁。
▼10 山梨淳「ソーヴール・カンドウ神父と近代日本の知識人」『カトリック研究』八一号、二〇一二年、一一〇頁。
▼11 "Confessed Assassin Becomes Catholic," *The Japan Times*, July 23, 1955, p. 4.
▼12 加賀乙彦編『死の淵の愛と光』弘文堂、一九九二年、七頁。
▼13 門脇佳吉・加賀乙彦対談「新教皇のメッセージを読み解く」『中央公論』二〇一四年一月号、七六頁。
▼14 上林暁「説教聴聞」（初出『世界』一九五四年二月）『上林暁全集』第一〇巻、筑摩書房、一九六六年初版、一九七八年増補改訂版、二四六—二五二頁。
▼15 獅子文六『娘と私』『獅子文六全集』第六巻、朝日新聞社、一九六八年、五五〇頁。
▼16 前掲山梨、一〇八頁。カンドウ「文明人とおとな」初出『心』一九五五年五月、『カンドウ全集』第三巻、中央出版社、一九七〇年、二九一頁。
▼17 前掲山梨、一〇四頁。
▼18 同右、一一六頁。
▼19 同右、一一六頁。
▼20 室谷幸吉著・富賀正俊絵『カンドウ神父～日本人の心の友』女子パウロ会、一九七九年初版、一九八一年再版、一四八—

一五三頁。

▼21 同右、一二八―一三九頁、一五四―一六〇頁。

▼22 司馬遼太郎『街道をゆく　南蛮のみち1』朝日文庫、一九八八年、新装版朝日文庫、二〇〇九年。

▼23 前掲山梨、一三九頁。

▼24 Sauveur Antoine CANDAU（1897-1955）http://archives.mepasie.org/fr/notices/notices-necrologiques/candau-1897-1955

▼25 田中耕太郎「カンドウ神父と日本」『心』九巻一一号、一九五六年、六三―六四頁。

▼6 前掲カンドウ「思想の永続性――私の漢学修業時代」二頁。

▼27 今道友信「遠くからの祈り」『九鬼周造全集』第一〇巻、月報一一、岩波書店、一九八二年一月、二頁。

▼28 平川祐弘『書物の声　歴史の声』弦書房、二〇〇九年、六九―七〇頁。

〔コラム2〕マレガ神父の日本文化研究

シルヴィオ・ヴィータ

マリオ・マレガ（Mario Marega、一九〇二―七八）はイタリア北東部のゴリーツィア市付近に生まれた。当時、その地域はオーストリア・ハンガリー帝国の「オーストリア沿海州」（Österreichisches Küstenland）と名付けられ、第一次世界大戦後、イタリアに統括された。二七歳の若い司祭として一九二九年に来日したマレガは、一〇年ほど前に「イタリア人」になったばかりであった。

マレガの属するサレジオ修道会は一八五九年に結成され、イタリア北部のピエモンテ州に本拠をもち、イタリア出身者が主力であった。教皇ピウス一一世在位時代（一九二二―三九）の活発な海外布教の一環として、同会は一九二五年、宮崎県と大分県を宣教区として委任される。その年は、サレジオ会の宣教師が初めてアルゼンチンに渡航する五〇周年記念に当たるほか、聖年でもあり、さらに「布教万国博覧会」（Esposizione Universale Missionaria）という前代未聞の展示会がバチカンで盛大に開催された年であった。多くの展示品は、布教のために歴史学、人類学などの近代学問体系に取り組む宣教師の活動を示し、それらはその後、宣教民族学博物館（現バチカン宣教民族学博物館）の常設展示品のもととなる。

サレジオ修道会が日本へ派遣した最初の宣教師グループは、一九二六年二月九州に上陸し、一九三〇年代以降、東京でも活動を展開した。教育レベルが高いと認識された日本への宣教師派遣は、優れた知力を条件とした。サレジオ会は日本で相次いで教育機関を設立、大分で出版社ドン・ボスコ社を創設した。

マレガは第二グループの一員として、一九二九年一二月一四日に神戸に上陸以来、七四年に日本を離れるまで、帰国した二年（四七―四八年）を除けば、四五年間日本に滞在した。司祭として大分県に根を下ろした三二年から五〇年までの約一六年の大分時代は最も実り多く、教区の歴史をたどることをライフワークとして、「大分の宣教師」と呼ばれたほど、地域社会と密接な関係を築き上げている。

マレガの収集した豊後キリシタンに関する膨大な歴史文書群は、一九五〇年代にローマに渡り、バチカン図書

マレガ神父（バチカン図書館蔵）

館蔵となっている。現在、全点の撮影、目録の作成、内容の分析は、国文学資料館、東京大学史料編纂所、大分県立先哲史料館を中心に行われ、近い将来、一般研究者もその画像を利用できるようになる。

これと同時にマレガの生涯、活動、著作に関する研究から、同時代の他のカトリック司祭との比較考察までが課題となる。そのためサレジオ会の豊富な資料（報告書、書簡、教会日誌、回想録など）や、戦前からの新聞記事の切り抜き、本人の手による記録は貴重な手がかりである。なかでも、マレガが近親者（初期は両親に、後期は姉妹に）宛てに定期的に書いた約二百通の書簡が注目される。

これらの書簡は、出身地ゴリーツィアの郷土史家で、マレガの妹婿に当たるカミッロ・メデオット（Camillo Medeot, 一九〇〇―八三）が整理してから、後に当地の神学院の図書館に収蔵された。マレガの思考、経験、感性を伝える日記の代替と見てよいだろう。書簡において頻繁に言及したのは、教育、報道、警察の関係者、地元の武徳会大分支部の弓道部との接触である。当時はカトリック司祭に風当たりが強い時期で、カトリックを取り巻く事件がしばしば起こった。例えば、三二年の上智大学生の靖国神社参拝拒否や、三三年の奄美大島のカトリック排撃運動がある。しかしマレガは、大分では宣教師排撃はあまりなかったと書簡で伝えている。

マレガの任地大分は、ザビエルの来訪後、キリシタン活動の盛んな地域であり、象徴的な意味をもつ。その後のキリシタンに対する迫害の実態を解明するために、マレガは文献史料の調査と考古学的考察を行い、それは大分の空爆（一九四五年七月一七日）まで続いた。空襲後、九州の外国人宣教師は全員、熊本県南阿蘇村の栃木温泉に移動させられ、終戦までそこに留まった。

マレガは一九四七年イタリアに帰国、四八年大分へ戻り、一年ほどしてから東京に呼び戻された。もし大分に戻ることを許されたら、豊後キリシタン史料の整理を続けたい、と書簡に書いているが、大分へは戻ることなく、臼杵に派遣され、五九年に再度東京に転勤するように命

浴衣姿のマレガ神父（イタリア・ゴリツィア市神学校図書館蔵）

じられている。

マレガは一九七四年までの間、大都会の環境や日本の戦後社会に疑問を抱きながら、神保町界隈で古書などを収集していたが、赤羽の星美学園短期大学で教える期間中の冬休みと夏休みは九州下りが定番であった。その行程は、まず大阪のサレジオ会の施設に泊まり、それから長く続いた修二会研究のために奈良へ立ち寄ってから、大阪から船で九州に渡り、別府か中津で休暇を過ごす、というパターンである。書簡のなかで、彼は東京と対照しながら、大分の海や自然を情緒的に描写している。

主として晩年に収集した和本（江戸期、明治初期の版本）は現在、ローマにあるサレジオ大学図書館マレガ文庫に所蔵されており、古書コレクターとしての一面を伝えている。これとは別に、同図書館所蔵の手持ちのイタリア語訳『古事記』に押された蔵書印は興味深い。中央に弓を射る人間の姿があり、マレガより先に滞日した『弓と禅』の著者オイゲン・ヘリゲル（Eugen Herrigel, 一八八四―一九五五）のことを連想させる。と同時に弓道家であるマレガ自身をも表している。さらに、その姿の上に左から順に「豊後切支丹」「忠臣蔵」「能楽」「般若」「古事記」と五つのことばが並び、自分の興味範囲、研究分野、著述活動を明らかに分類している。

マレガ神父の蔵書印

キリシタン史関連の最も有名な著書は、戦時中から戦後にかけて刊行された『豊後切支丹史料』正・続編で、▼1

綿密な史料考察の成果であるが、収集した史料の一部分しか取り入れられていない[2]。マレガ自身の記述によれば、文書の整理・研究は未完だったが、前述のとおり戦時や終戦の社会情勢により、断念して文書を手離したようである。ほかに、手元の資料に基づいた研究成果を国内外に公表していた。例えば、一九三七年に地元雑誌『大分史談』の発刊号に寄稿している[3]。この二頁の短文は編集を経ず、言語表現が拙いが、大分の郷土史家との協力関係を意味する。同号にマレガのイタリア語訳『古事記』の出版の祝賀会が報告され、史談会グループ写真に本人の姿も見える。

　さらに一九四二、四三年に歴史地理研究会の機関誌『歴史地理』にマレガの報告が二回ほど掲載されている[4]。その他、一九五〇年に大分を離れてからも、地元研究者との繋がりを保ち、豊後史料についての見識が評価され、『大分県地方史』にも二回寄稿している[5]。また墓などを含むキリシタン遺跡の「発見者」として、地元の新聞にたびたび取り上げられ、キリシタン調査の先駆者の一人とみなされていた。大分だけでなく、全国でも注目され、その研究成果を報道すると新聞記事は、一九三〇年代からしばしば読者の目に触れている。

　マレガはカトリック教会本部へも発信した。例えば、上記の宣教民族学博物館の機関誌 *Annali Lateranensi*（ラテラーノ年報）に、新出史料、大分宣教前史、弾圧と殉教に関する豊後キリシタンの記録について寄稿している[6]。また戦後、同誌に慶長禁教令及び関係資料の本文と翻訳を掲載し、当時の歴史事情に関する詳細な訳注をつけており[7]、この禁教令の写しは、本人所蔵のコレクションの一点として博物館に寄贈している。

　マレガは日本の演劇にも深い関心をもっていた。一九三九年から四一年まで日本研究誌『モニュメンタ・ニッポニカ』に謡曲『阿漕』『翁』『水無瀬』のイタリア語訳[8]を寄稿し、戦後、『仮名手本忠臣蔵』のイタリア語訳[9]を刊行している。また、一九四九年に真言密教に関する概説的な紹介文も発表している。蔵書印の「般若」すなわち仏教研究に関する数少ない原稿の一例である。さらに、一九六一年の『ラテラーノ年報』への最後の寄稿の題名は Oci-bo-sciu（落穂集）で、それらは内容が雑多で、徳川綱吉、吉宗の法令、奈良時代の仏教、秦氏のこと、江戸期の禁教に関する用語解説などがあり、読みやすいものではないが、著者が長年取り組んだ幅広い研究分野を伝えている[10]。

　マレガの日本研究の高峰の一つは日本古典の伊訳である。一九三八年刊『古事記』の伊訳は、『古事記』の欧文翻訳の歴史において重要な位置を占めている[11]。出版元のラテルツァ社（Laterza）は、哲学者ベネデット・クローチェ（Benedetto Croce, 一八六六―一九五二）を中心に、主として歴史、哲学関連の書籍を出版し、二〇世紀前半からイタリアの「知」の体系を作り上げてきた。『古事記』のイタリア語訳は、その時期の日本の外交にとって、日本精神の本質を伝えるものとして、外務省の支援と、国際文化振興会（国際交流基金の前身）の助成金を得ることができた。出版社へのアプローチは駐伊日本大使館があたったことは、マレガの書簡にも触れられている。未発表であるにもかかわらず三五年九月その翻訳はラジオや新聞によって報道され、全国的に注目を浴びた。翻訳の「序」で、マレガはこれを「日本の聖書」と定義し、日露戦争以後のヨーロッパで称賛された日本精神の理解に役に立つものとして紹介している。サレジオ大学図書館所蔵、本人所持のイタリア語訳『古事記』には自筆の訂正や書き込みなどがあり、その研究の緻密さを物語っている。

一九三九年、マレガは日本の民話、伝説、昔話、そして自身の印象記を含む『伝説と物語に見る日本』を、同じ出版社から上梓した。[12] 日本趣味をそそるような紹介の仕方はイタリア教養層の読者にとって興味深いものであった。一九三〇年代にイタリア語圏に日本の神話、伝説、民俗、文芸を紹介したこれらの功績は、近代日本に与えたカトリック教会の貢献を考える上で、見逃せないものである。

蔵書印に含まれる分野以外にも、カトリック司祭として執筆した著書は数多い。ドン・ボスコ社から出版された「カトリック講話集」という代表的な叢書があり、その中で『豊臣秀吉と切支丹大名』（カトリック講話集一二、大分：ドン・ボスコ社、一九三二年）、『信仰の根本』（同講話集二五、同社、一九三三年）、『カトリックは答へる1』（同講話集二八―二九、同社、同年）、『カトリックは答へる2』（同講話集三六、同社、一九三四年）、『日本思想とカトリックの思想』（同社、同年）を執筆、これらは、彼の日本史研究の早期にあたる。さらに、啓蒙的な立場から晩年、『キリシタンの英雄たち』（東京：ドン・ボスコ社、一九六八年）を刊行している。

『カトリックは答へる』は、カトリック信仰は日本の思想、伝統、文化風土と相反せず、当時の国家イデオロギーとも矛盾しないと主張し、『日本思想とカトリックの思想』は、日本の神話をキリスト教的に解釈することができ、日本研究とキリスト教布教とも調和するという、マレガの思想の底流を示している。また、仏教とキリスト教との関係をも研究し、[13] 一七〇八年に日本に潜入した宣教師シドッティについても執筆している。[14]

最近、日本の絵巻物の形をとるマレガの自伝も発見されている。第二次世界大戦までの人生前半を綴った類例のない外国人神父の「絵伝」は、いずれ出版されるべきものであろう。

マレガは、豊後キリシタンの史料発掘と研究、日本古典の翻訳、キリスト教布教の著述を刊行することによって、日本の歴史の一断面を明らかに、日本文化をヨーロッパに紹介し、ヨーロッパ文化の根幹のキリスト教の精神を日本に伝達した。日欧交流史において注目に値する人物である。

註

▼1　『豊後切支丹史料』別府：サレジオ会、一九四二年、『続豊後切支丹史料』東京：ドン・ボスコ社、一九四六年。

▼2　ヴィータ・シルヴィオ「豊後キリシタンの迹をたどるマリオ・マレガ神父：マレガ文書群の成立過程とその背景」『国文学研究資料館紀要、アーカイブズ研究篇』一二号、二〇一六年。

▼3　マリオ・マレガ「日本大名に送った羅馬教王の書翰調」『大分史談』一緝、一九三七年。

▼4　同「豊後切支丹の書簡に就て」『歴史地理』七九巻六号、一九四二年；同「臼杵第十四、第十五代藩主に関する文献」『歴史地理』八二巻一号、一九四三年）

▼5　同「豊後大分郡津守村の五人組手形」『大分県地方史』三号、一九五四年；「大分県大野郡緒方町字馬背畑の珍しい二重の洞窟について」『大分県地方史』五四—五五号（大分県（豊後・豊前）キリシタン特輯号）一九七〇年。

▼6　Mario Marega, "Memorie cristiane della regione di Oita," *Annali Lateranensi*, 3, 1939, pp. 9-59. 雑誌名は、この博物館がラテラーノ宮殿にあったことに由来。

▼7　Mario Marega, "Documenti sulla storia della Chiesa in Giappone, gli editti di persecuzione del 1619, testi e note critiche," *Annali Lateranensi*, 14, 1950, pp. 9-59.

▼8　"Akogi: Ballata in un atto di Seami Motokiyo," *Monumenta Nipponica*, 2 (2), 1939, pp.551-72; "Okina, Il Vegliardo. La ballata più antica tra il No-gaku, la più sacra," *Monumenta Nipponica*, 3 (2), 1940, pp. 610-18; "Minase: Ballata No-gaku della scuola Kita-ryu," *Monumenta Nipponica*, 4 (2), 1941, pp. 585-99.

▼9　*Il Ciusingura: la vendetta dei 47 ronin: studio sui testi originali giapponesi*, Bari: Laterza, 1948.

▼10 Mario Marega, "Oci-bo-sciu: quadri storici del Giappone," *Annali Lateranensi*, 25, 1961, pp. 14-326.

▼11 *Ko-gi-ki: vecchie cose scritte: libro base dello shintoismo giapponese*, Bari: Laterza, 1938.

▼12 *Il Giappone nei racconti e nelle leggende*, Bari: Laterza, 1939.

▼13 同「修二会の行法と西アジア・原始キリスト教の儀式」入江泰吉著『お水取り 入江泰吉作品集』三彩社、一九六八年。

▼14 同「最後のバテレン シドッティ」『カトリック生活』三、一九六八年。シドッティの遺骨は二〇一六年、東京・小石川の切支丹屋敷跡で発掘された。

5　日本語の書き手としてのホイヴェルス
――「最上のわざ」を中心に

谷口　幸代

一、「最上のわざ」の詩人

この世の最上のわざは何？
楽しい心で年をとり、
働きたいけれども休み、
しゃべりたいけれども黙り、
失望しそうなときに希望し、
従順に、平静に、おのれの十字架をになう――。
若者が元気いっぱいで神の道をあゆむのを見ても、ねたまず、

人のために働くよりも、けんきょに人の世話になり、
弱って、もはや人のために役だたずとも、親切で柔和であること――。
老いの重荷は神の賜物。
古びた心に、これで最後のみがきをかける。まことのふるさとへ行くために――。
おのれをこの世につなぐくさりを少しずつはずしていくのは、真にえらい仕事――。
こうして何もできなくなれば、それをけんそんに承諾するのだ。
神は最後にいちばんよい仕事を残してくださる。それは祈りだ――。
手は何もできない。けれども最後まで合掌できる。
愛するすべての人のうえに、神の恵みを求めるために――。
すべてをなし終えたら、臨終の床に神の声をきくだろう。
「来よ、わが友よ、われなんじを見捨てじ」と――。

これは「最上のわざ」と題された詩の全文である。引用は林幹雄編『人生の秋に　ヘルマン・ホイヴェルス随想集』（春秋社、一九六九年）に拠った。この詩は同書所収のエッセイ「年をとるすべ」の一部である。同書は、「年をとるすべ」等の文章を収録するに際し、「できるだけ著者の日本語原文を生かすことにつとめた」（四三七頁）と記している。なお、「年をとるすべ」の初出は聖パウロ女子修道会発行の『あけぼの』一九六八年六月号（老人問題特集）に発表され、詩のタイトルと第一行の「最上のわざ」は「最上のすべ」であった。

この詩の著者、ヘルマン・ホイヴェルス（Hermann Heuvers）はイエズス会所属のドイツ人宣教師である。一八九〇年にドイツのウェストファーレン州に生まれた彼は、ハンブルク大学で日本学者のカール・フローレンツ（Karl Florenz）のもとで万葉集や古今和歌集や能楽など日本の古典文学を学んだ後、一九二三年に来日し[▼1]、

一九七七年に日本でその生涯を閉じた。その間、麹町教会（聖イグナチオ教会）主任司祭や上智大学学長等をつとめるかたわら、詩だけでなく、エッセイ、戯曲、能に至るまでさまざまなジャンルにわたって日本語で創作活動を展開した。近年では「最上のわざ」が映画「ツナグ」（東宝、二〇一二年公開）の「劇中詩」として採用されて、キリスト者のみならず、広く人々の心をとらえて話題となったことはまだ記憶に新しいところである。

ホイヴェルスの創作と使用言語の関係について、土居健郎はその特異性を強調している。『「甘え」の構造』（弘文堂、一九七一年）の著者として知られる土居は、一九四二年にプロテスタントからカトリックへ改宗するにあたってホイヴェルスの助けを求め、[2] それ以来ホイヴェルスに敬愛の念をいだき、法学者の森田明とともに彼の言葉を世に伝えるために貢献してきた。以下の引用はその土居がホイヴェルスの日本語での創作に関して述べた一文である。

神父のドイツ語は大変美しいと言われるが、ドイツ語の著書として世間に流布しているものはほとんど無きに等しい。言いかえれば神父の思想を伝えるものとしては、日本語で発表されたもの以外はほとんど存在しないのである。明治以来、日本に渡来した外国人宣教師・教師の数は極めて多いが、ホイヴェルス神父のように、その主要著作が本人自身の日本語で発表されているというものは、他に例を見ないのではなかろうか。[3]

ここでは、とりわけホイヴェルスの日本語著作の意味するところの大きさに対して注意が喚起されている。ホイヴェルスの日本語が彼の魅力の欠くことのできない一部として周囲に認知されていたことは、後述するように、土居をはじめとしてホイヴェルスと面識のあった人々の言葉によって知ることができる。本論もそれらから多くを学んだ。

しかし、そのいっぽうで、ホイヴェルスの日本語著作に関する研究となると、管見の限りにおいては、書評では『鶯と詩人』（エンデルレ書店、一九四八年）を「転落の詩人」の書とする小野豊明の評、[4]『人生の秋に』に対して「詩人の鋭い感覚にえらびとられた日本語は大変美しく、その語り言葉をそのまま写しとったこの一冊は、む

ホイヴェルス神父（上智大学史資料室所蔵）

ずかしいことを、心の内側のことを、相手に告げるのに、どう語ったらよいかを教える見事な手本になっている」と評した田中澄江らの書評[5]がある程度である。また論文でも、戯曲「細川ガラシア夫人」を考察する三木サニア論[6]、細川ガラシャを題材とした演劇の展開を追う中でホイヴェルスの「細川ガラシア夫人」を河竹黙阿弥、藤沢古雪、田中澄江らの作品とともに取り上げる撫原華子論[7]が近年出されたのみである。他作品をも含めたより詳細な検討が待たれるところである。その中でも「最上のわざ」は、映画「ツナグ」の「劇中詩」として注目される以前から、精神科医の大平健が『精神科医という生活』（講談社、一九九七年）等で紹介したり、また現在ではキリスト教系の出版社、ドン・ボスコ社より信心用具（聖品）の「祈りカード」シリーズの一枚として販売されたりしており、ホイヴェルスの日本語著作のうち最も人口に膾炙した作品と言えるだろう。

以上のような現状に鑑み、ここではホイヴェルスの日本語著作の特質と意義に迫るための一歩として、「最上のわざ」の検討から、日本語の書き手としてのホイヴェルスを考える際に必要となると思われる、いくつかの視点を提示したい。

なお、「最上のわざ」をホイヴェルスの作品として考察するにあたり、翻訳か否かという根本的な問題があることにふれておかねばならない。ホイヴェルスは「年をとるすべ」で、南ドイツで友人から贈られた詩を翻訳したのが「最上のわざ」であると記しているが、それに対して、土居は「私はこの詩は実は神父御自身の作であると信じる」との見解を示している。土居がホイヴェルスの作と見る理由として、第一にウェストファーレン地方の人は個人的な心境を発表することを好まない傾向にあること、第二にホイヴェルスがドイツ語に訳している宮沢賢治の「雨ニモマケズ」と「最上のわざ」が内容的、かつリズム的に通じるところがあること、以上の二点が挙げられている。[8] これは非常に興味深い見解であるが、ここではその是非に踏み込むことは控え、翻訳であっても原典に対する二次的創作物と捉えるのではなく、創造的な営為から生まれた作品として捉える立場から「最上のわざ」の考察を進めたい。

二、〈ホイ語〉の詩

「最上のわざ」の内容と表現をまず確かめてみると、内容については、年齢を重ねて臨終を迎えるまでの心構えを説いたものと言えるだろう。「老いの重荷」を「神の賜物」と受けとめ、「愛するすべての人」に「神の恵み」を求めるために祈るなら、臨終において「神の声」を聴くことになる、とあり、一貫してキリスト教の教えに沿って読む者を導く。

こうした内容をホイヴェルスの創作活動の上に置いてみれば、例えば、一九三四年より構想が始まった[9]『細川ガラシア夫人』で明智勢が迫る中で壮絶な死を遂げたガラシャの最期が描かれていたように、ホイヴェルスにとって、キリスト者と死の関係を描くということは全く新しい試みであったわけではない。むしろ大きな関心事の一つとして継続したものだっただろうが、そこに老いという問題が焦点となったのが「最上のわざ」である。

老いの問題に関して、土居によれば、一九五〇年代の末頃からホイヴェルスに「生ける人と死せる人のために祈るのは、老人にとって最もよい仕事である」といった発言が見られるようになったという。それは六〇歳代後半になった彼が老年を意識しはじめたからであり、その意識の変化が「最上のわざ」に結実した、というのが土居の見方である。[10]

老いを迎え、やがて迫る死を前にして人はどのように豊かに生きることができるか、この普遍的な主題をキリスト教の考えに即して日本語で表現したいという意志がホイヴェルスの心のうちにあったことは、「最上のわざ」が収録された随想集『人生の秋に』の題名それ自体にこめられており、また一九六九年四月一九日付けの同書の序文にも明らかである。序文の中でホイヴェルスは「人は人生の秋に、なにかよいものを世のなかに残したいと思うものです」と述べ、その例に良寛の「形見とてなにか残すらむ春は花夏ほととぎす秋はもみぢ葉」、細川幽斎の「いにしへも今もかはらぬ世の中に心の種を残す言の葉」、明治天皇の「よき種をえらびえらびて教草うゑひろめなん野にも山にも」を引く。引用という営為を通して、「わたくしもいま、人生の秋を迎えて、なにかよいものを残したい」という自身の望みを先人の歌に託して表現するのである。

ここで引用された三首の和歌のうち良寛の和歌は、前年一九六八年の一二月に川端康成がノーベル文学賞受賞記念講演「美しい日本の私——その序説」で道元、明恵《みょうえ》、一休らの和歌とともに引用した歌である。そのことをもって直ちにホイヴェルスが「美しい日本の私」を意識していたと即断することはできないが、川端が自身の文学の特質を古典文学の豊富な引用を通して語ったのに対して、ホイヴェルスもまた同じ良寛の歌をはじめとした日本の和歌を引きながら日本語の創作者としての思いを語っていたことになる。

ただし、両者の引用のコンテクストは異なると言ってよい。川端の場合には、「美しい日本の私」という題名にその意図がよく表れているように、自身の文学がその伝統に連なるものであることを伝えるために日本の美を表現した文学として引用されている。それに対して、ホイヴェルスの場合は、同じく「人生の秋に」という題名に示されているように、老年期を迎えて日本語で新たに何かを創作したいという共通の思いが窺える作品として三首の和歌が引用されている。随想集『人生の秋に』はこのような意図のもとにホイヴェルスが執筆した日本語作品と「雨ニモマケズ」等のドイツ語訳を併せて収録したものであり、「最上のわざ」はその中でも「人生の秋」を迎える心構えそれ自体を主題としたものであることから、最もその意図に合致したものであったと言えるだろう。

では、以上のような主題をホイヴェルスはどのような日本語で表現したのだろうか。一瞥してわかるのは難解な言葉遣いは避けられ、できるだけ平易な言葉遣いが志向されているということである。題名の「最上のわざ」に加えて「十字架をになう」「神の道」「神の賜物」「神の声」といった、キリスト教の伝統的な用語や言い回しは見られるものの、それらは日常的な語彙が基調となる中で要所にちりばめられている印象である。

具体的に確認してみれば、この詩は、冒頭の一行目から「この世の最上のわざは何?」と、題名を受けて主題に入るが、「最上のわざ」というキリスト教的な表現を採用しながら「何?」という率直な問いかけの形をとることによって読む者を一気に詩の世界に引き込む。ついで「楽しい心で年をとり／働きたいけれども休み、／しゃべりたいけれども黙り」と極めて平易な語り口で続けた後、「失望」「希望」「従順」「平静」といった漢語の熟語を重ねて表現を引き締めた上で「おのれの十字架をになう」という表現に至る。こうした日常的な平易な言葉、和語の柔らかい響きと漢語の凝縮した響き、キリスト教的な語彙と言い回し、これらの巧みな変化とバランスの上に成立しているのが「最上のわざ」ではないか。それは「来よ、わが友よ、われなんじを見捨てじ」と文語で神の声を引く最終行まで一貫している。

このような「最上のわざ」の表現にはホイヴェルスの日本語の特徴を見出すことができる。ホイヴェルスを知る人々の回想を読むと、彼の日本語は彼を慕う周囲の人々から親しみをこめて「ホイ語」と呼ばれていたことがわかる。『ホイヴェルス神父を語る』(中央出版社、一九七七年)を編纂した森緑が、「飛んでいく、すべります、まっすぐ申します、なま人間、懐かしい神、などなど美しい温かい日本語で語られる神父さまのお言葉を、まわりの人たちは『ホイ語』と呼んで、親しみいっぱいの心で歓迎しています」と述べている。▼11

ここで例示されている「ホイ語」の中でも、特に「なつかしい神」にはホイヴェルスの日本語表現への苦心と心配りがよく表れているとしばしば指摘される。彼はドイツ語の「Der liebe Gott」を「なつかしい神」と訳した。この表現について、土居は、「ふつう訳されるように『愛する神』といったのではその気持ちが伝わらないと言って、これを『なつかしい神』と言い換えられた」、「『愛する』という日本語では何か意図的な面が突出して、ドイツ語でliebeというときの気持ちが伝わらないと言われた[12]」と解説している。西洋史学者の磯見辰典も「日本人にはまず思いつかない」表現だと述べる[13]。

この「なつかしい神」の事例に示されているように、ホイヴェルスの「ホイ語」とは、信者や学生を中心にした日本人と日本語で直接ふれあい、日本語で聖書の教えを説く日々の中で、日本語とドイツ語の間を往還し、日本語と日本人を内と外からみつめ、いかに彼らの心に響く日本語表現を自ら創造できるかを繰り返し考えるところから獲得されたものだったのではないか。信徒との話し言葉での対話が重視される宣教師ならではの日本語との関わり方が浮かび上がってくる。ホイヴェルスはよい説教の条件として、「Vertias pateat, placeat, moveat.（真理が明らかになり、喜ばし、心を動かしますように）」であると語っている[14]。どのような日本語でこの条件に適った説教が可能になるかが彼の課題であった。

ホイヴェルスは日本語で書くという営為をめぐって苦心を重ねた経緯を次のように述べている。口述という形を採ったことの背景には、話し言葉を重視していた彼の姿勢を見ることができるだろう。

> またあるとき、雑誌に発表するつもりで、哲学の論文を書いてみたのですが、これも同僚の日本人の先生に見ていただきましたところ、「何を言うつもりですか？　さっぱりわかりません」といわれて、私はいよいよ日本語を習うことに失望してしまいました。それからはもう自分で書くことをやめ、できるだけ美しいドイツ語の文を書くようにして、これを私のくせを知っている方に訳してもらうことにしました。しかし、いずれそれも止めてしまいました。というのは、どうにか私の日本語も固まってきたからです。そしてついにローマ字で書きおろし、あるいは口述したものを、親しい友人に手直ししてもらうことにしました。これが私のたどりついた最後の日本語の技術です。（『人生の秋に』三二一頁）

以上のようにホイヴェルス自身や彼の周囲の人々の発言を突き合わせながら「ホイ語」の成立事情をたどってくると、「なつかしい神」をはじめとして周囲の人が例示した「ホイ語」は「最上のわざ」に用いられてはいないが、平易な語彙で率直に語りかけ、深い含蓄をもたせることを可能にした表現であるという点において両者は相通じるものがある。その意味で「最上のわざ」もまた紛れもなく「ホイ語」で書かれた詩であったと言える。

三、「年をとるすべ」の中の「最上のわざ」

前述のように、「最上のわざ」は独立した詩としてではなく、「年をとるすべ」という題名のエッセイに織り込まれる形で発表されたが、いわばテクスト内テクストという形式とそうした形式が採られたことの意味はこれまで特に取り上げられてこなかったようだ。しかし、ホイヴェルスの日本語による創作のありようを考えた時に、詩、エッセイ、戯曲などのジャンル横断型の創作が特徴の一つであることは間違いなく、とするならば、「最上のわざ」を織り込んだエッセイの構造と表現について分析することは一定の意味をもつだろう。

「年をとるすべ」は旧約聖書の「伝道の書」一二章を引用するところから始まる。

そのときになると、家の番人はふるえ、／力持ちは、かがみこみ、／窓に太陽がかげって、／臼ひき女は仕事を休む。／彼女たちの数は少なくなったからである。／そのときになると、窓からのぞくふたりの者はかくれ、／道へのとびらは閉じられる。／粉つき場の音は静まり、／小鳥の声はより細くなり、／歌声もやむ。／そのときになると、からだはのぼり道を恐れ、／長い道をいやがる……

ホイヴェルスはこれを比喩表現を通して老境を表したものだと解説する。「番人」は手や腕、「力持ち」は足、「臼ひき女」は歯、「窓からのぞくふたりのもの」は両目、「道へのとびら」は耳、「粉つき場の音」は声の、それぞれ比喩と解釈することができ、人の身体的な各部位や感覚器官が老化によって機能を果たさなくなる様子が表現されているのだという。

これらを「おもしろい比喩ではありませんか」と語りかけるホイヴェルスは、聖書にしばしば見られる比喩表現の効果を述べる際に、聖書の言葉と詩人の言葉とは、そのまま表現するのではない点において共通するものがあると発言している。詩人は目に見えるものは目に見えないものを指し示していると認識し、象徴的に語ることを好み、聖書でキリストは比喩を用いることによって伝えたいことをよりよく表現するのであり、また伝えなければならないことを一時的に隠すことに意味があると捉えている。[15] このようなレトリックに関するホイヴェルスの考えを背景に置けば、「年をとるすべ」の冒頭に引用された「伝道の書」の比喩をどう日本語として表現するのかは、ホイヴェルスにとって、詩人として、かつ宣教師として重要な課題となる。「年をとるすべ」で引用された「伝道の書」は口語訳『旧約聖書』の表現とは若干違いがあり、ホイヴェルスが自ら日本語に訳したものと推察できる。

そこで、試みにドイツ語訳「Das Buch Kohelet」、日本語口語訳「伝道の書」（日本聖書協会、一九五五年改訳）、「年をとるすべ」の引用文を具体的に比較してみると、「die Wächter des Hauses」は日本語口語訳では「家を守る者」とされているのに対して、「年をとるすべ」では「家の番人」、また「die starken Männer」は日本語口語訳では「力ある人」とされているのに対して、「年をとるすべ」では「力持ち」とされている。同様に「die Müllerinnen」は、日本語口語訳では「ひきこなす女」、「年をとるすべ」では「臼ひき女」とされており、「年をとるすべ」では平易な語彙を選択しながらリズミカルで歯切れのよい短い名詞でまとめていることがわかる。また日本語口語訳が「ひきこなす女は少ないために休み」と、数が少ないという理由を動詞「休む」の前に置くのに対して、「年をとるすべ」では語順を変えて「臼ひき女は仕事を休む。／彼女たちの数は少なくなったからである。」とし、ドイツ語訳の「die Müllerinnen ihre Arbeit einstellen, weil sie zu wenige sind」が複文で理由を示すのと同様である。これによって、「家の番人はふるえ」、「力持ちは、かがみこみ」という一節と並び、リズムが整えられている。さらに「es dunkel wird bei den Frauen, die aus den Fenstern blicken」は日本語口語訳では「窓からのぞく者の目はかすみ」とされているのに対して、「年をとるすべ」では、「窓からのぞくふたりの者はかくれ」と、ホイヴェルスの主張する聖書の比喩表現の効果を生かす形の表現が試みられている。

ホイヴェルスはこのように聖書の言葉を平易でわかりやすい言葉に訳したうえで、その比喩表現を丁寧に読み解いてみせる。そこから、「どのような心で、人はこの老境をむかえるべきでありましょう?」と問いかけて、「年をとるすべ」の主題を提示するのだ。

それに続けて、「昨年、私は故郷のドイツへ帰りましたが、南ドイツでひとりの友人からこんな詩をもらったのです」との一文とともに示されるのが「最上のわざ」である。ここで言及された帰国は、一九六七年に四四年ぶりにドイツに帰ったことを指す。「最上のわざ」の引用の後には、ホイヴェルスが出会ったという日本やヨーロッパの幸福そうな老人たちの様子の紹介へと展開し、「最上のわざ」について提供される情報は、引用前に示された、帰国時に南ドイツで友人からもらったということのみである。また「伝道の書」の解説とは対照的に解釈も行われない。あえて詳細な説明や解説を控え、「伝道の書」から導き出された、「どのような心で、人はこの老境をむかえるべきでありましょう?」という問いへの答えとして「最上のわざ」を差し出す構造になっていると言えるだろう。引用後の幸福そうな老人たちの姿は「最上のわざ」を実践する老人たちの事例として紹介されている。

その後は「人はなぜ年をとるのか?」という、さらに本質的な問いを投げかけ、科学、医学、哲学でもその解答は得られないとし、「伝道の書」の最後の文として「ことの帰するところはすべていわれた。/すなわち、神を畏れ、その掟を守れ。これはすべての人の本分である。神はすべてのわざ、すべての隠れたことを、善悪ともに裁かれるからである」を引いて、「年をとるすべ」を終えている。

このように「年をとるすべ」の構造をたどってみると、第二節で検討した、「最上のわざ」の日本語の特徴に新たな点を追加することが可能になる。それは「伝道の書」との対応である。「年をとるすべ」は「伝道の書」からの引用で始まり、かつ「伝道の書」の引用で終わり、冒頭と末尾を呼応させる構造となっている。繰り返しになるが、冒頭の「伝道の書」の引用を受け、「家の番人はふるえ」という箇所に関して、『番人』とは、手とか腕のことで、人は手で自分と自分の物を守り、働くのですが、年をとるとその手や腕は弱ってくるというのです」と説明している。「最上のわざ」は、「伝道の書」で表現された老境をどう豊かに生きるかの答えとして置かれていたが、そのことは「神は最後にいちばんよい仕事を残してくださる。それは祈りだ――。／手は何もできない、けれども最後まで合掌できる。／愛するすべての人のうえに、神の恵みを求めるために――」という箇所に集約されていると言えるだろう。つまり、「伝道の書」が年を重ねれば老化して手が弱ると述べるのを受けて、その弱った手に残された「最後の仕事」は祈りだと「最上のわざ」は主張するのだ。また「伝道の書」が「おもしろい比喩」で老境を表現するのに対して、「最上のわざ」は平易な表現を積み重ねる中で「老いの重荷は神の賜物」「おのれをこの世につなぐくさりを少しずつはずしていくのは、真にえらい仕事――」と、老年期の生き方を比喩で表現する。

さらに結末の引用との対応では、「楽しい心で年をとり」、「最後の仕事」としての祈りを捧げ、臨終まで、「この世の最上のわざ」のありようを一篇の詩作品として示してみせたのに対して、「神はすべてのわざ、すべての隠れたことを、善悪とともに裁かれるからである」と「伝道の書」を引く。すなわち、人がなすべき「この世の最上のわざ」に至るまで神は「すべてのわざ」を裁くとし、「わざ」という表現を対応させて神の偉大さを示しているといえるだろう。このように「最上のわざ」はそれ自体が「ホイ語」の詩として成立しているだけでなく、多様な対応関係を配置した「年をとるすべ」の中でその構造を成り立たせるための重要な位置を占めている。

註

▼1　ヘルマン・ホイヴェルス「昔語り」林幹夫編『日本で四十年』春秋社、一九六四年。のち『人生の秋に　ヘルマン・ホイヴェルス随想集』春秋社、一九六九年にも収録された。

▼2　土居健郎・森田明『「心だけは永遠」　ヘルマン・ホイヴェルス神父の言葉』ドン・ボスコ社、二〇〇九年、一六七―一六九頁。

▼3　「ホイヴェルス神父の使命」土居健郎・森田明『ホイヴェルス神父――信仰と思想』聖母の騎士社、二〇〇三年、一五〇―一五一頁。

▼4　小野豊明「ホイヴェルス著『鶯と詩人』」『カトリック思想』二八巻四号、一九四八年一二月。

▼5　田中澄江「国境超えた人柄と教養」『読売新聞』一九七〇年一月二〇日夕刊

▼6　三木サニア「ヘルマン・ホイヴェルス『細川ガラシア夫人』」『久留米信愛女学院短期大学研究紀要』二〇一〇年九月、二〇一一年九月。

▼7　撫原華子「The Emergence of a New Woman: The History of the Transformation of Gracia」『東京女子大学紀要論集』六四巻二号、二〇一四年三月。

▼8　土居健郎「ホイヴェルス神父と日本」『カトリック生活』二〇〇六年七月、二〇頁。

▼9　前掲三木「ヘルマン・ホイヴェルス『細川ガラシア夫人』」参照。ホイヴェルスの「細川ガラシア夫人」は一九四〇年に歌劇として東京・日比谷公会堂で上演され、六五年に歌舞伎として東京・歌舞伎座で上演された。

▼10　前掲土居・森田『「心だけは永遠」』。ホイヴェルス自身の年齢だけでなく、四四年ぶりの帰国のわずか二週間前に兄アロイスが郷里ウェストファーレンで亡くなった報が届いたことも、ホイヴェルスに老いや死と宗教の問題を一層考えさせることになったことも想像に難くない。

▼11　森緑「あとがき」ヘルマン・ホイヴェルス『師とその弟子　ティモテオ書解説』中央出版社、一九七五年、一四六頁。

▼12　前掲土居「ホイヴェルス神父と日本」二一頁。

▼13　磯見辰典「新刊紹介　土居健郎・森田明編『ホイヴェルス神父――信仰と思想』」『ソフィア』五二巻三号、二〇〇四年五

月。磯見は上智大学在学中に、当時、聖イグナチオ教会主任司祭だったホイヴェルスに接する機会があったといい、当時の学生たちは彼の「ゆったりした話し方」と長身の立ち居振る舞いに親しみを表すために「ホイちゃん」という愛称で呼んでいたと明かす（一〇六頁）。

▼14 ヘルマン・ホイヴェルス『ホイヴェルス神父説教集』中央出版社、一九七三年、一九六―一九七頁。

▼15 ヘルマン・ホイヴェルス『こぶねよりの御声　キリストの喩』中央出版社、一九五六年、七頁。

6 ホイヴェルス脚本『細川ガラシア夫人』
――世界文学へのこころざし

郭 南燕

一、ホイヴェルス神父の日本語文学

ヘルマン・ホイヴェルス神父（Hermann Heuvers、一八九〇―一九七七）は、北ドイツ・ウェストファーレン州出身で、一九歳の時にイエズス会に入会した。一九二〇年に司祭に叙階され、日本宣教のために二三年八月二五日に横浜に上陸。関東大震災（九月一日）直前であった。来日前、ハンブルク大学で、日本学者カール・フローレンツ（一八六五―一九三九）に日本文学を教わり、『万葉集』や謡曲などを学んだことがある。[1]

上智大学で哲学を講義し、教授を経て学長を務めたことがあるが、何よりも聖イグナチオ教会の司祭職に専念した。日本滞在の五四年間、多くの日本人に影響を与えている。法学者森田明は、神父が逝去二五年後も多くの人々に追慕され続けたのは、「〝キリストの福音とは何か〟という一般的な問いに対して極めて具体的に、ふつう

ホイヴェルスが司祭を務めた当時の旧聖イグナチオ教会
（1954 年撮影、上智大学史資料室所蔵）

旧聖イグナチオ教会（1961 年撮影、上智大学史資料室所蔵）

の日本語で、日本人によくわかる形で答えられたというその感動を、我々がなお共有し続けているから」[2]と分析している。この言葉によって端的に表れたのは、「ふつうの日本語」で自分のメッセージを伝えたことの絶大な効果である。ホイヴェルス神父が日本語と日本文化に溶け込み、キリスト教を広く日本人に伝えようとした、宣教師としての人生を的確に表現した一文である。

ホイヴェルス神父は日本では、およそ三千人に洗礼を授けたことがある、と自ら言ったことがあり、晩年になってから自分の書いたものを読むのが好きで、「人生が自分に何を贈ってくれたかが一番よく分かるから」だと友人司祭に語ったことがある。[3]

神父の日本語による著書（戯曲、翻訳、教養書、随筆）は管見では約二一冊ある。脚本には『細川ガラシア夫人』（カトリック中央書院、一九三九年）と『戯曲選集』（中央出版社、一九七三年）の二冊あり、邦訳（共同）には『聖母頌歌』（厚生閣書店、一九二六年）、『基督讃歌』（同）、『キリストの生涯』（斯文書院、一九三五年）の三冊あり、教義書には『こぶねよりの御声：キリストの喩』（中央出版社、一九五六年）、編著『この世を生かすもの：

キリストによる現代の人間像』（春秋社、一九六二年）、『キリストのことば』（野口兵蔵訳、同社、一九六三年）、『人生讃歌：一二の聖歌による神への道』（同社、一九七一年）、『ホイヴェルス神父説教集』（中央出版社、一九七三年）、『師とその弟子：ティモテオ書解説』（同社、一九七五年）の六冊ある。

一番多いのは随筆集で、『神への道』（春秋社、一九二八年）、『フォンドイッチェルアート』（大倉広文堂、一九三四年）、『鶯と詩人』（エンデルレ書店、一九四八年）、『時間《とき》の流れに』（中央出版社、一九五三年）、『日本で四十年』（林幹雄編、春秋社、一九六四年）、『わがふるさと』（中央出版社、一九六八年）、『人生の秋に――ヘルマン・ホイヴェルス随想集』（春秋社、一九六九年）、『私の好きな言葉：思想家と詩人の言葉』（土居健郎訳、エンデルレ書店、一九七四年）、『ホイヴェルス神父――日本人への贈り物』（土居健郎・森田明編、春秋社、二〇〇二年）、『ホイヴェルス神父――信仰と思想』（土居健郎・森田明編、聖母の騎士社、二〇〇三年）、『心だけは永遠：ヘルマン・ホイヴェルス神父の言葉』（土居健郎・森田明編、ドン・ボスコ社、二〇〇九年）、と一一冊ある。なお一九五三年以降の随筆集は内容的に重複するものが少なくなく、弟子たちの編集によるものが多い。そのうちに、神父がドイツ語で執筆し、他人の和訳による刊行はわずか『キリストのことば』と『私の好きな言葉』の二冊だけである。

二、細川ガラシャへの敬服

ホイヴェルス神父は長い間、戦国大名細川忠興の夫人玉（一五六三―一六〇〇、洗礼名ガラシャ、神父は「ガラシア」と表記）の人生に関心をもっていた。玉は一五歳の時、織田信長の媒酌で忠興と結婚。二〇歳の時、父明智光秀が謀反し、主君信長を殺害したため、玉は夫に離縁され、丹後の山奥の味土野で幽閉生活を二年ほど余儀なくされる。のち、豊臣秀吉に許されてから大坂で夫と復縁し、夫を通して高山右近のキリスト教信仰を知る。夫が薩摩遠征中、生涯一度だけ教会を訪れ、のちキリシタン侍女から洗礼を受ける。家康側についた忠興が戦に出

ヴィンチェンツォ・チマッティ神父

かけてから、玉は石田三成の部隊に人質に捕らえられようとした時、夫の命令を守り、人質にされないように命を失う。それを目撃した侍女霜が教会の神父に伝えたという。

彼女の受洗と死は、同時代の宣教師の報告を通してヨーロッパに伝えられ、一七世紀末のウィーンにおいてイエズス会の音楽劇の主人公として登場していた。[4]今日の日本では、ガラシャの名前は、テレビドラマなどによって知れ渡っている。

ホイヴェルス神父の原作に基づいた映画『日本廿六聖人』（一九三一年上映）にガラシャが二回登場している。[5]そして、脚本『細川ガラシア夫人』を書いて、一九三六年に上演され、同じ年の暮れにベルリンでも上演されたようである。一九三九年に脚本『細川ガラシア夫人』[6]が刊行され、サレジオ会のイタリア人宣教師チマッティ神父（一八七九―一九六五）の作曲で公演された。[7]この歌劇は、まず国民歌劇協会（一九三九年発足）によって四〇年一月二四、二五日に日比谷公会堂、五月二一―二三日に大阪朝日会館、四二年四月二三―二六日に仙台座、六〇年五月二七、二八日に文京公会堂、六五年一月二三、二四日に読売ホール、六六年五月五、六日に虎ノ門ホール、六七年一〇月六日に文京公会堂、とそれぞれ公演された。[8]当時の報道を見れば、一九六五年一月の上演の際、「美しく、悲しく、ときに荘厳なメロディーは満員の客の拍手をあびていた」とある。[9]それから三四年後の一九八九年一月に熊本県民オペラによって熊本県立劇場と東京の簡易保険ホールで上演されている。[10]

ホイヴェルス神父は脚本創作の動機について、「彼女が備へてゐた武士道の美徳、即ち犠牲の精神、勇気、真剣などは、誠に立派なものであ」り、「彼女の思想知識に対する熱情」があり、「ラテン語やポルトガル語も勉強し」、「信仰に依つて清い心、深い心、他人に対する優しい心を養ひ、その屋敷近くの貧民児童及び病人の救済事業等をも営んでゐ」ため、「私は日本の生んだこのやうに偉大な婦人を全世界に知らせようと微力ながら努力せずにはをられ」ないといっている[11]（傍線は引用者、以下も同）。オペラが上演した一九四〇年、神父は「ガラシアが踏み出す世界文学上への第一歩であったなら、大変に倖せである」という期待を込めている[12]。「全世界に知らせよう」という夢は一九五二年、ホイヴェルス原作に基づいた映画「乱世の百合」によって実現されている。この映画は、「〝羅生門〟をしのぐ立派な作品にしたい」という抱負をもつ御手洗彦麓の脚本、大岩大介の監督、マリア・ミタライ（五月信子）の主演で、リリア・アルバ社によって製作され、ヨーロッパ諸国から注文を受けていた[13]。

一九六五年一一月、ホイヴェルスの脚本は今日出海の演出、中村歌右衛門の上演が歌舞伎座で催され[14]、一九七九年六月の中村歌右衛門の「演舞場最後の歌舞伎」の時も上演されている[15]。ホイヴェルス神父は、「私はカブキでやるのを、はじめから一番希望していた」と言い、「私は夫人を紹介することで、日本の心、日本の本質を世界の人に知ってもらいた」く、「心の深みをカブキを通して見せ」て、「カブキに新鮮なカラーができる」だろうと期待していた[16]。ガラシャ、日本人の本質を世界に紹介し、また歌舞伎にも貢献しようとするこの試みは、神父の抱いた日本文化への深い関心を表している。

ホイヴェルス神父によれば、その脚本の主眼はガラシャの全体像にあり、「勇ましい最期」のみではない。その死だけを取り扱った描写は「多くは誤った解釈によって、一つの定まった形[17]」になっている。したがって、自分の脚本は、彼女を「世界文学史上に誇るべき、すぐれた日本女性の一人」として、「二十歳のころから十八年の長い間、波乱をきわめた戦国の時代に身をさらし、いくたびも死と直面して、ようやく神よりくるよろこびを受け、（中略）いかにして存在の疑問を解決したかという彼女の生涯を、劇として書いてみ」たのである[18]。それは、現世の苦しみ、理不尽な死を乗り超えて、キリスト教の究極的な目的である「永遠の命」を目指す彼女の人生そのものである。

ホイヴェルス神父の利用した史料は、脚本『細川ガラシア夫人』の附録として掲載されている。細川家の記録「綿考輯録九、一三」（一七七八年成立）と侍女の回想記「霜女覚書」（一六四八年執筆）があり、宣教師の書簡であるアントニオ・プレネスチノ（一五八七年一通）、ルイス・フロイス（一五八八、九二、九五、九六、九七年の五通）、オルガンチノ（一五八九、九五年二月一四日の二通）、ワレンチノ・カルワリオロ（一六〇一年一通）、フランシスコ・パエス（一六〇一年一通）、そして長崎で編集されてローマに送られた「日本年報」（一六〇〇年一〇月、一六〇一年）がある。

ホイヴェルス神父は、作家森田草平の随筆「思いつくまゝに（3）丹後の宮津」（『読売新聞』一九三五年五月二三日）を頼りに、「京都府与謝野郡野間村字味土野」というところを考察し、その山奥の谷間にある盆地の地形を見て、幽閉された玉の絶望的な環境を知り、彼女の悲しみと苦しみを描く手がかりを得たようである[19]。

実際の玉についてホイヴェルス神父の依拠した、宣教師の書簡の一部分だけを簡単に紹介する。プレネスチノは、細川夫人は「救世の真理を聴いてからは以前とは全く別の婦人になつてしま」い、「以前は憂鬱な気性であつたが、今は明るく元気になり、憤怒は忍耐になり、頑な烈しい性格は一変して優しい穏かな性格になつた」と書き[20]、信仰による心理上の変化を強調している。フロイスの一五八八年二月二〇日付の書簡は、ガラシャは「非常に熱心に修士と問答を始め、日本の各宗派から種々議論を引出し、又吾々の信仰にいろいろの質問など続発して、時には修士をさへ解答に苦しませる程の博識を示されたので、『日本で未だ嘗つて、これほど理解ある婦人に、又これ程宗教に就いて深い知識を持つて居る人に会つた事は無い』と修士は云」い、宣教師セスペデス宛てのガラシアの手紙をも引用してある。それは「神父様、ご存じの如く吉利支丹と相成候儀は人に説得されての事にては無く、唯一全能の天主の恩寵により、妾がそれを見出しての事に罷在り候。假令、天が地に落ち、木や草の枯れはて候とも、妾の天主に得たる信仰は決して変る事無かるべく候」という内容である。[21]

ホイヴェルス神父の脚本は、これらの宣教師の記録に基づきながら、史料に現れてこない彼女の心理状態を、文学者の筆で造形しようとしたのである。

三、ホイヴェルス以前の細川ガラシャ像

一八七三年、キリスト教禁令高札が撤廃されてから、キリシタンの史実が徐々に明らかにされ、細川ガラシャのことも日本で広く知られるようになった。イエズス会司祭クラッセの『日本西教史』（一六八九年パリ刊）は、彼女の教会訪問と、受洗への渇望、侍女経由の宣教師との文通を詳しく紹介している。[22]日本研究家パジェスの『日本切支丹宗門史』（一八六九年刊行、一九三八年和訳）は、臨終前のガラシャは、侍女たちを逃れさせてから、「跪いて劔の前に首を延べた。家臣達は、隣室に行つて、城に火をかけた後に切腹した。総ての物が皆灰になつた」と書き、[23]自ら命を絶ったのではなく、誤った武士の考えによって死を強いられたことにしている。徳富蘇峰（猪一郎）の『近世日本国民史』（一九二一—二二年）も、宣教師関係の史料を多用し、細川夫人のキリスト教入信とポルトガル語とラテン語の学習に触れ、夫人の最後は自殺ではないと断定し、自分の「子供を殺す可き筈はなかつた」[24]といい、世間で流布された子供二人の殺害と自害説に異を唱えている。その後のスタイン著、ビリヨン訳『切支丹大名史』（一九二九年）も、彼女が最後に子供と侍女たちを逃してから家老に命を絶たれたことを改めて伝えている。[25]しかし、『国史教授に必要なる日本女性史』（一九三一年）収載の「細川ガラシャ夫人」は、ガラシャの死は自殺か他殺かを論じるところに重きを置いている。[26]豊富な史料を使ってガラシャの死を考察した安廷苑の著書『細川ガラシャ』は、死ぬ数年前に迫害された神父に殉死する意思を示したので、究極の状況下で死を選ぶことは、「殉教とのつながりがあった」と考えている。[27]ちなみに、ホイヴェルス神父は、「あれは矢張り夫の

命令で小笠原に殺されたと見るのが本当のやう」だという見解をもっている。[28]

明治期の読み物は、細川夫人を烈女として描くものが大半である。例えば、小島玄寿編『日本烈女伝』[29]では、細川夫人が夫の命令を守るために自害し、林正躬『大東列女伝』では、子供二人を刺してから自害し、[30]西村茂樹編『婦女鑑』[31]や、『中学漢文』[32]、『修身の巻』[33]、『世界日本新お伽十種』[34]などもガラシャの自害を年少読者に伝えている。この〈貞女〉〈烈女〉は当時の通俗的なガラシャ像であった。

脚本や上演も自害を中心とする。河竹默阿弥の歌舞伎台本「細川忠興の妻」（一九〇三年上演[35]）と、藤沢古雪の脚本「がらしあ：史劇」（一九〇七年[36]）があり、藤井伯民著の脚本『細川がらしや』（一九二三年[37]）は、死を眼前にするガラシャの信仰心を描き、同年六月一九日に有楽座で上演されている。[38]一九二六年に帝国劇場で上演された岡本綺堂の「細川忠興の妻」では、玉はキリスト教の道を守り生き延びるか、武士の妻として死を選ぶかという葛藤に苛まれて、結局二人の子供を道連れに自害する。[39]また、土屋元作の謡曲「ガラシア」（一九三一年[40]）も自害を描写している。

それらと違って、芥川龍之介の小説「糸女覚え書」（一九二四年）は、前記の「霜女覚書」をパロディー化し、虚構人物「糸女」が嘲笑と批判を込めて観察した秀林院（ガラシャ）を登場させ、斬首される前に若侍を見て赤面したため、糸女の好感を買ったという結末である。この異色なガラシャ像は、武士道とキリスト教、日本と西洋との葛藤を「かろやかに超越した」ものとみられる。[41]それは〈貞女〉〈烈女〉という通俗のイメージからガラシャを解放したことにもなる。

ガラシャの信仰を中心とする作品は、キリスト教雑誌『声』に五回連載の若葉生の『細川忠興夫人』[42]があり、また井伊松蔵「細川福子の方ガラシャ夫人を懐ふ」は、「悶々遣る瀬なきの時仏教に走るのは邦人の通常事である」が、彼女がキリスト教徒になったのは「天主教が当時の人々に偉大な期待を持たしめた」からであり、その死は「諸大名の多数妻子を救ひ良人を四十万石の大大名になし徳川氏の天下を定むる素因となつた」と好意的に見ている。[43]龍居松之助『日本名婦伝』の「細川ガラシャ」も、三成の人質にならなかったことは「関ヶ原の勝敗に影響を及ぼせた」と讃えている。[44]

琴月の短編小説「細川ガラシャ」[45]は、キリスト教信者の夫人が運命を悲観的に思う人物として描き、鷲尾雨工の短編「秀吉と細川」[46]は、夫婦間の確執や、夫人が仏教の「諸法空相、不生不滅」を理解できず、キリスト教に深い興味を抱いていることを描く。一方、ガラシャのキリスト教入信の理由と最後の「殉節」を丁寧にたどるのは、大井蒼梧の『細川忠興夫人』[47]と満江巌の『細川ガラシャ夫人』[48]である。

四、ホイヴェルス脚本の特色

ホイヴェルスの脚本の跨る時代は、一五八三年から一六〇〇年までの一七年の歳月であり、登場人物は細川忠興、細川夫人、家老小笠原少斎、侍女京原など。まず一幕一場（一五八三年、夫人の幽閉場所丹後国三戸野）では、秀吉の家来の到来を知った少斎は、夫人が自害するよう説得を試みる。二場では、夫人は天下一幸福な女性が一夜にして、天下一不幸な人に変わった自分を憐れみ、蓮の花を見ながら、「やがてしぼまねばならぬ時もあろうに」と思い、「無と言ふものが、こんなに美しいものを創るものと思ひますか。さうして意地悪く打壊ちて行くものと思ひますか」と問いかけ、創造主の存在、生と死の根源を探る。間もなく、秀吉の家来の到来は花畠を作るためだと知り、ひとまず安堵。しかし、夫人は「余り喜んではなりませぬ」と思い、蓮の花に向かって「いつまでも、そなたを育て、花を咲かせて呉れるのは、誰なの」と問い続ける。

この心情について、三木サニアは「仏教的無常観――『諸行無常』、『栄枯盛衰』の世にあって、万物の本質を『無』と観じつつも、なおも絶対的な何ものかを探さずにはおられ」ず、「存在の根本原因としての超越的な何ものかへの問いかけが浮上する」と指摘している。[49]たしかに、ホイヴェルスの設定によれば、夫人は「世界、宇宙、人生は一つの混沌であり、而も意味のない混沌であつて、何の目的もなしに渦巻のやうに変転して人の心を苦しめるのであるといふ思想」の持ち主であり、それを超越しようとする人物である。[50]

二幕一場（一五八七年春、大阪《ママ》の細川家新屋敷）では、薩摩へ出陣する前の忠興に、夫人は「私は、いつぞや三戸野で、蓮の花を見て、深い所から起上らうとする、その力に驚き」、「桜の花が、瞬きます。その瞬きが、私を驚かします。誰かゞ、この世の遙かな端から私に瞬きをする」と語る。忠興はキリシタン大名高山右近のことを初めて彼女に紹介する。「高山は、天の主を、天地を創らせ給ふたと言ふお方を信じて居るのぢや。それはデウスと申さるゝとか」と。夫人はたちまち「そのお方が、深い所から、蓮の花を引き上げたのでございませうか。その方が花の枝をもつて、私に瞬きするのでせうか」と思いを馳せる。彼女にとって自然界の栄枯盛衰の根本的原因を探求することは、自分自身の存在の意味を究明することでもある。

二幕二場では、夫人は京原を誘い、「永遠の真理《まこと》」を知るために、忠興の外出禁止命令をやぶって、屋敷を抜け出し、教会に向かう。三場では、散歩中の日本人修道士ヴィンセンチオが、酒に溺れる花見人に「皆さんは、不思議には思ひませんか。一体誰方が花を咲かせるのでせう」と訊いたら、「そりやあ、きまつてらあな。春のお天道様よ。さあ、もう一杯やんな」と即答がくる。細川夫人の探究心と正反対である。

一方、細川夫人と京原が訪ねて来て、スペイン人セスペデス神父に「私達は、只、此の世のことが知りたいのでございます。何故、花が開き、凋《しぼ》むのでございませう。何故、人は喜び、又、悲しみも致すのでございませう。さうして、何故、私達は、生れ、死なゝければならないのでございませう」と質問する。しかし、神父は自分が「日本語が下手」で、「あなた方、判るやうに私、喋れません」という逃げ腰。夫人は「貴方の仰有ることは、すべてよく判ります」と答えて質問を続ける。このやりとりは興味深い。コミュニケーションは、言葉が流暢だから意味が通じるとはかぎらない。多くの場合は、むしろ真摯な態度がコミュニケーションを成功させる。

四場では、教会で教理を教わった夫人は六歳の息子を抱きあげて、「ほんにそなたは幸福ぢや。母は二十四のこの春まで、一体、何処の誰方が、天地や諸々の物を創らせ給ひ、色彩をつけさせ給ひしか知らずに居ました。（略）そなたがまだ六つぢやあと言ふに、もうそれを知つて居るのぢや」と喜びが溢れる。

三幕一場（一五八七年夏）では、忠興のまもない帰還と高山の追放を聞いた夫人は、キリシタン侍女京原に洗礼を授けられる。霊名は「ガラシア―神のおいつくしみ」と決められる。二人の対話はこのように展開する。

京原　奥方様の、新しいお名前、それはガラシア……
夫人　ガラシア――私へ、主の微笑み。
京原　その微笑みの下で、あなたの心の最初の花が芽ばえます。
夫人　ガラシア――私へ、主の久遠の愛。
京原　その愛の呼吸の下に、はじめて、喜びの泉が湧き出します。
夫人　ガラシア――我が主の御許しの接吻《くちづけ》。
京原　その接吻の下で、神の子、我が姉妹となるのです。
夫人　ガラシア――乾いた土に注がれる、天上の露。
京原　その露に潤ほされて、心の園に実が結びます。幾度となく。

二人のあいだに限りない共鳴が呼び起こされ、ガラシャの人生における至福の瞬間が創り出されている。「主の微笑み」「久遠の愛」「御許し」、「我が姉妹」「天上の露」などの言葉が象徴するように、今まで求めても得られなかった〈慈愛〉〈保護〉〈寛大〉〈平等〉〈超越〉というまったく新しい精神世界である。

四幕一場（一六〇〇年、大阪の往来）では、イタリア人神父オルガンティノは、修道士ヴィンセンチオに向かって、一三年前に一度しか訪ねてこなかったガラシアを讃える。「あのやうな立派な婦人は、お国に二人居ません。（中略）ポルトガル語、本についただけで学びました。失礼ですが、あなたより、上手に手紙書きます。その上ラテン語も学びました。しかし、あの方の偉いことは他にあります、それは獅子のやうに怒りつぽい、あの方の御主人と、私達や自分とを仲良くした事です」と感心している。

二場では、徳川家康に合流する前の忠興は、三成が攻めてきたら、キリスト者の夫人が自害しないだろうから、家老少斎に介錯を頼む。三場では、三成の部隊が夫人を人質にとろうとして攻めてくる。夫人は侍女と子供たちをまず逃がしてから、辞世の歌「散りぬべき、時知りてこそ、世の中の、花は花なれ、人は人なれ」を口ずさんでから、次のように祈る。

今こそ命すつべき時
光輝くデウスの御国の、
尊きひかり、我を召させ給ふ。
紫のけぶり、紅のほむらに、
五体は空に帰するとも、
我が魂の故郷へ我は召されて帰る。
救ひ給へや、我が主よ。
愛の御手、さしのべ給へ。
最後の御めぐみ、たれ給へ。
花は咲き競ふ、その中に
天に帰する喜びは鳴り響く、
五彩の雲に、天使の微笑み、
妙なる楽の音は讃歌をかなで、
高らかに歌声は、四方にひゞく、
お召しの声、我を招く、

遥かなる天より
遥かなるこの地上へ
尊きみこゑす
天主の御こゑ
我が父の…

この祈りは歓喜に満ちている。死の恐怖がまったくなく、この世への未練もなく「永遠なる命」をもつ、光と色彩と音楽に包まれる「我が魂の故郷」に向かおうとする。したがって、その辞世の歌は、「散るべき時を知っているからこそ、この世に花も人もいさぎよく離れていこう」と解釈できるだろう。キリスト教に入信してから、彼女の人生はもはや目的のない「混沌」たるものではない。死は「永遠なる命」につながり、無意味のものではなくなった。

この脚本が刊行されてから、柳谷武夫の書評は、「ホイヴェルス博士の戯曲一篇はよく夫人の精神を理解し、確実なる史実を基礎として、禅的求道からキリシタン的完成に至るまでの夫人の精神の発展を示されたところに著しい特色をもつもの[51]」だとしている。

五、世界文学の精神とホイヴェルス

ホイヴェルス神父のめざす「世界文学」の意味について考えてみよう。この言葉は、一般にゲーテが一八二七年に初めて提起したものと思われているが、実際はそれより前にすでに使われたことは、ドイツの研究者ヴォルフガング・シャモニ氏の論文「『世界文学』——ゲーテより半世紀も前に初出していた語」によって明らかにされている[52]。

シャモニ氏の考察によれば、ドイツの啓蒙主義の代表的歴史学者でゲッティンゲン大学教授のアウグスト・ルートヴィヒ・シュレーツァー（一七三五―一八〇九）の著書『アイスランドの文学と歴史』（一七七三年）において、Weltliteratur（世界文学）という用語が初めて使われた。すなわち、アイスランド文学は「アングロサクソン、アイルランド、ロシア、ビザンチン、ヘブライ、アラビアそして中国の文学と同じほど世界文学全体にとって重要であり、またそれらと同じほどまだ一般には知られていない」という文脈の中で使われたのである。シュレーツァーが「世界文学」という概念を提起できたのは、当時のゲッティンゲン大学が珍しく「世界」に開かれた大学で、シュレーツァー自身がフェニキア、スカンディナヴィア、ポーランド、ロシアの歴史を研究し、スウェーデン語、ロシア語、ドイツ語、ラテン語でその研究成果を発表し、「全世界に向けられた好奇心が文学の分野」にもおよんだからだと示唆してくれる。シャモニ氏は、シュレーツァーの「世界文学」は「足し算的」で「いかにも単純」であるのに対して、その半世紀後にゲーテの提起した「世界文学」は、「現在、そして将来に発展する、グローバルな文学者の交流と文学作品の相互交換の過程をさす」ものだと指摘している。

ホイヴェルス神父はゲーテの言葉をよく引用し、ゲーテ文学の心酔者であることは身近の人によって証言されている。[53] ゲーテの「世界文学」という言葉をも知っているはずだと推定できる。ただ、ゲーテのいう「世界文学」ははっきりと定義されていないため、その意味についてはいまだに議論され続けている。しかし、ゲーテの言説を総括すれば、（1）すべての国民がドイツ人に目をむけているため、ドイツ文学は「国民の内面を徐々に明るみに出」していくこと。（2）ドイツ人は自惚れに陥らず、「外は目をむけ」て、世界文学の時代の到来を促進すべし。（3）「個々の人間や個々の民族の特殊性」にある「真に価値あるもの」は「人類全体のもの」になれば、際立ってくる。（4）文学者は「愛情と共通の関心によって共同で活動する契機を見いだ」し、「自由な精神的交易」に参加すべし。（5）「諸国民がすべてにたいするすべての関係を知」れば、「普遍的世界文学が生まれ」てくる、[54] となる。

わかりやすく言えば、ゲーテのめざした「世界文学」の精神は、透徹な観察を行い、物事の本質を反映する

「文学」、他国の言語と文学に親しみ、広い視野をもつ「文学者」、特殊から普遍へ、刹那から永遠へ、という「文学的効果」、高尚な読書趣味を育て、人類の知性を進歩させる「文学的努力」というものだろうと思う。[55]ホイヴェルス神父の創造した細川ガラシャは、世界形成の真実、流転生死の真相を追求し、ポルトガル語とラテン語を独学して外国の神父と交流し、刹那な人生の苦しみと死の恐怖に打ち勝ち、「永遠なる命」を求め、崇高な精神世界をもつ人物であり、「世界文学」の精神を具現しているようにも受け止められる。

もう一つ注目すべきなのは、ホイヴェルス脚本が日本語による執筆であることだ。おもしろいことに、神父は自分の執筆言語を覚えていない。一九六五年の歌舞伎上演のときに、「これを書いたのは、もう三十年前ですね。日本語で書いたか、ドイツ語で書いたのか、もう忘れました」と言ったことがある。[56]むろん日本語を解さなければ、この脚本を鑑賞することは無理である。しかし、神父にとっては、世界の誰にも理解してもらえるような複数言語への翻訳を前提とするのではなく、むしろ特殊性をもって普遍性を暗示してくれる人物の創造が大切だったのだろうと推測できよう。

ドイツ語、英語ではなく、日本語で書くことによって、日本の観衆と読者に訴える力があれば、自ずと「世界文学」になるという自信が、ホイヴェルスにはあったようである。「宣教師の日本語文学」にこのような「世界文学」的精神があることを見逃すことができない。

註

▼1　ヘルマン・ホイヴェルス『人生の秋に——ヘルマン・ホイヴェルス随想集』春秋社、一九六九年初版、二〇一二年新装版第二刷、二六頁。

▼2 森田明「はしがき」土居健郎・森田明編『ホイヴェルス神父――信仰と思想』聖母の騎士社、二〇〇三年、五頁。

▼3 ブルーノ・ビッター「神父の人と生涯」前掲、土居・森田編『ホイヴェルス神父――信仰と思想』二〇頁。

▼4 米田かおり「細川ガラシャとイエズス会の音楽劇」『桐朋学園大学研究紀要』二八集、二〇〇二年；安廷苑『細川ガラシャ：キリシタン史料から見た生涯』中央公論新社、二〇一四年、一九一―一九四頁；中央公論新社、一九〇―一九四頁；新山カリツキ富美子「ヨーロッパにおける日本殉教者劇：細川ガラシャについてのウィーン・イエズス会ドラマ」郭南燕編『世界の日本研究　二〇一七：国際的視野からの日本研究』国際日本文化研究センター、二〇一七年。

▼5 ヘルマン・ホイヴェルス『日本で四十年』（春秋社、一九六四年）の一章「天の橋立」の四三頁注によれば、映画『日本廿六聖人』はホイヴェルス師の原作で、山本嘉一主演、片岡千恵蔵特別出演、ガラシア夫人を演じたのは伏見直江。倉田喜弘・林淑姫『近代日本芸能年表』上（ゆまに書房、二〇一三年、四〇一頁）によれば、池田富保が監督で、日活映画社が製作。

▼6 ヘルマン・ホイヴェルス『細川ガラシア夫人 Gratia Hosokawa』（四幕九場）カトリック中央書院、一九三九年。

▼7 前掲、ビッター「神父の人と生涯」一三頁。

▼8 関根礼子著、昭和音楽大学オペラ研究所編『日本オペラ史』上巻、水曜社、二〇一一年、二六七頁、下巻五七〇―五七三頁。

▼9 「満員の観客から拍手、歌劇『細川ガラシア』」『読売新聞』（朝刊）一九六五年一月二四日、一四頁。

▼10 「山田敬三氏の〝改訂版ガラシャ〟」『読売新聞』（夕刊）一九八九年一月一四日、九頁。『朝日新聞』（夕刊）一九八九年一月五日、九頁。

▼11 ホイヴェルス「序」前掲『細川ガラシア夫人』一四頁。

▼12 この一節は「一九四〇年一月二五日、日比谷公会堂において上演された国民歌劇公演のプログラム中に、原作者のことばとして刷られていたもの」がそのまま掲載されているという。同頁に、神父は自分に脚本を依頼したのは神宮寺雄三郎、脚本を手伝ったのは冠九三、作曲したのはチマッティ、オーケストレーションは山本直忠、と記述している。前掲、ホイヴェルス『日本で四十年』の一節「如何にして細川ガラシア劇を書く様になったか」一八五頁。

▼13 「ガラシャ夫人の生涯、ホ神父の原作、六月完成、ローマ法王へ」『読売新聞』（朝刊）一九五二年二月一二日、三頁；「史実の省略に無理『乱世の百合』」『読売新聞』（夕刊）一九五二年一一月五日、四頁。

▼14　「演目の選定に難が『細川ガラシャ夫人』も宗教絵巻きに終わる」『読売新聞』（夕刊）一九六五年一一月一六日、一〇頁。
▼15　「広告・名残り公演、六月名作歌舞伎」『読売新聞』（夕刊）一九七九年五月二二日、一〇頁。
▼16　「劇作界異聞　独逸人の書卸し、戯曲〝ガラシャ細川〟」『朝日新聞』（朝刊）一九三五年一二月二〇日、一三面。
▼17　前掲、ホイヴェルス『日本で四十年』一八五頁。
▼18　前掲、ホイヴェルス『人生の秋に――ヘルマン・ホイヴェルス随想集』一〇〇―一〇一頁。
▼19　前掲、ホイヴェルス「序」『細川ガラシア夫人』二一―一四頁。
▼20　前掲、ホイヴェルス『細川ガラシア夫人』附録・資料の部、六一―一四頁。
▼21　同右、一四―二六頁。このガラシャの手紙はすでに一五八七年の「日本年報」に収められている。ガラシャの原文手紙は現存しないが、それをポルトガル語に訳して、「日本年報」に収録されたのである（前掲、安『細川ガラシャ：キリシタン史料から見た生涯』七八頁）。この附録に収載される際、ポルトガル語から再び和訳されている。
▼22　ジョアン・クラッセ（Jean Crasset）『日本西教史』太政官翻係訳、半上坂七出版、一八八〇年、上巻第九章、一一〇四―一一一六頁。
▼23　レオン・パジェス（Léon Pagès）著、吉田小五郎訳『日本切支丹史』（上、中、下）岩波書店、一九三八年第一刷、九一年第一二刷、上巻、四六頁。
▼24　徳富猪一郎『近世日本国民史：第六巻、豊臣士時代丙篇』民友社、一九二一年、四三九―四四四頁：『近世日本国民史：第一一巻、家康時代上巻関原役』民友社、一九二五年改版、二三六―二三七頁。
▼25　スタイエン『切支丹大名史』ビリヨン訳、三才社、一九二九年、二二九―二三〇頁。
▼26　磯子尋常高等小学校編『国史教授に必要なる日本女性史』磯子尋常高等小学校、一九三一年、六二―六五頁。
▼27　前掲、安『細川ガラシャ：キリシタン史料から見た生涯』一七六―一七七頁。
▼28　「ドイツ人神父がカブキ劇『細川ガラシャ夫人』力作、近く舞台に」『朝日新聞』（夕刊）一九六五年一〇月二六日、七頁。
▼29　「細川忠興夫人」小島玄寿編『日本烈女伝』巻の二、山中八郎出版、一八七八年。
▼30　林正躬「細川夫人」『大東列女伝』波華文会、一八八四年、二〇―二一頁。
▼31　「細川忠興夫人」西村茂樹編『婦女鑑』第六巻、宮内省、一八八七年、七―八頁。
▼32　「細川忠興夫人」深井鑑一郎編『中学漢文』第二編下、敬業社、一八九四―九六年、二〇―二一頁。

▼33 「細川夫人の節義」祐文舘編集部編『修身の巻』聚栄堂大川屋書店、一九〇五年、三三―三五頁。
▼34 「第八、細川忠興夫人」高等お伽会編『世界日本新お伽十種』樋口蜻堂（ほか）出版、一九〇九年、一二一―一二八頁。
▼35 NADEHARA Hanako, "The Emergence of a New Woman: The History of the Transformation of Gracia"『東京女子大学紀要論集』六四巻、二〇一四年、六四―一〇七頁。
▼36 藤沢古雪（周次）『がらしあ：史劇』大日本図書、一九〇七年。
▼37 藤井伯民『細川がらしや』公教青年会、一九二二年。
▼38 小山内薫「『細川がらしや』を見て」、岡田八千代「有楽座の『細川がらしや』」『カトリック』第二巻第八号、一九二二年八月、六二―六五頁。
▼39 岡本綺堂「細川忠興の妻」（三幕）『綺堂戯曲集』第七巻、一九二八―二九年、春陽堂；「帝国劇場絵本筋書：史劇細川忠興の妻　他」一九二六年一一月。
▼40 土屋元作謡曲「ガラシヤ」『夢中語：土屋大夢文集』土屋文集刊行会、一九三二年、七八八・七九一頁
▼41 奥野久美子「「糸女覚え書」――〈烈女〉を超えて」宮坂覚編『芥川龍之介と切支丹物――多声・交差・越境』翰林書房、二〇一四年、三三八頁。
▼42 若葉生「細川忠興夫人」（1―5）『声』三八三―三八七号、一九〇七年一〇月―一九〇八年二月。
▼43 井伊松蔵「細川福子の方ガラシャ夫人を懐ふ」『人道』一九五号、一九二一年一〇月、一三頁。
▼44 龍居松之助『日本名婦伝』北斗書房、一九三七年、二九三―三〇七頁。
▼45 琴月「細川ガラシャ」『日本民族』第一巻第二号、一九一三年一二月、八六―九〇頁。
▼46 鷲尾雨工「秀吉と細川」『維新』第三巻第八号、一九三六年八月、八五―九七頁。
▼47 公教司祭戸塚文卿校閲、大井蒼梧著『細川忠興夫人』武宮出版部、一九三六年。
▼48 女子聖学院院長平井庸吉、青山学院教授比屋根安定序、満江巌著『細川ガラシャ夫人』刀江書院、一九三七年。
▼49 前掲、三木「ヘルマン・ホイヴェルス『細川ガラシア夫人』（その二）」「久留米信愛女学院短期大学研究紀要」第三四号、二〇一〇年、一五八―一五九頁。
▼50 前掲、ホイヴェルス『細川ガラシア夫人』「序」七―八頁。
▼51 柳谷武夫「書評　細川ガラシア夫人」『カトリック研究』第二〇巻第一号、一九四〇年一月、七六頁。

▼52　ヴォルフガング・シャモニ「『世界文学』──ゲーテより半世紀も前に初出していた語」『文学』第一一巻第三号、二〇一〇年、一七三―一八二頁。
▼53　田村襄次『わがヘルマン・ホイヴェルス神父』中央出版社、一九八七年、五八―六四頁。
▼54　「世界文学論」小岸昭訳『ゲーテ全集』第一三巻、潮出版社、一九八〇年初版、二〇〇三年新装普及版、九一―一〇二頁。（1）雑誌『芸術と古代』第六巻第一冊、一八二七年；（2）『エッカーマンとの対話』一八二七年一月三一日；（3）『ドイツ小説』エジンバラ、一八二七年；（4）ベルリンでの自然科学者たちの会合、一八二七年トマス・カーライル『シラーの生涯』序文、一八三〇年；（5）トマス・カーライル『シラーの生涯』序文の草稿、一八三〇年四月五日。
▼55　郭南燕『志賀直哉で「世界文学」を読み解く』作品社、二〇一六年、二一〇頁。
▼56　前掲、「劇作界異聞　独逸人の書卸し、戯曲〝ガラシャ細川〟」

第三部

聖なるイメージの伝播

《キリスト教の多文化的受容》

長崎県上五島のカトリック米山教会の「最後の晩餐」の木彫像の一部分（郭南燕撮影）

1　複製技術時代における宗教画
——世界の「サルス・ポプリ・ロマーニ聖母像」をめぐって

望月《Mia M. Mochizuki》みや／田中零訳

一、バロック期の機械

興味深い一枚の挿絵から話を始めよう。それは思いもよらない形で、バロック期の精巧な機械の世界を見せてくれる。ずんぐりとしたキューピッドが忙しそうに、複雑に連なった滑車装置の歯車を梃子を使って回転させ、地球を高く持ち上げようとしている（図1）。図の下部にある *Fac pedem figat, & terram movebit.*（彼に足を支える場所を与えたまえ、さすれば、彼は地球を動かすであろう）という画題は、本図が掲載された書物——苦難を乗り越え、不朽の功績を残したイエズス会の創立百周年を記念する一冊である *Imago primi saeculi Societatis Iesu*（『イエズス会一世紀の肖像』アントワープ、一六四〇年）を読んで初めて理解できる言葉である。

その本文中の「改宗」という言葉をめぐる寓意画が、イエズス会による世界規模の探究と、人々をキリスト

図1 *Fac pedem figat, & terram mouebit.*（彼に足を支える場所を与えたまえ、さすれば、彼は地球を動かすであろう）
Joannes Bollandus, S.J., Godefridus Henschenius, S.J., Johannes Tollenarius, S.J., Sidronius Hosschius, S.J., Jacob van de Walle, S.J., *Imago primi saeculi Societatis Iesu, a Provincia Flandro-Belgica eiusdem Societatis repraesentata* (Antwerp, 1640), p. 321, Maurits Sabbe Library, Faculty of Theology and Religious Sciences, KU Leuven, Leuven.

教に「改宗」させる布教活動を賛美する語呂合わせであることは、その章の副題 *Regnorum et Provinciarum per Societatem conversio*（「改宗協会のための御国《みくに》と管区」）もまた示唆している。一つの大きな塊と滑車装置が描かれている画面は、通常であれば持ち上がらない重量の物体を持ち上げるアルキメデスの梃子の原理を引用し、世界の重量とイエズス会の布教活動における多難さを対比させている。話を戻すと、冒頭の挿絵の題句は、アレキサンドリアの偉大な発明家であり、技術者であったパップスが引用したアルキメデスの「我の立つ場所を与えたまえ、さすれば、我は地球を動かすであろう」という高邁な宣言と呼応する。[1] その本において、アルキメデスの語る一人称の声「我」は、イエズス会宣教師の「彼」と機械装置の「それ」の双方を自在に両義的に行き来する、客観的な三人称代名詞に置き換えられている。この図式において、「地球を動かす」役目を担う行為者としての立場は、イエズス会士と機械、すなわち、人間と、技術が生み出した道具との間を静かに移動しながら、その任務を全うせんとするのである。

　また、同書の別の寓意画では、いったいどのような機械がこの世界的事業を管理運営するために構想されたのかを表すように、*Societas Iesu persecutionibus formatur*（イエズス会は苦難によって完全なものとなる）という画題とともに、印刷機を動かして働く一人の男の姿が描かれている。[2] 近世のイエズス会士たちにとって、印刷機は単に「布教―改宗のための装置」として機能しただけではなく、イエズス会が抱える「重圧」の隠喩ともなっていた。ここには、科学者ではなく、詩人ウェルギリウスの古典的叙事詩『アエネーイス』（*Aeneid*, 6: 77–80）から、太陽神アポロンが、クマエの巫女シビュラの肉体と魂に刻印する *fingitque premendo*（圧力による形）という一節が引用されている。[3] 意図されたのは、中世の神秘思想家であるトマス・ア・ケンピスが著した信心書 *Imitatio Christi*（『キリストに倣《なら》いて』）の思想概念を拡張し、イエズス会の精神的カリスマ性を高めることであった。[4]

　滑車装置であれ、印刷機であれ、機械は、人類に対して与えられた中世末期の規範に置き換えられており、物や人を生み出す協力者としての役割を担う、舞台の主役であった。現実世界においても、印刷機はイエズス会の世界戦略上、重要な役割を担っていたのだ。[5] 一五五六年にインド、五九年にはローマと、印刷所を世界中に普及させたイエズス会士たちは、さらに活版印刷機一式を、リスボンからゴア（インド）やマカオへ、そしてついに日本へと船で輸送した。イエズス会士たちは一六一四年に日本から追放されるが、その際、二七個の木箱を搬送するという苦難に耐え、印刷を継続するための印刷所をマニラ経由でマカオに移転する手配を周到に行った。[6] 特に、日本に設立されたイエズス会出版は生産性に富み、西欧語（欧字本）、ローマ字、漢字で書かれた出版物を二五年間に約六七点刊行し、今日、その半数近くが残存する。[7]

世界への布教の必要性と、印刷機の到来という二つの流れは、カトリック改革の担い手たちにとっては恰好の機会となった。おおかたの歴史記述によれば、印刷はプロテスタントの専売特許と位置づけられ、宗教改革の成功は、平易な言葉を使った書物の頒布と、匿名による大判印刷物の流布が個々人の激しい意識変化に伴う抜本的変革を煽り立てたことによると評価されている。しかしながら、この解釈は、カトリック教会もまた、自らの伝統を擁護するために、印刷機という最新の開発技術を巧妙に取り込み、逆に利用したという事実を覆い隠してきた。

ローマ教皇ピウス五世は、カトリックの教義復興のために、プロテスタント運動における最も強力な武器の一つを手に入れ、敬虔な画像制作にまつわる物語の普及や、改革後のカトリック美術の再評価など、急激な転換を推し進めた。カトリック教会は、プロテスタントの宗教改革による世界規模の挑戦に首尾よく対抗するため、「印刷機方式」とも呼ぶべき文化交流によって、その長期的な影響こそ予見できなかったものの、少なくとも当初は、重要な戦力となる絵入りの複製品を量産することができたのだ。

二、反復ではない複製

往々にして起こることだが、それは何気ない決断のように思えた。一五六九年六月、衰退期にあったローマ・カトリックの教皇ピウス五世は、第三代イエズス会総長聖フランシスコ・ボルハ（在任一五六五―七二年）に対し、初めて公式に「サルス・ポプリ・ロマーニ聖母像」（図2）の複製を承認するという前例のない処置をとった。「サルス・ポプリ・ロマーニ」の原意は、「ローマの民の救い」である。

図2　*Salus Populi Romani Madonna*「サルス・ポプリ・ロマーニ聖母像」作者不明、6世紀－10世紀頃、木板・テンペラ絵の具
Basilica of Santa Maria Maggiore, Borghese Chapel, Rome.
撮影 : Alinari/Art Resource, New York.

それによりピウス五世は、トリエント公会議以降のカトリック信仰を代表するこのイコン（聖画像）の地位を決定づけることとなる。若かりし日のイエス・キリストによって作られたテーブルの天板上に、聖ルカが描いたとされ、評判を呼んだこの「聖母像」は、中世末期の聖母被昇天の祝日（八月一五日）にラツィオのローマ街道を練り歩いたという逸話を経て、以後、ローマ、ミュンヘン、リスボン、イスファハーン（イラン）、バイーア（ブラジル）、北京、ゴア、ゴルゴーラ（エチオピア）など各地に出現する。観念的にも地理的にも、その地味な生い立ちからは、かけ離れた遍歴を示していると言えよう。[8]

実際、ボルハの指揮下にあったイエズス会の全業績の中でも、彼が布教活動のためにサンタ・マリア・マッジョーレ教会の「聖母像」の豊かな可能性に着目したことは、イエズス会士ペドロ・デ・リバデネイラが最初に著わしたボルハの伝記（一五九二年）に特筆されており、メルヒオール・クセルによる初期の聖人列伝にも肖像が残されている（図3）[9]。この銅版画は、ボルハの全肖像画中、印刷を語るに最もふさわしい。ボルハが故人となったカール五世の妃、神聖ローマ皇后イサベル・デ・ポルトゥガル・イ・アラゴンの遺体を見て、召命を感じた瞬間を表現するこの絵には、王冠を戴いた頭蓋骨と、召命を印象づけるイエズス会紋章が描かれた一条の光を背景に、「サルス・ポプリ・ロマーニ聖母像」の複製を誇らしげに左手でそっと抱くボルハの姿が描かれている。

　これは、一見簡単なローマ教皇の許可行為に端を発し、大きな広がりを見せた結果の一例である。ここでは、一つの根源的な問題が提起されている――ある一つの聖画像から生み出された多数の複製は、その純然たる唯一無二の存在である「祈りの対象物」に代わり、いかなるあり方が可能なのか。グローバル時代の幕開きにおける印刷機の概念において、写真やファクシミリ、その後に登場する電子化されたインターネットのように、一つのオリジナル（原本）を模倣するということが何を意味するのか。[10]残念ながら、ゲルハルト・ヴォルフによる「サルス・ポプリ・ロマーニ聖母像」の基礎的研究は、ちょうどこの「聖母像」が世界中にあまねく広まった時点まででである。第二次世界大戦直後のイエズス会士パスクワーレ・デリアによる研究や、近年のスティーブン・オストロー、クリスティン・ノリーン、若桑みどりらによる重要な功績も同様である。[11]世界規模に広がる異教との戦いの中で、何世紀にもわたって民心を結集させる役割を果たした聖母像

図3　*Portrait of St. Francis Borgia with the Salus Populi Romani Madonna*（「サルス・ポプリ・ロマーニ聖母像」を手にする聖フランシスコ・ボルハの肖像）Melchior Küsell 作、17世紀、銅版画

Archivum Romanum Societatis Iesu, *Fondo Iconografico Lamalle*, S. Francisco Borgia, *sub nomine*, Rome. 撮影：Mauro Brunello.

を、どのようにして流布させるべきかという実務上の問題にぶつかった時、ピウス五世は賢明な選択をしたといえよう。

プロテスタントが採用したと同様に、カトリック教会も、一つの画像からいくつもの複製を生み出す印刷機の不思議な力に集中的に資金をつぎ込んだ。その様子は、一塊のパンを群衆に分け与えるだけの数に変えた、イエスの奇跡を現実化することのように思えたに違いない。リサ・ポンは、ルネッサンスを「複製文化」と呼んでいる。**Copia** とは物質的豊かさをもたらす、新しさと伝統とをつなぐ繊細なロープのようなものである。このロープは、今までのヨーロッパにおいて、適切な使用と模倣の方法をめぐって最も長く続いた激論の中で繰り返し登場してきている。[12]

ただし、単一のメッセージを広く伝えるための「反復」がプロテスタントの印刷機の特徴であったのに対し、カトリック教会の印刷機に対する取り扱い方は微妙ではあるが、決定的に異なっていた。布教活動にとって印刷機の不可欠な点は、空前の数の原本を創り出せるという自慢の生産力だけではなく、とりわけ「本物」を複製するその能力にあった。つまり、究極の目標は模倣的な反復よりもむしろ、祈りの対象物の宗教的由来を公認するローマ教皇の権威を複製することにあった。[13] 極言すれば、複製のもつ「同一性」は、ヤン・ファン・エイクの名言である「我に能う限り」追求する本物らしさではない。

カトリック教徒たちは、画像の正当な系譜を途切れることなく共有する限り、一つの「トポス（場所）」から派生した外観の異なるさまざまなものを受け入れることができたのだ。ローマ・カトリック教会の重要な拠点の一つであったインゴルシュタットのイエズス会士ペトルス・カニシウスは、その著作 *De Maria Virgine incomparabili*（『無比の聖母マリア』インゴルシュタット、一五七七年）において、聖画像の複製に関するこのような見方を成文化した。これはプロテスタントからの批判に対抗するため、ピウス五世の命を受けて執筆した、記念碑的な聖母信仰擁護論であった。聖ルカが自分自身で複数のひな型を描いたのか、あるいは、たった一枚の原画だけを描き、それをもとにほとんど聖書のように次々と正統とされるものが生み出されていったのかは別にして、聖ルカ作とされる聖母像の一つから直に複製されたものであれば、様式や正確さの度合いに違いはあるものの、カニシウスにとっては、どの聖母像も「ルカによる肖像画」と呼ぶに値するものだった。[14]

この制作の謎を解く手がかりとなるような、最初の複製画家の名を示す史料は残っていない。公然と聖母像を模写することにより不名誉が降りかかることを恐れた作者の意向を尊重して匿名とされたため、「偉大なローマの画家」「卓越したローマの芸術家」「高名なる画家、イタリアの誇り、絵画の真髄」などと言及されるのみである。[15]クリスティン・ノリーンは、この場合の「真正さ」とは、実際にはその結びつきが距離を隔てたものであったとしても、ローマの原本と「関連があると信じられている」点に起因する、と力説する。それを受けて、秋山聰は「すべての複製はローマに通ずる」現象であると、ウイットに富んだ的確な言い方をしている。[16]これらの意見は、「サルス・ポプリ・ロマーニ聖母像」が世界各地に伝播するにつれ、よりいっそうの真実味を帯びてゆくであろう。その原型にまでさかのぼる「聖母像」ネットワークの構築は、「聖母像」単独の出現よりも重要になった。

さらに言えば、新しい「原本」としてのレプリカの地位は、「サルス・ポプリ・ロマーニ聖母像」の最初の複製が、儀式の気配を帯びるほどの厳格な管理下で制作されたことにより揺るぎのないものとなった。当時、ピウス五世は、たとえ習作のためであっても、聖母像を祭壇から降ろしてはならないと主張した。また、模写の最中は、ボルハと匿名のローマ人画家を除き、「証人は、陽の光だけであった」と伝えられるように、他には一切の立ち会いが許されなかった。制作の進行全体が、神秘的な創造神話の雰囲気に彩られていた。[17]

その模写に対する最初の反応についての手がかりは当時の資料にも見出せる。秘密の労働の成果である「サルス・ポプリ・ロマーニ聖母像」の最初の複製を目にした時、ピウス五世はその美しさとあまりのそっくりな様に感嘆し、「泣きぬれた」という。[18]このように、聖なる画像としての地位は、入念に作られた起源説話に加え、ほとんど奇跡ともいえる最初の作品によって肯定された。その複製への信仰と崇拝は、聖カルロ・ボッロメーオによる最後の典礼の際や、近年では、史上初のイエズス会出身の教皇フランシスコによって執り行われた儀式（二〇一三年七月二〇日）の際に聖母像の複製を掲げる大がかりな行進が見られたように、さらに発展的な伝統となっていく。[19] 印刷機の驚くべき可能性により、聖画像の複製は、その個々の表現の違いや、各地域特有の土着性にもかかわらず、正統を保持する教義の普遍的なメッセージを視覚的に伝えるうえで確固とした存在となった。

三、画像改革

トリエント公会議以降のカトリック教会に浸透した改革への教化は、「サルス・ポプリ・ロマーニ聖母像」の原本から複製への転換が一般的な複写ではないことを決定づけた。その真正さにより、これらの画像は単なる外見上の反復ではなく、ある種の付加価値の転移、物体を超えた価値の増幅をもたらした。フランシス・ボルハの知略は、聖母マリアやその他の聖なる媒介者の地位を強化するための教会内部の組織改革と、「創造」から人間の介入を遠ざけることを前提とした聖画の伝統との間を綱渡りするようなものであった。近年、イエズス会士ジョン・オマリーは、トリエント公会議での改革論議において、画像改革の役割は本質的というよりも、むしろ偶発的なものであったと熱心に主張する。言い換えれば、教義の媒介者の地位向上という主要課題に直面する中、画像改革は目標というよりも、むしろ予期しなかった副産物であったのだ。[20]

聖ルカが伝道者と画家の二役を担っていたこともまた、改革以前には稀にしか表現されなかった聖母マリアの肖像が聖ルカによって描かれたという逸話が、アルプス山脈を隔てたヨーロッパ北部と南部で頻繁にささやかれ始めた一つの理由であっただろう。[21] 媒介伝達は常に模倣を通じて行われる。[22] 聖ルカ画の筆致はまた、「人の手によらない」と称される「アヒロピイトス聖堂（*acheiropoeita*）」の聖母像のように、あるいはベロニカの「聖顔布

（*sudarium*）」やアウガリ王の「自印聖像（*mandylion*）」のように、神との直接的な交流のための代用品であった。[23]

カトリック聖画の伝統において、イエス・キリストの手と汗の涼やかな作風は、聖ルカの絵筆と油絵具へ、そしてついには印刷機とインクによる匿名の機械化へと譲り渡されることとなる。これは版画の複製と直筆の複製のいずれにもあてはまる。しかし、印刷技術の導入以前には存在しなかった「複製」という概念から見て面白いことに、ヒエロニムス・ウィーリクスによる銅版画「サルス・ポプリ・ロマーニ聖母像」（図４）の手本となったのは版画そのものであった。さらに、ピウス五世が聖画像の複製を公認したことにより、その地位は疑う余地のない絶対のものとなった。ボルハの何気なく思える要求が、原本を受け継ぐとはいえ、人工的な第二の「原本」に対して正統性を与える結果となったのである。数世紀に及ぶカトリック絵画の伝統を支えるために最新技術を導入することによって、原画から印刷物へと、印刷機による文化普及の理念は、「アヒロピイトス聖堂」の伝説に代表されるような従来の画像制作に折りよく改革をもたらした。

図４　*Salus Populi Romani Madonna*「サルス・ポプリ・ロマーニ聖母像」
Hieronymus Wierix 作、1600 年以前、銅版画。
Rijksmuseum, Prenten Kabinet, Amsterdam.

当初、マルチプル（複数

生産されたオリジナル作品）は素晴らしい恩恵であり、世界奉仕に対する予期せぬ報いのように思われていた。少なくとも一一七〇年以降、唯一無二の「聖なる船出」をした「サルス・ポプリ・ロマーニ聖母像」は定期的に制作され、恒例の聖母マリア被昇天の大祝日（毎年八月一五日）の際、サン・ジョバンニ・イン・ラテラノ大聖堂のイエス・キリスト像に「拝礼するセレモニー」（*inchinata*）で担がれる移動式祭壇に飾られるようになる。オストローは一六一三年一月二七日、サンタ・マリア・マッジョーレ大聖堂のパオリーナ聖堂内に特別にあつらえられた聖櫃《せいひつ》に納められるまでは、教皇パウロ五世の命を受け、聖母像が徐々に聖物化され、聖堂内の霊廟のような大理石の壁に祀られたことを検証した[24]。

一六世紀末までには、「サルス・ポプリ・ロマーニ聖母像」の複製が公式に教皇の祝福を受けたため、このように行進による移動を前提とした可動式の聖画像を祭壇に固定することが広く可能になったと言えるだろう。多くの複製を介して、聖母像はローマの若き修道生たちの元へも届くこととなった。なかでも最初期（一五六九年）の複製のうちの一つと信じられている聖母像は現在、サンタンドレア・アル・クイリナーレ教会の聖スタニスラス礼拝堂に祀られている。この聖母像は、ジュゼッペ・ヴァレリアーノ作とされるが、仮にイエズス会東インド管区の巡察師であったアレッサンドロ・ヴァリニャーノが、イエズス会総長エヴェラルド・メルクリアンに宛てた書簡（一五七五年）で、熟練したヴァレリアーノを日本に派遣し、ローマ時代と同様に模写を行わせるように嘆願していれば、シギムンド・レエーレ（**Sigmund Leirer**）のように聖母像の模写において国際的名声を博したことであろう[25]。複製は次々に、さらなる複製を生み出すこととなった。

一六世紀最後の二五年間のうち、最初期の次世代模写の中には、ミュンヘンの *Madonna Thrice Admirable*（三たびの称賛に値する聖母像）や、ポルトガル王ジョアン三世の王妃カタリナ・デ・アウストリアへ贈られた極上の作品も含まれていたと思われる。複製という手段によって、「サルス・ポプリ・ロマーニ聖母像」は多数のヨーロッパのイエズス教会を象徴する存在となった。その著名な作例は、リスボンのサン・ロッケ博物館、コインブラの新大聖堂、ブラガのピウス一二世博物館などに残されている。ここで、「サルス・ポプリ・ロマーニ聖母像」の「その後」を考察するにあたってはおそらく、デイヴィッド・ジョセリットが提唱する「初期化（format）」と「再初期化（reformatting）」という概念が役立つだろう。そこでは、図像の複製を持続する手だてとして、「不統一であり、しばしば一時的ではあっても、構造上のつながりが認められること」が挙げられている。[26]「サルス・ポプリ・ロマーニ聖母像」は、その可動性が今一度見直され、ネットワークを通じ世界中で地理的広がりを見せながら、事実上、バリエーションを増幅させていった。

さらに、ヨーロッパ圏外においても、「サルス・ポプリ・ロマーニ聖母像」は、より劇的に外国製の新たな姿に改訂されることになる。それらは現地の芸術家や海外に拠点をおく欧州出身者たちによって制作されたものだ。例えば、一七世紀の「サルス・ポプリ・ロマーニ聖母像」の全く同じ二枚一組の模写が、イラン・イスファハーン南部のアルメニア人居住区ニュー・ジュルファにある聖ステファン（聖ステファノス）教会の祭壇に見られる。二枚は *Martyrdom of St. Stephen*（聖ステファンの受難）という画の両脇に飾られている。また別の場合には、可能な限り全く同じ聖母画像を再現しようという努力も試みられた。イエズス会士の福者イナチオ・デ・アセベドが殉教した際、悲劇的にも海で遭難したジョアオ・デ・マヨルカ作の模写を基に一五七五年頃制作され、ブラジル北東部の港湾都市バイーアのサルヴァドール大聖堂に最初に収められた「サルス・ポプリ・ロマーニ聖母像」は、その好例である。

もう一点の非常に精巧な「聖母像」の銅板油彩画の模写は、現在、東京国立博物館に所蔵されているが、その様式分析から欧州の画家の手によるものと見られている。寄贈品として国内に持ち込まれたか、もしくは、イタリア人画家ジョバンニ・ニッコロ指導のもと、在日イエズス会の工房において制作されたものと推測される（図5）。[27]日本にはこの東京国立博物館本（一六世紀後期―一七世紀初期）の様式と酷似した、光輪を持つ「聖母子像」の銅板油彩画も残っている。大きく二つに割れているものの、こちらもやはり欧州人画家による作品と思われ、長崎奉行所の宗門蔵に保管されていたものである。西洋人の到来を描いた日本のさまざまな南蛮屏風の中にも似通った「聖母子像」が描かれていることから、他にも多数の複製が持ち込まれ、流布したものと思われる。[28]一五九六年、イエズス会日本司教ペドロ・マルティンスが、有家のセミナリヨにあったニッコロの工房を訪問している。のちにその時の模様を記したルイス・フロイスの鋭い洞察によると、おそらくこれらの複製品はさらなる複製を生み出すための手本として用いられたと思われる。

> 結局のところ、彼らを最も驚嘆させたのは、細長い建物に足を踏み入れた瞬間に目にした光景であった。そこは、さまざまな画像の油彩画を描く少年や青年画家たちであふれかえっていた。彼らが絵を描き上げると、教会準管区長は男性信徒やイエズス会士たちに手渡していた。建物の正面には、聖ルカの聖母像に模して一九歳の画学生が描いた一点の聖母マリア像が掲げられていた。その完璧かつ熟達した作品が無名の若者によって描かれたことに彼らは目を疑った。[29]

やがて、世紀転換期の模写においては、画家の自由裁量がある程度まで許されたものと思われる。ボルハが自身のために制作した「サルス・ポプリ・ロマーニ聖母像」の最初の複製に比べると、多くの特徴的な要素が簡略化されるとともに、一六世紀イタリア自然主義の影響によりビザンチン様式が排除された「改訂版」へと姿を変えることになる。[30]この系統の模写は主に、イエズス会が運営する工房と、イエズス会士たちがもたらした芸術に感化された宮廷サークルで制作された。そして、後者の複製画としては、インドのマノハー作の「聖母像」（一五九〇年―九五年頃、クストディア財団、フリッツ・ルフト・コレクション［パリ］蔵）や、「キリストの生涯」の物語の中央に描かれた、ゴンダルの画家による「サルス・ポプリ・ロマーニ聖母像」（一六〇〇年頃、アジスアベバ大学エチオピア研究所蔵）、また、服装や幼児キリストの髪型などに中国人画家による「様式上の土着性」が認められる「サルス・ポプリ・ロマーニ聖母像」（一六世紀末期―一七世紀初頭、フィールド自然史博物館［シカゴ］）

などが挙げられる。

現代人の眼には、これらの模写が、一般的な聖画像の主題の「新たなかたち」とは映らないだろう。しかし、近世期の人々にとっては、印刷機導入後に制作された「サルス・ポプリ・ロマーニ聖母像」の複製はすべて、その規範的・図像的同一性を保持し、さらに発展させる「原本」とみなされた。だからこそ、個々の様式上の違いにかかわらず、教皇の印刷認可を受けた聖画として機能したのだ。「我々の真の作品は、ネットワークが初期化した芸術の後に生まれる」というデイヴィッド・ジョセリットの言葉はまさに、トリエント公会議後、「サルス・ポプリ・ロマーニ聖母像」が創案されて以降の長きにわたる遍歴を言い当てている。▼31

図５　「聖母子像」　作者不明、16世紀後期－17世紀初期、銅板・油彩、東京国立博物館蔵
撮影 : Yoshirō Hashimoto, 2009 年 12 月 9 日

関係性の美学についてニコラ・ブリオーは、「個々のアーティストの作品は、世界と一体の関係であり、その他、諸々の関係を『無限に』生じさせる」と特徴づけている。▼32 そしてまさしく、後世の「サルス・ポプリ・ロマーニ聖母像」は、多様にして無数であり、時には、トリエント公会議の教義に則った他の通俗的図像と混じり合うこともあった。児嶋由枝は、のちの「隠れキリシタン」のお掛け絵（聖画の掛け軸）に、「無原罪懐胎」（Immaculate Conception）の図像的特色が見られる、と論じている。▼33 特に版画は理念を伝える重要な役割を担っており、「エッケ・ホモ　この人を見よ」（*Ecce Homo*）が描かれた何

点かのお掛け絵も、複製版画を手本に模写されたものと思われる。[34]

さらに、秋山によれば、生月島《いきつき》（長崎県平戸市）では、聖画を複製するプロセスは、浄化の意味で「お洗濯」と呼ばれ、古い聖画が「隠居」した時に初めて、新しい聖画が創られたという。古画は「ご隠居様」という称号を授かり、新しい絵が「御前様」として掛け替えられた。[35]背教の証として作られた銅製プラケット（浮彫小金属板）の踏み絵でさえ、キリスト教版画を模したものであったが、隠れキリシタンらは、あたかも生命を宿す「存在」に敬意を表すかのように、赤い法服でうやうやしく包んだものだった。[36]このように、原本にまつわる宗教観はそのまま転移し、複製の中で守られていった。「サルス・ポプリ・ロマーニ聖母像」の複製は、世界に隈なく行き渡っただけでなく、一枚の絵と世界との関係を劇的に再編成することともなった。

四、新素材媒体の出現

「サルス・ポプリ・ロマーニ聖母像」の多種多様な複製を通じた世界への聖母像の普及、という聖フランシスコ・ボルハの構想により、その図像的価値の抜本的見直しが求められた。しかしながら、ボルハは、複数となったがゆえに有形物としての価値は下がる一方、祈りの対象物としての霊性が新たに活性化するという究極の目標実現までは予見できなかった。この聖母像は、一七世紀後半までには複製による世界周航を終え、ヨーロッパに帰還したものと思われる。図6の宝石で装飾された厨子型の聖遺物箱がその一例だが、ひとつの聖画がその祈りの対象物としての地位を代償に、いかに広く世界へ普及したかを示唆している。

「サルス・ポプリ・ロマーニ聖母像」の複製にあたっては、印刷機のような伝達技術により、従来の画像生産方法や、それに伴って生み出された数々の神話が改訂されることとなった。さらには、異文化との出会いも、聖画像を事実上「不接触」の状態にする要因となった。言い換えれば、接触を基本とした古典的な聖画像の物語を改訂するために印刷機を選択したこと、すなわち、無限の可能性に満ちた、人格のない機械を媒介に神聖な系統と距離を置いたことにより、聖画本来の特殊性を模写するという一大テーマの行使が可能となった。海外への探検は、原画だけが持つ特異性、あるいはヴァルター・ベンヤミンの有名な造語である「アウラ的存在」の喪失と引き換えに、広大な展望と信奉者をもたらすこととなる。[37] この新たな展望はまた、ベンヤミンの考えさえ及ばない解釈をも提供した。ひとつの物から別の物へ、油彩画から版画へ、そして木製の聖遺物箱へと、主体が移行する過程で、物質としての存在は最小となり、そこにぽっかりできたすき間は、おそらく必然的に、海外貿易を通じて発見された原料から生成された新素材によって満たされはじめたのだ。「異国風」の未知なる素材の特殊性が、価値の下がった画像の存在とその本質を表舞台に押し出す役割を担うこととなった。複数生産によって伝統的なものの価値が下がるとき、新素材によって成型し直された旧型の作品が西洋美術として収集されはじめ、国王や教皇の称賛さえ得るようになるのは必然と言ってよい。

図6　*Reliquary with Painting of the Salus Populi Romani Madonna*（サルス・ポプリ・ロマーニ聖母像を収めた聖遺物箱）ポルトガル人作家、17世紀後半、黒檀・金銅・着色ガラス、銅板油彩画
Santa Casa da Misericórdia de Lisboa / Museu de São Roque, Lisbon. 撮影 : Julio Marques.

新素材は、版画制作と世界を強く結びつけた媒体であり、版画を元絵として使用した、すばらしいフェザー絵画 *Mass of St. Gregory*「聖グレゴリのミサ」（一五三九年、ジヤコバン美術館［フランス・オーシュ］蔵）はその一例である。これは、アリストテレスの存在論に基づき、アメリカ先住民は理性的な人間であり、奴隷ではないと、大勅書 *Sublimus Dei*（『崇高なる神』）において宣言した教皇パウロ三世に謝意を表すために献上された。特別に厳選された羽根を木や皮、銅製の固い裏当て材の上に貼り付けて作られた「聖グレゴリのミサ」は、携帯用モザイクさながらの光沢を放ち、その稀少さゆえに、ヌエバ・エスパーニャ（メキシコ）においてさえ、低下していた祈りの対象物としての聖画の価値を大きく引き上げた。やはり版画の技法を応用した作品としては、銅板に代わる象牙の彫刻で、現在、ウィーンに保管されているStool「スツール」（一五五四年、クレムスミュンスター修道院蔵）も挙げられる。物そのものの価値は、その材料がセイロン（スリランカ）王からポルトガル王ジョアン三世に贈られた象スレイマンの右足と肩甲骨を再利用したものであることから察せられるが、のちにハプスブルク家出身の神聖ローマ皇帝マクシミリアン二世の所蔵品となっている。

前述の「サルス・ポプリ・ロマーニ聖母像を収めた聖遺物箱」（図6）もまた、ローマ・カトリックの主題を東洋の黒檀を使って表現した異国情緒豊かな工芸品である。その画像には、複写による歪みが認められ、結果、不安げな表情にも見えるが、形あるものとして酷使されてきた歴史を雄弁に物語っている。肉体から解放された一九人の聖人の遺骨を納めるには、専用の小聖堂が必要だったに違いない。希少な黒檀で守られ、金銅と宝石に彩られ、最も貴重な画像のひとつが描かれた繊細な銅版画で装飾されている。信仰対象物の価値を具体的に示すために高価な材料を使用することは中世期より行われてきた方法であるが、近世期には遠く離れた「サルス・ポプリ・ロマーニ聖母像」の影響力を強め、存在感を増すために世界の新しい資源が使われた。

複製が表舞台に現れたことにより、印刷機による制作はさまざまな材料との媒介に、ますます重要な役割を果たすこととなった。制作現場における人間性復興の動きと、祈りの対象との「接触」を禁じた歴史背景との関わりから、素材を介した世俗的な体験が、新たな「真実」の基準となった。「記憶（memoria）」としての存在だった祈りの対象物は、やがて世界中で「記念品（souvenir）」と位置づけられるようになる。そこには、ローマにある原本の迫真性を可能な限り忠実に模写するように、という作家個人への要求はもはやなかった。また、プロテスタントの宗教改革によって奨励され、形式の別にかかわらず複写可能な内容へ信徒を導いた印刷機の影響力も存在しなかった。カトリックの対抗宗教改革における世界制覇はさらに一歩前進し、印刷機は結果的に、祈りの対象物それ自体を作り上げた地理的探究を通じて、一つの国際共同体ともいうべき聖画像を生み出したことになる。対抗宗教改革派の新進芸術家は、拡大する世界の文字資料を通して聖書正典の主題を再解釈するという徳の行いにより、聖画制作の列に加わったと断言したことであろう。複写のそのまた複写が急増しはじめる中、主題は物そのものを圧倒する脅威となった。そんな中、手つかずの新しい資源を求める地球規模の探検が、材料の絶え間ない導入を通じて、聖画の存在（「実在」）感を高めるために物理的改革を行った。写真術以前（ベンヤミン）、インターネット以前（ジョセリット）、伝達の技術は印刷機の紙改革のように手作業で、宗教芸術の仕組みそのものを再編成した。一都市空間の聖遺物の「運搬」に始まり、新しいグローバルな舞台のため、あるいは、世界中からの資源をもとに形を変えていくこととなった。

結び

何世紀もの伝統の重みをくつがえす力を有していたのは、テクノロジーの道具だった。教皇ピウス五世は、二つの課題、（一）神秘的な画像の地位の向上、（二）世界中の人々をカトリックに改宗させるという使命、に直面した際、フランシス・ボルハの一見些細な要求が、天の恵みのように思えたに違いない。ボルハに対し「サルス・ポプリ・ロマーニ聖母像」の複製許可を与えたことは、教皇にとって一石二鳥だった。画像例外主義と、祈りの対象物の本質的価値の復興という二つの関心事に、さまざまな材料を駆使して同時に取り組むことができた。

一方、彼が予見できなかったのは、機械による複製のマイナス面だった。つまり、改訂に次ぐ改訂がもたらす物自体の弱体化が、ルネッサンス期に印刷機が初めて登場した時に見られたアウラ的存在の喪失を招くこととなった。「サルス・ポプリ・ロマーニ聖母像」の旅はまた、価値の下落がどのように始まったのかを明らかにする。祈りの対象物の複製にあたっては、結局のところ、内容が形式に影響を与えていった。主題や意味のほうが品質よりも重要となっていく。そして、やがて新しい素材が逆に注意を惹きつけ、価値喪失への反証として効果を発揮することになる。印刷機による複製は、世界に変化をもたらすと同時に、危険な道具ともなった。画像創作の過程における機械化の促進は当初、神聖なる崇拝物の聖書解釈上の地位に傷をつける状況をつくり出すだけだったのだ。旧世界には、新世界が必要だった。世界の舞台なしには、あるいは、その物資なしには、宗教芸術は深刻な打撃をこうむったであろう。聖画像が媒体としての改革を経て、ついには有形物として重要さを増すことになるという、機械の影響をめぐる一連の物語において、ピウス五世は、自らの抜け目ない戦略がどこで帰結するのか推測できなかったにちがいない。しかし、宗教芸術を蘇生させる絶好の機会となった世界規模のカトリック改革、すなわち、カトリック主義における「ローマ・カトリック教」の改革において、ピウス五世の先見の明が果たした役割はけっして小さくはない。

註

▼1　Pappus of Alexandria, Synagoge, book 8, Ivor Thomas, trans. and ed., *Greek Mathematical Works*, vol. 2, Cambridge, MA: Harvard University Press, 1941, p. 35.

▶2 Joannes Bollandus, S.J. et al., *Imago primi saeculi Societatis Iesu, a Provincia Flandro-Belgica eiusdem Societatis repraesentata,* Antwerp, 1640, p. 571; Ralph Dekoninck, “La Passion des images: La traversée des images jésuites entre Ancien et Nouveau Monde,” *De zeventiende eeuw,* no. 21, 2005, pp. 54–56; Mia M. Mochizuki, “The Diaspora of a Jesuit Press: Mimetic Imitation on the World Stage,” in Feike Dietz et al. eds., *Illustrated Religious Texts in the North of Europe, 1500–1800,* Farnham: Ashgate, 2014, pp. 130–32.

▶3 F.M. Keener, ed., *Virgil's Aeneid Translated by John Dryden (1631–1700),* Oxford: Oxford University Press, 1997, book 6, lines 120–25, p. 152.

▶4 Maximilian von Habsburg, *Catholic and Protestant Translations of the Imitatio Christi, 1425–1650,* Farnham: Ashgate, 2011, pp. 180–89, 194–98.

▶5 前掲 Mochizuki (note 2).

▶6 William J. Farge, S.J., *The Japanese Translations of the Jesuit Mission Press, 1590–1614,* Lewiston, NY: Edwin Mellen Press, 2002, p. 4; 前掲 Mochizuki, (note 2), p. 120; Diego Pacheco [Ryōgo Yūki], S.J., “Diogo de Mesquita, S.J. and the Jesuit Mission Press,” *Monumenta Nipponica,* no. 26, 1971, p. 443.

▶7 ヨハネス・ラウレス編『吉利支丹文庫』新版（第三版）東京、一九五七年、八二、九五、九八、一〇一頁。

▶8 Hans Belting, *Likeness and Presence: A History of the Image before the Era of Art,* Edmund Jephcott (trans.), Chicago: University of Chicago Press, 1994, pp. 68–72; Gerhard Wolf, *Salus Populi Romani: Die Geschichte römischer Kultbilder im Mittelalter,* Weinheim: VCH, 1990, pp. 24–28.

▶9 *“Tuvo grandísimo deseo y devoción de tener un verdadero y perfecto retrato de la imagen de la Madre de Dios…,”* Pedro de Ribadeneyra, S.J., *Vida del Padre Francisco de Borja,* Madrid, 1594, pp. 826–27; *“Diuorum cultum ut excitaret, augeretque, (contra atque haeretici solent, qui in Sanctorum imagines, ut olim Iconomachi, graffantur) …,”* Pedro de Ribadeneyra, S.J., *Vita Francisci Borgiae,* Antwerp, 1598, pp. 238–239; Pasquale M. d'Elia, S.J., “La prima diffusione nel mondo dell'imagine di Maria ‘*Salus Populi Romani,*’” *Fede e Arte* 2, 1954, pp. 307, 311, n. 63; Kristin Noreen, “The Icon of Santa Maria Maggiore, Rome: An Image and Its Afterlife,” *Renaissance Studies,* no. 19, 2005, p. 662.

▶10 Yoriko Kobayashi-Sato and Mia M. Mochizuki, “Perspective and its Discontents or St. Lucy's Eyes,” in Dana Leibsohn and Jeanette Favrot Peterson (eds.), *Seeing across Cultures in the Early Modern Period*, Farnham: Ashgate, 2012, pp. 21–48; Mia M. Mochizuki, "The Luso-Baroque Republic of Things and the Contingency of Contact," *Ellipsis: Journal of the American Portuguese Studies Association*, Vincent Barletta, ed., *The Lusophone Baroque* [Special Issue] no. 12, 2014, pp. 143–71; Mia M. Mochizuki, "Seductress of Site: The Nagasaki *Madonna of the Snow*," in Anton W.A. Boschloo et al. eds., *Aemulatio. Imitation, Emulation and Invention in Netherlandish Art 1500 to 1800: Essays in Honor of Eric Jan Sluijter*, Zwolle: Wannders, 2011, pp. 76–88.

▼11　前掲 D'Elia, (note 9); Noreen, op. cit. (note 9), pp. 660–72; Steven F. Ostrow, *Art and Spirituality in Counter-Reformation Rome: The Sistine and Pauline Chapels in S. Maria Maggiore*, Cambridge, UK: Cambridge University Press, 1996, pp. 167–74; 若桑みどり『聖母像の到来』青土社、二〇〇八年、九六－一〇四頁；前掲 Wolf, (note 8).

▼12　Lisa Pon, *Raphael, Dürer and Marcantonio Raimondi: Copying and the Italian Renaissance Print*, New Haven: Yale University Press, 2004, pp. 22–27, 113.

▼13　西洋におけるローマ教皇公認の重要性については、以下を参照のこと。Gerhard Wolf "From Mandylion to Veronica: Picturing the 'Disembodied' Face and Disseminating the True Image of Christ in the Latin West," in Herbert L. Kessler and Gerard Wolf, eds., *The Holy Face and the Paradox of Representation*, Bologna: Nouva Alfa Editoriale, 2000, pp. 155–79.

▼14　"[...] *tamen et aliae Virginis Icones, licet aliena manu factae fuissent, Lucae nomine commendari potuerunt: quoniam cum primae inter vetustissimas ad Lucae archetypum essent expressae, non immerito, quocunque demum pervenerint, nomen gratiosus a primo authore illo Luca retinuisse videantur*," *Petrus Canisius, Commentariorum de verbi Dei*, Ingolstadt, 1573, book 5, chap. 12, p. 761; Petrus Canisius, De Maria Virgine incomparabili, et dei genitrices sacrosancta, Ingolstadt, 1577, p. 697; Walter Melion, "'Quae lecta Canisius offert et spectate Diu': The Pictorial Images in Petrus Canisius' De Maria Virgine of 1577/1583," in Walter S. Melion and Lee Palmer Wandel, eds., *Early Modern Eyes*, Intersections no. 13, 2009, pp. 262–65; 前掲 Noreen, (note 9), p. 666.

▼15　"Un gran pintor de Roma," "un excelente artífice Romano," in Dionisio Vázquez, S.J., "Vida del p. Francisco de Borja," unpublished MS, Archivum Romanum Societatis Iesu, Rome, vitae 80, ff. 280r–281r; "Un famoso pincel, valentia de la Italia y alma de la pintura," in Juan Álvaro Cardinal Cienfuegos Villazón, S.J., La heroyca vida, virtudes, y milagros del grande S. Francisco de Borja, Madrid, 1717, book 5, chap. 9, sec. 2, pp. 379–380; 前掲 D'Elia, (note 9), pp. 306–307, 311, n. 52–54, 61, 68.

▼16　前掲 Noreen, (note 9), pp. 665–66; 秋山聡「キリスト教の聖なるイメージの日本における『後生』」小佐野重利編『次世代人文学研究センター紀要：文化交流紀要』二〇号、二〇〇七年、一三七頁。

▼17　Juan de Borja y Enríquez duque de Gandia, Sanctus Franciscus Borgia, quartus Gandiae dux et Societatis Jesu praepositus generalis tertius (Monumenta Borgia), ed. Cecilio Gómez Rodeles, S.J., Madrid, 1911, vol. 5, pp. 112–13, n. 68; 前掲 D'Elia, (note 9), pp. 303, 306, 310, n. 16.

▼18　前掲 D'Elia, (note 9), pp. 307, 311, n. 68.

▼19　前掲 Ostrow, (note 11), p. 120, fig. 100. また、儀式の際の動作や型が祈りの対象物の奇跡的役割に貢献しているというヴォルフの議論、および「奇跡」の複製として奇跡を起こす人々の写真についてのギャスケルの研究は、以下を参照のこと。Gerhard Wolf, "Miraculous Images between Art and Devotion in Medieval and Early Modern Europe," in Akira Akiyama and Kana Tomizawa, eds., *Miraculous Images in Christian and Buddhist Culture*, Tokyo: University of Tokyo, 2010, pp. 99–115; Ivan Gaskell, "In Search of Miraculous Images in the Age of Mechanical Reproduction, and Beyond," in A. Akiyama and K. Tomizawa, eds., *Miraculous Images in Christian and Buddhist Culture*, pp. 60–75.

▼20　John W. O'Malley, S.J., "Trent, Sacred Images, and Catholics' Sense of the Sensuous," in Marcia B. Hall and Tracy E. Cooper,eds., *The Sensuous in the Counter-Reformation Church,* New York: Cambridge University Press, 2013, pp. 28–48.

▼21　Hans Belting, *Das echte Bild: Bildfragen als Glaubensfragen*, Munich: Beck, 2005, pp. 209–213; Belting, op. cit. (note 8), pp. 47–57; Émile Mâle, L'art religieux après le Concile de Trent, Paris, 1951, pp. 28–48, 96–103.

▼22　Gerhard Wolf, "Divine Bodies, Sacred Images and Holy Sites: Contact Zones between the Living and the Dead, and between Heaven and Earth in Christian Cultures." 前掲、小佐野編『次世代人文学研究センター紀要：文化交流紀要』二〇号、二〇〇七年、八六—八八頁。

▼23　Michele Bacci, *The Many Faces of Christ: Portraying the Holy in the East and West, 300–1300*, London: Reaktion Books,

2014, pp. 30–47; 前掲 Belting, (note 21), pp. 45–85, (note 8), pp. 208–224; Joseph Leo Koerner, *The Moment of Self-Portraiture in German Renaissance Art*, Chicago: University of Chicago Press, 1993, pp. 80–126.

▼24　前掲 Ostrow, (note 11), pp. 118–25, 148–50.

▼25　Gauvin Alexander Bailey, "Creating a Global Artistic Language in Late Renaissance Rome: Artists in the Service of the Overseas Missions, 1542–1621," in Pamela M. Jones and Thomas Worcester, S.J. eds., *From Rome to Eternity: Catholicism and the Arts in Italy, ca. 1550–1650*, Leiden: Brill, 2002, p. 231.

▼26　David Joselit, *After Art*, Princeton: Princeton University Press, 2013, pp. 52–55, 66, 84, 90–94.

▼27　東京国立博物館編『東京国立博物館図版目録：キリシタン関係遺品篇』東京国立博物館、二〇〇一年（目録番号三八、一六二）二三五頁、図版三四；神庭信幸「キリシタン絵画の製作技術と材料」『東京国立博物館紀要総目録』四二号、二〇〇六、五—一二二頁；*Yoshie Kojima, "Reproduction of the Image of Madonna Salus Populi Romani in Japan," Shigetoshi Osano with special collaboration of Milosz Wozny, eds., Between East and West: Reproduction in Art. Proceedings of the 2013 CIHA Colloquium in Naruto, Japan, 15th-18th January 2013, Cracow, 2014, pp. 374–78*; 西村貞『日本初期洋画の研究』全国書房、一九四五年、一九—二一頁；前掲若桑みどり、注一一、一三三—一三四頁。

▼28　秋山は、東京国立博物館所蔵の二つの《聖母子像》（銅板油彩画）の損傷状態に関して、どちらの絵も来歴をたどれば長崎奉行所宗門蔵に行き着くことから、「踏み絵」として使用されていたことが原因ではないかと指摘する。前掲東京国立博物館編、注二七、目録番号三七、一六二、二三五頁、図版三四；前掲秋山、注一六、一三六—一三八頁。

▼29　Provincia Iaponiae et Viceprovincia Sinensis (Jap. Sin.), Archivum Romanum Societatis Iesu, Rome, 46, fol. 283b; Gauvin Alexander Bailey, *Art on the Jesuit Missions in Asia and Latin America, 1542–1773*, Toronto: University of Toronto Press, 1999, pp. 69–70.

▼30　前掲 D'Elia, (note 9), p. 306.

▼31　前掲 Joselit, (note 26), p. 96.

▼32　Nicolas Bourriaud, *Relational Aesthetics*, Simon Pleasance, trans., Dijon: Les Presse du réel, 2002, p. 22.

▼33　前掲秋山、注一六、一三九—一四〇頁；前掲 Kojima, (note 27), pp. 378–83; 中城忠・谷川健一『かくれキリシタンの聖画』小学館、一九九九年。

▼34 前掲秋山、注一六、一三九―一四〇頁；前掲 Kojima, (note 27), pp. 379–81; 前掲中城・谷川、注三三、八二―八五頁。

▼35 前掲秋山、注一六、一三九頁。

▼36 前掲秋山、注一六、一三四―一四〇頁；前掲中城・谷川、注三三、一〇五―一〇六頁。

▼37 Walter Benjamin, "The Work of Art in the Age of Mechanical Reproduction," in Hannah Arendt, ed., *Illuminations: Essays and Reflections*, New York: Schocken Books, 1969, pp. 217–51.

【付記】本論は、筆者の英語論文 Mia M. Mochizuki, "Sacred Art in an Age of Mechanical Reproduction: The Salus Populi Romani Madonna in the World," in Kayo Hirakawa, ed, *Sacred and Profane in Early Modern Art, Kyoto Studies in Art History*, Vol. 1 (Kyoto: Kyoto University Press, 2016), pp. 129-44. の和訳である。本論の翻訳掲載を許可してくださった平川佳代教授に深く感謝する。

2 多様性の中の統一性：愛の性格
――カクレキリシタンにおける「神の啓示」の意味

松岡 史孝／木村 健 訳

本論は、カクレ（隠れ）キリシタンの歴史を念頭に置きながら、キリスト教神学における「聖なる啓示」の可能性と限界を取り扱う。ここに中心的な問いがいくつかある。キリスト教伝来の形式と、日本の文化的土壌との相互作用はどのようなものだったのか。その相互作用は特殊なパターンを形成したのかどうか。そして、その相互作用は政治的、宗教的に利用されたのかどうか。最後に、神学の視点から見れば、日本の独特な歴史的文脈の中で育まれた「教会」の観念は、伝来時のキリスト教本来の「教会」の観念から変容したのかどうか。九州のカクレキリシタンは、明治時代に信教の自由を許可されてからも、ローマ教会から離れたままの存続を決意した時、どのようにカトリック教会によって取り扱われたのか。それを知ることは、「キリストの体」である「教会」、そして神の「啓示」をどのように考えるかに関わる。

九州への現地調査に先立つ前には、カクレキリシタンは複数のパラダイムとして、並行し、または相反して、日本の歴史の中に存在していると思っていたが、どうだったのだろうか。遠藤周作は小説『沈黙』の中で、棄教者フェレイラの口を借りて、「この国は考えていたより、もっと恐ろしい沼地だった。どんな苗もその沼地に植えられれば、根が腐りはじめる。葉が黄ばみ枯れていく。我々はこの沼地に基督教という苗を植えてしまった」(Ⅶ)と書いている。

実際の日本はほんとうに「沼地」なのだろう。遠藤文学にあるこのような考えは、キリシタン研究にとってどのような意味があるのか。日本人は、外来のキリスト教信仰をどのように多元的に理解し、心の現実として受け取ったのだろうか。これらの質問に対して、「統一性と多様性」というレベルだけでは答案は得られない、異なる次元を通して、答えを見つける必要があると考えた。

宮崎賢太郎はカクレキリシタンがキリスト教徒でもなく、その「隠れ」でもない、先祖崇拝の一種類として、彼らをキリスト教の現象としてアプローチするのは間違いだという。[1] もしそうであるのなら、カクレキリシタンの歴史の中で、神の啓示の意味がなくなってしまったのか。

一、常に改められる教会——カクレの共同体：生きている歴史遺物か、それとも常に改革する共同体か

私は、現在までのカクレキリシタンの研究において欠落しているのは、「キリスト教」やその「歴史」を構成するものについての説得力のある定義ではないかと思う。つまり、カクレキリシタンの共同体の発展について肯定的あるいは否定的に論じる基盤は何なのか、という問いである。管見では、キリスト教がカトリックの宣教師たちによって、一六、一七世紀の日本に伝えられた、という共通の暗黙の前提が基盤となり、それを元にしてその後のカクレキリシタンの生、信念、実践が探究され、価値づけられていった。例えば、「キリシタンの時代にキリスト教へと入信した人々の没落」を描いている宮崎賢太郎は、次のようにカクレキリシタンを定義している。

一八七三年に禁教令が解かれて信仰の自由が認められた後もカトリックとは一線を画し、潜伏時代より伝承されてきた信仰形態を組織下にあって維持し続けている人を指す。[2]

彼はこの集団を、迫害の時代に仏教や神道を偽装しつつもキリスト教信仰への忠誠を維持した「潜伏キリシタン」に対置している。宮崎は、カクレキリシタンの記述において、キリスト教を構成するものは何かとはっきりと問いかけてはいないものの、「キリスト教徒」の共同体と異なるこの集団の際立つ独特さを認めている。つまり、「オラショや儀礼などに多分にキリシタン的要素を留めているが、長年にわたる指導者不在のもと、日本の民俗信仰と深く結びつき、重層信仰、先祖崇拝、現世利益、儀礼主義的傾向を強く示すものがある」という特徴である。[3]

宮崎や他の研究者と違う観点をもつのは片岡弥吉である。「寺社との関係、神仏行事など、多分に仏教、神道さらには祈禱まじない、土俗信仰などの風習と思想とが入りこんではいるけれども、御親ゼウスと御身ゼウスへの信仰が中心であり、御母サンタ・マリアへの思慕を失わないキリシタンの思想が中核になっている」という彼の見方も注目される。[4]

佐藤智敬は五島での調査を基盤に、「隠れキリシタン」「旧切支丹」「潜伏キリシタン」「復活キリシタン」などの用語を考察し、これまでの多くの研究成果は、主に『キリシタン』という名称からか、いかに彼らがカトリックの信仰を伝えているか、あるいは本道であるカトリックがいかに変容したものであるかを分析している」ものので、「それ以外の部分はあまり注目されなかった」と指摘している。[5] 村上重良も『日本宗教事典』で同じ観察を示している。[6]

いずれにせよキリシタン研究の対象の基盤は、一六、一七世紀に、ポルトガルの庇護を受けたイエズス会と、スペインの庇護を受けた托鉢修道会とによる宣教活動である。[7] しかし、キリスト教信仰とは対照的に、「神は一つという キリスト教の教えを信じ、神仏信仰を完全に否定した人はほとんどいなかったでしょう」と宮崎は見ている[8]。

私はむしろ、キリシタンに関する研究は、キリスト教の歴史と「教会」の意味である「神の啓示」という神学的問いなしでは、完全なものになりえないと思う。キリスト教会（*ecclesia*）、すなわち、この地上における神の「啓示」である「キリストの体」というより広い歴史的な枠組みの中で、カクレの歴史と今日はどのように理解され得るのであろうか。たとえ、カクレキリシタンの歴史的な状態も現状も、変質によって「キリスト教徒」とは異なる何かになっているとしても、カクレキリシタンのもつ、日本に伝えられたキリストの「神の啓示性」との歴史的なつながりを、たやすく退けることはできない。

歴史的に遺された意義深いアイデンティティを否定することなく、私は、キリスト教の「神の啓示」の可能性と限界についての問いを提起したい。つまり、「神の啓示」はどこまで語り進めることができるのか、というものである。この問いを取り扱うために、カクレの共同体に関して、教会学の次の二つの教義を探究することを提案したい。

（1）教会本来の改革的な性格は、カクレの共同体において、どのように表れているのか、あるいは断絶しているのか。

（2）キリスト教の「啓示性」は、カクレの共同体の内にどのように体現され、また、「キリスト教」の歴史的性格を離れても、どのように理解されたのか。

この二つの教義は互いに密接に関連している。キリスト教神学の見方では、教会は動的で、揺れ動き、常に「改革している」ということである。それは *ecclesia semper reformanda*（常に改められる教会）と言われる。教会は常に改革される必要がある。改革の行為は、教会の定義に深く染み込んでいる。

「改革」は、歴史の気まぐれの中での目的なき彷徨ではない。*ecclesia*（教会）すなわちキリストの体あるいはキリストの生涯の出来事を共有する場所は、明確な歴史的な軌跡を有している。つまり、信仰の共同体の現時点の経験は、キリストの過去の出来事のうちにすでに予期されていた未来である。言い換えれば、歴史とは、キリスト教信仰から見ると「終末論的」なのである。*ecclesia semper reformanda*（常に改められる教会）の起源はプロテスタントで、一六世紀の宗教改革にさかのぼるが、動的に教会の歴史を読解することは、カトリックの教義においてもまた肯定されている。[9]

キリシタン研究における最初の重要な問いは、カクレの共同体において、この軌跡はどのように存在していたのか、あるいは断絶されていたのか、というものである。神学的に問えば、カクレキリシタンはどのようにキリスト教信者として存続したのか、あるいは、どのくらい歴史的な改革の軌跡から離れたのか、その結果はどのようなものだったのか。そして、誰が、どのような権威をもち、どのような神学的な理由に基づいて、キリシタンの「改革」が、「神の啓示」を正当に体現しているかどうかを決めることができるのか。もっと具体的にいえば、過酷な弾圧の中で仏教や神道に偽装しながら形成したカクレの共同体は、禁教令の解除によって、まったく違う宗教信仰を持ちつづけたのか、それとも忠実にキリスト教に戻ったのかについて問われる必要がある。[10]

さらに関連する問いがある。ヨーロッパの宣教師が「祖先崇拝」の精神風土に移植したキリスト教の教理や儀式の「変容」は、「神の啓示」の歴史的な改革とその軌跡とどのような関係があるのか。また、キリスト教と並存する仏教や神道は、「神の啓示」のもう一つの歴史的表現といえるか。これらの重要な神学的な問いは、キリスト教の歴史におけるカクレキリシタンの特殊性を完全に理解するためのものである。これらの問いを考察するために、「啓示」という用語の意味を、説得力ある形で明確にしておく必要がある。

二、「知ることは知られることである」——生きられた歴史と観られた歴史

キリスト教の「教会」は歴史的な出来事であり、単に独立して生起したものではない。それは、広大な人間の

歴史において、他の出来事とも結びついている。言わば、「生きられている」のと同時に、外部から「観られている」ものでもある。したがって教会の「啓示性」は、外部の観る側がなければ、十全に理解できない。アメリカの神学者、H・リチャード・ニーバーは、啓示の意味について最も権威のある著書の一つ『啓示の意味』の中で、「内的な」歴史と「外的な」歴史とを区別している。[11]

外的な歴史の中で、価値は結合や強さを意味する。客観的な歴史学者は、出来事や要因の重要性を、他の出来事や要因に与えつづけた効果によって、測定しなければならない。……しかしながら、内的な歴史の中で、価値とは自己にとっての真価を意味する。価値づけられ得ないものは重要ではないし、記憶から取り落とされるかもしれない。[12]

ニーバーは、歴史の「内的」読解か「外的」読解かの違いを問わず、「知るということは、すべて観点によって条件づけられている」と考えている。彼は続けて、「ある出来事の本当の性格は、孤立した状態で決められるのではなく、他のすべての出来事との関係を考慮する、包摂的な観点から決められる」と。ニーバーの考えでは、「歴史の中での神の啓示とは、自己の啓示である。神を知るということは神によって知られることである。つまり、神の中に映された自己を知ることである」[13]。このような相互関係を通して、神のアイデンティティやキリストの体現としての *ecclesia*（教会）を知ることは、歴史の中で神によって知られることである。ニーバーが言い換えているように「私は信じられてきた、それゆえに私は信じる」と言える。[14]

同様に、カクレキリシタンの「生きられた」歴史は、外からの観点から切り離すことはできない。移入信仰の変容であれ、日本固有の信仰との並行・共存であれ、カクレの共同体として存在する「意味」は、他の地元共同体にいかに「受け取られ、知られた」かにかかっている。カクレの共同体は、「キリスト教徒」であるかどうかを自ら公言するアイデンティティだけではなく、ある特定の場所と時間における他人によって認知されたアイデンティティでもある。

カクレの共同体の自ら生きた経験と、ローマ・カトリック教会のカクレキリシタンに対する見方や取り扱い方は、密接に関連する「内的」歴史であり、「生きられた」歴史である。同時に、ニーバーは、次のように注意喚起している。「キリスト教会では、自己と共同体の運命に関する内的な知識をはじめとして、自分たちに対する他人の外的な観点を受け入れることによって、外的な歴史に重要な精神性を賦与することは必然的だ」[15]と。

また、キリスト教の日本伝来は非常にハイブリッドな事象であった。当時のキリスト教信仰は重要な政治的、経済的、軍事的な含意を有していたことを見る必要がある。フランシスコ・ザビエルは、有力な大名たちに自らのことを「政治的なエリート」と紹介していたと言われている。[16]日本宣教の形態は、歴史の過程において常に変化していた。神聖なものと不敬なものとは、二つに切り離すことはできない。カクレの共同体は、単なるスピリチュアルな実体ではなく、社会の一部分であり断片でもある。

キリシタン研究者の大部分は、カクレの共同体から、ヨーロッパの宣教師によって初期に伝えられたもの以上の何かを探し求めようとしているように思われる。ピーター・ノスコは「事実、すべての学者は、伝統のいくらかの部分は、ほぼ信じられないほどに忠実に伝えられた、ということに賛成し」、カトリックの「元々の信仰」は、日本に伝えられた際に変容している、という「禁教化変容論」に同意している。[17]宮崎は、今日的なカクレの人々と、仏教徒との間に識別できる違いを見ておらず、「彼らは仏教徒と大同小異」と言っている。[18]

浅見雅一もこの見方に賛同し、キリシタンの歴史に関する最新作において、「隠れキリシタンは、カトリックの典礼などを継承してはいるが、実際は隠れキリシタンとしてのシンクレティズム（混成宗教）の信仰に変容してしまっており、カトリックとは全く異なった信仰形態になっていると言われる」と言及している。[19]この説にしたがえば、キリシタンの世紀の歴史的重要性は、実際は宗教的なものではなかった。ジョージ・エリソンは、「一度限りの……日本の歴史の一時代における真に国際的な次元」の移植であったのかもしれない、と指摘している。[20]

また、中薗成生の研究『かくれキリシタンとは何か――オラショを巡る旅』は、カクレの共同体の文脈化を示すもので、平戸・生月地方のカクレキリシタンの内的な読解にとって、有益な基礎資料である。[21] 中薗は、カクレキリシタンの信仰の表現は、「時期や地域によっても信仰形態に差異が存在してい」たことを指摘し、外海・浦上地区のカクレの共同体が、独特な信仰の表現を発展させていることを観察している。[22]

長崎の周辺地域（のカクレキリシタン）では、禁教以降かなり経った頃にも潜伏していた宣教師と接触があり、一六三〇年代まで、宣教師の人たちが巡回し、信者に対する指導がおこなわれていたことがあります。そういった状況の中で、禁教に対応した、教義の維持を意図した信仰形態――後期のキリシタン信仰の形態――が確立し、外海・浦上系かくれキリシタン信仰というかたちで継承されて行ったと考えられるのです。[23]

外海・浦上のカクレの共同体と比較して、生月・平戸の信仰の表現は、屋外や農業の作業を反映する形式や、声に出して唱えるオラショの形式をとる。中薗は次のように記述している。「前期から中期にかけてのキリシタン信仰、簡単に言えば、禁教以前のキリシタン信仰の形態が、そのまま続いていると捉《つか》まえる」。生月・平戸地区のカクレの共同体について中薗は次のように総括する。

（1）カクレキリシタンの信仰は、ヨーロッパの宣教師たちが居合わせることなく、宣教活動から切り離された。
（2）この理由から、以前に実在した元々の宣教師たちによる教示との直接的な関係はなく、即興的につくり出された信仰活動が、導入された。
（3）自らの信仰を無信仰者に対して隠す行為が過去において生じた。
（4）最も顕著には、カクレキリシタンの信仰は過去に実在し、今日、他の宗教や信仰と並行して実在し続けている。

確かに中薗は、カクレキリシタンの変容理論に反対していない。ただ、世界の中に、キリスト教がほかの宗教、信仰と並存しながら信仰されている事例があるかどうかを見る必要はあるのではないかと提案している。[24]

他方、宮崎は多様な信仰が、カクレキリシタンの実践の中に共存していると論じている。この共存の理由は、「成功裡に、日本の土壌に彼らの信仰を根づかせる」目的のためという、極めて機能的なものであった。[25] つまり、日本の人々や共同体にとって、異なる信仰の共同体に同時に属することはよくあることである。宮崎の観点は中薗のとは異なっている。

ここで想起すべきは、キリシタンの「二重葬」や「戻し方」といわれるカクレの葬儀の実施である。それは「天国」で愛する人と会いたいという願いから、強制された仏教の読経と葬儀の効能を無効にしようとしていた。宮崎は、この二重葬の習慣を、変容の別の例として解釈している。[26] 実際、この「二重葬」は、歴史的に表明されたキリスト教の終末論に合致せず、ローカルな文化とスピリチュアルな土壌に深く根づいたものだと考えられる。

しかしながら、中薗は次のように論じている。「かくれキリシタンの捉え方として押さえておかなければならないのは、かくれキリシタン信者はかくれキリシタン信仰を信奉する人であるということ、これは当然、理解していただけると思います。しかし、かくれキリシタン信者の信仰のすべてが、かくれキリシタン信仰ではありません。かくれキリシタン信者が信仰する仏教とか神道というものもあるわけです。……複合信仰だと紹介されてきたことで、かくれキリシタン信者や信仰に対する大きな誤解を生んできたのです[27]」と。

これは、カクレの共同体の生きられた経験が、彼らの信仰についての外的な観察者の見方ではなく、祖先の信仰を引き継ぐ彼らのアイデンティティに関する理解を提供している。しかし、変容論と共存論だけがカクレの共同体についての代表的な解釈ではない。R・V・ムンシは、論文「枯松神社と祭礼」において、キリシタン研究にとって別の角度からの解釈を提起している。[28] 枯松《かれまつ》神社（長崎市外海黒崎）とその例大祭の意義の分析の中で、ムンシは次のように述べている。「黒崎地域でのかくれキリシタン信仰がカトリック性を保持し、また、枯松神社と例大祭で土俗信仰として継承したのは『先祖崇拝』ではなく、むしろ『先祖崇拝』文化との固い結合である」と。彼は、信仰の実体を誤解することに注意を促し、キリシタン信仰についての結合主義的な見方に疑問を呈している。[29]

カクレの経験の内的読解がなければ、外的な読解は、不確実性と浅薄さを伴う危険がある。同時に、共同体に関する外的な分析がなければ、生きられた内的経験は、偏狭となり断片化しかねない。共同体の存在は、共同体を取り巻く人々の心によって「理解され」、また、共同体を取り巻く人々の心に向けて語りかける。

佐藤智敬は、論文「五島列島・椛《かぶ》島のカクレキリシタン御帳箱」の中で、カクレの共同体についてのこの評価を提起しており、それが役に立つであろう。

カトリックになることこそ拒んでも、自分達の信仰にどのような意味があるかを知ろうとした痕跡がうかがえる。それもまた、カクレキリシタンの信仰生活に何らかの変化を与えたと考えられる。キリスト教以外の視点も重要であるが、彼らをキリスト教の影響を抜きにして考察することもまた難しいのである。[30]

Ecclesia semper reformanda（常に改められる教会）における、「理解するとは、理解されることである」という言葉のように、カクレの共同体の改革は、「根本的な変容」なのか、あるいは、「異なる信仰との共存」なのかを神学的教義から考える必要がある。それはローカルな共同体の人々の「心に響き」、そうした共同体の中でその存在意義を有した、カクレの共同体における「神の啓示」を意味する。

三、「心に伝わる響き」——サン・ジワン枯松神社における神的な啓示の意味

長崎、五島列島、生月、平戸への現地調査の準備中に、私は、カクレキリシタン研究へのアプローチの枠組みとして、ドイツの社会学者エルンスト・トレルチの格言を思い出した。「私たちの初期の経験において、神の生とは一ではなく多である。しかし、多のうちの一を把握することは、愛の特性を形作る」と。[31]

私は、多様性と統一性との比較は、別のパラダイムである人生の意味、すなわち「愛の性格」に存在すると言いたい。「一」の意味はキリスト教信仰の「本質」及び本来の「性格」である。キリスト教の主題は「神の愛」がどのように人々によって受け入れられ、経験されるかである。私は、その「愛の特性」を「心に伝わる響き」と名づけたい。それは、私たちが住まう世界の違いを超えて、一と多に関する学術的な言語を超えた言葉で、私たちに語りかける。その言葉は、とても親密なものなので、私たちの心を深くつかみ、「愛の特性」を顕示してくれる。それは、文化的、宗教的な違い、政治的イデオロギー、さらに、不和と歴史的傷痕を経験している最中の私たちの心に触れる瞬間がある。

文化的、信仰的多元性をもつ日本において、生きられた経験や、宗教について帰結する読解が、どのように廃れていくのか、という問題にもなる。では、「多のうちの一を把握することは、愛の特性を形作る」というトレルチの考えは、日本の経験に合致するのか。

私は、二者択一のような、現実に対するアリストテレス主義的なアプローチがカクレキリシタン研究において上手くいかないことに気がついた。根本的に異なる参照枠が必要である。枯松神社祭の話から、私は、「多における一」のキリシタンの文脈において「愛の性格」の今日の表現を垣間見た。枯松神社の例大祭の重要な点は、カクレの共同体最大の「愛の表現」であり、長崎県外海・黒崎地区の人々の心に語りかけていることだと主張したい。人々が枯松に集まったのは、カクレであろうと、仏教徒であろうと、カトリック教徒であろうと、信仰のアイデンティティによるのではなく、この神社所在地において展開された彼らの歴史と今日の信仰実践のためである。その信仰実践の重みが、黒崎地区の人々の心と共鳴している。ある新聞に報告されたように、「弾圧に耐え、先祖が守り続けてきてくれたおかげで今がある。神社祭は続けていかないといけない」▼32と。

ムンシは、黒崎地域住民が協力し合い、人々の本来持つ心と思いやりの絆、理解を深めるために、枯松神社祭が重要な宗教的社会的役割を担うことになったと観察し、枯松神社祭は、「新しい地域共同体をつくるための信仰」から始まったものとしている。[33] 枯松神社の仏教徒の僧侶は次のように述べている。

神や仏という違いがあっても、自然の中に生かされていた日本人は、シロやクロ、アカやシロ、という色だけでなく、グレーやピンクという色を知っている。この自然感がある限り、お互いを許す心を持ち、相手を認め、寛容でいることが出来る。だから、対立することはない。[34]

ローカルな共同体、そして和解によって成立する共同体が、祖先の信念の固さや根気強さによって、新たに生まれることは可能である。祖先崇拝に関するカクレキリシタンの歴史は、今日の共同体づくりにおいて、重要な役割を果たしている。祭りに参加した人々、カトリック教会の信者たち、カクレの人々、自らを仏教徒とみなし続けている人々、さらに、より広く黒崎の人々は、みんな信仰の物語に加わっている。その物語は、黒崎の和解による新しい共同体の出現に参加するために、はるか昔に始まったものである。ニーバーの「啓示の意味」は、枯松神社の年に一度の祭礼の重要性を説明するのにふさわしい。つまり「私たちの歴史における啓示は、特別な時機を意味し、個人と全体の生命をすべて理解させてくれるようなイメージを、私たちにもたらす[35]」ということである。

神学的に言えば、「啓示」とは過去の歴史上の静的な遺物ではない。「啓示」は、「歴史とともに神を指し示す」とニーバーはいう。[36] キリスト教信仰の観点から見れば、啓示は、世界における神の活動の物語である。枯松神社の人々の生の中に体現された「啓示」は、ニーバーの次の言葉を思い出させてくれる。

私たちの歴史の中で、私たちのすべての思考を条件づける何かが生じた。そして、これが生じたことにより、私たちは、私たちが何であるのか、私たちが何に苦しみ、何を為しているのか、私たちの可能性とは何であるのかを、覚知できるようになる。啓示的な出来事を通して、恣意的で無言な事実が関連づけられ、理解可能で雄弁な事実になる。[37]

ムンシは「枯松神社の重要性は、特定の精神的拠り所であるだけでなく、地域社会と信仰と空間の融合点でもある」ことだと述べている。[38]

枯松神社の年に一度の祭礼には、神聖なものと世俗的なものとが一緒に訪れる。継承されてきた一神教のキリスト教の変容したアイデンティティが、トレルチの言う一つの神としての顕在的なアイデンティティの放棄であり、喪失ではあるが、今や、包摂的な黒崎地区全体にとって「愛の性格」として、あるいは年に一度の祭礼において「多なるもの」として役立っている。しかも、ムンシによって観察されているように、「この信仰形態が消滅した後も自分たちの精神文化、信仰の誇りを子孫たちに伝えたいという情熱がみなぎっている」[39]という発展がみられる。

この「愛の性格」は今や、日本のローカルな共同体において、彼らの心の中で共鳴する仕方で、受け入れられている。「神は愛なり」（ヨハネの第一の手紙 4の8）は今や、因習にとらわれない予期せぬ仕方で、明るみに出され、体現されている。一つの祭礼に参加していた仏教の僧侶が述べていたように、枯松神社の人々の示した「愛」は、「お互い、困った時に助け合う精神は、日本人に潜在的に備わっているものだと感じた」というように受け取られている。[40]キリスト教の告白的な信仰は、「心に伝わる響き」となり、共同体の中の人々の宗教的な所属によらず「人々の本来持つ心と思いやりの絆」へと変化し、「枯松神社の典礼において、参列者は宗教を概念や論理や教義で捉えるのではなく、宗教的感情で感受する」のである。[41]

トレルチの予言「多のうちの一を把握することは、愛の特性を形作る」は、枯松神社の祭において、予期せぬ展開と意味をもつ。黒崎の人々や、それを取り巻く共同体の中で、受け継がれてきたカクレの共同体の制度的・個人的なアイデンティティ、すなわち、彼らの祖先から受け継がれてきた信仰は、しばしば、ローカルな共同体のために（「絵踏み」や「崩れ」といった弾圧により）手放されてきた。枯松神社のカクレの信仰は、祭の参加者の心に語りかける。祭は、本当に、教会（*ecclesia*）の改革的性格と一致する、神の「啓示」の別の表現、すなわち、黒崎における神の現前なのではないか。

下五島の福江での研究会（二〇一六年八月一日）で、六世代後のカクレキリシタン子孫にあたるカトリック教徒の浦道陽子さんが、次のように語った（コラム1、浦道陽子『先祖の話：キリシタンへの改宗』を参照）。

古いカトリックの要理の中で「宗教とは何ですか？」との問いに対し、「宗教とは人の生きる道です」との答えがあります。

この「道」が人々の心の中で響き渡る。

教皇フランシスコのサン・ピエトロ広場での演説（二〇一四年一月一五日）には、カクレキリシタンに関する所見があり、そのキリシタン信仰について述べている。

日本のキリスト教共同体は、隠れていたにもかかわらず、強い共同体的精神を保ちました。洗礼が彼らをキリストのうちに一つのからだとしたからです。彼らは孤立し、隠れていましたが、つねに神の民の一員でした。教会の一員でした。わたしたちはこの歴史から多くのことを学ぶことができるのです。[42]

教皇フランシスコの主張で注目すべきなのは、カクレキリシタンの共同体が、歴史において、孤立し、分離され、変化したにもかかわらず、キリストの身体として、すなわち、神の民の一員として認められている、ということである。

「内的に」言うならば、ローマ・カトリック教会は、彼らを決して見捨ててこなかった。カクレの共同体は、単なる化石化した歴史的な集団ではない。彼らの「変容した」宗教的、集団的なアイデンティティは、「生きている教会」「神の現前」「表情豊かな顔の美しさ」であったし、あり続けており、具現した愛を証言し、それが、ローカルな共同体にとっての「心に伝わる響き」として鳴り響いているのである。カクレの共同体は、歴史的にその実在を変化させてきたにもかかわらず、*ecclesia semper reformanda*（常に改められる教会）であるのだろうか。祭の参加者の心に語りかけたもの、さらには、ローマ・カトリック教会によって知られ、公表されていることを除いては、その「真なる」本性に対しては、いかなる確定的な答えも、与えられていない。

註

▼1　宮崎賢太郎『カクレキリシタンの実像――日本人のキリスト教理解と受容』吉川弘文館、二〇一四年、七、九頁。カクレキリシタンと潜伏キリシタン、隠れキリシタンの表記区分については同書参照。

▼2　同右、二二頁。

▼3　同右。

▼4　片岡弥吉『かくれキリシタン――歴史と民俗』日本放送協会出版協会、一九六七年、一九二頁。

▼5　佐藤智敬「五島列島・椛島のカクレキリシタン御帳箱：大小顚末福文書の分析を通して」『常民文化』二七号、二〇〇四年、一三五頁。

▼6　村上重良『日本宗教事典』講談社、一九八八年。

▼7　浅見雅一『キリシタン史』慶応義塾大学出版会、二〇一六年。

▼8　前掲、宮崎『カクレキリシタンの実像』一〇頁。

▼9　*ecclesia semper reformanda* は、ローマ・カトリック教会の回勅 Unitatis Redintegratio においても認められている。

▼10　「隠れ蓑」という独特な表現は、宮崎賢太郎の『カクレキリシタンの実像』の中で用いられた。

▼11　宮崎賢太郎『カクレキリシタンの信仰世界』東京大学出版会、一九九六年、三〇頁。

H. Richard Niebuhr, *The Meaning of Revelation*, New York: Micmillan Publishing Co., 1941, p. 59f. 私は、ニーバーが「神の啓示」に関し、神学界で最も代表的な人物と思い、彼の考えをよく引用している。

▼12　前掲 Niebuhr, pp. 50-51.

▼13　同右 , pp. 60-65.

▼14　同右 , p. 103.

▼15　同右 , p. 62.

▼16　Alexandra Curvelo, "Copy to Convert: Jesuits' Missionary Practice in Japan," ed. Mark R. Mullins, *Critical Readings on Christianity in Japan*, Leiden & Boston: Brill, 2015, p. 57.

▼17　Peter Nosco, "Secrecy and the Transmission of Tradition: Issues in the study of the "underground" Christians," Mark R. Mullins, ed., *Critical Readings on Christianity in Japan*, Leiden & Boston: Brill, 2015, p. 249.

▼18　前掲、宮崎『カクレキリシタンの信仰世界』。

▼19　前掲、浅見、二一四頁。

▼20　George Ellison, "The Cross and the Sword: Patterns of Momoyama History" in George Elison and Bardwell L. Smith, eds. *Warlords, Artists and Commoners. Japan in the Sixteenth Century*, Honolulu: University of Hawaii Press, p.60.

▼21　中園成生『かくれキリシタンとは何か――オラショを巡る旅』筑摩書房、二〇一五年。

▼22　同右、五〇頁。

▼23　同右、四八―四九頁。

▼24　同右、五〇―五一頁。

▼25　前掲、宮崎『カクレキリシタンの実像』。

▼26　同右。

▼27　前掲、中薗、二二―二三頁。

▼28　ヴァンジラ・ロジェ・ムンシ「枯松神社と祭礼――地域社会の宗教観をめぐって」『人類学研究所 研究論集』第一号、二〇一三年。

▼29　同右、一〇一、一〇八頁。

▼30　前掲、佐藤、一一七頁。

▼31　Ernst Troeltsch, *Christian Thought: Its History and Application*（London: University of London Press, 1923）, p.35.

▼32　「苦難の歴史続ける課題も」『長崎新聞』二〇〇八年七月二六日。

▼33　前掲、ムンシ、一一〇頁。

▼34　青柳沙彩「外海地区における隠れキリシタンと他宗教との関わりの変化――枯松神社の祭礼を事例に」『地理学フィールドワーク長崎の地域調査』二〇〇九年三月、四八頁。

▼35　前掲 Niebuhr, p. 80.

▼36　同右 , p. 54.

▼37 同右, p. 100.
▼38 前掲、ムンシ、一一〇頁。
▼39 同右、一〇八頁。
▼40 前掲、青柳、四八頁。
▼41 前掲、ムンシ、一一〇、一〇五頁。
▼42 カトリック中央協議会「教皇フランシスの二〇一四年一月十五日の一般謁見演説」二〇一四年一月一六日。

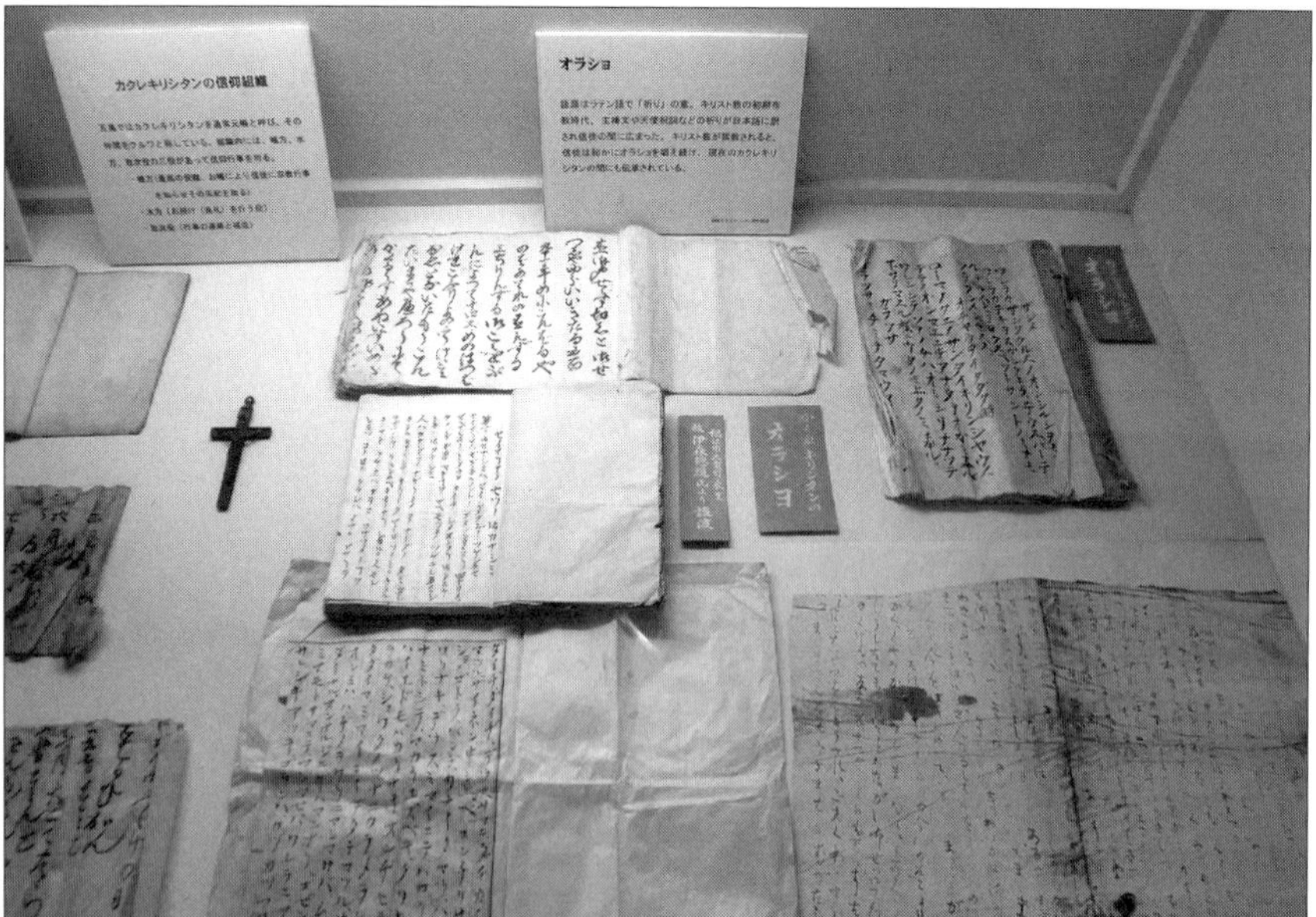

カクレキリシタン資料（長崎五島・堂崎天主堂キリシタン資料館収蔵）

3 贈り物の聖なる交換
――カトリック麹町 聖イグナチオ教会

エドゥアルド・C・フェルナンデス、スティーブン・M・ピッツ／田中 零 訳

「この主のもとに来なさい。主は、人々からは見捨てられたのですが、神にとっては選ばれた、尊い、生きた石なのです。あなたがた自身も生きた石として用いられ、霊的な家に造り上げられるようにしなさい。そして聖なる祭司となって神に喜ばれる霊的ないけにえを、イエス・キリストを通して献げなさい」

（日本聖書協会『新共同訳 新約聖書』ペトロの手紙1 2章4―5節）

「聖なる父よ、ここに供えるものはあなたからいただいたもの。このささげものを受け入れ、わたしたちを永遠のいのちにあずからせてください。わたしたちの主イエス・キリストによって。アーメン」

（年間第二〇主日 贈り物への祈り）

ある暑い八月の午後、聖イグナチオ教会として知られる東京のカトリック麹町教会に佇むザビエル聖堂（図

[1]1）に足を踏み入れた私（フェルナンデス）は、正直なところ、冒頭の聖書の一節を思い浮かべていたわけではない。だが、藁を練り込んだ土壁の暗い色調と涼感、信徒が祈りを捧げる聖なる静けさ、そして、窓の外に見える小さな池へと流れ込み、そしてまたそこから流れ出す水の静かな囁きが、私をしばしの間、そこに招き入れたのだ。池の水面は鏡となり、空の光を礼拝堂の中に穏やかに引き入れていた。蒸し暑い土曜日の午後に心を落ち着かせる水や土、そして光といった自然の象徴に満ちたこの建物の中へ、いったい何が人々を引き寄せてきたのだろうか。眼が次第に室内の薄暗さに慣れてくるにつれ、私は礼拝堂内を囲むように取り付けられた十字架の道行が漢字だけで表現されていることに気づき、あらためて自分が今、日本にいることを実感した。そして、日本にキリスト教が伝来した一六世紀から続くつながりを持つ信徒たち、すなわち、生きた石たちの祈りのこもった顔にも気がついた。

図1　ザビエル聖堂

一、生きた石たちの祈りの空間

本論は、一九一三年創立の上智大学のキャンパスに隣接する聖イグナチオ教会（現在のものは一九九九年完成）に関する初期調査に基づいた考察である。筆者らは、司祭である実践神学者と、交換留学生として日本に滞在した経験を持つ司祭で、二人ともイエズス会神学院の教員である。聖イグナチオ教会は、現在、ローマ・カトリック教会の修道会であるイエズス会士の司祭および修道士たちと、教会の平信徒との協力により運営されている。教会の新しい聖堂ならびに活動が、聖ペトロの手紙にある「生きた石」を構成する。この神聖なテキストは、かなめ石であるナザレのイエスに起源を持つイエズス会の信仰を具現化するのみならず、より広い国際社会に向けた奉仕活動、あるいは布教活動のために存在している。

本論では、有形物をテキストとして捉えたうえで、建築物の構造や家具、装飾といった他の物との関係性を理解し、その背景にある神学思想について考察する。聖書を研究する際、私たちは頻繁にこのアプローチを用いる。まず、神聖なテキストに着目し、その文脈、および現代世界にあてはまる意味について考察する。この方法は芸術的であり、言語学的でもある。それから「図像あるいはテキストの解釈」を行う。すなわち、祈りや瞑想への入り口として、図像やテキストが、どのように感覚的また口語的に伝達されているかに焦点を当てる。今は亡きインドの神秘家（カトリック神父）、アントニー・デ・メロ（一九三一―八七）は、「正しい祈りを行うには、まず今現在と向き合い、そこにとどまる術を開拓することが必要不可欠であり、その最良の方法とは、考えることをやめ、平穏な心に戻ることである」[▼2]と述べ、修道者に過剰な脳の活動は避けるよう警告している。

むろん、近年の研究が立証するように、私たちは誰しも、テキストを読み解き、象徴を解釈する際、自身の概念世界を引き合いに出す。このような認知は、キリスト教の図像解釈（イコノグラフィー）において、必ずしも

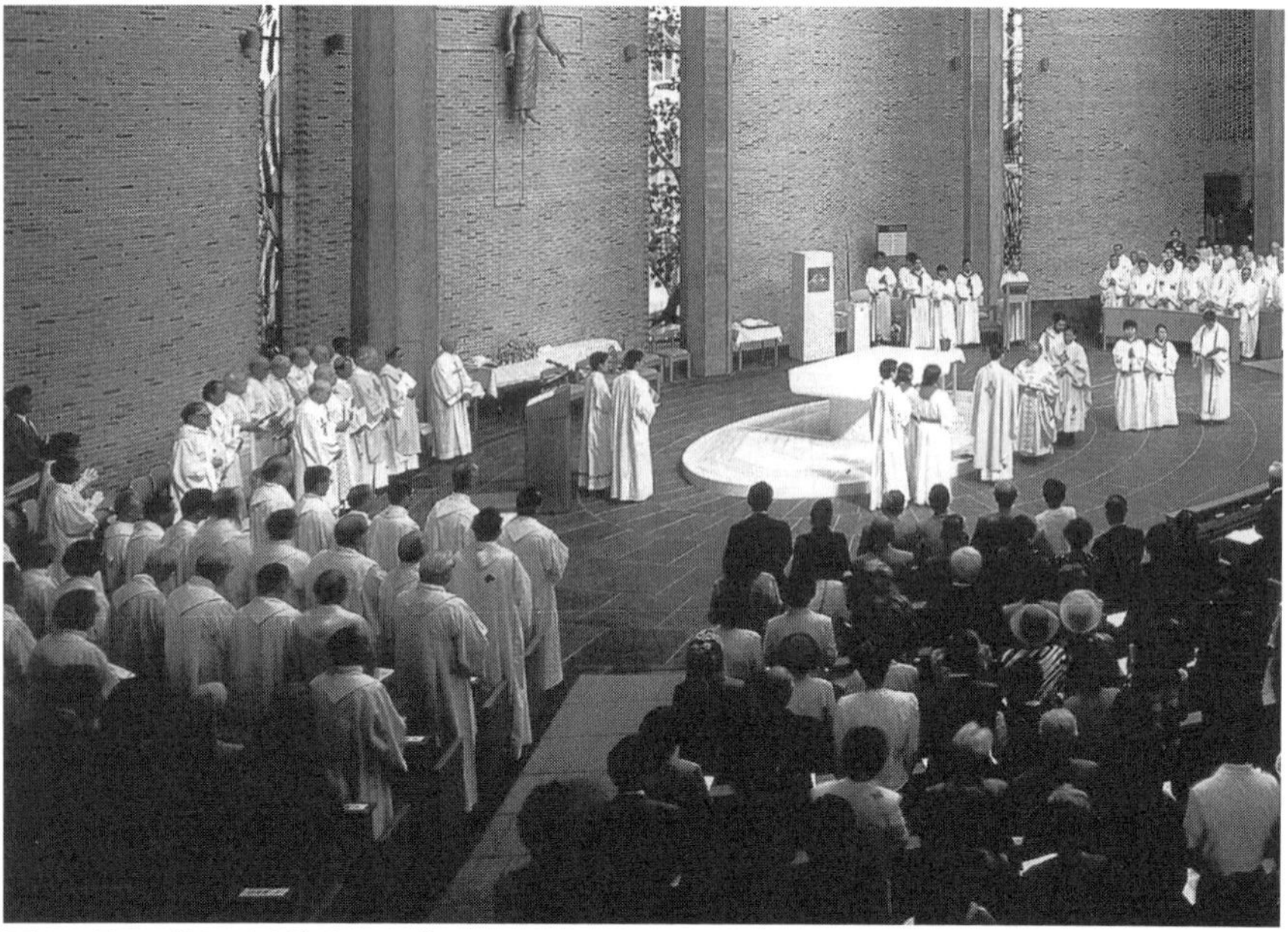

図2　聖イグナチオ教会での集い
『聖イグナチオ教会献堂記念写真集』（聖イグナチオ教会、2000 年）掲載

否定的に捉えられていない。神に出会うために敷かれた数々の有力な象徴（シンボル）は、多機能で、重層的で、多義的であるがゆえに、しばしば芸術をもって言葉では言い表せない物事を表現する。

言葉もまた象徴的である。ゆえに移民たちの多くは、たとえ、母国を離れ、身を寄せる国の言語を話し、理解できたとしても、母語で祈りを捧げることを好むのだ。それゆえ、聖イグナチオ教会は、信徒の共同体（コミュニティ）のために、日本語のみならず、英語、スペイン語、インドネシア語、ベトナム語、ポルトガル語、ポーランド語などの言語によるミサを行っている。多様な言語にかかわらず、聖堂の中では、生きた石たちが一堂に会し、精神的な家を形作っている。この物理的空間は、キリスト教信仰を超えた多様性を保ちつつ、精神的統合の象徴となっている（図2）。伝統的にキリスト教会には、わずかな尺度にさえ神学的な意味が含まれている。非キリスト教徒の建築家たちはしばしば、教会や礼拝堂の設計デザインや建築への意欲をかきたてられてきた。例えば、長崎県にある数多くの教会を設計した仏教徒の鉄川与助（一八七九―一九七六）もその一人である。彼が手がけた多くの教会は現在、世界遺産の登録候補となっている。

二、キリシタン時代の交流の場としての教会

長崎は日本におけるイエズス会事業の最初の拠点となった。歴史研究者カルラ・トロヌ＝モンタネは、日本で最初の教会が建造されてから間もない一五七〇年の復活祭の様子を以下のように活写している。

教会に人々が集まり催された復活祭は数日間に及んだ。その間、聖体行列は教会を出発し、村の表通りを練り歩き、再び教会に帰ってゆく。こうした一連の行為は、イエスの死と復活の物語に沿った悲しみと喜びを分かち合う空気を醸し出しながら、教会の神聖さを確かなものとし、村人たちを身体的に、そして感情的に巻き込んでいった。さらに、教会の外や村の至る所で繰り広げられるこうした行為は宗教儀式を公的な催しに変え、参列するキリスト教徒のみならず、見物人たちの心をも捉えたに違いない。イエズス会宣教師ヴィレラは、復活祭の八日後、キリスト教徒ではなかった村の男たち全員に洗礼を施した、と書き記している。このようにして、聖体行列は長崎の街をキリスト教に帰依させ、聖なる空間を教会の外へと広げていった。▼3

以上の記録はキリスト教の理想を端的に表している。神を賛美する信徒のコミュニティが、教会という物理的な枠を越えて、外部のより幅広いコミュニティと共鳴し合い、共に祝うことができる空間を創り出すという方法である。本論では、日本の教会がその最初期から現在に至るまで、キリスト教の理想を具現化してきたことについて論じるわけだが、まずは多様な形式の交流にまつわる歴史について少し振り返っておこう。

日本における「キリシタンの世紀」は、文化交流や力の限界について興味深い教訓を教えてくれる。政治的権力と異国の宗教、そして、世俗的利潤と霊的な信仰との間に繰り広げられた駆け引きは、日本を大きく変えることとなった。[4]「キリシタンの世紀」は一五四九年、最初のイエズス会宣教師、聖フランシスコ・ザビエルの来航とともに幕を開ける。キリスト教伝来は、一六―一七世紀末期、ポルトガルその他の諸国が競って植民地の拡大を図った大航海時代と重なる。異教と異国の力という相互関係は、キリスト教発生期の日本での布教活動を困難にする要因となった。

美術史研究者クレメント・オンは、「封建時代の日本とキリスト教会との関係は交易によって開かれた。しかしながら、その交易をめぐる対立、また日本国内の政治的変容によって、その関係は白紙に戻された」と概説している。[5]日本とキリスト教会との関係は、徳川将軍が島原の乱の責任をポルトガルに問い、両国関係を断つ一六三九年まで続いた。その後、長崎港に築造された人工島である出島を唯一の貿易地として、オランダと中国だけが交易を許されることになる。

一五四三年、ポルトガル人は火薬やマスケット銃の通商によって、政治的に不穏な空気が蔓延する戦国時代の日本へ初入国を果たした。彼らの持ち込んだ武器はたやすく模造され、大名たちの争いを激化させてゆく。一方、イタリア人のイエズス会士アレッサンドロ・ヴァリニャーノ（一五三九―一六〇六）ら、後に渡来した宣教師たちがとった方法は、前者よりも遥かに敬意の念に満ちていた。一五七九年に渡来したヴァリニャーノは、日本文化に自分たちを適応（順応）させる方針をとり、教育と芸術創作の必要性を強調したのだ。オンは次のように評価している。

ヴァリニャーノや仲間のイエズス会宣教師たちは、日本の環境への適応なしには布教活動の成功はないと考えていた。彼らはインドでの布教の経験を踏まえ、支配層エリートに的を絞ると同時に、文化受容の方針として、特に日本語を学ぶことを重視した。ヴァリニャーノは適応主義を最初に提唱した人ではなかったが、それを公式の方針とし、最も奨励した一人であった。[6]

贈り物の相互交換に基づいた交渉は、布教活動に大きな成功をもたらした。時間をかけ、日本文化という贈り物を受け取った宣教師らは、返礼として、それまで類を見ないような過酷な迫害にも耐え抜く深い信仰を、日本人信徒たちの心に刻み込むことになる。

フランシスコ・ザビエル来航からおよそ三〇年を経た一五八〇年までには、日本人のキリスト教信徒は約一五万人となり、二百の教会、宣教師の住宅一〇棟、コレジオ二校が建設された。[7] 一五九三年には、「二一万五千人と推定される信徒たちのほとんどは、司祭の介助のないまま、信者会ごとに集まり、祈りを捧げていた」といわれるほど、さらに勢力を増していた。美術史研究者ゴーヴァン・ベイリーは、イエズス会士らが、インド人、中国人、日本人、そしてグアラニー族などの南アメリカ先住民たちと交流を図ったこの創造的な「キリスト教の世紀」には、宗教のみならず、文化的なやりとりもなされたと記述している。[8]

キリスト教的人間主義を深く信奉し、各地域の言語や文化風習を学ぶことに重点を置いたイエズス会の創立者の一人である聖イグナチオ・デ・ロヨラは、哲学、科学、数学といった共通の関心対象を基盤とした芸術交流を心より喜んで受け入れたことであろう。祈りと霊性修行の手引き書である彼の著作『霊操』の鍵となるテーマのひとつは、「すべてのもののうちに神を見出し、神のうちにすべてのものを見出すこと」である。

このように、イエズス会士らは人々を神に導く手助けの一環として、芸術創作とその関連物に対してはある程度まで寛容な態度を取り、さまざまな形式による創作全般を奨励した。絵画、彫刻、建築などの視覚芸術や、音楽、演劇、弁論術といった公演芸術、あるいは、地図、方位磁石、望遠鏡、掛時計といった科学的な用具や工具の製作と使用を通じ、芸術・科学双方の分野で文化交流が繰り広げられた。イエズス会士たちは異国の人々から新しい物事を学んでいった。例えば、のちの彼らの地図上に見られる太平洋岸の地形改良や、仏教寺院や日本家屋の建材を自国の新たな建築構造と組み合わせた京都の南蛮寺（被昇天の聖母教会、一五七六年創建）などはその証左である。他方、西洋から次々と持ち込まれるハイカラで珍奇な物品に好奇心を掻き立てられた彼らの新しい友人たちもまた、和洋混合の新たな芸術形式や技術の創造に関わってゆくことになる。[9] 当時のイエズス会の巨大情報ネットワークは複数の大陸にまたがっており、それは、日本での布教活動を指揮していた各管区長がローマのイエズス会総長に毎年送った報告書の経路となっただけでなく、ヨーロッパおよびアジア各地の政界の名士や文化的指導者らとの結びつきによる学習教材の国際共有をも可能にした。このネットワークを通じ、イエズス会士たちは当時の知識人たちが集う大討論会に参加し、アジア、ヨーロッパ、南北アメリカをつなぐ情報の懸け橋となることができたのだ。[10]

しかしながら、「キリシタンの世紀」は長くは続かなかった。暴風雨のため、一隻のスペイン船が漂着ののち座礁し、金の積荷が豊臣秀吉によって強引に没収されるという事件の後、一五九六年に迫害が開始される。通説によれば、スペイン船長が不覚にも、「宣教師はスペイン大帝国樹立のための尖兵である」と自慢げに述べたとされる。フランシスコ会員たちが調停に入ったものの、事態はさらに悪化し、結局、京都で活動していたフランシスコ会員、イエズス会員、そして付き添いの日本人教徒を含む計二六名が捕らえられ、京都から長崎まで歩かされた後、西坂の丘で磔のうえ処刑された（日本二十六聖人殉教）。

秀吉はスペイン人宣教師の国外追放を命じたが、一方で外国交易への関心から国際関係にぎこちない緊張緩和を生み出していた。やがて、一五九八年の秀吉没後、台頭した徳川家康が一六〇三年に徳川幕府を開く。そして一六一四年、キリシタン禁止の発端となったあるキリシタン大名が関わった一大疑獄事件（岡本大八事件――訳註）の後、ついに家康は国内の全教会の破壊を命じた。[11] 一六一四年から四〇年までの期間に、およそ五、六千人ものキリシタンが拷問、処刑されたと推定される。外国の聖職者は追放された。一方、数千人の「隠れキリシタン」が迫害を逃れ、密かに信仰を守り続けた。聖職者にたよらないこの自主独立の精神が、幕府からの弾圧が強まる中でキリスト教信仰を保ち続ける力となっていく。

その後一六四四年、潜伏していた最後の司祭も殉教する。片岡瑠美子の研究によれば、これ以降、実に一九世紀半ばに至るまで日本には司祭が存在しなかったにもかかわらず、キリスト教信仰は秘密裏に生き続けた[12]。幕府による禁教令は一八七三年に廃止される[13]。しかし、キリスト教が違法ではなくなった今日でもなお、かつて秘密に執り行ったと同じ独自の礼拝式に参集し続ける「隠れキリシタン」が数名存在する。

遠藤周作の長編『沈黙』の英訳者ジョンストンは次のようにいう。「遠藤周作氏が述べたような秘密組織を通じて、隠れキリシタンたちは信仰を後世に伝え、洗礼式を執り行ない、カテキズム（公教要理）を教えた。むろん、彼らは、表向きは地域住民としての届け出を仏教寺院に提出し、聖像を踏みつけるという命令にも従った。今日、東京国立博物館では、（遠藤周作の言葉を引用すれば）『愛するものの顔の真上を覆った』何百もの『足を襲う激しい痛み』によってこすられ光沢が出た当時の踏み絵を見ることができる。彼らは聖職者たちが再び戻ってきてくれると信じ、それもまた後世に伝え続けた。そして一八六五年、ついに日本は開国する。ようやく姿を現すことができた潜伏キリシタンたちは、聖母マリア像を所望し、クリスマスと四旬節について語り、司祭の貞潔さに思いを馳せたという[14]」と。

交易再開は、贈り物の交換の再開にも弾みをもたらした。一八五八年、日本は鎖国政策に終止符を打ち、西洋の強国と通商条約を結ぶ。その見返りとして、ローマ教皇庁はパリ外国宣教会の司祭たちを日本の代牧に任命した。これらフランス人宣教師たちは、日本語や日本建築について学び、相互文化の交流を継続的に行った。加えて彼らは日常的に信徒会への協力を惜しまず、五島列島での教会堂建設に必要な煉瓦を焼き、それらを現地へ運んだりもした[15]。

三、現代日本における交流の場としての教会

二〇〇九年、研究調査のため大阪を訪れた私たちは、イエズス会士レオ池長潤大司教が、日本という土壌におけるキリスト教信仰導入の欠如について非難する発言を耳にした。彼の見解では、キリスト教を日本の文化的情況に適応させることに成功した芸術家は、たった三人しかいないという。すなわち、作家遠藤周作、作曲家髙田三郎、そして聖イグナチオ教会の建築設計者である。

今日の日本におけるキリスト教の文化的受容の必要性に基づき、視点を再びイエズス会系の上智大学キャンパスに隣接する聖イグナチオ教会の建築物と、そこに集うコミュニティへと転じたい。簡潔に言うと、日本最大規模の信徒数を誇るこの教会は、どの程度まで、ミサや信徒の集会の場であると同時に、今日の福音宣教や布教の一拠点となり得るのだろう（図３）。また、教会の建物内での贈り物の聖なる交換がどのように、教会とコミュニティとの関わりを広げたのか？

文化受容の神学的概念をめぐるおびただしい数の文献がある中で、[16] オランダ人イエズス会士ルスト・クロリアスは、以下のように明瞭な定義づけを行っている。

我々は、文化的受容の過程を次のように表現できるだろう。ローマ・カトリック教会の文化的受容とは、各地域の教会でのキリスト教体験を、その地域に住む人々の文化と融合したものである。その体験というのは、文化の要素として表現されるだけでなく、その文化に活力を与え、方向づけ、革新する力となり、やがては当該文化にとどまらず、教会（組織）全体をも豊かにする新たな統一体（ユニティ）や共同体（コミュニティ）を創り出すものである。[17]

実際に、キリスト教が日本に伝来してから四五〇年以上が経過する今、教会の建築構造とそれに付随する家具や装飾、また信徒たちの礼拝の様子を見れば、キリスト教が日本文化にどの程度適応してきたのかが明らかであるとしても、特に南半球で勢力を拡大しているキリスト教それ自体は画一的なのであろうか？　この文脈の中で「聖なるテキスト」を研究するために、本論後半でまず提起したいのは次の問題である。文化的に受容されたキリスト教の礼拝に関して、何が地域的で、何が世界的か、また、カトリックという「普遍教会」は、画一的というよりも、むしろ多様性の中の統一体ではないか。

前述した日本におけるカトリック教信仰の歴史は、日本イエズス会の布教の真髄が文化的受容の場にあることを物語っている。しかしながら、隠れキリシタンへの度重なる迫害が、問題を非常に複雑化している。つまり、ローマ・カトリック教会とのつながりを失ったことにより、さまざまな隠れキリシタンの共同体が、民間宗教もしくは民間信仰と呼べるような独自の組織と典礼形式を創り上げたのである。

図３　聖イグナチオ教会内部

近年、「カトリック（catholic）」という言葉は「画一」を意味するようになったが、もし「普遍教会」を多様性の中の統一体と捉えるなら、各地域のカトリック・コミュニティは、地域的でありながら、世界の教会と一体的なつながりを持つことになる。[18] それゆえに、この聖イグナチオ教会もまた、その資産や礼拝方式を含め、日本人のみならず、他のさまざまな文化や国籍を持つ人々

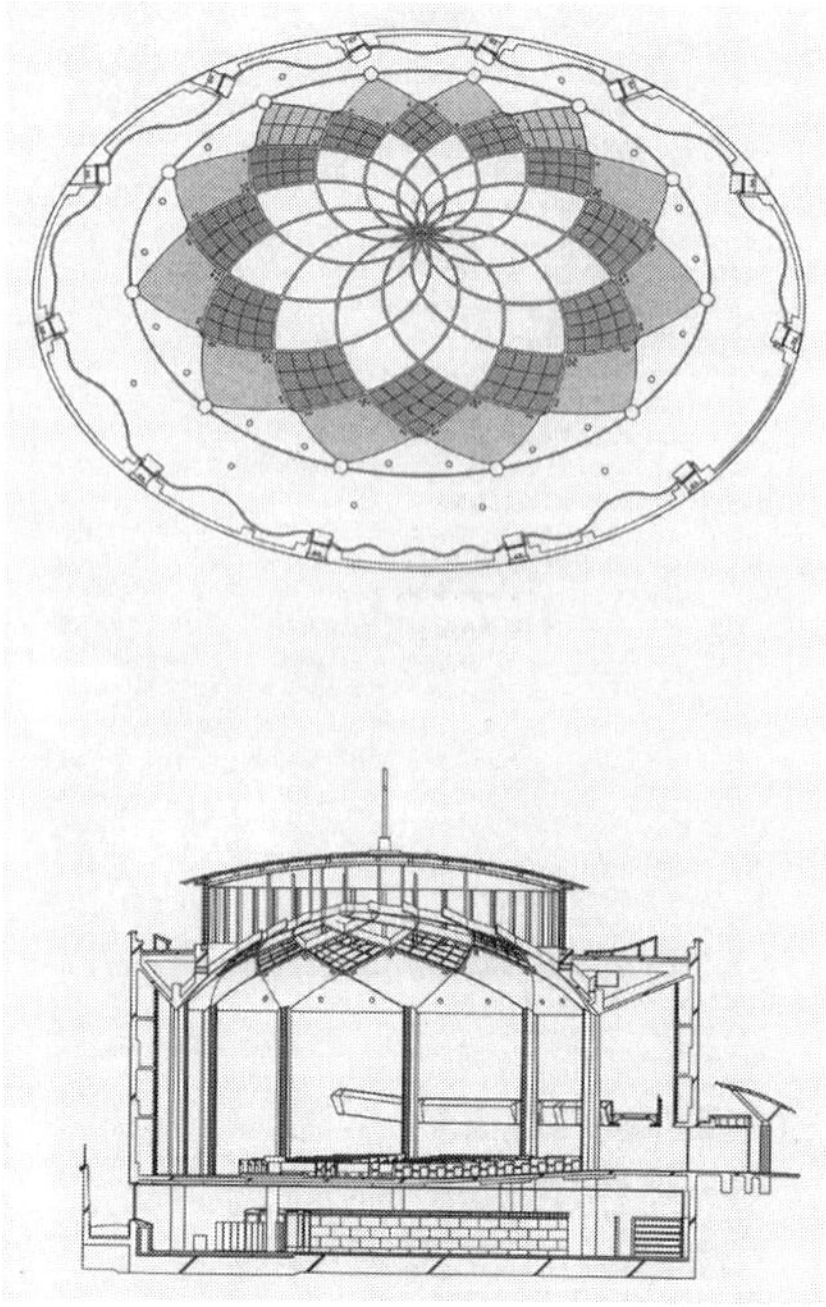

図４　主聖堂の天井伏図と納骨堂
前記『記念写真集』掲載

図５　復活した主イエス・キリスト像

に開かれた世界の共同体の一つと捉えることができるだろう。[19]それぞれの共同体は、日曜日ごとに各言語で執り行われる聖体拝領で最高潮に達する「贈り物の交換」という相互関係の中に存在している。

　ここで、教会の建築様式に取り入れられたものとは何かについて考えたい。日本の初期教会では、キリスト教建築に日本仏教の要素を取り入れようと試みられたが、信徒が集う祭壇や、ラテン語で書かれた典礼文などに、西洋式の構造もそのまま残された。対照的に、一九九九年に建立された新教会（現・聖イグナチオ教会）の設計デザインには、キリスト教と禅仏教双方の何世紀にもわたる伝統が織り込まれている（図４）。当時、聖イグナチオ教会の助任司祭だった山本襄治神父は、キリスト教的要素という観点から、構造に見られるこの教会の建築様式の多様性について、次のように述べている。「キリストの最後の晩餐の部屋、初期の教会堂、ローマのカタコンベ、ロマネスク様式とゴシック様式のバシリカ聖堂、第二ヴァチカン公会議における典礼改革、そして旧聖イグナチオ教会など、ほぼ二千年におよぶこれら教会の各様式が集められ、我々の新教会に結晶した」と。[20] では、日本の美意識と、第二ヴァチカン公会議以降の信徒集会の役割をより強調するデザインとはどの程度まで融合しているのか。また、日本語のみならず、さまざまな外国語によるミサが執り行われているが、それは、外国から移住してきた教区民が日本文化の豊かな霊性に溶け込むうえでどのように役立っているのだろう。

山本神父は、聖イグナチオ教会に初めて足を踏み入れた時の印象を、以下のように描写する。「教会に足を踏み入れたあなたは、『こんにちは！　ようこそ！』と言葉をかけてくださるかのようなキリスト像にまず感銘を受けることでしょう（図5）。その十字架の輪郭は同系色の壁に溶け込み、勝利し、復活したイエスが、あたかも十字架から舞い上がるかのようです。喜びの気が教会全体に満ちあふれます。この教会は七百人以上もの人々が円形に設けられた信徒席に座り、祭壇にいる司祭と向き合うことができるように設計されています。全員が、イエス・キリストと共に食卓を囲んでいるのです[21]」と。

教会の窓と同様に、支柱もまた象徴的な意味合いを持っている。山本神父は続ける。「この聖堂はそれぞれに十二使徒の名が付けられた一二本の柱によって支えられています[22]。ステンドグラスの窓には自然をモチーフとした和風のデザインが施され、救いの歴史についての聖書の記述を思い起こさせてくれます。天窓から差し込む陽の光は、花びら模様を浮き上がらせながら、聖堂内を隅々まで優しく満たしてくれます。自然と象徴、伝統と創造との目を見張るような調和が、祈りと聖体拝領に資する儀式の場を生み出しているのです」と。ここで山本神父は、個人的な祈りと、キリストの最後の晩餐に由来するミサ・聖体拝領を区別して述べている。果たして、現代のカトリック教会の建物は、聖体拝領のためのミサの重要性をどこまで体現できるのだろうか。ゴシックやバロックなどの建築様式では、建物とその装飾の壮麗さによって、聖餐台は輝きを失ってしまっているが、聖イグナチオ教会は、ひとつの均衡を取り戻しているように思う[23]。

図6　上智大学を背景とした聖イグナチオ教会の中庭

池長大司教はこの教会全体にわたる設計デザインと構造について、キリスト教の伝統と日本人の美的感性が混じり合った優れた作例だと評価している。これについて当時、坂倉建築研究所に在職し、聖イグナチオ教会の設計に携わった建築家の一人、村上晶子は次のように述べている。

新教会には、都会的空間の創出と、現代における儀式の精神性との調和が求められました。全体としては、芝生エリアと、中央の塔で構成されています（図6）。それらは、初期イエズス会が日本に建立した教会における庭の重要さや、日本人の芸術的感性が息づく家々を想起させてくれるものです。鐘楼には、第二次世界大戦中に使用された兵器の金属を鋳造し、一九五六年にドイツから船で運び込まれた三つの鐘が取り付けられています。紹介パンフレットには、「多くの人々の命を奪った兵器は、平和を祈願する鐘に姿を変えました」と書かれています（図7）。

すべての人に開かれた構造となっている主聖堂は、クリプタ（地下納骨堂）によって支えられています。それは、「死からの復活」へと精神的に引き上げられ

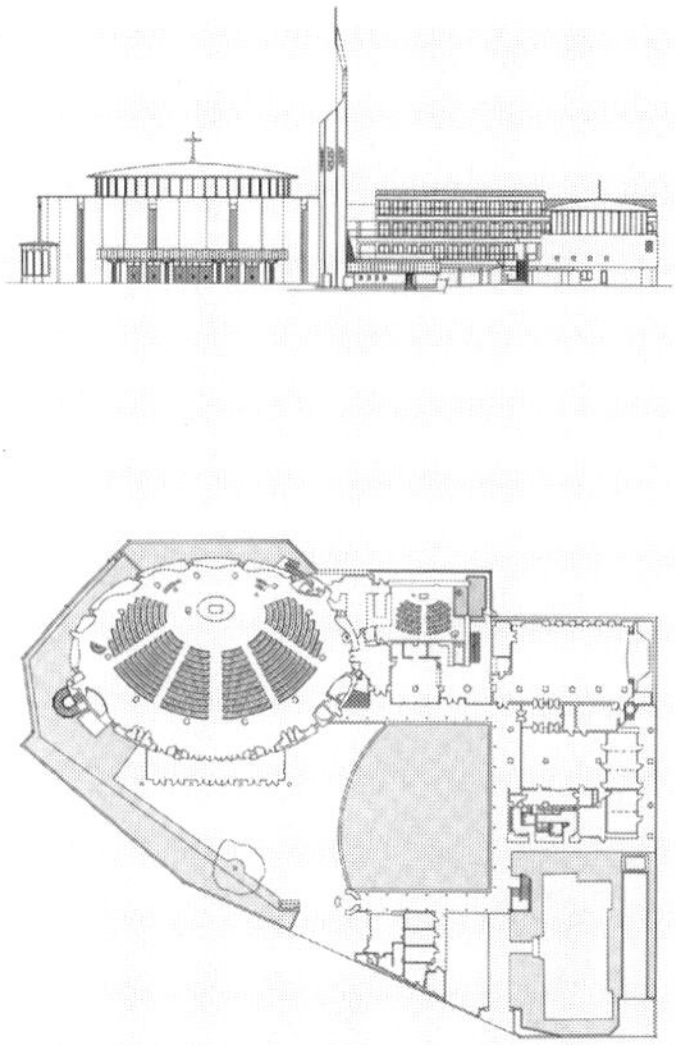

図７　聖イグナチオ教会の立面図と配置図
前記『記念写真集』掲載

る象徴としての先人が眠るところです。旧聖堂で使われていた祭壇などは、追悼の場であるクリプタに移されました。また、ステンドグラスは再構成されて、夜になるとその輝きが近所の通りを行く人々を照らします。新教会は、「祈り」を力強く、そして静かに支えるため、隅々まで細やかに設計されています。主聖堂は、二重になった楕円の中心をずらした構造になっていて、光沢あるグラデーションで塗られた天蓋の梁の中心は、祭壇の横に移動されています。その天蓋には、東洋の思想で死と再生を象徴する蓮の花のモチーフが使われて、十字架の東西の折衷タイプとも言えます。すり鉢状の床と、前列から後列にかけて階段形式に高さを変化させた信徒席によって、祭壇が間近に感じられます。煉瓦の内壁が、人々を優しく落ち着いた気分にしてくれます。このような数々の創意工夫によって、威圧感を排除した荘厳な聖堂が創り出されています。

主聖堂中央の祭壇は、イエスと十二使徒たちが最後の晩餐を行ったという食卓と同じく、堂内の最も低い位置に置かれており、それは「ひとの子が来たのも、仕えられるためではなく、仕えるためなのです」（マタイによる福音書二〇章二八節）というイエスの教えに倣ったものである。祭壇から放射状に広がるように設置されたベンチ型の信徒席は、ミサに参加するすべての信徒が一つの食卓を囲んでいることを表している。同様に、木製の説教壇ならびに聖書朗読台も、やはり最後の晩餐とのつながりを暗示する。聖体が収められるタベナクル（聖櫃）も、祭壇や聖体拝領台と同じ石板から彫られており、サクラメント（秘跡）の延長と言えるだろう。ここで留意

図８　聖母マリア像

すべき点は、「機能は形式に従う」ということで、この建物が、典礼儀式を司る条件を満たした空間として、また、贈り物の聖なる交換の場として設計されたことを物語る。[24]

　創意工夫の小さな積み重ねは、確かに、空間を独創的な祈りの場に作り上げる。例えば、ザビエル聖堂の土壁と水によって構成された空間は、日本特有の穏やかな雰囲気を醸し出す。主聖堂の入口で人々を出迎える聖母マリア像もまたその一つである。この等身大よりも大きな受胎した処女像は東洋風の眼を持ち、信者たちがその手を握れるようになっている（図８）。キリスト教におけるマリア信仰は、紀元五世紀のエフェソス公会議において初めて、イエスの神性と人間性を強調する手段として、マリアを「神の母」（ギリシャ語 Theotokos）あるいは「キリストの母」と称したことに始まった。

　初期イエズス会士たちが聖母図像を数多く日本に持ち込んだことにより、隠れキリシタンたちは、しばしば、慈悲深き観音菩薩のイメージから、「マリア観音」像として崇拝するようになった。これについて、若桑みどりは、「母のように優しい女神を崇拝するアジアの信仰と、キリスト教のマリア信仰とのユニークな融合であり、マリア観音は東洋風ではあるが、正真正銘の聖母像と考えてよいだろう」と結論づけている。[25]

　では、日本におけるカトリック信仰の文化受容を代表する聖イグナチオ教会の建物と信徒のコミュニティは結局のところ、日本社会そして、普遍教会への贈り物となり得るのか。二つの例が思い浮かぶ。マタイによる福音書には、イエスは「あなた方は、その実で彼らを見分ける」（七章一六節、日本聖書協会『新共同訳 新約聖書』）と言われた。つまり、世界はキリスト信者を、彼らの愛とカトリック教会の慈善を通して知る。贈り物の聖なる交換は、教会の外に向けて実を結び、世界への贈り物となるに違いない。

聖イグナチオ教会の視察中[26]、私たちは、毎月曜日に教会がホームレスの人々にさまざまな支援を行っているという話を聞いた。教会のウェブサイトに掲載されている最近の記事によると、熊本地震への救援活動、高齢者の長寿を祝う集いの企画、また、死刑や核軍縮、慈しみの特別聖年などをテーマに、幅広い聴衆を対象としたさまざまな講演会なども行っている。前年の復活祭では、新たに信徒となった百名を共同体に迎え入れ、キリスト教について興味を持つ人々に向けて数々の教室を開催するなど、聖イグナチオ教会は信徒数を伸ばし続けている。東京中心部に位置し、地下鉄、JRなど四つの路線駅〔四ツ谷〕に近い同教会の立地は、国内外のカトリック教徒、そしてカトリック教会と国際社会とのより深い交流拠点としての役割を担い続けていることを象徴しているかのようだ。日本で唯一のカトリック神学部を有する上智大学の一角に位置することもまた、キリスト教と世界の各宗教との持続的対話の必要性を実感させてくれる。

結び：過去から未来へ

さまざまな献身的行為によって築かれてきたカトリック信仰の歴史を考えるとき、現在日本全国のカトリック教徒数は、一億二千七百万人の総人口に対し約四五万人と、わずか〇・四%弱にとどまっている[27]。キリスト教徒数全体でも一・五%である[28]。イエズス会を含むいくつかの国際的な宗教団体が、学校の設立を通して二〇世紀に展開してきた意義深い布教努力にもかかわらず、日本独自のキリスト教のあり方を求める声がかなえられているとは言い難い。イエズス会がアジア各地で学んできた一連の教訓が今後、世界中に広まるキリスト教会全体によい影響を与えてゆくことを期待したい[29]。

本論の冒頭で、ザビエル聖堂での祈禱の様子について記述した共著者は、幸いにも、二〇〇七年に聖イグナチオ教会で行われた「復活徹夜祭」に参列することができた。「復活の神秘」としても知られるこの前夜祭は、聖書に描かれた生と死、そしてイエスの復活を再現し、火、水、香油、パン、ぶどう酒といったシンボルを介して、新たに信徒となる人々を迎え入れる。あらゆる徹夜祭のうちの最重要な「復活徹夜祭」は、前記した通りに、一五七〇年に長崎で行われ、小さくとも貴重な足跡を、長く日本の地に残し続けてきた。今日、「教会」という言葉は、建物以上に、信徒たちの集まりを連想させる。教会にとっては、世の中から孤立するのではなく、地域社会の喜びや悲しみを分かち合い、聖なる壁の内に心地よく閉じこもるのではなく、助けを求める人々のために支援の手を外へと広げてゆくことが大切なのである。贈り物の交換が友好関係や寛容の象徴であるように、この聖なる贈り物が世界中のすべての人々に、人種や文化、習慣の違いを超えて、同じ人類であることを思い起こさせてくれるものとなるよう、切に願いたい。

註

▼1　図2、4、7を除く図版はすべて、共著者のフェルナンデスの撮影による。

▼2　Anthony de Mello, SJ. *Sadhana, A Way to God: Christian Exercises in Eastern Form*. New York: Image Books Doubleday, 1978, p. 17.

▼3　Carla Tronu Montane, 博士学位論文 “Sacred Space and Ritual in Early Modern Japan: The Christian Community of

Nagasaki (1569-1643)." SOAS, University of London, 2012, p. 62.

▼4　Clement Onn, "Christianity in Japan, 1549-1639," in Alan Chong et. al., eds., *Christianity in Asia: Sacred and Visual Splendour*. Singapore: Asian Civilisations Museum, 2016, p. 181. この芸術文化交流に関する詳細については、Pedro Maura Carvalho, "The Circulation of European and Asian Works of Art in Japan, Circa 1600," in Victoria Weston, ed. *Portugal, Jesuits, and Japan: Spiritual Gifts and Earthly Goods*, Chicago: University of Chicago Press, 2013.

▼5　同右。

▼6　前掲 Onn, p.170. ヴァリニャーノら初期宣教師たちの革新的ビジョン、および彼らが後に遭遇する数々の困難に関する歴史背景については以下を参照のこと。Andrew C. Ross, *A Vision Betrayed: the Jesuits in Japan and China, 1542-1742*. Edinburgh: Edinburgh University Press, 1994.

▼7　前掲 Onn,p. 170.

▼8　Gauvin Alexander Bailey, *Art on the Jesuit Missions in Asian and Latin America, 1542-1773*. Toronto: University of Toronto Press, 1999.

▼9　ベイリーはこの時期の芸術作品の事例について次のように表現している。「イエズス会の日本における布教活動を通して生み出された和洋折衷芸術で、とりわけ魅惑的なものは禅僧図であるが、中でも特に目を引くのは、洋画の立体感の表現方法と色彩を取り入れた達磨図である。油絵具で描かれているものもある。また達磨図には、西洋絵画技法に精通し、キリスト教徒と非キリスト教徒の双方から引っ張りだこだった日本人キリスト教徒で近世初期洋風画家、信方（一五九〇〜一六二〇年代）の落款を持つものも数点ある」（後掲、註10、Bailey, 2003, p. 331.）

▼10　Luke Clossey, *Salvation and Globalization in the Early Jesuit Missions*. Cambridge: Cambridge University Press, 2008; Gauvin Alexander Bailey, "Jesuit Art and Architecture in Asia," in John W. O-Malley, SJ, and Gauvin Alexander Bailey, eds. *The Jesuits and the Arts, 1540-1773*, Philadelphia: Saint Joseph's University Press, 2003, p. 316. ベイリーはイエズス会による日本の選択について、1583年にイタリア人イエズス会士ジョバンニ・ニッコロが設立した「ニッコロ工房史上、最も有望なミッションだった」と描写している。

▼11　前掲 Tronu Montane, pp. 131-32.

▼12　Ignatia Rumiko Kataoka, "The Adaptation of the Sacraments to Japanese Culture During the Christian Era," in M.

Antoni J. Ucerler, SJ. ed., *Christianity and Cultures: Japan and China in Comparison, 1543-1644*, Roma: Institutum Historicum Societatis Iesu, 2009, p. 120.

▼13　前掲 Tronu Montane, p. 263.

▼14　William Johnston, "Translator's Preface," in Shusaku Endo, *Silence*, Sophia University, 1969, p. xiv.

▼15　「レンガ造りの本格的な教会堂」 Oratio. http://oratio.jp/p_column/rengazukurikyokaido

▼16　例えば、Anscar J. Chupunco, *Liturgical inculturation: sacramental, religiosity, and catechesis*, Collegeville, MN: Liturgical Press, 1992; Robert J. Schreiter, *Constructing Local Theologies*, Maryknoll, NY: Orbis Books, 1985; Aylward Shorter, *Toward a Theology of Inculturation*, Maryknoll, NY: Orbis Books, 1988J; Stephen B. Bevans, *Models of Contextual Theology*, Revised and Expanded Edition, Maryknoll, NY: Orbis Books, 2002; Peter Phan, *In Our Own Tongues : perspectives from Asia on mission and inculturation*, Maryknoll, NY: Orbis, 2003; Laurenti Magesa, Anatomy of Inculturation, Maryknoll, NY: Orbis Books, 2004.（当時の地域神学、土着化神学、民衆神学からの引用も含まれている）

▼17　A. Roest Crollius, "Inculturation and the Meaning of Culture," in A. Roest Crollius and T. Nkéramihigo, eds. *What Is So New about Inculturation?*, Rome: PUG, 1991, p. 15.

▼18　Richard McBrien, *Catholicism*, New York: HarperOne, 1994.

▼19　現代日本は民族的に均質であるという考えに異議を唱えている文献は、John Lie, *Multiethnic Japan*. Cambridge, MA: Harvard University Press, 2001.

▼20　『聖イグナチオ教会献堂記念写真集』聖イグナチオ教会、二〇〇〇年、八九頁。

▼21　同右。

▼22　ステンドグラスは上野泰郎によるデザインである。聖書物語に描かれる創造のシンボルを配し、以下の日本語タイトルを有する。「月と星」「魚と網」「樹」「火」「雲と光」「麦」「葡萄」「雷と雨」「水」「空と鳥」「野の花と道」「荒野と岩」（同右、一八–一九頁）。聖体であるキリストの体と血を象徴する「麦」と「葡萄」を描いたステンドグラスが、祭壇もしくは聖餐台の横に位置するのは理にかなっている。

▼23　エドワード・ノーマンは、次のように述べている。「しかしながら、（アボット・シュガーのように）神を讃えるための芸術や図像を教会建築に採用することを良しとする立場と、（聖バーナードのように）教会は本質的に信徒の共同体であり、

教会建築には重きを置かないという両極の立場は、中世期初頭と同様、今日においても見受けられる」(Edward Norman, *The House of God: Church Architecture, Style and History*. London: Thames and Hudson Ltd., 1990; paperback in 2005, p. 280.)

▼24　「空間は聖なるものと出会う場としてだけではなく、主として、公的な祭儀を行う場として存在すべきである。こうした観点から、キリスト教徒の儀式空間は、第一に、教会コミュニティの行動によって神聖なものとなるのだ」Edward Foley, *From Age to Age: How Christians Have Celebrated the Eucharist*. Revised and Expanded Edition, Collegeville: Liturgical Press, 2008, p. 315.

▼25　"Iconography of the Virgin Mary in Japan & Its Transformation: Chinese Buddhist Sculpture and *Maria Kannon*," in（前掲）M. Antoni J. Uceler, p. 248.

▼26　二四歳の時に宣教師として来日し、現在、イエズス会日本管区財務主管のギュンター・ケルクマン神父の案内により二〇一六年七月三〇日に行われた聖イグナチオ教会の見学ツアーは、他の参考文献とともに、建物の背景にある神学の重要性を理解するのに大変役立った。

▼27　"Statistics of the Catholic Church in Japan 2015," Japanese Catholic Bishops' Conference. http://www.cbcj.catholic.jp/jpn/data/st15/statistics2015.pdf

▼28　"Japan," *CIA World Factbook*. https://www.cia.gov/library/publications/the-world- factbook/geos/ja.html

▼29　およそ五〇年前、遠藤周作の小説『沈黙』の英訳者ウィリアム・ジョンストンは、硬直し、移行期にあって、現代的な文化にもはや適応できなくなっていた西洋のキリスト教について、以下のように批判した。「キリスト教がもし日本に適合しなければ、（多くの意見通り）現代西洋諸国にも適合し得ないであろう。もし、（遠藤が同書で繰り返し強調するように）日本のために神の概念を再考する必要があるとすれば、現代西洋諸国に対しても同様の処置が必要となるだろう。もしも日本が、広大な交響曲の中の新しい傾向に懸命に耳を傾けるなら、西洋諸国もまた実に注意深く耳を傾けるだろう——目覚めつつある感性に応じた新しい和音を探し求めることが必要なのだ」（前掲 Johnston, p.17.）

【付記】本論執筆にあたり多数の方々から多大なご助言をいただいた。特に望月みや、郭南燕、阿久根晋、Su-Chi Lin、ギュンター・ケルクマン、ティエリ・ジャン・ロボアム、角田祐一の各氏に感謝申し上げる。

4　『沈黙』にひそむ『瘋癲老人日記』の影

――遠藤周作と谷崎潤一郎をむすぶ糸

井上　章一

――前口上

遠藤周作の長編小説『沈黙』（一九六六年）は、ながらくキリシタン文学の傑作とされてきた。斯界では、さまざまな角度から、いろいろな検討がほどこされている。文学という枠をこえ、宗教学の側から議論が展開されることも、なかったわけではない。あるいは、神学の側からも。

この小論は、『沈黙』を谷崎潤一郎の『瘋癲老人日記』（一九六二年）と、読みくらべる。そして、両者の構成がたいへんよく似ていることを、強調する。また、谷崎の先行作が遠藤の手本となっただろうことへも、言いおよぶ。

谷崎の『瘋癲老人日記』は、老人のセックスをあつかっている。老マゾヒストがいだいた性的な妄想を、素材としてとりあげた作品である。禁教時代に来日し、やがては棄教を余儀なくされた。そんな西洋人宣教師を描く遠藤の『沈黙』とは、素材がかさなりえない。両者はまったくちがう世界に位置していると、一般的にはみなされようか。

だが、ドラマの構造は、たがいにつうじあう。すくなくとも、小説制作の設計図という水準を問題にするかぎり、両者の通底性はいなめない。のみならず、文学的な構想という側面でも、『沈黙』と『瘋癲老人日記』は、ひびきあう。

私事にわたるが、私は最初に『沈黙』を読んだ時から、そう思った。これは、『瘋癲老人日記』のパロディだと、すぐにのみこんでいる。

ただ、それをことごとしい発見としては、考えてこなかった。読めば誰でもわかる、あたりまえの了解事項として、私は両者の類似性をとらえている。もう、とっくに誰かが指摘をしているだろうと、ろくにしらべもせず思ってきた。わざわざ指摘をするまでもない、常識に類することがらだと、みなしてきたのである。

だから、これからのべることにも、そうひらめきがあるとは、私じしん思っていない。ただ、文学研究の研究者たちは、私の話を、しばしば意外な面持ちで、うけとめた。とっぴょうしもない着眼として、おどろく研究者も少なくない。

キリシタン文学研究の世界では、おこりだす人もいる。遠藤の『沈黙』を、お前は冒瀆するつもりか。そう言わんばかりの反応にでくわすことさえ、ないではない。

今でも、文芸畑の事情通にはよく知られたことだろうと、じつは思っている。文芸誌の編集者たちは、以前から私の言わんとするぐらいのことなら、わきまえていたかもしれない。だが、『沈黙』の世評に遠慮をして、わざわざ表沙汰にしようとする人は、あまりいなかった。そのていどでしかない見解を、私はこれから書いていくのだろうか。以上のようなためらいも、どこかではいだきながら書きだすことを、あらかじめことわっておく。

いずれにせよ、この一文は、キリシタン文学へむきあう論集に、おさめられることとなる。読者の多くも、そちら方面の研究者であるだろうことがおしはかれる。文芸畑では先刻御承知と言われそうなことでも、この世界でなら、波風がたつかもしれない。そんな期待もこめつつ、ペンを、私の場合はエンピツだが、すすめることにする。

――踏絵と仏足石

『沈黙』は、一六三〇年代後半の日本、長崎を舞台とする。キリスト教が弾圧をうけた時代に、新しく潜入した宣教師の足跡を、えがいている。

ポルトガル人のセバスチャン・ロドリゴは、殉教も覚悟して日本へやってきた。来日当初は、大いなる希望もいだいている。だが、幕府の官憲にとらえられ、キリスト教をすてる、つまりころぶようせまられた。日本人のキリシタンを人質にとられつつ、踏絵をふむようもとめられたのである。

ロドリゴは思う。ふみたくない。踏絵には、イエスがえがかれている。ふめるわけがない。しかし、自分がふまなければ、幾人もの無垢な命がうしなわれる。ああ、どうしたらいいのか。そんな状況下に、ロドリゴはイエスの声を聞く。踏絵のイエス像が、自分にこう語りかけてきたというのである。

「踏むがいい、お前の足の痛さをこの私が一番よく知っている。踏むがいい。私はお前たちに踏まれるため、この世に生まれ、お前たちの痛さを分つため、十字架を背負ったのだ」

それまで、神はロドリゴがどんな逆境とであっても、声をかけてくれなかった。ただただだまって、ロドリゴのつらい運命を、見すごしてきたのである。標題の『沈黙』も、神のこういう口をとざした様子に、由来するだろう。

だが、物語のクライマックスで、逆境の頂点にいたり、とうとう神は声を発した。命じるような口調で、語りかけている。踏絵ならふめ、自分はふまれるためにあるのだ、と。

この背教寸前、いや、K点をこえたともみなしうる文句に、読書人は強い感動をうけた。遠藤周作は、ここでもうカソリックをうらぎったんじゃないか。いや、きわどいところで、ふみとどまっている。以上のように、かんかんたる議論をくりかえしてきたのである。

さて、谷崎の『瘋癲老人日記』である。

主人公の督助は、七七歳の老境をむかえている。そして、息子の嫁である颯子に、被虐的な性感をいだいていた。自分の想いを知る颯子から挑発的に、またじゃけんにあしらわれることを、よろこんでいる。文字どおりの瘋癲老人として、谷崎は督助をえがきだす。

ドラマのおわりごろにいたり、督助は自分の死後を考えるようになる。墓の形にも、想いをめぐらせはじめた。そして、大好きな颯子の足型を墓石へきざみつけさせようと、考えだす。死んでしまったその後でも、自分は颯子にふみつづけてもらえる、と。

「颯子モ……石ノ下ノ骨ガ泣クノヲ聞ク。泣キナガラ予ハ『痛イ、痛イ』ト叫ビ、『痛イケレド楽シイ、コノ上ナク楽シイ、生キテイタ時ヨリ遥カニ楽シイ』ト叫ビ、『モット踏ンデクレ、モット踏ンデクレ』ト叫ブ」

颯子は、足型をきざませてくれるだろうか。「『気狂イ沙汰ダワ』ト、口デハ云ウ」にちがいない。でも、けっきょくは、了解するだろう、と督助は妄想をふくらませる。

墓石の下から、自分のいたがっている様子が、声なき声となり颯子の耳にとどく。いたいけれども、これがたのしいんだ。もっとふんでくれと、颯子に自分は説得する。そんな死後の構図を、督助は脳裏へうかべていた。

『沈黙』のキリストは、踏絵をふまれ、「痛さ」を感じるという。だが、その「痛さ」こそ自分の宿命であり、ロドリゴにもふむがいいとつげていた。このキリストと、『瘋癲老人日記』の督助は、同じ形の要求を地上の人間につきつけている。かたほうは、「痛イケレド……踏ンデクレ」とときふせる。そして、もういっぽうは、「踏むがいい、私は……痛さを分つ」とつげるのである。

奈良の薬師寺には、いわゆる仏足石がおいてある。ブッダの足型をきざみつけたとされる石である。そのことを、督助は娘の玉子が奈良へいくと言いだしたおりに、想いおこしている。そして、玉子には、ぜひそれを見てこいと、すすめていた。「薬師寺ニ行ッタラ仏足石ヲ拝ンデクルコトヲ忘レルナヨ」、と。

そこからなのである。督助が颯子の足跡を、自分の墓石へのこそうとねがいだしたのは。督助の想念は、こうしるされる。

「颯チャンノ足ノ仏足石ヲ作ル。僕ガ死ンダラ骨ヲソノ石ノ下ニ埋メテ貰ウ。コレガホントノ大往生ダ」

着想は、仏足石という仏教遺物から、なされていた。主人公のマゾヒズムを、フィナーレの前に、頂点へおしあげる。そんな小道具のアイデアは、仏教からひねりだされている。

いっぽう、遠藤は信仰の、あるいは信仰崩壊の大団円を、踏絵にたくしてあらわした。全能の神としては自虐的でありすぎる、ある種マゾ的な言葉を、イエスにはかせている。先輩の谷崎が、仏教をてがかりにしてもたらした足踏みの名場面。これを、遠藤はキリスト教のほうへ翻案したと見たいのだが、どうだろう。

ざんねんながら、その論証はできない。ただ、両者はほぼ同じ見取図でできている。クライマックスのふみつける場面が、ほとんどかわらぬタイミングでもちだされていた。そのことだけは、あらがいえないと考える。

――日記と書簡

『瘋癲老人日記』は、督助の日記にしたがい話がすすんでいく。その文章は、漢字とカタカナでつづられた。やや古い形の記述に、なっている。七七歳という主人公の年齢に配慮をしたのだと、とりあえずはみなせるかもしれない。

その日記を、しかし督助はだれにも読ませるつもりがなかった。「日記ヲ書クト云ウコトハ、書クコト自身ニ興味ガアルカラ書クノデアル。誰ニ読マセルタメデモナイ」。督助じしん、日記のなかでそう書いている。カタカナの文章には、秘密めかす効果もたくされていたろうか。

『沈黙』は、主人公ロドリゴの書簡をとおして、話がはじめられる。ゴアにいるヴァリニャーノ師へとどけるつもりの手紙文で、最初の叙述はささえられている。

そして、これも第三者が読むかどうかはわからない記録として、提示されていた。第Ⅱの書簡でロドリゴは、こう書いている。「この手紙が貴方の手もとに届くのか、それさえわからない現在です。しかし私はやはり書かずにはいられない気持ちですし、書き残しておく義務を認めるから書いておくのです」

それだけではない。イエズス会宣教師の書簡は、ヨーロッパの言語でしたためられた。同時代のほとんどの日本人には読めない。その意味では、秘密のたもてる記録だと言える。この点でも、『瘋癲老人日記』の書きっぷりと、つうじあう。

ただ、物語が三分の一ほどすすんだあたりの第Ⅳ書簡に、ひっかかるところがある。ここで、ロドリゴは神の存在を、かすかにうたがいだしている。「(しかし、万一……もちろん、万一の話だが) 胸のふかい一部分で別の声がその時囁きました。(万一神がいなかったならば……)」。

一般に、宣教師たちは列聖の史料となることを期待して、書簡を書いている。だれそれは、聖人となるにふさわしい人物か否か。あるいは、殉教者とみとめていいか、どうか。以上のようなことどもを、ヴァチカンが見きわめるさいの証拠に、いずれはなる。そのことを頭におきながら、彼らは書簡をしたためつづけてきた。

そこに、神への猜疑心など、しるされようはずがない。この第Ⅳ書簡は、その意味で歴史的なリアリティを、そこなっている。宣教師は、このような記録を書くはずがないのである。

第Ⅳ書簡終了以後、ロドリゴはますます神への信頼をなくしていく。Ⅴ章には、こうある。かつての宣教師たちは、「葡萄酒にもパンにも不自由しなかった」。だから、「祈る時は神に感謝する」ことができたんじゃあないか。「お前は少しずつ、信仰さえ喪っている……という声が、頭の奥できこえた」、と。

こういう内面の声は、とうていゴアやヴァチカンへむけての書簡に、しめせない。だからこそ、作者もV章以後では、書簡体の叙述をやめたのだろう。小説の書き手が中立的な立場にたって、話をうごかしていく。そういう一般的な叙述の形に、とちゅうでかえたのは、猜疑心が書簡だとあらわせないせいだろう。

私見をはさめば、第Ⅳ書簡も、通常の小説形式にしたほうがよかったのではないか。「万一神がいなかったならば」という想いは、そのほうがおさまりもよかったと考える。

だが、遠藤は書簡体小説という形式で、物語をはじめていた。のみならず、その形式を、ずいぶんあとまでひっぱっている。書簡体で内容がささえられる、その限界もかえりみず。

そこには、日記体で末尾直前までおしきった谷崎への想いも、あったような気がする。谷崎が「誰ニ読マセルタメデモナイ」という態《てい》ではじめた『瘋癲老人日記』。この先行作に、相手へ「届くのか、それさえわからない」書簡体で、あやかろうとしたのではないか。

「モット蹈ンデクレ」。この叫びでクライマックスをむかえた日記は、その後まもなく中断する。そして、その後には督助を見まもった看護婦や医師、娘・玉子らの記録がそえられた。

いずれも、マゾヒズムでたかぶった督助の日記文とは、書きっぷりがちがう。それぞれの立場で「瘋癲老人」を冷静にながめている。「老人」の目には蠱惑《こわく》的な悪女とうつっていた颯子の、またちがった一面も、見てとれる。督助の熱気が、ひややかな記録でさまされていくような設計に、小説の構成はなっていた。

それらの記録が、ひらがなと漢字でしるされている点も、興味深い。カタカナと漢字で書かれた日記文とは、あざやかな対照をなしている。日記にカタカナ文が採用されたのは、この断絶性を印象づけるためでもあったろうか。

「踏むがいい」というハイライトをもつ『沈黙』も、結末には別種の記録がそえられた。ひとつは、出島オランダ商館員の日記であり、あとひとつは「切支丹屋敷役人日記」である。これらにも、信仰と転びの闘いで高まった物語の熱をさます効果は、期待されていただろう。

ロドリゴは、自分につきまとうキチジローを、心の底からいやがっていた。じっさい、キチジローは、堕落をそそのかす不快な存在として、えがかれている。Ⅴ章以後の文中でも、第Ⅳ書簡までの手紙文でも、かわらずに。そんなキチジローが「切支丹屋敷役人日記」では、ロドリゴの奉公人となっていた。「岡本三右衛門」と改名させられたロドリゴの「中間《ちゅうげん》吉次郎」として、登場してくる。これも、なかなかこころにくい設計ぶりだと言わねばならないだろう。

いずれにせよ、どちらも巻末の記録が、全体の熱をおちつかせる構成となっている。この通底ぶりは、あるいはれない。実証はむずかしいが、四年後の遠藤が谷崎のあとをおったのだと、どうしても思えてくる。

──マルキ・ド・サドにみちびかれ

日本へくるまでのロドリゴは、信仰心にもえていた。だが、日本へきてからは、さまざまな事情で、その心もゆらぎだす。

なかでも、長崎奉行井上筑後守の手練手管は、ロドリゴの精神をせめさいなんだ。当局はロドリゴを、肉体面のみならず、心理でもおいこんでいく。

筑後守は、以前にフェレイラという宣教師を棄教へおいこんでもいた。その経緯をつうじて、バテレンを踏絵へといざなう誘導術には、みがきがかけられている。ロドリゴをあやつることなどはかんたんだと、そう見きわめていた。そして、『沈黙』は、その見とおしどおりにくずれていく宣教師を、えがいている。

例えば、捕縛をされたロドリゴは、キリシタンの百姓が処刑されるところを、見せつけられる。だが、神は彼らをたすけない。ロドリゴは問いつめる。神よ、「あなたはそっぽを向く。それが……耐えられない」、と。

日本の役人は、つかまえたロドリゴに、食事をじゅうぶんあたえていた。ロドリゴは、その奸計にある時、気づく。「一度、このぬるま湯のような安易さを味わった以上、ふたたび以前のような」潜伏生活はできない。彼らが、「待っていたものは、自分のこうした気のゆるみだったのだ」、と。

キリシタンは、当局の方針にしたがい、つぎつぎと殺されていく。その様子を、ポルトガル語の通辞は、ロドリゴにこう説明してみせた。彼らの死は、「宣教師たちの身勝手な理想がまねいたのだ」、と。この言葉も、ロドリゴの心理的な「傷口をひろげて針のように刺」していた。

そして、とうとうロドリゴは、先にキリスト教をすてたフェレイラと対面させられる。このとき、ロドリゴにむかい、フェレイラは言いはなった。キリスト教は、本質的に日本では根づかない。この国にいれば、あのイエスだって「転んだろう」、と。

「そんなことはない」とあらがいつつ、ロドリゴはさけびだす。「これ以上、わたしを苦しめないでくれ」

私には、ここへといたる展開が、精神のサディズム劇として読みとれる。幕府当局は、宣教師の心を鞭でうち、縄でしばりあげる。そして、とうとう、踏絵をふませることになる。だが、そんな絶望の頂点で、すっかりあきらめていた神の声を、宣教師は耳にした。すべてを肯定する神は、ロドリゴをマゾヒズムの法悦境へとおくりこむ。のみならず、当のイエスまで、私とお前は痛みをわかちあおうと、言っていた。

こういう作劇の背景には、遠藤じしんのマルキ・ド・サド研究も、あったろう。周知のように、フランスへ留学をした遠藤は、サド研究をこころざす学徒でもあった。その学習が、のちの創作にいかされなかったとは、思えない。じじつ、初期の作品である『月光のドミナ』（一九五七年）には、その気配が色濃く読みとれる。

『王妃マリー・アントワネット』（一九七九―八〇年）という読み物も、遠藤にはある。フランス革命に翻弄された王妃を、ヒロインとした歴史小説である。なかに、マルキ・ド・サドが、重要人物として登場する。全体のなかでは、ややバランスを欠いたサドのとりあげ方に、私は遠藤のこだわりを感じる。

極端な言い方になるかもしれないが、あえて書く。遠藤がキリシタン史へむかったことじたいも、サド研究の延長線に位置づけられまいか。

日本のキリシタン史には、むごい史実がたくさんある。サディズムとのかかわりで論じられそうな出来事の、その宝庫となっている。拷問、磔《はりつけ》、火あぶりなどである。若い時にサドとであった遠藤が、キリシタン史へ傾斜したことは、その意味でよくわかる。ある種必然的な経緯であったろうと、考える。

谷崎は遠藤よりはやい段階で、サディズムやマゾヒズムにとりくんでいた。遠藤の目にも、谷崎のことは先達のひとりとして、うつっていただろう。ただ、谷崎はおもにクラフト＝エビングから、そちら方面の情報をしいれていた。言葉をかえれば、マルキ・ド・サドじたいには、それほど通暁していなかったかもしれない。

しかし、いずれにせよ、谷崎は嗜虐と被虐のドラマづくりで、遠藤にさきがけていた。相手をふみつける物語でも、傑作をまとめている。遠藤がこれを自作の下敷きにした可能性は、じゅうぶんあると考える。

なお、『沈黙』と『瘋癲老人日記』の引用は、それぞれ新潮文庫版（二〇〇三年改版）と中公文庫版（二〇〇一年改版）に、したがった。

踏み絵（長崎五島・堂崎天主堂キリシタン資料館収蔵）

［コラム3］「聖骸布」に関するコンプリ神父の日本語著書

郭　南燕

青少年教育を使命として、一八五九年にイタリアで結成されたカトリック・サレジオ修道会は、一九二五年一二月に初めて日本に宣教師を派遣した。その第一陣に、音楽宣教で有名なチマッティ（Vincenzo Cimatti, 一八七九―一九六五）神父がいて、一九二六年二月に門司に上陸し、のちオペラ「細川ガラシア夫人」（ヘルマン・ホイヴェルスの脚本）を作曲した。九州のキリシタン史料の収集で大きな功績をあげたマレガ神父（Mario Marega, 一九〇二―七八）の来日は一九二九年である（コラム2を参照）。

チマッティ神父に誘われて、一九三〇年に長崎に到着したのはクロードヴェオ・タシナリ神父（Crodveo Tassinari, 一九一二―二〇一二）である。神父は宣教、教育、戦争孤児の養護のかたわら、キリシタンの歴史を研究し、戯曲を多く創作した。新井白石の『西洋紀聞』が記録したジョヴァンニ・シドッティ（Giovanni Battista Sidotti, 一六六八―一七一四）の活動を特によく考察して教会劇『最後の殉教者』（一九五五年）と『殉教者シドッティ：新井白石と江戸キリシタン屋敷：研究と戯曲』（初版一九四一年、再版二〇一二年）を刊行し、数々の調査結果を公表し、日本近世の日欧交流史の解明に寄与している。

折しも昨年（二〇一六年）、東京都文京区小日向一丁目の「切支丹屋敷跡」で、DNA鑑定によってシドッティと判明した遺骨と、彼が獄中でキリスト教に導いた世話役老夫婦二人らしい遺骨が発見されている。老夫婦との交流、教義の説明などはたぶん基礎的な日本語によるものだっただろうと推定できる。禁教後の凄まじい弾圧にもかかわらず、このような異言語異文化の交流、キリスト教の宣教と帰依が続いていたことは新たに記憶しておくべきであろう。

一方、遠藤周作の小説『沈黙』の主人公のモデルとなった「棄教者」ジュゼッペ・キアラ（一六〇三―八五、和名岡本三右衛門）もこの切支丹屋敷で晩年を過ごしている。雑司ケ谷霊園でキアラの墓碑を見つけ、さまざまな努力を経てこれを入手したのもタシナリ神父である。

この墓碑は、いま東京都調布市にあるサレジオ神学院の敷地内に移設され、チマッティ資料館のすぐ隣りに建っている。

サレジオ会が日本へ派遣した数多くの宣教師の中で、日本語をもちいて活発な著作活動を行って注目を浴びてきたのはガエタノ・コンプリ（Gaetano Compri）神父である。コンプリ神父は一九三〇年にイタリア北部のヴェローナ市に生まれ、幼稚園にいる頃から司祭を志願していた。一六歳の時にサレジオ会に入り、二二歳の時にサレジオ大学を卒業し、一九五五年春、来日している。

来日の最初の七年間は、調布サレジオ神学院でチマッティ神父の指導を受け、一九五八年に日本で司祭叙階を受け、上智大学神学部修士課程を修了し、調布サレジオ神学院で教えるようになった。その後、大分県中津市の孤児救済のために設立された中津ドン・ボスコ園の園長と中学校長、育英工業高等専門学校（現サレジオ高専）の倫理・哲学教授、川崎サレジオ高等学校（現サレジオ学院）校長、カトリック下井草教会主任司祭などを担当して、二〇〇〇年からチマッティ資料館館長[1]となり、今日に至る。

コンプリ神父は日本語を用いて、多くの著書を刊行してきている。単著は三〇冊あり、そのうちキリスト教入門と聖書解説は七冊[2]、人生観と倫理観の啓蒙書は七冊『あなたの疑問は、みんなの疑問』『新時代に「人間」を考える』『ほほえんで人生を』『人間を考える』、そして『神父様、おしえて』の三部作[3]、聖骸布の研究紹介は六冊、サレジオ会創始者ヨハネ・ボスコ（ドン・ボスコ。ドンはイタリア語で司祭への敬称）の紹介は二冊[4]、チマッティ神父の紹介と書簡翻訳は八冊[5]ある。ほかにキリスト教に関する啓蒙的な小冊子が七冊あり[6]、倫理道徳に関する共著が三冊[7]ある。さらに上記のもろもろの内容を含めるビデオ（一本）とＤＶＤ（五本）を製作している[8]。コンプリ神父の多くの著書は版を重ね、広く読者の目に触れているはずである。

私が初めて神父にお目にかかったのは、二〇一五年九

ジュゼッペ・キアラ（1603―85）の墓碑「入専浄真信士霊位　貞享二乙丑年七月二五日」（東京都調布市サレジオ神学院、郭南燕撮影）

月二七日の日曜日、兵庫県西宮市の夙川教会である。イエス・キリストの遺体を覆う聖骸布についての神父の講座を聞くためであった。流暢な日本語、理路整然とした分析と叙述、ユーモアを交えた一時間近くの講座は、多くの聴衆を惹きつけた。聖骸布の真偽に長年興味をもってきた私は、講座を聞いてから、神父の新刊書『これこそ聖骸布：コンプリ神父がその真相を語る』（ドン・ボスコ社、二〇一五年、以下『これこそ聖骸布』と略称）をいち早く手に入れて、読み耽った。これを読んでいるうちに、新約聖書に描かれた、復活したイエス・キリストを目撃し、共に歩き、話し合う弟子たちだけではなく、この聖骸布こそがその復活の瞬間を記録したものではないかと思うようになった。なぜならば、聖骸布に写っている「ネガ」の人物像は、イエス・キリストの受難と処刑の物的証拠であるし、その人物像は現代の科学技術でも模倣や偽造することができないとわかったからである。この本は、神父の著した聖骸布研究の五冊目であり、欧米の約一二〇年にわたる研究を日本語で簡潔明瞭に伝えている。

日本で聖骸布の研究に先鞭をつけたのは、チマッティ神父が一九三一年に『ドン・ボスコ』誌の七月号に掲載した、イタリア・トリノ市で開催された聖骸布の一般公開に関する紹介文「尊き屍布に写されたイエズスの御顔――無限の憧れを感ずる其の御姿」である。[9] その後、石井建次著の冊子『キリストの聖骸布』（カトリック中央書院、一九三六年）、欧文書を和訳した四冊『聖骸布にもとづく十字架の道行』（一九七六年）、[10]『謎の聖骸布』（一九七八年）、[11]『トリノの聖骸布』（一九八五年）、[12]『トリノ聖骸布の謎』（一九九五年）[13] などがあり、雑誌論文も多くあった。

日本における過去八五年間の聖骸布に関する研究書籍、雑誌文、フィクションなどにおいて、コンプリ神父が日本語で執筆した本が日本の読者を念頭に、わかりやすく説明している。『聖骸布：キリストの受難の撮影』（ドン・ボスコ社、一九七九年）、『見よ、この人を：聖骸布二〇〇〇年のなぞを解く』（中央出版社、一九八四年）、『聖骸布』（サンパウロ、一九九八年）、『キリストと聖骸布：科学が発見した最大のミステリー』（イースト・プレス、二〇一〇年）、そして前記の『これこそ聖骸布』はいずれも写真と画像をふんだんに使っていて読みやすい。ほかに監修者として、『聖骸布の男：あなたはイエス・キリスト、ですか？』（講談社、二〇〇七年）の出版にもかかわっている。

なぜコンプリ神父は、日本語で聖骸布の研究成果を一生懸命に紹介してきたのだろう。それは神父の日本宣教の方法であり、二つの目的を伴っていると思う。一つは、

聖骸布について説明するコンプリ神父、東京都調布市のチマッティ資料館にて、2015年11月18日、郭南燕撮影

コンプリ神父の著作の日本語原著、韓国語版、中国語版

聖骸布への理解を通して、イエス・キリストの実存、受難、復活を日本人に信じてもらうこと、もう一つは、聖骸布の研究者が日本人に現れてほしいとの願いである。神父は、「啓蒙活動ができるための研究グループを日本でも結成する必要がある」[14]と言い、「いつか、日本人の中から聖骸布の専門家が生まれてくれれば、私の苦労は十分に報いられ、安心してこの世を去っていくことができる」とも述べている。[15]つまり、イエスの復活の目撃者である聖骸布を研究すれば、新しい宣教師の誕生も可能になるということへの期待だろうと思う。

二〇一五年一一月に、私は調布市のサレジオ神学院の隣にあるチマッティ資料館にコンプリ神父を再訪した。神父が『これこそ聖骸布』の中国語訳を熱望していることをひしひしと感じた。神父は日本へ来る前に、中国宣教を希望していたが、政治状況のため、諦めざるを得なかった。この本の中国語訳が刊行されれば、中国宣教の夢の一部分が実現することになる、と思っているようである。同志社大学大学院生の林潔氏が短期間で中国語訳を完成してから、訳稿を渡してくれた。私は翻訳の校正をしながら、読書案内を工夫した。

実際、中国語圏は日本と違って、聖骸布についての書籍は非常に少ない。管見では、中国語で著述されたものがなく、中国語訳は数冊しか見つかっていない。例えば、台湾出版の『殮布上的追尋』（聖骸布についての思索）[16]、香港出版の『都霊聖殮布的新鑑證』（トリノ聖骸布の新しい証拠）[17]、北京出版の『都霊裹屍布真相』（トリノ骸布の真相）[18]だけである。ほかに聖骸布を題材に書かれたファンタジーは少しある。そのため、コンプリ神父の本の中国語訳は、聖骸布への関心を引き起こすだろうと思う。

二〇一七年二月、『これこそ聖骸布』の中国語版『都霊聖殮布』が香港で刊行された。[19]また、日本語版原著が二〇一五年五月に刊行されてまもなく韓国語版が韓国でも出版されていることを記しておきたい。[20]

このように、コンプリ神父の日本語著書が韓国と中国語圏で読まれることは、来日した宣教師の日本語著書が日本に限らず、東アジアにも波及していることを示してくれている。かつて一七世紀に中国で上梓された漢籍キリスト教書物が日本と朝鮮半島に招来され、宣教を促進したことを思い出せば、今日の日本語を媒体とする新たな宣教活動の影響力にあらためて気づかされる

註

▼1　女子パウロ会編『ザビエルに続く宣教師たち　神父さま、なぜ日本に?』女子パウロ会、二〇一七年、五一頁。

▼2　キリスト教入門書の七冊はすべてドン・ボスコ社刊。『こころに光を：喜びの福音』一九八七年；『人生に光を：旧約聖書編I』一九八八年；『喜びの光を：四つの福音書』同年；『キリストの光を：使徒言行録、手紙、黙示録』一九八九年；『わが道の光：キリストとともに人生を見つめる』一九九一年；『知恵の光を：旧約聖書編II』一九九二年；『NEW　こころにひかりを：よくわかるカトリック入門』二〇一一年。

▼3　人生観、倫理観に関する七冊は、『あなたの疑問は、みんなの疑問：コンプリ神父が答える』ドン・ボスコ社、一九九〇年；『新時代に「人間」を考える：新「学習指導要領」への提言』中央出版社、一九九一年；『ほほえんで人生を』同社、一九九二年；『神父様、おしえて：小学生のしつもんにコンプリ神父が答える　低学年の部』ドン・ボスコ社、一九九二年；『人間を考える：人間としての在り方・生き方』同社、一九九三年；『神父様、教えて：小学生のしつもんにコンプリ神父が答える　中学年の部』同社、一九九五年；『神父様、おしえて：小学生の質問にコンプリ神父が答える　高学年の部』同社、同年。

▼4　サレジオ会創始者を紹介する二冊は『教育者へのドン・ボスコのことば』ドン・ボスコ社、一九八五年；『若者を育てるドン・ボスコのことば』同社、二〇〇九年。

▼5　編訳『チマッティ神父　日本を愛した宣教師』ドン・ボスコ社、二〇〇一年；編訳『チマッティ神父によるロザリオの黙想』同社、二〇〇三年；編訳『チマッティ神父の手紙』全四巻、同社、二〇〇三—〇六年；『チマッティ神父：本人が書かなかった自叙伝：激動の昭和史を生きた宣教師』上下、同社、二〇一一、一二年。

▼6　小冊子七冊はすべてドン・ボスコ社刊。『はじめて教会へいらしたあなたに：カトリック教会のごあんない』一九八八年；『ミッション・スクールに入ったあなたに』同年；『ゆがめられたキリスト：エホバの証人、モルモン教、原理運動』一九八九年；『イエス　聖書にその姿を見る』一九九〇年、『神は男と女を造られた：性教育の手引き』同年；『マリア：聖書にその姿を見る』一九九一年；『子どもたちを私のところに：カトリック幼稚園・保育園の案内』一九九四年。

▼7　沼田俊一、G・コンプリ『道徳の見方、考え方』ド

ン・ボスコ社、一九六六年；コンプリら共著『人間を考える：「倫理の」自己展開学習のための観察と思想のヒント』育英倫理・社会研究会、一九七二年；沼田俊一、G・コンプリ『ゼロから道徳を考える』中央出版社、一九七四年。

▼8　ビデオは『聖骸布——その謎を追う』ドン・ボスコ社、一九九八年。DVDはすべてドン・ボスコ社。『音楽・自然・日本を愛したチマッティ神父』二〇〇二年；『カトリック入門』二〇〇七年；『知っておきたい聖書の常識　旧約聖書編』同年；『知っておきたい聖書の常識　新約聖書編』同年；『聖骸布——あなたはどなたですか』二〇一〇年。

▼9　「尊き屍布に写されたイエズスの御顔——無限の憧れを感ずる其の御姿」『ドン・ボスコ』一九三一年七月八日、一頁。この文章の執筆者は明記されていないが、コンプリ神父はチマッティ神父だと考えている。コンプリ『これこそ聖骸布：コンプリ神父がその真相を語る』ドン・ボスコ社、二〇一五年、八頁。

▼10　モンシニョール・ジュリオ・リッチ著、小坂顕治、マリア・コスタ訳『聖骸布にもとづく十字架の道行』ドン・ボスコ社、一九七六年。

▼11　ロバート・K・ウィルコックス著、丸谷慧訳『謎の聖骸布：キリストの遺体を包んだシュラウドの怪』サンポウジャーナル、一九七八年。

▼12　イアン・ウィルソン著、木原武一訳『トリノの聖骸布：最後の奇蹟』文藝春秋、一九八五年。

▼13　リン・ピクネット、クライブ・プリンス著、新井雅代訳『トリノ聖骸布の謎』白水社、一九九五年。

▼14　ガエタノ・コンプリ『聖骸布』サンパウロ、一九九八年、二三三頁。

▼15　同『キリストと聖骸布：科学が発見した最大のミステリー』イースト・プレス、二〇一〇年、二八五頁。

▼16　P. M. Rinaldi著、陳永禹訳『殮布上的追尋』台北：慈幼出版社、一九七八年。

▼17　William Meacham著、公教報訳『都霊聖殮布的新鑑證』香港公教真理学会、一九八四年。

▼18　Robert K. Wilcox著、肖劍訳『都霊裹屍布真相』北京：金城出版社、二〇一二年。

▼19　蓋塔諾・康普利（Gaetano Compri）著、林潔訳、郭南燕校対・導読『都霊聖殮布』香港：良友之声出版社、二〇一七年。

▼20　저자：가에타노 콤프리；번역：박민숙『자비의얼굴:침묵 속에 들려오는 그리스도의 수난, 인간의 수난 이야기』서울：돈보스코미디어, 2015.

第四部

朝鮮半島宣教とハングルによる著述

《日本との比較》

1791年の殉教者を記念する彫像、
韓国全州殿洞教会

1　ハングルによるカトリックの書物

――一八世紀から一九四五年までの概観

フランクリン・ラウシュ／木村　健　訳

本論は、中国から初めてカトリックの文献が朝鮮半島にもたらされた一八世紀から一九四五年まで、ハングル（訓民正音）で記され、訳され、編集・制作され、出版され、流通したカトリック教会に関わる書物を概観する。まず年代順に次の五つの時代区分ごとに、朝鮮半島のハングルによるカトリックの書物を取り上げて考察していきたい。

（1）カトリック教会の影響が朝鮮に上陸しはじめた一七八四年から、この地の教会が管轄上、中国から独立し、フランス人宣教師の到来する一八三一年まで。

（2）一八三一年から七六年まで、カトリックへの迫害が増大する時代。

（3）一八七六年から八六年まで、日本に強いられた開国に伴い、カトリック迫害が停止した時代。

（4）一八八六年から一九一〇年まで、朝鮮王朝とフランスの間の通商条約により、宣教が許可された時代。

（5）一九一〇年から四五年までの日本による植民地化（日韓併合）の時代。

一、朝鮮半島におけるキリスト教伝播の初期（一七八四—一八三一年）

イエズス会の宣教団は、宗教改革後のカトリック信仰を、日本には一六世紀中頃に、中国には一六世紀後半に伝えた。その後、他の会派の宣教団が続いた。日中両国において、カトリック教会は、偏見と迫害にさらされたが、数十年をかけて自らの地位を確立させていった。[1] 宣教師たちは、両国の言語や文化についての深い理解を育み、神学上の複雑な用語の翻訳を注意深く考えていた。

朝鮮においてキリスト教の信仰を植えつけたのは主に漢訳西学書であった。マテオ・リッチ（Matteo Ricci, 一五五二—一六一〇）などイエズス会の宣教師たちは、中国人信徒との長年の共同作業によって漢文で数多くの書籍を著述した。そうした書籍が扱う主題は多岐にわたっており、主にキリスト教の教義と、天文学を含む自然科学の知識であった。リッチ著『天主実義』もそこに含まれ、朝鮮半島の人々のあいだで非常に有名になった。そのほか、教理問答書、信仰修養書、祈禱書、聖人伝、聖書の抜粋をはじめ、おびただしい数の宗教的著作が生み出されている。[2] これらの書籍は朝鮮に持ち込まれ、漢文堪能な知識人に読まれ、キリスト教の知識が広まった。[3]

宣教師の前でお辞儀する学生。Norton Weber, *Goyohan achim ui nara* [*In the land of the morning calm*], tr. Pak Il-young and Jang Jeongnan（Bundo Chulpansa, 2012）所収．

その知識人の一人に、冬至使として中国へ行く父親についていき幼少期に北京を訪れた李承薫《イスンフン》（Yi

Seung-hun, 一七五六―一八〇一）がいる。彼は一七八四年一月に北京の天主堂で洗礼を受け、ペテロという洗礼名をもらってから、布教のために朝鮮に戻り、知人たちに洗礼を与えた。[4]

　朝鮮のカトリック教会の早期の歴史は迫害史でもある。李承薫が北京から戻った翌年の一七八五年、迫害が起こり、八七年、八八年に禁教の勅令が公布され、一七九〇年代に多くのカトリック教徒が殺害され、一八〇一年に迫害がその頂点に達し、年間百以上もの人が殉教した。[5] 迫害に負けず、キリスト教を、漢文が読めない人々、女性、子供、家事雇い人に伝えるために、カトリックの知識人たちは、これら書籍の多くを急いでハングルに翻訳した。これらの知識人たちにとって、翻訳はそれほど難しいことではなかった。というのも、特に朝鮮半島では、中国語のそれぞれの漢字一文字に対して一つの読みが充てられているため、中国語の言葉を音声的にハングルで表記し、意味が完全に明らかではない場合に限り説明を加えるということは比較的容易いからである。

　ハングル版の書籍はキリスト教への理解を助けることができた。例えば、初期の女性指導者で、殉教者でもあるコルンバ姜完淑《カンワンスク》（Columba Kang Wansuk, 一七六一―一八〇一）の帰依について、次のような記録がある。「カトリック信仰が忠清道に導入された時、彼女は最初に三文字の言葉『天主教』を聞いた。彼女は、この言葉を熟考し、次のように言った。『天主とは、天と地の統治者である。教え導くことにとって良き名前である。それが教え導くことは、確かに真実であるにちがいない[6]』」と。

　このように漢文のハングル発音は、理解可能であると同時に説得力があった。姜完淑は朝鮮のカトリック教会において重要な役割を果たし、口語のハングルを習得して朝鮮に来た中国人宣教師ジェームズ周文謨（James Zhou Wen-mo, 一七五二―一八〇一）神父を助けることができた。[7] ハングルの書物は、復活祭をはじめとする祭日の儀礼への理解をも手伝った。

　ハングルの書物は人々をキリスト教に惹きつけ、急速に広まった。一八〇一年の迫害の際に王朝に没収された一二八種類のカトリック書物のうち、三分の二以上がハングルによるものであった。[8] 一八二七年、カトリックの重要な指導者ポール李景彦《イギョンオン》（Paul Yi Gyeong-eon, 一七九二—一八二七）が拘束され尋問された時、いかなる書籍も有していないと言ったら、尋問官は「無知な下層のカトリック教徒でさえ、三〇冊や四〇冊の書籍を持っている」[9]と返していることからも、いかにハングルの書籍が多くの人々に読まれたのかがわかる。その中で有名なのは漢訳西学書のハングル版である。例えば『諺文天主実義』（リッチ原著）、『諺文七克』（パントーハ原著、Diego de Pantoja, 漢字名は龐迪我、一五七一—一六一八）、『諺文聖年広益』『諺文盛世芻蕘』（二作ともマイヤ原著、Moyriac de Mailla, 漢字名は馮秉正、一六六九—一七四八）などがある。[10]

朝鮮人信徒アウグスティノ丁若鍾《チョンヤギョン》（Augustine Jeong Yag-yeong, 一七六〇—一八〇一）は、フェルディナンド・ヴェアビースト神父（Ferdinand Verbiest, 漢字名は南懐仁、一六二三—八八）著『教要序論 *Jiaoyao xulun*』（一六七〇年）とエメリキュス・ド・シャヴァニャック（Emericus de Chavagnac, 漢字名は沙守信、一六七〇—一七一七）著『真道自証 *Zhendao zizheng*』を読み解き、独自のアイディアを加え、ハングルの教理問答書『主教要旨 *Chugyo Yoji*』（二巻）を著して、キリスト教の教義を、簡潔で容易に理解できる言葉で紹介している。この本は、周文謨神父の称賛を得ている。[11]丁若鍾は、朝鮮の伝統的な民間宗教や仏教を批判しながら、キリスト教の「三位一体」を、鏡に映った像の比喩と、「愛」の概念とを使って説明するために、これらの書籍を引用している。

半島の知識人の大半は仏教や民間宗教に対して批判的であったのに対し、大衆はそうではなかった。したがって、仏教批判をハングルの教理問答書に収めることは、一般大衆向けの創作意図によるものである。丁若鍾がこの地で生み出したハングルの教理問答書は重要な著作で

現地の修道女とカトリック女子学校の子どもたち。前掲 Norton Weber 本所収

あった。当初から多くのカトリック教徒によって筆写され、一八一一年にはカトリック入信を望む者にとっての必須書とされ、六四年の木版印刷、八五年の木版再版、八七年の活版印刷が行われた後、一九三二年に至るまで印刷されつづけた。[12]

二、パリ外国宣教会の宣教師到来と迫害の継続（一八三一―七六年）

もとは北京教区の一部であった朝鮮は、ローマ教皇グレゴリウス一六世によって新たな一教区として制定され、パリ外国宣教会（Société des Missions étrangères de Paris, ＭＥＰと略称）が司祭の派遣を委託された。宣教師の多くはフランスの村や小都市出身の人々であった。一八六六年以前に朝鮮に派遣された二一人の宣教師は、ほとんどが農夫や職人の息子であった。小神学校を卒業後、大神学校に進学し、より高度な哲学的・神学的な訓練を受けた。その後、地元の司祭の許可が下りれば、ＭＥＰの神学校に入学し、宣教の地へ派遣される前の一年ないし一年半の間、そこで勉強した。[13]

大半の宣教師たちは、朝鮮半島に渡る前に、中国や満州で朝鮮語を学びながら、待機をしていた。そこで中国語を学び、漢字対訳辞典類を利用してハングルと朝鮮の風習を学んだ。[14] 当時の朝鮮では、漢文を重んじ、ハングルを軽視する風潮があった。朝鮮に入国したＭＥＰの宣教師たちは、一般大衆に宣教するためにハングルの学習に打ち込んだ。たぶん、これらの宣教師こそ、最も正確にハングルを研究した人たちだっただろう。[15]

もちろん、宣教師たちは、過酷な条件下にいて、ハングル学習の十分な時間もなかったようである。例えば、一八三七年に朝鮮半島に着いたアンベール（Imbert）神父は書簡の中で、午前二時三〇分に起床し、一日のうちのどのくらい多くの時間を秘跡[16]に費やしているかを記述している。それに加え、発見される危険を避けるため、常に居所を変えており、教区の貧困状態のため、乏しい食事しかなかった。[17] 神父は一八三九年に殺害されている。宣教師として非常に短い業績しか残さず、ハングルの言語力を発展させる時間もなかっただろう。ちなみに一八三一年から六六年まで、派遣時の宣教師のほとんどは二〇代であった。一八六六年の迫害を逃げおおせた三人を除けば、迫害の時代の朝鮮における宣教師の平均寿命は三六歳であった。この時代の宣教師は一二人が殉教し、六人が病気で若くして亡くなっている。

書籍をもって強い影響を与えた日本と中国にいたイエズス会は、社会的・政治的なエリートとの会話に焦点を絞り、それを通して信仰が庶民に浸透していくことを意図していた。それとちがって、ＭＥＰは朝鮮の庶民に焦点を絞り、三段階の計画を遂行していた。[18] まず、現地人の司祭職を養成し、それからカトリック教徒の知識や信心を深め、さらにカトリック教徒の人数を増やす、という三段階である。

現地司祭の養成は真剣に行われた。例えば、一八三六年のフランス人宣教師の到着から、三九年に宣教師三人が処刑されるまでの三年間、有望な若者三人、崔方済《チェパンチェ》（Choe Bangche, ?—一八三九）、後に朝鮮初の司祭になるアンドリュー金大建《キムデゴン》（Andrew Kim Taegeon, 一八二一—四六）、そして二人目の司祭叙階を受けるトーマス崔良業《チェヤンオプ》（Thomas Choe Yangeop, 一八二一—六六年）を海外留学に送り出した。[19] 崔良業は多くのキリスト教の詩をハングルで書き、さらに一八三九年の迫害事件「己亥教獄」を記したハングルの『己亥日記 *Gihae Ilgi*』のフランス語版を、ラテン語に翻訳するために中心的な役割を果たしている。[20]

一八四六年に再び大迫害が起き、フランス人宣教師二人は逃れることができたが、アンドリュー金大建神父が処刑され、教会は壊滅的な打撃を受けた。一方、信仰普及における書籍の重要性も示されている。書籍は誰でも筆写できるし、完全に抹消することは難しい。一八五〇年代の比較的寛容だった時期、より多くの宣教師が朝鮮半島に到来し、彼らは現地のカトリック教徒たちとともに教会を再建し、著述と刊行に力を入れることができた。

シメオン＝フランソワ・ベルヌー（Siméon-Fransois Berneux, 一八一四—六六）神父は朝鮮に到着してから、懸命にハングルを学習し、書籍の重要性を認め、宣教師の著述活動を奨励した。[21] マリー・ダヴリュイ（Marie-

Nicolas-Antoine Daveluy, 漢字名は安敦伊、一八一八―六六）神父は、半島における二一年間の宣教活動の間、流暢にハングルを話し、ハングルで多くの本を書いて、数千人の改宗者を導いた。漢―韓啓ら―専仏語の辞典を書いたが、殉教の際、官憲によって焼却された[22]。彼が一八五一年に編纂したラテン語―ハングルの『羅韓辞典』は、殉教後の一八九一年に香港で出版された[23]。彼の書簡やノートは、チャールズ・ダレット（Charles Dallet）神父の手による『朝鮮教会史』の基礎材料となっている[24]。

ハングルの学習のための課程も組み立てられた。一八五四年に、宣教師は漢文、ハングル、フランス語の辞書の準備を始めており、一八六四年にプティニコラ（Michel-Alexandre Petitnicolas, 一八二八―六六）神父の作った『羅韓辞典』は三万語以上のラテン語と二〇万語近い朝鮮語を収録している。さらに共同執筆の文法書もあった[25]。宣教師と朝鮮人信徒の共作によるこれらの辞書や文法書は、後来の宣教師のハングル学習にとって計り知れない重要なものであった。

ダヴリュイ教区長が木版印刷機を準備し、運営をピーター崔炯（Peter Choe Hyeong, 一八一四―六六）に任せた。日常的に資金と人材を必要とする宣教活動にとって、印刷所を立ち上げるという決断は、巨額の出費を前提とし、画期的なことである。これは、信仰をさらに広げるだけではなく、カトリック信仰の知識を深めようとするＭＥＰの宣教戦略とも一致した[26]。

一八六二年、この印刷所は、イエズス会のニコロ・ロンゴバルト（Nicolò Longobardo, 漢字名は龍華民、一五五九―一六五四）神父の中国語で執筆した『聖教日課 *Shengjiao rike*』のハングル版と、ダヴリュイ神父がハングルで執筆した告解指導書『省察記略 *Sachal giryak*』を印刷している。また、一八六四年に、次のハングルの文献を出版している。

秘跡とりわけ堅信に関する『聖教要理問答 *Seonggyo yoji mundap*』／カトリック教会公式の祈り書『聖教功課 *Seonggyo gonggwa*』／神の導きを得るための瞑想に関する『神命初行 *Shinmyeong chohaeng*』／自らの

罪を振り返るための『悔罪直指 *Hoechoe jikji*』／『領洗大義 *Yeongse daeui*』／MEP宣教師J・M・モイエ（Moy）神父の漢文書『天堂直路 *Tiantang zhilu*』のアウグスティノ丁若鍾によるハングル訳

さらに一八六五年に印刷された書籍は以下を含む。

宣教師向けに、ダヴリュイ神父がハングルで執筆した、病者訪問と葬儀に関する『天主聖教礼規 *Cheonju seonggyo yegyu*』／聖人伝と暦に関する『周年瞻礼広益 *Junyeon jeomnye gwangik*』（ただし、一八六六年の迫害の勃発のため、第一巻のみが発行された）

一八六六年に始まった度重なる迫害のため、数千人のカトリック教徒と大多数の宣教師が殺害され、数多くのカトリックの書籍が焼棄された。迫害から逃れて、中国で再宣教の機会を待っていたフェリックス・リデル（Felix Clair Ridel, 一八三〇―八四）神父はハングルが上手で、半島の人々の協力を得ながら、『韓仏字典』を編纂した。一八七六年に朝鮮半島に復帰後、すぐさま、印刷ができるようにとカトリックの書籍を収集したが、ほぼ準備を終えた時に発見され、差し押さえられ、苦心して集めた本は、焼却されてしまった。[27]

三、過渡期のハングルによる書物（一八七六―八六年）

逮捕されたリデル神父はあやうく処刑されるところであったが、釈放された。それは、一八七六年に朝鮮王朝が日本と近代的な通商条約を締結し、よりオープンな対外政策をとったからである。[28]しかしながら、カトリック信仰は禁じられていたため、同時に拘束された二人の朝鮮人信徒は、獄中で餓死している。

追放されたリデル神父は日本を訪れ、編纂していた『韓仏字典』を、一八八〇年に横浜で刊行した。韓国最初の活版印刷物である。[29]日本では、朝鮮宣教のための著書の発行が可能であった。リデル神父は、出版こそがカトリック信仰を広めるうえで有用で比較的安価な方法だと思い、限られた資産を出版に注ぎ込んだ。神父は一八八一年、健康状態が悪化したため、フランスに戻った。仕事は後継者たちに引き継がれた。

　日本での印刷はまた、ウジェーヌ・コステ（Eugene-Jean-Geprges Coste, 一八四二—九六）神父が長崎に「聖書活版所」（Seongseo Hwalpanso）という名称で設置した印刷機とともに、さらに拡大した。また朝鮮人協力者たちとともに、初めて金属製のハングル活版が製作された。この印刷所は、自社編集の新聞 *Daily Routine Holy Faith*（日刊 神聖な信仰の日課）」の出版でも多忙であった。印刷所は、一八八二年に『省察記略 *Sachal giryak*』を再版、八三年に『進教切要 *Jingyeo jeoryo*』（一八六五年初版）を再版、新約・旧約聖書と注解の抜粋からなる『聖教鑑略 *Shengjiao jianlue*』（ルイ・ドゥラプラ、Louis-Gabriel Delaplace, 漢字名は田嘉璧、一八二〇—八四）を刊行、『領洗大義 *Yeongse daeui*』を再版、八五年に『天堂直路 *Tiantang zhilu*』と『周年瞻礼広益 *Junyeon jeomnye gwangik*』を再版し、『聖教百問答 *Shengjiao baiwenda*』（フィリップ・クプレ神父の一六七五年刊『天主聖教百問答』のハングル版、Philippe Couplet, 漢字名は柏応理、一六二三—九三）を再版している。

　一八八〇年代初頭、一人のフランス人宣教師が費用を拠出し、朝鮮でも印刷機を据え付け、運営をバジル崔禹鼎《チェウジョン》（Basil Choe U-jeong）に任せた。八二年までにこの印刷所は、既刊の祈りの書『聖教功課 *Seonggyo gonggwa*』を五百部印刷し、八四年までに『天主聖教礼規 *Cheonju seonggyo yegyu*』を再版している。しかしながら、日本で書籍を印刷する方が安全でかつより経済的であることが明らかだったため、朝鮮に基盤を置く印刷所は閉鎖された。▼[30]

　他方、朝鮮王朝とフランスとの通商条約の進展を意識して、一八八五年に長崎の印刷所がソウルの宣教師居留地に移転し、日本から持ち込んだ新しい金属製のハングルの活版を用いて一八八六年に営業を再開した。この取り組みは朝鮮では初めてであった。

　この印刷所は、元々は木版を用いて印刷されていた既刊作品の再版を始めた。例えば、一八八六年には、『聖教要理問答 *Seonggyo yori mundap*』が印刷されているが、この教理書は宣教師たちとトーマス崔良業の協同作業で、それまで漢文・ハングル両言語で版を重ねていた。ちょうど同じ年、朝鮮王朝とフランスとの間の通商条約が施行され、フランス人は朝鮮に滞在する権利を獲得し、宣教活動の一部である「教育」の権利も手に入れた。こうしてカトリック教徒は、政府による迫害を恐れることなく、自由に活動が行えるようになった。一八八八年、印刷所は事業を拡張し、木造二階建ての建物に移転した。

四、宗教的寛容と朝鮮王朝の終局（一八八六—一九一〇年）

宗教的寛容は、カトリック教徒にハングル文献の出版拡張の機会を与えた。教徒たちは、長い間、利用可能な聖書の抜粋のみを使用していた。一八八四年に到来したプロテスタントの宣教師たちが、カトリックは聖書を十分信じていないと批判したため、カトリック教徒は聖書の全訳を始めた。一九〇六年、ギュスターヴ・ミュテル（Gustave Mutel, 一八五四—一九三三）神父は、朝鮮人司祭四人に四つの福音書のハングル訳を任せた。翻訳は一九一〇年に完了し、『四史聖経 *Sasa seonggyeong*』として出版された。このハングル訳は、聖書に関する数多くの書物の用語の土台となって一九七一年に至る。[31]

一八〇〇年代末期から一九〇〇年代初頭にかけての朝鮮において、多くのイデオロギーが印刷物によって拡散されている。カトリック教会も、一九〇六年に『京郷新聞 *Gyeonghyang sinmun*』を、その翌年に『宝鑑（*Bogam*）』を創刊している。この新聞では、フロリアン・ドゥマンジュ（Florian Demange, 一八七五—一九三八）神父が出版・編集者として活動し、政治的な案件に対するコメントを避けることを条件として、これらの新聞が治外法権を得た。もちろん、実際の仕事をしたのは、朝鮮人チームであった。

これらの新聞は、情報を共有することに専心し、聖職者／非聖職者、国内／国外に向けて、すべての階層の人々が、国家の善のために貢献できるよう援助の手を差し伸べるために、簡潔明快なハングルで印刷されていた。また、カトリックの観点を保有して、西洋の文明を選択的に借り受けて、朝鮮の物質文明を改善することが必要としながら、精神的な発達がより大きな重要性をもつことを方針としている。新聞は、ほどよい成功を収め、一九〇七年には、当時の標準からみると比較的大きな数字である四千二百人の定期購読者を獲得した。また、カトリック教徒のみならず、非カトリック教徒にも読まれ、カトリック教会についての誤解を正す機会にもなっていた。しかし、他の朝鮮の新聞と同様に、日韓併合に伴い、一九一〇年に両紙ともに休刊を余儀なくされた。[32]

五、植民地時代の宣教師とハングルによる書物（一九一〇―四五年）

カトリックの新聞社は、朝鮮王朝の併合に伴い閉鎖されたが、宗教に限る雑誌発行の余地はあり、一九一一年一月、『京郷雑誌 *Gyeonghyang jabji*』が隔週刊で刊行を開始し、四五年まで継続した。この定期刊行誌は、当初、フランス人宣教師によって編集されていたが、ついでこの現地の司祭が役職を引き継いだ。[33] 朝鮮の文化的表現を許容するという、一九二〇年代の日本の植民地政府の強い意向により、宗教以外の主題を扱う定期刊行物の出版も許された。例えば、一九二四年にソウル教区は『聯合青年回報 *United Youth Bulletin*』の出版を開始した。この月刊誌は、他のカトリックの出版にも影響を与え、幅広く多様な領野を扱うとともに、カトリック教徒による当時の知的議論への参加を可能にした。

さらに、一九二〇年代と三〇年代の政治的変革の中で成長した青年は、非宗教者が大多数を占めていた。カトリック教徒はこの年齢層に向けて定期刊行物『가톨릭 青年 *Gatollik Cheongnyeon*』（一九三三―三六年）を通して語りかけざるを得なかった。[34] しかしながら、カトリックの定期刊行物は、財務上の問題と、日本の植民地政府からの政治的圧力によって、いろいろな制限を受け、ついに第二次世界大戦中に消失した。[35]

ここで認めるべきなのは、定期刊行物が教義や精神性を扱い続けたことである。とりわけ一九二〇年代と三〇年代においては、ミサや賛美歌を含めて、標準化された典礼の出版に重きが置かれた。一つの重要な転換は、ミュテル神父の指導のもとに新しい教理問答書が作り上げられたことで、これにより、百年以上にわたって教会で使われてきたアウグスティノ丁若鍾のハングルのみの教理問答書が置き換えられることになった。

この新しい『天主教要理 *Cheonjugyo yori*』は、一九二五年に初版が発行され、『天主教要理問答 *Cheonjugyo yori mundap*』という名称で、数十年にわたって公式な教理問答書であり続けた[36]。漢文、学習により習得された言語、あるいはハングルだけで書かれたものと比べ、この新しい教理問答書は、混成的な書記法で書かれている。すなわち、神学用語の多くには漢字（朝鮮の発音はルビとしてハングルで表記）が充てられているが、ハングルの文法的なパターンに従って構文されている。これにより、神学的な観念をより明晰にすることができ、読者に喜ばれていた。ともかく、多くの方法で漢字を活用したのである。

結び

以上、見られるように、中国や日本とちがって、朝鮮・韓国で活動した外国人宣教師たちは、現地語（ハングル）による書籍を大量に著述して刊行することはなかった。マリー・ダヴリュイ神父は稀にハングルで書籍を書いた人であるが、迫害のため、それらは散逸している。ヨーロッパ宣教師のハングルと朝鮮文化への適応の実態を明確に表したのは、むしろ彼らの編集した数々のハングルと欧語との対訳辞書だろうと思う。ハングルによるキリスト教書物の書き手はむしろ朝鮮人・韓国人の信者や聖職者であった。彼らはそれらの書物に、漢籍から受けた影響と独自な理解と解釈と観点を取り入れている。

西洋から吸収したキリスト教の伝播と受容を通して、東アジアにおいて広範囲な著述、印刷、出版の連鎖的動きが起こり、地球規模の言語と文化交流が行われたことはまぎれもない事実である。

註

▼1　東アジアにおける反カトリック迫害に関する比較研究として、筆者の論文を参照。Franklin Rausch, "Violence against Catholics in East Asia: Japan, China, and Korea from the Late Sixteenth Century to the Early Twentieth," in *Oxford Handbooks Online*, New York: Oxford University Press, 2014.

▼2　後掲註3、李章雨 "Hanyeok Seohakseo ui doip gwa yuhakja deul ui baneung（西洋の学問と、儒教者の反応に関する中国語書籍の流入）", pp. 140-193.

▼3　李章雨（Yi Chang-u）の二つの論文を参照。"Joseon gwa Cheonjugyo ui mannam（朝鮮王朝とカトリック信仰との出会い）" "Hanyeok Seohakseo ui doip gwa yuhakja deul ui baneung（西洋の学問と、儒教者の反応に関する中国語書籍の流入）" *Hanguk Cheonjugyohoesa* 1（朝鮮半島のカトリック教会の歴史 一）, Seoul: Hanguk Gyohoesa Yeonguso, 2009, pp. 107-135, 194-221. 所収。

▼4　澤正彦『未完　朝鮮キリスト教史』日本基督教団出版局、一九九一年、五二—五四八頁。

▼5　朝鮮半島のカトリック史を概観する著述は、趙珖（Cho Kwang）, *Joseon hugi Cheonjugyosa yeongu*（朝鮮王朝後期のカトリック教会の歴史の研究）, Seoul: Godae Minjok Munhwa Yeonguso, 1988. 李章雨 "Joseon Cheonjugyo ui seollip（朝鮮王朝におけるカトリック信仰の確立）" と方相根（Bang Sang-geun）, "Ju Mun-mo sinbu ui ipguk kwa Joseon kyohoe（神父・周文謨（Zhou Wen-mo）の入国と朝鮮王朝教会）," 前掲 *Hanguk Cheonjugyohoesa* 1. 李章雨 "Sinyu bakhae wa Hwang Sa-yeong baekseo sakeon（一八〇一年の宗教迫害と黄嗣永（Hwang Sa-yeong）の『帛書』事件）" と趙顕範（Jo Hyeonbeom）, "Joseon daemokku seoljeong gwa seongyosa ui ipguk（朝鮮王朝管区の確立と宣教師の入国）," *Hanguk Cheonjugyohoesa* 2（朝鮮半島のカトリック教会の歴史 二）, Seoul: Hanguk Gyohoesa Yeonguso, 2010; 崔先惠（Choe Seon-hye）, "Gihae bakhae（一八三九年の宗教迫害）" と方相根の "Kyohoe ui jeongbi wa baljeon（教会の組織化と発達）" と "Byeongin bakhae（一八六六年の宗教迫害）," *Hanguk Cheonjugyohoesa* 3（朝鮮半島のカトリック教会の歴史 三）, Seoul: Hanguk Gyohoesa Yeonguso, 2010; 趙顯範, "Jobul choyak gwa seongyo ui jayu（仏朝修好通商条約と宣教活動の自由）" と Yang In-seong, "Ilje ui singmingi jibae wa Hanguk gyohoe（日本の植民地体制と朝鮮半島の教会）,"

Hanguk Cheonjugyohoesa 4（朝鮮半島のカトリック教会の歴史 四）, Seoul: Hanguk Gyohoesa Yeonguso, 2011; Yang In-seong, "Jeonsi Cheje wa Hanguk gyohoe（戦時体制と朝鮮半島の教会）," *Hanguk Cheonjugyohoesa 5*（朝鮮半島のカトリック教会の歴史 五）, Seoul: Hanguk Gyohoesa Yeonguso, 2014.

▼6 黃嗣永（Hwang Sa-yeong）『帛書』の六六行目を参照。ハングル訳版と漢文原典は、呂珍千（Yeo Chin-cheon）訳、*Nuga jeohui reul wirohae chugesseumnikka*（誰が私たちを慰めるのか）, Seoul: Gippeun sosik, 1999. 英訳版の『帛書』については、Don Baker with Franklin Rausch, *The Silk Letter of Hwang Sayŏng: Catholics and Anti-Catholicism in Chosŏn Dynasty Korea*, Honolulu: University of Hawaii Press, 2017.

▼7 周神父に対するコルンバ姜の助力については、Gary Ledyard, "Kollumba Kang Wansuk, an Early Catholic Activist and Martyr," *Christianity in Korea*, Robert Buswell Jr. and Timothy S. Lee, eds. Honolulu: University of Hawai'i Press, 2006, p. 52.

▼8 前掲、方相根（Bang Sang-geun）, "Ju Mun-mo sinbu ui ipguk kwa Joseon kyohoe（神父・周文謨（Zhou Wen-mo）の入国と朝鮮王朝教会）," pp. 330-33; 前掲、趙珖（Cho Kwang）, *Joseon hugi Cheonjugyosa yeongu*（朝鮮王朝後期のカトリック教会の歴史の研究）, pp. 83-97.

▼9 金眞召（Kim Jinso）, et al., *Sungyo neun mideum ui ssiat i toego*（殉教は信仰の種である）, Seoul: Jedan Beobin Hanguk Gyohoesa Yeonguso, 2001, p. 72 所収のポール李景彦の獄中記を参照。

▼10 姜在彦『朝鮮の西学史』鈴木信昭訳、明石書店、一九九六年、三四九頁。

▼11 『帛書』の三六、三七行目。

▼12 Franklin Rausch, "Dying for Heaven: Persecution, Martyrdom, and Family in the early Korean Catholic Church," in Charlotte Horlyck and Michael J. Pettid, eds. *Death, Mourning, and the Afterlife in Korea: Critical Aspects of Death from Ancient to Contemporary Times*, Honolulu: University of Hawai'i Press, 2014. 趙韓健（Cho Han-geon）, "<Jyugyo Yoji> wa Hanyeok seohakseo wa ui gwangye（〈主の本質の教示〉と西洋書籍の中国語訳との関連）," Gyohoesa yeongu 26, June, 2006: pp. 5-74.

▼13 趙顯範（Jo Hyeon-beom）, *Joseon ui seongyosa, seongyosa ui Joseon*（宣教師たちの朝鮮王朝、朝鮮王朝の宣教師）, Seoul: Hanguk Gyohoesa Yeonguso, 2008, pp. 98-119.

▼14 劉賢国「韓国最初の活版印刷による多言語『韓佛字典』の刊行とそのタイポグラフィ」『デザイン学研究』五五巻六号、

二〇〇九年、五〇頁。

▼15 Charles Dallet, *Histoire de L'église de Corée*, two volumes, Paris: Victor Palmé, 1874., 金容権訳『朝鮮事情』平凡社、一九七九年、一四四頁。

▼16 カトリックの秘跡は七つあり、すなわち洗礼、堅信、聖体拝領、告解とゆるし、病者の塗油、結婚、司祭叙階である。当時のアンベール神父は、司祭叙階を除く六つの秘跡を主に行ったと推定できる。

▼17 Joseph Ch'ang-mun Kim and John Jae-sun Chung, *Catholic Korea: Yesterday and Today*, Seoul: St. Joseph Publishing Co., 1984, p. 139.

▼18 J. P. Daughton, *An Empire Divided: Religion, Republicanism, and the Making of French Catholicism, 1890-1914*, New York: Oxford University Press, 2006, pp. 28-33; 盧吉明（No Gil-myeong）, Katollik kwa Joseon hugi sahoe pyeon-dong（後期朝鮮王朝における社会の変化とカトリック信仰）, Seoul: Godae Minjok Munhwa Yeonguso, 1988, pp. 136-142.

▼19 前掲 Yang In-seong, "Joseonin saje ui deungjang（朝鮮王朝の司祭の出現）," 前掲 *Hanguk Cheonjugyohoesa* 3（朝鮮半島のカトリック教会の歴史三）, pp. 105-191.

▼20 前掲、崔先恵（Choe Seon-hye）, "Gihae bakhae", pp. 41-45.

▼21 一八世紀の朝鮮半島における教理関係書籍の翻刻と研究を含む著書は、Yeom Su-jeong ed., *Yeongsae, gohae, seongche, kyeonjin*, Seoul: Hanguk Gyohoesa Yeongu, 2009.

▼22 Archives des Missions Étrangères de Paris, http://archives.ＭＥＰ asie.org/fr/notices/notices-biographiques/daveluy

▼23 小倉進平『増訂補注朝鮮語学史』河野六郎補注、刀江書院、一九六四年；ゆまに書房、一九九九年、三三頁。

▼24 朝鮮半島のカトリック信仰に関する基礎的文献は、フランスの宣教師たちのノートや書簡、とりわけマリー・ダヴリュイ（Marie Daveluy）のノートや書簡を元に、シャルル・ダレ神父によって書かれ、刊行されている。すなわち、Charles Dallet, *Histoire de L'église de Corée*, two volumes, Paris: Victor Palmé, 1874. ハングル訳は崔奭祐（Choe Seog-u）の翻訳と注釈による。部分邦訳は『朝鮮事情』金容権訳、平凡社、一九七九年。

▼25 前掲 Charles Dallet, *Histoire de L'église de Corée*, 金容権訳『朝鮮事情』一四四―一四五頁。

▼26 方相根（Bang Sang-geun）, "Kyohoe ui jeongbi wa baljeon（教会の組織化と発達）," 221-225.

▼27 李章雨（Yi Chang-u）, "Gyohoe ui gyoyuk, munhwa hwaldong（教会の教育的・文化的活動）" 前掲 *Hanguk Cheon-*

jugyohoesa 4（朝鮮半島のカトリック教会の歴史 四）, pp. 284-288.

▼28　この時代についての研究は、Martina Deuchler, *Confucian Gentlemen and Barbarian Envoys: The Opening of Korea, 1875-1885*, Seattle: University of Washington Press, 1977.

▼29　前掲、劉賢国「韓国最初の活版印刷による多言語『韓佛字典』の刊行とそのタイポグラフィ」五〇—五二頁。

▼30　前掲、李章雨 "Gyohoe ui gyoyuk, munhwa hwaldong," pp. 284-290.

▼31　同右, pp. 289-294.

▼32　同右, pp. 294-305.

▼33　白秉根（Baek Byeong-geun）, "Cheonjugyo ui gyoyuk, sahoe, munhwa hwaldong（カトリック教会の教育・社会・文化活動）," 前掲 *Han'guk Cheonjugyohoesa* 5（朝鮮半島のカトリック教会の歴史 五）, pp. 427-439.

▼34　他の宗教団体が近代という論点をどのように扱ったかに関する研究として、Albert Park, *Building a Heaven on Earth: Religion, Activism, and Protest in Japanese Occupied Korea*（Honolulu: University of Hawaii Press, 2015）を参照されたい。

▼35　前掲、白秉根, "Cheonjugyo ui gyoyuk, sahoe, munhwa hwaldong," pp. 432-437.

▼36　同右, pp. 433-435.

2　外国人宣教師の半島伝道と著述活動

李《イ》　容《ヨン》相《サン》

本論は、韓国（朝鮮王朝の国号を含む）におけるアメリカ人と日本人宣教師の活動、韓国語（朝鮮語を含むハングル表記）による著述を分析して、現地語を用いる書物が、いかに宣教活動にとって重要なのかを調査する。特に宣教師と日本人クリスチャン官僚との関係を示す資料を分析する。時期としては、海外から宣教師が来韓した一九世紀と二〇世紀初期を中心とする。この研究を通して韓国宣教の特徴をより具体的に把握することができるだろうと思う。

一、朝鮮半島におけるプロテスタントの宣教

初めて朝鮮に到来した外国人宣教師は中国人神父周文謨（一七五二―一八〇一）である。キリスト教は、神の

前において人間は平等という思想を持ち、信徒数を増やし続け、一八六五年には二万三千名を上回るほどであった。しかし、当時、儒教的階級社会の朝鮮王朝は、平等の理念を受け入れることができず、キリスト信徒を迫害し、約一万名が殉教した。

一八八〇年代に入ってから朝鮮は門戸を開放し、プロテスタントの宣教師が上陸しはじめた。一八八四年にアメリカから朝鮮に来た最初のプロテスタント宣教師はアメリカ長老教会のアレン（Horace Allen, 一八五八—一九三二）で、アメリカ公使館付の医師として活動し、対外的には宣教師の身分を隠していた[1]。その後、中国（二五年）と日本（一一年）に滞在した宣教師マックレー（Robert Samuel Maclay, 一八二四—一九〇七）が、一八八四年六月に京城（ソウル）に着き[2]、朝鮮のメソジスト教会の基礎を作った[3]。

一方、韓国のプロテスタント史において、日本のキリスト教信者との関係も大きな意味をもつ。最初に挙げたい人物は李樹廷《イスジョン》（一八四二—八六）で、韓国総理外務衛門の協弁であり、一八八二年の江華条約以後、最初の修信使である朴泳孝《パクヨンヒョ》の非公式随員として日本へ渡った。同年一二月、津田仙を訪ね、漢訳聖書によって開悟し、アメリカ長老教会の牧師ノックス（George William Knox, 一八五三—一九一二）と安川亨とも知り合い、八三年四月九日、芝の露月町教会で洗礼を受けた。以後、アメリカ聖書協会のルーミス（Henry Loomis, 一八三九—一九二〇）の勧めで、聖書の朝鮮語訳に着手し、一八八四年には四福音書と使徒行伝の韓漢文訳と、マルコの福音書の朝鮮語訳を出版した。その間ノックス、ルーミスが共同でアメリカに宣教師の派遣を要請する手紙を、李樹廷の名前で送った。その内容は以下の通りである。

> イエス・キリストの僕である私、李樹廷はアメリカの兄弟姉妹にご挨拶します。福音伝播の時代に私の祖国はまだキリスト教の福音を享受することができない世界の片隅に置かれています。ここで私は福音を伝えるために聖書を朝鮮語に翻訳しています。この仕事を成功させるために日夜祈っております。『馬加福音』はほとんど終わったところです。皆様の国はキリスト教国家として私たちによく知られています。皆様が私

たちに福音を伝えなければ他の国が宣教師を送ってくるのではないかと心配です。（中略）皆さんが私の意見に傾聴し、私の要請を承諾してくださるなら、大いなる喜びになります。[4]

その後、アメリカ長老教会のアンダーウッド（Horace Grant Underwood, 一八五九—一九一六）と、メソジスト教会のアペンゼラー（Henry Gerhard Appenzeller, 一八五八—一九〇二）は、宣教師として海外に派遣され、日本に渡った。横浜に到着した彼らは、李樹廷に二か月間ほど朝鮮語を教わってから、八五年に朝鮮に渡り、宣教を始めた。[5]

一方、一八八八年、朝鮮国王高宗《コジョン》はキリスト教禁教令を出し、教会を迫害したが、宣教師は伝道、教育、医療を中心に不屈の活動を続けたため、キリスト教信者は増え続けた。一九〇〇年のキリスト教徒の数は六万五二二名で、人口比〇・六〇％の割合であった。以後、一九四〇年は五二万二千名（人口比二・二一％）、六〇年は一六二万三三九八名（同六・四九％）、九〇年は一二六四万九四〇三名（同二九・八二％）と、キリスト教徒の人数は急増した（表1）。

一八八四年から一九四五年までの間に来韓したプロテスタント宣教師は一五二九名に達し、国籍別にみるとア

表1　韓国のキリスト教徒の推移

年度	キリスト教徒（名）	総人口（万名）	キリスト教徒比率（%）
1900	60,522	1,000	0.60
1910	240,869	1,300	1.85
1920	305,549	1,726	1.78
1930	415,071	2,044	2.00
1940	522,000	2,355	2.21
1960	1,623,398	2,500	6.49
1980	7,176,472	3,735	19.21
1990	12,649,403	4,342	29.82
2004	16,878,000	4,726	28.0
2014	18,367,000	5,143	28.0

出典：カン・クンファン『韓国社会の形成とその要因の歴史的分析』大韓基督教書会、2004年、25頁。『韓国人の宗教』韓国ギャロップ、2014年。

表2　プロテスタント宣教師人数の国籍別統計（1884—1945年）

国籍	宣教師数（名）	比率（%）
アメリカ	1,059	69.3
英国	199	13.0
カナダ	98	6.4
オーストラリア	85	5.6
その他	88	5.7
計	1,529	100

出典：キム・スンテ他『来韓宣教師総覧』韓国基督教歴史研究所、1994年、4頁。

メリカ人が一〇五九名（六九・三％）で、英国人が一九九名（一三・〇％）、カナダ人が九八名（六・四％）、オーストラリア人が八五名（五・六％）と続き、アメリカ人が圧倒的に多かった（表2）。

韓国の解放（一九四五年）以降も、宣教師の来韓は続き、一八八四年から八四年までの宣教師の総数は二九五六名に上る。[6] 一八八四年から一九四五年までのプロテスタントの宣教師を会派別にみると、長老派は六九四名（四五・四％）、メソジストは四三一名、救世軍は一二七名、聖公会は七六名、その他は二〇〇名であった。[7] 韓国教会の成長においては、日本から来韓した宣教師を含む外国人宣教師の果たした役割はきわめて大きかった。

二、日本人宣教師の伝道とクリスチャンネットワーク

日本が朝鮮に派遣した最初の海外宣教師は乗松雅休《のりまつまさやす》（一八六三―一九二一）である。乗松は伊予松山藩に生まれ、松山中学校を卒業後、神奈川県の役人をした。一八八七年、横浜海岸教会で稲垣信から洗礼を受け、退官して明治学院に入った。乗松は九六年一二月、単身、朝鮮に赴き、朝鮮語を学び、京城、水原を中心に伝道を行った。伝道用語、日常生活、服装などはすべて朝鮮式であった。[8] 当時、日本人は朝鮮人に日本語の使用を強制していたのだが、乗松はその正反対で、進んで朝鮮の言語、文化、習俗を理解しょうと努めた。[9]

一九一四年、健康上の問題で日本に帰国した際の記録が残っている。「人々はみな列をなして駅まで見送った。一人の日本人が去れば朝鮮の人々がやれやれと喜んだその頃、これは又美しい別離であった。（中略）これほどまでの感謝と誠の涙をもって朝鮮の人々に送られた日本人があろうとは思えない」といわれる。[10]

このように朝鮮人を隣人として愛し、伝道に命をかけた乗松の信仰と生き方は、朝鮮人に感銘を与えたようである。彼には、朝鮮語訳した『朝鮮語讃頌歌』（一八九六）と『朝鮮語羅馬書』（一九一一）、共訳した『新約聖書

乗松雅休（上）と有吉忠一

羅馬書』（一八九九）がある。

さらに注目すべき日本人宣教師に織田楢次（一九〇八―八〇）がいる。大阪の裕福な家庭で生まれ、父親は仏教徒であったが、一七歳の時、神戸の路傍伝道というキリスト教の伝道団体の若者たちに導かれ、湊川の伝道館に住むようになった。彼は伝道館の牧師である堀内文一から洗礼を受け、クリスチャンになった[11]。その後、聖書学舎（現在の関西聖書神学校）に入学し、韓国伝道のために、一九二八年、二一歳の若さで韓国の木浦に上陸し、韓国語を学び京城にある東洋宣教会聖書学院に入学した。以後、韓国人教会において韓国語で説教する機会を与えられて、勉強中の韓国語で一時間も説教していたという。卒業後は京城にある聖潔教会の牧師となり、神社参拝問題を巡って警察に逮捕されたことがある。一九三九年に帰国した後、在日朝鮮人教会の三河島教会の牧師に就任し、以後、福岡教会、京都教会に就任した。彼の韓国伝道の歩みを記録した書籍に『伝道に生きて――在日大韓基督教会と織田楢次[12]』と『チゲックン――朝鮮・韓国人伝道の記録[13]』がある。彼は一九四九年から七〇年まで京都の在日韓国人教会に牧師として二〇年間勤め、日本語を一切使わず、韓国語で説教し[14]、数多い韓国語説教記録がある。

韓国宣教を支援したクリスチャン日本人官僚がいたことも記しておきたい。有吉忠一（一八七三―一九四七）は朝鮮総督府の総務長官、政務総監を歴任したクリスチャンである。[15] 彼は韓国伝道に関係した渡瀬常吉[16]と交流し、生涯、宣教師と深い関わりを持った。有吉は一八九四年四月に帝国大学青年会（ＹＭＣＡ）の幹事に就任し、[17] 日清戦争後、九五年四月、神田の東京青年会館にて和田垣謙三（題「青年論」）、大鳥圭介（「日清教育の比較」）、板垣退助らを招いて演説会を催している。[18] 有吉は、ＹＭＣＡを結成した村上直次郎（一八六八―一九六六）、長尾半平（一八六五―一九三六）とも深い交流があり、田村初太郎（教師、英語と神学専攻、京都ＹＭＣＡ会長）、原田助（八六年より神戸ＹＭＣＡ会長）から指導を受けている。長尾より有吉宛ての書簡[19]を読めば、有吉がＹＭＣＡの活動に積極的に参加し、その活動の一環である「英語教育、近代スポーツの導入普及、学生寄宿舎の設置、講演会、聖書研究会、小集団活動」[20]に関心があったことが推定できる。

有吉は、神奈川県知事だったとき、教会の設立に

表３　有吉忠一の信仰活動と朝鮮

時期	信仰活動	関連内容	関連人物
1891–1892 第三高等中学校	洛陽教会会員	第三高等中学校基督教青年会（YMCA）活動	テオドア・ギューリック宣教師（英語教師）、田村初太郎（教師）、福島邇（歴史、英語）、シドニー・ギューリック宣教師（洛陽教会）
1893–1896 帝国大学法学部	本郷教会会員	中央学生基督教青年会（YMCA）幹部	横井時雄（本郷教会牧師）、吉野作造 渡瀬常吉（1894-95）：本郷教会伝道師
1910 年 6 月 14 日–1911 年 3 月 13 日	朝鮮総督府総務長官		1911 年 6 月：渡瀬常吉、神戸教会を辞任し朝鮮伝道へ
1922 年 6 月 15 日–1924 年 7 月 4 日	朝鮮総督府政務総監、朝鮮基督教連合会歓迎会「信仰遺憾」発表（1922.8.4）		横井時雄、原田助、岡田哲藏から影響を受ける
1922 年 6 月 15 日–1924 年 7 月 4 日	活動	YMCA 関連	スポーツへの関心を持ち、野球と YMCA（ゴルフ）に力を入れた

協力していたことは、「一九一七年三月一〇日小田原の乗松雅休が神奈川県知事有吉忠一にキリスト同信会設立願を提出九月二五日許可[21]」という記録から見られる。有吉と外国人宣教師との交流が頻繁だったことは、朝鮮総督府宗教課長で横浜市長だった半井清《なからい》の次の証言から推定できる。「私の前に青木市長、その前に大西市長二人の市長をはさんで有吉さんの市長としての御治績を私は拝見したのでありますが、（中略）随分外人経営の学校とか、そういうような方面の世話をされたようであります。よく外国人から有吉さんは今どうして居られるか、有吉さんに当時大変お世話になったというような話を外人から聞いたことがありまして、ここにも有吉さんの特色があると思うのであります[22]」とある。

半井清は有吉の東京大学法学部の後輩で、総督府では部下にあたり、宣教師関連の政策を総括していた[23]。彼はソウルプレスの山県五十雄、ＹＭＣＡの丹羽清次郎と宣教師との関係について「総督にしても、政務総監にしても、学務局長にしても特に朝鮮におられるアメリカの宣教師という方々との関係はしばしばいろいろな会合がありました。わざわざ会議を開いて、懇談会をやったりして、相互理解することが朝鮮統治のため重要なことであった[24]」と言っている。

もう一人は小田安馬で、長崎の鎮西学院出身のクリスチャンで、当時、朝鮮総督府宗教宣教師関連業務を担当した[25]。鎮西学院時代の恩師フランク・ヘロン・スミス宣教師[26]の誘いで朝鮮で働いた。『長老派の朝鮮宣教

表４　有吉忠一と宣教師、関連人物

宣教師と関連人物	関連事項
テオドア・ギューリック	第三高校英語教師、京大 YMCA 創立
シドニー・ギューリック宣教師	洛陽教会、熊本英学校、同志社教授
サイラス・A・クラーク	宮崎教会：クラーク宣教師の妻 ハリエット・ギューリック（1856 年 –1922 年）はテオドア・ギューリックの姪
チャールズ・B・テンネー	関東学院大学設立者
C・B・テフォレスト	神戸女学院院長
半井清（ソウルプレスの山県五十雄、YMCA 丹羽清次郎と宣教師）	1922 年朝鮮総督府宗教課長、有吉後輩、宣教師政策総括
小田安馬（尹致昊 , 申興雨 , 梁柱三と交流）	1922 年朝鮮総督府宗教宣教師関連業務、鎮西学院卒業、恩師はフランク・ヘロン・スミス宣教師

史』によると、小田は総督府の英語通訳官でクリスチャンであり、宣教師たちから高く評価されている。宣教師がソウルで設立したキリスト組織延禧専門学校の理事を務めた彼は、尹致昊《ユンチホ》、申興雨《シンフンウ》、梁柱三《ヤンチュサム》など朝鮮メソジスト教会の有力者ともよく交流していた。[27]

浅川巧（一八九一―一九三一）は甲府メソジスト教会で洗礼を受けて、「自由な精神、人をわけへだてしない平等、そして博愛。キリスト教の本質がそれであるとしたら、何よりも僕の考え方に合致する」と書き残しているといわれる。彼は総督府の役人として、一九一四年に朝鮮に行き、一生懸命に朝鮮語を学び、常にそれを使っていた。「朝鮮語をどうしてやる気になったかというと、宣教師は異国に来ると、まずその国の言葉を勉強するものだ」とのちに自分の姪に話したことがある。つまり彼は宣教師の真似をしていたのである。彼は白磁の研究で、柳宗悦の民芸運動を助けたことがある。彼のように朝鮮の言語と文化を深く理解している人はほかにいないのではないかと、柳は評している。[28]

三、宣教師の著述物

当時、宣教師の活動は宣教拠点（Mission Station）を中心に行われた。宣教拠点を国籍や教派によって分割し、全国を三〇に分けて活動した。宣教師は教会（アンダーウッド宣教師貞洞教会）、病院（ソウル施病院）、学校（アンダーウッド宣教師延禧学堂）を設立し、韓国社会へ大きな影響を及ぼした。一九〇七年の時点で教会は六四二設立された。一九一二年になると、滞在宣教師は三百名、学校数は七五〇校、病院数は三一。宣教師の平均月給は二〇〇円で（当時の高校教員の月給は四〇円前後）、朝鮮財政（五千万円）の約一・二%の規模であった（三百名の宣教師の月給総額が約六万円）。一九四〇年時点の宣教団体の財産（土地、建物）は四百万ドルに達する膨大な規模であった。[29]

来韓した宣教師は、韓国語訳聖書（聖書翻訳委員会は一八八七年創設）、韓国語文法書、辞典などの刊行に努めた。それを出版した出版社はソウル三文出版社（一八八九年創設）、朝鮮聖教書会（一八八九年創設）、朝鮮基督教彰文社（一九二三年創設）などがある。プロテスタントの宣教師は、キリスト教の歴史の長い中国や日本の宣教師からも影響を受けた。

例えば、カナダ人長老派のゲイル宣教師（James Scarth Gale, 一八六三―一九三七）は、一六七八年にイギリスで出版された名著 *The Pilgrim's Progress from This World, to That Which Is to Come*『天路歴程』を韓国語に翻訳し、三文出版社より一八九五年に刊行している（図1）。これによって韓国人は中国人、日本人と同じようにこれを受容することが可能となった。多くのキリスト教関係の書籍が漢訳西学書という形で、漢文から韓国語に訳されたのと違って、この本は直接、英語から韓国語に訳されている。

宣教師は讃美歌を通じて音楽分野へも影響を与

図1-1『天路歴程』の韓国語版（表紙）
ゲイル夫妻訳、三文出版社、1895年（華峯博物館所蔵）

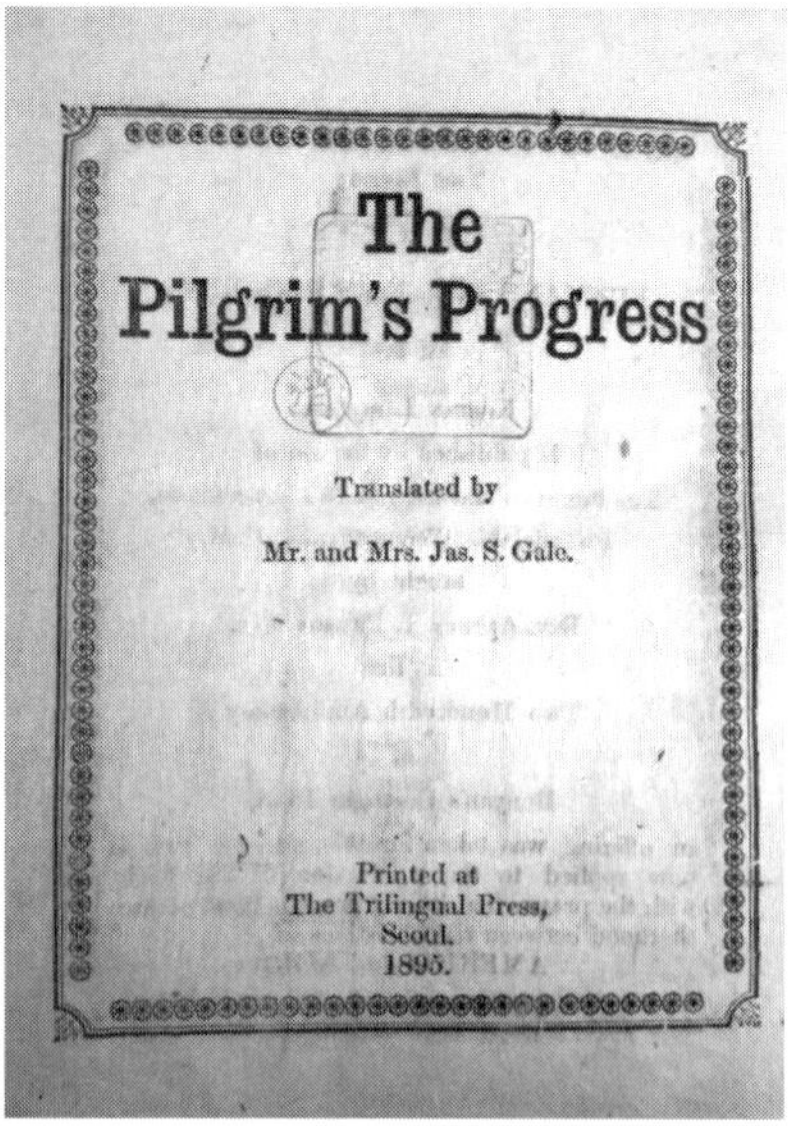

図1-2『天路歴程』の韓国語版（裏表紙）

えたが、芸術、演劇分野に与えた影響は限られているようである。[30] むしろ宣教師による聖書の韓国語訳、対訳辞書、外国小説の翻訳、医学書籍、語学書籍などに注目すべきである。また新聞、雑誌を含めると重要なものに限っても冊数は約百から二百冊くらいあるようである。

一八八五年、アンダーウッド牧師とアペンゼラー牧師は、李樹廷訳のマルコ福音書（一八八四年刊）を補足した韓国語版マルコ福音書（신약젼셔 마가복음셔 언해）を出版した。李樹廷訳は中国語と日本語の新約聖書を参考にしたものである。一八八七年、アペンゼラー牧師とロース牧師は韓国語訳のルカ福音書（누가복음젼）を出版した。ロース師は一八八七年に、満州で新約聖書（예수셩교젼셔）を新しく韓国語訳している。一八八七年は、聖書翻訳委員会がアペンゼラー、ゲイル、韓国人委員によって結成された年でもある。一九〇〇年、新約聖書の韓国語訳が出版された。[31]

図2『天路歴程』の日本語版
ホワイト訳、倫敦聖教書類会社、1886年（華峯博物館所蔵）

初期韓国語の文法書と辞典の水準は高いと評価されている。例えば、ロース宣教師の三三課構成の『韓国語教本』（一八七七年）は、韓国人との対話を目的として日常生活を中心と内容で構成された。韓国の文化を容易に理解できるように編纂されたので、宣教師の間でも高い評価を得て、韓国最初の文法書として位置付けられている。[32]

宣教師の韓国語による書籍において重要なものとしては、ゲイル牧師の著書がある。辞書類には『辞課指南』（정동예수교회당，一八九三年）と『韓英大辞典』（横浜、一八九七年）があり、前者は文法と会話とを区分し、自らの韓国経験を活かした約一一七一の文章を、テーマ別に動詞を中心に列挙してあり、およそ二百の韓国のことわざを収録している。後者は最近まで韓英辞典類の基礎となって、韓国語と英語の普及に大きな影響を与え続け、

韓国語辞典の出版にも貢献した[33]。また韓国古典小説の英訳を出版している。例えば、『クウンモン（九雲夢）』（一九二二年）、『チュンヒャンジョン（春香伝）』（一九一三年）、『シムチョンジョン（沈清伝）』（一九一三年）がある。彼の出版した韓国語著書は二九点、翻訳書は一三点に上る。また『즁지도』（야소교서회、一八九三年）、キリスト教指導書には『路得改教記略』（広学書舗、一九〇八年）がある。彼が日本語で書いた「欧米人が見たる朝鮮人の未来」は『朝鮮思想通信』に掲載されている[34]。彼はさらに多くの新聞、雑誌（『キリスト新聞』『毎日新聞』『基督新報』『神学指南』『百牧講演』『朝鮮思想通信』『新民』『神学世界』『眞生』など）に韓国語で寄稿した。彼は多くの書籍を通して近代韓国の信仰生活と啓蒙に寄与している。

アンダーウッド牧師は『韓英文法（*An Introduction to the Korean Spoken Language*）』（横浜、一八九〇年）を出版している[35]。これはインブリの *English-Japanese Etymology*[36] を参考に編纂されたもので、本格的な韓国語文法書である。外国人が韓国語を学べるよう、韓国語を英文法と比較しながら分かりやすく説明してある。また韓国人が英語を学ぶ際にも役立つように構成され、全四三五頁の充実した内容である。

アペンゼラー牧師は一八九七年に最初のキリスト教新聞『죠션그리스도인 회보（Korean Christian Advocate）』を刊行している。ハルバート牧師（Homer Bezaleel Hulbert, 一八六三—一九四九）は、韓国語と韓国人の文化をよく研究している[37]。一九〇五年刊行の『韓国語とドラヴィダ語の比較文法（*A Comparative Grammar of the Korean Language and Dravidian Language in India*）』があり、韓国語の特徴をインドの言語と比較しながら分析する。これは韓国語の活用と体系化に大いに役立ったと言える[38]。

結び

以上、見てきたように、来韓した北米宣教師と日本人宣教師は、それぞれ韓国語を学び、韓国文化への理解に努め、キリスト教宣教、教育、医療、福祉に専念しながら、近代韓国の文化を大きく発展させてきている。現地語と現地文化に対する重視は、宣教活動の成功を保証することができたのである。また植民地時代ではあったが、宗主国日本からの宣教師とクリスチャン官吏は、キリスト教の平等、博愛、自由の精神を持ち続け、積極的に韓国社会に溶け込もうとする姿勢は、今日の国際社会にとっても有意義なものといえよう。今後は宣教師の活動と著述に関する多くの資料[▼39]を利用して、外来宣教師が韓国語、韓国文化へ適応しようとした実態をさらに明らかにすることができるだろうと思う。

註

▼1　李省展『アメリカ人宣教師と朝鮮の近代』社会評論社、二〇〇六年、一八七頁。
▼2　マクレイ博士伝編集委員会編『マクレイ博士伝』青山学院、一九五九年、四七―五〇頁。
▼3　日本キリスト教歴史大事典編集委員会編『日本キリスト教歴史大事典』教文館、一九八八年、一三一三頁。
▼4　"Rijutei to the Christians of America, Greeting," Missionary Review, March, 1884, pp. 145-146.
▼5　前掲『日本キリスト教歴史大事典』一一〇頁。
▼6　キム・スンテ他『来韓宣教師総覧』（내한선교사편람）韓国基督教歴史研究所、一九九四年、四頁。
▼7　同右、五頁。
▼8　前掲『日本キリスト教歴史大事典』一一九三―一一九四頁。
▼9　中村敏『日韓の架け橋となったキリスト者』いのちのことば社、二〇一五年、一二―一三頁。
▼10　同右、一四頁。
▼11　同右、六一―七三頁。
▼12　飯沼二郎・韓晳曦『伝道に生きて――在日大韓基督教会と織田楢次』麦秋社、一九八六年。

▼13　織田楢次『チゲックン――朝鮮・韓国人伝道の記録』日本基督教団出版局、一九七七年。
▼14　前掲、飯沼・韓『伝道に生きて』一六四―一六八頁。
▼15　クリスチャン官僚といえば、関屋貞三郎は朝鮮総督府学務局長（一九一〇―一九）、市原盛宏（同志社出身）は朝鮮銀行総裁（一九一一）、人見次郎は朝鮮総督府総督官房鉄道局長（一九一七―一九）、渡辺暢は朝鮮高等法院院長（一九一九）、持地六三郎は逓信局長などを担当。『日本キリスト教歴史大事典』、「朝鮮総督府のキリスト教政策」『東洋文化研究』第十八号、二〇一六年三月。
▼16　朝鮮の組合教会は、渡瀬常吉（一八六七―一九四四）を中心に伝道を開始した。朝鮮総督府から支援を受けて一九一九年で約二百教会、二万人の信徒を獲得した。三・一独立運動以後加盟教会は減少し、一二三年朝鮮伝道を中止した。
▼17　新島源介等編『中央学生基督教青年会史』中央学生基督教青年会、一九〇二年、五三―五四頁。
▼18　同『中央学生基督教青年会史』五七―五八頁。
▼19　「有吉忠一関係文書」横浜開港資料館保管 書簡（断）No.143.「御地ＹＭＣＡは終始御理解ある御同情と御援助とをたまわり一同難有奉感謝居候、此度同件に関し青年同盟主事松澤氏拝謁御願申上度儀有之、御紹介申上候」云々。
▼20　前掲『日本キリスト教歴史大事典』九二二頁。
▼21　「キリスト同信会一〇〇年史年表（一九一七年三月）」（www.doshinkai.org）.
▼22　「故有吉忠一先生追悼会記録、半井清の感想」『有吉忠一関係文書』横浜開港資料館。
▼23　松谷基和「朝鮮総督府のキリスト教政策」『東洋文化研究』一八号、二〇一六年、一七〇―一七三頁。
▼24　同右、一八八頁。
▼25　一八九二年に長崎県に生まれ、鎮西学院に入学し、洗礼を受けた。卒業後、一九一二年アメリカに留学し、ウェスレイアン大学で哲学を専攻。以後コロンビア大学院で社会科学を履修し、在米日本大使館で半年勤務後、一九二二年五月朝鮮総督府の宗教課に嘱託として着任官房外務課で四五年まで働いた。
▼26　フランク・ヘロン・スミスは北メソジスト宣教師で一九一一年から一二年まで鎮西学院院長代理、一四から二六年まで朝鮮で宣教師として働いた。主に日本人宣教活動の管轄。
▼27　前掲、松谷「朝鮮総督府のキリスト教政策」一七九―一八〇頁。
▼28　前掲、中村『日韓の架け橋となったキリスト者』三一―三三頁

▼29 류대영『초기미국선교사연구』（初期アメリカの宣教師研究）한국기독교역사연구소リュデヨウン韓国キリスト教の歴史研究所、二〇〇二年、八一頁。
▼30 김봉희『한국기독교 문서 간행사 연구（1882-1945）이화여자대학교 출판부、一九八七年、二八―二九頁。
▼31 韓国語訳聖書については、洪伊杓「朝鮮半島における聖書翻訳再考察――キリスト教受容者の立場を中心に」『アジア・キリスト教・多元性』第一四号、京都大学学術情報リポジトリ、二〇一六年。
▼32 John Ross, *Corean Premier: Being Lessons in Corean on All Ordinary Subjects, Transliterated on the Principles of the "Mandarin Premier", by the Same Author*, Shanghai: American Presbyterian Mission Press, 1877.
▼33 李漢「ゲール牧師の韓国での宣教活動について――韓英辞典の編纂作業を含めて」『日本研究』第30号、国際日本文化研究センター、二〇〇五年、三一五頁。
▼34 유영식『게일의 삶과 선교』도서출판 진흥 A、二〇一三年、七九九―七八〇頁。
▼35 アンダーウッドに関しては、Lillias Horton Underwood, *Underwood of Korea: Being an Intimate Record of the Life and Work of the REV. H.G. Underwood, D.D., LL.D., for Thiry One Years a Missionary of the Presbyterian Board in Korea*, New York: Fleming H. Revell company, 1918と『アンダーウッド資料集 5冊』延世大学二〇〇五―二〇一〇年。
▼36 William Imbrie, *Handbook of English-Japanese Etymology*, Tokyo: R.Meiklejoha & Co.,1880.
▼37 小倉進平「ハルバートの朝鮮民族及び朝鮮語論」『民族学研究』第二巻第一号、一九三六年。
▼38 호머 헐버트」『조선 혼을 깨우다』참 좋은 친구，二〇一六年参照。
▼39『韓国長老教会史研究選集』；『韓国長老教会史基礎資料集』；*History of Methodist Missions in Korea*（1885―930）、Articles on Korea in The Missionary Review of the World, 1882-1939（UCLA online archive Korean Christianity）など。

3　外国人女性宣教師の文化的影響

崔《チェ》英《ヨン》修《ス》

韓国（朝鮮王朝、大韓帝国の国号を含む）は儒教、仏教、道教、巫女《ムーダン》（巫俗《ムーソク》）などの民間信仰があり、さまざまな宗教伝統の混合する文化を持っていた。キリスト教の教会史は一七八四年にカトリックの宣教から始まる。先祖祭祀の禁止、身分制度の廃止、王朝の代わりに天主崇拝を主張したため、迫害されるようになった。しかし、それは表面上の理由であり、政治勢力の抗争や西洋影響の防止こそが迫害の本当の理由だったといえる。だが、一八五〇年代以降、弾圧が緩み、キリスト教徒の人数は平壌地域を中心に拡大され、一八六五年に二万三千人に上った。

欧米諸国は一八八二年の米朝修好通商条約の締結をうけて、鎖国政策を継続しようとした朝鮮王朝に対して、さらなる開国を迫った。この時期に西洋諸国は大勢の宣教師を朝鮮に派遣するようになる。キリスト教を伝播するために朝鮮に入国した宣教師は医療、教育、福祉などさまざまな分野において朝鮮の近代発展に貢献した。

しかし、今までの研究史においては、男性宣教師の活動だけが強調されたり、女性宣教師は男性宣教師の夫人または助手として認識されたりしたため、女性宣教師の活動に関する具体的な研究は男性宣教師のそれと比べると極めて少ない。カトリックやプロテスタントを合わせてその数を正確に把握することは難しいが、現存記録を基に調べると来朝した宣教師の中で、女性宣教師（独身女性や宣教師夫人を含む）が約六割を占めている。[▼1]女性宣教師は朝鮮のキリスト教の礎となり、さまざまな分野において多大な影響を与えていたことがわかる。

一九世紀の朝鮮は、女性宣教師の伝道にとって、文化的障壁が高かったにもかかわらず、女性宣教師は大きく活躍していた。育児や家事、宣教師の夫の補助役も果たさなければならなかったが、自分たちの使命に献身し、独自なアイデンティティを確立している。

朝鮮は伝統的に先祖崇拝や儒教的習俗があり、女性に多くの重荷を負わせ、男性の付属品として見ていた。キリスト教は男女平等、相互尊重の思想を教え、女性宣教師を通して一般庶民や疎外された女性に、人間としての尊厳を与え、人生の希望をもたらした。女性宣教師は福音伝道や医療活動によって、病院と教育機関を設立し、朝鮮社会を急激に変化させた。したがって、女性の社会参加は、朝鮮社会の変革を牽引することになった。

本論は、女性宣教師が朝鮮に来た当時の歴史的背景、中心人物、主な活動、社会に与えた影響力を概観する試みである。

一、来韓する女性宣教師の伝道

アメリカの東洋進出をきっかけに、一八八三年六月から西洋各国は朝鮮宣教に関心を持ち始める。プロテスタント宣教師の派遣や宣教活動もこの時期に展開される。[▼2]当時、朝鮮の報聘使として、アメリカを訪問している閔泳翊《ミンヨンイク》（一八六〇―一九一二）一行は、ワシントン行きの汽車の中でアメリカのメソジスト牧師ガウチャー（John

F. Goucher, 一八四五―一九二二）に出会う。閔泳翊が当時日本滞在中の宣教師マックレー（R. S. Maclay, 一八二四―一九〇七）に朝鮮視察を要望したため、アメリカ宣教本部は朝鮮宣教を考えるようになる。一八八四年六月二四日に仁川に到着したマックレーは、一時的ではあるが朝鮮政府から教育と医療事業の許可を得ることができたため、アメリカのプロテスタント宣教師の初到来と考えてよい。医療宣教師アレン（Horace Newtown Allen, 一八五八―一九三二）夫妻をはじめ、アンダーウッド（Horace Grant Underwood, 一八五九―一九一六）夫妻、アペンゼラー（H. G. Appenzeller, 一八五八―一九〇二）夫妻、スクラントン（Mary F. Scranton, 一八三二―一九〇九）一家らが朝鮮に入国した。彼らは表面的には医者、教師という身分であったが、医療、教育の活動をしながら福音を伝えた。[3]

一九世紀のアメリカの海外宣教の中心は、社会奉仕（voluntary societies）であった。アメリカの若者たちは、ほとんどがクリスチャンの家庭で育ち、仕事に対する熱情、責任感、挑戦心をもっていた。確固たる信仰をもって宣教を決断する女性もたくさん登場するようになった。[4]当時の女性は、社会的、政治的にもいろいろな制約を受け、男性の助力者以上の権限をもつことは許されなかった。したがって、女性の海外宣教は、男性中心の社会構造に挑戦し、女性の社会進出の機会をもたらしたといえよう。当時、高等教育を受けた女性が職業を得て、社会進出を果たしつつあったので、女性宣教師の登場は女性解放の意味もあった。

一八六一年に、ニューヨークを中心に女性連合宣教会（Woman's Union Missionary Society）が結成された。一八六八年から女性宣教会が続々と現れ、宣教の動きはあったものの、「女性宣教師」という職分は、海外宣教初期から存在したものではなかった。女性宣教師は、インド、中国などにおける宣教活動の中から生まれたと考えられる。アジアの性差別の伝統のため、女性が教会で男性宣教師の伝道をきくことができなかった現実から、「女性宣教師」を必要としたのである。実際、宣教師たちは本国の宣教本部に手紙を出し、男女隔離の厳しい朝鮮の習俗を説明して、緊急に女性宣教師を送ってくれるよう要請しているのである。[5]

当時の宣教本部は男性宣教師のみを管轄していた。例えば、アメリカ・メソジストは、メソジスト女性海外宣教会（The Woman's Foreign Missionary Society of the Methodist Episcopal Church）に対して、指導、監督、宣教師の任命、召還、報酬、宣教地指定の権限はなく、承認できない立場であった。しかし、制限を受けながら、女性海外宣教会は、家庭と宣教との二輪を独自にこなせてきた。多くの女性宣教会は、宣教地への本国の関心を高めるために、雑誌と新聞を通し自分たちの活動を知らせていた。[6] 一八六九年にメソジスト女性宣教会が発刊した *Heathen Woman's Friend* と、一八七一年に長老派女性宣教会が発刊した *Woman's Work for Woman* は代表的な例である。

二、朝鮮の時代的背景

一九世紀の朝鮮においては、西洋諸国と比べれば、女性差別は絶対的であり、同じ東アジアの日本や中国よりもはるかに深刻であった。女の子は七歳になると、両親と離れ、家の別の建物に暮らし、結婚後は夫の家で暮らした。また、朝鮮の女性の悲運は、一二歳から一五歳になる以前に早婚する風習によった。大勢の女性は、親の選んだ人と結婚し、結婚後、実家に戻ることさえ許されず、重労働をさせられた。だが、社会的に虐げられた女性は、男性より品性がよいとみられ、家庭の困難を解決する役目をもっていた。また宗教儀礼を采配する権利が大きく、先祖を祭ることや聖霊崇拝、民間信仰に熱心であった。そのため、外来の宣教師たちはキリスト教を広めるために、宗教に熱心な女性をまず教育しなければならないと判断した。[7] そのような報告を受けた宣教本部は、女性宣教師を派遣し、朝鮮の女性たちに福音を伝える仕事を担当させた。

しかし、朝鮮の生活方式はアメリカと全く違った。食料、衛生、暖房、通信、交通、公共サービスなどが整わず、非常に不便であった。政治の不安や文化の違いも困難であったが、一番困ったのは食べ物と住宅であった。

初期の女性宣教師は、宣教に必要な建物や拠点の建設に参加し、宣教師たちの生活維持に重要な役割を果たした。衛生施設の不足で子どもたちが結核などで死亡することも多くあったが、愛する夫や子どもを失っても朝鮮宣教を続けていた。

朝鮮では、電気、電車、郵便局がなく、貨幣も青銅で作った銅貨だけで、一ドルの金額を支払うためには銅貨を五百個持っていかなければならなかった。通信と交通が不便だったため、女性宣教師は外出時、屋根つきの狭い輿に乗って行くしかなかった。移動手段は牛車や馬車だけで、宣教旅行に長い時間がかかった。[8] 食べ物にも大変困り、米や卵などは市場で購入し、母国から持ってきた食料に依存せざるをえなかった。そのため、新鮮な食料を得るために、衛生的な環境で家畜を飼い、野菜を育てる工夫をした。菜園は、食材が得られるだけではなく、芝生やお花のあるリフレッシュできる休める場所でもあった。

朝鮮（一八九七年以降は「大韓帝国」と呼称）では、「男女七歳にして席を同じうせず」という儒教の原則を厳しく守る社会だったので、宣教師たちは、男女別々の空間で同じ説教を聞けるように教会を設計した。図1は、一九〇八年に、アメリカのテイト（Lews Boyd Tate, 一八六二—一九二九）宣教師が地域住民の協力を得て建造した「金山教会」である。男女それぞれの出入り口があり、一つの講壇を中心に男女の座席が両側に分かれて、牧師は両方をみることができるが、男性と女性とは会えないような不思議

図1　男女で出入り口が違う曲形の金山教会

な形をしている。南側は男性席、東側は女性席に分かれて、男性には漢字の聖書、女性にはハングルの聖書がそれぞれ提供されている。

女性宣教師は、社会的、文化的慣習の違いで辛い経験をしながら、一度も福音を聞いたことのない民衆にキリスト教を紹介することを続け、神様からの使命を最後まで果たした。

三、女性宣教師たちの活躍

一八八五年からアメリカ・メソジスト教会所属のアペンゼラー夫人、メアリー・F・スクラントンの入国をはじめ、女性宣教師の活動が始まった。一八八四年から朝鮮で宣教を始めた最初の長老教会、メソジスト教会の宣教師は、朝鮮の政治不安と天主教弾圧のため、渡航する三か月前にまず日本に到着し、待機しなければならなかった。[9]

初期の来韓した宣教師は、主に教育、医療に従事し、韓国人に新しい文化に接する機会を与えた。一九二九年当時、宣教師の総四五六名のうち、男性が一五五名、女性が三〇一名であった。また、一三三名が既婚、一六八名が未婚という記録がある。[10] この時期、女性宣教師の人数は男性数よりはるかに多かったことは、次の宣教師の統計で明らかになっている。

表1は、一八八四年から一九三〇年まで来韓した宣教師の統計である。この表からわかるように女性宣教師の人数は男性宣教師の約二倍に達する時期

表1　来韓した宣教師の時代別の男女割合[11]

年度	男性数（名）	女性数（名）		男女割合 (%)
		未婚女性	婦人	
1884-1888	22	10	18	44 / 56
1889-1895	98	46	84	43 / 57
1896-1905	370	218	280	43 / 57
1906-1910	351	195	291	42 / 58
1911-1919	861	625	794	38 / 62
1920-1930	1,098	1,132	1,068	33 / 67
総計	2,800	2,226	2,535	37 / 63

*1884-1895 年までは南メソジスト以外の北メソジスト、北長老派の宣教師だけを意味する。

（一九二〇—三〇年代）もある。それは、男性宣教師の結婚がアメリカ宣教本部の義務条件とされたため、男性宣教師は独身で海外宣教に行くことができなかったことが一因であった。女性宣教師は教育機関が四五・四％、査経会[12]や教会学校が三二・八％、その他医療や福祉分野はそれぞれ一九・四％と七％を占めている。[13]教会学校を教育の範囲に含めれば、教育分野で勤めた女性宣教師は半数以上になる。韓国に最初の五年間送ることができた宣教師の半分以上が女医であった。王妃など閉鎖的な女性生活の中へ入れたからである。

韓国女性の教育は社会的に認められていない状況で、女性の教育は女性宣教師しか担当できなかった。女性のための学校が存在しなかったため、初期の女性教育は宣教師の自宅で行われた。[14]しかし、女性宣教師は医療事業、社会福祉事業に参加し、アシスタントとしての地位をもっているため、その司牧活動は正しく評価されてこなかった。

女性宣教師は、夫が長い間他の地方へ出かけると、子どもたちと寂しい時間を過ごす。特に独身女性宣教師は孤独との戦いがあった。自分の国と全く異なる環境においても韓国の文化を尊重するその態度は、韓国人の心を開き、福音を受け入れてもらえるようになった。このように現地の文化に対する理解ができなければ、彼女たちが伝えるメッセージは現地人の心に届かなかっただろうと思う。

（1）医療宣教

女性宣教師の医療事業は、伝道の最も効率的な手段であり、女性を治療し、患者に福音を伝えることで韓国教会の成長を促進した。医療宣教は保守的な韓国人の心を開く鍵であった。韓国政府が西洋の医者を信頼してから、アメリカの長老教会宣教本部は王室に医療宣教師をたくさん送り込むことになる。

一八八六年に来た北長老教会の女医アニー・エラーズ・バンカー（Annie Ellers Bunker, 一八六〇—一九三八）が最初に入った所は明成皇后《ミョンソン》（閔《ミン》妃）の住む王宮であった。アニー・エラーズは最初の朝鮮王后侍医として、アンダーウッド夫人（Lillias Horton Underwood, 一八五一—一九二一）とともに女性や子どもたちと皇后の医療を担当した。アニー・エラーズは、婦人科や、国立病院に女性病棟をも作ったが、メソジスト宣教師 Dalzell Bunker と結婚することで長老教会宣教師の資格をなくしてしまう。彼女の代わりに内科医のアンダーウッド夫人が一八八八年から明成皇后の侍医を担当する。プロテスタントの宣教が根を下ろすことができたのは、この二人の女医が政府の信頼を得て宣教の礎を作ったからである。

女性医療宣教師は王妃のような地位の高い人に限らず一般人をも診療し、西洋人に対する韓国人の偏見をなくす一役となった。アニー・エラーズ・バンカーとアンダーウッド夫人は女性と子どもだけでなく、伝染病患者やホームレス病者を治療する緊急救護事業も行った。▼15

保救女館▼16は韓国初の女性専門病院で、一八八七年に前記のウィリアム・スクラントン牧師の提案でメソジスト教会の女医メタ・ハワード（Meta Howard）がソウル貞洞《チョンドン》に設立した病院である。高宗《コジョン》が病院の名前を自ら付けて下賜した。ハワードが病気で帰国後、ロゼッタ・シ

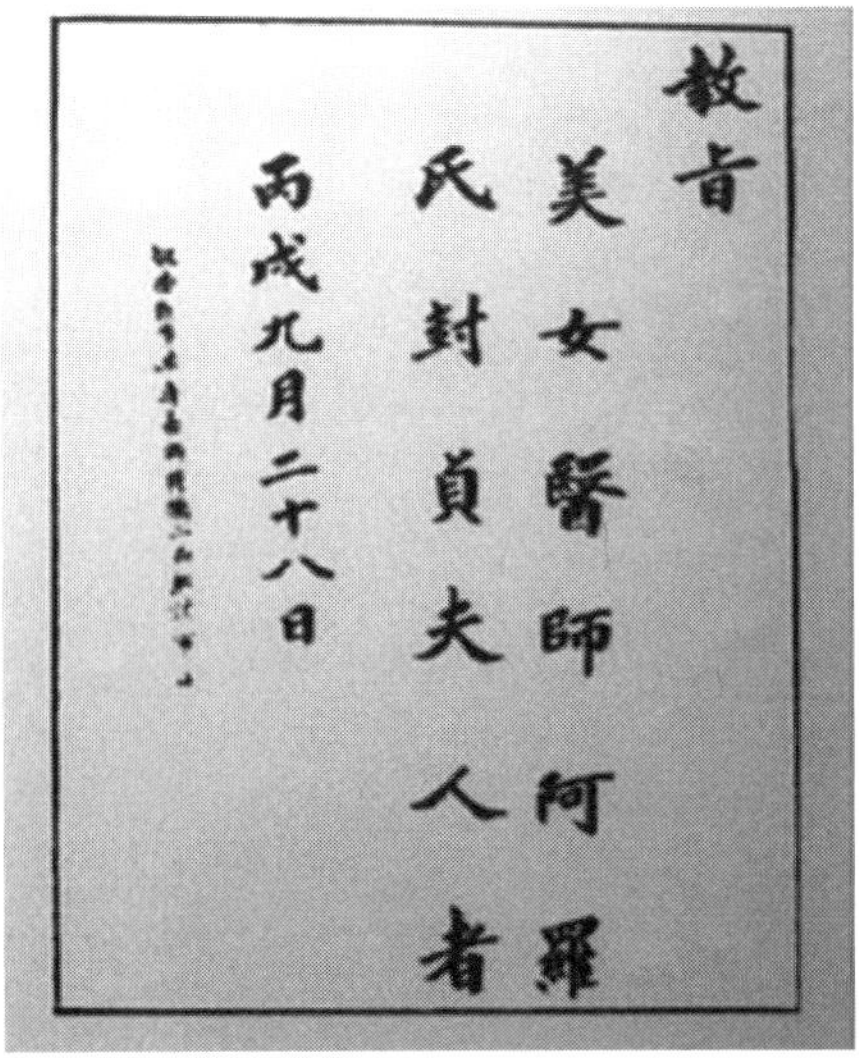

敎旨
美女醫師阿羅
氏封貞夫人者
丙戌九月二十八日

図2　アニー・エラーズ・バンカー（Annie Ellers Bunker）朝鮮最初の医療宣教師（朝鮮王后侍医）

ヤーウッド・ホール（Rosetta Sherwood Hall）は、病院を引き続き運営した。初期の女性宣教師は、劣悪な環境の中で働いたため、体調を崩すことがよくあったが、最も辛かったのは、韓国人のもつ外国人不信の問題であった。韓国人は、西洋の医術を信じず、病気は悪霊が身体に入るという民間信仰をもっていたからである。また、病院や診療所は女性宣教師一人だけが担当するため、重労働に喘ぎながら、韓国人を幾人か雇用することもあった。

また女性宣教師は、患者宅へ往診することもあった。病院に来る女性のほとんどは身分が低いが、地位の高い家柄の女性を診療するためには特別家庭訪問が必要であった。往診は、女性宣教師にとって福音を伝える良機であった。このように医療事業は韓国宣教の道を拓いてくれた[17]。このように女性宣教師は医者として、大勢の人と交流し、女性の地位向上と意識変化に努め、福祉事業に献身し、孤児院を建てて、疎外された子どもの救援にあたった。

（2）女性の教育宣教

女性宣教師に最初に与えられた任務は教育であり、学校、家庭、また孤児院で教えることは本業とされている。当時、「女学校」は斬新な教育機関であった。女性宣教師は学校教育に加えて、教会学校、社会教育、幼児教育、特殊教育などにも携わり、新しい教育分野を開拓した。

一八八七年六月、前述のバンカー夫人は、女性啓発を目的に、ソウル中区貞洞にある済衆院《チェジュンウォン》社宅において、貞洞学堂（貞洞女学堂）を設立して、初代学長として就任し、聖書と算術両方の科目を教えた。最初は五歳女児一人で開始し、五年の間に五二人の学生を教え、韓国伝統の生活習慣や行儀作法を尊重して、一日一〇回丁寧にひざまずいて挨拶することを規範とした。一八九五年、ソウル鍾路区蓮池洞に校舎を移し、「私立蓮洞女学校」に改名した。一〇月二〇日に開校し、この日を開校記念日に定めた。この時の学生数は一〇人で、教科は聖書・

漢文・歴史・地理・算術・図画・習字・体操・音楽・歌詞・衛生。学校の隣の教会（連動教会）で毎日礼拝を捧げ、日曜日の合同礼拝時は、全校の生徒がかぶり（スゲチマ）をかぶってクリゲ教会（明洞に位置する）まで歩いていく姿が話題になっていた。[18]

一八八六年から一九〇八年までの間にプロテスタントの宣教師が建てた二五校のうちの半分が女学校であった。一九〇九年に、全国に九五〇のキリスト教学校があったが、そのうち、六〇五校が長老教会、二〇〇校がメソジスト教会によって設立された。

メアリー・スクラントン（Mary Fletcher Benton Scranton, 一八三二―一九〇九）は、女性解放を主張し、一八八六年に梨花学堂（現・梨花女子大学）を設立し、教会では聖書を理解するために必要な読み書きを教え、洗礼を受けるために試験を受けさせた。また、二年後の八八年一月に教会学校を始め、梨花学堂を運営する人々を中心に、一二人の女児、学堂の仕事を助ける婦人三人、女性宣教師が参加した。一か月後、五五人の女性が出席するようになった。韓国語が苦手で韓国人の男性先生に通訳してもらったりしたが、成人男女が顔を会わせることができない韓国の習慣で、部屋間にカーテンをおろして、説教をしていた。[19]

当時、梨花学堂の学生の平均年齢は一二歳で、ふだん、一二歳で結婚し、非キリスト教信徒の家に嫁ぐことも珍しくなかった時期であった。宣教師たちは、適切なキリスト教信徒を探して、学生の仲人として斡旋した。梨花学堂で一九〇八に初めての高等科卒業式のとき、結婚式も並行して行われた。[20]

一九〇三年、メソジストのロバート・シャープ（Robert Arthur Sharp, 一八七二―一九〇六）宣教師とアリス夫人（Alice J. Hammond Sharp）は「永明学堂」を設立し、公州《コンジュ》で男女の学生を集めて、教え始めた。永明学堂の裏山にシャープ宣教師が当時住んでいた家が保存されていて、一家の墓地もある。

女性教育の深刻な問題の一つは、教員不足である。当時は教育を受けた韓国女性がほとんどいないため、臨時手段として上級クラスの生徒が初級の生徒を教えた。また、宣教師は学校の教室だけではなく、女子生徒の母、姉、いとこ、教会に来た女性をも教え、身体不自由な女性のための学校、社会から疎外された女性のためにも学校を作った。その後、キリスト教の学校や教会学校は公立学校へ発展した。一九〇八年には四校、一九〇九年には二校が女子クラスを新設することで、一九一〇年には公立小学校の女子学生が合計四二三人にもなった[21]。

宣教初期、信徒の多くは男性だったが、一九二七年には教会信徒の六〇%が女性であった。それは、女性宣教師の効果的な活動に負うところが大きい。彼女たちは、キリスト教を教える教育機関を作り、自分の家でキリスト教の価値観、世界観を教え、クリスチャンの育成に全力をつくしたのである。

（3）女性宣教師の翻訳と出版

女性宣教師は、翻訳執筆活動も活発に行った。アンダーウッド夫人は医者であり

図3　1886年に梨花学堂（現・梨花女子大学）を設立したメアリー・スクラントン。

図4　「永明学堂」

ながら、有名な『天路歴程』を漢字のわからない女性が読みやすいようにハングルに翻訳した（一九二〇年八月一〇日、朝鮮耶蘇教書会）。

また、ハングル訳聖書の出版と普及は、バンカー夫妻の宣教活動の中で主な業績として評価されている。宣教師たちは、朝鮮に入国する前に満州と日本で聖書の翻訳と製作に励み、新訳した聖書の部分訳を、バンカー夫妻の属していたメソジスト会出版社で出版していた（マルコ福音書『마가복음』一八八四年）。その時に利用したハングルの活字は、一八八二年からアメリカの聖公会（ＡＢＳ）の宣教師たちが日本の東京や横浜を中心に製造したものであった。[22]

朝鮮の初期キリスト教共同体にとって、聖書の次に重要なのは賛美歌である。朝鮮最初の楽譜付の賛美歌は、一八九四年に出版されたアンダーウッド著の賛美歌（『찬양가』横浜製紙分社）である。[23]最初のプロテスタント賛美歌として、韓国近代音楽史において重要な文化遺産であり、現存する初版の保管状態も良好である。

アニー・ベーアド（Annie L. A. Baird, 漢字名は安愛理）は「Jesus Loves Me」をハングルに翻訳した（예수사랑하심은）。初期教会の信徒たちによって幅広く愛唱され、今日に至る。[24]現在使われている讃美歌の第三七五首の作詞者は、배위량부인（A. A. Baird ベーアド夫人）になっている。[25]ベーアド夫人によって英語の賛美歌はたくさんハングルに翻訳された。彼女の語学力は優れ、翻訳や作詞はとても自然で、現在も歌われているほどである。文筆家として有名なゲイル（J. S. Gale, 漢字名は奇一）宣教師は、ベーアド夫人の語学力について、「ベーアド夫人は、外国人社会の中で朝鮮最高の語学者であり、詩的霊感をもつ作者だ」と語っている。[26]

ベーアド夫人は女性事業、著述、教育などにも優れた能力を発揮して、医療事業以外の分野で多大な業績を残している。夫のベーアドが設立した「崇実学堂」と「崇義女学堂」で植物学、動物学、天文学、科学、物理学、地理学、算数、美術、音楽、作文などを教えながら、『動物学』、『식물도셜』（植物図説）のような教科書をハングルに翻訳・編纂し、一九〇八年に刊行している。『식물도셜』は朝鮮最初の全文ハングル版の植物学

図５　アンダーウッド夫人訳『天路歴程』

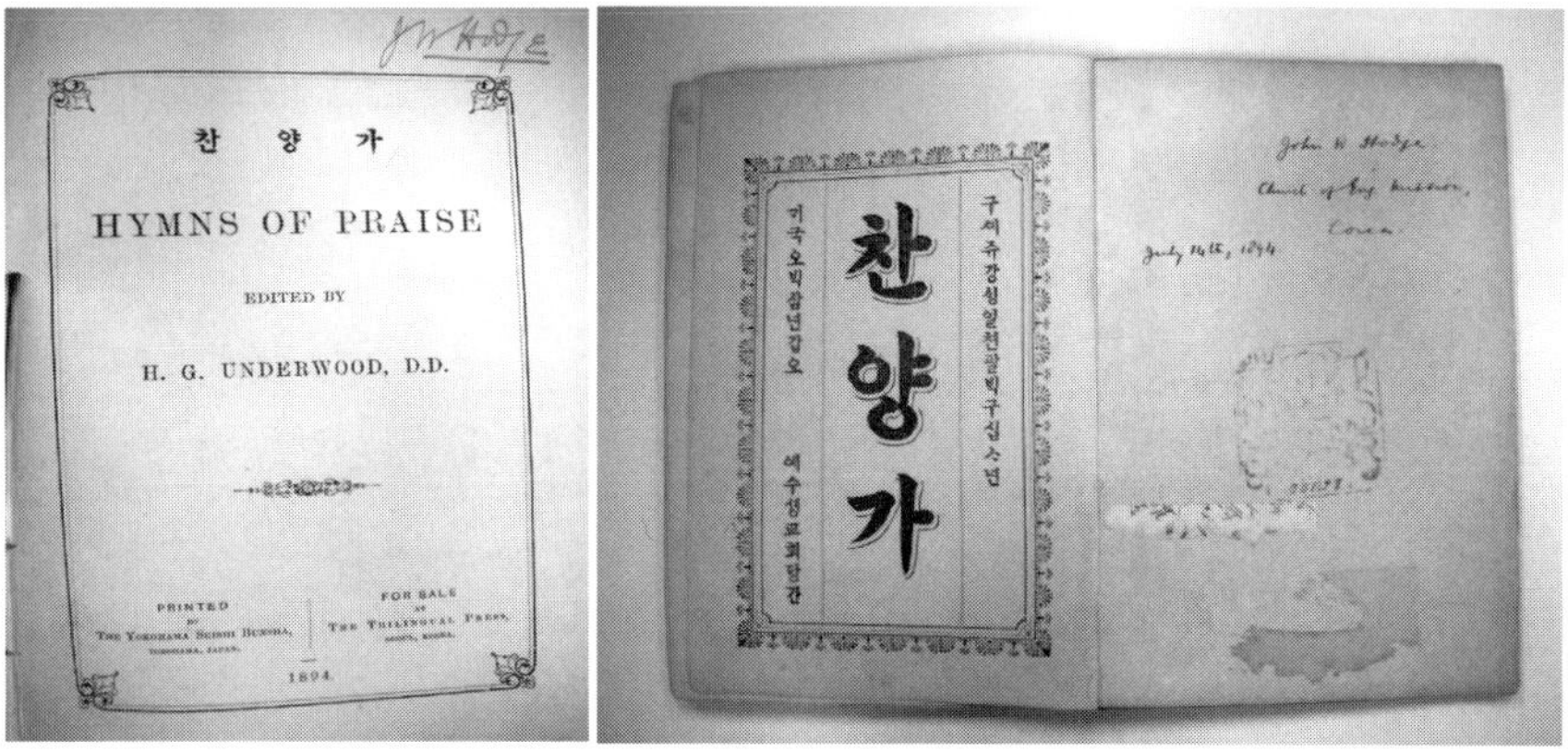

図６　1894 年刊のアンダーウッドの賛美歌　(延世大学所蔵)

図７　ベーアド夫人訳の賛美歌「Jesus Loves Me」

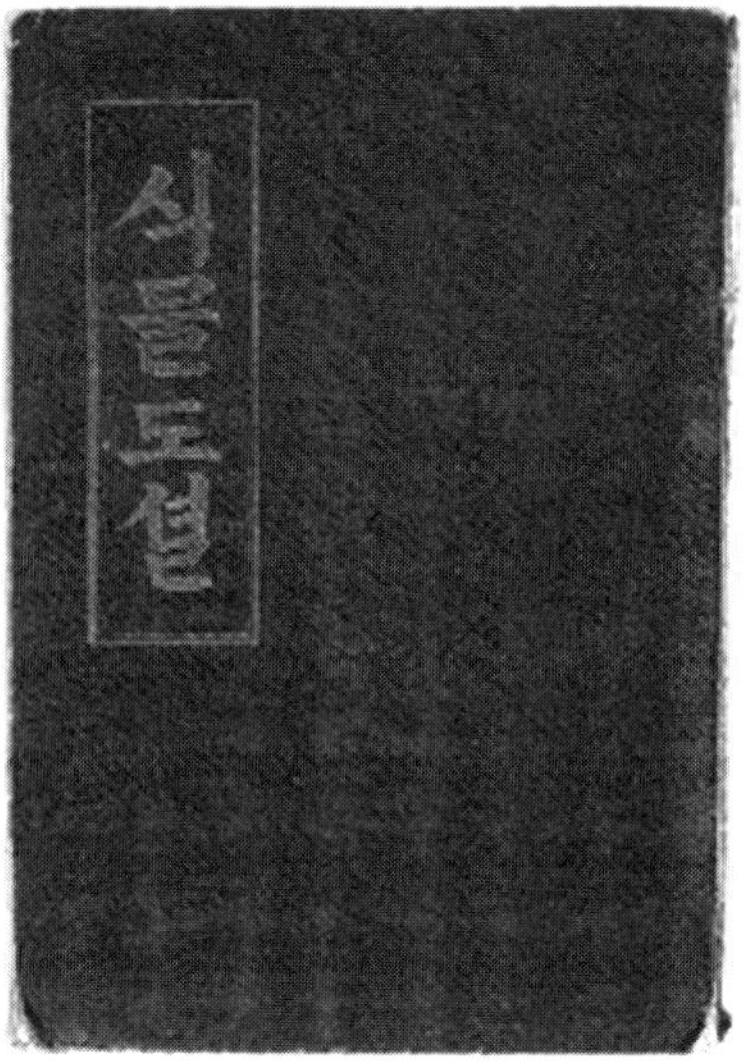

図８　ベーアド夫人訳『植物図説』
1908年、崇実大学所蔵

専門書である。[27] さらに外国人の韓国語の学習のために、『朝鮮語五〇講』（*Fifty Helps for the Study of the Korean Language*）を一八九七年に刊行した。六年前の一八九一年にベーアド夫妻が朝鮮に到着した直後からのハングル学習の結果としては驚くべきものであった。この教材は当時のハングル語学習の定番となっていた。[28]

ベーアド夫人は一九一一年に、キリスト教に入信して幸せな家庭を築くことができたことで有名な高永規《コヨンギュ》の人生を描いた伝記『고영규전（高永規伝）』と、聖書に基づいてクリスチャン夫婦の理想像を描いた『부부의 모본（夫婦の手本）』という小説をも京城耶蘇教書会から出版している。[29] ベーアド夫人の著作宣教は、聖書の学習だけでなく、他の学問との交流の可能性を開いたともいえる。ベーアド夫人の作品に対する分析、現代社会との関連性についてはこれからの研究課題である。

多くの女性宣教師は、韓国語の能力が不足していたため、韓国人の伝道婦人（Bible Women）たちとともに協力した。[30] 伝道婦人は韓国女性向けの宣教を助けただけではなく、当時の朝鮮文化などをも教えてくれ、韓国の女性たちと会う好機となっていたのである。女性宣教師は書く能力や読解力はある程度身につけていても、実際の福音伝道は、伝道婦人からの助力を必要としたのである。

結び

外国人女性宣教師は、教育と医療に従事しながら、宣教し、男尊女卑の社会の犠牲者である女性の位置を今日の位置にまで引き上げた。彼女たちは、伝道者、教育者、医療者、慈善家、著述家、翻訳家の多彩な顔をもっている。

キリスト教の影響力を広げるために、漢文が読めない婦女子のために、ハングルを使用した書物を刊行し、読者の獲得をまず行った。それは、韓国の言語と文化への積極的な参与でもある。

註

▼1　Katherine H. Lee Ahn, *Awakening the Hermit Kingdom: Pioneer American Women Missionaries in Korea*, Pasadena, California: William Carey Library, 2009; 김성웅 옮김『조선의 어둠을 밝힌 여성들』포이에마（キム・ソンウン訳『朝鮮の暗闇を照らした女性たち』ポイエマ、二〇一二年）、一八頁. 이상규『부산지방 기독교전래사』글마당（イ・サンギュ『釜山地方 基督教伝来史』グルマダン、二〇〇一年）、一五九頁; 인돈학술원『미국 남장로회 내한선교사 편람 1892—1987』한남대학교 출판부、머리말（「序言」イントン学術院『アメリカ南長老会来韓宣教師便覧　一八九二—一九八七』韓南大学出版部、二〇〇七年）

▼2　한국기독교역사학회『한국 기독교의 역사 Ⅱ』기독교문사（韓国キリスト教歴史学会編『韓国キリスト教の歴史Ⅱ』キリスト教文社、二〇一二年）一二七頁。

▼3　李省展『アメリカ人宣教師と朝鮮の近代——ミッションスクールの生成と植民地下の葛藤』社会評論社、二〇〇六年、一八七頁。

▼4　류대영『초기미국선교사연구』한국기독교역사연구소（リュ・デヨン『初期アメリカ宣教師の研究』韓国キリスト教歴史研究所、二〇〇七年）五四頁。

▼5　Everett Nichols Hunt, *Protestant Pioneers in Korea*, New York: Orbis Books, 1980, pp. 64-65.

▼6　강선미『한국의근대초기페미니즘연구：서양여선교사와조선여성들은，어떻게만났을까』푸른사상사（カン・ソンミ『韓国近代初期のフェミニズム研究：西洋の女性宣教師と朝鮮の女性はどのように出会ったのか』プルン思想史、二〇〇五年）七九頁。

▼7　前掲 Katherine H. Lee Ahn, *Awakening the Hermit Kingdom*, pp. 114-119, 120.

▼8　同, pp. 134, 136.

▼9　同右, p. 83.

▼10　이윤미「교육사연구에서담론적분석의 의미와 활용：선교사자료 ***The Korea Mission Field***（1905-1941）의독법을중심으로」『한국교육사학』제29권제1호（イ・ユンミ「教育史の研究において談論的分析の意味と活用：宣教資料 The Korea Mission Field（1905-1941）の読法を中心に」『韓国教育史学』第二九期第一号、二〇〇七年）一六二頁。

▼11　〈표1〉は 기독교역사연구소『감리교회및북장로교회내한선교사통계역사』〈表1〉は、キリスト教歴史研究所『メゾジスト教会及び長老教会来韓宣教師の統計:1885-1930』二〇一〇年、三六二―三六六頁の付録を参考に作成した。Federal Council of Protestant Evangelical Missions in Korea, ed. *Annual Meeting of the Federal Council of Protestant Evangelical Missions in Korea*, Seoul: the Council, 1913-1929; British and Foreign Bible Society, *Annual Report*, London: the Society, 1914-1930; The Standing Committee of Co-operating Christian Missions, ed. *The Christian Movement in Japan, 1912-1914*, Tokyo: Methodist Publishing House, 1912-1914; Japan: published for the Conference of Federated Missions, 1915-1920; *The Christian Movement in Japan, Korea and Formosa: A Year Book of Christian Work*, Tokyo: Federation of Christian Missions Japan, 1921-1924; Daniel L. Gifford, *Every-day Life in Korea: A Collection of Studies and Stories*, Chicago, New York: Fleming H. Revell Company, 1898, p. 230; Harry A. Rhodes, *History of the Korea Mission, Presbyterian Church, U. S. A*, Seoul: Kyongin Munhwasa, 2004, pp. 544-547; J. S. Ryang, *Southern Methodism in Korea: Thirtieth Anniversary*, Seoul: Board of Missions, 1929?, pp. 182-183, 186; J. O. J. Taylor, "Statistics of Southern Methodist Missionaries, 1909-1920"; Alfred W. Wasson, *Church Growth in Korea*, Madison:

Rumford Press, 1934, p. 165; F.E.C. Williams, Gerald Bonwick, *The Korean Missions Yearbook*, Seoul: The Christian Literature Society of Korea, 1928, pp. 233-234, 238. の資料を参考にした。

▼12 信者たちが集まって聖書を勉強すること。

▼13 강선미『한국의근대초기페미니즘 연구：서양 여선교사와 조선여성들은어떻게만났을까』푸른사상사（カン・ソンミ『韓国近代初期のフェミニズム研究：西洋の女性宣教師と朝鮮の女性はどのように出会ったのか』プルン思想史、二〇〇五年）七五頁。

▼14 同右、一〇四—一〇五頁。

▼15 前掲 Katherine H. Lee Ahn, *Awakening the Hermit Kingdom*, pp. 184-186.

▼16 保救女館（ポグヨグァン）。現・梨花女子大附属病院の前身。

▼17 前掲 Katherine H. Lee Ahn, *Awakening the Hermit Kingdom*, pp. 187-190.

▼18 「NAVER 知識百科」精神女子高校［貞信女子高等学校］（韓国民族文化大百科、韓国学中央研究院）。

▼19 이우정『한국기독교 여성 100 년의 발자취』민중사（イ・ウジョン『韓国キリスト教女性の百年の歩み』民衆社、一九八五年）三七頁。

▼20 Martha Huntley, *Caring, Growing, Changing:A History of the Protestant Mission in Korea*, Friendship Pr, 1984、차종순 옮김『한국개신교초기의선교와교회성장』목양사（チャ・ゾンスン訳『韓国プロテスタント初期の宣教と教会の成長』牧羊社、一九九五年）一七一頁。

▼21 同右、一七〇—一七七頁。

▼22 류현국「동아시아에 있어 서양인 선교사들이 개발한 한글활자（1832-1886）」한국상품문화디자인학회논문집 Vol.38 p.189, 2014（Hyun Guk Ryu "Hangul Typeface Developed by Westerners Missionaries to East Asia（1832-1886）"『韓国商品文化デザイン学会論文集』）

▼23 조숙자・조명자『찬송가학』장로회신학대학출판부、一九九六年、二〇五頁（チョウ・スクザ、チョウ・ミョンザ『賛美歌学』長老神学大学出版部）

▼24 오소윤『21 세기 찬송가 연구』성서원，二〇一一年、一八二頁（オ・ソユン『二一世紀賛美歌研究』聖書院）

▼25 한국찬송가공회『새찬송가』성서원，二〇一五年（韓国賛美歌公会『新賛美歌』聖書院）

▼26 前掲오소윤『21세기 찬송가 연구』성서원，二〇一一年、五二二頁（オ・ソユン『二一世紀賛美歌研究』聖書院）；김봉희『한국기독교문서 간행사연구（1882-1945）』이화여자대학교 출판부，一九八七年、二五頁）（キム・ボンヒ『韓国キリスト教文書刊行史研究（一八八二―一九四五）』梨花女子大学出版部）

▼27 한국기독교문화연구소『베어드와 한국선교』숭실대학교 출판국、二〇一三年、一八九―一九一頁（韓国キリスト教文化研究所『ベーアドと韓国宣教』崇實大学校出版局）

▼28 이인성「애니 베어드의 선교 문학의 세계」문학과 종교，제13권2호、二〇〇八年、二二五頁（イ・インソン「アニー・ベーアド宣教文学の世界」『文学と宗教』第一三巻二号）

▼29 곽승숙「애니 베어드 신소설 연구 -「고영규전」과「부부의 모본」을 중심으로」『한국문학이론과 비평』제63집（18권2호），한국문학이론과 비평학회，二〇一四年、一三九―一五九頁（クァク・スンスク「アニー・ベーアドの新小説研究――『高永規伝』と『夫婦の手本』を中心に」『韓国文学理論と批評』第六三集（一八巻二号）韓国文学理論と批評学会）

▼30 주선애『장로교 여성사』대한예수교장로회 여전도회전국연합회출판부，一九七八年、三二一頁（ジュ・ソンエ『長老教会の女性史』大韓キリスト教長老会女伝道会全国連合会出版部）

編著者あとがき

私は、外国人宣教師が日本語で執筆した著書に、長いあいだ惹かれている者である。それらの書籍を読んでいるうちに、宣教師たちがいかに日本人と日本語を愛しているのかが分かる。翻訳を経ず、日本人に直接に話しかけるために、日本語で書こう、という意気込みが読む者にひしひしと迫ってくる。

よく考えれば、キリスト教と〈異言語〉は、不思議な関係にある。『聖書』によれば、神は人間の傲慢さを戒めるために〈異言語〉を創ったが、聖霊に触れられたイエスの使徒たちが突然、異言語を話す力を与えられている。あたかも神が人類への処罰を撤回したようである。実際、『聖書』はほとんどの言語に翻訳されて、世界でもっとも読まれている書物となっている。〈異言語〉の克服を前提としなければ、神の声が聞こえてこない、というこの展開は、いったい何を意味しているのだろうか。

世界の言語の中で、日本語は決して学びやすいものではない。宣教師たちは、一生懸命に日本語を学び、日本語で書き、日本人に神の声を伝えようとしてきた。キリシタン時代の凄惨な迫害によって、多くの宣教師は愛する日本で命を失った。幕末以降も抑圧、嘲笑、冷淡を経験しながら、必死に日本人に話しかけようとしている。遠藤周作の言葉を借りれば、まさに〈おバカさん〉たちばかりだ。

その馬鹿さかげんと一途さを探ろうとして、「キリシタン文学の継承：宣教師の日本語文学」という共同研究を始めたのである。本研究のメンバーたちはそれぞれの分野で優れた業績をあげてきた人たちである。とはいえ、共同研究が始まって一年も経たないうちに、論文を書きあげて、寄稿してくださったことは、あの「聖霊」にも触れられたのではないか、と思いたくなる。このようなメンバーたちを得た私は幸せである。本書は、長崎県五島のキリシタン史について多くの知見を提供くださったカトリック長崎大司教区の野下千年神父に負うところが大きい。

ここ数年、準備段階から本番スタートまで、本研究に対して惜しみなく協力を与えてくれた大学共同利用機関法人・人間文化研究機構、国文学研究資料館、国際日本文化研究センターの関係者各位にまず感謝したい。

本プロジェクトの研究会（二〇一六年七月三〇日）に来場し、本書の刊行を快諾してくださった明石書店編集部部長の神野斉様に心より謝意を述べたい。本研究に辛抱強く付き合い、本書の構成と内容に助言と編集協力を最大限に提供し、私を励まし続けてくれたスタジオ・フォンテの赤羽高樹様がいらっしゃらなければ、本書は成り立たなかったと思う。

本書の英語論文（五編）の和訳に尽力してくださった田中零、木村健、白石恵理の諸氏、国際日本文化研究センター図書館の皆さんは縁の下の力持ちであった。カトリック島原教会のステンドグラス写真のカバー使用を許可してくださった同教会の山田神父と、美しい本にしあげてくれたデザイナーの飯田佐和子様に深く感謝する。

本書を通して、日本の国際化が一六世紀半ばに始まり、数多くの外国人が日本語と日本文化の発展に寄与してきたことを理解していただければ、幸いである。

郭　南燕

村越金造 219, 220, 222
村田珠光 121
室谷幸吉 226
ムンシ、R・V 306, 308, 309, 310
明治天皇 244
メシア、ロレンソ 71
メスキータ、ディオゴ 71
メチンスキ、アルベルト 137
メディナ、フアン・G・ルイス・デ 136
メデオット、カミッロ 233
メドハースト、W・H（麦都思） 19, 160, 161, 163, 165-172, 174-176, 178-180, 182, 183, 185
メルクリアン、エヴェラルド 284
メロ、アントニー・デ 317
モイエ、J・M 361
モース、エドワード・S 195
モラーレス、ディオゴ・デ 138
モリソン、ジョン・ロバート 167
モリソン、ロバート（馬礼遜） 160, 163, 166-168, 172, 174, 178, 179, 184
森田明 241, 253, 255
森田草平 258
森緑 245
モンテイロ、ジョアン 134, 139, 145

や・ら・わ行

八耳俊文 171
柳宗悦 377
柳谷武夫 265
山県五十雄 376
山梨淳 227
山本聡美 99, 107, 108
山本襄治 326, 327
梁柱三（ヤン・チュサム）376, 377
ユスティニアヌス 88
尹致昊（ユン・チホ）376, 377
横井時雄 205, 375
頼山陽 174
ラショー、フランソワ 98
ラス・カサス 60, 63
ラバルト、ローラン 40
ラモン、ペロ 14
リギョール、アルフレッド 19, 205-211, 215
リサ・ポン 280
リサラグ 38
リッチ、マテオ（利瑪竇）21, 52, 56, 72-76, 87, 355, 357
リデル、フェリックス 361
リバデネイラ、ペドロ・デ 278
良寛 244
ルカ 281, 282, 286
ルーミス 371
ルジェリ、ミケーレ（羅明堅）72, 73
ルソー、ジャン＝ジャック 212, 215
ルナン、エルネスト 212, 215
ルビノ、アントニオ 18, 134, 135, 137, 138, 140, 141, 147, 148
レエーレ、シギムンド 284
レーモン、エミール・デュ・ボア 215
レッキー、ウィリアム・エドワード 209, 210, 213
ロード、アレクサンドル・ド 146
ロドリゲス、アルフォンソ 110
ロドリゲス、ジョアン（陸若漢）14, 22, 69, 74, 75, 90, 103, 106, 109, 114, 122, 132
ロバートソン、J・M 213
ロプシャイト 182
ロペス、アントニオ 13
ロヨラ、イグナチオ・デ 12, 26, 29, 31, 55, 82, 83, 87, 88, 109, 110, 321
ロンゴバルト、ニコロ（龍華民）75, 360
ワイリー（偉烈亜力）161, 163, 165
若桑みどり 279, 330
和田垣謙三 375
渡瀬常吉 375

フェルナンデス、フアン 26, 32-35, 41
フェルナンド二世 61
フェレイラ、クリストヴァン（沢野忠庵） 18, 135, 137, 147, 148, 299, 343, 344
藤沢古雪 242, 260
藤本幸夫 169
ブッダゴーサ（仏音）104
プラトマルティ 227
フランシスコ教皇 282
フランシスコ、メストレ 33
フリードリヒ二世 51
ブリオー、ニコラ 287
ブリッジマン、イライジャ・コールマン 167
プレネスチノ、アントニオ 258
フロイス、ルイス 14, 33, 41, 258, 286
フローレンツ、カール 240, 253
ベイリー、ゴーヴァン 321
ベーアド、アニー（安愛理）395-397
ベガ、ドンファン・デ 55
ヘスリンク、レイニアー・H 135
ヘッケル、エルンスト 212-214
ペトロ 317
ヘボン 166
ベラルミーノ、ロベルト 56
ペリオ、ポール 97
ベルヌー、シメオン＝フランソワ 359
ベンヤミン、ヴァルター 92, 289, 291
ホイヴェルス、ヘルマン 20, 239-249, 253-262, 265-267, 346
ボクサー、チャールズ 47
細川ガラシャ（ガラシア、玉、秀林院）20, 242, 243, 253-261, 263, 267, 346
細川忠興 255, 260, 261
細川幽斎（藤孝）244
堀内文一 374
堀達之助 182
ボルハ、フランシスコ 277-279, 281-283, 286, 288, 291
本多庸一 191, 193, 196, 198, 202

ま行

マイモニデス 61
マイヤ（馮秉正）357
前田長太 207
マカッサル 147
牧村政治（利貞）69
マクシミリアン二世 290
マクレー 22, 371, 386
松倉重政（豊後守）14
マックレー、アーサー・C 192, 195, 202
マックレー、ロバート・S 192, 371, 386
松田毅一 49, 90
マヌエル 27
マヨルカ、ジョアオ・デ 285
マリーニ、ジョヴァンニ・フィリッポ・デ 146, 147
マルケス、フランシスコ 138, 141
マルケス、ペドロ 18, 134-136, 138, 140, 142, 143, 146-148
マルケス、ペドロ（年少）138
マルチェロ 143
マルティーニ（衛匡国）87
マレガ、マリオ 19, 232-237, 346
三木サニア 242, 261
満江巌 261
宮崎賢太郎 299, 300, 304, 306
宮沢賢治 243
宮本敏行 220, 221
明恵 244
明成（ミョンソン）皇后（閔妃）390, 391
ミルン（米憐）160, 161, 163, 166
閔泳翊（ミン・ヨンイク）385, 386
村上晶子 328
村上英俊 165
村上直次郎 375

テラ、マリバレス 138
デリア、パスクワーレ 279
テルチュリアヌス 210
テンネー、チャールズ・B 376
土居健郎 241, 255
道元 244
ドゥマンジュ、フロリアン 363
ドゥラプラ、ルイ（田嘉壁）362
徳川家康 14, 255, 264, 322
徳川綱吉 235
徳川吉宗 235
徳富蘇峰（猪一郎）259
土井忠生 97, 101, 109
トマス・ア・ケンピス 276
豊臣秀吉 14, 47, 48, 71, 72, 236, 255, 322
トレス、コスメ・デ 27, 32, 34, 35
トレルチ、エルンスト 307, 308, 310
トロヌ＝モンタネ、カルラ 319

な行

中浦ジュリアン 46
中薗成生 305, 306
長田幹彦 224
永峰秀樹 183
中村歌右衛門 257
中村正直 182, 183
半井清 376
那須泉 200
なだいなだ 224
ナバルロ、パウロ 14
成田五十穂 192
ニーチェ 223
ニッコロ、ジョバンニ 285
ニーバー、H・リチャード 303, 304, 309
西村茂樹 260
西山美香 99, 107, 108
丹羽清次郎 376
ネラン 39
ノスコ、ピーター 304
ノックス 371
野間アンドレ 103
野村良雄 224
ノリーン、クリスティン 279, 281
乗松雅休 22, 373, 374, 376

は行

梅文鼎 82
パウロ、ペロ 14
パウロ五世 284
パウロ三世 83, 290
パエス、フランシスコ 258
ハクスレー、トマス 215
朴泳孝（パク・ヨンヒョ）371
パジェス、レオン 135, 259
パシオ、フランシスコ 14, 73
パップス 276
林幹雄 240, 255
バラ 192
ハルバート 22, 380
ハワード、メタ 391
バンカー、アニー・エラーズ 390-392, 395
パントーハ（龐迪我）357
ピーニャ、イザベル 74
ピウス五世 277, 278, 280, 281, 283, 291, 292
ピウス一一世 232
ピウス一二世 285
ピカート、マックス 226
ピサロ 63
ビューヒナー、ルートヴィッヒ 212, 213
平川祐弘 224, 229
ビリヨン 259
ピント、ロウレンソ 140
ファージ、ウィリアム 113
フィッセル 165
フェルディナンド一世 51
フェルナンデス、ジョアン 33

朱子 82, 92
朱徳郎 161
ジュイスカルド、ロベルト・イル 51
周文謨（ジェームズ）22, 356, 357, 370
十字架のヨハネ 55
シュッテ、ヨゼフ・フランツ 48, 49, 65, 136, 138
ジュリオ 87, 140
シュールハンマー 27, 36
シュレーツァー、アウグスト・ルートヴィヒ 265
ジョアン三世 284, 290
正田昭 224, 225
ショーペンハウアー、アルトゥール 212
ジョセリット、デイヴィッド 285, 287, 291
ジョンストン 323
申興雨（シン・フンウ）376, 377
杉本つとむ 164, 180
スクラントン、ウィリアム 391
スクラントン、メアリー・F 386, 389, 393, 394
スコセッシ、マーティン 45
スタイン 259
ステファン（ステファノス）285
スピノラ、カルロ 87
スペンサー、D・S 195
スペンサー、ハーバート 212, 215
スミス、フランク・ヘロン 376
スヱン、オースタカンプ 171, 172
セスペデス 258, 262
セルバンテス 55
千利休 121
ソールター、ウィリアム・マッキンタイア 212, 213
蘇精 165, 166, 168, 169
蘇東坡 97-99
ソニ、ルイ・ガストン・ド 210

た行

戴震 82
ダヴリュイ、マリー（安敦伊） 22, 359-361, 365
高瀬弘一郎 91, 93
髙田三郎 21, 324
高橋五郎 214
高山右近 48, 67, 69, 71, 255, 262
武田友寿 226
武野紹鷗 120
龍居松之助 261
田中耕太郎 220, 221, 226-228
田中澄江 242
谷崎潤一郎 21, 336, 339, 340, 342, 343, 345
田村初太郎 375
ダレット、チャールズ 360
ダンテ 88
崔禹鼎（チェ・ウジョン、バジル）362
崔方済（チェ・パンチェ）359
崔良業（チェ・ヤンオプ、トーマス） 359, 362
千々石ミゲル 46
チマッティ、ヴィンチェンツォ 256, 346-350
鄭斗源（チョン・ドウォン）22
丁若鍾（チョン・ヤギョン、アウグスティノ）357, 361, 365
チン、ゲイル 98
陳輝 172, 174
珍田捨己 197, 200-202
土谷元作 260
テイト 388
ティンダル、ジョン 214
デカルト 55, 88
鉄川与助 319
テフォルト、C・B 376
デュマ、アレクサンドル 97

ギズツキー、ゲオルク・フォン 212, 213
キプリアヌス 210
金大建（キム・デゴン、アンドリュー） 359
木村可奈子 135
木村毅 97
キャンベル、ウィリアム（甘為霖）176
ギューリック、シドニー 375, 376
ギューリック、テオドア 376
ギューリック、ハリエット 376
ギュツラフ、カール 167, 174, 175
京原 261-263
キルヒャー、アタナシウス 87
琴月 261
クインティリアヌス 56
空海 99
クセル、メルヒオール 278
クプレ、フィリップ（柏応理）362
クラヴィウス、クリストファー（丁先生） 55, 56, 87, 89
クラーク、サイラス・A 376
クラッセ 259
グラナダ、ルイス・デ 110
グリーンベルガー、クリストフ 87
グレゴリ 290
グレゴリウス一六世 358
クローチェ、ベネデット 235
黒田官兵衛（孝高）48, 71
ゲイル（奇一）22, 378, 379, 395
ケヴェード、フランシスコ・デ 55
ゲーテ 20, 265, 266
コイト、スタントン 212, 213
孔子 75, 77, 108, 222, 223
鄺其照（Kwong Ki Chiu）182
洪舜明 170
黄宗羲 82
黄藩之 193, 200
コウロス、マテウス・デ 14
高宗（コジョン）372, 391
コステ、ウジェーヌ 362
小西行長 71
小林謙貞 90
コペルニクス 56, 88
ゴメス、ペドロ 90
コリャード、ディエゴ 14
今日出海 257
コンプリ、ガエタノ 21, 346-350

さ行

サッカーノ、メテロ 147
五月信子（マリア・ミタライ）255
サド、マルキ・ド 343-345
佐藤愛麿 200-202
佐藤智敬 300, 307
ザビエル、フランシスコ 12, 17, 26-37, 40, 41, 46, 47, 62, 64, 75, 81, 83, 87, 89, 95, 143, 219, 233, 304, 316, 320, 321, 330, 332
サンドフォード、ジェームズ 98
シーボルト 171, 172, 174
獅子文六 37, 225
シドッティ、ジョヴァンニ 18, 236, 346
司馬遼太郎 226, 227
シビュラ 276
島津貴久 32
清水有子 135
シメオン 103
シャイナー、クリストフ 87
シャヴァニャック、エメリキュス・ド（沙守信）357
ジャシント 140
シャトーブリアン、フランソワ・ルネ 210
シャープ、アリス 393
シャープ、ロバート 393
シャモニ、ヴォルフガング 265, 266
シャール、アダム（湯若望）87
シャルル八世 51

ウィリアムズ（衛三畏）167
ウィーリクス、ヒエロニムス 283
ヴィンセンチオ 262, 263
ヴェアビースト、フェルディナンド（南懐仁）357
ヴェイユ、シモーヌ 226
ヴェガ、ドンファン・デ 55
ヴェガ、ロペ・デ 55
植村正久 205, 209
ウェルギリウス 276
ヴォルテール 225
ウォルフ 192, 195, 202
ヴォルフ、ゲルハルト 279
内村鑑三 205, 214
ウルバヌス二世 51
栄西 120
エウクレイデス 86
遠藤周作 18, 21, 39, 45, 299, 323, 324, 336, 337, 339, 340, 342-346
遠藤智夫 182
エンリケス、エンリケ 29, 30
オイゲン・ヘリゲル 234
王錫闡 82
大井蒼梧 261
大岩大介 257
大塚光信 122
大友宗麟（義鎮、フランシスコ王） 46, 48, 66, 67, 71
大鳥圭介 375
大平健 242
大村純忠 46, 48, 71
岡崎遠光 214
小笠原少斎 261, 264
岡本綺堂 260
奥平昌高 165
オストロー、スティーブン 279
織田楢次 374
織田信長 48, 71, 255
小田安馬 376
小野豊明 241
オマリー、ジョン 282
オルガンティノ（オルガンチノ）13, 52, 67, 258, 263
オン、クレメント 320

か行

カイザー、シュテファン 112
加賀乙彦 224
柏木義円 209
片岡瑠美子 323
勝海舟 183
カッソラ、フランチェスコ（サイトウ・サクエモン）18, 138-142, 144-147
カニシウス、ペトロス 280, 281
兼松成言 192
カブラル、ジョアン 146, 147
カブラル、フランシスコ 48, 49, 65, 67
カペッチェ、アントニオ 138
蒲生氏郷 48, 69
ガリレイ、ガリレオ 53, 55, 87, 89
カルヴァーリョ、ディオゴ 142
カルワリオロ、ワレンチノ 258
川口久雄 97
河竹黙阿弥 242, 260
川端康成 244
川村敬三 200, 201
韓濩（石峰）171
姜完淑（カン・ワンスク）356
カンドウ、ソーヴール 19, 37-40, 218-229
カンドウ、テレーズ 219
カンドウ、フェリックス 219
上林暁 225
キアラ、ジュゼッペ（アルファレス） 18, 135, 140, 143, 146, 147, 346, 347
菊野雅之 100
岸野久 30, 33

人名索引

あ行

アウグスティヌス 210
アウストリア、カタリナ・デ 284
アギーレ 、フランシスコ・デ 138, 139, 142-145
秋山聰 281, 288
アクアヴィーヴァ、クラウディオ 87
アクアヴィーヴァ、ルドルフォ 72
芥川龍之介 260
明智光秀 48, 71, 255
浅川巧 377
浅見雅一 304
アゼヴェド、マヌエル・デ 147
アセベド、イナチオ・デ 285
アタワルパ 63
アッシジの聖フランシスコ 220, 226
アドラー、フィーリックス 212
アペンゼラー 22, 372, 379, 380, 386,389
アマドル 27
アマラル、ガスパール・ド 138
新井白石 18, 60, 346
アリストテレス 86, 90, 290, 308
有馬晴信 46, 48, 71
有吉忠一 374-376
アルキメデス 275, 276
アレクサンデル六世 62
アレーニ、ジュリオ（艾儒略）87
アレン 371, 386
アロヨ、アロンソ・デ 18, 140, 143, 146, 147
安廷苑 259
アンジェリス、ジローラモ・デ 142
アンジロウ 26, 31-34
アンダーウッド 22, 372, 377, 379, 380, 386, 391, 394-396
アンベール 358
アンリ四世 55
李景彦（イ・ギョンオン、ポール）357
李晬光（イ・スグァン）22
李樹廷（イ・スジョン）371, 372, 379
李承薫（イ・スンフン）22, 355, 356
イエス・キリスト 11, 21, 278, 283, 284, 315, 326, 327, 348
生松敬三 209
池田敏雄 226
池長潤 21, 324, 328
イサベル一世 61
イサベル・デ・ポルトゥガル・イ・アラゴン 278
石井建次 348
石川喜三郎 214
石田三成 256
一休 244
伊東マンショ 46
稲垣信 373
井上哲次郎 19, 205-215
井上政重（筑後守）18, 146, 147, 343
岩川友太郎 195
インガソル、ロバート 214
イング、ジョン 19, 192-203
イング、スタンフォード 193
イング、ルーシー・ハウレー 193
ヴァリニャーニ、ガブリエリ 50
ヴァリニャーニ、コラントニオ 50
ヴァリニャーニ、フェデリコ 50
ヴァリニャーノ、アレッサンドロ（范礼安）12, 13, 17, 41, 46-50, 52-54, 56, 57, 59, 64-77, 81, 83, 84, 87-92, 95, 103
ヴァレリアーノ、ジュゼッペ 284
ヴィエイラ、アンドレ 140, 146, 147
ヴィテレスキ 75

フランクリン・ラウシュ（Franklin Rausch）
1978 年生まれ／ Lander University（米国）歴史学助教
研究分野：韓国のカトリック信仰
主な著書：*Catholics and Anti-Catholicism in Chosŏn Korea* (共著／ University of Hawai'i Press, 2017); "Colonialism and Catholicism in Asia: A Comparison of the Relationship between An Chunggŭn, José Rizal, and the Catholic Church," *Kyohoesa yŏn'gu* [Research Journal of Korean Church History] (No. 48, 2016); "Suffering History: Comparative Christian Theodicy in Korea," *Acta Koreana* (Vol. 19, No. 1, 2016).

李《イ》　容相《ヨンサン》
1960 年生まれ／又松大学（韓国）鉄道経営学科教授
研究分野：東アジア交通論
主な著書：『韓国鉄道の歴史と発展 1』（ブックギャラリーソウル、2010 年）、『韓国鉄道の歴史と発展 3』（ブックギャラリーソウル、2015 年）、『日本鉄道の歴史と発展改訂版』（ブックギャラリーソウル、2017 年）

崔《チェ》　英修《ヨンス》
1965 年生まれ／又松大学（韓国）非常勤講師
研究分野：通訳・翻訳学、言語文化学
主な訳書：『サライスム』（原題『いのちへのまなざし』Kyuzan、2016 年）、『朝鮮交通史２』（ブックギャラリーソウル、2017 年）

〈訳者紹介〉（掲載順）

田中《たなか》　零《れい》
1964 年生まれ／美術家、翻訳家
主な訳書：R. アックリング『Roger Ackling in Morai』（プラハ・プロジェクト、2002 年）、樋口雅山房『書楽・雅山房の書作』（響文社、2003 年）、D. シーバー『見よ、彼らの顔を　聴け、彼らの声を――亡命チベット人たちの肖像』（ブイツーソリューション、2009 年）

木村《きむら》　健《たけし》
1966 年生まれ／文学博士（哲学専攻）
特定非営利法人 ratik（学術専門図書・電子出版）代表

谷口《たにぐち》　幸代《さちよ》
1970年生まれ／お茶の水女子大学准教授
研究分野：日本文学
主な論文：「多和田葉子の文学における境界――「夕陽の昇るとき ～ STILL FUKUSHIMA ～」を中心に」『お茶の水女子大学比較日本学教育研究センター研究年報』(第11号、2015年)、「楊逸の文学におけるハイブリッド性」「田原の詩の日本語」（郭南燕編『バイリンガルな日本語文学』三元社、2013年）

望月　みや（Mia M. Mochizuki）
1972年生まれ／ New York University Abu Dhabi, NYU Institute of Fine Arts（米国）准教授
研究分野：17世紀オランダ美術、聖像破壊主義、クロスカルチャー美術、イエズス会美術
主な著書：*In His Milieu. Essays on Netherlandish Art in Memory of John Michael Montias* (University of Chicago Press, 2006); A*The Netherlandish Image after Iconoclasm, 1566-1672: Material Religion in the Dutch Golden Age* (Routledge, 2008)、『グローバル時代の夜明け：日欧文化の出会い・交錯とその残照 1541~1853』（共著、晃洋書房、2017年）

松岡《まつおか》　史孝《ふみたか》
1943年生まれ／ Pacific School of Religion、Graduate Theological Union（米国）名誉教授
研究分野：プロテスタント組織神学、比較宗教学
主な著書：*Out of Silence: Emerging Theological Themes of Asian American Churches* (United Church Press, 1995); *The Color of Faith* (United Church Press, 1998); *Learning to Speak a New Tongue: Imagining a Way that Holds People Together—An Asian American Conversation* (Pickwick Publicatios, 2011).

エドゥアルド・C・フェルナンデス（Eduardo C. Fernandez）
1958年生まれ／ Jesuit School of Theology of Santa Clara University（米国）教授、イエズス会員
研究分野：司牧神学、宣教学、キリスト教世界史
主な著書：*La Cosecha: Harvesting Contemporary U.S. Hispanic Theology (1972-1998)* (Michael Glazier, 2000); *La Vida Sacra: A Contemporary Hispanic Sacramental Theology* (Rowman and Littlefield, 2006); *Mexican American Catholics* (共著／ Paulist Press, 2007).

スティーブン・M・ピッツ（Stephen M. Pitts）
1983年生まれ／ Jesuit School of Theology at Santa Clara University（米国）大学院生、イエズス会員

井上《いのうえ》　章一《しょういち》
1955年生まれ／国際日本文化研究センター教授
研究分野：風俗史
主な著書：『南蛮幻想：ユリシーズ伝説と安土城』（文藝春秋、1988年）、『日本人とキリスト教』（KADOKAWA、2013年）、「風俗史から見た現代日本のキリスト教」『国際基督教大学学報、3-A、アジア文化研究別冊』（21号、2016年）

浦道《うらみち》　陽子《ようこ》
1962年生まれ／福江カトリック教会所属信徒
詩集『心のタイムスリップ：遥かなる時を越えて』（日本文学館、2005年）

陳《ちん》　力衛《りきえい》
1959年生まれ／成城大学教授
研究分野：日本語史
主な著書：『和製漢語の形成とその展開』（汲古書院、2001年）、『日本の諺・中国の諺』（明治書院、2008年）、『日本語史概説』（共著、朝倉書店、2010年）

北原《きたはら》　かな子
1959年生まれ／青森中央学院大学教授
研究分野：近代史、比較文化論
主な著書：『洋学受容と地方の近代』（岩田書院、2002年）、『津軽の近代と外国人教師』（岩田書院、2013年）、「東奥義塾を巡るいくつかの『接続』」『近代日本研究』（31号、2014年）

将基面《しょうぎめん》　貴巳《たかし》
1967年生まれ／オタゴ大学（ニュージーランド）歴史学教授
研究分野：政治思想史
主な著書：*Ockham and Political Discourse in the Late Middle Ages* (Cambridge Univesity Press, 2007)、『ヨーロッパ政治思想の誕生』（名古屋大学出版会、2013年）、『言論抑圧　矢内原事件の構図』（中央公論新社、2014年）

ケビン・M・ドーク (Kevin M. Doak)
1960年生まれ／ Georgetown University（米国）教授
研究分野：日本近代文化とカトリック信仰
主な著書：*Xavier's Legacies: Catholicism in Modern Japanese Culture* (編著／ University of British Columbia Press, 2011); “The Christian Habitus of Japan’s Interwar Diplomacy” in Frattolillo and Best, eds., *Japan and the Great War* (Palgrave Mcmillan, 2015), “Tanaka Kōtarō, Korea, and the Natural Law,” *Sungkyun Journal of East Asian Studies* (2017).

シルヴィオ・ヴィータ（Silvio Vita）
1954年生まれ／京都外国語大学教授
研究分野：文化史学、東アジア宗教史、日欧文化交流史
主な著書：“Printings of the Buddhist ‘Canon’ in Modern Japan” in G. Verardi and S. Vita, eds.: *Buddhist Asia 1*, Papers from the First Conference of Buddhist Studies Held in Naples in May 2001 (共編／ Italian School of East Asian Studies, 2003); *Buddhist Asia 2*, Papers from the Second Conference of Buddhist Studies Held in Naples in June 2004 (同前 , 2010);「豊後キリシタンの跡をたどるマリオ・マレガ神父：マレガ文書群の成立過程とその背景」『国文学研究資料館紀要 アーカイブズ研究篇』（第12号、2016年）

〈執筆者紹介〉（掲載順）

川村《かわむら》　信三《しんぞう》
1958年生まれ／上智大学文学部史学科教授
研究分野：日欧文化交渉史、キリシタン史、ヨーロッパキリスト教史、日本近世史
主な著書：『キリシタン信徒組織の誕生と変容――「コンフラリヤ」から「こんふらりや」へ』（教文館、2003年）、『戦国宗教社会＝思想史――キリシタン事例からの考察』（知泉書館、2011年）、『キリシタン大名高山右近とその時代』（教文館、2016年）

李《り》　梁《りょう》
1957年生まれ／弘前大学人文社会科学部教授
研究分野：中国思想史、東アジア思想史
主な著書：『徐光啓与《幾何原本》』（共著、上海交通大学出版社、2011年）、「白鹿洞書院と詩跡」『人文社会論叢』（人文科学篇、32号、2014年）、「新井白石の漢学と西学――朱子学的『合理主義』と真理概念の普遍性において」伊東貴之編『「心身／身心」と環境の哲学――東アジアの伝統思想を媒介に考える』（汲古書院、2016年）

カルラ・トロヌ　(Carla Tronu)
1977年生まれ／京都大学大学院文学研究科外国人共同研究者・日本学術振興会外国人特別研究員
研究分野：キリシタン史
主な論文：「近世日本におけるカトリック小教区制度について」『アジア・キリスト教・多元性　現代キリスト教思想研究会』(13号、2015年)、“The rivalry between the Jesuits and the Mendicant orders in Nagasaki at the end of the sixteenth century and the beginning of the seventeenth century”『アゴラ』（11号、2015年）、「キリシタンの葬儀儀礼と日本文化への適応」『日本・日本文化研究』（16号、2006年）

アルド・トリーニ（Aldo Tollini）
1947年生まれ／ Università Ca' Foscari Venezia（イタリア）アジア・北アフリカ学科准教授
研究分野：鎌倉・室町時代の文化史、日本仏教、キリシタン文化、古典言語学
主な著書：*Lo Zen. Storia, scuole, testi* (Einaudi, 2012)（禅、その歴史、宗派、テキスト）; *La cultura del Tè in Giappone e la ricerca della perfezione* (Einaudi, 2014)（日本における茶の文化と極致を求めて）; *L'ideale della Via. Samurai, monaci e poeti nel Giappone medievale* (Einaudi, 2017).（「道」の観念：日本の中世時代における侍、僧侶、詩人）

阿久根《あくね》　晋《すすむ》
1985年生まれ／京都大学大学院人間・環境学研究科博士後期課程
研究分野：イエズス会東南アジア布教史、海域交流史
主な論文：「ポルトガル人イエズス会士アントニオ・カルディンの修史活動――『栄光の日本管区におけるイエズス会の闘い』の成立・構成・内容をめぐって」『歴史文化社会論講座紀要』（12号、2015年）

〈編著者紹介〉

郭《かく》 南燕《なんえん》：日本語文学者
1962年生まれ、中国・上海出身。復旦大学、お茶の水女子大学、トロント大学に学び、博士（人文科学）。1993 － 2008年、ニュージーランド・オタゴ大学で教え、2008 － 17年、国際日本文化研究センター准教授。研究分野は日本文学、多言語多文化交流。
著書に『バイリンガルな日本語文学：多言語多文化のあいだ』（編著、三元社、2013年）、*Refining Nature in Modern Japanese Literature: The Life and Art of Shiga Naoya* (Lexington Books, 2014)、『志賀直哉で「世界文学」を読み解く』（作品社、2016年）など。

キリシタンが拓いた日本語文学
多言語多文化交流の淵源

2017年9月7日　初版 第1刷発行

編著者　郭　南燕
発行者　石井昭男
発行所　株式会社 明石書店

〒101-0021 東京都千代田区外神田6-9-5
電話03（5818）1171
FAX 03（5818）1174
振替　00100-7-24505
http://www.akashi.co.jp/

編集協力　小石川ユニット（ゆにっとコネクション）
組　版　デルタネットデザイン
装　丁　飯田佐和子
印刷／製本　モリモト印刷株式会社

（定価はカバーに表示してあります）　ISBN978-4-7503-4557-4

ビジュアル大百科 聖書の世界
マイケル・コリンズ総監修 月本昭男日本語版監修 宮崎修司監訳 ◉30000円

教皇フランシスコ キリストとともに燃えて 偉大なる改革者の人と思想
オースティン・アイヴァリー著 宮崎修二訳 ◉2800円

教皇フランシスコ いつくしみの教会 共に喜び、分かち合うために
教皇フランシスコ著 栗栖徳雄訳 ◉2000円

教皇フランシスコ 「小さき人びと」に寄り添い、共に生きる
山田經三 ◉1500円

教皇フランシスコ 喜びと感謝のことば
山田經三 ◉1500円

近代日本キリスト教と朝鮮 海老名弾正の思想と行動
金 文吉 ◉2800円

イエスのまわしを取る 韓国マルチタレントが真正面から相撲を取る覚悟で書いたイエス論
趙英男著 鴨 良子訳 ◉2500円

女性たちが創ったキリスト教の伝統
聖母マリア マグダラの聖マリア ビンゲンのヒルデガルト アシジの聖クララ アビラの聖テレサ マザーテレサ……
テレサ・バーガー著 廣瀬和代、廣瀬典生訳 ◉5800円

アメリカ福音派の歴史 聖書信仰にみるアメリカ人のアイデンティティ
明石ライブラリー 151 青木保憲 ◉4800円

神の国アメリカの論理 宗教右派によるイスラエル支援、中絶・同性結婚の否認
上坂 昇 ◉2800円

アーミッシュとフッタライト 近代化への対応と生き残り戦略
小坂幸三 ◉5000円

法廷の中のアーミッシュ 国家は法で闘い、アーミッシュは聖書で闘う
大河原眞美 ◉2800円

ドイツに生きたユダヤ人の歴史 フリードリヒ大王の時代からナチズム勃興まで
世界歴史叢書 アモス・エロン著 滝川義人訳 ◉6800円

ユダヤ教・キリスト教・イスラームは共存できるか 一神教世界の現在
明石ライブラリー 124 森孝一編 同志社大学一神教学際研究センター企画 ◉4000円

生と死を抱きしめて ホスピスのがん患者さんが教えてくれた生きる意味
沼野尚美 ◉1500円

いのちと家族の絆 がん家族のこころの風景
沼野尚美 ◉1500円

〈価格は本体価格です〉